LE VECTEUR MOSCOU

Robert Ludlum, maître incontesté du suspense, est l'auteur d'une vingtaine de romans, traduits en 32 langues et vendus à plus de 200 millions d'exemplaires à travers le monde. À sa mort, en mars 2001, il a laissé de nombreux manuscrits inédits.

Diplômé de l'université de Chicago, Patrick Larkin est réputé pour le réalisme géopolitique de ses thrillers.

ROBERT LUDLUM
et
PATRICK LARKIN

Le Vecteur Moscou

Un roman de la série « Réseau Bouclier »

TRADUIT DE L'ANGLAIS (ÉTATS-UNIS) PAR DOMINIQUE PETERS

GRASSET

Titre original :

THE MOSCOW VECTOR
Publié par Orion Books Ltd., 2005, Grande-Bretagne

PROLOGUE

Moscou, le 14 février

La neige, noircie par les gaz d'échappement des voitures et la pollution industrielle, s'entassait le long de la large rue Tverskaya, qui traverse un des quartiers commerçants les plus actifs de la capitale russe. Sous la lumière crue des réverbères, les piétons emmitouflés se bousculaient sur les trottoirs verglacés, et des flots de voitures, de camions et de bus s'écoulaient sur plusieurs files dans les deux directions. Leurs épais pneus neige faisaient crisser le sable et le sel épandus pour leur permettre d'avoir prise sur la glace.

Le Dr Nikolaï Kiryanov se hâtait, attentif à se fondre dans la foule pressée. Mais chaque fois que quelqu'un, jeune ou vieux, homme ou femme, le frôlait, il frémissait et devait lutter contre un réflexe de protection qui l'incitait à s'écarter ou à se mettre soudain à courir comme un fou. En dépit du froid mordant, des gouttes de sueur perlaient à son front, sous sa toque de fourrure. Ce médecin légiste, grand, maigre, serrait fort sous son bras un paquet-cadeau. Il résistait à la tentation de le glisser sous son manteau. Récente apparition au calendrier russe, la Saint-Valentin était vite devenue une fête populaire, et nombre d'hommes autour de lui tenaient la boîte de chocolats ou de bonbons qu'ils allaient offrir à leur femme ou à leur petite amie.

Reste calme ! s'ordonna-t-il. Il était en sécurité. Personne ne savait ce qu'ils avaient pris. Leur projet était toujours secret.

Ah oui ? Alors pourquoi tu sursautes pour un rien ? demanda la petite voix dans sa tête. As-tu oublié l'air bizarre, les regards effrayés de tes collaborateurs ? Et qu'en est-il de ces petits déclics que tu ne cesses d'entendre au téléphone ?

Kiryanov regarda par-dessus son épaule, s'attendant presque à ce que des policiers en uniforme, ceux de la *militsia*, s'approchent de lui pour le coincer. Il ne vit que des Moscovites enfermés dans leurs propres peurs, leurs propres inquiétudes, des gens impatients de rentrer pour oublier que le thermomètre hivernal était descendu bien en dessous de zéro. Un peu soulagé, il se retourna et faillit renverser une petite vieille chargée de ses courses.

Elle lui jeta un regard furieux et marmonna une malédiction.

« *Pastite, Babouchka !* » marmonna-t-il pour s'excuser en dépassant la grand-mère.

Grognon, elle cracha à ses pieds.

Il se dépêcha de continuer sa route ; son cœur tambourinait dans sa poitrine.

Non loin, des enseignes au néon illuminaient la nuit. Elles se détachaient nettement sur la masse grise des immeubles d'appartements de l'ère stalinienne et les hôtels bordant la rue. Kiryanov respira plus librement. Il approchait du café où il avait accepté de retrouver son contact, une sympathique journaliste occidentale, Fiona Devin. Dès qu'il y serait, il répondrait à ses questions, lui remettrait ses informations et rentrerait très vite chez lui dans son petit appartement, sans qu'aucun de ses supérieurs sache ce qu'il avait fait. Il accéléra le pas, impatient d'en avoir fini avec ce dangereux rendez-vous clandestin.

Quelqu'un le percuta dans le dos et le projeta sur une plaque de glace noircie. Ses pieds glissèrent, il agita les bras pour rétablir son équilibre mais ne put éviter de tomber en arrière. Sa tête heurta le trottoir gelé et une vague brûlante de douleur le traversa, noyant ses pensées conscientes. Etourdi, gémissant, il resta immobile un long moment, incapable de bouger.

En dépit du tourbillon de douleur qui le coupait du monde, il sentit une main sur son épaule. Il fit l'effort d'ouvrir les yeux.

Un homme blond, en pardessus chaud et bien coupé, était agenouillé près de lui et se répandait en excuses. « Cher monsieur, je suis désolé ! Est-ce que ça va ? Que je suis maladroit ! C'est affreux, disait-il en s'agrippant au bras de Kiryanov de ses deux mains gantées. Permettez-moi de vous aider à vous relever. »

Le médecin russe sentit un coup d'aiguille dans sa chair. Il ouvrit la bouche pour crier et comprit, horrifié, qu'il ne pouvait plus respirer. Ses poumons étaient paralysés. Il tenta en vain d'inspirer l'air dont il avait désespérément besoin. Ses bras et ses jambes se tordirent et tremblèrent au fur et à mesure que ses muscles se durcissaient. Terrifié, il leva les yeux vers l'homme penché sur lui.

Un petit sourire passa sur les lèvres fines du blond. « *Da svidaniya*, adieu, docteur Kiryanov ! murmurat-il. Vous auriez dû obéir aux ordres et fermer votre gueule. »

Piégé dans un corps qui refusait désormais de répondre à sa volonté, Nikolaï Kiryanov gisait, raide, criait sans qu'aucun son sorte de sa bouche et voyait le monde autour de lui s'assombrir peu à peu. Son cœur vibrionna quelques secondes de plus et s'arrêta.

*

L'homme aux cheveux blonds regarda le cadavre à la bouche ouverte une seconde de plus puis leva les yeux vers le cercle de curieux que la chute avait attirés. Il prit un air de stupéfaction inquiète. « Il ne va pas bien. Je crois qu'il a dû avoir une sorte d'attaque.

— Peut-être s'est-il heurté la tête trop fort en tombant, suggéra une jeune femme élégante. On devrait appeler un médecin. Ou la milice.

— Oui, vous avez raison, approuva le blond en sortant son téléphone portable d'une poche de son pardessus. Je vais appeler les secours. »

Deux minutes plus tard, une ambulance blanche et rouge s'arrêta contre le trottoir. Les rayons bleus pulsés du gyrophare projetaient les ombres dansantes du petit groupe de curieux sur les immeubles. Deux infirmiers imposants descendirent avec un brancard, suivis par un jeune homme, l'air las, vêtu d'une blouse blanche froissée et chargé d'une lourde trousse d'urgence.

Le médecin de l'équipe se pencha sur Kiryanov, vérifia ses yeux fixes à l'aide d'un petit faisceau lumineux, prit son pouls et soupira. Il secoua la tête au-dessus de sa fine cravate rouge. « Ce pauvre type est mort. On ne peut plus rien faire pour lui. Bon, dit-il en regardant autour de lui, qui peut me dire ce qui s'est passé ?

— C'est un accident, dit le blond. On s'est heurtés et il a glissé avant de tomber sur cette plaque de glace. J'ai tenté de le relever... mais il a... enfin... il ne pouvait plus respirer. C'est tout ce que je sais.

— Je vois, dit le médecin. Eh bien, je crois malheureusement qu'il va falloir que vous veniez avec nous à l'hôpital. Il y a des papiers à remplir. La milice va vouloir prendre votre déposition. Et vous autres ? demanda-t-il en se tournant vers le groupe assemblé. Quelqu'un a vu quelque chose qui pourrait nous être utile ? »

Sa question ne rencontra qu'un lourd silence. Tous les curieux reculaient. Le visage volontairement impassible, ils s'éloignaient déjà dans la rue. Leur élan de curiosité morbide assouvi, aucun d'entre eux ne voulait risquer de perdre une soirée à répondre aux multiples questions d'un policier au poste ou dans une salle des urgences, des lieux aussi sinistres l'un que l'autre.

Le jeune médecin émit un grognement cynique. Il se tourna vers les deux infirmiers. « Embarquez-le ! Inutile de perdre plus de temps ici dans le froid. »

Rapides, ils chargèrent le corps de Kiryanov sur le brancard et le firent glisser dans l'ambulance. Un des infirmiers, le médecin en blouse blanche et l'homme blond montèrent à l'arrière avec le corps. Le second infirmier claqua la portière sur eux et monta à côté du chauffeur. Son gyrophare toujours allumé, l'ambulance s'inséra dans la circulation dense de la rue Tverskaya et partit vers le nord.

Loin des regards curieux, le médecin fouilla habilement les poches du mort, puis glissa les mains sous ses vêtements. Il vérifia le portefeuille et la carte d'identification hospitalière du légiste. « Rien, il n'y a rien ! Ce salaud n'a rien sur lui ! dit-il aux autres d'un air furieux.

— Regardez là-dedans ! » suggéra sèchement le blond en lui tendant le paquet que portait Kiryanov.

Le médecin le prit, déchira le papier-cadeau, et ouvrit la boîte de bonbons. Des dossiers tombèrent sur le corps. Il les parcourut et hocha la tête, satisfait. « Ce sont les photocopies des dossiers des patients de l'hôpital. Ils sont tous là, déclara-t-il avec un sourire. On peut annoncer qu'on a réussi.

— Je ne crois pas, contesta le blond.

— Qu'est-ce que vous voulez dire ?

— Où sont les échantillons de sang et de tissus qu'il a volés ? » demanda le blond avec assurance en plissant ses yeux gris et froids.

Le médecin regarda la boîte vide dans sa main et son visage exprima sa déception. « Merde ! Kiryanov a dû avoir de l'aide. Quelqu'un d'autre a les échantillons.

— On dirait bien, approuva le blond en sortant à nouveau son téléphone de sa poche pour appeler un numéro préenregistré. Ici Moscou Un. J'ai besoin d'une liaison sécurisée immédiate avec Prague Un. On a un problème... »

PREMIÈRE PARTIE

Chapitre un

15 février
Prague, République tchèque

Le lieutenant-colonel Jonathan "Jon" Smith, docteur en médecine, s'arrêta à l'ombre de l'arche d'une ancienne tour gothique à l'extrémité est du pont Charles. Long de près de cinq cents mètres, ce pont, construit il y a plus de six siècles, traverse la Vltava et relie le Staré Mesto, la Vieille Ville, au Mala Strana, le Petit Côté. Smith s'arrêta un long moment, scrutant avec calme et soin le tablier pavé qui s'étendait devant lui.

Il fronça les sourcils. Il aurait préféré un autre lieu pour ce rendez-vous, un lieu plus animé, permettant de se dissimuler. Des ponts plus larges et plus récents faisaient franchir la rivière aux voitures et aux tramways, mais le pont Charles était réservé aux piétons. Dans la morne pénombre de cette fin d'après-midi, il était quasi désert.

Presque toute l'année, l'élégance et la beauté de ce pont historique attiraient en foule les touristes et les vendeurs des rues. Mais Prague était à cette époque enveloppée d'un brouillard hivernal, d'un épais nuage glacial et nauséabond piégé au-dessus des méandres de la Vltava. Le nuage gris brouillait les silhouettes gracieuses des palais, des églises et des maisons datant de la Renaissance et du Baroque.

Frissonnant dans le froid humide, Smith remonta la fermeture à glissière de son blouson en cuir et s'engagea sur le pont. C'était un homme grand et mince, quarante ans à peine passés, les cheveux noirs lisses, les yeux bleus perçants, les pommettes hautes.

Au début, ses pas résonnèrent doucement et ricochèrent en échos contre le parapet, mais le son fut bientôt étouffé par le brouillard qui montait de la rivière et s'écoulait sur le tablier. Très vite, Jon Smith ne fut plus en mesure de distinguer les deux extrémités du pont. D'autres gens, surtout des fonctionnaires et des commerçants qui se dépêchaient de rentrer chez eux, émergeaient du nuage et passaient près de lui sans un regard avant de disparaître aussi vite qu'ils étaient apparus.

Smith continua sa route. Trente statues bordaient le pont Charles de chaque côté, silencieuses, impressionnantes dans le brouillard de plus en plus dense. Disposées par paires opposées sur les piles massives qui soutenaient le long tablier, ces statues le guidèrent jusqu'au point de rendez-vous. L'Américain s'arrêta au milieu du pont, à côté du visage serein de saint Jean Népomucène, prêtre catholique torturé à mort en 1393, son corps brisé jeté dans la Vltava depuis ce même pont. Polies par les innombrables passants qui les touchaient pour attirer la chance sur eux, les rotondités du relief en bronze noirci par l'âge qui décrivaient le martyre du saint sur le socle luisaient malgré l'ombre.

Saisi d'une impulsion soudaine, Smith se pencha et passa les doigts sur les personnages sculptés.

« Je ne te savais pas superstitieux, Jonathan, dit une voix calme et quelque peu fatiguée derrière lui.

— Qui ne tente rien n'a rien, Valentin ! » répondit Smith en se retournant avec un sourire confus.

Le Dr Valentin Petrenko s'approchait de lui, une serviette en cuir noir serrée dans sa main gantée. Le médecin spécialiste russe était bien plus petit que Smith et plus costaud. Ses yeux bruns tristes jetaient des regards nerveux à travers les verres épais de ses lunettes perchées sur son nez. « Merci d'avoir accepté de me retrouver ici. Loin de la conférence, je veux dire. Je me rends compte que ce n'est pas pratique pour toi.

— Ne t'en fais pas, répondit Smith avec un sourire narquois. Crois-moi, ça vaut mieux que de passer encore plusieurs heures à étudier le dernier article de Kozlik sur les épidémies de typhoïde et d'hépatite A au fin fond des steppes de l'Asie centrale. »

Un éclair d'amusement passa dans les yeux las de Petrenko. « Le Dr Kozlik n'est pas l'orateur le plus brillant que je connaisse, c'est vrai, mais ses théories sont justes. »

Smith approuva et, patient, attendit que l'autre lui explique pour quelle raison il avait tant voulu le rencontrer discrètement. Petrenko et lui se trouvaient à Prague pour une importante conférence internationale sur les maladies infectieuses émergentes en Europe de l'Est et en Russie. Des maladies mortelles, qu'on croyait éradiquées depuis longtemps dans le monde développé, se propageaient comme un feu de forêt dans certaines régions de l'ancien Empire soviétique, dépassant les capacités des systèmes de santé et d'hygiène publiques ruinés par des décennies de négligence et par l'effondrement de l'ancien ordre communiste.

Les deux hommes étaient très engagés dans l'étude de cette crise sanitaire inquiétante. Entre autres talents, Jon Smith était un biologiste moléculaire de renom attaché à l'Institut de recherche médicale de l'armée américaine sur les maladies infectieuses (l'USAMRIID) à Fort Detrick, dans le Maryland. Petrenko, pour sa part, était un expert des maladies rares attaché à l'Hôpital central de Moscou. Depuis des années, leur profession avait amené les deux hommes à se connaître sur le plan professionnel, et ils respectaient leurs capacités et discrétion mutuelles. En conséquence, quand Petrenko, visiblement boule-versé, l'avait pris à part plus tôt dans la journée pour réclamer le privilège d'une conversation privée hors des locaux de la conférence, Smith avait accepté sans hésiter.

« J'ai besoin de ton aide, Jon, finit par articuler le Russe. J'ai des informations qui doivent parvenir de toute urgence à des autorités médicales compétentes en Occident.

— Des informations sur quoi, Valentin ?

— Une maladie s'est déclarée à Moscou. Une nou-velle maladie... Quelque chose que nous n'avions encore jamais vu. Quelque chose qui me fait peur. »

Smith sentit un frisson lui parcourir le dos. « Continue !

— J'ai vu le premier cas il y a deux mois. Un enfant, un petit garçon d'à peine sept ans. Il est arrivé souf-frant de douleurs et d'une fièvre élevée persistante. Au début, les médecins ont pensé qu'il avait juste la grippe. Mais assez soudainement, son état s'est aggravé. Ses cheveux tombaient. Des plaies terribles, sanguinolentes, des démangeaisons douloureuses se sont étendues sur presque tout son corps. Il était gravement anémique. Peu à peu, des organes comme son foie, ses reins et finalement son cœur, se sont arrêtés de fonctionner.

— Nom de Dieu ! murmura Smith, qui pouvait imaginer les horribles souffrances qu'avait dû endurer le petit malade. Ces symptômes ressemblent à une irradiation, Valentin.

— Oui, et c'est ce que nous avons cru tout d'abord. Mais nous n'avons rien trouvé qui relie de près ou de loin l'enfant à une matière radioactive. Rien chez lui, rien à son école, rien nulle part où il s'était rendu.

— L'enfant était-il contagieux ?

— Non, non. Personne autour de lui n'est tombé malade. Ni ses parents ni ses amis ni ceux qui l'ont soigné. Aucune de nos analyses n'a révélé d'infection virale ou bactérienne dangereuse, et tous les examens toxicologiques sont revenus négatifs. On n'a pu déceler dans son organisme nulle trace de poison ou de produit chimique qui aurait pu faire de tels dégâts.

— C'est très moche...

— C'était atroce. »

Sa serviette toujours serrée dans sa main, le savant russe retira ses lunettes et les frotta nerveusement contre son pardessus avant de les remettre. « Mais d'autres malades ont commencé à arriver à l'hôpital, et ils présentaient les mêmes symptômes. Il y a eu d'abord un vieil homme, un ancien apparatchik du Parti communiste. Ensuite, une femme d'âge mûr. Enfin un jeune homme – un solide travailleur qui avait toujours été fort comme un bœuf. Ils sont tous morts en quelques jours dans des douleurs épouvantables.

— Il n'y en a eu que quatre ?

— Quatre dont j'ai eu connaissance, répondit Petrenko avec un sourire sans humour. Mais il a pu y en avoir d'autres. Les fonctionnaires du ministère de la Santé nous ont clairement fait savoir, à mes collègues et à moi, que nous ne devions pas poser trop de questions, au risque de "provoquer un mouvement de panique inutile" dans la population, ou d'inciter les journalistes à diffuser des reportages à sensation dans les médias. Bien sûr, on s'est élevés contre cette décision et on en a appelé aux plus hautes autorités. Mais finalement, toutes nos demandes d'enquête approfondie ont été rejetées. On nous a même interdit de discuter de ces cas avec quiconque hors du très petit cercle des scientifiques déjà au courant. Un fonctionnaire du Kremlin, conclut Valentin avec une grande tristesse, m'a même dit que, quatre morts inexpliquées, c'était sans importance, "un simple bruit de fond statistique". Il nous a suggéré de concentrer plutôt nos efforts sur le sida et sur d'autres maladies qui tuent bien plus de monde dans notre Mère Russie. Pendant ce temps, les données sur ces morts mystérieuses ont été classées "secret d'Etat" et enterrées par la bureaucratie.

— Les idiots ! » grogna Smith.

Il sentait ses mâchoires se serrer. Le silence et le secret étaient la plaie de la science de qualité. Tenter de dissimuler l'émergence d'une nouvelle maladie pour des raisons politiques avait toutes les chances de conduire à une épidémie catastrophique.

« Sans doute, approuva Petrenko. Mais je ne participerai pas à cette dissimulation. C'est pourquoi je t'ai apporté ça, dit le Russe en tapotant le rabat de sa serviette. Tu y trouveras toutes les informations médicales concernant les quatre victimes connues, ainsi que des échantillons de leur sang et des tissus corporels que nous avons prélevés sur eux. Mon espoir, c'est que toi et d'autres en Occident puissent en apprendre plus sur les mécanismes de cette nouvelle maladie avant qu'il soit trop tard.

— Et qu'est-ce que tu risques si ton gouvernement découvre que tu nous as transmis ces données ?

— Je n'en sais rien. C'est pourquoi je voulais te communiquer ces informations en secret. Les conditions se détériorent rapidement, dans mon pays, Jon, soupira le Russe. J'ai très peur que nos dirigeants aient décidé qu'il est plus sûr et plus facile de gouverner par la force et la peur que par la persuasion et la raison. »

Smith comprenait très bien. Il avait suivi les nouvelles venant de Russie avec une inquiétude croissante. Le président du pays, Viktor Dudarev, avait été membre du KGB, le comité soviétique de Sécurité nationale au temps de l'Union soviétique, et il avait été en poste en Allemagne de l'Est. Quand l'URSS s'était effondrée, Dudarev n'avait pas perdu de temps pour rallier les forces de la réforme. Il s'était élevé très vite dans la hiérarchie de la nouvelle Russie, assumant la charge du nouveau service de Sécurité nationale, le FSB, avant de devenir Premier ministre puis de gagner les élections présidentielles. Pendant toute son ascension, ils avaient été nombreux à le soutenir, en particulier ceux qui voulaient croire à tout prix qu'il était sincèrement partisan des normes démocratiques.

Dudarev les avait tous floués. Depuis qu'il était aux affaires, cet officier de l'ex-KGB avait tombé le masque, révélant un homme plus intéressé par la satisfaction de ses propres ambitions que par l'établissement d'une démocratie authentique. Il s'occupait de rassembler les rênes du pouvoir entre ses mains et celles de ses sbires. Les nouveaux médias indépendants étaient muselés et ramenés sous le contrôle du gouvernement. Les entreprises dont les patrons s'opposaient au Kremlin étaient démantelées par décrets officiels ou voyaient leurs actifs confisqués par le biais d'impôts écrasants. Les politiciens rivaux étaient réduits au silence ou ignorés par la presse étatique jusqu'à ce qu'on les oublie.

Les humoristes avaient surnommé Dudarev le « tsar Viktor », mais la plaisanterie ne faisait plus rire depuis longtemps car l'appellation rejoignait la réalité brute.

« J'éviterai tant que je pourrai de citer ton nom, promit Smith. Mais, dès la nouvelle connue, quelqu'un au gouvernement russe remontera forcément la filière de l'information et arrivera jusqu'à toi. Et on n'aura aucun moyen d'éviter les fuites, à un moment ou un autre. Peut-être serait-il plus sûr pour toi de révéler les faits en personne, tu ne crois pas ?

— Demander l'asile politique, tu veux dire ?

— Oui.

— Non, je ne crois pas. En dépit de la situation, je suis Russe avant tout et à jamais. La peur ne me fera pas abandonner ma patrie. De plus, ajouta-t-il avec un triste sourire, que disent les philosophes, déjà ? "Pour que triomphe le mal, il faut que tous les hommes bien ne fassent rien" ? Je crois que c'est vrai. Je resterai donc à Moscou. Je ferai ce que je peux pour combattre l'obscurantisme, avec mes faibles moyens.

— *Prosim, muzete mi pomoci ?* »

Ces mots flottèrent jusqu'à eux à travers le brouillard.

Surpris, Smith et Petrenko se retournèrent.

Un homme assez jeune, le visage dur, impassible, se tenait à deux mètres d'eux, la main gauche tendue comme pour mendier. Sous des cheveux bruns emmêlés, longs et gras, pendait du lobe d'une de ses oreilles un petit crâne en argent. Sa main droite était cachée dans la poche de son long pardessus noir. Deux hommes le suivaient, vêtus de la même manière et tout aussi sinistres. Ils portaient une boucle d'oreille identique.

D'instinct, Smith se plaça devant le petit savant russe. « *Prominte*, dit-il, désolé, je ne comprends pas – *Nerozumim. Mluvite anglicky ?* Parlez-vous anglais ?

— Vous êtes américain, c'est ça ? » demanda l'homme aux cheveux longs en baissant lentement sa main gauche.

Quelque chose dans sa manière de le dire donna la chair de poule à Smith. « C'est exact, répondit-il.

— Bien. Tous les Américains sont riches. Et je suis pauvre. »

Ses yeux sombres se posèrent sur Petrenko avant de revenir sur Smith. « Vous allez donc me donner la serviette de votre ami. Comme cadeau, d'accord ?

— Jon, murmura le Russe derrière lui, ils ne sont pas tchèques. »

L'homme aux cheveux longs l'entendit, haussa les épaules et sourit méchamment. « Le Dr Petrenko a raison. Je le félicite de son don d'observation. »

Il sortit le couteau à cran d'arrêt dissimulé dans sa poche et l'ouvrit d'un seul geste harmonieux. La longue lame était aiguisée comme un rasoir. « Mais je n'ai pas changé d'avis. Je veux toujours cette serviette, et tout de suite ! »

Merde ! se dit Smith en voyant les trois hommes se déployer en éventail autour d'eux. Il recula d'un pas et se retrouva coincé contre le parapet destiné à empêcher les piétons de tomber dans la Vltava et qui lui montait à la taille. Ça se présente mal, se dit-il. Se faire surprendre sans arme et en minorité sur un pont dans le brouillard... Non, ce n'était pas une situation confortable.

Tout espoir de simplement remettre la serviette et de s'éloigner indemne avait disparu quand il avait entendu l'homme appeler Petrenko par son nom, avec assurance, comme si c'était normal. Son collègue et lui n'étaient pas victimes de vulgaires voleurs à la tire. A moins que son intuition lui fasse défaut, ces types étaient des professionnels, et les professionnels apprenaient à ne pas laisser de témoins derrière eux.

Il s'efforça de sourire. « Oui, bien sûr... Je veux dire que... si vous prenez les choses de cette manière... Inutile d'avoir recours à la violence, n'est-ce pas ?

— Tout à fait inutile, mon ami, confirma l'homme au couteau sans se départir de son sourire cruel. Dites donc au bon docteur de nous passer sa serviette. »

Smith prit une seule inspiration profonde et sentit son pouls ralentir. Le monde autour de lui ralentit aussi tandis que l'adrénaline envahissait son corps, accélérant ses réflexes. Il s'accroupit. Maintenant ! « *Policii !* Police ! hurla-t-il dans le silence cotonneux du brouillard. *Policii !*

— Crétin ! » persifla l'homme aux cheveux longs en fonçant vers l'Américain, lame brandie.

Smith plongea sur le côté, évitant la lame qui frôla son visage. Trop près ! Il frappa violemment l'intérieur du poignet dénudé de son assaillant pour engourdir ses nerfs.

L'homme grogna de douleur. Le couteau s'échappa de ses doigts paralysés et glissa sur le sol. Toujours aussi rapide, Smith pivota et, de toutes ses forces, projeta son coude dans le visage étroit de l'autre. Les os craquèrent, du sang jaillit. Gémissant, l'homme recula, tituba, tomba à genoux, les mains sur les restes sanguinolents de son nez fracassé.

Hargneux, le second homme prit la place de son chef et brandit son propre couteau. Smith esquiva et lui donna un formidable coup de poing juste sous les côtes. L'homme se plia en deux de douleur. Avant qu'il se ressaisisse, Smith le saisit par le col de son manteau et le précipita tête la première contre le parapet en pierre. Assommé, il s'écroula à plat ventre sans un bruit et resta immobile.

« Jon, attention ! »

Smith se retourna au cri de Petrenko, juste à temps pour voir le petit savant russe faire reculer le troisième homme en lui assénant des coups désordonnés de sa serviette. Mais la frénésie de Petrenko le quitta bientôt, remplacée sur son visage par l'horreur, quand il vit le couteau enfoncé jusqu'à la garde dans son ventre.

Soudain, un coup de feu résonna, repris en écho le long du pont.

Un petit trou bordé de rouge s'ouvrit au milieu du front de Petrenko. Des esquilles d'os et des morceaux de cerveau jaillirent de l'arrière de son crâne sous le coup de la balle tirée à bout portant. Les yeux révulsés, tenant toujours sa serviette, le Russe oscilla et bascula en arrière par-dessus le parapet, dans la rivière.

Du coin de l'œil, Smith vit le premier agresseur se relever ; le sang coulait sur son visage, sur son menton barbu. Les yeux noirs pleins de haine, il tenait un pistolet, un vieux Makarov soviétique. Une douille roula sur le pavé inégal.

L'Américain se crispa, conscient qu'il était trop tard et que l'autre était bien trop loin, hors d'atteinte.

Il ne lui restait qu'une solution. Il se retourna et se jeta du haut du pont, plongeant tête la première dans le brouillard. Derrière lui, d'autres coups de feu éclatèrent. Une balle lui frôla la tête, une autre perfora son blouson. Il ressentit une douleur brûlante à l'épaule.

Il traversa la surface de la Vltava dans une gerbe de gouttelettes et d'écume, et s'enfonça dans ses eaux glacées et noires comme de l'encre, un monde de silence et d'obscurité absolus. Puis un violent courant s'empara de lui, tirant sur son blouson, ses bras, ses jambes, et l'envoya rouler loin des piles massives du pont de pierre.

Les poumons en feu, avide d'air, Smith donna des coups de pied et leva les bras pour remonter à travers l'eau glaciale et tumultueuse. Sa tête finit par émerger à la surface agitée et il put enfin inspirer, entraîner dans son corps l'oxygène dont il avait désespérément besoin.

Toujours emporté par le courant, il se retourna. Le pont Charles avait disparu dans le brouillard, mais il entendit des voix et des cris affolés dont le son rebondissait sur l'eau. Les coups de feu avaient dû sortir les Pragois de leur torpeur, en cette fin d'après-midi. Smith recracha une gorgée d'eau.

Il regarda autour de lui et visa la rive est. Il fallait qu'il lutte contre le courant qui l'entraînait. Il fallait qu'il sorte de l'eau avant d'être à bout de forces. Il claquait des dents, transi par le froid qui avait pénétré jusqu'à son corps à travers ses vêtements gorgés d'eau.

Pendant un long moment, la fatigue l'alourdissant de plus en plus, la rive noyée dans la brume lui parut hors d'atteinte. Conscient que le temps lui était compté, il fit un effort désespéré. Après quelques coups de pied, il sentit ses mains toucher la boue de la rive, puis des galets. Il se hissa hors de la Vltava sur une étroite bande d'herbe avant d'atteindre les arbres bien taillés d'un petit parc.

Frissonnant, chaque muscle douloureux, il roula sur le dos et resta là, les yeux perdus dans le ciel gris uniforme. Les minutes s'écoulèrent, et il dériva avec elles, trop épuisé pour continuer.

Smith entendit quelqu'un qui retenait son souffle. Il tourna la tête et vit une petite dame âgée, en manteau de fourrure, qui le regardait avec un mélange d'étonnement et de peur. Un petit chien sortit d'entre ses jambes et vint le renifler avec curiosité. Il faisait de plus en plus sombre.

« *Policii !* » dit Smith dans un effort surhumain pour contrôler ses dents qui claquaient.

La dame arrondit les yeux.

Rassemblant les quelques mots de tchèque qu'il connaissait, il murmura : « *Zavolejte policii !* Appelez la police. »

Avant qu'il puisse articuler une parole de plus, l'obscurité l'enveloppa tout entier.

Chapitre deux

Chernihiv, Ukraine
Quartier général du Commandement
opérationnel du Nord

Pendant des siècles, on avait appelé Chernihiv « la cité princière », car elle avait été la capitale fortifiée d'une des principautés au cœur de la Rous de Kiev, la confédération assez floue organisée par les Vikings, les maîtres de ce qui allait devenir la Russie et l'Ukraine. Plusieurs de ses merveilleuses cathédrales, églises et monastères dataient des XIᵉ et XIIᵉ siècles, et leurs dômes et clochers dorés conféraient une calme élégance à la petite ville. Chaque année, des bus de touristes faisaient le court trajet depuis Kiev, à cent quarante kilomètres au sud, pour visiter les sites anciens et admirer les œuvres d'art de Chernihiv.

Peu de ces touristes remarquaient le complexe isolé d'immeubles en béton et acier construit à l'ère communiste en bordure de la ville. Derrière un périmètre de barbelés gardé par des soldats lourdement armés, on avait installé l'administration d'une des trois principales forces de combat de l'armée ukrainienne – le Commandement opérationnel du Nord. Le soleil s'était couché depuis longtemps, mais des lampes étaient toujours allumées dans les bâtiments. Des voitures officielles ornées des drapeaux de toutes les grandes unités de commandement s'alignaient sur l'aire de stationnement autour du bâtiment central de trois étages inondé de lumière.

Le major Dmitry Polyakov se tenait un peu à l'écart des officiers supérieurs rassemblés dans une salle de réunion. Le grand jeune homme avait choisi une position qui lui permettait de bien voir son patron, le général de corps d'armée Aleksandr Marchuk, l'homme en charge du Commandement opérationnel du Nord. Il vérifia une fois de plus que le dossier qu'il avait en sa possession contenait bien tous les rapports, tous les ordres dont le général pourrait avoir besoin pour la réunion convoquée en urgence au sein de l'armée. Polyakov savait que Marchuk était un soldat volontaire et très professionnel, le genre à attendre de son principal aide de camp qu'il soit prêt à répondre instantanément à tout besoin et à tout ordre.

Marchuk, ses officiers supérieurs et les généraux à la tête de la division et de la brigade du Commandement opérationnel du Nord s'étaient rassemblés sur trois côtés de la vaste table de conférence rectangulaire. Chaque officier de haut rang avait à sa disposition son propre dossier, un cendrier et une tasse de thé chaud. Des cigarettes se consumaient dans presque tous les cendriers.

« Il ne fait aucun doute que les Russes et les Biélorusses ont resserré la sécurité sur nos frontières communes, expliqua le colonel chargé du rapport en montrant d'une longue tige plusieurs endroits d'une carte. Ils ont fermé chaque point de passage, aussi petit soit-il, de Dobrjanka ici, au nord, jusqu'à Kharkiv, à l'est. On ne laisse passer les véhicules qu'à des points de contrôle établis sur les plus grandes routes – et seulement après une fouille méticuleuse. De plus, mes homologues des Commandements de l'Ouest et du Sud m'ont rapporté des mesures similaires prises dans leurs régions.

— Ce n'est pas tout ce que font les Russes ! » fit remarquer d'un air sombre un officier assis à l'autre bout de la table.

Commandant d'une brigade de protection, une nouvelle formation interarmes, il disposait de troupes de reconnaissance et de leurs blindés, hélicoptères de repérage et d'attaque et unités d'infanterie armées de missiles antitanks. « Mes avant-postes ont observé des forces de reconnaissance de la taille de compagnies et de bataillons qui opéraient en divers points le long de la frontière, exposa-t-il. Il semblerait qu'elles tentent de localiser les postes de nos détachements de sécurité à la frontière.

— On ne doit pas oublier non plus les rumeurs de mouvements de troupes dont les Américains nous ont informés », ajouta un autre général.

Les cors de chasse croisés sur son épaulette l'identifiaient comme membre de la branche de Signalisation, mais ce n'était qu'une couverture. En réalité, il servait à la tête de la section d'Intelligence militaire du Commandement du Nord.

Les autres opinèrent du chef. L'attaché militaire américain à Kiev leur avait fait passer des rapports d'espionnage suggérant que plusieurs des unités russes d'élite de l'armée de l'air et de terre, avec avions, tanks et infanterie lourde, avaient disparu de leurs bases autour de Moscou. Bien qu'aucun de ces rapports n'ait reçu de confirmation, ils n'en étaient pas moins troublants.

« Quelle est l'excuse officielle de Moscou pour cette activité inhabituelle ? demanda un gros général de division blindée assis près du chef des renseignements et penché au point que la lueur du plafonnier se réfléchissait sur son crâne chauve.

— Le Kremlin prétend que ce ne sont que des mesures de précaution antiterroristes », répondit le général Marchuk.

Il écrasa sa cigarette. Il avait la voix rauque et la sueur avait taché le haut col de son uniforme.

Le major Polyakov dissimula son inquiétude. Malgré ses cinquante ans, Marchuk était un homme fort et en bonne santé, mais aujourd'hui, il était malade – très malade. Il n'avait pas réussi à garder le moindre aliment de la journée. Malgré tout, il avait insisté pour réunir cette conférence nocturne.

« Ce n'est qu'une sale grippe, Dmitry, avait-il grogné à l'intention de son aide de camp. Je m'en remettrai. Pour l'instant, la situation militaire exige toute mon attention. Tu connais ma règle : le devoir prime toujours. »

Comme tout bon soldat à qui on avait donné un ordre, Polyakov avait approuvé et obéi. Qu'aurait-il pu faire d'autre ? Mais soudain, au spectacle de son chef si affaibli, il se dit qu'il aurait dû insister pour que le général consulte un médecin.

« Et croyez-vous nos bons amis et voisins russes, Aleksandr, demanda le général de division blindée avec malice, quand ils invoquent ces prétendues mesures antiterroristes ? »

Marchuk haussa les épaules. Ce simple mouvement parut lui coûter un gros effort. « Le terrorisme est une grave menace. Les Tchétchènes et d'autres frapperont Moscou et ses intérêts quand et où ils pourront. Nous le savons tous », dit-il. Il dut s'interrompre un moment pour reprendre son souffle après avoir toussé. « Mais je n'ai vu aucune information – ni de notre propre gouvernement ni des Russes eux-mêmes – qui pourrait justifier une activité militaire d'une telle ampleur.

— Que devrions-nous donc faire ? murmura un autre officier supérieur.

— Nous allons prendre nos propres précautions, répondit Marchuk, pour que le "tsar Viktor" et ses sbires restent à Moscou, au moins. Une petite démonstration de force de notre part devrait suffire à décourager toute idée idiote de la part du Kremlin. »

Il se leva pour s'approcher de la carte. Des gouttes de sueur roulèrent de son front. Il avait un teint de cendre. Il tituba.

Polyakov esquissa un pas vers lui mais le général lui fit signe de s'arrêter.

« Je vais bien, Dmitry, murmura-t-il, juste un peu étourdi, c'est tout. »

Ses subordonnés échangèrent des regards inquiets.

Marchuk s'efforça de leur sourire. « Qu'est-ce qui vous prend à tous, messieurs ? Vous n'avez jamais vu quelqu'un souffrant d'une bonne grippe ? » Il toussa de nouveau, longtemps cette fois, une quinte qui le laissa hors d'haleine. Il releva péniblement la tête et réussit à sourire. « Ne vous en faites pas. Je vous promets de ne pas vous souffler à la figure ! »

Il y eut des rires nerveux.

Un peu remis, le général se pencha en avant et s'appuya à la table. « Ecoutez-moi attentivement ! dit-il avec autorité, bien qu'il dût à l'évidence lutter pour articuler chaque mot. A partir de cette nuit, je veux que les divisions et les brigades de cette armée soient mises en état d'alerte maximum. Toutes les permissions sont annulées. Tous les officiers éloignés de leurs unités pour une raison quelconque doivent être rappelés, immédiatement. A l'aube, je veux que tous les tanks opérationnels, tous les véhicules de combat de l'infanterie, toutes les armes légères soient chargés de munitions, les réservoirs pleins de carburant. Il en va de même pour tous les hélicoptères de transports de troupe et de combat en état de voler. Dès que ce sera fait, nos unités prendront leurs positions dans les zones de déploiement déterminées afin d'y mener des manœuvres hivernales spéciales.

— Mettre en état d'alerte tant de troupes coûtera très cher, fit remarquer son chef d'état-major avec un grand calme. Très cher. Le Parlement va nous demander des comptes. Le budget de la défense est serré, cette année. Il faudra justifier ces dépenses.

— Je me fous du budget ! rétorqua Marchuk en se redressant. Et je me fous des politiciens de Kiev ! Notre boulot, c'est de défendre la patrie, pas de nous inquiéter du budget. »

Tout à coup, son visage pâlit encore et il vacilla. Il eut un frisson et chacun put voir qu'il luttait contre une terrible douleur. Il se pencha et s'effondra sur la table de conférence. Un cendrier s'écrasa au sol, dispersant cendres et mégots sur le tapis.

Les officiers stupéfaits se levèrent d'un bond et se précipitèrent vers leur chef inconscient.

Polyakov se fraya un chemin entre eux, repoussant les curieux quel que soit leur rang. Il toucha l'épaule de Marchuk, puis tâta son front quand il ne réagit pas. Il retira sa main, choqué. « Sainte Mère de Dieu ! murmura-t-il, le général est brûlant de fièvre.

— Allongez-le sur le dos, suggéra quelqu'un et desserrez sa cravate et son col. Laissez-le respirer. »

Polyakov et un autre aide de camp obéirent, en gestes si précipités qu'ils arrachèrent les boutons de la veste et de la chemise. Les officiers présents retinrent leur souffle d'horreur quand le cou et une partie de la poitrine de Marchuk apparurent. Presque toute la surface de sa peau était couverte de plaies à vif.

Polyakov avala sa salive pour éviter de vomir et se détourna. « Appelez un médecin ! cria-t-il, terrifié par ce qu'il venait de voir. Pour l'amour de Dieu, appelez un médecin ! »

*

Quelques heures plus tard, le major Dmitry Polyakov était effondré sur un banc dans le couloir des soins intensifs de l'hôpital Oblast. Les yeux rouges, déprimé, il fixait le carrelage craquelé au sol, ignorant les gémissements étouffés et incompréhensibles des haut-parleurs qui convoquaient médecins et infirmières dans les divers services.

Une paire de bottes cirées comme des miroirs s'imposa dans son angle de vision. Avec un soupir, le major Polyakov leva les yeux et vit un officier, l'air pincé, qui posait sur lui un regard réprobateur. Pendant un instant, il voulut protester mais, à la vue des deux étoiles dorées sur les épaulettes rouge et blanc du général, il bondit sur ses pieds, redressa les épaules, leva le menton et se mit au garde-à-vous.

« Vous devez être Polyakov, l'aide de camp de Marchuk, déclara sèchement le général sans la moindre interrogation dans la voix.

— Oui, mon général, répondit le major.

— Je m'appelle Tymochenko, annonça l'officier beaucoup plus petit que lui et au visage émacié.

Général de brigade Eduard Tymochenko. On m'a envoyé de Kiev pour assurer le commandement, sur ordre à la fois du ministre de la Défense et du Président en personne. »

Polyakov fit de son mieux pour dissimuler sa déception. Au sein du corps des officiers de l'armée, Tymochenko avait la réputation d'être un politicard, un de ceux qui, par centaines, avaient fait leur apparition à la veille de l'indépendance de l'Ukraine, quand l'Union soviétique s'était désintégrée. Sa réputation de chef de guerre était épouvantable. Ceux qui avaient servi sous ses ordres parlaient amèrement d'un homme plus intéressé par l'apparence que par le courage au combat. Ces dernières années, il avait passé son temps à divers postes au sein du ministère de la Défense à agiter avec énergie des papiers d'un bout à l'autre de son bureau pour s'assurer que les politiciens influents le considéraient bien comme un élément indispensable.

« Quel est l'état de santé du général Marchuk ? demanda Tymochenko.

— Il est toujours inconscient, mon général, admit Polyakov. D'après les médecins, ses signes vitaux se détériorent rapidement. Il n'a répondu à aucun des traitements, jusque-là.

— Je vois », dit Tymochenko.

Il tourna la tête et posa un regard méprisant sur les lieux. Au bout d'un moment il revint au jeune homme. « Et la cause de cette malheureuse maladie ? Avant de quitter Kiev, j'ai entendu quelques absurdités sur une irradiation.

— Personne ne connaît la réponse, avoua Polyakov. L'hôpital fait une batterie complète d'analyses, mais les résultats pourraient n'être connus que dans plusieurs heures, voire plusieurs jours.

— Dans ce cas, major, puis-je suggérer qu'il n'est plus utile de hanter ces couloirs comme un chien de compagnie privé de son maître ? Le général Marchuk va vivre – ou il va mourir. Quoi qu'il en soit, je suis tout à fait certain qu'il pourra le faire sans votre présence. En attendant, continua-t-il avec un petit sourire, j'ai besoin d'un aide de camp, du moins jusqu'à ce que je puisse localiser un jeune officier plus efficace et plus méritant que vous. »

Polyakov s'efforça d'ignorer l'insulte. Il se contenta d'approuver avec un visage impassible. « Oui, mon général, je ferai de mon mieux.

— Bien ! conclut Tymochenko en montrant la sortie du menton. Ma voiture attend dehors. Vous allez rentrer au quartier général avec moi. Dès notre arrivée, je veux que vous organisiez des appartements où je pourrais résider temporairement. Quelque chose de confortable, je l'espère. Vous pourrez vider et nettoyer ceux de Marchuk demain matin.

— Mais...

— Oui ? lança le petit général d'un ton aigre. Que voulez-vous, major ?

— Que faisons-nous pour les Russes ? Pour la situation aux frontières ? demanda Polyakov sans tenter de dissimuler sa surprise. Le général Marchuk voulait déployer dès l'aube les formations combattantes pour des manœuvres dans la région.

— C'est ce qu'on m'a dit. Naturellement, répondit Tymochenko en haussant les épaules, j'ai annulé tous ces ordres dès mon arrivée. Des grandes manœuvres en plein hiver ? ironisa-t-il. Avec les équipements hors de prix que ça suppose ? Et tout ça à cause de quelques rumeurs paranoïaques à propos des Russes ? C'est de la folie. Je n'arrive pas à comprendre ce qui est passé par la tête de Marchuk. La fièvre a dû altérer son jugement. Rien que la note de carburant atteindrait une somme prohibitive. »

Sur ce, le nouveau chef du Commandement opérationnel du Nord de l'armée ukrainienne tourna les talons et s'éloigna d'un pas ferme. Consterné, le major Dmitry Polyakov resta figé sur place.

Le Pentagone

Le caporal Matthew Dempsey de la police du Pentagone sifflotait en arpentant les couloirs labyrinthiques du bâtiment en cette nuit calme. C'était le quart qu'il préférait. Jamais le Pentagone ne cessait vraiment ses activités et des lumières filtraient sous la porte de certains bureaux, mais le fourmillement bruyant de la journée s'apaisait vers minuit.

Une voix explosa soudain dans son écouteur : « Dempsey, c'est Milliken.

— Allez-y, sergent, répondit Dempsey dans son micro.

— Une dépêche rapporte un appel d'urgence provenant d'un bureau du renseignement militaire dans le directorat de soutien du commandement interarmes. Quelqu'un vient d'appeler les secours et a laissé le téléphone décroché. La standardiste dit qu'elle entend respirer mais n'obtient aucune réponse. Je veux que tu ailles voir ce qui se passe. »

Dempsey n'en fut pas ravi. Les nombreux bureaux de l'agence d'Intelligence militaire étaient une zone hypersensible, généralement interdite à quiconque ne bénéficiait pas d'une autorisation spéciale. On lui permettait d'ignorer ces restrictions si nécessaire, mais cela allait déclencher tout un tohu-bohu. Même s'il ne s'agissait que d'une fausse alerte, il allait passer les prochaines heures à remplir des formulaires où il jurerait de ne rien révéler, et à répondre à des interrogatoires serrés.

Il soupira et partit au pas de gymnastique. « J'y vais ! »

Devant la porte verrouillée donnant sur les bureaux du service du renseignement militaire, il s'arrêta. La lampe de contrôle de sécurité était rouge. Toute personne tentant d'entrer en force déclencherait automatiquement une alarme dans l'ensemble du bâtiment. Il sortit la carte d'identification spéciale qu'on lui remettait au début de chacun de ses services et l'inséra en grommelant dans la machine électronique. La lampe passa au jaune, indiquant qu'on l'autorisait à entrer, puisqu'il s'agissait d'une urgence.

Il poussa les portes de sécurité et se retrouva dans un autre couloir qui s'enfonçait profondément dans l'immeuble et sur lequel donnaient plusieurs portes en verre épais qui ne laissaient échapper aucun son. Le policier accéléra vers le bureau que son sergent lui avait désigné comme étant la source de l'appel d'urgence avorté. Il tenait à éviter de regarder dans les autres pièces.

Sur la porte qu'il cherchait, il lut : DIRECTORAT DES RENSEIGNEMENTS − DIVISION RUSSE. Dempsey en savait assez sur les différents services de renseignements pour comprendre que les hommes et les femmes qui travaillaient là étaient sous l'autorité directe du ministre de la Défense et du commandement interarmes pour toute évolution importante de la situation sur le plan militaire et politique. C'étaient des spécialistes au plus haut niveau chargés de rassembler les bribes d'information envoyées par les agents sur place, par les photographies satellite et par les transmissions radiophoniques, téléphoniques et informatiques qu'ils pouvaient intercepter.

« Police ! cria-t-il dès qu'il entra. Il y a quelqu'un ? Répondez ! »

Le caporal regarda autour de lui. Dans la pièce, les bureaux, les chaises, les classeurs et les ordinateurs formaient un vrai labyrinthe. La voix lointaine de la standardiste qui tentait toujours d'obtenir une réponse le guida vers un bureau dans le coin opposé à l'entrée.

Des dizaines de dossiers et d'images envoyées par les satellites jonchaient le bureau et la moquette tout autour. En dépit de ses efforts, le caporal ne put éviter de lire les étiquettes de certains dossiers : 4ᵉ DIVISION DE BLINDÉS – CANTONNEMENT DE NARO-FORMINSK, INTERCEPTION DE SIGNAUX ; 45ᵉ BRIGADE DE SPETSNAZ, ANALYSE DU TRAFIC FERROVIAIRE ; DISTRICT MILITAIRE DE MOSCOU. Des cachets rouges de mise en garde indiquaient que tous étaient top secret, voire plus.

Dempsey en eut un frisson. Il était bon pour un lavage de cerveau !

L'ordinateur sur le bureau ronronnait doucement. Un économiseur d'écran dissimulait le dossier sur lequel on avait travaillé et le caporal prit bien soin de ne rien toucher autour de la machine pour qu'elle n'affiche pas le document.

Dempsey baissa les yeux. Là, recroquevillé près d'un fauteuil renversé, gisait un homme d'un certain âge, le visage et le cou étrangement marbrés. L'homme gémissait. Ses yeux s'entrouvrirent avant de se refermer. Il n'était qu'à demi conscient et tenait le combiné du téléphone toujours serré dans sa main.

Des touffes de cheveux gris tombaient de son cuir chevelu, découvrant des espaces chauves grotesques, à vif, sanguinolents.

Le jeune caporal mit un genou à terre et regarda le malade de plus près. Il lui tâta le pouls – rapide et irrégulier. Il émit un juron et sortit sa radio. « Sergent, c'est Dempsey. Envoyez une équipe médicale, vite ! »

Moscou, 16 février

Les pignons et les tours de l'immeuble d'appartements Kotelnicheskaya s'élevaient haut sur les toits de la ville, offrant une vue incomparable par-delà la Moscova sur les murs en briques rouges, les dômes dorés et les flèches du Kremlin. Des dizaines d'antennes satellite, à ondes courtes et radio jaillissaient de chaque espace libre sur la façade décorée. Le Kotelnicheskaya était une des « Sept Sœurs » de Staline – sept énormes gratte-ciel construits à Moscou pendant les années cinquante afin d'éviter à la capitale cette ligne d'horizon plate, que le dictateur fou de pouvoir trouvait humiliante, face aux silhouettes hérissées des grandes villes américaines.

Conçu pour héberger les hauts responsables du Parti communiste et des grandes industries, l'énorme immeuble accueillait maintenant surtout de riches étrangers et des membres des nouvelles élites gouvernantes ainsi que les patrons de la nouvelle économie – ceux qui pouvaient payer le loyer de plusieurs milliers d'euros par mois que coûtaient ces appartements de luxe. Aux derniers étages, qui soutenaient l'aiguille centrale surmontée par une étoile dorée géante, les appartements ne pouvaient être loués que par les plus riches et les plus puissants. Afin d'obtenir encore plus d'argent des locaux, on avait converti le dernier étage en bureaux de prestige.

Un homme grand, aux épaules carrées, se tenait à la fenêtre d'un de ces bureaux rénovés. Des cheveux blancs éclaircissaient plus encore sa chevelure blonde et s'assortissaient à ses yeux gris, froids comme la glace. Il regardait la ville endormie avec inquiétude. L'hiver retenait toujours Moscou dans sa poigne gelée, mais le ciel se dégageait peu à peu.

Un téléphone sécurisé sonna soudain sur le bureau derrière lui. Des chiffres s'éclairèrent sur un mouchard, identifiant le correspondant. L'homme se retourna et décrocha. « Ici Moscou Un. Allez-y !

— Ici Prague Un, déclara une voix nasale. Petrenko est mort. »

Le grand blond sourit. « Bien. Et ce qu'il avait volé à l'hôpital ? Les dossiers et les échantillons biologiques ?

— Disparus. Le tout se trouvait dans une serviette qui a plongé dans la rivière avec Petrenko.

— L'affaire est donc résolue.

— Pas tout à fait... Avant qu'on le retrouve, Petrenko avait organisé un rendez-vous avec un autre médecin, un Américain qui assistait à la conférence. Ils se parlaient quand on les a rejoints.

— Et ?

— L'Américain nous a échappé, avoua Prague Un à contrecœur. La police tchèque le retient pour sa protection.

— Qu'est-ce qu'il sait ?

— Je n'ai pas pu le découvrir. On pense que Petrenko a réussi à lui parler des morts avant qu'on arrive. On est aussi presque sûrs qu'il avait prévu de lui remettre les dossiers et les échantillons. »

Moscou Un serra le poing autour du combiné. « Et qui est cet Américain qui nous tombe dessus ?

— Il s'appelle Jonathan Smith. Selon les dossiers de la conférence, c'est un médecin militaire, un lieutenant-colonel assigné à un de leurs instituts de recherche médicale, un spécialiste des maladies infectieuses. »

Jonathan Smith ? Le grand blond fronça les sourcils. Il avait la vague impression de connaître ce nom, mais où l'aurait-il entendu ? Un signal d'alarme résonnait confusément au fond de son esprit. Il secoua la tête avec impatience. Il avait des soucis plus immédiats. « Qu'est-ce que fait la police tchèque ?

— Elle drague la rivière.

— Pour la serviette ?

— Non. On a un informateur au quartier général de la police. Ils ne recherchent que le corps de Petrenko, pour l'instant. Je ne sais pas pourquoi, mais l'Américain ne dit rien de ce que le Russe lui a révélé.

— Est-ce qu'ils trouveront l'un ou l'autre ? demanda le blond, le regard perdu sur la ville.

— Le corps finira bien par reparaître, admit Prague Un, mais je suis presque certain que la serviette est perdue à jamais. La Vltava est large et son courant rapide.

— J'espère pour toi que tu as raison, dit froidement Moscou Un.

— Et pour ce Smith ? demanda Prague Un après un silence désagréable. Il pourrait nous poser un grave problème. »

Le grand blond devait concéder que c'était vrai. Le médecin américain n'avait peut-être rien dit aux autorités tchèques, mais il finirait par rapporter ce qu'il avait appris de Petrenko et la manière dont il avait été tué aux services secrets de son pays. Dans ce cas, la CIA et d'autres avaient toutes les chances de commencer à prêter bien trop d'attention aux rumeurs sur cette maladie mystérieuse. Et c'était une chose que ses employeurs et lui ne pouvaient risquer. Pas encore, en tout cas.

Moscou Un prit une décision. Ainsi soit-il ! Agir ouvertement contre ce Smith serait dangereux. S'il disparaissait ou s'il mourait, la police pragoise poserait à coup sûr le problème à Washington. Mais le laisser vivre était potentiellement plus dangereux encore. « Eliminez l'Américain si c'est possible, ordonna-t-il. Mais prenez toutes les précautions nécessaires, et ne laissez personne en vie, cette fois. »

Chapitre trois

Prague

La petite salle d'interrogatoires au fond du poste central de la police de Prague, au 14 Konviktska, était meublée à l'économie. Il n'y avait que deux vieilles chaises en plastique et une table dont le plateau en bois était creusé, rayé, brûlé par ceux qui, au fil des années, n'en avaient pas pris soin et y avaient laissé tomber des cigarettes allumées.

Jon Smith, très raide, était assis sur une des chaises, vêtu d'un pantalon et d'un sweat-shirt qu'on lui avait prêtés. Le moindre mouvement lui rappelait douloureusement les blessures et les tuméfactions dont il était affligé.

Combien de temps encore les autorités tchèques allaient-elles le retenir ici ? Sans horloge dans la petite pièce, l'immersion dans les eaux glacées de la Vltava ayant eu raison du mécanisme de sa montre, il ne lui restait plus qu'à lever les yeux vers le fenestron près du plafond. La faible lueur qui passait montrait que l'aube avait déjà pointé.

Il réprima un bâillement. Après l'avoir récupéré sur la rive, la police avait pris sa déposition sur l'agression qui avait tué Valentin Petrenko, et elle avait fait

44

venir un médecin pour panser la blessure par balle qui avait creusé un sillon dans son épaule. A l'occasion, tous les objets lui appartenant, y compris son porte-feuille, son passeport et la clé de sa chambre d'hôtel, lui avaient été retirés pour les « mettre en sécurité ». Il était déjà presque minuit, alors et, après lui avoir apporté une soupe, on lui avait suggéré de s'allonger sur un lit de camp dans une des cellules vides. Il sourit au souvenir de cette longue nuit froide et presque sans sommeil. Ils avaient au moins laissé la porte déver-rouillée, pour qu'il soit clair qu'il n'était pas vraiment en état d'arrestation mais qu'on le retenait pour qu'il « aide les autorités dans leur enquête nécessaire ».

Des cloches sonnèrent, non loin, probablement celles de l'église Sainte-Ursule appelant les fidèles à la première messe du matin et les jeunes enfants en classe dans l'école conventuelle installée dans ses locaux. Comme en réponse à ce carillon, la porte s'ouvrit et entra un officier de police mince, les yeux pâles, vêtu d'un uniforme immaculé. Son pantalon gris clair, sa chemise bleue, sa cravate noire soigneu-sement nouée et sa veste d'un gris plus sombre le désignaient comme un membre de la police munici-pale de Prague – le plus puissant des deux organismes rivaux de maintien de l'ordre opérant dans la capitale tchèque. L'inspecteur Tomas Karasek, comme l'indi-quait son badge d'identification, s'assit avec aisance sur la chaise en face de celle de Smith.

Il fit glisser deux portraits-robots sur la table qui les séparait. « Bonjour, Colonel ! commença-t-il en anglais d'une voix détendue. S'il vous plaît, dites-moi ce que vous pensez de ces dessins. Ils ont été élaborés à partir des renseignements que vous avez donnés à mes collègues hier soir. Ressemblent-ils à votre souvenir de l'homme dont vous prétendez qu'il a tué le Dr Petrenko ? »

Smith examina les dessins avec soin. Le premier montrait le visage d'un homme aux longs cheveux emmêlés, aux yeux sombres intenses, portant une petite boucle d'oreille ornée d'un crâne. Le second était identique, sauf que l'artiste avait ajouté un bandage sur ce qui semblait être un nez salement cassé. Il hocha la tête. « C'est lui, aucun doute.

— C'est donc un de ces romanichels, dit Karasek. Je crois que vous les appelez "gitans", chez vous.

— Vous avez déjà identifié ce type ? s'étonna Smith.

— Nous ne connaissons pas son nom, admit l'officier de la police tchèque. Personne ne correspond à cette description dans nos fichiers. Mais la boucle d'oreille, les cheveux, les vêtements... tout nous indique qu'il est bien un romanichel, conclut-il avec une grimace. C'est dans leur nature d'être des criminels. Même les jeunes enfants sont formés à devenir voleurs, pickpockets, mendiants. Ce ne sont que des fauteurs de troubles, de la racaille, de la vermine. »

Smith eut du mal à dissimuler sa réprobation devant ce vocabulaire et cette manière de penser. S'ils commettaient bien quelques actes répréhensibles, les Roms, peuple frappé de pauvreté et sans patrie, servaient le plus souvent de boucs émissaires au sein des sociétés plus riches et plus stables dans lesquelles ils erraient. C'était un vieux stratagème, qui trop souvent avait été mortel.

« La mort du Dr Petrenko n'a pas été la conséquence d'un simple vol, dit-il en choisissant ses mots pour ne pas montrer son irritation. C'était un meurtre de sang-froid. Ces types connaissaient son nom, je vous l'ai dit. C'était un acte ciblé, bien trop personnel pour une simple agression de petits voleurs.

— Ils l'ont peut-être suivi jusqu'au pont Charles depuis son hôtel, tenta Karasek avec un haussement d'épaules. Ces gangs de romanichels s'attaquent souvent aux touristes, surtout s'ils sentent qu'ils sont riches. »

Quelque chose dans la manière dont il avait dit ça sonna faux aux oreilles de Smith. Il secoua la tête. « Vous ne croyez pas sincèrement à toutes ces conneries, n'est-ce pas ?

— Ah non ? Et qu'est-ce que je devrais croire ? demanda le policier tchèque en regardant Smith de ses yeux pâles. Auriez-vous une théorie personnelle, colonel ? Une théorie que vous aimeriez me faire partager, peut-être ? »

Smith resta silencieux. Il était en terrain dangereux. Il y avait des limites à ce qu'il pouvait dire en toute sécurité à cet homme. Certain que Petrenko avait été tué pour éviter qu'il transmette les dossiers et les échantillons médicaux qu'il avait fait sortir en fraude de Moscou, il ne pouvait produire aucune véritable preuve pour étayer une telle opinion. La serviette et le Russe avaient disparu dans la Vltava, et tant qu'on ne les retrouverait pas, imposer l'idée que c'était un meurtre politique présentait trop de risques de l'entraîner dans une enquête qui pourrait durer des semaines, trop de risques de mettre au jour des compétences et des liens qu'il avait juré de garder secrets quoi qu'il advienne.

« J'ai lu votre déclaration avec une grande attention, continua Karasek. Pour être franc, elle me paraît curieusement incomplète sur plusieurs points importants.

— Comment cela ?

— Ce rendez-vous que vous aviez sur le pont avec le Dr Petrenko, par exemple. N'est-ce pas un lieu étrange, à une heure pareille, pour qu'un officier de l'armée américaine rencontre un savant russe ? Je pense que vous voyez où je veux en venir ?

— Mon travail pour l'armée américaine est de nature purement médicale et scientifique, lui rappela Smith d'un ton cassant. Je suis médecin, pas soldat.

— Naturellement, dit Karasek avec un petit sourire de ses lèvres fines. Mais j'envie la formation médicale dont vous avez bénéficié en Amérique, colonel. Elle a dû être exceptionnellement approfondie. Je n'ai rencontré que très peu de médecins qui ont survécu à un combat rapproché avec trois hommes armés.

— J'ai eu de la chance.

— De la chance ? répéta le Tchèque pour que ses mots restent suspendus entre eux quelques secondes. Néanmoins, j'aimerais une explication plus raisonnable de ce que le Dr Petrenko et vous faisiez ensemble sur le pont Charles.

— Ce n'est pas un mystère, répondit Smith tout en regrettant de devoir mentir. Au bout de deux jours d'exposés et de symposiums, j'avais besoin de sortir des locaux de la conférence. Petrenko aussi. Nous voulions tous les deux voir un peu plus de Prague. Le célèbre pont nous a semblé un bon point de départ.

— Vous faisiez du tourisme dans le brouillard ? »

L'Américain ne répondit pas au scepticisme de Karasek.

Le policier le regarda un long moment. « Très bien. Je ne vois aucune raison de vous retenir plus longtemps », dit-il en se levant pour gagner la porte.

Il l'ouvrit puis se retourna brutalement. « Encore

une chose, colonel. J'aimerais vous informer que nous avons pris la liberté d'aller chercher vos bagages à votre hôtel. Ils sont en bas et vous attendent à l'accueil. J'imagine que vous voudrez vous raser et vous changer avant de gagner l'aéroport. Le prochain vol pour New York via Londres part dans quelques heures.

— Oh ?

— Dans ces malheureuses circonstances, je suis certain que vous souhaitez mettre fin le plus vite possible à votre séjour dans notre pays. C'est regrettable, bien sûr, mais tout à fait compréhensible.

— Est-ce un ordre ?

— Officiellement ? Pas du tout. Nos deux gouvernements sont alliés, non ? Considérez qu'il s'agit là d'une suggestion officieuse mais ferme. Prague est une ville paisible dont la prospérité dépend en grande partie du tourisme. Nous essayons de ne pas encourager les règlements de comptes style "Far-West" dans nos rues pittoresques et sur nos ponts historiques.

— Vous êtes donc le shérif et moi le fou de la gâchette que vous jetez hors de la ville avant qu'il crée plus de désordres ? » demanda Smith avec un sourire.

Pour la première fois, une trace d'amusement sincère passa sur le visage rigide de l'inspecteur. « Quelque chose dans le genre, colonel.

— Il faut que je prenne contact avec mes supérieurs.

— Mais bien sûr ! dit Karasek en se tournant vers le couloir pour appeler : Antonin ! Est-ce que tu pourrais apporter son téléphone à notre ami américain ? »

Un sergent taciturne donna à Smith son portable,

qu'ils avaient retrouvé dans la poche intérieure étanche de sa veste en cuir.

D'un hochement de tête militaire, Smith le remercia. Il ouvrit le téléphone et vérifia le chargement de la batterie. L'écran s'éclaira. Des petites icônes s'allumèrent tandis que la machine faisait son autodiagnostic pour s'assurer qu'elle était intacte, que personne n'avait joué avec ses codes et ses numéros préenregistrés.

« Un équipement très intrigant, fit remarquer Karasek. Nos experts en électronique ont été mis en échec par plusieurs de ses caractéristiques très perfectionnées.

— Vraiment ? s'étonna Smith avec un visage impassible. Comme c'est dommage ! C'est ce qui se fait de mieux aux Etats-Unis, ces derniers temps. La prochaine fois, j'apporterai le mode d'emploi. »

Avec l'ombre d'un sourire, le Tchèque haussa les épaules pour admettre sa défaite. « J'espère sincèrement qu'il n'y aura pas de prochaine fois, colonel Smith. Je vous souhaite un bon voyage de retour. »

L'Américain attendit que la porte se referme et composa un code. Il se passa quelques secondes avant qu'une sonnerie retentisse à l'autre bout de la ligne.

« Ne quittez pas, un moment, s'il vous plaît ! » dit une voix féminine. Un carillon retentit deux fois, signalant que des deux côtés de la ligne, la conversation serait cryptée. « C'est bon, vous pouvez y aller.

— Ici le lieutenant-colonel Jonathan Smith. J'appelle de Prague. Ecoutez, je me rends compte qu'il est très tard, mais il faut que je parle au général Ferguson. C'est important. Extrêmement urgent, en fait. »

Jon avait fait ce qu'il fallait pour que toute personne écoutant sa voix puisse vérifier que le général de brigade Daniel Ryder Ferguson était bien le directeur de l'Institut de recherche médicale sur les maladies infectieuses de l'armée américaine. Pourtant, le numéro qu'il avait composé n'avait rien à voir avec un quelconque bureau de l'USAMRIID. Son appel transitait en fait par un relais automatique équipé pour détecter toute tentative d'interception du signal avant qu'il arrive au quartier général du Réseau Bouclier, à Washington.

Jon Smith menait une double vie. Il faisait presque tout son travail ouvertement, en tant qu'homme de science et médecin de l'USAMRIID. Mais il y avait aussi des périodes où il acceptait des missions spéciales pour le Réseau Bouclier, un service d'intelligence top secret qui rendait des comptes directement au président des Etats-Unis. Personne au Congrès ne savait même qu'il existait. Personne non plus au sein des renseignements civils ou militaires. Organisé autour d'un petit groupe à son quartier général, le Réseau Bouclier reposait sur un maillage clandestin d'agents actifs et de professionnels dans nombre de domaines englobant un vaste éventail de compétences et de qualités. Comme Smith, les membres du Réseau étaient le plus souvent sans attaches familiales ni autres obligations personnelles qui auraient pu entraver leur travail secret.

« Le général Ferguson a déjà quitté son bureau, colonel », dit sans se démonter Maggie Templeton, la responsable des communications du Réseau Bouclier. Elle entrait dans le jeu de Smith. L'expression qu'il avait utilisée, "extrêmement urgent", était un code pour expliquer qu'un agent de terrain avait de graves ennuis. « Mais je peux vous passer l'officier de garde.

« — L'officier de garde ? Oui, c'est parfait.

— Très bien. Un instant. »

Il y eut un bref silence avant qu'une voix familière se fît entendre. « Bonjour, Jon !

— Bonjour, monsieur ! » dit Jon en se redressant sur son siège.

Le chef du Réseau Bouclier, Nathaniel Frederick Klein, eut un petit rire sec. « Tu n'es pas aussi respectueux, d'ordinaire, Jon. Je suppose que les murs qui t'entourent ont des oreilles. Maggie m'a dit que tu avais des ennuis. »

Smith dissimula un sourire. Il était presque certain qu'au moins un micro caché enregistrait ce qu'il disait. L'inspecteur Karasek s'était montré soupçonneux. « J'appelle d'un poste de police de Prague. Trois hommes ont tenté de me tuer hier après-midi. Ils ont réussi à abattre un collègue, un chercheur russe qui s'appelle Valentin Petrenko. »

Silence à l'autre bout du fil.

« Je comprends, finit par dire Klein. Tu as eu raison de nous en informer. C'est grave. Très grave. Il vaut mieux que tu me racontes tout, Jon. »

Smith s'exécuta, racontant l'attaque sur le pont. Il prit pourtant garde de rester dans le cadre de l'histoire qu'il avait servie à la police. Si on l'écoutait, il valait mieux ne pas donner aux policiers d'autres raisons de l'interroger plus avant. Et Fred Klein était assez malin pour remplir les vides évidents du récit.

« Les hommes qui t'ont attaqué étaient des professionnels, déclara Klein sans hésiter quand il eut terminé. Une équipe de tueurs entraînés au combat rapproché et au maniement des armes.

— Je n'en doute pas un instant.

— Etaient-ils russes ? »

Smith réfléchit, revenant mentalement à ce dont il se souvenait de la voix de l'homme aux longs cheveux. Dès qu'il avait abandonné son rôle de mendiant, il s'était mis à parler anglais, mais avec un léger accent. Jon n'arrivait pas à l'analyser, il n'était plus sûr de lui. « Peut-être. Mais je n'en jurerais pas.

— Et à Moscou, où travaillait ce Dr Petrenko ? demanda Klein après quelques instants de silence.

— Il était spécialiste des maladies infectieuses attaché à l'Hôpital central. Un grand savant. Un des meilleurs dans son domaine.

— L'Hôpital central ? Intéressant... Très intéressant, vraiment... »

Smith leva un sourcil. Klein avait accès à une gamme incroyable d'informations et d'analyses. D'autres agences de renseignements américaines ou occidentales s'intéressaient-elles déjà à une maladie ayant fait son apparition à Moscou ?

« Dans l'ensemble, continua Klein, je dirais que tu as eu une chance incroyable. En toute logique, tu devrais être mort sur ce pont.

— Oui, monsieur. La police locale partage votre analyse de la situation.

— J'imagine donc, ricana Klein, que les autorités tchèques t'ont posé des questions gênantes sur la manière dont tu as réussi à survivre à cette agression ?

— C'est exact. Ajoutez les mots *non grata* à ma *persona* et vous aurez une image très claire de mon statut actuel. On m'expédie par le prochain avion pour Londres.

— Ce qui est embarrassant mais pas fatal. Ni pour ta carrière ni pour ta couverture. Dis-moi : est-ce que ces hommes constituent toujours une menace pour toi ? »

Smith réfléchit avant de répondre. C'était une question qu'il s'était posée presque toute la nuit. Jusqu'où iraient les agents qui avaient assassiné Petrenko ? Éliminer le savant russe suffisait-il à ceux qui avaient commandité ce meurtre ou bien devaient-ils réduire au silence tous ceux que Petrenko avait contactés ? « C'est possible admit-il. Peu probable, mais possible.

— Compris, dit Klein avant de couper la ligne pendant moins d'une minute. Je vais organiser une équipe de soutien. Pas grand-chose, vu le temps dont on dispose, mais je ne veux pas te laisser te débrouiller seul. Tu peux rester où tu es une heure environ ?

— Pas de problème.

— Bon. Rappelle-moi avant de quitter le poste de police. Et... hésita Klein, efforce-toi de ne pas te faire tuer, Jon. La paperasse que ça me vaudrait serait un véritable enfer !

— Je tâcherai de m'en souvenir », promit Smith avec un sourire.

*

Un homme entre deux âges vêtu d'un épais pardessus brun, de gants, d'une toque en fourrure et muni de lunettes de soleil aux verres antireflets, sortit d'un pas vif du poste de police Konviktska. Sans regarder autour de lui, il s'éloigna vers la rivière.

Non loin dans une ruelle, une Mercedes noire aux vitres teintées l'attendait. Bien que la voiture fût mal garée, sa plaque diplomatique avait jusque-là découragé les velléités de verbalisation de la police pragoise pourtant notoirement zélée. En dépit des nuages qui assombrissaient le ciel ce jour-là, on avait tiré les stores à l'arrière de la limousine.

Sans hésiter, l'homme ouvrit la portière et se glissa derrière le volant. Il retira toque et lunettes qu'il jeta sur le siège en cuir près de lui. D'une main gantée, il lissa les épis de sa chevelure brune récemment coupée court.

« Alors ? demanda une voix cassante sur le siège arrière. Qu'est-ce que t'as appris ?

— La police municipale retient toujours l'Américain, répondit le Roumain Dragomir Ilionescu en regardant dans le rétroviseur son passager dont il distinguait à peine la silhouette. Mais plus pour longtemps. Comme vous l'aviez prévu, ils lui ont réservé une place sur un vol aujourd'hui même. Il va à New York via Londres.

— Entouré de quelle sécurité officielle ?

— Aucune, apparemment. Les Tchèques n'ont pas prévu de l'accompagner à l'aéroport.

— Quelle confiance peut-on faire à ton informateur ?

— Il a toujours été fiable dans le passé. Je n'ai aucune raison de douter de lui. »

Le passager sourit, dévoilant ses dents, qui luirent dans l'obscurité. « Excellent ! dit-il. Nous allons donc pouvoir offrir au colonel Smith un trajet très excitant. Appelle le reste de l'unité ! Je veux qu'ils soient tous prêts à démarrer. Ils savent ce qu'ils ont à faire. »

Obéissant, Ilionescu prit le téléphone de la voiture. Il activa le brouilleur puis hésita. « Est-il nécessaire de prendre ce risque ? Petrenko est mort et le matériel volé perdu à jamais, emporté par la rivière. Nous avons accompli notre mission initiale. Quelle différence fait la vie ou la mort d'un médecin américain, dans ces circonstances ? »

L'homme sur le siège arrière se pencha vers lui. La lumière du plafonnier passa sur son crâne rasé. Très doucement, il toucha l'épais bandage taché de sang séché qui recouvrait son nez fracassé. « Tu crois que l'homme qui m'a fait ça n'était qu'un gentil docteur ? demanda-t-il d'une voix sourde. Un simple petit médecin ? »

Ilionescu avala sa salive.

« Alors, tu le crois ? »

Soudain en nage, le Roumain secoua la tête.

« Tu n'es donc pas complètement idiot. Bien. Qui que soit réellement ce Smith, il faut qu'on l'achève, continua l'homme. Et puis, nos ordres récents de Moscou étaient très précis, n'est-ce pas ? Aucun témoin. Aucun. J'imagine que tu te souviens des pénalités en cas d'échec ? »

Un muscle se tendit près de l'œil gauche d'Ilionescu au souvenir des horribles photos qu'on lui avait montrées. Il hocha vigoureusement la tête. « Oui, je m'en souviens.

— Alors exécute mes ordres ! »

Sur quoi George Liss, l'homme qui portait le nom de code Prague Un, se radossa à son siège, dissimulant dans l'ombre ses traits défigurés.

Chapitre quatre

Près de Bryansk, en Russie

Quatre chasseurs bombardiers Su-34 à double aileron vrombirent très bas au-dessus des collines boisées à l'ouest de Bryansk. Le système radar embarqué permettait à cet avion de combat de voler juste au ras des arbres et des pylônes à haute tension. Des flots de signaux incandescents conçus pour leurrer les missiles sol-air guidés par la chaleur les suivaient avant de retomber vers le sol couvert de neige.

Soudain, les Su-34 prirent de l'altitude tandis que leurs systèmes embarqués repéraient des cibles, transféraient les données à leurs armes et calculaient les points de lancement. Quelques secondes plus tard, un nuage de bombes et de missiles guidés avec précision tombèrent de sous leurs ailes vers la forêt. Instantanément, les quatre avions à réaction virèrent à droite et plongèrent pour échapper à nouveau aux recherches de tout radar ennemi. Ils quittèrent la zone frappée et disparurent au nord.

Derrière eux, les bois explosèrent, les arbres remplacés par d'énormes piliers de flammes d'un rouge orangé aveuglant. Des troncs s'envolèrent à des centaines de mètres. Des nuages de fumée et des débris plus petits partirent à la dérive au fil du vent.

Près d'une douzaine de hauts gradés russes des armées de terre et de l'air se tenaient sur le toit d'un vieux bunker enfoncé dans la pente d'une crête voisine et scrutaient la scène à la jumelle. Pour des raisons de sécurité, plus d'une centaine de parachutistes lourdement armés et vêtus de combinaisons blanches sur leurs gilets pare-balles étaient déployés le long de la crête. On avait dissimulé des camions de commandement pleins d'électronique derrière le bunker, entre les arbres, sous des filets de camouflage résistants à la détection aux infrarouges. Des câbles à fibres optiques serpentaient dans la forêt pour acheminer des informations jusqu'au réseau de communications sécurisé. Afin d'assurer le secret total des opérations et des stratégies pour ces manœuvres spéciales baptisées COURONNE D'HIVER, toutes les transmissions par radio, par téléphone cellulaire ou par lignes terrestres conventionnelles étaient sévèrement contrôlées.

Un colonel de l'armée de terre, attentif à ce qu'on lui disait dans ses écouteurs, se tourna vers le petit homme mince debout près de lui. Parmi tous les observateurs assemblés sur le toit du bunker, c'était le seul à porter des vêtements civils – un confortable pardessus noir et un foulard. Le vent agitait ses rares cheveux bruns. « Les ordinateurs rapportent que toutes les batteries d'artillerie ennemies factices et tous les radars mobiles de contrôle du feu ont été détruits, monsieur », lui dit le colonel.

Le président russe Viktor Dudarev, très calme, hocha la tête sans cesser de regarder à travers ses jumelles. « Très bien », murmura-t-il.

Une nouvelle vague d'avions d'attaque au sol – les

ultramodernes Su-39 aux lignes pures – filèrent très bas au-dessus des collines proches, et les observateurs entendirent hurler leurs puissants turbojets. Ils passèrent comme des fusées devant le bunker, en route vers la large vallée en contrebas de la crête. Des centaines de roquettes non guidées sortirent de sous leurs ailes, filant par elles-mêmes dans la fumée et le feu. Tout le côté est de la forêt disparut dans une série d'explosions tonitruantes.

« Toutes les équipes ennemies servant les missiles sol-air ont été mises hors d'état de nuire ou éliminées », annonça le colonel.

Le dirigeant russe hocha de nouveau la tête. Il fit pivoter ses jumelles sur la gauche pour regarder la vallée, à l'est. Là, dans un fracas de rotors, apparut une flotte d'hélicoptères Mi-17 peints en gris, noir et blanc, chacun transportant une équipe de commandos du Spetsnaz. Evoluant à plus de deux cents kilomètres-heure, la flotte d'hélicoptères passa devant le bunker et disparut dans les épais nuages de fumée qui s'élevaient maintenant au-dessus de la forêt bombardée, fracassée par les roquettes.

Dudarev jeta un coup d'œil au colonel. « Alors ?

— Nos forces d'action spéciales ont pénétré les lignes de front ennemies et sont en route vers leurs cibles : quartiers généraux, dépôts de carburant, rampes de lancement de missiles à longue portée, etc. », confirma son aide de camp, le colonel Piotr Kirichenko, après avoir écouté attentivement les rapports lui parvenant dans ses écouteurs. « Les premiers échelons de notre principale attaque au sol se déploient.

— Excellent ! » déclara le président russe en pointant ses jumelles vers la lointaine ouverture de la vallée.

De petites taches y apparurent, rapides, de plus en plus nombreuses, de plus en plus grosses tandis qu'elles approchaient. C'étaient des véhicules de reconnaissance sur chenilles, des BRM-1 armés de canons de 73 mm, de missiles et de mitrailleuses. Derrière la rapide unité de reconnaissance venaient les véhicules plus lourds : des tanks T-90 et leurs canons de 125 mm, recouverts d'une armure réactive aux explosifs et équipés de brouilleurs d'infrarouges et de systèmes aérosols de défense antilaser pour leurrer les missiles antitanks ennemis – une grande amélioration depuis les T-72. Conçu grâce aux leçons apprises pendant la guerre apparemment interminable en Tchétchénie, c'était le char d'assaut russe le plus moderne. De nouveaux systèmes de contrôle du feu et des visées thermiques, réglés par ordinateur, conféraient au canon principal du T-90 une précision et une puissance de feu presque égales à celles du M1A1 Abrams américain.

Dudarev sourit en regardant les formations de tanks manœuvrer à grande vitesse dans la vallée. Les services d'intelligence militaire occidentaux croyaient presque tous les tanks T-90 russes déployés à l'est du pays, à la frontière avec la République populaire de Chine. Mais les espions occidentaux avaient tort.

Depuis qu'il avait pris le pouvoir au Kremlin, l'ancien officier du KGB avait tout fait pour reconstruire et réformer les forces armées en ruine de son pays. Des milliers d'officiers corrompus, paresseux ou politiquement peu fiables avaient été limogés. Des dizaines de divisions blindées mal équipées et peu performantes avaient été démantelées sans pitié. Seules

les meilleures formations avaient été conservées en ordre de bataille, et on avait prélevé des sommes de plus en plus importantes des revenus croissants tirés du pétrole russe pour s'assurer que les forces restreintes des divisions d'élite soient bien mieux payées, équipées et entraînées que l'énorme armée de conscrits de l'ancienne Union soviétique.

Dudarev consulta sa montre et tapota le bras du colonel. « Il est temps d'y aller, Piotr, murmura-t-il.

— A vos ordres ! » approuva Kirichenko.

Tandis qu'ils se détournaient pour partir, les généraux les plus proches se mirent au garde-à-vous et saluèrent.

Dudarev les montra d'un doigt moqueur. « Repos, messieurs. Souvenez-vous qu'aucun protocole n'est nécessaire. Vous savez bien que je ne suis pas vraiment là. Que je ne suis d'ailleurs jamais venu. A en croire le porte-parole du Kremlin, j'ai pris de courtes vacances, que je passe dans ma datcha près de Moscou. » Un sourire sans humour tendit ses lèvres fines. Il désigna les dizaines de tanks et de véhicules de combat BMP-3 qui cahotaient dans la vallée. « Et rien de tout cela ne se produit vraiment. Tout ce que vous voyez n'est qu'un rêve. Couronne d'Hiver n'existe que sur le papier. Un simple exercice sur une carte au mur du quartier général. N'est-ce pas ? »

Les officiers assemblés le gratifièrent d'un petit rire de politesse.

Conformément aux termes des divers traités sur les armes conventionnelles qu'avait signés la Russie, toute manœuvre militaire à grande échelle devait être annoncée des semaines, voire des mois à l'avance. Couronne d'Hiver se déroulait en violation flagrante de ces accords. Aucun attaché militaire étranger stationné à Moscou n'en avait été informé. Chaque élément de l'exercice avait été soigneusement minuté pour s'assurer que les satellites espions américains n'étaient pas dans la région quand les milliers d'hommes et les centaines de véhicules manœuvraient dans les forêts et sur les champs couverts de neige.

Un minutage aussi précis et des mesures de sécurité aussi élaborées ne tarderaient pas à être mis au point pour d'autres grands exercices prévus en périphérie de la Fédération de Russie, près des frontières de Géorgie, d'Azerbaïdjan et des républiques sécessionnistes d'Asie centrale. Toute personne posant des questions malvenues sur ces répétitions de batailles intensives serait informée que la Russie se contentait de soumettre ses forces à des « entraînements antiterroristes spéciaux ». Quand la ruse éclaterait au grand jour, il serait trop tard. Bien trop tard.

Le colonel Kirichenko sur ses talons, Dudarev descendit les marches creusées à flanc de colline à l'arrière du bunker. Un homme grisonnant mais solidement bâti l'attendait au bas de l'escalier. Comme Dudarev, il portait un pardessus sombre et se tenait tête nue dans le froid mordant.

Le président se tourna vers son aide de camp. « Allez voir si tout est bien prêt pour notre départ, Piotr. J'arrive. »

Le colonel approuva du chef et s'éloigna sans se retourner. Une partie de sa tâche consistait à savoir quand disparaître – et ce qu'il devait ne pas voir ou ne pas entendre.

Dudarev se tourna vers l'homme aux cheveux gris. « Alors, Alexeï ? Au rapport ! »

Alexeï Ivanov, vieux camarade du KGB en qui Dudarev avait toute confiance, était maintenant à la tête d'une section peu connue de ce qui avait succédé au KGB, le Service de sécurité fédéral, ou FSB. Sur les diagrammes organisationnels que faisait circuler le gouvernement russe, le département d'Ivanov se présentait sous le nom plutôt ennuyeux de Bureau de liaison des projets spéciaux. Mais les initiés appelaient ce service de l'ombre « Treizième Directorat » et faisaient de leur mieux pour ne pas avoir de contact avec lui.

« Nos amis signalent qu'HYDRA est bien lancé, et dans les temps, dit Ivanov au président russe. Les premières variantes de l'opération sont en cours.

— Bon, approuva Dudarev en levant les yeux vers son compagnon. Et qu'en est-il de ces fuites d'informations qui t'inquiétaient tant ?

— Elles ont été... colmatées. Du moins à ce qu'on m'a dit.

— Tu n'en es pas certain ? » s'étonna Dudarev.

Le chef du Treizième Directorat haussa ses épaules massives d'un air sombre. « Je n'ai aucune raison réelle de douter de ces rapports. Mais je dois admettre que je n'aime pas cette façon d'agir de loin. C'est un procédé imparfait. Il pourrait même s'avérer dangereux.

— Voyons, Alexeï ! dit Dudarev en lui donnant une tape sur l'épaule. Les anciennes méthodes n'ont plus cours, et nous devons vivre avec notre temps. La décentralisation et le partage du pouvoir sont en vogue. En plus, dit-il alors que ses yeux devenaient de glace, HYDRA est une arme qu'il vaut mieux utiliser à une distance respectueuse et dans le déni le plus total, tu ne crois pas ?

— C'est vrai.

— Tu vas donc continuer l'opération comme prévu.

Tu connais l'emploi du temps. Garde un œil méfiant sur nos amis, s'il le faut, mais n'interfère pas directement à moins que tu n'aies aucun autre choix. C'est clair ?

— Oui. Tes ordres sont clairs, admit Ivanov à contrecœur. J'espère seulement que ceux que tu as choisis sont dignes de foi. »

Amusé, le président russe leva un sourcil et esquissa un sourire bref et glacial. « De foi ? Mon cher Alexeï, tu devrais savoir depuis longtemps que je n'ai aucune foi – en rien ni en personne. La foi, c'est pour les fous et les idiots. Le sage sait que ce sont les faits et la force qui gouvernent vraiment le monde. »

Tbilisi, Géorgie

La capitale de la Géorgie avait été implantée dans un amphithéâtre naturel, entourée de tous côtés par de hautes collines surmontées d'anciennes forteresses, de monastères en ruines et de forêts denses. Par temps clair comme ce jour-là, les pics lointains coiffés de neige des monts du Caucase se détachaient à l'horizon nord contre le ciel bleu pâle.

Sarah Rousset, correspondante du *New York Times*, était appuyée à la rambarde du balcon de sa chambre, au dernier étage du Marriott de Tbilisi, un hôtel cinq étoiles. Elle n'avait que trente-cinq ans, mais ses cheveux châtains déjà presque gris lui donnaient l'air plus âgé, ce qui rassurait à la fois ses supérieurs au journal et ses sources d'informations potentielles. Un œil fermé, elle regardait à travers le viseur de son appareil photo numérique.

Elle prit quelques clichés de l'énorme foule qui

passait devant l'hôtel sur l'avenue bordée d'arbres et zooma soudain sur une femme aux cheveux blancs qui tenait un petit drapeau rose dont la hampe était ornée d'un ruban noir. Des larmes coulaient sur son visage ridé. D'un déclic, Sarah figea l'image puissante et l'engrangea dans la mémoire de son appareil, certaine qu'elle pourrait faire la une et illustrer l'article qu'elle venait d'écrire.

« Merveilleux ! murmura-t-elle en continuant à mitrailler.

— Pardon ? » demanda le grand homme à la mâchoire carrée, le chef de mission de l'ambassade américaine sur place, qui se tenait près d'elle.

Sarah montra du menton tous les Géorgiens qui défilaient avec leurs drapeaux roses et leurs pancartes, une foule silencieuse qui s'écoulait vers l'est, vers le Parlement. « Tous ces gens ! Ils doivent être des dizaines de milliers, dans ce froid glacial. Peut-être plus. Tous unis dans la peine et la douleur, juste pour un homme malade. Ça va faire un article merveilleux !

— Plutôt une terrible tragédie, contra son compagnon. Pour la Géorgie, en tout cas, et peut-être pour toute la région du Caucase. »

Sarah baissa son appareil et regarda l'homme à travers ses longs cils. « Vraiment ? Pourriez-vous m'expliquer pourquoi... d'une manière que mes lecteurs puissent comprendre, je veux dire ?

— Sans que mon nom soit cité ?

— Pas de problème, dit Sarah avec un délicat sourire. Disons que vous serez identifié comme "un expert occidental de la politique géorgienne".

— D'accord, accepta le diplomate avec un soupir. Ecoutez, mademoiselle Rousset, il faut que vous compreniez que le président Yashvili est plus qu'un homme politique ordinaire pour ces gens. Il est devenu le symbole de leur Révolution de la Rose, le symbole de la paix, de la démocratie et de la prospérité de la Géorgie, voire de la perpétuation même de l'État géorgien. Pendant des siècles, dit-il en montrant les lointaines montagnes, cette région a été déchirée entre empires rivaux – perse, byzantin, arabe, turc, mongol et finalement russe. Même après l'implosion de l'Union soviétique, la Géorgie s'est retrouvée en plein chaos, ravagée par des luttes ethniques intestines, par la corruption, par le désordre politique. Quand la Révolution de la Rose l'a porté au pouvoir, Mikhaïl Yashvili a commencé à changer tout ça. Il a donné à ces gens leur premier gouvernement compétent et démocratique en huit siècles.

— Et maintenant il est mourant, conclut la journaliste du *New York Times*. Un cancer ?

— Peut-être... Mais personne ne sait vraiment. Mes sources au sein du gouvernement disent que les médecins n'ont pas réussi à identifier la maladie qui le tue. Tout ce qu'ils savent, c'est que ses organes vitaux s'arrêtent de fonctionner les uns après les autres.

— Qu'est-ce qui va se passer ensuite ? Après la mort de Yashvili ?

— Rien de bon.

— Est-ce que d'autres régions pourraient faire sécession, comme l'Ossétie du Sud et l'Abkhazie ? »

Les combats dans ces deux régions autoproclamées « républiques autonomes » avaient fait des milliers de victimes et duraient depuis des années.

« Est-ce qu'il pourrait y avoir une escalade qui déclencherait une autre guerre civile générale ? » suggéra-t-elle.

Envoyer des informations depuis une zone de

guerre était risqué, mais c'était aussi une voie vers la starisation, pour une journaliste, et Sarah Rousset avait toujours été ambitieuse.

« C'est possible, admit le diplomate. Yashvili n'a pas de successeur clairement désigné, personne en tout cas qui aurait la confiance de toutes les factions politiques, de toutes les nationalités, de tous les groupes ethniques en Géorgie.

— Et les Russes ? Il y en a encore beaucoup qui vivent ici, à Tbilisi, non ? Si des combats éclataient dans toute la ville, est-ce que le Kremlin enverrait des troupes pour y mettre fin ?

— En la circonstance, mademoiselle Rousset, dit le diplomate avec un haussement d'épaules, je n'ai pas plus de moyens de le deviner que vous. »

Chapitre cinq

La Maison Blanche, Washington

Le président Samuel Adams Castilla conduisit son invité dans le Bureau ovale plongé dans l'ombre et alluma les lampes. D'une main, il détendit son nœud de cravate, puis déboutonna son gilet. De l'autre, il montra un des deux fauteuils disposés devant la cheminée en marbre. « Installez-vous, Bill, dit-il doucement. Je peux vous offrir un verre ? »

Son directeur des Renseignements nationaux, William Wexler, secoua la tête. « Non, merci, monsieur le Président ! répondit l'élégant et télégénique ex-sénateur, dans l'espoir évident que son grand sourire retirerait toute agressivité à son refus. On m'a généreusement abreuvé de vin au dîner. Je crois qu'un verre de plus pourrait me faire aller au-delà du raisonnable. »

Castilla approuva d'un signe de tête. Certains membres du personnel de la Maison Blanche semblaient entretenir la conviction tacite que les invités à un dîner officiel devaient se voir offrir de quoi se prendre les pieds dans le tapis – ou dans ce cas, assez d'alcool pour faire rouler tout un régiment de *marines* sous la table. Les invités raisonnables résistaient à la tentation et repoussaient leur verre à vin avant qu'il soit trop tard. Ceux qui n'avaient pas cette sagesse étaient rarement invités à nouveau, quelle que soit leur influence, leur popularité ou leur puissance.

Le président regarda la belle horloge du XVIIIe siècle sur un des murs incurvés. Il était bien plus de minuit. Il s'installa en face de Wexler. « Pour commencer, j'apprécie que vous ayez bien voulu rester si tard.

— Ce n'est pas un problème, monsieur le Président », dit Wexler de cette riche voix de baryton qu'affectionnent les hommes politiques professionnels.

Il sourit à nouveau, découvrant une rangée de dents parfaites. Bien qu'il eût passé soixante ans, son visage bronzé était fort peu ridé. « Ne suis-je pas à votre service ? »

Castilla se le demandait. Poussé par une série d'échecs très préjudiciables et très médiatisés des services d'intelligence, le Congrès avait récemment entrepris la première grande réorganisation de l'appareil américain de collecte de renseignements depuis plus de cinquante ans. Une loi avait créé un nouveau poste ministériel : celui de directeur national des services d'intelligence. En théorie, le DNI était censé pouvoir coordonner au niveau gouvernemental le réseau complexe d'agences de renseignements, de départements et de bureaux rivaux. Dans la pratique, la CIA, le FBI, la DIA, la NSA et d'autres se livraient toujours une guerre bureaucratique féroce pour limiter le pouvoir les uns des autres.

Surmonter une telle dose de résistance institutionnelle allait nécessiter beaucoup d'astuce et beaucoup de volonté, et Castilla commençait à avoir de sérieux doutes tant sur l'habileté que sur la détermination de Wexler. Ce n'était pas un secret : l'ancien sénateur n'avait pas été son premier choix pour ce poste, mais le Congrès avait freiné des quatre fers et refusé d'approuver la nomination de quiconque ne sortirait pas de ses rangs. Comme la personne désignée aurait le contrôle sur un budget global qui se montait à plus de quarante milliards de dollars, les élus du Sénat et de la Chambre des représentants tenaient à s'assurer que le poste de DNI irait à une personne qu'ils connaissaient et en qui ils avaient confiance.

Wexler avait été le sénateur d'un des petits Etats de Nouvelle-Angleterre pendant plus de vingt ans, avec à son actif la présidence sérieuse, bien que plutôt fade, de divers comités du Congrès consacrés aux forces armées et aux agences de renseignements. Au fil de ses années de service en tant qu'élu, il avait accumulé un grand nombre d'amis et très peu d'ennemis déclarés.

Une forte majorité du Sénat avait donc décidé qu'il était le choix idéal pour diriger l'ensemble des services de renseignements. Quant à Castilla, il était convaincu que Bill Wexler était un faible d'une politesse irritante, plein de bonnes intentions non suivies d'effet. Ce qui signifiait que les réformes qui devaient faciliter et renforcer la gestion des opérations d'intelligence n'étaient parvenues qu'à ajouter une couche supplémentaire de paperasserie à l'ensemble du système.

« Que puis-je faire pour vous, monsieur le Président ? » demanda enfin le directeur des Renseignements nationaux pour rompre le silence.

S'il était étonné que Castilla l'ait pris à part au dîner officiel pour organiser ce rendez-vous tardif tout à fait contraire aux règles, il le cachait bien.

« Je veux que vous réorientiez notre effort de collecte et d'analyse des renseignements », dit sans ambages le président.

Content ou pas, se dit Castilla, il fallait qu'il travaille avec cet homme.

Wexler leva un sourcil interrogateur. « Dans quel sens ?

— Je veux qu'on se concentre davantage sur la politique et les mouvements militaires en Russie et sur ce qui se passe dans les petits pays à ses frontières. Cela va nécessiter un changement important des allocations de temps de satellites ainsi qu'une réévaluation des priorités dans la traduction des signaux électromagnétiques et dans les tâches d'analyse.

— En Russie ? répéta Wexler, stupéfait.

— C'est ça.

— Mais la guerre froide est terminée ! protesta le directeur des Renseignements.

— Je l'ai entendu dire, répliqua sèchement Castilla. Ecoutez, Bill, pour tout un ensemble de raisons géopolitiques complexes, nous avons beaucoup facilité les choses à notre bon *ami* Viktor Dudarev, ces deux dernières années, n'est-ce pas ? Même si cela voulait dire que nous devions fermer les yeux sur quelques-uns de ses gestes plutôt condamnables contre son propre peuple. Vous n'êtes pas d'accord ? »

Wexler ne put qu'opiner.

« Eh bien, le problème, c'est que, pendant que nous étions retenus en Afghanistan, en Irak et dans une douzaine d'autres enfers autour du globe, Dudarev s'est empressé de construire une nouvelle autocratie en Russie, il s'est assis en personne au sommet de l'Etat, il est devenu le dirigeant suprême de tout ce qu'il domine. Et je n'aime pas ça. Je n'aime pas ça du tout.

— Les Russes se sont montrés des alliés extrêmement utiles contre Al-Qaida et d'autres groupes terroristes, fit remarquer Wexler. Tant la CIA que le Pentagone admettent que nous avons obtenu une quantité substantielle de renseignements utiles grâce aux interrogatoires qu'ils ont menés sur leurs prisonniers en Tchétchénie.

— C'est vrai, dit Castilla avec un sourire en coin. Mais bon sang, même une brute de bas étage peut vous aider à tuer un serpent à sonnette – à condition que vous soyez tous deux coincés au fond du même ravin ! Cela ne veut pas dire qu'on doit lui faire suffisamment confiance pour lui tourner le dos.

— Voulez-vous suggérer que la Russie redevient un ennemi actif des Etats-Unis ?

— Ce que je suggère, répondit Castilla en faisant un gros effort pour dissimuler sa mauvaise humeur, c'est que je n'aime pas évoluer à l'aveugle autour d'un type comme Viktor Dudarev. Et pour l'instant, les analyses de renseignements que j'obtiens de la CIA et d'autres agences ressemblent à s'y méprendre à des articles de presse.

— C'est ce que j'ai dit à mon équipe, admit le DNI avec un vague sourire. J'ai même transmis cette critique aux divers comités de coordination interagences concernés. »

Castilla sentit monter sa colère. Ce type dirigeait à coups de mémorandums et de comités, et c'était lui qu'on avait placé à un poste où il était censé faire claquer son fouet au-dessus de la tête de la CIA et des autres organisations d'intelligence ? Formidable ! Tout à fait formidable ! Il serra les dents. « Et alors ?

— Apparemment, il y a... enfin... des problèmes dans certaines des sections d'analyse. Je n'ai pas encore collecté tous les détails, mais on m'a dit que plusieurs de nos meilleurs spécialistes de la Russie sont tombés gravement malades ces deux dernières semaines. »

Castilla le regarda durement pendant plusieurs secondes. « Peut-être auriez-vous dû m'en informer, Bill. Dites-moi tout, immédiatement ! »

Moscou

Le jour était levé depuis un moment. Les pâles rayons du soleil hivernal faisaient scintiller la Moscova encombrée de glace, et les pare-brise des véhicules qui progressaient dans les deux sens sur les ponts renvoyaient des reflets chatoyants bien visibles depuis les fenêtres du Kotelbnicheskaya. Du vingt-quatrième étage du gratte-ciel, on entendait même leurs klaxons. L'heure de pointe matinale battait son plein dans la capitale russe.

L'homme aux cheveux blonds était assis à son bureau, où il relisait des courriels cryptés envoyés sur son ordinateur ces dernières heures. La plupart étaient courts, souvent un simple nom, un titre, un lieu et un rapport d'une ligne :

MARCHUK A., COMMANDANT DU NORD, UKRAINE – INFECTÉ. ÉTAT : TERMINAL.

BRIGHTMAN H., SPÉCIALISTE DES TRANSMISSIONS ÉLECTROMAGNÉTIQUES, CHELTENHAM, ROYAUME-UNI – INFECTÉ. ÉTAT : MORT.

YASHVILI M., PRÉSIDENT DE LA RÉPUBLIQUE DE GÉORGIE – INFECTÉ. ÉTAT : TERMINAL.

Sunquist P., analyste politique de la CIA, Langley, USA – Infecté. État : mort.

Hamilton J., directeur de l'A2 (Groupe Russie), NSA, Fort Meade, USA – Infecté. État : terminal.

La liste de ceux qui étaient malades, mourants ou déjà morts continuait. Plus de trente hommes et femmes infectés en tout. Il la lut jusqu'au bout avec satisfaction. Ça lui avait pris des années de dures recherches pour faire créer et perfectionner l'arme biologique appelée HYDRA – le fin du fin en matière de tueurs silencieux guidés avec précision. Il avait fallu ensuite des mois de préparation pour sélectionner les cibles des premières variantes d'HYDRA, puis pour trouver le moyen de contacter les victimes choisies sans être démasqué. Des mois supplémentaires avaient été nécessaires pour acquérir secrètement les composants nécessaires à la fabrication de chaque variante spécialisée de l'arme. Enfin, toute cette planification complexe, tout ce travail dangereux portaient leurs fruits.

Rétrospectivement, songea-t-il sans passion, ces essais préliminaires conduits à Moscou avaient été presque inutiles, un gâchis de ressources et une brèche dans la sécurité de l'opération. Mais le créateur d'HYDRA avait insisté. Les expériences contrôlées, en milieu stérile, dans un laboratoire, ne pouvaient remplacer les essais sur le terrain, sur de vraies personnes, avait-il affirmé. Ce n'était qu'en lâchant HYDRA sur des cibles prises au hasard qu'on pourrait être certains que d'autres médecins, dans d'autres hôpitaux, ceux qui n'étaient pas dans le secret, ne pourraient découvrir sa provenance ni un moyen de soigner ceux qui étaient infectés.

L'homme qui portait le nom de code Moscou Un secoua la tête. Wulf Renke était brillant, impitoyable et, comme toujours, très déterminé à faire les choses à sa façon. Ceux qui soutenaient le projet HYDRA avaient fini par céder à ses désirs, impatients de voir par eux-mêmes si les performances de l'arme étaient au niveau de ses prétentions extravagantes. Eh bien, ils avaient été servis ! Mais il avait fallu en payer le prix : les Dr Kiryanov et Petrenko avaient été inquiets au point d'alerter leurs collègues occidentaux.

Quelle importance ? Kiryanov et Petrenko étaient morts tous les deux. Bientôt, le seul Occidental avec qui ils avaient partagé leurs craintes allait les rejoindre.

Il décrocha son téléphone et composa un numéro local.

Une voix claire et froide répondit à la première sonnerie. « Alors ?

— La première phase est presque achevée.

— En avez-vous informé Ivanov ?

— Je lui ai transmis un rapport préliminaire tard hier soir. Avant qu'il parte rejoindre Dudarev pour ses manœuvres COURONNE D'HIVER. Je l'informerai plus complètement à son retour à Moscou.

— J'imagine que notre ami du Treizième Directorat était satisfait ?

— Je crois qu'Alexeï Ivanov le serait beaucoup plus s'il pouvait être à ma place... ou à la vôtre ! répondit Moscou Un d'un ton sarcastique.

— Aucun doute. Heureusement, son maître est plus raisonnable et plus accommodant. Dans combien de temps pourrons-nous commencer la phase suivante ? Notre ami a besoin de savoir quand il pourra accélérer les préparatifs militaires. »

Moscou Un consulta le dernier rapport sur son écran d'ordinateur, celui envoyé par Wulf Renke. Il vaudrait mieux discuter en personne avec l'apprenti sorcier avant d'envoyer les variantes suivantes par courrier. « Il me faut un avion prêt à partir de Cheremetievo 2 ce soir.

— Je m'en occupe.

— Je serai au laboratoire HYDRA tôt demain matin. »

Chapitre six

Prague

Son sac de voyage et sa serviette contenant son ordinateur sur l'épaule, Smith se fraya un chemin parmi la foule des policiers qui entraient et sortaient au moment de la pause café du milieu de matinée. L'air glacial s'engouffrait par les portes ouvertes du poste de police de Konviktska, chargé de la puanteur des pots d'échappement des véhicules essence et diesel qui encombraient les ruelles de la Vieille Ville.

Une fois dehors, Jon sentit le froid de l'hiver pragois l'envelopper. Il s'arrêta et souffla sur ses mains, regrettant déjà la perte de sa veste en cuir, déchirée et trempée au-delà de toute récupération possible. Avant de quitter le poste, il s'était changé, enfilant un jean et un pull noir à col roulé, mais le coupe-vent gris qu'il portait sur le pull ne le protégeait pas vraiment du froid perçant. Au-dessus de ses mains, ses yeux fouillèrent les environs.

Là ! se dit-il.

De l'autre côté de la rue, un gros homme rougeaud et barbu était appuyé l'air de rien contre un taxi à l'arrêt, une Skoda de fabrication tchèque. Sous la saleté et la boue, le taxi était cabossé et rayé au point qu'il était difficile de déterminer sa couleur d'origine. Le chauffeur toisa Smith, se racla la gorge, cracha de côté et se redressa lentement. « Hé, monsieur ! cria-t-il avec un fort accent. Vous voulez un taxi ?

— Peut-être... » dit Smith avec prudence en traversant la rue. Ce gros ours était-il le contact qu'on lui avait promis ? « Combien demandez-vous pour aller à l'aéroport ? »

C'était une question normale. Les chauffeurs de taxis indépendants de Prague, de notoriété publique, doublaient, triplaient parfois le prix de la course aux dépens des touristes distraits ou naïfs. Même pour le court trajet jusqu'à Ruzyne, l'unique aéroport international de la ville, cela pouvait atteindre une belle somme.

L'homme arbora un large sourire, révélant ses deux rangées de dents tachées de tabac. « Pour un riche homme d'affaires ? Je demande mille couronnes, mais, continua-t-il en baissant la voix, pour un érudit comme vous ? Pour un pauvre professeur ? Rien. Vous ne me devrez rien. »

Smith se détendit un peu. Le mot *érudit* était le code de reconnaissance choisi par Klein pour ce rendez-vous. En dépit des apparences, cela signifiait que ce rustre était un agent du Réseau Bouclier activé pour l'aider à sortir de République tchèque en un seul morceau. « D'accord. Marché conclu. On y va. »

Après un dernier regard autour de lui, il s'installa sur le siège arrière et attendit que le chauffeur glisse son corps massif derrière le volant. La Skoda s'affaissa sous son poids.

Avant de démarrer, l'homme se retourna et regarda l'Américain dans les yeux. « On m'a dit que vous souhaitez arriver à l'aéroport sain et sauf et discrètement ?

— C'est ça.

— Et qu'il pourrait y avoir des gens qui ne souhaitent pas que cela se passe ainsi ? »

Cette fois, Smith se contenta de hocher la tête.

Le gros homme sourit à nouveau. « Vous en faites pas, Erudit, tout se passera bien. Vous pouvez faire confiance à Vaclav Masek... et à mon petit ami ici présent, s'il y a un problème ! » dit-il en écartant son anorak rouge juste assez pour que Jon voie la crosse d'un pistolet dans un étui. Il lui décocha un clin d'œil.

Jon fit de son mieux pour ne pas montrer son inquiétude. Le chef du Réseau Bouclier s'était excusé de ne pouvoir faire mieux. « Je n'ai été en mesure de contacter qu'un seul homme dans le peu de temps dont je disposais, Jon. C'est plus un messager qu'un agent de terrain, mais il est très fiable. »

Smith se dit qu'il devrait inciter Klein à mettre à jour le dossier de Masek. Le géant barbu semblait bien trop fanfaron et impatient de brandir son arme. Des ennuis en perspective. Ça voulait dire que le chauffeur de taxi tchèque était soit si effrayé qu'il la ramenait pour dissimuler sa peur, soit agressif, à l'affût de la première occasion de prouver qu'il était taillé pour des missions plus dangereuses et plus glorieuses que d'ordinaire.

Jon Smith resta silencieux tout le temps qu'il fallut pour sortir du labyrinthe de la Vieille Ville, pour traverser la Vltava et pour s'engager sur la route qui serpentait à l'est du Château, cet imposant complexe d'églises, de couvents, de tours et d'immeubles gouvernementaux vieux de plusieurs siècles. Quant à son chauffeur, il ne cessa de commenter tout ce qu'ils voyaient, de désigner les sites touristiques, d'insulter les autres chauffeurs, de répéter qu'ils arriveraient à temps.

Il est nerveux, pensa Smith. En dépit de sa taille et de son ton bravache, Masek était au fond un petit homme terrorisé. Le chauffeur tchèque avait beau être un messager clandestin compétent, Klein n'aurait jamais dû lui demander de s'éloigner autant de l'ombre où il se sentait protégé. Sois juste, Jon ! se dit-il. Ce type sait probablement qu'une équipe de nettoyeurs a déjà tenté de te tuer et qu'ils pourraient remettre ça.

Il soupira. Il devait admettre qu'il n'en menait pas large, lui non plus. Il regarda par la fenêtre. Il aurait voulu trouver le calme dans le spectacle des jardins impeccables qui les entouraient. Le Belvédère, une ravissante résidence d'été royale construite à la Renaissance, dominait les arbres alentour de son toit de cuivre vert-de-gris en forme de bateau retourné.

Quelques minutes après avoir redescendu la colline au nord du Château, la Skoda fit aux trois quarts le tour d'un rond-point et prit à l'ouest sur un large boulevard. Smith se redressa sur son siège. Ils étaient sur Evropska, une voie de circulation moderne qui filait vers l'aéroport. A leur gauche, un ensemble de maisons, d'écoles et de petites entreprises, comme dans toute banlieue. A leur droite, une chaîne de trois collines couvertes de résineux, de chênes et de hêtres s'élevait au-dessus d'autres rangées de maisons et de boutiques. Les hauteurs boisées partaient au nord et à l'est vers la rivière derrière eux.

Masek poussa le taxi au-delà de la vitesse autorisée. Des panneaux indiquaient que l'aéroport n'était qu'à quelques kilomètres de là.

Jon aperçut le reflet d'un lac artificiel à travers les branches dénudées des arbres bordant le boulevard, au nord. Au-delà du lac, la pente se transformait en un paysage accidenté de bois sombres et de falaises grises.

« C'est la Divoka a Ticha Sarka, la vallée de la Sauvage et Tranquille Sarka, un lieu de légende et de violence, expliqua le chauffeur en désignant la gorge plongée dans l'ombre de l'autre côté d'une étendue d'eau verdâtre. On dit que des hommes y ont mené une guerre cruelle et sanglante contre des femmes, il y a longtemps, avant l'aube de l'Histoire. Il s'agissait d'obtenir le pouvoir et la domination absolus. L'histoire raconte qu'une belle amazone, Sarka, a entraîné par ruse le chef des guerriers dans la forêt, où elle lui a fait l'amour, l'a enivré et l'a ensuite assassiné dans son sommeil.

— Rien de très engageant ! sourit Smith.

— En fait, répondit Masek en haussant ses larges épaules, c'est devenu une réserve naturelle. Beaucoup de gens viennent y nager et y camper en été, quand il fait chaud. Nous, les Tchèques, on est romantiques, mais on a aussi un grand sens pratique. »

Soudain, les lumières rouges des voitures qui les précédaient s'allumèrent, signalant qu'elles ralentissaient. Une rangée de cônes orange partait en biais sur la chaussée, fermant la ligne rapide en direction de l'ouest. Sur le bas-côté, un signal mobile clignotait, répétant un message d'alerte en tchèque.

« Merde ! » marmonna Masek.

Il écrasa le frein de la Skoda. Inquiet, grommelant dans sa barbe, il passa dans la file de droite soudain surchargée, s'insinuant de force entre une vieille Volvo et une toute nouvelle Audi. Derrière lui, on klaxonna pour protester.

Smith se pencha. « Des travaux ? Un accident ?

— Ni l'un ni l'autre, répondit l'homme en mordillant nerveusement sa lèvre inférieure. Le panneau dit que c'est un contrôle de police et qu'on doit s'arrêter.

— Qu'est-ce qu'ils cherchent ? demanda Jon.

— Qu'est-ce que j'en sais ? Des chauffeurs ivres, de la drogue, des choses volées ? Peut-être juste des pneus lisses ou des feux de position cassés, suggéra-t-il alors que ses articulations blanchissaient tant il serrait son volant. Ça peut être n'importe quoi ! Les autorités adorent distribuer des amendes et qu'on leur graisse la patte. »

Smith regarda à travers le pare-brise. Le taxi n'avançait plus que très lentement. Ils étaient à environ cent mètres de la sortie indiquant « Divoka Sarka », qui donnait sur une route secondaire s'enfonçant dans les bois. Un unique policier, avec sa casquette, sa veste d'hiver noire et son pantalon de neige bleu de la police nationale, en gardait l'accès. Il faisait osciller un bâton orange vif pour que les voitures avancent. De temps à autre, il levait la main et signalait à une ou deux voitures ou camions de prendre la sortie, accentuant son ordre par des mouvements énergiques de son bâton.

L'Américain regarda de plus près, cherchant une logique dans le choix des véhicules mis de côté. Il n'y parvint pas. Le policier à l'air las semblait laisser passer presque tous les véhicules, n'en choisissant que quelques-uns pour les mettre à l'écart. C'était sans doute un contrôle de routine.

Sans doute.

« Merde ! » marmonna de nouveau Masek quand le policier les désigna de son bâton.

82

Ils avaient été retirés du flot de véhicules. Furieux, le chauffeur vira à droite et s'engagea vers la sortie à la suite de quelques autres, éloignés eux aussi de l'Evropska.

Smith jeta un œil par la vitre arrière de la Skoda. Une Mercedes noire récente aux vitres teintées les suivait.

Ils étaient sous les arbres. La lumière filtrait à travers les branches. Ils n'allaient pas tarder à arriver au point de contrôle. Il vit deux voitures banalisées, des Skodas tchèques comme la leur, garées sur le bas-côté, près d'une autre rangée de cônes orange. Deux policiers en uniforme posaient apparemment aux chauffeurs des véhicules attirés à l'écart quelques questions rapides avant de les laisser continuer leur route.

L'un d'eux s'approcha du taxi. Il était vieux pour son grade, avec un visage austère et émacié. Sous sa casquette, son regard n'exprimait rien. Il se pencha et frappa sèchement à la vitre du chauffeur.

Masek baissa la vitre.

Le policier tendit la main. « Permis de conduire, licence de taxi ! » ordonna-t-il sans plus de préambule.

Le géant obéit et lui remit les papiers demandés. Visiblement nerveux, il attendit que le policier les consulte.

L'officier au visage émacié parut satisfait et les jeta avec mépris sur les genoux de Masek. Puis il regarda à l'arrière. Il fronça les sourcils. « Qui est ce type ? Un étranger ? »

Smith ne dit rien.

« Personne d'important. Un homme d'affaires américain, je crois. Je le conduis à l'aéroport », bredouilla Masek, qui transpirait maintenant à profusion.

Smith sentait la peur grandir en lui, grignotant son assurance. Masek se contrôlait à peine.

« Il dit qu'il doit prendre un avion ce matin, expliqua le chauffeur.

— Pas de panique, dit le policier d'un air indifférent. L'Américain pourra faire son voyage.

— On peut y aller ? demanda le chauffeur.

— Pas encore, mon ami. Je crains que ce ne soit pas ton jour de chance. Le gouvernement vient de sortir des nouvelles normes de sécurité pour les véhicules, les taxis en particulier. Ça veut dire que tu dois te soumettre à une inspection complète. Hé ! Edvard ! dit-il en se détournant pour appeler son collègue. On va prendre celui-là. »

Smith plissa les yeux. Quelque chose dans le profil de cet homme lui rappelait... quoi ? Son inconscient lui envoyait un signal d'alarme discret mais insistant. En le regardant de plus près, il remarqua une petite perforation, une sorte de piercing dans le lobe de son oreille. Curieux ! songea-t-il. Combien de flics tchèques entre deux âges portaient-ils des boucles d'oreilles quand ils n'étaient pas en service ?

Le policier se retourna vers Masek. « Gare-toi là ! dit-il en lui montrant sur le côté de la route un espace entre les deux voitures banalisées. Et attends ! On te laissera partir dès que possible.

— Oui, oui, bien sûr ! »

Avec un pâle sourire, le chauffeur de taxi hocha servilement sa tête massive, gara la Skoda sur l'herbe, entre les deux voitures, puis se pencha pour tourner la clé de contact. Ses mains tremblaient.

« Non, ne coupez pas le moteur ! » ordonna Smith, qui regardait toujours par la fenêtre.

Les deux policiers tchèques s'étaient penchés

pour parler au chauffeur de la Mercedes noire. Il n'y avait plus aucune autre voiture attendant de passer le contrôle. La route d'accès bordée d'arbres derrière eux était tout à fait vide.

Smith s'irrita contre lui-même. Que ratait-il ? L'alarme résonnait de plus en plus fort dans sa tête. Il était temps de jouer la sécurité, décida-t-il. « Donnez-moi votre pistolet, Vaclav ! dit-il doucement. Tout de suite !

— Mon pistolet ? s'étonna l'homme dont les yeux s'écarquillèrent pour regarder par-dessus son épaule. Pourquoi ?

— Disons que je préférerais éviter de malheureux accidents », répondit Jon avec un calme calculé pour ne pas effrayer l'autre.

Pas encore du moins. Pas avant qu'il trouve pourquoi son instinct l'avertissait qu'il allait falloir se battre ou fuir. Il sut soudain comment convaincre son chauffeur. « Vous avez un port d'arme ? »

A contrecœur, Masek secoua la tête.

« Formidable ! Tout à fait formidable ! Ecoutez, ces flics cherchent les ennuis. Prendre une amende pour un feu arrière cassé, ce n'est pas trop grave, même si c'est gênant. Mais est-ce que vous voulez vraiment vous faire arrêter pour port d'arme prohibée ? »

Le chauffeur de taxi pâlit sous sa barbe hirsute. Il avala péniblement sa salive. « Non, bien sûr. Les peines pour ce genre de délit sont très lourdes.

— Alors, donnez-le-moi, insista Smith. Laissez-moi m'occuper de tout ça. »

Masek n'hésita plus. Il ouvrit son anorak et retira le pistolet de son étui. Ses grosses mains tremblaient plus que jamais.

Jon prit l'arme avant que l'autre la laisse tomber.

C'était un CZ-52, un pistolet semi-automatique de fabrication tchèque qui utilisait les mêmes balles de 7.62 mm que les Tokarev soviétiques pendant la Seconde Guerre mondiale. Les « surplus » de cette arme standard des militaires du pacte de Varsovie avaient été vendus, légalement ou pas, à des personnes privées. Jon vérifia que la sécurité manuelle était en position médiane et libéra le chargeur. Il contenait les huit balles habituelles pour ce genre de pistolet. Il remit le chargeur en place et regarda de nouveau par la fenêtre.

Dehors, les deux policiers tchèques se redressaient derrière la Mercedes. Après avoir échangé quelques mots, ils se tournèrent ensemble vers le taxi garé et approchèrent.

Smith se raidit.

Le visage des hommes s'était transformé en masque rigide et indéchiffrable, sans la moindre émotion. C'était comme si une force terrible avait effacé toute trace d'humanité en eux, n'y laissant que des traits lisses sans vie ni personnalité. L'un d'eux, le plus âgé, celui qui avait vérifié les papiers de Masek, saisit l'arme à sa hanche.

Soudain, Jon sut où il avait vu cet homme !

Sur le pont Charles ! Il l'avait vu reculer devant Valentin Petrenko qui basculait dans la rivière après qu'il lui avait enfoncé un couteau dans le ventre. Comme ses deux camarades, l'homme au visage hâve portait une tête de mort en argent, dans ce petit trou qu'il avait remarqué à son oreille.

Ce « contrôle de police » était un piège, dans un lieu parfait pour un meurtre !

Pendant un moment terrible, le temps sembla s'arrêter, mais les réflexes que son entraînement lui avait donnés stimulèrent Jon. Le mouvement anima de nouveau le monde qui s'était gelé autour de lui et il retrouva sa capacité d'action. « Sors-nous de là ! hurla-t-il à Masek. C'est un coup monté ! Démarre ! »

Horrifié, le gros homme enfonça l'accélérateur et fit marche arrière, tentant désespérément de se donner assez de marge de manœuvre pour s'engager sur la petite route. Smith retira le cran de sûreté du pistolet, releva le chien et engagea une balle de 7.62.

C'est alors qu'il fut projeté en avant quand le taxi heurta la voiture vide garée derrière eux et s'arrêta dans un chaos de verre et de métal tordu. Masek tenta frénétiquement de remettre les gaz, de faire redémarrer son vieux taxi.

Trop tard, comprit Smith en voyant l'homme au visage émacié redresser son Makarov pour viser sa cible. Le second faux policier avait aussi tiré son pistolet. Merde !

Jon plongeait déjà vers la portière de droite quand les fenêtres de gauche furent fracassées par l'impact de plusieurs balles tirées à bout portant. Des petits cubes de verre volèrent à l'intérieur du véhicule.

Masek fut touché juste au-dessus de l'oreille gauche. Une balle en cuivre projetée à plus de trois cents mètres par seconde fit exploser la tête du géant. Du sang et des esquilles d'os s'écrasèrent sur le siège avant et le tableau de bord de la Skoda.

Une autre balle s'enfonça dans le siège en tissu près de Smith, libérant les ressorts. Elle ricocha sur la carrosserie et repartit vers le haut dans une gerbe d'étincelles produite par le métal chauffé à blanc, réduisant en cendres des morceaux de tissu déchiré. Seigneur ! Jon saisit la poignée de la portière arrière et se jeta au sol.

A toute vitesse, il roula et se redressa sur un genou près du pneu arrière droit du taxi. Il risqua un coup d'œil derrière lui. Non loin, le terrain plongeait en une pente abrupte dans le bois environnant. Presque tous les arbres étaient des chênes et des hêtres séculaires qui s'élevaient très haut, mais sans feuilles en cette saison sinistre. Il n'y avait presque pas de végétation au sol hormis quelques surgeons et des mauvaises herbes.

Pas idéal, comme couverture ! Jon ne pouvait compter que sur les troncs. Un poursuivant n'aurait aucun mal à le mettre en joue. S'il voulait partir en courant, il lui faudrait donc prendre une bonne avance.

D'autres coups résonnèrent, faisant osciller la Skoda frappée plusieurs fois par des rafales. D'autres vitres éclatèrent, d'autres pièces de métal se tordirent. Les balles qui ricochèrent sur le bloc moteur partirent vers les arbres, dont elles sectionnèrent des branches.

Smith prit une profonde inspiration. Un. Deux. Trois. Maintenant !

Son pistolet tenu à deux mains, il se redressa à l'arrière du taxi, ses yeux cherchant de tous côtés les hommes qui le poursuivaient pour le tuer. Là ! L'un des faux flics, le plus âgé, n'était qu'à quelques mètres, criblant de balles toute la longueur du taxi.

Smith vint sur lui, aussi vite qu'il le put. Les viseurs de son pistolet tchèque se stabilisèrent sur la poitrine de l'homme. Il pressa la détente. Le pistolet toussa une fois et se redressa tandis qu'une autre balle s'engageait. Jon pointa à nouveau l'arme sur sa cible et tira.

Du sang gicla. Touché deux fois, l'homme tourna sur lui-même en direction de l'Américain qui l'avait abattu. Sa bouche s'ouvrit de stupéfaction. Lentement, il tomba à genoux puis à plat ventre sur la route. Son sang forma bientôt une flaque rouge sur l'asphalte noir.

Son collègue, plus jeune, plus enrobé, se jeta au sol. Le visage sombre et déterminé, il tira au hasard en direction de Smith, sans prendre le temps de viser, son seul but immédiat étant de contraindre l'Américain à retourner à l'abri de la voiture.

Une balle du Makarov passa tout près d'une oreille de Smith. Une autre glissa sur le coffre du taxi, ajoutant une rayure brûlante au métal rouillé sous la peinture écaillée.

Smith mit en joue l'homme aplati au sol et pressa deux fois la détente. La première balle rata de peu sa cible, envoyant voler des morceaux d'asphalte et des graviers. Mais la seconde balle de 7.62 arracha le sommet du crâne du jeune tireur.

Un silence surnaturel retomba sur la clairière.

Smith prit une profonde inspiration, stupéfait d'être encore en vie. Il sentit son cœur battre incroyablement vite et ne reprendre que peu à peu un rythme normal. Et maintenant ? se demanda-t-il.

Soudain, il entendit qu'on ouvrait des portières. Les occupants de la Mercedes noire ! Toujours accroupi derrière le taxi, il se retourna et aperçut deux hommes vêtus d'épais pardessus bruns et de toques en fourrure, qui se mettaient à couvert derrière la limousine de luxe. Ils étaient lourdement armés de pistolets-mitrailleurs MP5K Heckler & Koch.

Smith grimaça. L'un des deux avait un bandage sur son visage étroit – un bandage qui couvrait sans aucun doute les restes du nez qu'il lui avait écrasé la veille sur le pont Charles. Il devait donc affronter deux ennemis de plus, sans aucune chance de les surprendre.

Il jeta un œil à son pistolet. Quatre balles. Il ne lui

restait que quatre balles... Ce n'était pas suffisant. Pas contre deux armes automatiques très puissantes qui pouvaient facilement réduire le taxi derrière lequel il était tapi en une masse de métal indifférencié.

Rester là, c'était mourir.

Il se replia derrière la Skoda puis, toujours baissé, il fit un bond vers le bord de la route et se laissa glisser sur la pente qui plongeait dans la Divoka Sarka, la sombre vallée de Sarka la Sauvage.

Chapitre sept

Georg Liss se redressa derrière la Mercedes, et visa soigneusement le long du MP5K à canon court. Son doigt se crispa sur la détente.

Rien ne bougeait sur la petite portion de route, ni derrière le taxi criblé de balles arrêté en biais sur le bas-côté. Il s'assombrit. Deux de ses meilleurs agents de terrain gisaient au sol. Ils étaient morts, abattus par ce putain d'Américain. D'abord il avait frôlé la catastrophe sur le pont Charles, et maintenant, ça ! Il avait conçu l'embuscade parfaite, le meilleur moyen de tuer un homme désarmé, comme un mouton mené à l'abattoir. Et voilà qu'elle s'était transformée en carnage ! Où ce diable de Smith avait-il bien pu trouver une arme ?

Sans quitter le taxi des yeux, Liss attendait patiemment que sa proie se montre. Soudain, il entendit au loin le bruit de feuilles sèches qu'on piétinait dans les bois. L'Américain s'enfuyait, il filait dans la vallée sauvage de Sarka ! Que lui diraient les hommes de Moscou si Smith s'échappait à nouveau ? Plus précisément : que lui feraient-ils ?

Il appela son chauffeur : « Dragomir ! Sonne Eugen

et fais-le venir ici. On n'a plus besoin de lui sur la route principale. Et mets ces corps dans le coffre, dit-il en montrant du menton les deux morts vêtus de l'uniforme de la police tchèque. Ensuite, tu prends les bagages de l'Américain et tu files avec à l'aéroport. Si vous voyez Smith arriver, tuez-le si vous le pouvez. Sinon, rendez-vous à la planque. Je vous y contacterai plus tard.

— Et nos autres véhicules ? demanda le Roumain.

— Laisse-les ! grogna Liss entre ses dents serrées. Ils sont propres. Impossible de remonter jusqu'à nous.

— Compris, dit Ilionescu. Mais... et vous ? »

L'homme dont le nom de code était Prague Un lui jeta un regard glacial. « Moi ? Je vais à la chasse, dit-il en montrant le pistolet-mitrailleur qu'il serrait entre ses mains. J'ai un travail à terminer avec ce très gênant Dr Smith. »

*

Jon Smith bondissait le long de la pente boisée, glissait, trébuchait sur les plaques de terre et les rochers humides. Il cavalait, laissant la gravité l'aider, évitant de peu les troncs d'arbres et les branches basses qui surgissaient devant lui. Il savait qu'il allait trop vite, bien trop vite, mais le danger qu'il sentait quelque part derrière lui le poussait à ne pas ralentir.

Tout à coup, ses pieds se dérobèrent et il atterrit dans une pile de feuilles mortes. Il se reçut durement et se mit à glisser, incapable de contrôler sa descente. En jurant, il roula et rebondit, griffa la terre de ses mains comme des serres sans réussir à ralentir sa chute. Il finit par heurter de l'épaule le tronc noueux d'un vieux chêne. L'impact lui coupa le souffle et la douleur se propagea dans tout le côté gauche de son corps.

Pendant plusieurs secondes interminables, il resta immobile, groggy, et rassembla péniblement ses esprits. Lève-toi ! lui ordonna finalement son instinct. Relève-toi si tu veux survivre !

Il s'assit, reprit son souffle et grimaça en sentant protester ses muscles poussés bien au-delà de leurs limites naturelles. Des flèches brûlantes parcouraient ses nerfs jusque dans son cerveau. Il fit l'immense effort de se relever, plia ses doigts sales, tailladés, éraflés, douloureux, puis se figea.

Son pistolet ! Où était son pistolet ?

Smith se retourna et regarda en amont, d'où il venait. Le cœur en folie, il remonta, examinant chaque centimètre de terre creusée sous les feuilles.

Là ! Il le vit à la base d'un autre arbre, un immense hêtre encore orné de quelques feuilles rouges, orange et brunes. Il le saisit et vérifia son état après avoir rapidement essuyé la terre collée au chien.

Une rafale tirée par un pistolet-mitrailleur éclata dans le silence. Des balles de 9 mm passèrent près de lui et s'enfoncèrent dans le tronc à hauteur de sa taille, envoyant voler des éclats d'écorce sur le sol de la forêt. D'instinct, Smith se jeta à plat ventre et roula derrière le tronc.

Une seconde rafale griffa la terre juste à sa droite.

Le pistolet brandi devant lui, Jon partit sur la gauche et tira une balle à l'aveugle vers le haut de la colline. Il finit accroupi derrière un autre arbre. Le pistolet-mitrailleur hoqueta de nouveau. Des balles sifflèrent autour de lui. Des petits arbres et des branches tombèrent. D'autres rafales résonnèrent, et les balles rebondirent sur les rochers plus bas, provoquant une pluie de cailloux et de fragments végétaux.

Smith risqua un coup d'œil sur les alentours. Il aperçut un homme en pardessus brun et toque de fourrure qui descendait avec précaution vers lui. Il avait des pansements au milieu de son visage étroit.

Smith s'abrita de nouveau derrière l'arbre. Merde ! L'homme était à cent mètres. Trop loin pour un pistolet – surtout un pistolet dans lequel il ne restait que trois balles. Il allait devoir continuer à courir et tenter de rester hors de vue du tireur assez longtemps pour lui échapper ou trouver une meilleure position et pouvoir riposter. Il regarda autour de lui pour évaluer les possibilités. Aucune n'était particulièrement réjouissante.

En contrebas, le sol s'inclinait plus fortement, plongeant selon un angle de quarante-cinq degrés jusqu'au fond lointain de la gorge de Sarka. S'élancer dans cette direction, c'était risquer une autre chute spectaculaire. Smith ne pouvait se le permettre, pas avec, si près derrière lui, un ennemi prêt à le tuer.

Il ne lui restait qu'une solution.

Jon prit une profonde inspiration, bondit de derrière son arbre et partit en courant en travers de la pente, sur sa gauche. Surpris par ce mouvement soudain, le tireur qui descendait la colline s'arrêta net et poussa un juron. Mais il ne tarda pas à remettre son MP5K en action, arrosant de rafales l'Américain qui passait devant lui.

Smith vit le sol se soulever, réduit en poussière par les balles de 9 mm. Il tourna de nouveau à gauche, passa derrière un arbre, sauta au-dessus d'un rocher à demi enterré et continua sa route.

L'homme qui le pourchassait cessa de tirer.

Jon filait dans les bois, zigzaguant comme un fou

entre les arbres et les bosquets de surgeons pour éviter de constituer une cible fixe. La pente à sa gauche était de plus en plus forte. Elle ne tarda pas à plonger presque tout droit vers le fond de la vallée, quarante mètres au moins plus bas. Les arbres s'espaçaient et le sol était plus rocheux au bord de la falaise, parsemé çà et là de plaques de pierre craquelées, usées par le temps, que la terre recouvrait à demi.

Il continua sa course, attentif à bien respirer. Il trébucha une fois, et se redressa. Entre ses omoplates, il sentit un frisson tant il anticipait l'impact soudain d'une balle de 9 mm tirée à bout portant.

Smith se retrouva tout à coup à l'orée d'une vaste clairière, une prairie couverte d'herbe brunie par l'hiver, parsemée de quelques buissons. Il y avait bien un petit bois à l'autre bout, mais c'était à trois cents mètres au moins. A sa droite, la prairie s'étendait jusqu'au sommet de la colline. A sa gauche elle s'interrompait à la falaise qu'il avait suivie jusque-là et qui, maintenant, tombait à pic.

Traverser cet espace découvert serait une erreur fatale. Bien avant qu'il puisse retrouver un abri, le tireur qui le poursuivait pourrait le viser sans peine. Il s'était précipité dans une zone où son meurtre serait aussi facile que près du taxi. Bon travail, Jon ! se dit-il avec amertume. Il avait réussi l'exploit de sortir d'une poêle à frire pour sauter tout droit dans une fournaise nucléaire.

Il se retourna. La forêt qu'il venait de quitter, mélange de quelques résineux et de petits arbres effeuillés, était trop clairsemée pour offrir un vrai moyen de se cacher. Aucune des plaques de pierre qui sortaient de la terre n'était assez grosse pour le dissimuler.

Restait la falaise.

Le cœur battant la chamade, Smith sortit dans la clairière, son pistolet à la main. Il courut le long du précipice dans l'espoir de repérer un sentier ou une simple série de prises et d'avancées rocheuses qu'il pourrait utiliser pour descendre jusqu'au fond de la vallée. En se tordant le cou pour mieux étudier la paroi rocheuse, il vit quelques buissons et même quelques arbres accrochés dans d'étroites fissures et sur de petites plates-formes dans le calcaire gris. A d'autres endroits, des rigoles sourdaient des fentes et dévalaient le mur de roche.

Il s'arrêta pour une fois de plus évaluer ses chances. Elles se réduisaient affreusement vite. Avec un soupir, Jon s'assura que la sécurité était bien mise sur son pistolet et le glissa dans la ceinture de son jean. Il se pencha un peu plus vers le précipice et respira plusieurs fois pour se préparer mentalement à passer par-delà le bord. Les arbres et les rochers fracassés tout au fond semblaient petits, comme s'ils étaient à des kilomètres. Jon avait la bouche sèche. Vas-y, vieux ! se dit-il avec colère. Tu n'as plus beaucoup de temps.

Tout à coup, il n'eut plus de temps du tout.

Une rafale brutale résonna, déchirant la terre et l'air comme une soudaine averse de grêle – sauf que c'étaient des balles.

*

A cinquante mètres de lui, Georg Liss entendit l'Américain crier et le vit osciller et basculer au bord de la falaise. Il découvrit ses dents en un sourire aussi mauvais que satisfait. Voilà le sort du Dr Smith réglé ! se dit-il.

Très lentement, il baissa le canon encore fumant de son MP5K et se redressa derrière la plaque de pierre qui l'avait partiellement dissimulé. Il s'avança avec précaution, sortit le chargeur presque vide de son pistolet-mitrailleur et inséra un chargeur plein. Puis il releva l'arme et surveilla l'espace dans son viseur. Son doigt ne quitta pas la détente.

Le silence régna jusqu'à ce qu'au loin on entende des sirènes se rapprocher.

Liss grogna. Il faudrait qu'il parte bientôt, avant que la police tchèque arrive et se mette à fouiller les bois. L'Américain devait être mort. Personne ne pouvait survivre à une chute d'une telle hauteur. Il vaudrait pourtant mieux s'en assurer. Moscou Un allait insister pour avoir une confirmation indéniable.

Son sourire cruel aux lèvres, Prague Un s'approcha du précipice et se pencha pour regarder tout en bas de la paroi de pierre, excité à l'idée de voir le corps de Smith fracassé au pied de la falaise.

*

Jon Smith était allongé sur une étroite plate-forme à quelques mètres du sommet, le dos retenu par le tronc d'un petit résineux qui l'avait aidé à freiner sa descente rapide, presque incontrôlée. Les yeux plissés, il regardait à travers le viseur de son arme tendue à deux mains. Il suffisait d'attendre. Il attendait.

Il vit la tête et les épaules de l'homme aux yeux sombres apparaître, si proches qu'il distinguait même les traces de sang séché sur le bandage protégeant le nez cassé.

Dis au revoir ! pensa Smith – et il tira deux balles, le pistolet tenu ferme pour éviter qu'il se redresse.

La première balle de 7.62 atteignit l'homme à la gorge, lui fit exploser la colonne vertébrale et ressortit par sa nuque. La seconde fora un trou parfait juste entre ses yeux.

Déjà mort, l'homme tomba à genoux avant de basculer tête la première par-dessus le bord de la falaise. Son corps flasque heurta une avancée rocheuse avec un bruit sourd, rebondit et plongea plus bas, dégringola, virevolta dans un silence surnaturel jusqu'au pied de la muraille inégale.

Smith resta immobile quelques secondes, les yeux levés vers le ciel nuageux. Chaque os, chaque muscle de son corps le faisait souffrir, mais il était vivant. Quand les rafales du pistolet-mitrailleur avaient éclaté près de lui, il avait pris le plus grand risque de sa vie en se laissant tomber en arrière vers la petite terrasse rocheuse qu'il avait remarquée à l'amorce d'une pente assez raisonnable, comparée à d'autres sections de la falaise. Par miracle, il avait gagné son pari, mais non sans utiliser chaque atome de chance dont il pouvait raisonnablement espérer disposer pour sa vie entière.

Il abaissa son pistolet, remit la sécurité et le glissa dans son coupe-vent. Ses mains tremblaient un peu maintenant que l'adrénaline retombait.

Encore faible, les nerfs à vif, il se tourna sur le côté, s'assit et regarda le fond de la vallée. Quarante mètres plus bas, le corps de l'homme qu'il avait tué gisait, tordu, brisé, sur un gros rocher. Autour du corps, des traces de sang marquaient le dernier point d'impact.

. Au loin, Smith entendit des sirènes, encore faibles, mais de plus en plus sonores. Il était grand temps de disparaître. Allié ou non au sein de l'OTAN, le gouvernement tchèque n'allait pas aimer qu'un officier de l'armée américaine soit mêlé à une fusillade meurtrière en banlieue de sa capitale. Il baissa une dernière fois les yeux vers l'homme disloqué.

Cela ne le réjouissait pas, mais avant de disparaître dans l'ombre, il fallait qu'il sache ce que ce type avait sur lui. Pour l'instant, Jon ne comprenait pas ce qui se passait, quel était l'enjeu. La seule évidence, c'était que quelqu'un tenait à ce qu'il meure.

Lentement au début, puis de plus en plus vite, avec de plus en plus de confiance, Smith descendit le long de la falaise accidentée, d'une avancée rocheuse à l'autre, s'accrochant à tout ce qu'il trouvait. Il sauta le dernier mètre et se retrouva au fond de la gorge de Sarka. D'un pas décidé, il s'approcha du corps éclaté sur un rocher tout proche.

DEUXIÈME PARTIE

Chapitre huit

Bagdad, Irak

La nuit était tombée sur Bagdad. Dans la moitié est de la ville, depuis les fenêtres des ministères barricadés, de puissantes lumières éclairaient les avenues, larges et modernes, et les bazars encore animés. A l'ouest du Tigre, les ruelles du quartier sunnite d'Adhamiya n'étaient éclairées que par les faibles ampoules des échoppes et les salons de thé dont la lueur traversait les persiennes à lattes et filtrait sous les portes des vieilles maisons. L'air frais et clair transportait juste une trace de l'odeur propre de la pluie tombée au cours d'un bref orage plus tôt dans la soirée. Les hommes s'étaient rassemblés en petits groupes devant les salons de thé pour fumer une cigarette et échanger à voix basse les nouvelles et les ragots du jour.

Abdel Khalifa al-Dulaimi, ancien colonel du service d'intelligence irakien jadis tant redouté, le Moukhabarat, descendait d'un pas incertain une des ruelles. Il était plus mince qu'au temps de sa gloire, et ses cheveux et sa moustache étaient parsemés de gris. Ses mains tremblaient. « C'est de la folie ! murmurait-il en arabe à une femme qui le suivait respectueusement avec un énorme sac de provisions dans les bras. Cet endroit est encore une place forte des moud-jahidin. Si nous y sommes pris, la mort sera une déli-vrance – encore ne nous l'accorderont-ils ni rapide ni facile. »

La femme, mince silhouette enveloppée de la tête aux pieds d'une abaya noire informe, se rapprocha de lui. « Il faut donc éviter de nous faire prendre, Abdel, ordonna-t-elle dans son oreille. Taisez-vous, concentrez-vous sur votre travail et laissez-moi m'inquiéter du reste !

— Je ne sais pas pourquoi je fais ça..., grogna Khalifa.

— Oh, vous le savez très bien ! dit la femme d'une voix glaciale. Vous auriez le choix entre la prison à vie, le peloton d'exécution ou une injection létale si vous vous retrouviez face à un tribunal pour crimes de guerre. Les pauvres gens que vos sbires et vous avez terrorisés pendant tant d'années ne vous ont pas pardonné, à ce que je crois. »

L'ancien officier du Moukhabarat resta silencieux, la gorge sèche.

La femme regarda par-delà son épaule. Ils appro-chaient d'une vaste maison d'un étage en briques cou-vertes de crépi, le genre de demeure construite autour d'une cour intérieure dans le style irakien traditionnel. Deux jeunes gardes au visage dur se tenaient au por-tail, scrutant les passants. Ils brandissaient chacun un fusil d'assaut, une Kalachnikov AKM.

« A toutes les équipes de la mission, ici Raid Un, murmura la femme dans un micro attaché au niveau de sa gorge sous son abaya. Source Un et moi appro-chons de la position. Etes-vous prêts ? »

Tour à tour, des voix sortirent comme des fan-tômes du petit récepteur glissé dans son oreille droite. « Equipe Sniper prête. Cibles repérées. Equipe d'assaut prête. Equipe d'extraction prête.

— Compris, murmura-t-elle alors que Khalifa et elle n'étaient plus maintenant qu'à quelques mètres du portail. Attendez ! »

Un des gardes armés d'un AKM fit un pas dans l'allée pour leur couper la route. Il prit un air soupçonneux. « Qui est cette femme, colonel ? grogna-t-il. Le général vous a convoqué, mais vous seul, personne d'autre.

— C'est la cousine de ma femme, bafouilla Khalifa avec une grimace. Elle a eu peur de rentrer seule du marché. Elle a entendu dire que les Américains et leurs chiens de compagnie irakiens, les collaborateurs chiites, violent les femmes seules dans la rue sans un homme pour les protéger. Mais je n'ai accepté de la conduire que jusqu'ici. »

La femme baissa pudiquement ses yeux noirs.

Le garde s'approcha, toujours inquiet. « Vous avez compromis notre sécurité ! Il faut que j'en informe le général. Faites entrer la femme !

— Raid Un, c'est Sniper Chef, entendit-elle dans son oreillette. Tu n'as qu'un mot à dire ! »

La jeune femme leva les yeux avec un petit sourire dissimulé sous son voile. « Vous pouvez tirer dès que vous êtes prêts, dit-elle doucement. Que toutes les équipes passent à l'action. Tout de suite ! »

Le garde, inquiet de son attitude, écarquilla les yeux et redressa sa Kalachnikov, dont il retira la sécurité d'un coup de pouce.

Il y eut deux bruits mats. Les deux gardes s'écroulèrent dans leur sang, la tête transpercée par une balle de fort calibre tirée depuis un toit à plus de cent mètres de là. Avant même qu'ils heurtent le sol, six hommes, qui attendaient devant un des salons de thé, se levèrent et se précipitèrent vers le portail ouvert en sortant de sous leurs vestes larges des pistolets-mitrailleurs Heckler & Koch MP5SD6. Deux d'entre eux entraînèrent les corps dans la cour et les laissèrent à l'ombre d'un mur, puis revinrent au portail remplacer les sentinelles mortes. Personne dans la maison ne remarquerait rien de bizarre en regardant par la fenêtre.

La femme sortit son Beretta 9 mm muni d'un silencieux de sous les légumes entassés dans son sac à provisions. Accompagnée de Khalifa et des quatre hommes disponibles, elle pénétra en silence dans la cour, attentive à ne pas sortir de l'ombre. Elle consulta sa montre. Il ne s'était écoulé que trente secondes à peine. De la musique, la mélopée d'un chanteur arabe populaire à la radio d'Etat syrienne, filtrait par les fenêtres aux volets clos. Satisfaite, elle fit signe aux quatre hommes de l'équipe d'assaut de se rassembler devant la porte d'entrée de la maison.

Par deux, ils montèrent les marches du porche. Couvert par les autres, le chef d'équipe vérifia que la lourde porte en bois était bien déverrouillée. Il hocha la tête à l'intention de ses coéquipiers et leva trois doigts pour commencer le décompte des secondes.

Ils se mobilisèrent. Trois. Deux. Un.

Le chef donna un violent coup de pied dans la porte et bondit à l'intérieur, suivi de près par ses camarades. Il y eut quelques cris étouffés immédiatement interrompus par les hoquets durs des pistolets-mitrailleurs munis de silencieux.

La femme s'accroupit près de la porte ouverte, son pistolet entre les mains. Khalifa attendait près d'elle, tremblant de tous ses membres. L'ancien colonel du Moukhabarat marmonnait des prières. Elle l'ignorait, attentive aux rapports distillés de plus en plus rapidement dans son oreillette.

« Entrée sécurisée. Pièces de réception sécurisées. Deux hostiles abattus.

— Pièces de service sécurisées. »

Autre courte rafale presque silencieuse.

« Escalier sécurisé. Un ennemi abattu. »

Quelques cris dans la maison, suivis d'autres rafales discrètes.

« Etage sécurisé, déclara une voix calme et confiante. Deux hostiles de plus abattus. Un prisonnier. Raid Un, ici Assaut Un. La maison est nettoyée. Pas de pertes amies.

— Compris, dit la femme en se redressant avant de murmurer dans son micro : Source Un et moi arrivons ! »

Elle fit passer Khalifa devant elle d'un mouvement de son Beretta.

Dans la maison, parmi les douilles éparpillées, des corps jonchaient le sol carrelé. La plupart des habitants avaient été abattus alors qu'ils tentaient de tirer leur arme – un arsenal hétéroclite de fusils d'assaut et de pistolets de fabrication russe. L'odeur vaguement métallique du sang se mêlait aux senteurs puissantes de tabac, d'after-shave bon marché et de poulet aux épices. Quelque part, la radio diffusait toujours sa musique.

Khalifa près d'elle, la femme monta jusqu'à l'étage et pénétra dans une pièce luxueuse à l'arrière de la maison. D'épais tapis couvraient le sol. Il y avait là des tables et des chaises en teck importées. Sur un bureau, un ordinateur portable ronronnait doucement. Il ne semblait pas endommagé. Elle sourit.

Un homme en robe de chambre et pantoufles gisait

à plat ventre sur un des tapis, les mains attachées dans le dos avec des liens en plastique résistants. Deux des attaquants encadraient le prisonnier, leurs pistolets-mitrailleurs pointés sur lui.

Au signal de la femme, ils le firent rouler sur le dos.

Elle scruta ses traits, comparant le visage barbu au nez crochu devant elle au souvenir des photos d'archives qu'elle avait étudiées. Des yeux rouges et furieux la regardaient. Elle hocha la tête, satisfaite. Ils avaient capturé le général de division Hussein Azziz al-Douri, jadis commandant du Huitième Directorat du Moukhabarat, l'unité directement responsable du développement des essais et de la production des armes biologiques irakiennes.

« Bonsoir, général, dit-elle poliment avec un petit sourire.

— Qui êtes-vous ? »

La femme rejeta son voile et révéla ses cheveux blonds coupés court, son nez droit, son menton volontaire. « Quelqu'un qui vous recherche depuis très longtemps », déclara l'officier de la CIA Randi Russell.

Dresde, Allemagne

De gros flocons de neige mouillée tombaient du ciel sombre. Ils tourbillonnaient paresseusement dans l'air calme avant de se poser sur la place entourant l'Opéra Semper inondé de lumière. Une fine couverture blanche adoucissait la silhouette dure de la statue équestre du roi Jean de Saxe qui dominait l'esplanade.

108

Des gens emmitouflés traversaient la place sous leurs parapluies pour rejoindre la foule rassemblée devant l'entrée illuminée de l'Opéra. Affiches et banderoles avaient annoncé dans tout Dresde pour ce soir la première d'une nouvelle version avant-gardiste du *Freischutz* de Carl Maria von Weber, le premier véritable opéra allemand.

Jon Smith se tenait dans l'ombre de la statue de l'ancien roi saxon et il observait les soi-disant aficionados de la culture d'élite qui inondaient la place. Impatient, il se débarrassa des flocons qui venaient mouiller ses cheveux noirs. Ses épaules se voûtaient de plus en plus sous le froid mordant qui traversait son coupe-vent et son col roulé noir.

Il était arrivé en bordure de la ville une heure environ plus tôt, déposé par un camionneur de Hambourg qui l'avait pris en stop depuis Prague et lui avait fait passer la frontière entre la Tchéquie et l'Allemagne. Deux cents euros en liquide avaient plus que satisfait la curiosité du chauffeur sur les raisons pour lesquelles cet homme d'affaires américain faisait ce long voyage dans ces conditions. Il avait autorisé Jon à s'installer dans la couchette à l'arrière de la cabine, à l'abri de tout regard officiel trop inquisiteur. Par chance, le passage de la frontière s'était fait sans incident. Depuis que la République tchèque faisait partie de l'Union européenne, il n'y avait plus guère de contrôles entre les deux pays.

Mais s'enfoncer dans le territoire allemand ou prendre un avion pour quitter le pays allait demander plus que de la chance. L'embuscade meurtrière sur la route de l'aéroport de Prague lui avait coûté son ordinateur portable et son sac de voyage. Les hôteliers européens, comme les responsables de la sécurité aux aéroports, n'aimaient guère les gens sans bagages. Plus grave : il ne pouvait plus utiliser ses propres papiers. Tôt ou tard, les autorités tchèques allaient lancer un filet pour tenter d'y piéger ce médecin américain, officier de l'armée américaine, ce Jonathan Smith qui avait raté son avion pour Londres et disparu mystérieusement. On allait peut-être même relier sa disparition aux corps criblés de balles retrouvés près de la route de l'aéroport.

Smith repéra un petit homme barbu en tenue de soirée et écharpe rouge qui s'approchait de la statue. Il portait des lunettes épaisses qui reflétaient les lumières soulignant les contours de l'Opéra. Le nouveau venu tenait, bien visible sous un bras, un programme du *Don Juan* de Mozart.

Jon s'approcha de lui. « Vous venez pour la représentation ? demanda-t-il en allemand. On dit que le maestro est en grande forme. »

Il remarqua que l'homme se détendait un peu. *Maestro* était le mot code que Fred Klein lui avait donné quand il l'avait appelé pour organiser ce rendez-vous d'urgence.

« C'est ce qu'on m'a dit, répondit le petit barbu. Mais je préfère Mozart à Weber, pour ma part.

— Quelle coïncidence ! Moi aussi. »

L'homme eut un petit sourire. Ses yeux bleus étaient vifs derrière les verres épais. « Ceux d'entre nous qui aiment le plus grand compositeur d'Europe doivent se serrer les coudes, mon ami. Prenez ça, je vous l'offre. »

Il tendit au grand Américain son programme de *Don Juan*. Puis, sans un mot de plus, il tourna les talons, s'éloigna et disparut dans la foule attirée par l'effervescence à l'entrée du Semper.

Smith prit la direction opposée. Tout en marchant, il feuilleta le programme et y trouva une épaisse enveloppe jaune attachée à l'une des pages. A l'intérieur, un passeport américain au nom de John Martin, frappé d'un tampon récent des douanes allemandes et orné de sa photo, une carte de crédit toujours au nom de John Martin, un billet de train pour Berlin et un ticket de consigne à bagages de la gare Neustadt de Dresde.

Jon sourit, rassuré comme à chaque fois par ces preuves de la méticulosité efficace de Fred Klein. Il empocha les divers documents et se débarrassa du programme d'opéra dans une poubelle avant de prendre d'un pas vif la direction d'un arrêt de tramway.

*

Une demi-heure plus tard, Smith sautait de la porte arrière du tram jaune. Il était juste en face de la Neustadt Bahnhof, pyramide tronquée moderne faite de poutrelles métalliques et de verre qui s'élevait au-dessus de la façade en pierre usée par la pollution de la gare d'origine. Il évita deux taxis sur la chaussée couverte de neige et entra dans la gare presque vide.

A la consigne, un employé de nuit taciturne lui prit son ticket, alla fouiller au fond de la pièce et revint avec un sac de voyage neuf et une mallette d'ordinateur portable. Jon signa le reçu et se mit sur un coin du comptoir pour inspecter ses nouveaux bagages. Le sac contenait un assortiment de vêtements à sa taille, y compris un pardessus en laine noire bien chaud. Reconnaissant, il l'échangea contre son vieux coupe-vent. Dans la mallette, avec l'ordinateur dernier cri, il vit aussi un scanner portable.

Smith alla consulter le panneau des départs. Il lui

restait presque une heure avant le prochain train pour Berlin. Son estomac gronda, lui rappelant qu'il s'était écoulé bien trop d'heures depuis son dernier repas – deux morceaux de toast sec avec de la confiture au poste de police de Prague. Il referma la mallette et le sac, les passa sur son épaule et traversa la gare jusqu'à un petit café situé près des quais. Une pancarte en allemand, français et anglais invitait les voyageurs à utiliser la connexion internet sans fil tout en buvant un café ou en dégustant une soupe ou des sandwichs.

Il s'assit avec soulagement à une table disponible dans un coin et commanda du café noir et un bol de Kartoffelsuppe – une soupe de pommes de terre crémeuse parfumée à la marjolaine avec des tranches de saucisse.

Dès que la serveuse fut partie, il alluma son nouvel ordinateur et son scanner, et tout en sirotant son café, il sortit la carte d'identité qu'il avait trouvée sur le corps de l'homme au nez brisé dans la Divoka Sarka. Le nom qui y figurait ne signifiait rien, à son avis, mais dans le coin gauche, la photo pourrait conduire à des informations utiles.

Il ouvrit son téléphone et composa le code secret du quartier général du Réseau Bouclier, à Washington.

« Vas-y, Smith ! dit Klein d'une voix calme.

— Le rendez-vous s'est déroulé sans problème. Je suis à la gare. J'attends mon train.

— Bien. On t'a réservé une chambre à l'hôtel Askanischer Hof, sur le Ku'damm. Tu devrais pouvoir t'y reposer sans attirer l'attention pendant une journée environ, le temps d'envisager la suite. »

Smith approuva. Le Kurfürstendamm, jadis au cœur de Berlin Ouest, restait un centre actif de commerce et de tourisme. Même en plein hiver, il devrait être assez facile de se fondre dans le décor parmi les voyageurs, nombreux dans les rues et les restaurants du quartier. « Quelle est ma couverture sous le nom de John Martin ?

— Tu es un représentant en produits pharmaceutiques qui passe quelques jours à Berlin après avoir assisté à une conférence commerciale. Tu crois que ça te posera un problème de te glisser dans sa peau ?

— Aucun. Une dernière chose...

— Vas-y !

— J'ai une image à t'envoyer. La photo du type qui a assassiné Valentin Petrenko et qui a tenté de me tuer deux fois. Il est mort, mais il pourrait être utile de passer sa photo dans diverses base de données.

— C'est plus que probable, Jon. Parfait. Envoie ! On attend. »

Près de la frontière russo-géorgienne

Le village isolé d'Alagir était situé à l'extrémité nord de la vallée d'Ardon, au fin fond des contreforts des monts du Caucase. A soixante-dix kilomètres environ au sud, s'étendait la passe de Roki, à 3 000 mètres d'altitude et couverte de neige, le passage et son tunnel tant disputés entre la Géorgie et l'Ossétie du Sud. Les montagnes, énormes masses de pierre, de neige et de glace, luisaient, très pâles sous la lune, comme un mur bloquant tout l'horizon au sud.

Des lampes à arc illuminaient la gare d'Algir, transformant la nuit noire en une imitation fantomatique et contrastée du jour. Transpirant en dépit du froid mordant, des militaires russes du génie en tenue de camouflage d'hiver s'affairaient autour d'un long train de marchandises. Ils travaillaient en équipes, détachant les bâches qui cachaient les tanks T-72, les obusiers autopropulsés, les véhicules de combat sur roues comme le BTR-90 ou sur chenilles comme le BMP-2 qu'on avait boulonnés sur les plateaux derrière trois puissantes locomotives.

D'autres soldats se dépêchaient de guider les véhicules fraîchement débarqués sur des rampes menant à une rangée d'énormes camions qui allaient transporter ces tanks plus haut dans la vallée bordée de falaises. Equipés de chaînes, des épandeurs de sel et de sable attendaient de prendre la tête du convoi, prêts à mener les camions lourdement chargés sur la route en lacet verglacée.

Enveloppé dans son long manteau, près de sa voiture, le général Vassili Sevalkin, commandant du district militaire du Caucase du Nord russe, contemplait l'opération avec une satisfaction non dissimulée. Il consulta sa montre, puis leva une main gantée pour appeler l'un de ses subordonnés, un ingénieur mécanicien.

Le commandant arriva au pas de gymnastique, se figea et salua.

« Alors ? demanda Sevalkin.

— Nous aurons terminé ici dans moins d'une heure, mon général.

— Très bien », murmura Sevalkin, heureux de voir confirmées ses propres estimations.

Ce nouveau convoi de tanks, d'armes autopropulsées et de transporteurs aurait quitté Alagir bien avant que passe le prochain satellite américain. Et le train, rechargé de véhicules factices, serait visible quand il traverserait l'aiguillage de Beslan, donnant l'impression qu'il s'agissait d'un convoi d'équipement militaire de plus envoyé pour soutenir les forces russes combattant les rebelles tchétchènes à l'ouest.

Le général russe eut un petit sourire. Bientôt, il aurait les armes, les munitions et les hommes des 27e et 56e divisions de la Garde bien cachés à un jet de pierre de la petite république de Géorgie. Ces deux divisions avaient beau être équipées pour l'essentiel de tanks et d'autres engins anciens, de second ordre, leurs armes étaient bien supérieures à tout ce que pourraient rassembler les misérables forces armées géorgiennes, de l'autre côté de la frontière.

D'un geste, Sevalkin congédia le commandant et monta dans sa voiture. « Au quartier général de Vladikavkaz ! » ordonna-t-il à son chauffeur.

Puis il se détendit contre son dossier et imagina ce qui allait se dérouler dans les prochains jours, dans les prochaines semaines. Ses ordres de Moscou pour ce déploiement ultrasecret prétendaient qu'il ne s'agissait que d'un « exercice spécial de mobilité et de préparation ». Cela le fit rire sous cape. Seul un fou pourrait croire que le Kremlin déplacerait tant d'hommes et d'équipement – quarante mille hommes, plus de mille blindés de combat – pour de simples manœuvres. Surtout en plein hiver, notoirement rigoureux dans les montagnes du Caucase, avec ses vents qui hurlaient, ses températures glaciales, ses tempêtes de neige qui réduisaient la visibilité à zéro !

Non, se dit Sevalkin, Dudarev et les autres organisaient quelque chose de risqué, une action décisive qui allait provoquer la stupéfaction dans le monde entier. Pourvu que ce soit pour bientôt ! Cela faisait trop longtemps déjà que ses semblables et lui regardaient, silencieux, déprimés, la force et l'influence russes diminuer, disparaître un peu plus chaque année.

Mais bientôt cela allait changer. Quand on donnerait enfin l'ordre de commencer à remettre ce pays à sa juste place sur la scène mondiale, les soldats sous son commandement et lui seraient prêts à faire leur devoir.

Chapitre neuf

La Maison Blanche

Sam Castilla était assis à la grande table de ranch en pin du Nouveau-Mexique qui lui servait de bureau et il éclusait rapidement le travail qu'il devait faire sur plus d'une douzaine d'analyses législatives et politiques de plusieurs pages marquées « urgent ». Même avec le personnel qualifié de la Maison Blanche qui servait de filtre, la quantité de paperasse qu'il devait personnellement examiner était hallucinante. Il griffonna quelques remarques rapides sur un mémorandum et passa au suivant. Il avait mal aux yeux, au cou, aux épaules.

Un coin de sa bouche se releva en un sourire amer. Il était confronté à l'éternel problème de la présidence. Trop déléguer son pouvoir et ses responsabilités, c'était se voir brocarder dans la presse comme une potiche juste bonne à « inaugurer les chrysanthèmes » ou se retrouver embrouillé dans un scandale aussi malheureux qu'idiot déclenché par des subordonnés trop zélés. Exercer un contrôle excessif, c'était être noyé sous une mer de notes insignifiantes qu'un simple employé de bureau pouvait traiter – ou perdre un temps précieux à organiser l'attribution quotidienne

117

des courts de tennis de la Maison Blanche, comme ce pauvre Jimmy Carter. Toute l'astuce consistait à trouver le bon équilibre. Restait un problème : le bon équilibre n'était pas stable.

On frappa discrètement à la porte ouverte du Bureau ovale.

Castilla retira ses lunettes de lecture à monture en titane et frotta une seconde ses yeux fatigués. « Oui ?

— Il est presque dix-huit heures, monsieur le Président, annonça sa secrétaire personnelle sans prendre la peine de dissimuler sa réprobation, et M. Klein est ici. Je l'ai fait entrer dans votre bureau privé, comme vous l'avez demandé. »

Castilla réprima un sourire. La très distinguée Mme Pike, son assistante personnelle depuis de longues années, prenait très, très au sérieux son rôle de dragon. Elle ne cachait pas qu'elle trouvait les journées de travail du président trop longues, qu'il faisait trop peu d'exercice et qu'il permettait de gâcher son temps précieux à bien trop d'importuns arguant de leur vieille amitié. Comme le reste du personnel de la Maison Blanche, elle ignorait l'existence du Réseau Bouclier. Le président supportait seul le fardeau de ce secret. Sans savoir où classer le très mystérieux Fred Klein, elle le mettait donc dans la catégorie des vieux potes qui faisaient perdre son temps au président.

« Merci, Estelle, dit gravement Castilla.

— Votre épouse vous attend pour dîner à la résidence, ce soir, lui rappela-t-elle d'un ton sec. A dix-neuf heures précises.

— Ne vous inquiétez pas, répondit Castilla. Vous pouvez dire à Cassie que j'y serai contre vents et marées.

— Je l'espère bien, monsieur ! »

Castilla attendit qu'elle parte pour gagner son antre privé, confortable, avec ses murs couverts de bibliothèques. Comme son refuge à l'étage dans les appartements privés de la Maison Blanche, cette petite pièce était une des rares qui reflétât ses propres goûts. Un homme de taille moyenne, un peu dégarni, pâle, le nez long, vêtu d'un costume bleu défraîchi, une vieille serviette en cuir à la main, admirait près de la cheminée une des nombreuses représentations picturales du vieil Ouest américain suspendue au mur.

En entendant la porte s'ouvrir, Nathaniel Frederick Klein se détourna de la contemplation de ce Remington, prêté par la National Gallery. Le tableau représentait une petite patrouille de cavaliers dépenaillés et épuisés, arrêtés devant un trou d'eau asséché dans le désert, et qui tiraient avec leur Springfield à un coup et poudre noire derrière une barricade faite de leurs chevaux morts.

« Ça nous rappelle quelque chose, n'est-ce pas ? fit remarquer Castilla. Trop d'adversaires et pas assez d'aide.

— Sans doute, Sam, répondit le chef du Réseau Bouclier en haussant les épaules. Mais personne de sensé n'a jamais prétendu qu'être la seule hyperpuissance du monde était chose facile. Ni particulièrement populaire.

— C'est vrai, grimaça le président. Et c'est mieux que toute autre situation. Je pense que je préfère être l'honnête gorille mal aimé de deux cents kilos que le malheureux avorton poids plume que tout le monde prend en pitié. Allez ! dit-il en montrant du menton le canapé en cuir, assieds-toi, Fred. Nous nous trouvons confrontés à un grave problème, et j'ai besoin de tes lumières. »

Castilla attendit que Klein s'installe et prit place dans un fauteuil capitonné en face de lui, une table basse entre eux. « As-tu vu la liste des spécialistes des renseignements et de géopolitique malades ? »

Klein confirma d'un air sombre. Ces deux dernières semaines, plus d'une douzaine d'experts des affaires militaires, politiques et économiques de la Russie et de l'ancien bloc soviétique au plus haut niveau du gouvernement étaient tombés malades chez eux ou au travail, et ils semblaient ne pas devoir survivre.

« J'ai reçu des rapports toute la journée, continua le président. Trois des nôtres sont déjà morts. Les autres sont en soins intensifs sans qu'on parvienne à arrêter la progression de la maladie. C'est affreux, mais il y a pire : personne, ni dans les hôpitaux ni au Centre de contrôle des maladies ni à l'USAMRIID n'est parvenu à identifier le mal dont ils souffrent, et moins encore comment le soigner avec succès. Jusque-là, les médecins ont tenté tous les traitements auxquels ils ont pu penser – antibiotiques, agents antiviraux, antitoxines, chimiothérapie, radiothérapie – sans aucun résultat positif. Ce qui tue ces gens ne se situe pas dans un domaine connu de notre expérience médicale.

— C'est moche... murmura Klein dont le regard trahissait l'inquiétude. Mais ce n'est pas la première fois que cette maladie mystérieuse se déclare, Sam.

— Oh ?

— Ces dernières quarante-huit heures, nous avons eu vent du cas de plusieurs personnes qui sont déjà mortes d'une maladie inconnue dont les symptômes sont identiques. A Moscou. Il y a plus de deux mois. Aucun détail n'a filtré en Occident, parce que le Kremlin a imposé une chape de plomb sur toute information concernant ces événements.

— Continue ! exigea le président en serrant les dents.

— Deux de mes meilleurs agents de terrain du Réseau Bouclier, Fiona Devin et Jon Smith, ont été contactés séparément par des médecins russes qui avaient participé aux soins aux victimes. Malheureusement, ces deux médecins ont été réduits au silence avant qu'ils puissent nous transmettre les copies des dossiers médicaux et d'autres preuves. Le premier est mort à Moscou, dans la rue, il y a deux jours, prétendument d'une crise cardiaque. Le second a été assassiné hier à Prague.

— Par des Russes ?

— Peut-être. »

Klein ouvrit sa serviette et tendit une reproduction en noir et blanc de la carte d'identité transmise plus tôt par Smith. On y voyait la photo d'un homme au visage étroit et aux yeux froids. « Ce type commandait l'équipe de Prague. Quand j'ai passé sa photo dans nos ordinateurs, ça m'a dirigé vers une demi-douzaine de bases de données de renseignements et de maintien de l'ordre, le plus souvent avec l'étiquette "Recherché. Armé et dangereux".

— Georg Dietrich Liss ? lut le président sous la photo. Un Allemand ? s'étonna-t-il.

— Un Allemand de l'Est, corrigea le chef du Réseau Bouclier. Quand le mur est tombé, son père était un officier de haut rang au ministère de la Sécurité d'Etat du gouvernement communiste, la Stasi. Le vieux Liss purge encore une longue peine de prison pour divers crimes contre le peuple allemand.

— Qu'en est-il du fils ?

— Lui aussi était membre de la police secrète. Il était sous-officier dans le régiment "Félix Djierjynski" de la Stasi, sorte de garde prétorienne attachée directement au gouvernement est-allemand. Il aurait aussi été un membre des escadrons de la mort utilisés par le régime pour assassiner les dissidents politiques, voire des journalistes étrangers prêts à diffuser des reportages trop embarrassants.

— Charmant ! dit le président d'un ton dégoûté.

— Oui. Liss était un très mauvais gars. D'après ce qu'on sait, c'est un pur sociopathe qui tue de sang-froid. Berlin a lancé un mandat d'arrêt contre lui peu après la réunification, mais il a fui l'Allemagne avant que la police locale puisse le mettre en détention.

— Qui l'entretient depuis quinze ans ?

— Récemment, on pense qu'il était employé par une organisation qui s'appelle le Groupe Brandt, une entreprise indépendante et très discrète de renseignements et de sécurité basée à Moscou.

— Moscou à nouveau, fit remarquer le président en posant la photo sur la table basse entre eux. Et qui tire les ficelles de ce Groupe Brandt ?

— Nos données sont très parcellaires, admit Klein. On ne sait pas grand-chose de l'organisation ni de ses sources réelles de financement – et ce financement est considérable. Mais on dit en coulisse que les agents du Groupe Brandt travaillent parfois pour le gouvernement russe, sous contrat, qu'il s'acquitte d'opérations illégales de surveillance et parfois d'assassinat contre les exilés tchétchènes et d'autres fauteurs de troubles qui opèrent hors de portée immédiate du Kremlin.

— Bon sang...

— Ce n'est pas tout ! annonça Klein en se penchant, l'air grave. J'ai enquêté discrètement. Quelque chose qui ressemble beaucoup à cette même maladie affecte les spécialistes de la Russie dans toutes les principales agences de renseignements occidentales – le MI6 britannique, le BND allemand, la DGSE française et d'autres.

— On nous aveugle ! comprit Castilla. Cette maladie est utilisée comme une arme. En tuant nos meilleurs spécialistes des renseignements, quelqu'un espère que nous aurons de plus en plus de difficultés à comprendre ce qui se passe précisément en Russie.

— C'est possible. Probable, précisa Klein en rouvrant sa serviette pour tendre au président une feuille couverte de noms et de lieux. Nous avons aussi commencé à surveiller les agences de presse et les bases de données médicales dans le monde entier, en quête de cas montrant les mêmes symptômes. Ça n'a pas été facile, mais voilà ce que nous avons trouvé jusque-là. »

Le président prit la liste et l'étudia en silence. Il siffla doucement. « Ukraine, Géorgie, Arménie, Azerbaïdjan, Kazakhstan. Toutes des anciennes républiques soviétiques aux frontières de la Russie.

— Oui, et chaque fois, les hommes et les femmes qui tombent malades comptent parmi les chefs militaires et politiques clés de ces pays. D'après ce que je vois, presque tous ceux qui les ont remplacés sont bien moins compétents – ou plus étroitement inféodés aux intérêts russes.

— Bordel de merde ! ce fils de pute hypocrite de Viktor Dudarev ! Les Russes ont déjà tenté de nous baiser avec la dernière élection présidentielle en Ukraine – et ils ont échoué. Avoir dû reculer ainsi au vu et au su du monde entier a probablement réveillé leur rage. Peut-être que le Kremlin rejoue au même jeu, mais à bien plus grande échelle, cette fois.

— Le schéma le laisse penser. »

Le président regarda son vieil ami. L'ombre d'un sourire passa sur son large visage. « Ce qui signifie : ne partons pas sans le cran de sécurité, parce que nous n'avons encore aucune véritable preuve, c'est ça ?

— C'est entre tes mains. Je dois souligner que nous en savons beaucoup en théorie mais que nous ne disposons que de très peu de faits indiscutables. Dans le contexte mondial actuel, je ne sais pas bien comment on accueillerait une dénonciation américaine accusant sans preuves les Russes de se livrer à des activités aussi sales.

— Tu parles ! dit Castilla en se voûtant comme si cet énorme fardeau l'écrasait. Que ce soit juste ou pas, on considère qu'on a trop souvent crié "au loup ! " ces dernières années. En conséquence, nos vieux amis et nos alliés au sein de l'OTAN sont prêts à croire que nous sommes portés sur l'exagération des dangers – et ils sont tout aussi prêts à nous lâcher et à fuir au premier relent de controverse. Nous avons réussi à retrouver une partie de notre crédibilité après la crise déclenchée par le Mouvement Lazare, mais cela reste un combat difficile. Une chose est certaine. Personne à Londres, à Paris, à Berlin ou à Varsovie ne va nous remercier de risquer un nouvel épisode de guerre froide, réfléchit-il à haute voix en regardant un vieux globe terrestre au coin de la pièce. Et avec nos soldats, nos navires et nos avions retenus tout autour de cette foutue planète, nous ne sommes pas prêts à soutenir un conflit ouvert avec les Russes. Pas seuls, en tout cas. »

Castilla resta silencieux quelques instants pour évaluer la situation. Il secoua soudain la tête avec détermination. « Qu'il en soit ainsi. Nous ne pouvons pas récrire le passé. Ce qui signifie qu'il nous faut trouver les preuves dont nous avons besoin pour convaincre nos alliés d'agir avec nous, si nécessaire. Cette première vague de malades à Moscou, conclut-il en se redressant, semble être la clé de l'affaire.

— Je suis d'accord. Quelqu'un est déterminé à éliminer tous ceux qui tentent de nous en parler.

— Autre certitude : je ne peux pas compter sur la CIA pour s'occuper de cette affaire. Ses agents ne sont pas prêts à opérer de manière efficace à Moscou – et moins encore clandestinement. On a tout fait pour être gentils avec les Russes, ces derniers temps, dit Castilla avec un petit rire amer. On a tenté de les considérer comme nos alliés dans la guerre contre le terrorisme. Langley a passé son temps et son énergie à établir des relations de travail fructueuses avec leurs services de sécurité, au lieu de recruter des réseaux d'agents secrets au sein du Kremlin. Si je demande au poste moscovite de l'Agence de renverser les gaz, d'un seul coup, comme ça, il y a fort à parier qu'ils vont tout rater. Et on se retrouvera avec tant d'œufs pourris diplomatiques coulant sur notre visage que personne ne croira un mot de ce que nous dirons. »

Les yeux du président luirent soudain. « Ça ne nous laisse que toi et ton équipe, Fred. En première ligne et en coulisse. Je veux une enquête prioritaire de la part du Réseau Bouclier. Mais il faut faire vite – et discrètement.

— Compris. J'ai une équipe, réduite mais excellente, en place à Moscou. »

Pour se donner le temps de réfléchir, Klein sortit un mouchoir de sa poche, retira ses lunettes et les essuya avant de les remettre et de regarder le président. « En plus, j'ai un autre agent de terrain de haut niveau non loin de là. Il est costaud, plein de ressources et il a déjà travaillé en Russie. Mais surtout, il a une formation médicale et scientifique qui lui donne la capacité de comprendre toute information qu'il découvrira.

— Et de qui s'agit-il ?

— Du lieutenant-colonel Jonathan Smith. »

17 février
Poltava, Ukraine

A mi-chemin de la ville industrielle de Kharkiv et de la capitale Kiev, Poltava occupait trois collines au milieu de la vaste steppe ukrainienne par ailleurs presque plate. Les rues et les avenues partaient en rayons d'une place circulaire au centre de laquelle, dans un jardin, se dressait la colonne d'acier dite de la Gloire, entourée de petits canons et surmontée d'une aigle impériale dorée. Erigé en 1809, ce monument imposant commémorait la victoire décisive du tsar Pierre le Grand sur les Suédois et leurs alliés cosaques un siècle plus tôt, une victoire qui avait évité l'invasion et assuré à la Russie une domination durable sur la région.

Des bâtiments gouvernementaux néoclassiques du XIXe siècle entouraient ce vaste parc central, leurs fenêtres tournées vers la colonne de la Gloire.

Leonid Akhemetov, président du groupe parlementaire régional de Poltava, regardait par la fenêtre de son bureau. Politicien et magnat des affaires, cet homme solide, aux cheveux blancs, leva les yeux vers l'aigle dorée et se détourna. Il tira les stores et marmonna un juron.

« Tu n'aimes pas la vue ? demanda d'un ton ironique son visiteur, un homme élancé au visage mince

126

en costume triste, assis dans un fauteuil en face du luxueux bureau du député.

— Il fut un temps où je l'aimais, grogna le vieil homme. Mais maintenant, cette colonne n'est qu'un souvenir de notre honte, de notre abandon à l'Ouest décadent. »

Les deux hommes se parlaient en russe – la première langue de près de la moitié des Ukrainiens, pour la plupart concentrés dans les régions industrielles de l'est. Deux récentes élections présidentielles, la première ayant été annulée pour suspicion de fraude, avaient divisé le pays en factions rivales, l'une très autoritaire et en faveur de liens renouvelés avec Moscou, l'autre plus démocratique et plus orientée vers l'Europe et l'Occident. Akhemetov et ses copains figuraient parmi les dirigeants locaux pro-Russes. Ils contrôlaient presque toutes les industries, tous les commerces de Poltava.

« La petite mère Russie n'abandonne jamais vraiment ses fils loyaux, dit l'homme au visage mince dont les yeux se durcirent. Comme elle ne pardonne jamais à ceux qui la trahissent.

— Je ne suis pas un traître ! gronda le gros oligarque en virant au rouge. Mes hommes et moi étions prêts à nous dresser contre Kiev il y a des mois, jusqu'au moment où notre président Dudarev est arrivé à ce "compromis" avec le nouveau gouvernement. Quand le Kremlin a tiré le tapis sous nos pieds, quel autre choix avions-nous que de faire, nous aussi, la paix avec le nouvel ordre ?

— Le compromis que tu condamnes n'était qu'une retraite tactique mineure. Nous avons décidé que le moment n'était pas propice à une confrontation directe avec les Américains et les Européens.

— Et maintenant, le moment est-il venu ?

— Bientôt. Très bientôt. Et tu dois faire ta part.

— Qu'est-ce que je peux faire ?

— En premier, on veut que tu organises une manifestation populaire qui coïncidera avec le jour des Défenseurs de la Patrie, le 23 février. Ça doit être un rassemblement massif exigeant l'autonomie totale par rapport à Kiev et des liens plus étroits avec notre mère Russie... »

L'Ukrainien écouta attentivement, de plus en plus excité, les ordres du Kremlin que lui transmettait son visiteur venu de Moscou.

*

Une heure plus tard, l'homme de Moscou quitta le bâtiment administratif de la région de Poltava et se dirigea vers la colonne de la Gloire. Un autre homme, plus grand, au visage large et amical, un appareil photo autour du cou, s'éloigna d'un petit groupe d'écoliers qui étudiaient le monument et rejoignit son collègue du Treizième Directorat du FSB russe.

« Alors ? demanda-t-il.

— Notre ami Akhemetov est d'accord. Dans six jours, ses partisans et lui se rassembleront ici, sur cette place.

— Combien ?

— Vingt mille au bas mot. Peut-être deux fois plus, suivant le nombre de travailleurs et leurs familles qui obéiront aux ordres.

— Très bien ! approuva l'homme, dont le visage s'élargit encore d'un sourire. On peut leur assurer une réception chaleureuse – et on montrera au monde horrifié jusqu'où Kiev est prêt à aller pour étouffer les protestations gênantes, et pourtant pacifiques, de sa minorité russe.

— Tu as toutes les informations dont tu as besoin ?

— Les images qu'il me faut pour une organisation détaillée sont engrangées ici, dit l'homme en montrant son appareil photo numérique. Le reste n'est qu'un simple problème mathématique.

— Tu en es sûr ? Ivanov va insister pour une certitude et une précision absolues. Il veut un massacre de sang-froid, pas un ratage pathétique.

— Détends-toi, Gennady Arkadyevich. Pas de panique. Nos patrons auront toutes les excuses dont ils ont besoin. Donne-moi assez d'explosifs – surtout du RDX – et je pourrai envoyer cette foutue colonne d'acier se planter dans la lune. »

Chapitre dix

Près d'Orvieto, Italie

Orvieto, superbe ville ancienne d'Ombrie, était perchée sur un plateau volcanique au-dessus de la large vallée de la Paglia, à peu près à mi-chemin entre Rome et Florence. Les falaises qui l'entouraient lui servaient de fortifications naturelles depuis des millénaires.

En bas de ces falaises, une route secondaire s'écartait de l'*autostrada*, et partait à l'ouest au flanc d'une colline en face d'Orvieto. Plusieurs bâtiments ultramodernes en acier et en verre occupaient cette colline, entourés par une clôture métallique surmontée de rouleaux de barbelés.

Des panneaux au portail identifiaient ce complexe comme étant le quartier général du CRED, le Centre de recherches européen sur la démographie. Le but annoncé du Centre était d'étudier les déplacements des populations européennes au cours de l'Histoire et les évolutions génétiques. Les scientifiques opérant dans les différents laboratoires de cet ensemble voyageaient souvent à travers le continent européen et en Amérique du Nord pour recueillir des échantillons d'ADN de différentes communautés et groupes ethniques afin d'alimenter les données historiques, génétiques et médicales servant aux divers projets de recherche.

Tôt en cette matinée grise et humide, une Mercedes noire avait franchi le portail et s'était garée près d'un grand immeuble un peu à l'écart des autres. Deux hommes coiffés de toques en fourrure et de manteaux sombres en étaient descendus. Ils étaient grands et massifs. L'un, les yeux bleus, les pommettes hautes caractéristiques des Slaves, resta, impassible, près de la voiture, tandis que l'autre gagnait l'entrée principale de l'immeuble.

« Votre nom ? demanda une voix au fort accent italien dans l'interphone près de la porte blindée solidement fermée.

— Brandt », répondit l'homme d'une voix claire. Il se tourna vers la caméra de sécurité qui couvrait l'entrée et la laissa scanner son visage de face puis de profil.

Il y eut une brève pause, le temps que les images enregistrées soient comparées à celles de son dossier archivées dans l'ordinateur du système de sécurité.

« Vous pouvez continuer, *signor* Brandt, dit la voix dans l'interphone. Je vous demanderai de taper votre code d'identification. »

L'homme composa le code à dix chiffres sur le clavier près de la porte et entendit les serrures s'ouvrir l'une après l'autre. Une fois à l'intérieur, il se trouva dans un couloir scintillant et violemment éclairé. Deux hommes au visage dur, chacun muni d'un pistolet automatique, le regardèrent entrer depuis leur poste.

L'un d'eux fit un signe de tête poli et montra des patères sous une étagère. « Vous pouvez laisser votre manteau, votre chapeau et votre arme ici, *signor* », dit-il.

L'homme eut un petit sourire, satisfait de voir que les mesures de sécurité rigoureuses qu'il avait mises en place étaient appliquées, même à lui. Il trouva cela rassurant, comparé aux mauvaises nouvelles qu'il venait de recevoir de Prague. Il retira son manteau, détacha l'étui contenant son Walther et les accrocha tous les deux avant d'ajouter sa toque, découvrant une masse de cheveux blond pâle.

« Nous avons informé le Dr Renke de votre arrivée, lui dit l'un des gardes armés. Il vous attend dans le laboratoire principal.

— Très bien », répondit calmement Erich Brandt, l'homme dont le nom de code était Moscou Un.

Le laboratoire principal occupait près de la moitié de l'immeuble. Ordinateurs, cubes renfermant des séquenceurs et des synthétiseurs d'ADN, cellules de chromatographie, machines d'électroporation de la taille d'un moulin à café, tubes scellés de reagents, d'enzymes et d'autres éléments chimiques encombraient une rangée de paillasses noires. Des portes conduisaient aux locaux isolés utilisés pour la culture des matières virales et bactériologiques nécessaires. Des techniciens et des scientifiques, en combinaison, gants et masque stériles, leur visage protégé par une visière en plastique, évoluaient avec prudence en respectant les étapes nécessaires à la production de chaque variante unique d'HYDRA.

Brandt s'arrêta à la porte et contempla avec intérêt mais sans véritable compréhension, le processus complexe. Wulf Renke avait eu beau tenter à plusieurs reprises de lui expliquer ce que supposaient les étapes de cette fabrication, Brandt s'était toujours retrouvé perdu dans une mer de jargon scientifique.

Le grand blond s'en moquait. Il avait un talent :

tuer froidement et précisément – et HYDRA était une arme comme une autre. Réduits à leurs composants non scientifiques, les mécanismes de fabrication d'HYDRA et son pouvoir mortifère étaient en théorie d'une simplicité cruelle, même si leur mise en application était compliquée.

Pour commencer, on obtenait un échantillon de l'ADN de la victime visée – à partir d'un cheveu, d'un fragment de peau, d'un peu de salive, voire du gras laissé par une empreinte digitale. Puis venait le pénible processus de triage des sections clés des chromosomes portant un gène déterminé, de recherche des éléments précis de la séquence génétique, uniques à chaque individu mais associés à la réplication des cellules. Cela fait, on préparait une seule séquence de cet ADNc – ADN complémentaire – créant des images-miroirs précises des éléments déterminés comme cibles.

L'étape suivante nécessitait de modifier un virus assez petit, un brin d'ADN unique et actif chez l'homme. En utilisant divers processus chimiques, il était possible de tout retirer sauf les gènes associés à la couche protéinique protectrice et ceux qui permettaient au virus de pénétrer au cœur même des cellules humaines : dans leur noyau. Les séquences d'ADNc obtenues du génome de la victime étaient ajoutées et le virus modifié était refermé en cercle, créant un plasmide capable de s'autorépliquer.

Après cela, ces plasmides viraux pouvaient être insérés dans une souche bénigne d'Escherichia coli, une bactérie couramment retrouvée dans le système digestif humain. Il ne restait plus alors qu'à cultiver et concentrer ces souches modifiées d'E. coli pour obtenir une quantité suffisante de matériaux, et la variante d'HYDRA pouvait être délivrée à sa cible désignée.

Invisibles, inodores et insipides, ces bactéries étaient faciles à administrer à la personne condamnée à mort, introduites dans n'importe quel aliment, n'importe quelle boisson. Une fois ingérées, les bactéries modifiées se logeaient dans le système digestif et se multipliaient rapidement, disséminant par le sang dans tout le corps les particules virales génétiquement modifiées.

Brandt savait que ces particules virales étaient la composante mortelle clé d'HYDRA. Par leur nature même, elles étaient conçues pour traverser les membranes des cellules humaines. Une fois à l'intérieur d'une cellule, chaque particule injectait les séquences d'ADNc voulues dans le noyau. Dans tout autre corps que celui de la cible, rien ne se passerait. Mais dans celui de la victime désignée, un processus mortel se mettait en route. Dès que le noyau de la cellule commençait à se répliquer, les séquences clones s'attachaient automatiquement aux portions présélectionnées de l'ADN chromosomique, bloquant toute réplication ultérieure. Tout le processus complexe de la division cellulaire et de la reproduction, essentiel à la vie, s'arrêtait brutalement – un peu comme une fermeture à glissière bloquée par un bout de tissu.

Tandis que de plus en plus de cellules étaient infectées et cessaient de se reproduire, les victimes d'HYDRA souffraient de douleurs, de fièvre, de démangeaisons. La panne des cellules à reproduction la plus rapide – follicules pileux et moelle des os – déclenchait des symptômes ressemblant à la débilitation et à l'anémie constatées lors d'irradiations. Au bout du compte, les destructions en cascade s'étendaient bien sûr à tous les organes, à tous les systèmes, conduisant à une mort lente, douloureuse et inévitable.

Il n'y avait pas de remède. HYDRA ne pouvait pas non plus être détecté par les moyens courants. Les médecins qui tentaient désespérément d'isoler la cause de cette maladie inconnue ne penseraient jamais à s'intéresser à la bactérie très commune, apparemment inoffensive et non infectieuse, dissimulée dans le système digestif des victimes.

Brandt sourit de plaisir à cette pensée. Indécelable, incontrôlable et incurable, HYDRA était l'arme meurtrière parfaite. D'une certaine manière, songea le sardonique Brandt, Renke et son équipe concevaient des versions microscopiques des bombes et des missiles téléguidés dont les Américains étaient si fiers, sauf qu'HYDRA ne créerait jamais de dommages collatéraux embarrassants.

Wulf Renke, bien plus petit et plus mince que Brandt, se détourna d'un des séquenceurs d'ADN et s'approcha. Quand, après s'être débarrassé de ses gants, il retira sa visière et son masque, il découvrit ses cheveux blancs courts et sa barbe et sa moustache coupées à la Van Dyck. De loin, il paraissait jovial, presque gentil. Ce n'était que de près qu'on lisait le fanatisme dur et intransigeant dans les yeux bruns du savant. Il divisait l'humanité en deux parties très inégales : ceux qui finançaient ses recherches et ceux sur qui il allait tester ces horreurs biologiques et chimiques qui étaient sa spécialité.

Il tendit la main en arborant ce petit sourire bien à lui. « Erich ! Bienvenue ! Vous venez en personne réceptionner votre nouveau lot de jouets ? » demanda-t-il en montrant du menton le refroidisseur isolé plein de petites fioles en verre soigneusement étiquetées.

Des paquets de neige carbonique les protégeaient. Afin d'éviter que leurs hôtes bactériens manquent de nutriments et se mettent à mourir, les variantes d'HYDRA étaient conservées congelées aussi long-temps que possible.

« Ils sont tous là, indiqua Renke, prêts à être trans-portés.

— Je suis ici pour emporter les variantes de Phase II, *Herr Professor*, confirma Brandt en lui serrant la main. Mais nous devons discuter d'autre chose. En privé...

— Oh ? » s'étonna Renke.

Il regarda les techniciens et les scientifiques qui s'affairaient au laboratoire avant de lever à nouveau les yeux vers Brandt. « Peut-être devrions-nous gagner mon bureau ? »

Brandt le suivit jusque dans une pièce sans fenêtre au bout du couloir central. Un mur était couvert de rangées de livres et d'ouvrages de référence. Près d'un bureau et d'un ordinateur, le grand blond ne fut pas surpris de voir un lit de camp sous une pile de couvertures en désordre. Tout le monde connaissait le désintérêt de Renke pour les choses matérielles qui comptaient tant pour d'autres. Il ne vivait que pour ses recherches.

La porte refermée derrière eux, Renke se tourna vers son collègue. « Alors ? demanda-t-il, à part récu-pérer les variantes d'HYDRA, qu'est-ce qui vous a fait venir en urgence de Moscou jusqu'ici ?

— Deux choses. Pour commencer, nous avons constaté une grave brèche de sécurité.

136

— Où ça ? demanda Renke, dont le visage se figea.

— A Prague, mais la trace remonte à Moscou. »

Le grand blond résuma ce qu'il avait appris de l'attaque contre Petrenko, couronnée de succès, et de celle qui avait échoué contre le médecin américain, le lieutenant-colonel Smith. Les appels d'urgence affolés des survivants choqués lui étaient parvenus de Prague peu après son arrivée à Rome, la veille au soir.

Tandis que Renke écoutait, ses lèvres s'incurvèrent en une moue mécontente, dégoûtée. « Liss n'était pas rigoureux. D'une négligence impardonnable, conclut-il.

— C'est vrai. Il était à la fois imprécis et trop confiant, dit Brandt en posant sur Renke ses yeux gris. Du moins sa mort aux mains de l'Américain m'a-t-elle épargné l'effort de devoir l'éliminer pour l'exemple à l'intention d'Ilonescu et des autres.

— Ce Smith est-il reparu quelque part ?

— Pas encore. Mais comme il n'a pas pris son avion pour Londres, les autorités tchèques le recherchent aussi. Si elles le trouvent, j'ai d'autres sources à Prague qui m'en avertiront.

— Ça fait presque vingt-quatre heures, fit remarquer le savant. Smith a eu tout le temps de passer la frontière. Il pourrait être n'importe où dans le monde.

— J'en suis bien conscient.

— Que savez-vous de lui ? demanda-t-il après avoir longuement caressé sa barbiche blanche. En dépit de leurs erreurs impardonnables, Liss et ses hommes étaient des professionnels. Comment un petit médecin a-t-il pu leur échapper si facilement ?

— Je n'en sais rien... Mais il est clair que Smith n'est pas celui qu'il prétend être.

— Un agent ? Il travaillerait pour une organisation de renseignements militaires américaine ?

— Peut-être. J'ai mis du monde sur des recherches concernant le passé de Smith – ses états de service dans l'armée, ses postes en tant que médecin – depuis la première fois où Liss l'a vu avec Petrenko, mais c'est un travail qui prend du temps. S'il est lié à une agence de renseignements américaine, je ne veux pas risquer de révéler que nous nous intéressons à lui. Ça pourrait dévoiler prématurément notre rôle dans toute l'opération.

— S'il est un espion, ces précautions risquent d'avoir été prises trop tard. Les Américains pourraient déjà s'intéresser de près à nos essais de terrain à Moscou. »

Brandt resta silencieux pour éviter de trahir sa mauvaise humeur. A quoi cela servirait-il de rappeler à Renke le rôle personnel qu'il avait joué en insistant pour qu'on fasse ces premières expériences ?

« Avez-vous prévenu Alexeï Ivanov ? demanda Renke. Il est bien possible que le Treizième Directorat ait un dossier sur Smith. Pour le moins, nos amis du FSB devraient être prévenus afin de resserrer la sécurité à Moscou et aux alentours.

— Je n'ai rien dit encore à Ivanov à propos de l'Américain. Il sait que Petrenko et Kiryanov sont morts, rien de plus.

— Vous laissez Ivanov dans l'ignorance ? s'étonna Renke. Est-ce bien judicieux, Erich ? Comme vous l'avez dit, il s'agit d'une brèche très grave dans le secret de l'opération. Cet incident dépasse à coup sûr toute question de jalousie ou d'embarras professionnel !

— Et les ordres directs de notre patron priment

sur toute autre considération, récita Brandt. Il attend de nous que nous fassions notre ménage sans courir chaque fois au Kremlin comme des enfants affolés. Dans ce cas, j'ai tendance à vouloir lui obéir. Les Russes ont la main trop lourde. Leur intervention pourrait aggraver les choses. Pour le moment, j'ai assez d'hommes pour gérer la situation si l'Américain commence à mettre son nez dans nos affaires.

— Qu'attendez-vous donc de moi ?

— Une liste complète de ceux, à Moscou, dont la connaissance des premiers cas d'HYDRA pourrait être dangereuse pour nous ou pour le projet. Avec Smith dans la nature, on ne peut pas courir le risque de croire que Petrenko et Kiryanov étaient les seuls décidés à désobéir aux ordres de discrétion.

— Je peux établir cette liste.

— Bien. Envoyez-la-moi le plus vite possible, dit Brandt en adressant au scientifique un de ses sourires froids dévoilant ses dents parfaites. Nous devons être prêts à éliminer tous les électrons libres, si besoin est.

— Oui, c'est vrai. Et quelle était la seconde chose dont vous vouliez me parler ? »

Brandt hésita. Il examina d'un regard soupçonneux les étagères pleines de livres et les meubles autour de lui. Puis il reposa les yeux sur le savant. « Vous êtes certain qu'il n'y a pas de mouchards dans ce bureau ?

— Mon équipe de sécurité le vérifie chaque jour. Mes hommes sont loyaux et ne rendent de comptes qu'à moi, à personne d'autre. Vous pouvez parler librement. A en croire votre attitude, je suppose que vous avez des nouvelles de notre tentative secondaire, celle que nous appelons la "police d'assurance" contre la traîtrise que nos amis russes tiennent tellement à posséder ?

— C'est exact. Zurich, continua-t-il en baissant la voix en dépit des assurances données par son collègue, a confirmé le premier paiement sur nos comptes. Mais il faut que j'aie l'élément spécial que j'ai promis avant qu'Ivanov approuve le second transfert de fonds.

— Ce n'est pas un problème. J'ai terminé la variante exigée il y a des semaines. »

Renke traversa la pièce et alla toucher un clou décoratif planté dans une des bibliothèques. Elle coulissa sans bruit, découvrant un coffre-fort qui était aussi un congélateur. Il composa un code et posa son pouce droit sur un scanner d'empreintes digitales sur la porte. Le coffre s'ouvrit, libérant un nuage de condensation. Le savant enfila un gant pour s'isoler du froid et plongea la main à l'intérieur. Il en sortit une seule fiole transparente. « Voilà ! Vous pourrez prendre une caisse de transport et de la neige carbonique en partant. »

Brandt remarqua d'autres fioles dans le coffre et fronça les sourcils.

Renke vit son regard et sourit. « Voyons, Erich, nous nous connaissons depuis des années ! Vous avez forcément compris que je prends toujours des précautions pour assurer ma propre sécurité – quelle que soit la personne pour laquelle je travaille. »

Chapitre onze

Berlin

Jon Smith but les dernières gouttes de son café et reposa sa tasse sur la table ronde couverte d'une nappe. Par habitude, il scruta discrètement les gens assis autour de lui dans la paisible salle de petit déjeuner de l'hôtel Askanischer Hof. C'était sa première occasion, depuis son arrivée tard la veille, de voir de plus près quelques-uns des clients de l'hôtel. La plupart étaient des hommes d'affaires en voyage, l'air préoccupé, qui lisaient un journal ou prenaient des notes en vue d'un rendez-vous entre deux bouchées distraites de toast, de muesli ou de pain au lait. Il remarqua aussi deux couples âgés assis ensemble, des touristes qui discutaient de l'avantage, en hiver, des tarifs réduits pour visiter la capitale allemande. Personne dans l'élégante petite salle ne déclencha en lui le moindre signal d'alarme.

Provisoirement rassuré, il laissa quelques euros sur la table en guise de pourboire, se leva et gagna la porte. Des photos en noir et blanc des écrivains et des acteurs célèbres descendus à l'Askanischer Hof au fil de sa longue histoire – y compris Arthur Miller et Franz Kafka – le regardaient depuis leurs cadres derrière le bar rutilant.

Dans le hall, le concierge l'intercepta. « Un paquet est arrivé pour vous, Herr Martin, murmura-t-il poliment. Par coursier. »

Smith signa l'accusé de réception de l'enveloppe scellée et monta dans sa chambre. L'étiquette montrait qu'elle venait de Bruxelles, de Waldmann Investments, LLC, une des nombreuses entreprises que le Réseau Bouclier utilisait comme façade pour ses envois clandestins autour du monde. Il émit un petit sifflement admiratif en lisant l'heure sur le timbre. Bien qu'elle soit partie avant l'aube, quelqu'un avait dû beaucoup se dépêcher pour que cette lettre arrive à Berlin si tôt dans la matinée.

Jon s'assit sur le confortable canapé bleu près de la fenêtre et brisa les sceaux de sécurité. Il étala les documents que contenait l'enveloppe sur la table basse de style années vingt. Il y avait un passeport canadien, au nom de John Martin, à nouveau, avec la même photo. Corné, taché, ramolli par l'usure, il comportait des timbres d'entrée et de sortie révélant qu'il s'était rendu de nombreuses fois dans différents pays d'Europe – Allemagne, France, Italie, Pologne, Bulgarie et Roumanie – ces dernières années. Des cartes de visite professionnelles disaient que John Martin était employé par l'Institut Burnett, un centre de recherches privé reconnu d'utilité publique basé à Vancouver, en Colombie-Britannique. Une simple feuille, avec pour en-tête "détruire après avoir lu", résumait la biographie du présumé John Martin.

L'enveloppe contenait aussi un visa russe tel qu'on en délivre aux hommes d'affaires et attestant qu'il était invité à Moscou par une entreprise privée pour

« consultation en vue d'une étude comparative des systèmes nationaux d'assurance sociale et de santé ». L'itinéraire joint indiquait qu'il avait une réservation sur un vol de la Lufthansa à destination de la capitale russe le matin même.

Pendant un instant, Smith contempla cet étalage de faux documents de voyage. Moscou ? On l'envoyait à Moscou. Il allait à nouveau se retrouver dans la fosse aux lions, se dit-il amèrement. Il prit son téléphone portable.

Klein décrocha à la première sonnerie. « Bonjour, Jon. Je suppose que tu viens d'ouvrir l'enveloppe ?

— Bien vu, Fred ! Est-ce que je peux te demander ce qui se passe, exactement ?

— Bien sûr, répondit le chef du Réseau Bouclier d'une voix grave. Considère qu'il s'agit d'un ordre de mission. Mais avant qu'on commence, tu dois savoir que tes ordres viennent du plus haut niveau. »

Ce qui voulait dire du président en personne, comprit Smith. Inconsciemment il se redressa. « Vas-y ! »

De plus en plus stupéfait, il écouta Klein égrener la liste des spécialistes des renseignements, des chefs militaires et des politiques mourants ou morts aux Etats-Unis, dans les pays occidentaux alliés et dans les petits pays entourant la Russie. « Seigneur ! dit-il quand l'autre eut terminé. Pas étonnant que ma rencontre avec Petrenko ait affolé un tel nid de vipères !

— Oui, c'est aussi ce que nous pensons.

— Et maintenant, vous voulez que j'enquête sur les premiers cas de cette maladie – ceux dont Petrenko m'a parlé ?

— C'est ça. Si possible, il nous faut des données incontestables sur les origines de cette maladie, ses mécanismes et ses moyens de transmission. Et il nous les faut au plus tôt. J'ai la sensation désagréable que les événements évoluent très vite.

— Ce ne sont pas des ordres faciles à mettre en œuvre.

— Je le sais bien. Mais tu ne seras pas seul. Nous avons déjà une équipe sur place, une très bonne équipe. Ils t'attendent.

— Comment est-ce que je prends contact avec eux ?

— Je t'ai réservé une chambre à l'hôtel Budapest, non loin du Bolchoï. Vas-y et sois au bar à dix-neuf heures. Quelqu'un devrait te contacter dans la demi-heure qui suit.

— Et comment je reconnaîtrai ce contact ?

— Tu ne le reconnaîtras pas. Ce sera à sens unique. Tu restes là et tu attends. Ton contact t'identifiera. Le mot code est *tangent*. »

Jon sentit sa bouche s'assécher. Un rendez-vous à sens unique signifiait qu'il allait entrer en Russie sans le nom, la couverture ni même une description physique des agents du Réseau Bouclier qui y étaient basés. Klein ne prenait aucun risque. Pourtant, Smith allait utiliser l'identité factice de John Martin et pas son propre nom. Mais en procédant ainsi, il s'assurait que, si les services de sécurité russes l'arrêtaient à l'aéroport, Smith ne pourrait être contraint à trahir un autre agent. Dans les circonstances présentes, cette procédure était une précaution raisonnable, mais ce ne fut pas un bien grand réconfort pour Jon. « Cette couverture, John Martin, demanda-t-il, c'est du solide ?

— Absolument, dans le cas présent. Si les choses tournent mal, ça peut tenir, même sous pression, pendant environ vingt-quatre heures, avec un peu de chance.

144

— J'imagine donc que, le truc, c'est d'éviter de donner aux gars du Kremlin une raison de mettre leur nez dans le CV inventé du Canadien Martin ?

— Ça vaudrait mieux. Mais souviens-toi que nous serons là, prêts à t'apporter toute l'aide que nous pourrons.

— Compris.

— Bonne chance, Jon ! Appelle de Moscou dès que possible. »

Kiev

Le capitaine Carlos Parilla, de l'armée des Etats-Unis, garda un visage impassible en écoutant avec la plus grande attention la voix inquiète à l'autre bout du fil. « Oui, oui, je comprends, Vitaly, dit-il quand son correspondant s'interrompit. Je vais transmettre la nouvelle à mes supérieurs, immédiatement, oui, tu as raison, c'est une évolution horrible. »

Il raccrocha. « Putain de Dieu ! »

Son patron, attaché au bureau de la Défense à l'ambassade des Etats-Unis, leva les yeux de son ordinateur, surpris. Le Parilla rigide que tout le personnel de l'ambassade à Kiev connaissait pour son refus de jurer ou de blasphémer, même en cas de tension extrême, venait de faire les deux ! « Qu'est-ce qu'il y a, Carlos ?

— C'était Vitaly Cherchilo, du ministère de la Défense ukrainien. Il dit que le général Engler est à l'hôpital de Chernihiv, en soins intensifs. On dirait qu'il a contracté la même maladie inconnue qui a tué le général Marchuk hier. »

Les yeux du colonel des *marines* s'arrondirent. Le

général de brigade Engler était à la tête de la mission militaire américaine spéciale, une équipe d'officiers venus assister l'Ukraine dans la modernisation et la réforme de ses forces défensives. Inquiet des quelques rapports d'intelligence qu'il avait reçus concernant des manœuvres militaires russes inhabituelles près de la frontière, Engler s'était rendu à Chernihiv la veille pour tenter de convaincre le pâle successeur de Marchuk, le général Tymochenko, de prendre des mesures de précaution raisonnables.

Le colonel décrocha le téléphone et composa un numéro. « Passez-moi l'ambassadeur, tout de suite ! dit-il avant de cacher le micro de sa main pour s'adresser à Parilla. Contacte l'hôpital de Chernihiv et fais-toi confirmer l'état du général. Ensuite, informe l'officier de garde à Washington de la situation. Il va nous falloir un remplaçant sur place, et vite ! »

Parilla hocha la tête. Son commandant malade et peut-être mourant, la mission militaire américaine était presque paralysée. Général à une étoile, Engler obtenait un bon niveau d'attention et de respect au sein du gouvernement et des forces armées ukrainiens. Ses subordonnés, souvent de jeunes officiers, n'avaient généralement pas le même poids face à leurs homologues très conscients de la valeur des grades. Avec des ennuis potentiels couvant le long de la frontière russo-ukrainienne, il était impératif que le Pentagone envoie dès que possible quelqu'un remplacer le général.

Le capitaine vérifia l'heure à Washington. C'était encore le milieu de la nuit, là-bas. Dans le meilleur des cas, ça risquait de prendre des jours à la bureaucratie du Pentagone pour trouver les candidats possibles à ce poste et pour désigner le remplaçant de Bernard Engler. Et même un successeur aussi gradé, aux capa-

146

cités équivalentes, aurait besoin de plusieurs jours, voire des semaines pour absorber toutes les données des affaires civiles et militaires si compliquées de ce pays. Et jusqu'à ce que le nouveau venu trouve ses marques, le travail de coordination des politiques de défense entre les Etats-Unis et l'Ukraine serait bien plus difficile.

Chapitre douze

Bagdad

Épuisée, l'officier de la CIA Randi Russell était assise devant une large table, tout au fond de l'ambassade américaine fortifiée, dans la Zone verte de la capitale irakienne. Elle lutta contre une envie soudaine de se frotter les yeux. Une vidéoconférence sécurisée par satellite avec les grosses huiles de Langley n'était pas un moment propice pour révéler ses fragilités humaines. Près d'elle, Phil Andriessen, grand manitou du poste de l'Agence à Bagdad, avait trouvé le moyen de se vautrer sur une simple chaise. Ils étaient tous les deux face à un écran. On y voyait l'image de plusieurs hommes, l'air sérieux, en costume, avec chemise impeccable et cravate soigneusement nouée, assis à une table de conférence semblable à la leur, au septième étage du quartier général de la CIA à Langley, en Virginie.

Un des miracles de la technologie moderne ! songea Randi avec ironie. On envoie des signaux vers des satellites en orbite autour de la Terre, on comble l'espace de milliers de kilomètres et d'heures en temps relatif avec une aisance remarquable – et ça ne sert qu'à une interminable réunion de plus, où aucune décision n'est prise.

Nicholas Kaye, directeur de la CIA, se pencha en avant. La soixantaine, Kaye était un homme aux joues flasques et au surpoids certain. Quelques dizaines d'années plus tôt, il avait déjà officié à l'Agence avant de se retirer dans les eaux plus calmes et mieux rémunérées d'une société de conseil du « Beltway Bandit ». Rappelé à la CIA en grande partie pour régler les affaires courantes quand il avait fallu remplacer d'urgence David Hanson – son prédécesseur agressif mouillé dans un scandale – le DCI avait des manies souvent aussi pénibles et mal adaptées à la situation que son processus de prise de décisions. « Ainsi, cet ancien officier du Moukhabarat irakien que vous avez capturé, le général Hussein al-Douri, refuse toujours de coopérer ?

— C'est exact, monsieur, soupira Andriessen. Jusque-là, il réussit très bien à opposer un mur de silence à notre équipe d'interrogateurs. »

Un des autres hommes, à Langley, le directeur adjoint des Opérations, intervint : « Pour le moment, je crois que nous devrions nous intéresser davantage à ces dossiers du Huitième Directorat que vous avez saisis en même temps que le général al-Douri. Vos premiers rapports indiquaient qu'ils contenaient des renseignements hautement confidentiels sur un pro-gramme d'armes biologiques. Un programme qui nous était inconnu jusque-là. Est-ce toujours votre avis ?

— Oui, monsieur, confirma Andriessen. Mlle Rus-sell, ici présente, peut vous en dire plus sur ce que nous avons appris. Depuis que son équipe d'opérations spé-ciales a enlevé al-Douri, elle est chargée d'exploiter les informations collectées dans sa planque. »

Le chef de la station de Bagdad se pencha et murmura à l'oreille de la jeune femme : « Vas-y mollo, Randi. N'agace pas ces types, pas au moment où tu cherches à soutirer leur autorisation pour agir aussi loin de ton terrain de chasse normal.

— Ne t'en fais pas, Phil. Je promets d'être une gentille petite fille.

— Bien sûr ! dit Andriessen avec un sourire. Quand les poules auront des dents ! Vas-y ! dit-il en allumant son micro.

— Nous avons été en mesure de décoder et de lire presque tous les dossiers du disque dur de son ordinateur personnel, exposa Randi aux hautes instances de la CIA qui la regardaient et l'écoutaient à des milliers de kilomètres de là. Naturellement, nous avons déjà transmis les informations sur les opérations insurrectionnelles au Corps III et aux Forces spéciales irakiennes. Pour une fois, nos amis en uniforme ont été très reconnaissants. »

Ces quelques mots déclenchèrent des hochements de tête et des sourires ravis. Al-Douri était bien plus qu'un officier loyal à Saddam Hussein parmi d'autres. Il avait commandé une cellule insurrectionnelle sunnite particulièrement brutale et efficace, responsable de plusieurs dizaines d'attentats à la voiture piégée, de meurtres et d'assassinats. Les listes de noms, de sommes versées pour acheter la police, de numéros de téléphone, d'adresses des caches d'armes qu'ils avaient trouvées sur son ordinateur devaient permettre aux militaires américains et à leurs alliés irakiens de démanteler cette organisation terroriste.

« Les dossiers qui nous intéressaient le plus étaient enfouis beaucoup plus profondément, continua Randi. Ils étaient cryptés grâce à un système sophistiqué, inspiré par les codes de niveau de sécurité maximale du KGB à la fin des années 1980.

— Des codes que les Soviétiques ont transmis à leurs amis du Moukhabarat, commenta le directeur des Opérations.

— C'est ça, confirma Randi.

— Et qu'avez-vous trouvé jusque-là ?

— Des références à un programme d'armes biologiques classé ultrasecret. Si secret, apparemment, qu'il a été élaboré hors des structures ordinaires de la chaîne de commandement du régime baasiste.

— A quel point ?

— Presque entièrement, affirma Randi avant de faire exploser sa prochaine bombe avec une assurance tranquille. On a des indications solides montrant que ces recherches étaient cachées à Saddam Hussein lui-même. Le général al-Douri s'était assuré que tous les rapports à ce sujet passaient – et restaient entre ses propres mains. Jamais ils ne sont montés plus haut dans la hiérarchie du Moukhabarat. »

La surprise se lut sur tous les visages de ses correspondants. L'ex-dictateur irakien avait imposé le règne absolu d'un seul homme, toutes les rênes du pouvoir tenues fermement entre ses mains. Pendant trente ans, ceux qui contraient la volonté de Saddam, ou qui risquaient seulement un jour de présenter une menace pour sa sécurité, étaient assassinés. En ayant des secrets pour son maître, cet ancien chef du Huitième Directorat avait joué un jeu très dangereux.

« Ce programme visait-il à produire des armes capables de causer des victimes en masse ? demanda l'un des cadres de la CIA.

— Apparemment, non. Le Huitième Directorat avait décidé de concevoir des armes destinées à une échelle plus réduite, mais non moins meurtrière. Sa mission première était de fournir au régime des substances agissant au niveau du système nerveux, des biotoxines spécialisées et d'autres poisons pour assassiner les opposants tant en Irak que partout dans le monde.

— Quelle était l'ampleur de ce dont nous parlons ? demanda le même homme. S'agit-il d'un petit laboratoire de quelques chercheurs ou d'une structure beaucoup plus importante ?

— A mon avis, ce programme était à une extrémité de la chaîne, la plus petite – du moins en termes de logistique et d'espace de recherche.

— Et le coût ?

— Substantiel. D'après ce que nous savons, c'était de l'ordre de dizaines de millions de dollars sur une période d'un à deux ans. »

Les sourcils se levèrent autour de la table de conférence, en Virginie. Même au sein d'un régime inondé d'argent sale, c'étaient des sommes importantes. « Et les sources de financement ? demanda le directeur des Opérations. De l'argent détourné du fiasco "pétrole contre nourriture" de l'ONU, je suppose ?

— Non, monsieur. L'argent de ce programme semble être arrivé directement, envoyé depuis un certain nombre de comptes anonymes détenus dans le monde entier. Un million de dollars environ est venu garnir la poche personnelle de notre ami al-Douri, mais le reste aurait servi à payer l'équipement scientifique, les fournitures et les salaires.

— Je ne vois pas en quoi ce sont là des nouvelles tellement stupéfiantes, grogna Nicholas Kaye d'un air veule et maussade. Quelle différence cela fait-il qu'on ait découvert un projet scientifique irakien illégal de plus ou de moins ?

— La différence, monsieur, expliqua Randi avec un sourire, c'est que cette arme secrète particulière ne semble pas avoir été du tout le fruit d'un programme couvert par les autorités irakiennes. »

Il y eut un instant de silence stupéfait.

« Expliquez-nous ça ! finit par demander Kaye.

— Les notes d'al-Douri sont fragmentaires et incomplètes, exposa Randi. Mais elles indiquent que tous les chercheurs engagés dans cette opération étaient des "étrangers", dit-elle en mimant les guillemets d'un geste de ses mains.

— Où sont donc ces scientifiques étrangers ? demanda le chef de la CIA.

— Ils sont partis depuis longtemps. Il est indiqué à plusieurs reprises qu'ils ont fait leurs bagages et emporté tout leur équipement hors d'Irak avant que nos troupes atteignent Bagdad. Probablement via la Syrie.

— Permettez-moi de m'assurer que je comprends bien votre théorie, mademoiselle Russell, reprit le directeur des Opérations. Suggérez-vous que quelqu'un d'autre utilisait l'Irak comme couverture pour son propre programme illégal de conception d'armes biologiques ?

— Oui, c'est ça. Quel meilleur endroit pour cacher une sale petite aiguille qu'une meule de foin déjà pleine d'autres sales petites aiguilles qui ne vous appartiennent pas ? demanda Randi avec un sourire malicieux.

— Des suspects possibles ?

— A partir des documents que nous avons trouvés dans l'ordinateur d'al-Douri ? Pas vraiment. S'il

153

savait qui le payait pour installer ce labo d'armes biologiques au sein de son organisation, al-Douri a pris
grand soin de ne pas le noter. Mais je soupçonne qu'il
ne le savait pas et qu'il s'en moquait.

— Tout ce qui nous reste, se plaignit Kaye, c'est un
mirage flou et inutile de plus.

— Je ne dirais pas cela, monsieur », répliqua Randi,
qui s'efforçait de rester patiente.

Dans son dos, à l'Agence, on appelait « Dr No » le
gros chef de la CIA, tant pour son pessimisme habituel
que pour sa tendance quasi automatique à rejeter toute
proposition qui impliquât un risque ou contrevînt aux
habitudes.

« Continuez, mademoiselle Russell ! dit gentiment
le directeur des Opérations sans dissimuler un sourire.
Je ne sais pas pour quelle raison étrange je soupçonne
que vous avez un as caché dans votre manche. »

Presque sans le vouloir, Randi lui rendit son sourire.
« Pas un as, monsieur, plutôt un joker – une vraie carte
hors jeu, dit-elle en montrant une feuille de papier tirée
d'un des dossiers stockés dans le disque dur de leur
prisonnier. Après sa première rencontre avec le scientifique en charge de ce programme secret, notre ami
al-Douri a fait ce commentaire plutôt mystérieux dans
son journal intime. Je cite : "Cet homme ressemble
plus à un chacal qu'à un noble loup teuton qu'il prétend être avec tant de fierté. Et comme le chacal, il se
repaît des charognes abandonnées par ceux qui jadis
furent ses maîtres. "

— Et qu'est-ce qu'on est censé apprendre de ce
baratin poétique arabe ? ironisa Kaye avec un petit
rire méprisant.

— Ça n'a rien d'un baratin, répliqua Randi. C'est
juste un mauvais jeu de mots. Il joue avec le nom de

154

ce scientifique étranger. Un scientifique allemand. Un spécialiste des armes biologiques dont le nom rappelle le mot allemand pour loup : *Wolf*. »

Elle attendit.

« Bon sang ! s'écria soudain un autre cadre de la CIA. Vous voulez parler de Wulf Renke !

— C'est ça.

— Impossible ! rétorqua Kaye. Renke est mort. Il est mort depuis des années. Probablement peu après sa disparition de Berlin.

— C'est ce qu'affirme le gouvernement allemand. Mais personne n'a jamais identifié son cadavre, fit remarquer Randi. Et au vu de ce qu'on vient d'apprendre dans ces fichiers, je crois que nous devrions faire l'impossible pour découvrir la vérité. »

Des murmures approbateurs parcoururent les deux tables de conférence reliées par vidéo. Wulf Renke était tout en haut de la liste des criminels de la guerre froide les plus recherchés. Jadis membre de l'élite scientifique d'Allemagne de l'Est, Renke était célèbre pour ses brillantes recherches comme pour son habitude méprisable d'essayer ses créations meurtrières sur des sujets humains – des dissidents politiques et des criminels, le plus souvent. Peu après la chute du Mur, il avait disparu sans laisser de traces ; il s'était évaporé avant que la police criminelle d'Allemagne fédérale puisse l'arrêter.

Depuis lors, les services d'intelligence occidentaux l'avaient pourchassé, suivant la piste de rumeurs qui situaient le scientifique renégat en divers points chauds du globe au service de tout un éventail de régimes et de causes peu glorieux. On disait qu'il avait travaillé pour la Corée du Nord, la Libye, la Serbie et al-Qaida et d'autres réseaux terroristes. Mais aucune de ces rumeurs, aussi tentantes qu'effrayantes, n'avait mené au savant. De plus en plus nombreux, les gouvernements étaient prêts à accepter l'affirmation de Berlin selon laquelle Renke était mort, et qu'il ne présentait donc plus de menace pour le monde civilisé.

Du moins jusqu'à maintenant.

« Et que proposez-vous, mademoiselle Russell ? finit par demander sèchement le chef de la CIA.

— Je voudrais que vous m'envoyiez en chasse, suggéra Randi avec un sourire amusé, une chasse au loup.

— Et où allez-vous commencer votre partie de chasse ? En Syrie ? Au fond de l'Hindu Kush ? Ou quelque part dans le désert autour de Tombouctou ?

— Non, monsieur, dit-elle avec calme. Je crois qu'il est préférable de commencer au tout début. »

Chapitre treize

Moscou

En dépit du froid au-dehors, le bar irlandais à l'étage de l'hôtel Budapest était surpeuplé. Les gens encombraient le long comptoir en merisier poli, interpellant le barman stylé mais débordé pour qu'il leur serve une autre bière ou un verre de vin ou de whisky. Des serveuses souriantes circulaient dans la salle avec des plateaux lourds de verres. Autour des tables, dans des boxes confortables aux banquettes en velours, les conversations allaient bon train, agrémentées d'éclats de rire sonores chaque fois que quelqu'un faisait une plaisanterie.

Jon Smith, assis tout seul dans un coin plus calme, sirotait une pinte de bière brune Baltika. En écoutant les conversations bruyantes en russe, en anglais, en français et en allemand autour de lui, il se sentait étrangement déplacé, déconnecté des autres clients, qu'il percevait lointains. Il arborait un sourire poli, mais c'était comme s'il risquait brusquement de s'effondrer. Il se rendit soudain compte que ses nerfs devaient être tendus au point de rompre.

A chaque étape de son voyage jusqu'ici – en vol depuis Berlin, en passant la douane à Cheremetievo 2, dans le taxi et même en s'enregistrant à l'hôtel –, il s'était préparé à un sourcil officiel dangereusement levé, à la main lourde d'un policier se posant sur son épaule. Mais rien de grave ne s'était produit. Il avait passé la douane devant un employé indifférent et on l'avait conduit à sa chambre avec courtoisie. Il lui avait semblé que les miliciens en uniforme étaient plus nombreux dans les rues que lorsqu'il était venu à Moscou juste après la fin de la guerre froide, mais sinon, il n'avait vu aucun signe évident d'ennuis couvant dans la capitale de la Fédération de Russie.

Smith avala sans envie une autre gorgée de sa bière et consulta subrepticement sa nouvelle montre. Il était déjà bien plus de dix-neuf heures trente, presque vingt heures. Son contact du Réseau Bouclier était en retard. Quelque chose avait-il mal tourné ? Fred Klein était convaincu que son équipe de Moscou opérait encore sans problèmes sous le niveau balayé par les radars des services de sécurité russes, mais s'il avait tort ? Pendant un instant, il envisagea de partir. Peut-être devait-il filer et trouver un endroit protégé d'où passer un appel sécurisé à Washington pour annoncer l'échec du rendez-vous.

Jon leva les yeux et remarqua une fois de plus la belle jeune femme assise au bar, mince, ses cheveux noirs bouclés frôlant ses épaules, des yeux clairs plus verts que bleus. Il l'avait déjà repérée, un haut verre de vin pétillant à la main, qui parlait avec animation au milieu d'un cercle d'admirateurs souriants. Mais voilà qu'elle s'approchait, lentement mais sûrement de sa table, s'arrêtant en chemin pour saluer d'autres hommes d'un sourire, d'un petit baiser sur la joue ou d'un mot gentil. Elle portait une superbe robe bleu nuit sans manches qui moulait ses courbes souples.

Un élégant manteau bordé de fourrure reposait au creux de son bras.

Une professionnelle, songea Smith avec indifférence. Il détourna délibérément les yeux avant que leurs regards se croisent. Inutile d'attirer l'attention d'une personne importune. L'élite des « escort girls » se retrouvait dans tous les lieux qui attiraient un grand nombre de riches étrangers. Il avait remarqué plusieurs autres jeunes femmes, toutes très belles, qui étaient reparties avec un Allemand à grosse bedaine ou un homme d'affaires britannique ou américain pour ce qu'il supposait être une discrète partie de jambes en l'air dans leur chambre. Le bar irlandais de l'hôtel Budapest était visiblement le terrain de chasse privilégié des prostituées de luxe de Moscou.

« Vous m'avez l'air bien seul et bien triste, ronronna une voix charmante en russe. Est-ce que je peux me joindre à vous pour un verre ? »

Smith leva les yeux. La belle jeune femme brune lui adressait un sourire engageant. Il secoua la tête. « Non, merci, répondit-il. Je vous prie de me croire, je ne cherche pas de compagnie ce soir. J'allais partir. »

Toujours souriante, elle s'assit si près de lui qu'il fut soudain enveloppé par son parfum, quelque chose de délicat, de frais, de fleuri. Elle leva un sourcil pour feindre la surprise. « Vraiment ? Si vite ? Quel dommage ! La soirée est encore longue.

— Ecoutez, mademoiselle, dit Smith d'un ton sans réplique, je crois qu'il y a erreur...

— Erreur ? Oui, c'est possible, continua la jeune femme en anglais avec un soupçon d'accent irlandais en lui jetant un regard amusé de ses yeux verts. Mais dans ce cas, je pense que c'est vous qui faites erreur,

monsieur Martin. En ce qui me concerne, vous semblez avoir pris la mauvaise tangente. »

Tangente ? Mon Dieu ! se dit Smith. C'était le mot
code du rendez-vous. Ce mot, en plus du fait qu'elle
connaissait son nom de couverture, signifiait qu'elle
était son contact du Réseau Bouclier, le chef de la
petite équipe d'agents de Klein opérant dans la capitale russe. Il se sentit rougir. « Bon sang ! marmonna-
t-il. Je suis très gêné !

— Je vous crois, répondit doucement la jeune
femme. Elle s'écarta et lui tendit la main. Je m'appelle
Fiona Devin. Je suis journaliste indépendante. Notre
ami commun, M. Klein, a insisté pour que je vous
accueille à Moscou.

— Merci ! Ecoutez, mademoiselle Devin, dit-il après
s'être raclé la gorge, je suis désolé de ce malentendu.
Je commençais à m'inquiéter. Je croyais que quelque
chose avait mal tourné.

— C'est bien l'impression que j'ai eue. Je m'excuse
de vous avoir fait attendre si longtemps, mais j'ai
jugé cela plus prudent. Cet endroit est un peu comme
un morceau de terre natale, pour moi, et je voulais
m'assurer qu'il n'y avait aucun visiteur importun derrière vous. Je connais bien les clients réguliers, et les
étrangers qui entrent dans mon territoire, je les repère
tout de suite.

— Les agents ou les informateurs du FSB, vous
voulez dire ?

— Oui, les types des services de sécurité venus de
la Lubyanka ne sont plus aussi actifs et tout-puissants
que lorsqu'ils appartenaient au KGB, mais ils n'ont
pas disparu pour autant.

— Et le président Dudarev fait tout ce qu'il peut
pour qu'ils recouvrent leur lustre d'antan...

160

— C'est exact. Le tsar Viktor s'est entouré d'un très vilain groupe de partisans. Les Russes les appellent les *siloviki*, les hommes de pouvoir. Comme Dudarev, ils sont tous des anciens du KGB, avec une prédilection pour le contrôle absolu et un penchant pour insinuer une peur stalinienne chez tous ceux qui sont assez fous pour s'opposer à eux.

— Sans blague ! dit Smith en repensant au pont de Prague et au meurtre de Valentin Petrenko. En plus, ils utilisent des prête-noms, comme ce soi-disant Groupe Brandt, pour faire leur sale boulot.

— A première vue, colonel. Mais n'oubliez pas que le Groupe Brandt travaille pour celui qui paie le plus, pas seulement pour le Kremlin.

— Oh ?

— J'ai enquêté sur ce groupe. Oui, j'admets qu'ils vont très bien avec Dudarev et ses *siloviki*. Presque tous des anciens de la Stasi, comme leur patron, un être vicieux appelé Erich Brandt, avec quelques éléments de la *Securitate* roumaine et des gros bras de la police secrète serbe pour faire bonne mesure. Mais ils acceptent n'importe quel travail, aussi sale soit-il, si la rétribution est assez élevée, dit Fiona avec une expression de mépris. On raconte que ce Groupe Brandt fournit la sécurité des plus gros seigneurs de la drogue et des grands patrons de la *Mafiya* de Moscou. Des parasites qui en protègent d'autres... Les liens du Groupe avec le Kremlin font que la police détourne très opportunément les yeux, quel que soit le nombre d'innocents assassinés par les patrons de la *Mafiya* qu'ils protègent. »

Smith sentit une colère et une douleur profondes dans la voix de Fiona. « Y compris quelqu'un que vous connaissiez ? devina-t-il.

— Mon mari. Sergueï était russe. Un de ces hommes entreprenants et optimistes qui croyaient que ce pays pouvait se transformer en une démocratie prospère. Il avait travaillé dur pour monter son affaire. Et des hommes sont arrivés. Ils ont exigé la part du lion de ses bénéfices. Quand il a refusé, ces salauds de la *Mafiya* l'ont abattu dans la rue. »

Elle s'interrompit. Elle ne voulait visiblement pas en dire plus pour l'instant.

Smith hocha la tête en respectant la frontière qu'il n'avait pas à franchir. Pas encore. Pour rompre le silence, il appela une serveuse qui passait, commanda pour Fiona un verre de *shanipanskoe*, un vin moldave doux et pétillant, et pour lui une autre bière. Puis il revint à sa compagne, un peu hésitant sur la manière de procéder. « Je suppose que Fred Klein vous a expliqué pourquoi je suis ici, madame Devin, dit-il enfin en se rendant compte de son ton par trop pompeux.

— M. Klein m'a fait un rapport détaillé, confirma-t-elle en choisissant de ne pas relever cette seconde gaffe, en plus de ma propre expérience sur ces morts mystérieuses. Il y a trois jours, le Dr Nikolaï Kiryanov venait me voir quand il a disparu. Maintenant, je soup-çonne qu'il tentait de me transmettre le même genre d'information que votre ami Petrenko à Prague.

— Et Kiryanov s'est retrouvé à la morgue le len-demain matin ?

— Pas vraiment. Je n'ai jamais vu son corps. Le pauvre homme avait déjà été incinéré.

— Si vite ?

— On a dit qu'il avait eu une "crise cardiaque". Je suppose que l'incinération a été un moyen pratique de s'assurer que personne ne pourrait vérifier le bien-fondé de cette affirmation.

162

— Et depuis ?

— J'ai mis mon nez dans tous les coins, j'ai espionné, j'ai posé des questions partout et chaque fois que j'ai pu.

— C'est plutôt dangereux, dans ces circonstances, vous ne trouvez pas ? »

Un coin de la bouche généreuse de Fiona Devin se releva en un sourire ironique. « Il est possible que les autorités n'apprécient pas beaucoup, mais n'oubliez pas qu'elles attendent justement d'une journaliste occidentale comme moi qu'elle pose des questions indiscrètes. Elles savent que Kiryanov a pu me dire au moins un tout petit peu de ce qui s'est passé pour ces pauvres gens. Si j'avais eu vent d'une histoire aussi juteuse que celle de ces morts et que je restais chez moi sans rien faire, ils seraient plus soupçonneux encore.

— Vous avez eu de la chance ?

— Pas la moindre. J'ai hanté les couloirs de l'Hôpital central jusqu'à sentir l'odeur de leur désinfectant dans mon sommeil, et tout ça pour rien. J'ai foncé droit dans un mur de refus silencieux et de dérobades. Naturellement, tout le personnel nie que s'y soit déclarée la moindre maladie mystérieuse.

— Naturellement. Et si on fouillait dans leurs fichiers ?

— Impossible. La direction de l'hôpital a classé "strictement confidentiel" tous les dossiers médicaux actuels et passés. Obtenir les autorisations nécessaires du ministère de la Santé prendrait des semaines.

— Ou l'éternité.

— Très probable. Une chose est claire : les médecins et les infirmières sont sur les nerfs. On sent la peur qui couve sous tout cet horrible savon carbo-

163

lique. Croyez-moi, ils ne parleront pas à un étranger ni à quiconque de ce qui s'est passé, quel que soit l'appât qu'on leur tend. »

Smith réfléchit. Si l'hôpital était une impasse, il faudrait aborder le problème sous un autre angle. D'après ce qu'avait dit Petrenko, les ordres du Kremlin interdisant qu'on parle de ces morts étranges étaient venus tard, après que la mini-épidémie eut terminé sa course mortelle. Avant cela, les médecins de l'hôpital avaient tout tenté pour établir un diagnostic et traiter leurs malades. Même si le Russe ne l'avait pas dit explicitement, Jon aurait parié que Petrenko et ses collègues avaient échangé entre professionnels les données rassemblées. Au moins jusqu'à ce que le Kremlin verrouille l'information sur la situation. Un des principes intangibles respecté par tout médecin confronté à une maladie inconnue, c'est de diffuser l'information aussi largement que possible pour réunir toutes les compétences et tout le temps de laboratoire disponibles afin de résoudre le mystère mortel.

Smith connaissait quelques personnes dans plusieurs des grandes institutions médicales et scientifiques russes, des savants à la pointe de la recherche qui avaient forcément été consultés à propos de cette maladie. Bien sûr, ils auraient reçu les mêmes ordres d'en haut, et ils ne pouvaient rien dire, mais avec un peu de chance, Jon en convaincrait un ou deux de lui donner accès aux dossiers des malades ou à des résultats d'analyses.

Fiona Devin approuva du chef quand il lui exposa son idée. « Prendre contact avec eux pourrait être risqué, fit-elle remarquer. Vous vous présentez sous l'identité de John Martin, un spécialiste canadien des systèmes de santé, inoffensif et sans importance. Mais vous ne pourrez pas utiliser votre couverture quand vous rencontrerez des gens qui vous connaissent personnellement ou de réputation. Il suffirait qu'un seul d'entre eux panique et aille crier qu'il a été contacté par le colonel Jonathan Smith, le spécialiste médical de l'armée américaine, et des alarmes stridentes résonneraient jusqu'au Kremlin.

— C'est vrai, mais je ne vois pas beaucoup d'autres solutions, dit-il en repoussant sa bière qu'il n'avait pas touchée. Vous avez vu la liste de ceux qui ont été frappés par cette maladie. Nous n'avons pas le temps de manœuvres subtiles ou indirectes. Il faut impérativement que je trouve un moyen de contacter les experts russes qui pourraient détenir les informations dont nous avons besoin.

— Pouvons-nous au moins passer d'abord rapidement en revue ces sources potentielles ? Mon équipe et moi connaissons mieux que vous le terrain. Peut-être pourrons-nous écarter ceux qui sont trop proches du régime de Dudarev – ou trop visiblement effrayés par lui – pour qu'il vaille la peine de les interroger.

— Combien de temps vous faudra-t-il pour établir la liste de ceux qu'il faut écarter ?

— Quelques heures à partir du moment où vous me donnerez les noms des gens qui vous intéressent et les institutions pour lesquelles ils travaillent.

— Aussi vite que ça ?

— Je suis très compétente dans ma branche, colonel. J'ai quelques sources fiables, tant au sein du gouvernement qu'en dehors. »

Presque malgré lui, Jon se surprit à lui retourner le sourire qu'elle arborait depuis que la colère réprimée du début puis la tristesse qui avait suivi avaient été remplacées par une confiance énergique, qui formait le fond de sa personnalité. C'était contagieux. « Comment est-ce que je vous recontacte ? »

Fiona sortit une carte professionnelle de son petit sac à main et nota un numéro de téléphone au dos. « Vous pouvez me joindre à ce numéro sécurisé, jour et nuit. »

Jon glissa la carte dans sa poche de chemise.

« En attendant, promit-elle, je vais continuer à mettre la pression sur la bureaucratie médicale russe. J'ai une interview demain matin dans ce but. Avec Konstantin Malkovic.

— Le financier ? demanda Smith d'un ton admiratif. Le gars qui a gagné des milliards en spéculant sur les matières premières et les devises ?

— Celui-là même.

— Il est Américain, non ?

— Naturalisé américain, un peu comme moi, en fait. Mais Malkovic est Serbe d'origine et il a beaucoup investi dans les industries russes ces dernières années. Il fait aussi d'importantes donations à des organismes charitables qui tentent de reconstruire le système de santé antédiluvien de ce pays. Tous ces investissements, toutes ces donations lui ont permis de nouer des liens étroits avec les nouveaux maîtres du Kremlin. Dudarev et ses "hommes de pouvoir" ont beau aspirer à revenir au bon vieux temps, ils ne sont pas fous. Ils marchent sur la pointe des pieds autour d'un homme qui a tant d'argent à distribuer.

— Et vous espérez convaincre Malkovic de poser quelques questions délicates à propos de cette maladie ?

— C'est ça. On dit qu'il a un sacré caractère et qu'il est habitué à ce que tout se passe selon ses désirs, dit-elle avec une flamme de plaisir diabolique dansant dans ses yeux bleu-vert. Je n'aimerais pas du tout être le premier fonctionnaire russe contraint de lui refuser quelque chose... »

Chapitre quatorze

Près de la frontière russo-ukrainienne

Quatre cars civils réquisitionnés pleins de soldats russes progressaient le long de la vieille piste forestière étroite et profondément ravinée, négociant un lacet après l'autre pour s'enfoncer dans la forêt noir d'encre. Des branches basses griffaient les flancs et les fenêtres des véhicules.

A l'avant, le capitaine Andreï Yudenich, accroupi près du chauffeur, accroché à son dossier pour ne pas perdre l'équilibre, regardait à travers le pare-brise rayé et sale. Il aurait bien voulu déterminer où on les envoyait, lui et ses tankistes, mais ses efforts étaient vains. Les événements récents l'inquiétaient beaucoup.

Jusque-là, leur voyage épuisant de vingt-quatre heures depuis leur cantonnement en banlieue de Moscou avait été un cauchemar tant il y avait eu d'ordres et de contrordres concernant la direction à prendre. A l'origine, on les avait envoyés au sud, en train, vers Voronej – à l'évidence la première étape d'un déploiement de la taille d'un bataillon vers la Tchétchénie. Mais une fois arrivés, on les avait transférés dans un autre train, en direction de Bryansk, à l'ouest. De là, Yudenich et ses tankistes avaient été embarqués dans ces vieux bus et envoyés cahoter dans le bois sur une succession de sentiers de terre qui leur avaient fait perdre tout sens de l'orientation.

Un soldat en tenue de camouflage blanche se matérialisa soudain devant eux, éclairé par les faisceaux instables des phares. Il était debout sur un tas de neige, au bord du sentier. Ses brassards rouge vif et son bâton fluorescent l'identifiaient comme un membre du Service d'ordre du commandement – une unité spéciale de l'armée de terre qui assurait la sécurité et le contrôle de la circulation des troupes sur les zones de combat.

Le soldat en blanc fit un brusque signe de son bâton, le pointant impérieusement vers la droite. Obéissants, les chauffeurs tournèrent et quittèrent l'un après l'autre la piste forestière pour en emprunter une plus étroite encore – et qu'on venait juste de tailler dans la forêt, à en juger par les souches fraîchement arrachées sur les côtés. De plus en plus inquiet, Yudenich ne pouvait que s'accrocher mieux encore au dossier du chauffeur pour éviter de tomber sous les chaos violents.

Quelques minutes plus tard, ils arrivèrent à une clairière et s'arrêtèrent.

D'autres forces de sécurité à brassards rouges, fusils d'assaut pointés, se regroupèrent autour des bus aux cris de : « Tous dehors ! Sortez ! Vite ! Vite ! »

Yudenich fut le premier à passer la porte. Il sauta légèrement sur la terre dure comme la pierre à cause du gel et salua l'officier le plus proche, un capitaine, comme lui. Ses tankistes descendirent des bus derrière lui et formèrent les rangs sous l'autorité des sergents et des lieutenants.

« Vos ordres ? » dit l'autre homme.

Sans un mot, Yudenich sortit l'épaisse liasse de papiers de sa veste de combat.

L'autre capitaine l'ouvrit et la consulta à la lueur d'une petite torche tenue par un subalterne. « Je vois que vous faites partie de la quatrième division blindée de la garde, commenta-t-il en rendant les ordres à Yudenich pour pouvoir consulter une liste attachée à une planchette. Bien. Votre compagnie et vous êtes affectés au camp quinze, baraques quatre à huit.

— Camp quinze ? s'étonna ouvertement Yudenich.

— Derrière les arbres, par là, capitaine, dit l'autre homme d'un ton las en montrant du menton la forêt au-delà de la clairière. On va vous y conduire. »

Yudenich regarda dans cette direction et il en resta bouche bée. Maintenant que ses yeux étaient habitués à l'obscurité, il vit qu'ils se trouvaient en bordure d'un énorme campement militaire, construit sous les arbres. D'immenses filets bloquant la détection par infrarouges et par radars reposaient sur la cime des arbres et des rouleaux de barbelés s'étendaient aussi loin que portait le regard, apparemment tout autour du camp. Des équipes de gardes lourdement armés – des troupes du ministère de l'Intérieur, à en croire leurs uniformes – arpentaient nerveusement le périmètre avec leurs chiens.

« Qu'est-ce qui se passe, ici ? demanda Yudenich.

— On vous en informera quand vous aurez besoin de le savoir, lui répondit le capitaine. En attendant, vous ne communiquerez qu'en passant par votre propre chaîne de commandement, c'est clair ? »

Yudenich hocha la tête.

« Bien. Et assurez-vous que vos gars n'aillent pas se balader. Toute personne qui sortirait du périmètre sans autorisation recevrait une balle dans la nuque et serait abandonnée dans un trou creusé dans la neige. Pas de cour martiale. Pas d'appel. Pas de pitié. Compris ? »

Yudenich hocha de nouveau la tête, frissonnant soudain sous sa lourde veste de camouflage.

Moscou

Erich Brandt fit un pas au bas de l'escalier roulant et se retrouva dans le vaste hall souterrain de la station de métro Novokuznetskaya. Même aussi tard le soir, les métros passaient bruyamment dans les tunnels, arrivaient et repartaient toutes les deux ou trois minutes dans une bouffée d'air chaud et malodorant. Le système de transport souterrain de Moscou était un des meilleurs au monde, emportant près de neuf millions de passagers par jour – plus que l'*Underground* de Londres et le *Subway* de New York additionnés. Contrairement aux arrêts utilitaires et sinistres de nombre de métros occidentaux, les stations du métro moscovite étaient des joyaux d'art et d'architecture, un moyen de montrer le pouvoir et la culture de feu l'Union soviétique. Elles avaient été construites en marbre, décorées de sculptures, de bas-reliefs, de mosaïques et d'énormes lustres.

Pendant un instant, Brandt resta immobile, les yeux sur les bas-reliefs kaki des murs. Ils montraient des soldats et leurs chefs militaires, le maréchal Koutousov, qui avait combattu Napoléon à Austerlitz et Borodino, la lutte héroïque, pendant la Seconde Guerre mondiale, de l'infanterie de marine soviétique, dont on voyait les hommes sauter à terre depuis leurs navires de débarquement pour rejoindre leurs camarades au plus fort de la bataille de Stalingrad. Sur le haut plafond voûté, des mosaïques montraient des ouvriers d'usine et des fermiers souriant de la vie heureuse, idyllique, qu'ils menaient depuis qu'ils servaient l'Etat communiste.

Le grand blond eut un petit rire sarcastique. La station Novokuznetskaya avait été construite en 1943, au plus fort de la lutte sanglante des Soviétiques contre l'Allemagne nazie. On y célébrait des victoires sur Hitler et ses laquais fascistes. C'était bien dans l'esprit d'Alexeï Ivanov d'avoir choisi un tel endroit pour retrouver son collègue est-allemand – qu'il n'aimait pas. En dépit de sa réputation d'espion subtil, le chef du Treizième Directorat avait un sens de l'humour brutal et plutôt lourd.

Au bout d'un moment, Brandt repéra le chef des renseignements russes aux cheveux gris assis sur un banc en marbre et il alla s'asseoir près de lui. Les deux hommes avaient à peu près la même taille.

« Herr Brandt, dit doucement Ivanov.

— J'ai la variante spéciale d'HYDRA que vous avez demandée, lui dit Brandt.

— Montrez-la-moi ! »

Le grand blond ouvrit sa serviette, découvrant une bouteille Thermos de la taille d'une boîte de soda. Sans retirer ses épais gants en cuir, il dévissa le cylindre métallique, libérant une bouffée de vapeur, et en sortit une petite fiole pleine d'un liquide transparent gelé. Il la tendit à son voisin.

Ivanov leva la fiole à la lumière. « Un engin de mort d'aspect très inoffensif. Remarquable ! murmura-t-il avant de regarder son compagnon. Mais comment puis-je être certain que ce tube prétendument mortel ne contient pas de l'eau du robinet ?

— A dire vrai, vous ne le pouvez pas. Pas sans l'utiliser contre la cible prévue. Il va falloir que vous me fassiez confiance.

— Je n'accorde pas ma confiance facilement, Herr Brandt, observa le chef du Treizième Directorat avec un sourire sans humour. Surtout pas quand il s'agit de plus d'un million d'euros des fonds de l'Etat.

— C'est compréhensible, mais incontournable, répondit l'officier de l'ex-Stasi avec le même sourire glacial. Vous avez demandé un moyen de vous assurer la coopération de mon employeur – ou de vous venger de lui si ça devenait nécessaire. Renke et moi avons accédé à votre demande. Que vous nous croyiez ou non, c'est votre problème. Dans ces circonstances, notre prix est très raisonnable.

— Bien, grogna Ivanov. Vous aurez votre argent. Je vais autoriser le transfert en Suisse dès ce soir. Et si nos savants, dit-il en levant la fiole à la lumière, utilisaient plutôt le contenu de ce flacon pour comprendre la technologie HYDRA ? Nous n'aurions plus besoin ni de vous ni du professeur Renke ni de votre patron.

— Vous pouvez essayer, je suppose, dit le blond en haussant ses épaules massives. Mais Renke m'assure qu'une telle tentative échouera forcément. Vos chercheurs ne récupéreraient que quelques fragments de matériel génétique inutilisable nageant dans une flaque de bactéries mourantes.

— Quel dommage ! »

Le chef du Treizième Directorat replaça la fiole dans la Thermos, et glissa cette dernière dans la poche intérieure de son manteau.

Brandt ne dit rien.

« Encore une chose, Herr Brandt. J'exige votre assurance personnelle que la sécurité d'HYDRA est toujours intacte de votre côté. Maintenant que nous abordons les phases finales de nos préparatifs militaires, le secret absolu est vital. Les Américains et leurs alliés ne doivent pas découvrir ce qui est sur le point de se produire.

— Kiryanov et Petrenko sont morts ! assura Brandt sans divulguer son inquiétude à propos du colonel Jon Smith qui, lui, était toujours dans la nature. Il n'y a pas d'autre menace contre HYDRA, mentit-il.

— Bien, conclut Ivanov dont les yeux bruns ne reflétaient en rien la chaleur ou l'amusement qu'annonçait son sourire. Et vous comprenez, bien sûr, que je vous tiendrai personnellement responsable de toute faille dans cette sécurité. »

Brandt hocha la tête. Des gouttes de sueur commençaient à se former sur son front. « Oui.

— Je vous dis donc bonne nuit, mon ami, annonça l'homme aux cheveux gris en se levant. Il ne nous reste plus rien à discuter pour ce soir. »

Chapitre quinze

18 février

Bien au chaud dans son manteau doublé de fourrure qui lui tombait aux chevilles, Fiona Devin sortit
de la station de métro Borovitskaya et prit au sud.
Elle s'engagea avec précaution sur le trottoir gelé,
évoluant gracieusement parmi les autres piétons qui
partaient au travail alors que l'aube n'était pas encore
levée. Bien que ce fût le matin à l'horloge, la longue
nuit d'hiver enveloppait encore la ville. Non loin, une
haute demeure dominait la rue, juchée sur une sorte de
piédestal en pierre. Des piliers et des sculptures décoraient la façade blanche et une rotonde aux proportions
parfaites coiffait le toit. A l'est, les rues de Moscou et
ses immeubles disparaissaient dans la pente vers les
murs et les tours rouges du Kremlin.

Elle eut un petit sourire. Elle n'était pas surprise que
Konstantin Malkovic ait établi son entreprise dans un
des plus beaux quartiers de la capitale russe. Le milliardaire d'origine serbe, aussi célèbre pour ses dépenses
somptuaires que pour avoir fait fortune, s'était installé
dans la maison Pashkov, construite à la fin du XVIIIᵉ
siècle pour un officier russe incroyablement riche, le
capitaine Piotr Pashkov, bien déterminé à posséder

la plus imposante demeure de tout Moscou, perchée sur une colline dominant même le Kremlin. Après la Révolution bolchevique de 1917, elle était devenue une annexe de la Bibliothèque nationale toute proche, écrin d'environ quarante millions de livres précieux, de périodiques et de photos.

Peu après avoir décidé de faire de Moscou un des centres de son empire commercial mondial, Malkovic avait accordé une donation de plus de vingt millions de dollars pour aider à la restauration des archives russes que le temps et les aléas étaient en passe de détruire. Une des conditions de ce don avait été l'autorisation d'installer ses bureaux au dernier étage de la maison Pashkov. Les protestations de quelques puristes du patrimoine étaient tombées dans des oreilles officielles rendues sourdes par les richesses qui venaient de leur échoir.

Les cloches de la Cathédrale du Christ rédempteur toute proche, récemment reconstruite après sa destruction par Staline, se mirent à sonner, leur appel repris en écho dans tout le quartier. Il était à peine plus de neuf heures. Son interview avec le milliardaire était prévue dans dix minutes.

Fiona accéléra le pas et monta les larges marches en pierre menant au hall principal. Un fonctionnaire accablé d'ennui vérifia que son nom figurait sur le registre des visiteurs et la dirigea vers l'escalier principal. Deux gardes, l'air revêche, l'attendaient en haut. Ils examinèrent ses papiers, son magnétophone et son appareil photo avec le plus grand soin, puis la firent passer sous le portique d'un détecteur pour vérifier qu'elle ne portait ni armes ni explosifs.

Deux autres employées, de très jolies jeunes femmes cette fois, la voix douce et polie, l'entraînèrent à travers le chaos apparent d'un vaste ensemble de bureaux surmontés de leurs ordinateurs devant lesquels travaillaient ceux qui géraient des données ou envoyaient des ordres d'achat et de vente d'actions dans toute l'Europe. L'une des jeunes femmes prit son manteau et disparut ; l'autre l'escorta dans une pièce plus petite, superbement décorée : le bureau privé de Konstantin Malkovic.

Le long d'un mur, trois hautes fenêtres offraient une vue spectaculaire sur les tourelles et les dômes dorés du Kremlin illuminés par des projecteurs. Des icônes orthodoxes russes vieilles de plusieurs siècles, des originaux sans prix, trônaient dans des niches éclairées par des spots bien dissimulés dans le haut plafond décoré de peintures. Un tapis persan couvrait le sol de sa splendeur. L'élégant bureau du XVIIIe tournait le dos aux fenêtres. Un ordinateur à écran plat et un ensemble de téléphones au design ultramoderne semblaient être la seule concession au XXIe siècle.

Le milliardaire se leva derrière son bureau et vint accueillir son invitée, la main tendue. « Bienvenue, madame Devin ! Bienvenue ! dit-il avec un large sourire découvrant des dents blanches parfaites. Je suis un de vos grands admirateurs. Votre dernier article dans *The Economist* – celui sur les avantages du système fiscal russe dans la compétition mondiale – était particulièrement réussi.

— Vous êtes trop indulgent, monsieur Malkovic ! dit Fiona en lui tendant la main avec un sourire calme, reconnaissant dans cette flatterie une des tactiques que l'homme employait dans l'espoir de contrôler ceux qu'il rencontrait. Je n'ai écrit que quelques milliers de mots analysant ses effets probables. Mais on m'a dit que vous aviez participé à l'élaboration de ce nouveau système fiscal ?

— Participé ? Pas directement ! dit-il, l'œil brillant. Oh, j'ai peut-être dit un mot çà et là. Rien d'excessif, pourtant. N'étant qu'un simple homme d'affaires, jamais je ne m'implique trop dans un problème de politique intérieure. »

Fiona laissa passer cette fiction polie sans la contester. A en croire ses sources, cet homme ne pouvait pas plus résister à se mêler des affaires politiques qu'un loup saurait rester gentiment couché près d'un agneau bien gras.

Malkovic était plus grand que ce qu'elle avait pensé, avec une chevelure épaisse et blanche laissée longue au sommet, mais coupée court sur les côtés et sur la nuque. Ses pommettes hautes et ses yeux bleu pâle montraient ses origines slaves. Les intonations fermes et les voyelles un peu plates de son anglais reflétaient les années passées en Grande-Bretagne et en Amérique, d'abord en tant qu'étudiant à Oxford et Harvard, puis en tant qu'homme d'affaires, investisseur et spéculateur en pleine ascension.

« Je vous en prie, asseyez-vous ! » lui dit-il en lui indiquant un des deux fauteuils capitonnés aux angles du bureau.

Quand Fiona en choisit un, Malkovic s'assit dans l'autre. « Du thé, peut-être ? Il fait encore bien froid, dehors, à ce qu'on m'a dit. Je suis arrivé très tôt ce matin, il y a plusieurs heures, en fait. Les marchés financiers mondiaux, hélas, obéissent à des horaires inhumains, de nos jours.

— Merci, oui. Un thé me ferait du bien ! » dit-elle en cachant son amusement à l'entendre se vanter de ses longues heures de travail.

Presque immédiatement, une autre secrétaire de Malkovic apporta un plateau chargé d'un samovar en argent, de deux verres et de deux petits bols en cristal contenant l'un des rondelles de citron frais, l'autre de la confiture pour sucrer le thé fort. Elle les servit tous les deux et quitta la pièce sans un mot.

« A nos affaires, madame Devin ! dit aimablement son hôte après qu'ils eurent aspiré avec précaution quelques gorgées de thé fumant. On m'a dit que vous vous intéressiez tout spécialement aux projets que je fais pour moi et mes entreprises, ici, dans la nouvelle Russie.

— C'est exact, monsieur Malkovic », dit-elle en reprenant son rôle familier de la journaliste en quête d'un bon article.

Ce n'était pas difficile. Ces quelques dernières années, elle s'était forgé une réputation méritée de reporter percutante et pleine de talent. Elle s'était spécialisée dans l'étude et l'explication des interactions souvent complexes entre la politique et l'économie en Russie. Son travail était publié régulièrement dans de grands journaux et dans des magazines spécialisés du monde entier. Il était donc naturel pour elle de venir interroger le plus important, le plus influent des investisseurs privés dans l'industrie russe même sans le but inavoué d'utiliser le milliardaire à l'intention du Réseau Bouclier, comme un moyen de découvrir les secrets de la bureaucratie médicale du pays.

En surface du moins, Malkovic était un homme facile à interviewer. Toujours charmant et apparemment détendu, il répondit sans hésiter sur ses projets et ses négociations, sans paraître éluder ses questions, n'évitant que les révélations dont Fiona elle-même comprenait qu'elles étaient trop indiscrètes sur le plan personnel ou qu'elles risquaient de révéler des informations que pourraient utiliser ses adversaires contre lui.

Fiona sentit pourtant que le milliardaire gardait en permanence un parfait contrôle de ses paroles. Il choisissait ses mots avec précision, visiblement décidé à influencer la manière dont elle le voyait et celle dont elle le présenterait à ses lecteurs. Elle s'en moquait. C'était un grand jeu, la danse éternelle à laquelle tout journaliste devait s'adonner, surtout une journaliste indépendante travaillant sans la protection d'un grand organe de presse écrite ou télévisuelle. Posez trop de questions et la personne refusait de vous reparler. Trop peu et vous ne pouviez écrire que des articles insignifiants qu'une entreprise de relations publiques de seconde zone aurait pu compiler.

Avec précaution, elle amena la conversation vers la politique, se concentrant sur l'autoritarisme grandissant du gouvernement Dudarev. « Il est évident que vous connaissez les risques que présente un pouvoir arbitraire pour tout investisseur, en particulier un investisseur étranger ? demanda-t-elle enfin. Je veux dire que vous avez vu ce qui est arrivé à ceux du cartel pétrolier Yukos – la prison pour quelques-uns, la disgrâce pour les autres, et la vente forcée de ce qu'ils détenaient. Chaque dollar, chaque euro que vous investissez ici pourrait vous être retiré par décret du Kremlin en moins de temps qu'il ne faut pour le dire. Si les lois et les règlements peuvent être faits et défaits en fonction des lubies de quelques-uns, comment pouvez-vous planifier rationnellement l'avenir ?

— Toute entreprise comporte des risques, madame Devin. Croyez-moi, je ne le sais que trop bien. Mais j'ai une vision à long terme, je vois au-delà des petits retournements quotidiens, des revers de fortune ponctuels. En dépit de ses nombreux défauts, la Russie reste une terre de formidables opportunités. Quand le communisme s'est effondré, le pays s'est abandonné aux excès du capitalisme – il a connu son âge d'or des magnats avides et des oligarques des affaires. Maintenant, et c'est très naturel, le pendule s'est quelque peu inversé, il oscille vers un contrôle très strict de l'Etat sur la vie et la politique. Mais ce même pendule finira par revenir vers un moyen terme modéré. Ceux d'entre nous qui auront eu la sagesse de rester en Russie pendant les temps difficiles en récolteront les fruits – et ces fruits seront énormes, quand ce jour viendra.

— Vous semblez très confiant.

— Je suis confiant. Souvenez-vous que je connais personnellement le président Dudarev. Ce n'est pas un saint, mais je crois qu'il est décidé à donner à ce pays la loi et l'ordre dont il a besoin, à restaurer la discipline et l'honnêteté. Il veut briser la *Mafiya* et rendre à nouveau sûres les rues de Moscou et des autres villes. J'aurais cru que vous, surtout vous, apprécieriez l'importance de cette politique, madame Devin. La mort prématurée de votre mari fut une grande tragédie. Cela ne se serait pas produit dans une société mieux à même de protéger la vie et les biens de ses citoyens – le genre de société que, je crois, les nouveaux dirigeants de la Russie espèrent honnêtement construire ici. »

Pendant un instant, Fiona fixa Malkovic, le temps de contrôler la rage froide qu'elle sentait monter derrière son visage impassible. Bien que deux ans aient passé, le souvenir du meurtre de Sergueï restait une blessure à vif. Entendre le sujet abordé de manière si désinvolte, surtout en tant que preuve de la nécessité de la tyrannie croissante de Dudarev, lui paraissait un sacrilège grotesque. « C'est moi qui ai fait traduire les meurtriers de mon mari en justice », dit-elle enfin d'une voix calme qui masquait ses véritables sentiments.

Pendant des mois, elle avait pourchassé ceux qui avaient ordonné la mort de son mari et rassemblé les preuves de leur crime en prenant des risques personnels considérables. Le scandale public soulevé par ses articles avait contraint les autorités à agir. Les criminels avaient été condamnés à de longues peines de prison.

« C'est exact, admit Malkovic. Et j'ai suivi votre courageuse croisade contre la *Mafiya* avec une grande admiration. Mais vous devez admettre que votre tâche aurait été bien plus facile avec une police moins corrompue, plus efficace, plus disciplinée. »

Fiona se demanda pourquoi le milliardaire lui lançait soudain le meurtre de son mari à la figure. Cet homme ne disait jamais rien sans une idée derrière la tête. Dans quel but tentait-il de la déstabiliser ? Etait-ce un moyen de l'écarter d'un sujet aussi gênant que le retour progressif de la Russie vers un Etat policier ? Tentait-il de l'empêcher de lui poser d'autres questions embarrassantes à propos de ses relations d'affaires avec le régime de Dudarev ?

Dans ce cas, il fallait qu'elle avance ses pions très vite, avant qu'il décide de couper court à l'interview sous un prétexte ou un autre. « Il peut y avoir pire que la corruption ou l'incompétence de la police, dit-elle. Le culte croissant du secret officiel, par exemple – une obsession du secret que je trouve aussi peu nécessaire que dangereuse. Surtout quand elle touche à des problèmes graves de santé et de sécurité publiques.

— Je ne vous suis pas. A quel "culte du secret" faites-vous allusion ?

— Quel autre nom donneriez-vous à la dissimulation de l'éruption d'une nouvelle maladie mortelle ? Une dissimulation non seulement vis-à-vis du peuple russe, mais aussi des grandes organisations mondiales de santé publique.

— Une nouvelle maladie ? demanda Malkovic en se penchant vers elle, soudain très intéressé. Continuez ! » dit-il d'une voix calme alors que ses yeux trahissaient son inquiétude.

Il l'écouta énumérer ce que Smith et elle avaient appris de Kiryanov et Petrenko, tout en dissimulant le fait qu'elle savait les deux médecins assassinés. Elle ne dit pas non plus que ce mal mystérieux s'étendait aussi hors de Russie. Quand elle termina, il fit une moue étonnée. « Avez-vous des preuves pour confirmer ces rumeurs ?

— Des preuves ? Pas encore. Aucun des autres médecins impliqués dans les soins ne veut me parler et toutes les archives importantes sont sous clé. Mais j'espère que vous mesurez le danger. D'une manière ou d'une autre, il y aura des fuites. Si le Kremlin – ou un simple fonctionnaire du ministère de la Santé – dissimule l'apparition d'une nouvelle épidémie dans le fol espoir d'éviter une panique des populations ou un simple embarras international, les conséquences pourraient être catastrophiques.

— En effet... Le coût économique et politique pourrait être incommensurable. La communauté mondiale et les marchés financiers ne pardonneront pas facilement à un pays surpris à dissimuler une maladie qui pourrait devenir une épidémie aussi grave que celle du sida, ou pire.

— Je pensais plus au coût possible en vies humaines, murmura Fiona.

— Touché, madame Devin ! dit le milliardaire avec un sourire. J'accepte la réprimande, ajouta-t-il en la considérant avec plus de respect qu'avant. Qu'attendez-vous de moi ? Je suppose que vos questions précédentes n'étaient qu'une introduction, un moyen d'entraîner notre conversation vers ce problème d'une éventuelle dissimulation médicale.

— Pas entièrement, dit-elle en rougissant un peu. Mais, oui, j'espérais que vous pourriez jouer de votre influence auprès des ministères concernés pour éclairer un peu le mystère entourant cette maladie.

— Vous vous attendez à ce que je vous aide à faire éclater cette histoire ? Vous espérez que je vous offre un scoop par pure bonté d'âme ?

— Vous êtes célèbre pour votre philanthropie, monsieur Malkovic, répondit Fiona en lui renvoyant son sourire malicieux. Mais même dans le cas contraire, je soupçonne que vous êtes tout à fait capable de mesurer la valeur d'une bonne publicité.

— Et le coût d'une mauvaise publicité ! dit-il avec un rire sardonique avant de secouer la tête pour montrer qu'il se rendait. Très bien, madame Devin, je ferai ce que je pourrai pour vous ouvrir quelques portes officielles, ne serait-ce que dans mon propre intérêt.

— Merci, dit Fiona en refermant son carnet de notes et en se levant gracieusement. Ce serait très gentil de votre part. Vos assistants savent comment me contacter.

— Inutile de me remercier, répondit Malkovic en se levant poliment. Si ce que vous m'avez dit est vrai, nous pourrions tous deux agir à temps pour remédier à une erreur terrible, impardonnable ! »

*

Jon Smith suivait un sentier bordé d'arbres qui s'enfonçait dans le très tranquille square appelé Etang du Patriarche. Ses chaussures crissaient sur la neige gelée. Il y avait peu d'autres bruits. Aussi loin sous les arbres, le rugissement de la circulation sur la route circulaire de Sadovaya était étouffé, réduit à un simple ronronnement. Au loin, des enfants criaient, riaient, construisaient un fort et se jetaient des boules de neige sur le terrain de jeux. D'étranges sculptures, images déformées de créatures populaires des fables du XIXe siècle, le regardaient entre les troncs et les branches dénudées et tordues.

Il arriva au bord d'un vaste étang couvert de glace au centre du parc et s'arrêta un instant, les mains dans les poches pour les protéger de la température glaciale. En été, ce petit parc isolé était le lieu de pique-nique préféré des Moscovites, qui retrouvaient là le sourire et les chants sous le soleil. En cette journée grise, il offrait un spectacle plus mélancolique, plus désolé.

« Le diable est apparu ici même, un jour, vous savez », dit une voix de femme derrière lui.

Smith tourna la tête.

Fiona Devin se tenait entre deux troncs, les joues rougies par le froid sous sa toque de fourrure qui dissimulait presque ses cheveux noirs. Elle s'approcha.

« Le diable ? répéta Smith. Dans la réalité ou dans la fiction ?

— Dans la fiction, répondit-elle avec des étincelles d'amusement dans ses yeux bleu-vert. On l'espère.

185

L'écrivain Mikhaïl Boulgakov a situé ici la première scène de son *Maître et Marguerite*, où Satan arrive en personne, prêt à investir le Moscou athée de l'ère stalinienne. »

Smith frissonna. Il espéra que ce n'était qu'à cause du froid pénétrant qui avait traversé son manteau en laine noire. « Quel lieu parfait pour un rendez-vous ! Gelé, sinistre et maudit. On est au centre même de la trilogie russe. Il ne manque plus qu'une troïka et une meute de loups hurlants à notre poursuite.

— Pessimisme de l'âme associé à un humour macabre, colonel ? Il est possible que vous soyez plus à l'aise ici que je ne l'aurais cru. » Elle s'approcha de lui. Elle lui arrivait à l'épaule. « Mon équipe a terminé de vérifier votre liste de médecins et de scientifiques, dit-elle sans préambule d'une voix plus sourde. Je suis prête à vous donner nos conclusions. »

Surpris, Smith exprima son admiration par un petit sifflement. « Et ?

— La plus sûre, c'est le Dr Elena Vedenskaya », affirma-t-elle.

Smith hocha la tête. Comme dans le cas de Petrenko, il avait rencontré Elena à l'occasion de diverses conférences médicales, ces dernières années. Il se souvenait d'une femme plutôt ordinaire, guindée, la cinquantaine à peine passée – une femme dont les talents, le dévouement et les compétences la plaçaient au sommet d'une profession dominée par les hommes. Elle était à la tête du Département de cytologie, génétique et biologie moléculaire de l'Institut central de recherches en épidémiologie. Comme c'était une des principales institutions scientifiques russes pour l'étude des maladies infectieuses, elle avait certainement été contactée pour tenter d'identifier la mystérieuse maladie dont ils recherchaient l'origine.

« Avez-vous une raison particulière de croire que je peux lui faire confiance ? demanda Jon.

— Oui. Le Dr Vedenskaya est connue pour ses opinions en faveur de la démocratie et des réformes politiques. Ça remonte à l'époque où elle était étudiante, quand Brejnev et d'autres dirigeant du Parti communiste régnaient au Kremlin.

— Elle doit donc avoir un dossier long comme le bras au KGB/FSB. Comme le Kremlin surveille les scientifiques suspects, elle doit être en tête de leur liste de personnes à surveiller.

— Ça devrait être le cas. Par chance, son dossier ne reflète plus la réalité. Pour le FSB, Elena Vedenskaya est une fonctionnaire tout à fait fiable et apolitique.

— Quelqu'un a nettoyé son dossier ? Ça vous ennuierait de me dire comment un tel miracle a pu se produire ?

— Je crains que ce ne soit couvert par le secret, colonel. Et vous n'avez pas besoin de le savoir. Pour des raisons évidentes.

— C'est juste, admit Smith. Et comment suggérez-vous que je m'y prenne pour entrer en contact avec elle ? Par l'Institut ?

— Sûrement pas. Il est plus que probable que tous les appels aux hôpitaux et aux laboratoires de recherches de Moscou sont sur écoute, dit-elle en lui donnant un petit papier portant un numéro à dix chiffres tracés d'une jolie écriture féminine. Par chance, Elena Vedenskaya a un téléphone portable dont personne ne connaît l'existence.

— Je l'appellerai dès cet après-midi et j'essaierai de l'inviter à dîner ce soir, dans un restaurant éloigné de son labo. Comme si c'était un appel amical entre deux vieux collègues. Ça doit être le moyen le plus sûr de l'aborder.

— Parfait. Mais réservez une table pour trois.

— Vous prévoyez de venir ?

— En effet, dit Fiona avec un sourire coquin, à moins que vous n'espériez user de votre charme pour faire parler cette chère Elena...

— Pas vraiment..., dit Jon en rougissant.

— C'est plus sage, colonel », dit Fiona avec un franc sourire.

*

A cent mètres de là, deux hommes étaient assis sur le siège avant d'une BMW argentée garée dans une ruelle. L'un, un Allemand appelé Wegner, se pencha en avant pour prendre des photos à travers le pare-brise teinté avec un appareil numérique équipé d'un téléobjectif puissant.

L'autre, Chernov, sous-officier de l'ex-KGB, pianota une série de codes sur le petit ordinateur portable posé sur ses genoux. « J'ai une connexion, annonça-t-il. Je peux envoyer les images dès que tu es prêt.

— Bien », grogna son compagnon. Il prit une autre série de photos et baissa son appareil. « Ça devrait suffire.

— Une idée de qui peut être cet homme ?

— Aucune. Mais quelqu'un d'autre va se charger de le découvrir. En attendant, on s'en tient aux ordres : suivre cette Devin et signaler tout contact qu'elle pourrait prendre.

— Je sais, je sais. Mais ça devient trop risqué. J'ai bien cru qu'on l'avait perdue dans le métro, ce matin.

188

Il a fallu que je conduise comme un fou pour vous retrouver tous les deux. J'aime pas ça. Elle pose trop de questions. On devrait l'éliminer.

— Tuer une journaliste ? Une Américaine ? C'est à Herr Brandt de prendre une telle décision – quand l'heure aura sonné. »

*

Non loin, un homme grand à la poitrine puissante se balançait dans l'embrasure d'une porte. Il serrait ses bras contre lui pour garder la chaleur sous son manteau trop fin, son pantalon délavé et rapiécé. A première vue, on aurait dit un de ces nombreux retraités frappés par la pauvreté qui hantaient souvent les rues de Moscou dans une semi-torpeur alcoolique. Mais sous ses sourcils argentés en broussaille, l'homme avait le regard clair, pénétrant. Il mémorisa le numéro de plaque minéralogique de la BMW. Il trouvait que la situation se compliquait. Ça devenait de plus en plus dangereux.

Chapitre seize

D'épais nuages roulaient vers l'ouest dans le ciel de plus en plus sombre au-dessus des flèches du Kotelnichskaya. Quelques flocons de neige virevoltaient contre les fenêtres du Groupe Brandt, au dernier étage. Erich Brandt les regardait, et à travers eux, les rues chaotiques de la ville.

Il sentait la tension croître dans son cou épais et ses épaules puissantes. Il avait toujours détesté ces périodes d'oisiveté forcée – attendre que des sous-fifres lui apportent des informations ou que des supérieurs lui donnent ses ordres. Il aspirait à retrouver la charge physique et émotionnelle de l'action, la violence soudaine dont il avait besoin comme d'une drogue. Pourtant, les années qu'il avait passées à poursuivre des ennemis, d'abord pour la Stasi, puis pour son propre plaisir et son propre profit, lui avaient appris tant la nécessité que les moyens de contrôler cet instinct brutal.

Il se retourna en entendant frapper à sa porte ouverte. « Oui ! Qu'est-ce qu'il y a ? »

Un de ses subordonnés, ex-officier de la Stasi lui aussi, entra avec un dossier. L'homme mince au visage taillé à la serpe avait l'air inquiet. « Je crois qu'on a de nouveau affaire à une violation des règles de sécurité, dit-il. Une violation très grave. »

Brandt se renfrogna. Gerhard Lange n'était pas le genre d'homme à montrer sa nervosité. « C'est-à-dire ? lui demanda-t-il.

— L'équipe qui surveille cette journaliste américaine nous a transmis ça, dit Lange en ouvrant le dossier pour étaler sur le bureau des photos en noir et blanc montrant l'Américaine en grande discussion avec un homme à la silhouette élancée et aux cheveux noirs. Ces photos ont été prises il y a deux heures environ, pendant ce qui devait être un rendez-vous clandestin à l'Etang du Patriarche.

— Et ?

— Voyez vous-même, dit Lange en posant un autre document sur le bureau. Ça vient de nous être faxé par un de nos informateurs. »

Le document – résumé des états de service dans l'armée américaine d'un certain lieutenant-colonel Jonathan Smith, docteur en médecine – était orné d'une photo un peu floue de l'intéressé.

Brandt étudia la photo. Sans un mot, il la compara aux images prises par son équipe de surveillance. Aucun doute possible ! C'était bien le même homme. Smith était à Moscou – et pour couronner le tout, il avait pris contact avec la journaliste indépendante dont les questions insistantes leur causaient tant de problèmes.

Il eut un léger frisson. En dépit de son serment solennel à Alexeï Ivanov, la sécurité opérationnelle d'HYDRA prenait l'eau de toutes parts.

Il leva les yeux vers son collaborateur. « Où est-ce que Smith est descendu ?

— C'est notre premier problème, répondit Lange dans un soupir. Nous n'en savons rien. Nous avons vérifié les listes des passagers de chaque aéroport, de chaque gare de la région de Moscou. Son nom n'apparaît nulle part.

— Smith est donc arrivé ici sous une fausse identité, déclara Brandt en s'asseyant derrière son bureau. Et il utilise de faux papiers assez crédibles pour flouer les autorités russes.

— Très certainement. Ce qui veut dire qu'il est un espion qui travaille soit pour la CIA soit pour une autre organisation de renseignements américaine.

— Il semble bien...

— Le FSB pourrait nous aider, suggéra Lange. Si nous avions accès à la liste des passeports enregistrés par le ministère de l'Intérieur ces derniers jours, nous pourrions faire une recherche croisée avec la photo de Smith...

— Et donner à nos amis russes l'excuse qu'ils cherchent pour remettre la main sur notre domaine de compétence dans le cadre de l'opération HYDRA ? Non, Gerhard. Nous allons régler ce problème nous-mêmes. Je ne veux pas que le FSB, surtout pas le Treizième Directorat d'Ivanov, se mêle de quelque façon à notre affaire. Pas encore. C'est clair ?

— Très clair, confirma Lange à contrecœur.

— Bien, dit Brandt en revenant aux photos. Cette journaliste, Mme Devin, dit-il en montrant une photo des deux Américains en grande conversation, c'est elle qui nous conduira à Smith. Il l'a contactée une fois. Il le refera, à coup sûr. Où est-elle en ce moment ?

— C'est notre second problème... Nous l'avons perdue.

— Perdue ! Comment ?

— Après sa rencontre avec Smith, elle a entraîné Wegner et Chernov dans une course-poursuite à travers la moitié de Moscou. Elle a commencé par rebrousser chemin sur deux lignes de métro différentes, puis elle est entrée dans des boutiques du Passage Petrovsky. Je crois qu'elle a dû mettre un autre chapeau et un autre manteau pour changer d'aspect et qu'elle est ressortie sans se faire remarquer dans la foule. »

Brandt se crispa. Dans une aussi grande ville, il ne manquait pas de moyens de semer un poursuivant – à condition de savoir qu'on est filé et de savoir comment s'y prendre...

Lange reprit d'un ton un peu timide. « Ils sont retournés à son appartement dans l'espoir de reprendre contact avec elle. Mais elle a pu décider de se planquer.

— C'est très probable. Il y a deux ans, elle a réussi à échapper à plusieurs équipes de tueurs de la *Mafiya* sans pourtant arrêter de mener sa bataille. Elle a dû repérer Wegner et Chernov. A l'heure qu'il est, elle est sûrement en sécurité dans un hôtel ou chez des amis.

— Dans ce cas, je ne vois pas quel moyen efficace nous pourrions avoir pour retrouver Smith. Que ça vous plaise ou non, il va falloir faire appel au Treizième Directorat.

— Pas si sûr, dit Brandt d'un air songeur. Nous avons une autre option. »

Lange prit un air interloqué.

« Smith est là dans un but précis, lui rappela Brandt. Et nous savons quel doit être ce but, n'est-ce pas ?

— Oui. Il tente d'apprendre ce que Petrenko voulait lui dire à Prague. Ou pire : il tente de trouver des preuves pour vérifier ce que Petrenko a réussi à lui dire.

— Exactement, dit Brandt en montrant les dents. Dis-moi, Gerhard, quel est le meilleur moyen de pourchasser avec succès un animal sauvage, surtout si c'est un dangereux prédateur ? »

Son subordonné ne répondit pas.

« La clé, c'est l'eau ! affirma Brandt. Tous les animaux doivent boire. Tu trouves l'endroit où notre Dr Smith ira se désaltérer et tu attends, ton fusil chargé, qu'il vienne à toi. »

Brandt repoussa les photos apportées par Lange et feuilleta les papiers en piles bien nettes sur son bureau à la recherche du dernier message de Wulf Renke. Le savant lui avait envoyé la liste qu'i! lui avait demandée lors de leur rencontre de la veille : le nom des autres médecins et scientifiques de Moscou en mesure de faire courir un risque à la sécurité de l'opération HYDRA à cause de ce qu'ils savaient de la maladie.

Brandt tendit la liste de Renke à Lange avec un sourire crispé. « Quelque part sur cette liste, vous trouverez le point d'eau de l'Américain. Concentrez-vous en priorité sur tous ceux qui ont participé à des conférences internationales où ils auraient pu rencontrer le colonel Smith. Tôt ou tard, il prendra contact avec un de ces hommes ou une de ces femmes. Et quand il le fera, nous serons là, nous aurons de l'avance sur lui et nous serons prêts à tuer. »

*

Situé aux confins des quartiers du Nouvel Arbat et Tverskaya, la Kafe Karetny Dvor occupait un charmant vieil immeuble, rare survivant des excès de béton brut du redéveloppement urbain pendant l'ère soviétique. Le Zoo de Moscou et un autre des mammouths dit « Sept Sœurs » de Staline, le haut immeuble d'appartements Kudrinskaya, étaient tout près, juste de l'autre côté de la large Sadovaya, la route circulaire. Les soirs d'été, quand il faisait chaud, les clients du restaurant s'installaient dehors, dans la cour intérieure ombragée, pour une salade et un verre de vin, de vodka ou de bière. Par temps plus froid, ils appréciaient la cuisine épicée de l'Azerbaïdjan servie dans la salle intime, chaleureuse et décorée de plantes vertes.

Assis dans un box tout au fond de la salle, Jon Smith vit Fiona Devin passer la porte. Elle resta là un instant pour retirer la neige de son manteau et tourner gracieusement la tête, dans une direction puis dans l'autre, à sa recherche. Soulagé, il se leva. Elle lui adressa un bref signe de reconnaissance et traversa le restaurant plein de clients et de fumée.

« Je suppose que c'est votre amie, enfin ! » dit Elena Vedenskaya en regardant de ses yeux noirs et calmes cette jeune femme élégante s'approcher d'eux.

Elle éteignit sa cigarette pour accueillir Fiona à l'instant où elle arrivait à leur table. En apparence, la chercheuse russe était aussi ordinaire que dans le souvenir de Smith. Visage étroit, ridé, pâle, cheveux raides gris acier rassemblés en chignon, elle faisait dix ans de plus que son âge. Elle avait choisi son chemisier et sa jupe plus pour leur confort et leur côté pratique que pour leur style. Pourtant, son esprit était vif et incisif et, dans sa ville, elle ne montrait plus la réserve, la timidité que Smith avait remarquées lors de leur dernière rencontre à l'occasion d'une conférence sur la biologie moléculaire, à Madrid.

« Elena Borisovna Vedenskaya, je vous présente

Mme Fiona Devin », dit Smith pour respecter le protocole.

Les deux femmes se saluèrent, froides mais polies, et s'assirent aux extrémités opposées de la table semicirculaire. Après une brève hésitation, Smith vint s'asseoir du côté d'Elena Vedenskaya. Elle glissa vers le milieu pour lui faire de la place.

« Désolée de mon retard, Jon, dit calmement Fiona. J'ai rencontré quelques... complications. En chemin, j'ai repéré deux personnages importuns, des représentants de commerce, je crois, que je voulais éviter. »

Smith leva un sourcil. Dans le code du Réseau Bouclier, un « représentant de commerce » était une personne hostile en opération de surveillance qui filait l'agent. « Ces types ne vendaient rien qui aurait pu vous intéresser ? demanda-t-il en choisissant ses mots de façon à ne pas éveiller les soupçons du médecin russe assis près de lui.

— Non, je ne crois pas, répondit Fiona après une hésitation infime. Il est possible qu'ils aient juste voulu me rendre une visite de routine. Il y a beaucoup de vendeurs très agressifs à Moscou, ces temps-ci. »

Smith montra de la tête qu'il avait compris. Dudarev et ses sbires renforçant leur contrôle sur le pays, les journalistes, et en particulier les journalistes étrangers, choisis au hasard, étaient de plus en plus souvent les cibles d'une surveillance flagrante et plutôt pénible de la part de la police et du FSB. C'était une méthode utilisée par les autorités pour distraire l'attention des médias et les intimider sans pourtant imposer de restrictions plus explicites, qui auraient risqué de susciter des protestations dans leurs pays d'origine.

Ils se turent en voyant arriver deux aimables jeunes serveurs portant sur le bout des doigts des plateaux chargés d'assiettes et de bols pleins. Avec une efficacité résultant d'une longue pratique, ils disposèrent les plats sur la table et repartirent. Un troisième, plus âgé, arriva à leur suite avec les boissons : une bouteille de vodka Moskovskaya glacée et une autre de jus de pomme très sucré.

« Pour gagner du temps, nous avons commandé avant votre arrivée, dit le Dr Vedenskaya à Fiona. J'espère que ça vous plaira.

— Tout à fait, sourit Fiona. Je ne sais pas pour vous, mais moi, je suis affamée ! »

Des arômes délicieux s'échappaient des plats. Ils se servirent tour à tour, dans l'assortiment de spécialités azéries : tranches fumantes de *stisvi*, des blancs de poulet farcis d'un mélange d'agneau haché, de menthe, de fenouil et de cannelle ; petits bols de *dovgra*, une soupe épaisse au yaourt, riz et épinards et autres amuse-gueules. Ils terminaient ces hors-d'œuvre quand arrivèrent les plats de résistance : divers chachliks, ces brochettes d'agneau, de veau et de poulet marinées dans du jus de grenade, du vinaigre et des oignons avant d'être grillées sur la braise et servies dans de fines galettes de *lavash*, un pain sans levain.

Sa faim quelque peu apaisée, Elena leva son verre de vodka. « *Za vache zdarov'e !* A votre santé ! » dit-elle en avalant l'alcool transparent et glacé d'une gorgée avant de le faire glisser avec du jus de pomme.

Jon et Fiona suivirent son exemple. Ils savourèrent l'association contrastée de ces deux saveurs qui complétaient admirablement les mets très épicés qu'ils dégustaient.

« Bien, dit la scientifique russe quand ils eurent reposé leurs verres. Revenons aux choses sérieuses.

197

Fiona, notre ami commun ici présent me dit que vous êtes journaliste.

— En effet.

— Il faut donc mettre les choses au clair, dit Elena d'un ton ferme. Je ne souhaite pas que mon nom figure à la une d'un journal à scandale – ni même d'une publication respectable.

— C'est très compréhensible, admit Fiona.

— J'ai beau ne pas aimer le gouvernement qui me verse mon salaire, je suis d'une grande compétence dans mon domaine. Et j'accomplis une tâche importante. Mon travail sauve des vies. Je n'ai donc aucun désir de perdre mon poste sans nécessité absolue.

— Je vous donne ma parole : je ne mentionnerai votre nom dans aucun de mes articles. Croyez-moi, docteur, continua Fiona avec sérieux, je suis beaucoup plus intéressée par la vérité sur cette mystérieuse maladie que par la vente d'un article à un journal ou un magazine.

— Dans ce cas, nous avons au moins une chose en commun, dit sèchement la Russe. Au téléphone, rappela-t-elle à Smith, vous m'avez dit que vous pensiez que cette maladie était en train de s'étendre hors de Russie.

— Sans plus d'informations sur la première éruption ici, je ne peux en être certain, mais les symptômes sont identiques. Et s'il s'agit de la même maladie non identifiée, les ordres du Kremlin de garder les informations secrètes sont criminels. Des gens meurent.

— Les crétins ! Les ignorants ! » lança Elena avec dégoût.

Elle repoussa son assiette encore à moitié pleine et alluma une cigarette le temps de se ressaisir. « Cette dissimulation est un acte aussi fou que criminel. J'ai mis le gouvernement en garde contre les dangers de cette décision. Il ne fallait pas garder ces morts étranges secrètes. Mes collègues étaient d'accord avec moi. On aurait dû nous autoriser à consulter des autorités médicales internationales dès les quatre premiers cas identifiés. Et j'aurais dû dire quelque chose, j'aurais dû faire quelque chose, sonner l'alarme en personne. Mais les semaines passant sans autre malade, j'ai espéré que mes peurs initiales d'une épidémie étaient exagérées.

— Il n'y a eu aucun autre cas à Moscou ? demanda Fiona.

— Aucun, affirma la scientifique russe.

— Vous en êtes certaine ? s'étonna Smith.

— Tout à fait, Jonathan. S'il est vrai que le gouvernement nous a interdit de révéler au monde extérieur les faits concernant la maladie, nous avons reçu des instructions très claires : nous devons impérativement continuer nos recherches. Ça intéresse toujours beaucoup le Kremlin d'en apprendre plus sur cette maladie – ce qui la cause, comment elle se transmet, comment elle tue ses victimes, les moyens de ralentir ou d'inverser sa progression cruelle et inexorable.

— Pourtant, Valentin Petrenko m'a dit qu'on lui avait ordonné de ne pas poursuivre ses recherches sur les quatre premiers morts, fit remarquer Jon.

— C'est vrai. Les équipes de l'hôpital, auxquelles il appartenait, ont été démantelées, probablement pour contrôler le flot d'informations. Toutes les recherches concernant cette maladie sont dorénavant menées dans des laboratoires extérieurs, avec des techniques plus performantes, comme dans ma section de cytologie, génétique et biologie moléculaire à l'Institut.

— Y compris les laboratoires Bioaparat ? » demanda Smith.

Il faisait référence aux complexes scientifiques russes lourdement gardés dont on disait qu'ils étaient des centres de recherches ultrasecret sur les armes biologiques. Si, comme Fred Klein et le président Castilla le soupçonnaient, les Russes utilisaient bien cette étrange maladie comme une arme, les savants et les techniciens travaillant pour Bioaparat étaient forcément impliqués, d'une manière ou d'une autre, dans sa fabrication.

La femme aux cheveux gris secoua gravement la tête. « Je ne sais pas ce qui se passe derrière les barbelés à Ekaterinburg, Seguiev Possad ou Strizhi. Mes autorisations ne s'étendent pas jusque-là. »

Smith montra qu'il comprenait. Il s'efforça de faire cadrer ces nouvelles informations avec l'ensemble de ce qu'il savait déjà. Si cette nouvelle maladie était une arme de fabrication russe, si on l'utilisait déjà contre des personnes importantes en Occident et dans d'autres pays, pourquoi le Kremlin insistait-il tant pour que ses propres savants continuent leurs recherches ?

Il y eut un silence court mais embarrassé.

« Comme vous me l'avez demandé, finit par dire Elena en fouillant dans son lourd manteau d'hiver en boule près d'elle sur le siège, j'ai apporté des copies de mes notes sur ces cas. Elles sont cachées dans cette vieille revue médicale. Je ne vous les remettrai qu'après notre départ. Il y a trop de monde, dans ce restaurant.

— Merci, Elena ! dit Smith, qui éprouvait une sincère gratitude. Mais qu'en est-il des échantillons de sang et d'organes prélevés sur les victimes ? Y a-t-il un moyen de nous les faire parvenir ?

200

« — C'est impossible. A cause de nos amis Petrenko et Kiryanov, tous les échantillons biologiques sont maintenant sous clé. Personne ne peut en obtenir sans une signature, et le ministère ne signe les formulaires que pour des demandes d'expériences ou d'analyses très précises.

— Y a-t-il autre chose que vous pourriez nous dire ? demanda Fiona. La moindre information pourrait nous être utile. »

Elena Vedenskaya hésita une seconde, regarda autour d'elle pour s'assurer que personne ne pouvait l'entendre et répondit d'une voix sourde que les deux Américains eurent du mal à entendre, dans le brouhaha du service et des conversations. « J'ai entendu une rumeur... une rumeur qui m'a beaucoup troublée. »

Les deux autres restèrent silencieux et attendirent qu'elle continue.

Elle soupira. « Un des employés de l'hôpital, un homme qui a passé des années prisonnier dans un camp de travail, prétend qu'il a vu ce fou de Wulf Renke en train d'examiner un des patients mourants.

— Renke ? murmura Smith en se redressant de surprise.

— Wulf Renke ? demanda Fiona. Qui est-ce ?

— Un savant d'Allemagne de l'Est, lui expliqua Jon. En résumé, c'est un expert en armes biologiques à la réputation sulfureuse. Il a des méthodes nouvelles et particulièrement sales pour tuer les gens. Mais ça ne peut pas être lui. Vraiment pas. Ce salaud est mort depuis des années !

— A ce qu'on dit. Mais cet employé le connaissait bien... C'était pour lui un souvenir douloureux. Pendant qu'il était prisonnier, on l'avait contraint à assister à une série d'expériences diaboliques menées par Renke sur des prisonniers de son camp.

— Où est cet homme ? demanda Fiona. Pourrions-nous lui parler ?

— Seulement si vous pouvez invoquer l'esprit des morts. Malheureusement, il est tombé sous les roues d'un tramway peu après avoir commencé à raconter ce qu'il avait vu à l'hôpital.

— Il est tombé ou il a été poussé ? demanda Smith.

— On dit qu'il était ivre quand c'est arrivé. D'après ce que je sais, ça pourrait être vrai. Presque tous les Russes sont ivres de temps à autre », dit-elle avec un sourire amer à travers les volutes de fumée de sa cigarette.

Puis elle montra son verre de vodka vide d'un doigt taché de tabac.

*

Dehors, les flocons tombaient plus dru et commençaient à recouvrir les tas de neige et de glace plus anciens et noircis par la pollution. Une poudre blanche toute neuve ornait les rues et les voitures, s'accumulant en une couche qui scintillait sous les réverbères et dans les rayons fugaces des voitures qui passaient.

Encore occupé à fermer son anorak, un homme assez jeune, au long nez légèrement busqué, quitta le Kafe Karetny Dvor. Il resta immobile un instant pour pouvoir traverser entre deux voitures. Quand il y parvint, il partit d'un pas vif le long de la rue Povarskaya, dépassant les piétons qui en foule se dépêchaient sous leurs parapluies. La plupart étaient chargés des courses faites dans les boutiques et les magasins à la mode de l'Arbat. Lui tenait son parapluie fermé sous le bras.

Au bout de deux cents mètres, il s'arrêta pour allumer une cigarette, juste à côté d'une luxueuse limousine noire garée contre le trottoir.

La vitre arrière descendit, ne découvrant que peu l'intérieur sombre au regard des passants.

« Vedenskaya est toujours dans le restaurant, murmura le jeune homme.

— Avec les deux Américains ? demanda une voix dans la voiture.

— Oui. J'ai laissé un de mes hommes là-bas pour les surveiller. Il nous signalera quand ils se lèveront pour partir. D'après ce que j'ai vu, je dirais que ça ne tardera pas.

— Votre équipe est prête ? »

Le jeune homme hocha la tête et prit une longue bouffée de sa cigarette dont le bout se mit à luire dans l'obscurité. « Tout à fait prête. »

Erich Brandt se pencha un peu en avant, juste assez pour que le faisceau d'un réverbère effleure les traits durs de son visage carré et ses yeux gris brillants comme la glace. « Bien, dit-il. Espérons que le colonel Smith et ses amies ont apprécié leur repas. N'est-ce pas le dernier qu'ils prendront ? »

Chapitre dix-sept

Smith tint la porte à Fiona Devin et Elena Vedenskaya et les suivit hors du Kafe Karetny Dvor. Après
la chaleur du restaurant azéri, l'air glacial de la nuit
vint le mordre à travers toutes les couches de ses vêtements. Il serra les dents pour éviter qu'elles claquent
et se voûta, heureux que Klein lui ait fourni ce manteau en laine.

Ensemble ils firent un bout de chemin dans la rue
Povorskaya avant de s'arrêter sur le trottoir pour se
dire au revoir. D'autres piétons passaient, impatients
de rentrer chez eux, au même rythme que les voitures, en procession, la lueur des phares se mêlant aux
klaxons furieux et au crissement des pneus cloutés sur
la nouvelle couche de neige.

Elena fouilla dans son manteau et en sortit un épais
dossier en plastique. « C'est pour vous, Jonathan. Utilisez les informations que contiennent ces documents
avec sagesse. »

Smith prit le dossier et l'ouvrit. Il y trouva des
revues médicales cornées, rédigées en anglais et en
allemand ou en russe. Il ouvrit un *Lancet* vieux d'un
mois. Pliées à l'intérieur, plusieurs pages en cyrillique,

visiblement une sélection des notes prises par la scientifique russe aux cheveux gris. Il lui adressa un regard reconnaissant, bien conscient de ce qu'elle risquait en lui donnant ces indices. « Merci. Je m'assurerai que ces informations parviennent entre les bonnes mains.

— C'est parfait. Avec un peu de chance, on pourra sauver des vies, dit-elle avant de se tourner vers Fiona Devin avec un regard farouche. Vous vous souvenez bien de notre accord ?

— Je m'en souviens, lui répondit Fiona. Aucun nom ne sera utilisé dans mes articles, docteur Vedenskaya. Vous avez ma parole. »

Elena hocha la tête en arborant un sourire austère. « Dans ce cas, je vais vous souhaiter... »

Soudain, elle se pencha en avant, presque renversée par un homme qui l'avait bousculée dans le dos. Il marchait trop vite, la tête enfoncée dans son col remonté pour se protéger des flocons. Elle n'évita de tomber qu'en s'accrochant au bras de Smith. Furieuse, elle se retourna. « Hé, vous ! Regardez où vous allez ! »

Surpris, l'homme – jeune, le nez long légèrement busqué – recula. « *Izvinite !* Excusez-moi ! » marmonna-t-il.

Avec un sourire idiot, il ramassa le parapluie qui lui avait échappé lors de l'incident et s'éloigna dans la rue, marchant cette fois avec des précautions exagérées.

Elena renifla, dégoûtée. « Ivrogne ! Si tôt dans la soirée ! Bah ! l'alcool est notre malédiction nationale. Même les jeunes s'empoisonnent.

— Est-ce que ça va ? demanda Smith.

— Oui, répondit-elle entre ses lèvres tendues par la colère et en se frottant l'arrière de la cuisse gauche. Mais je crois que ce crétin m'a heurté la jambe de la pointe de son fichu parapluie. Ce n'est sûrement rien de grave.

— Moi, je crois qu'il est grand temps que nous partions chacun de notre côté, dit Fiona en suivant d'un regard inquiet le soi-disant ivrogne. Nous avons ce qu'il nous faut. Inutile de rester là, à découvert, et de risquer d'attirer l'attention.

— C'est juste ! approuva Jon en se tournant vers Elena, le dossier qu'elle lui avait remis serré sous son bras. Chère amie, je vous informerai par courriel privé de ce que nous avons appris... »

Il s'arrêta net. La Russe le regardait avec une expression horrifiée. « Elena ? Qu'est-ce qu'il y a ? s'inquiéta-t-il. Vous vous sentez mal ? »

Elle inspira une seule goulée d'air en tremblant puis s'étouffa. Jon vit les muscles de son cou se crisper pour parler. Elle avait les yeux grands ouverts, grotesques, presque sortis de leurs orbites, mais ses pupilles étaient contractées, réduites à de minuscules points noirs. Ses genoux plièrent.

En état de choc, Jon tendit les bras.

Mais avant qu'il puisse la rattraper, Elena Vedenskaya s'effondra, aussi molle qu'une poupée de chiffon, sur le trottoir couvert de neige. Elle ouvrit soudain les bras et les jambes et fut secouée de convulsions qui l'agitèrent et la firent se tordre.

« Appelez une ambulance, vite ! ordonna Smith à Fiona.

— C'est ce que je fais », dit-elle en composant sur son téléphone portable le numéro des urgences médicales à Moscou, le 03.

Jon tomba à genoux près de la femme malade qui gisait sur le dos. Les spasmes violents s'atténuaient. Il lâcha le dossier en plastique, retira un de ses gants et posa deux doigts contre le cou de sa collègue pour sentir son pouls. Il était très rapide et faible, papillonnant comme un oiseau blessé. Mauvais signe. Il se pencha et colla son oreille contre son nez et sa bouche. Elle ne respirait plus.

Seigneur ! Qu'est-ce qui venait de lui arriver ? Une crise cardiaque ? Peu probable, vu son état. Une attaque ? Peut-être. Mais une autre possibilité infiniment plus effrayante passa dans son esprit. Il secoua la tête, sachant qu'il n'avait ni le temps ni assez d'informations pour poursuivre cette pensée fugitive. Il ne pourrait établir un diagnostic que plus tard. En attendant, il fallait qu'il fasse de son mieux pour la garder en vie jusqu'à ce qu'une ambulance arrive.

« Un des hôpitaux envoie une équipe médicale d'urgence, colonel, déclara Fiona Devin au milieu des voix choquées des passants qui s'étaient arrêtés et formaient déjà un cercle de curieux autour d'eux. Mais ça risque de leur prendre cinq minutes. »

Smith montra qu'il avait entendu. Cinq minutes. Dans la plupart des situations d'urgence, c'était un temps de réaction tout à fait honnête – excellent, même. Mais dans ces circonstances, ça pourrait bien être une éternité !

Aussi vite qu'il le put, il retira son manteau et le roula sous les épaules de la femme aux cheveux gris. Il renversa sa tête en arrière pour ouvrir les voies aériennes, lui écarta les mâchoires, mit sa langue sur le côté et écouta une fois de plus. Non, elle ne respirait pas ! Il lui tourna la tête sur le côté et alla tâter l'arrière de sa gorge de ses doigts pour en retirer une obstruction éventuelle – du mucus, un morceau d'aliment – qui pouvait l'étouffer. Il n'y avait rien.

Affolé, Smith mit la tête d'Elena en position, lui

pinça le nez et commença un bouche-à-bouche rapide, soufflant assez fort pour voir sa poitrine se soulever. De temps à autre, il s'arrêtait et posait l'oreille contre ses lèvres et son nez pour voir si la femme russe respirait à nouveau seule. Mais elle était toujours paralysée, ses yeux qui ne cillaient jamais tournés vers le ciel.

Il continua sa réanimation, forçant l'air à entrer dans les poumons de la scientifique. *Respirez !* priait Jon en silence. *Allez, Elena, respirez !* Deux ou trois minutes passèrent dans un brouillard de tentatives frénétiques. Il entendit bientôt une sirène au loin, qui se rapprochait.

Sous ses doigts, le pouls d'Elena ne transmettait plus que quelques battements irréguliers. Il s'arrêta. Merde ! Il passa à une réanimation cardio-pulmonaire, alternant le bouche-à-bouche et des compressions énergiques sur le sternum. Il fallait qu'il restaure sa respiration et ses pulsations cardiaques ! Rien n'y faisait.

Fiona s'agenouilla près de lui. « Ça va mieux ? demanda-t-elle en russe.

— Je crois que c'est fini », répondit Smith avec un hochement de tête qui montrait toute sa frustration.

Quelques curieux les entendirent et se signèrent rapidement, de droite à gauche à la manière orthodoxe russe. Deux hommes retirèrent leur chapeau par respect pour la morte. D'autres s'éloignèrent. La tragédie avait connu sa conclusion.

« Dans ce cas, nous devrions partir, colonel ! dit Fiona en ramassant le dossier contenant les notes d'Elena Vedenskaya. On ne peut se permettre d'affronter la bureaucratie. Pas maintenant. »

Smith continua sa réanimation. Il savait que Fiona

avait raison. Il n'y avait sans doute plus rien à faire pour sauver Elena. Se retrouver impliqués dans une enquête de la milice leur ferait courir de grands risques à tous les deux. Pour commencer, sa couverture en tant que John Martin n'était pas assez solide pour déjouer une enquête minutieuse. Mais il était médecin avant tout, avant d'être un agent secret. Il avait le devoir moral d'aider cette femme. Tant qu'il continuait à insuffler de l'oxygène dans ses poumons et qu'il faisait de son mieux pour faire redémarrer son cœur, elle avait une chance de survivre, aussi mince soit-elle.

Soudain, il fut trop tard pour s'éclipser, de toute façon.

Sa sirène hurlante, l'ambulance freina et s'arrêta près d'eux. Le silence se fit au moment où les portes arrière du véhicule s'ouvraient et où un homme mince, les joues creuses, en blouse blanche froissée, sauta sur le trottoir, sa sacoche noire sous le bras. Deux infirmiers costauds le suivirent.

D'un geste méprisant, le médecin fit signe à Smith de s'écarter et se pencha sur le corps pour examiner la victime.

Jon se releva à regret et retira la neige collée à ses genoux. Il détourna les yeux du corps déformé d'Elena, abattu d'avoir échoué, étreint de tristesse. Des malades mouraient. Ça arrivait. Mais ça ne devenait pas plus facile à supporter avec le temps.

Le médecin russe tâta le pouls et s'assit sur ses talons. Il haussa les épaules. « Pauvre femme ! C'est bien trop tard. Je ne peux plus rien pour elle, dit-il en faisant signe aux infirmiers d'approcher avec la civière qu'ils avaient sortie de l'ambulance. Allez-y les gars. Emportez-la. Evitons-lui au moins le regard indiscret des curieux morbides. »

Les deux colosses hochèrent la tête en silence et se penchèrent maladroitement pour préparer le corps au transport.

Le médecin se releva et contempla la petite foule des curieux qui se dispersait. Ses yeux finirent par se poser sur les deux Américains. « Qui peut me dire ce qui lui est arrivé ? Une crise cardiaque, je suppose ?

— Je ne crois pas, répondit Smith.

— Pourquoi pas ?

— Elle s'est effondrée brusquement et elle a eu des convulsions et des spasmes musculaires après ce qui m'a paru être un arrêt respiratoire. Ses pupilles étaient contractées. J'ai tenté le bouche-à-bouche, puis la réanimation cardio-pulmonaire quand son cœur s'est arrêté, mais malheureusement aucune de ces deux techniques n'a produit d'effet bénéfique.

— Excellent résumé, s'étonna le médecin. J'imagine que vous avez une formation médicale, monsieur... ?

— Martin. John Martin. »

Smith s'en voulut d'être revenu si instinctivement au jargon médical qui ne convenait pas à son identité fictive. Il était clair que la mort horrible d'Elena Vedenskaya l'avait plus secoué qu'il l'aurait cru. « Non, je n'ai pas de formation médicale. J'ai suivi des cours de secourisme.

— Ah oui ? Vraiment ? Quelles remarquables dispositions ! s'étonna poliment le médecin avec un sourire. Quelle chance que vous soyez là !

— Pourquoi ?

— Votre formation et vos observations me seront très utiles quand je devrai faire mon rapport sur cet incident tragique, monsieur Martin. C'est pourquoi je dois vous demander, à vous et à votre charmante compagne, dit-il en saluant Fiona de la tête, de nous accompagner à l'hôpital. »

Fiona se renfrogna.

Le médecin leva une main pour empêcher toute protestation. « Ne craignez rien, ce n'est que la routine habituelle. Je vous assure que ça ne vous prendra pas longtemps. »

Les deux infirmiers finirent d'attacher la morte sur leur brancard et la soulevèrent. « Attention à sa jambe gauche, murmura l'un des deux. Il vaut mieux éviter de se mettre ce truc sur les mains. »

Smith l'entendit. *Ce truc ?* Il sentit son sang se glacer. Il se souvint du jeune « ivrogne » qui avait bousculé Elena Vendeskaya, la heurtant « accidentellement » de la pointe de son parapluie fermé. Soudain, tous les symptômes qu'il avait enregistrés se mirent en place : détresse respiratoire, convulsions, pupilles contractées... arrêt cardiaque.

Seigneur ! On avait dû lui injecter un agent mortel agissant très rapidement sur le système nerveux, une variante du Sarin ou de l'agent VX, probablement. Une simple goutte de l'une de ces substances toxiques sur la peau nue pouvait tuer. Injecter du VX ou du Sarin directement dans le système sanguin, c'était plus létal encore. Il leva les yeux et vit que le médecin aux joues creuses le regardait avec une expression froide et calculatrice.

Smith fit un pas en arrière et ramassa son manteau.

Avec un petit sourire, l'homme en blouse blanche sortit un pistolet compact de sa poche, un Makarov PSM, réplique russe du Walther PPK. Il garda l'arme baissée le long de sa jambe, mais pointée droit sur le cœur de l'Américain. Il secoua la tête. « J'espère que vous résisterez à la tentation d'agir de manière inconsidérée, colonel Smith. Cela nous contraindrait à vous tuer tous les deux, la charmante Mme Devin et vous. Et ce serait très dommage, non ? »

Furieux que les signaux d'alarme entourant cette embuscade lui aient échappé, Smith fit une grimace. Son adversaire était hors de portée. Du coin de l'œil, Smith vit que le chauffeur de l'ambulance, aussi grand, le regard aussi dur que les autres, était descendu de la cabine. Il se tenait juste derrière Fiona Devin, un pistolet pressé contre ses reins.

Elle avait pâli, de rage ou de peur – ou un mélange des deux.

Smith s'efforça de rester très calme. Lentement, il montra ses mains ouvertes. « Je ne suis pas armé, dit-il d'une voix cassante.

— Une sage décision, colonel, approuva le médecin. Personne n'aurait avantage à une démonstration d'héroïsme sans aucune chance de succès. »

Les deux infirmiers hissèrent sans ménagement le corps enveloppé à la hâte d'une couverture à l'arrière de l'ambulance, abandonnèrent Elena Vedenskaya, s'écartèrent et attendirent les ordres.

« Montez dans ce véhicule, s'il vous plaît, dit le médecin. Madame Devin la première. »

Comme engourdie, Fiona monta dans l'ambulance. Le brancard occupait tout le centre, laissant deux bancs étroits de chaque côté. Elle glissa au bout du banc de gauche. L'un des deux infirmiers alla effondrer sa lourde masse en face d'elle. Une fois assis, il sortit son pistolet pour la viser.

« A vous, maintenant, colonel ! ordonna l'homme en blouse blanche. Asseyez-vous à côté de Mme Devin. Mais assurez-vous de laisser vos mains bien en vue à tout moment. Sinon, je crains que Dmitri ne s'énerve et que vous vous retrouviez aussi mort que cette pauvre Dr Vedenskaya. »

Toujours aussi furieux contre lui, Jon obéit et glissa sur le banc à côté de Fiona, qui lui jeta un regard indéchiffrable de ses yeux bleu-vert. Elle n'avait pas lâché le dossier contenant les notes d'Elena Vedenskaya.

« Pas un mot ! » grogna l'infirmier en anglais avec un fort accent, soulignant son ordre d'un mouvement de son pistolet.

Fiona haussa les épaules et détourna les yeux.

Smith s'en voulait. Il était seul responsable de leur situation. S'il n'était pas resté si longtemps dans le vain espoir de sauver la vie d'Elena, ils auraient pu échapper à ce piège avant qu'il se referme sur eux.

Le médecin monta lui aussi dans l'ambulance exiguë et s'assit en face des deux Américains, serré contre le bien plus volumineux infirmier. Avec un sourire cynique, il pointa à nouveau son pistolet sur la poitrine de Jon.

Le second infirmier et l'imposant chauffeur claquèrent les portes, les enfermant tous les quatre à l'arrière.

Quelques instants plus tard, l'ambulance se mit en mouvement. Ils s'écartèrent du trottoir, sirène hurlant à nouveau, gyrophare tournoyant pour que les voitures leur dégagent la route. Lentement, le véhicule d'urgence décrivit un demi-tour pour revenir vers la route circulaire Sadovaya.

Smith sentit un filet de sueur glacée lui couler dans le dos. Il fallait qu'il trouve un moyen de les faire sortir de cette prison ambulante – et vite. Il ne se faisait aucune illusion quant à leur sort, s'il échouait. Dès qu'ils arriveraient où on les emmenait, Fiona Devin et lui seraient virtuellement morts.

Chapitre dix-huit

Non loin de la rue Povorskaya, l'homme de grande taille aux cheveux gris était penché sur le volant d'un véhicule utilitaire, un gros 4 × 4 Niva bleu foncé de fabrication russe, et poussait des jurons en regardant les deux Américains embarqués de force à l'arrière de l'ambulance. Il serra les dents.

Avec un soupir, il s'assura que sa ceinture était bien attachée avant de mettre le moteur en marche. On disait qu'elle protégeait les fous du volant. En l'occurrence, il espérait que c'était vrai, parce qu'il n'avait plus le temps de faire quoi que ce soit de subtil ni de raisonnable.

Le puissant moteur de la Niva rugit et, sans hésiter, son chauffeur passa une vitesse et écrasa l'accélérateur pour foncer droit sur l'ambulance qui, exécutant son demi-tour, se trouvait en travers de la rue Povorskaya.

*

Dans l'ambulance, Smith était assis, immobile, raide, les yeux sur le pistolet qui le visait. Il réflé-

214

chissait à toute vitesse, concoctant puis écartant une série de plans plus délirants les uns que les autres pour échapper à leurs ravisseurs. Malheureusement, tous ces plans avaient un point commun : ils risquaient de les faire tuer tôt ou tard.

Soudain, le chauffeur à l'avant poussa un cri. Jon sentit Fiona qui se raidissait.

Des freins crissèrent, des klaxons de voitures et de camions résonnèrent comme autant de mises en garde affolées. Smith sentit un énorme « bang » au moment où un autre véhicule percutait l'ambulance. L'impact le projeta sur le corps d'Elena Vedenskaya. Il y eut des cris de surprise autour de lui.

Heurtés de côté, vers l'avant, ils glissaient en travers de la rue. Le véhicule, que son chauffeur ne contrôlait plus, tournoyait dans un chaos assourdissant de grincements, de verre brisé, de métal qui se tordait. Les kits de première urgence et tous les autres instruments médicaux tombèrent des compartiments. L'odeur suffocante d'essence mêlée à celle du caoutchouc surchauffé envahit l'intérieur exigu encombré de passagers et de machines.

L'ambulance décrivit sa dernière rotation avant de s'arrêter brutalement contre une vieille Volga rouillée, étrangement inclinée sur le trottoir, les pneus avant éclatés. Le silence se fit soudain.

Smith leva les yeux.

Le premier impact avait projeté en arrière le petit homme en blouse blanche et sa tête était allée frapper la structure métallique de l'ambulance. Il avait l'air dans un état second et des filets de sang coulaient le long de son visage émacié. Mais il n'avait pas lâché son Makarov PSM.

Sans hésiter, Jon se dressa.

Les yeux du médecin s'ouvrirent tout grands et, avec un sourire mauvais, il leva son pistolet, le doigt sur la détente.

Rassemblant ses connaissances en karaté, Smith frappa le poignet du médecin de la tranche de sa main droite. L'homme lâcha l'arme à l'instant où le coup partait. Dans un espace aussi réduit, le bruit fut dévastateur. Accompagnée par un éclair de feu, la petite balle de 5.45 mm fora un trou dans le plancher et alla ricocher sur le macadam avant de rouler plus loin sur la chaussée.

Au même instant, Jon lança son poing gauche dans le visage de son adversaire.

Le coup projeta une fois de plus le crâne du médecin russe contre la paroi de l'ambulance. Du sang dégoulina sur le métal. L'homme gémit, ses yeux se révulsèrent et il s'effondra, déjà presque inconscient. Le petit pistolet tomba sur le banc près de lui.

Smith tendit la main pour le prendre et se figea.

Du revers de sa grosse main, l'imposant infirmier avait donné à Fiona Devin une gifle qui l'avait jetée à terre. Elle était recroquevillée à ses pieds, la marque rouge laissée par la main déjà visible sur sa joue pâle. L'homme visait maintenant Smith de son Makarov 9 mm.

C'est alors que la jeune femme se déplia à une vitesse stupéfiante. En se redressant sur un genou, elle sortit un couteau à poignée noire dissimulé dans une de ses élégantes bottes en cuir et, d'une pression sur un bouton, elle fit jaillir la lame qui luit cruellement à la lumière vacillante. Froide, déterminée, elle frappa l'infirmier au cou, plongeant la longue lame étroite jusqu'à la trachée, qu'elle sectionna avec l'une des artères carotides d'un seul coup puissant.

216

Horrifié, l'infirmier russe lâcha son pistolet pour porter ses mains vers sa terrible blessure. Des jets de sang rouge vif traversèrent l'ambulance, projetés par les contractions du cœur, mais ils diminuèrent vite au fur et à mesure que la vie s'échappait du corps. Les mains toujours désespérément serrées contre le trou béant à son cou, le mourant glissa de côté et s'effondra par terre près du corps d'Elena Vedenskaya toujours enveloppé de sa couverture. Le sang cessa de sourdre entre ses doigts. Il frissonna et retomba, immobile.

Très pâle, Fiona essuya son couteau sur le manteau noir du mort. Ses mains tremblaient légèrement quand elle rétracta la lame et remit le couteau à cran d'arrêt dans sa botte.

« Vous n'aviez jamais tué auparavant ? demanda Smith.

— Non, dit-elle en s'efforçant de sourire. Mais je m'en inquiéterai plus tard... à condition, bien sûr, que nous survivions aux quelques minutes qui viennent. »

Il hocha la tête. Le médecin et l'un des deux infirmiers étaient hors course, mais il restait deux ennemis. « Vous savez vous servir d'une arme ?

— Oui. »

Smith ramassa les deux pistolets et lui tendit le petit Makarov PSM. Il vérifia son 9 mm pour s'assurer que la sécurité était retirée et qu'une balle était engagée. Fiona fit de même.

On frappa fort à l'une des portes arrière fermées. « Fiona ! appela une voix grave à l'extérieur de l'ambulance accidentée. C'est Oleg. Est-ce que vous allez bien, le Dr Smith et toi ? »

Jon se retourna, son Makarov brandi, prêt à faire feu.

Mais Fiona posa la main sur son poignet et lui fit

baisser son arme. « Ne tirez pas, dit-elle avec calme. C'est un ami. Oui, Oleg, dit-elle en élevant la voix. On va bien. Et on est libres.

— Et les autres ? Ceux qui vous ont enlevés ?

— Ils sont hors d'état de nuire. L'un pour de bon. L'autre est encore en vie, mais il va avoir d'affreux maux de tête quand il se réveillera.

— Parfait ! »

La porte s'ouvrit. Un grand homme aux épaules larges, la tête coiffée d'une chevelure argentée apparut, un pistolet avec silencieux dans une main. De l'autre il leur fit signe de sortir. « Venez, vite ! On n'a que très peu de temps avant l'arrivée de la milice. »

Smith, stupéfait, le fixa des yeux. Il ne pouvait se méprendre sur ce profil hautain au grand nez qu'on n'aurait pas été surpris de voir sur une pièce de la Rome antique. « Kirov ! Si je m'attendais... Général Oleg Kirov, des services de sécurité de la Fédération de Russie !

— Plus maintenant, docteur ! On m'a retiré des cadres, on m'a envoyé paître, comme vous dites. Les hommes du Kremlin ont décidé que je n'étais pas assez loyal à leurs rêves de restauration de l'ordre ancien. »

Jon hocha la tête. Quelques années plus tôt, il avait collaboré avec l'officier du FSB au torse puissant. Ensemble, ils s'étaient lancés dans une chasse à l'homme désespérée pour retrouver un conteneur plein de virus de la variole volé dans un des laboratoires d'armes biologiques russes. Depuis lors, Jon s'était souvent demandé comment Kirov, si étroitement lié aux réformateurs de son pays, supportait le règne du président Dudarev et son retour à la ligne dure.

Maintenant, il savait.

« Les souvenirs et les nouvelles devront attendre, intervint Fiona. Pour l'instant, on doit se mettre en route. On a déjà attiré les foules.

— C'est juste », approuva Kirov.

Les voitures qui avaient freiné pour éviter l'accident volontaire étaient dispersées en désordre dans toute la rue. Quelques-uns des chauffeurs étaient sortis de leur véhicule immobilisé pour regarder l'ambulance et le 4 × 4 aux tôles froissées. D'autres, qui avaient entendu le choc, sortaient des immeubles, des restaurants, des cafés. Plusieurs curieux parlaient avec animation dans leurs téléphones, appelant sans doute la milice et une assistance médicale d'urgence.

Kirov se retourna vers les deux Américains. « Vous avez ce que vous étiez venus chercher ? Les notes du Dr Vedenskaya ?

— Elles sont là », dit Fiona en allant récupérer le dossier en plastique taché de sang tombé pendant l'accident.

Smith se tourna vers l'homme en blouse blanche recroquevillé dans un coin. Il gémissait, prêt à reprendre connaissance. « Emmenons ce salaud avec nous. J'aurai quelques questions à lui poser – comment il connaissait mon véritable nom et mon grade, pour commencer.

— Excellente idée, approuva l'ancien officier du FSB. Il serait aussi utile de savoir qui a donné à cette équipe l'ordre de vous enlever et qui lui a indiqué l'endroit où vous trouver. »

Smith et lui descendirent l'homme émacié de l'ambulance. Du sang coagulé maculait ses rares cheveux à l'arrière de son crâne. Il avait les yeux mi-clos et, à l'évidence, il n'arrivait pas à voir clairement. Ils traînèrent le blessé dans la rue. Fiona les suivait, attentive à la petite foule de curieux qui s'assemblait autour des véhicules accidentés.

Jon émit un petit sifflement admiratif. La collision avait fracassé tout l'avant de l'ambulance, le réduisant à une masse d'acier tordu et de verre brisé. Toujours attachés sur leurs sièges, les deux hommes dans la cabine étaient effondrés contre leur dossier. Ils tenaient encore leur arme à la main. Ils avaient été abattus à bout portant.

Jon regarda Kirov. « Ton œuvre, je suppose ?

— Regrettable, mais nécessaire. Je n'avais pas le temps de prendre des demi-mesures. Venez, dit-il en montrant du menton la Niva bleue qui avait glissé de l'autre côté de la rue. Notre carrosse nous attend. »

Smith regarda le véhicule tout-terrain, sa grille déformée, son capot écorné, ses phares cassés. Il leva un sourcil. « Tu crois que cette épave est en état de rouler ?

— Je l'espère, Jon. Dans le cas contraire, nous devrons nous résigner à une longue marche dans le froid sous des regards bien trop inquisiteurs. »

Le Russe adossa leur captif étourdi contre la Niva et ouvrit une porte à l'arrière. « On va l'installer. Mme Devin montera devant avec moi. Tu monteras à l'arrière et tu garderas ton arme pointée sur notre invité pour t'assurer qu'il reste par terre, hors de vue. »

Smith approuva et se tourna vers le médecin aux yeux troubles. « Entre là-dedans, mon vieux », grogna-t-il en utilisant le canon de son Makarov pour pousser l'homme titubant vers la portière ouverte.

Crack !

La tête de leur prisonnier explosa, percutée par une balle de fusil d'assaut. Du sang, des lambeaux de chair et des esquilles d'os éclaboussèrent l'intérieur de la Niva. Le mort glissa lentement contre le flanc du 4 × 4.

« Baissez-vous ! Planquez-vous ! » rugit Smith en plongeant vers un tas de neige à l'instant où une autre balle faisait éclater la vitre juste au-dessus de sa tête. Des éclats de verre cascadèrent sur sa nuque et rebondirent par terre.

Oleg Kirov et Fiona Devin s'aplatirent derrière le gros 4 × 4 de fabrication russe.

Affolés par les coups de feu, les badauds venus regarder l'accident s'enfuirent, se dispersèrent dans toutes les directions comme un troupeau d'oies affolées. Certains disparurent derrière des voitures, d'autres retournèrent précipitamment dans les immeubles.

Surpris du mauvais côté du véhicule de Kirov, Smith roula sur sa droite en quête de l'abri que pourrait lui offrir l'ambulance accidentée. Une balle de 7.62 mm s'écrasa dans la neige à quelques centimètres de lui.

Essoufflé par la peur et l'épuisement, Jon se jeta sur le côté et réussit à se cacher derrière le véhicule d'urgence. Une quatrième balle traversa le métal tordu du capot de l'ambulance et l'arrosa d'étincelles et de petits bouts de métal presque fondu.

Il devait réfléchir vite. Que pouvait-il faire ? Tant qu'ils restaient cachés derrière des véhicules, ils étaient presque en sécurité, inaccessibles pour le sniper. Mais ça les empêchait de bouger ou de répliquer efficacement, et il entendait déjà des sirènes qui se rapprochaient.

Il secoua la tête. Se rendre à la milice moscovite était impossible, pas avec les notes d'Elena Vedenskaya en leur possession et quatre agents ennemis morts dans la rue. Il serra le Makarov 9 mm et se prépara mentalement à rejoindre d'un bond Kirov et Fiona Devin derrière le 4 × 4.

*

Cent cinquante mètres plus loin dans la rue Povorskaya, Erich Brandt était agenouillé entre les portières ouvertes de sa Mercedes noire près d'un autre homme aplati sur la chaussée qui regardait à travers un viseur télescopique le long du canon d'un Dragunov SVD.

« Ils sont tous à couvert, annonça le tireur, mais j'ai réussi à avoir Sorokin. »

Brandt serra les poings. Le « docteur », un officier de l'ex-KGB qui s'appelait Mikhail Sorokin, avait été l'un de ses agents les plus fiables, un tueur professionnel froid qui n'avait jamais raté une mission. Jusque-là. Mais il repoussa ce regret furtif. Si ça l'avait ennuyé d'ordonner l'exécution de Sorokin, il n'avait guère eu le choix. Il ne pouvait risquer de laisser un de ses agents vivant aux mains de l'ennemi. « Est-ce que tu peux débusquer les Américains ?

— Pas assez vite, dit l'autre d'un ton de regret. S'ils se montrent, je les tuerai, mais je ne peux pas tirer sur ce que je ne vois pas. »

Brandt le savait.

Le sniper écarta son œil du viseur et regarda son supérieur. « Est-ce qu'on attend que la milice les arrête ? La première voiture de patrouille sera là dans quelques minutes. »

Brandt réfléchit. Grâce à Alexeï Ivanov, il avait une accréditation officielle qui le plaçait au-dessus de la police locale. Si elle faisait des prisonniers, il pourrait sûrement la convaincre de les lui remettre. Mais quelle que soit l'issue immédiate, le chef du Treizième Directorat, toujours revêche et soupçonneux, allait découvrir qu'on lui avait menti, qu'il y avait au moins un officier des renseignements américains en train d'exploiter la brèche dans la sécurité de l'opération HYDRA à Moscou.

Le grand blond grimaça. Etant donné les circonstances, il valait beaucoup mieux offrir à l'espion russe du concret sous la forme de Smith, Fiona Devin et leur complice inconnu – morts s'il le fallait, vivants et interrogés si possible. Il regarda le sniper qui attendait ses ordres. « Nous allons leur ôter tout moyen de s'échapper, décida-t-il. Mets leur véhicule hors d'état de rouler.

— Facile, Herr Brandt. »

Avec le plus grand calme, son œil droit de nouveau contre le viseur, il déplaça un peu son arme et pressa la détente.

*

Smith se leva et se précipita dans l'espace ouvert entre l'ambulance et le tout-terrain de Kirov. Un coup de feu claqua. Smith plongea en avant, roula sur l'épaule et se retrouva accroupi derrière l'avant fracassé de la Niva. Il tenait toujours son Makarov à deux mains, prêt à tirer si une cible se présentait.

« Très acrobatique, docteur ! ironisa Kirov, à plat ventre près de Fiona Devin à deux mètres de lui. J'envie ton agilité de jeune homme. »

Smith tenta de lui sourire en dépit des pulsations qui résonnaient dans ses oreilles. Le sniper qui les visait était bien trop bon, et assez près pour envoyer ses balles où il le voulait avec une précision absolue.

Soudain, le 4 × 4 oscilla, frappé par une autre balle

223

de 7.62 mm. Elle traversa la carrosserie, ricocha sur le bloc moteur et ressortit par le capot. En quelques secondes, le tireur changea de cible et tira de nouveau, visant cette fois le réservoir d'essence. Le carburant s'écoula à flots sur la chaussée. La balle suivante frappa le pare-brise, fracassa les instruments de bord, coupa fils électriques et câbles.

Le tireur détruisait la Niva ! comprit Smith. Il tirait méthodiquement sur tous les systèmes clés. « Ils s'assurent qu'on ne puisse pas partir, dit-il aux autres. On nous retient ici pour que la milice se charge de nous.

— Quelqu'un a une idée brillante ? demanda Fiona.

— On file, déclara Kirov. Tout de suite.

— Et comment ? demanda Fiona. La rue va grouiller de flics dans une ou deux minutes. On ne fera pas deux pâtés de maisons à pied et la station de métro la plus proche est à un kilomètre au moins.

— On va réquisitionner une voiture, répliqua Kirov comme si c'était normal. Regardez, on a le choix ! »

Smith et Fiona virent que le Russe avait raison. Une demi-douzaine de véhicules au moins avaient été abandonnés sur la chaussée, désertés dans la panique par leur propriétaire quand la fusillade avait commencé. Dans leur hâte, les conducteurs avaient laissé les clés de contact en place. Quelques moteurs tournaient encore.

« Bonne idée ! approuva Jon. Mais il faut une diversion. Un truc énorme. Sinon, ce sniper va nous abattre l'un après l'autre avant qu'on ait fait dix mètres. »

La Niva sursauta de nouveau, frappée par une autre balle dans son réservoir. L'odeur écœurante de l'essence s'intensifia. Le carburant se mêlait à la neige sale.

« C'est vrai ! » approuva Kirov. Il sortit une boîte d'allumettes de sa poche et sourit de toutes ses dents serrées, comme un prédateur. « Heureusement, j'ai le moyen de cette diversion sous la main. »

Il craqua une allumette et l'utilisa pour enflammer toute la boîte. Puis, sans hésiter, l'ancien officier du FSB jeta la boîte incandescente sous la Niva, dans la plus grosse flaque d'essence. Il y eut un énorme *whouch !* Des flammes d'un blanc aveuglant jaillirent, enflammant les litres d'essence qui continuaient à s'écouler du réservoir percé. En quelques secondes, tout l'arrière du 4 × 4 bleu nuit disparut dans la fournaise.

*

De sa position dans la rue, Brandt vit les flammes jaillir soudain sous la Niva et s'étendre très vite jusqu'à ce que tout le véhicule soit en feu. Une fumée noire se forma bientôt. « Excellent travail, Fadayev ! » dit-il à son sniper.

Smith et les autres étaient piégés. Avec un peu de chance, le feu allait les forcer à se montrer et à passer à portée du sniper. Au pire, la perte de leur véhicule retirait aux Américains tout espoir d'échapper à la milice qui arrivait sur les lieux.

Mais en voyant le nuage de fumée s'étendre, le sourire de Brandt s'estompa. Les immeubles et des sections entières de la rue derrière le véhicule utilitaire en feu disparaissaient à leur vue. La fumée créée par le feu agissait comme un écran qui leur dissimulait les fugitifs. « Tu as une cible ? demanda-t-il.

— Négatif. La fumée est trop épaisse, répondit le sniper à plat ventre en levant les yeux vers son patron. Quels sont vos ordres ? »

Brandt écouta les sirènes qui approchaient. Son visage s'assombrit. Les Russes seraient là d'un instant à l'autre. « On les laisse à la milice, décida-t-il. On les récupérera quand ils seront en cabane. Smith et ses amis n'iront pas loin à pied. »

*

Smith, aplati derrière le 4 × 4 en feu, était bien trop près des flammes, dont il sentait la chaleur sur son visage. La fumée de cet enfer lui piquait les yeux. Il inspirait le moins possible de volutes âcres. La visibilité autour d'eux était tombée à quelques mètres dans le nuage noir qui s'étendait sur la rue. Il regarda Kirov et Fiona.

Le Russe hocha la tête avec satisfaction. « On y va ! »

Sans attendre une seconde de plus, ils se retournèrent et s'éloignèrent. Kirov les conduisit à une petite voiture à deux portes, une Moskvitch couleur crème qui avait déjà connu plus que sa part d'accidents pendant les hivers rigoureux. Son moteur de tondeuse à gazon crachotait, abandonné ainsi par son chauffeur en fuite.

Jon approuva le choix de son compagnon. De toutes les voitures laissées vides sur la chaussée, la Moskvitch était la moins chère, la moins colorée, la moins facile à repérer. Il y en avait des dizaines de milliers comme elle dans les rues de Moscou. Si quelqu'un les voyait prendre possession de la petite voiture, la milice aurait bien du mal à la retrouver parmi toutes les autres.

Fiona fila vers l'étroit siège arrière, tandis que Smith et Kirov montaient à l'avant, le Russe derrière le volant. Il passa la marche arrière et effectua un demi-tour rapide.

Kirov prit à l'est, à une vitesse très raisonnable.

Fiona se pencha sur l'épaule du Russe. « Oleg, on a de la compagnie ! »

Elle montrait devant eux à travers le pare-brise sale des lumières bleues qui venaient dans leur direction à toute vitesse. Les premières patrouilles de la milice convergeaient sur le lieu de l'accident et de la fusillade qu'on leur avait signalé.

Kirov resta calme. « Je les vois. »

Il tourna de nouveau, empruntant une ruelle sur la droite. Très vite, il s'arrêta contre le trottoir, devant l'ambassade de Mongolie, juste en face de l'élégant immeuble du XIXe siècle qui abritait l'ambassade de Lituanie. L'ex-officier du FSB se baissa et éteignit les phares de la petite voiture mais laissa le moteur tourner.

Smith se tordit le cou sur le siège étroit pour regarder à travers la vitre arrière de la Moskvitch.

Quelques secondes plus tard, la première voiture de police dépassa leur ruelle sans ralentir, en route vers l'ouest et le lieu de l'accident dans la rue Povorskaya. D'autres la suivirent, toutes sirènes hurlantes.

Ils poussèrent tous un soupir de soulagement. Kirov redémarra, et prit au sud pour s'enfoncer dans le quartier de l'Arbat.

« Qu'est-ce qu'on fait, maintenant ? demanda Smith.

— Pour commencer, on choisit un endroit où abandonner la voiture volée, un endroit aussi discret que possible. Ensuite on vous dégote une planque, pour toi et Mme Devin.

— Et après ?

— J'essaie de trouver un moyen de vous faire sortir de Russie tous les deux, dès que possible. Avec ce qui s'est passé ce soir, le Kremlin va mobiliser tout l'appareil de sécurité de l'Etat pour vous retrouver.

— Pas question de partir, Oleg, décréta Fiona Devin. Pas encore, en tout cas.

— Fiona ! protesta Kirov. C'est de la folie ! Que pouvez-vous espérer en restant à Moscou ?

— Je n'en sais rien encore, répondit Fiona d'un ton buté. Mais nous avons encore du travail à faire, ici. Et tant que ce sera le cas, je n'ai pas la moindre intention de fuir, affirma-t-elle en brandissant le dossier taché de sang. Ces salauds ont assassiné Elena Vedenskaya pour l'empêcher de nous transmettre ces données médicales, non ? »

Les deux hommes le confirmèrent.

« Dans ces conditions, leur affirma la jeune femme brune, telles que je vois les choses, ça veut dire que le colonel Smith et moi ferions mieux de tout tenter pour découvrir les secrets qu'elles contiennent. »

TROISIÈME PARTIE

Chapitre dix-neuf

Berlin

Le Bundeskriminalamt (BKA) – la police criminelle fédérale – était l'équivalent allemand du FBI américain. Comme le FBI, ses quelques milliers d'agents et d'experts assistaient les différentes forces de police et permettaient la coordination entre les seize Länder allemands. Comme le FBI, le BKA était responsable des enquêtes pour toute une gamme de crimes graves, dont les trafics d'armes et de drogue, le blanchiment d'argent et le terrorisme.

Cet organisme était en pleine réorganisation d'envergure. Le gros du personnel et des locaux était peu à peu transféré à Berlin, avec pour résultat prévisible un certain chaos et des perturbations au fur et à mesure que les unités du BKA se retrouvaient dans une ville qui ne leur était pas familière.

La division de la Sécurité nationale – chargée des enquêtes sur les crimes politiques qui menaçaient la République fédérale – ne faisait pas exception. Ses officiers et ses employés en poste à Berlin occupaient dorénavant un immeuble de cinq étages dans le Niko-laiviertel, le quartier St. Nicolas, un labyrinthe de rues et de ruelles surpeuplées, avec ses restaurants et ses petits musées le long des rives de la Spree. Le siège même de la division était une reconstruction moderne d'un immeuble qui avait hébergé marchands et artisans à l'époque médiévale.

Dans le hall, Otto Fromm était assis derrière un long comptoir d'où il s'occupait de la réception, en ce début de soirée, avant un service de nuit qui le faisait bâiller d'avance. Il était plongé dans un journal à scandale acheté pour se tenir éveillé. Jeune homme frais émoulu d'une école technique, il avait été embauché au BKA comme garde de sécurité en civil, et il avait imaginé qu'il serait un jour promu détective en chef grâce à ses grands mérites. Vingt ans plus tard, il était toujours englué au même poste, une impasse, même si la paye, au moins, était supérieure à celle de ses débuts et s'il bénéficiait maintenant de six semaines de congés par an.

La porte s'ouvrit et une bouffée d'air frais de la rue parvint jusqu'à lui.

Il leva les yeux de son journal. Une grande jeune femme aux longues jambes, aux courts cheveux auburn coiffés à la mode hérisson, au nez droit, au menton ferme et aux yeux bleu profond traversa le hall et vint droit sur lui. Elle déboutonnait déjà son long manteau, révélant une silhouette mince aux seins petits mais fermes qui fit accélérer le pouls du gardien.

Ses yeux s'illuminèrent à la vue d'une si belle femme, surtout qu'elle ne portait pas d'alliance. Sa dernière petite amie l'avait jeté de son appartement six mois plus tôt et ses copains de beuveries l'incitaient déjà à se « remettre en chasse ». Il se redressa et lissa ses cheveux indisciplinés et de plus en plus rares. « Oui, Fraulein ? demanda-t-il. Puis-je vous aider ? »

Arborant un sourire radieux, elle lui tendit une carte d'identité du Bundeskriminalamt. « Je suis certaine que vous le pouvez. Je m'appelle Vogel. Petra Vogel. J'appartiens à la division des Technologies de l'Information de Wiesbaden, dit-elle en déposant avec grâce son attaché-case en cuir sur le comptoir pour en ouvrir le rabat et montrer une collection de cédéroms. Je suis ici pour installer les dernières versions des logiciels de votre réseau local. »

Fromm leva les yeux vers elle, incapable de dissimuler son étonnement. « Maintenant ? Mais presque tout le monde est déjà parti !

— Justement ! expliqua la jeune femme avec son grand sourire. Vous comprenez, pour mettre à jour les logiciels, il faudra peut-être que j'interrompe le système pour une heure ou deux. En venant après les heures de travail, personne n'en sera gravement gêné.

— Mais il vous faut une autorisation officielle pour ça, marmonna Fromm en fouillant dans la pile de papiers sur son bureau, et je ne vois aucun ordre autorisant cette mise à jour des logiciels. Il n'y a rien sur ma liste. En plus, Herr Zentner, notre spécialiste en informatique, est en vacances pour trois semaines. Il est quelque part sur une plage en Thaïlande, je crois.

— Il en a de la chance ! J'aimerais bien m'échapper au soleil, me faire dorer sur le sable, moi aussi, soupira la jeune femme avec envie. Ecoutez, je ne sais pas pourquoi vous n'avez pas les papiers me concernant. Quelqu'un a dû faire une erreur quelque part. Wiesbaden était censé faxer tout ça hier. »

Elle fouilla dans une des poches intérieures de son attaché-case et en sortit une feuille pliée en deux. « Voici ma copie de l'ordre de mission. Vous voyez ? »

Fromm mordillait sa lèvre inférieure. Il se leva et parcourut la feuille qu'elle lui tendait. Ecrite sur un papier à en-tête officiel et signée par le directeur de la division des Technologies de l'Information, la lettre ordonnait à la spécialiste en informatique Petra Vogel de mettre à jour les systèmes informatiques des bureaux du Bundeskriminalamt du Nikolaiviertel.

Fromm s'illumina en voyant d'où venait le problème. « Voilà ! dit-il en montrant un numéro en haut du document. C'est parti au mauvais endroit. Notre numéro de fax se termine par "46 46", mais votre bureau de Wiesbaden l'a envoyé au "46 47". C'est sans doute le numéro de la boulangerie locale ou d'un fleuriste ! »

La jeune femme se pencha pour regarder elle aussi, en profitant pour rapprocher son visage de celui du gardien. Il avala sa salive. Il avait soudain l'impression que son col de chemise et sa cravate l'étranglaient. L'odeur fraîche et florale du parfum de la visiteuse se précipita dans ses narines dilatées.

« C'est incroyable ! murmura-t-elle. Ils se sont trompés. Et mon bureau de Wiesbaden est fermé jusqu'à demain matin. Qu'est-ce que je vais bien pouvoir faire ? soupira-t-elle. Rentrer à mon hôtel et me tourner les pouces en attendant que cette idiote, la secrétaire de mon directeur, rectifie l'erreur qu'elle a commise ?

— Je suis désolé, dit Fromm en haussant les épaules pour montrer son impuissance, mais je ne vois pas d'autre solution.

— Quel dommage ! Vous comprenez, dit la jeune femme avec une moue puérile en refermant son attaché-case, je voulais terminer cette mission ce soir pour pouvoir prendre une journée de congé demain et profiter de ma venue pour visiter un peu Berlin. »

Fromm crut déceler une nuance subtile dans ses paroles. Il se racla la gorge. « Vous avez des amis en ville ? De la famille sans doute ?

— En fait, non, dit-elle en posant sur lui un regard appuyé sous ses longs cils, et j'espérais trouver un nouvel ami, quelqu'un qui connaît les coulisses de Berlin, quelqu'un qui pourrait me guider... m'emmener dans un des nouveaux clubs, peut-être. Mais je serai coincée au travail, soupira-t-elle. J'aurai juste le temps de terminer la mission avant le départ de mon train...

— Non, non, Fraulein ! dit Fromm d'une voix étranglée en montrant la lettre officielle. Ça ne sera pas nécessaire. Ecoutez, c'est assez simple. Je vais faire une copie de cette lettre pour nos archives, et nous prétendrons qu'elle est arrivée par fax, comme elle l'aurait dû. Vous pourrez donc faire votre travail ce soir, comme prévu.

— Vous pourriez faire ça ? Vous allez contourner le règlement pour moi ?

— Oh ! oui, absolument, s'enorgueillit Fromm. Je suis l'officier de sécurité en chef, ce soir. Il n'y a pas de problème. Aucun problème.

— Ce serait merveilleux ! »

Ravie, elle lui sourit une nouvelle fois avec cet air qui le charmait et lui asséchait la bouche.

*

Vingt minutes plus tard, sur un palier désert au cinquième étage, la femme qui se faisait appeler Petra Vogel regarda Fromm repartir d'un pas lourd vers l'escalier qui allait le ramener au rez-de-chaussée. Dès qu'il eut disparu, l'officier de la CIA Randi Russell fronça le nez de dégoût. « Quel idiot ! murmura-t-elle. J'ai eu de la chance. »

Elle prit une profonde inspiration et se prépara mentalement au travail risqué qui l'attendait. Maintenant qu'elle avait ouvert les portes du château grâce à son charme, il était temps de s'attaquer au trésor. Elle plongea les mains dans les poches de son manteau et en sortit des gants de chirurgien.

Elle les enfila et entra dans la pièce que le très serviable Otto Fromm lui avait ouverte. Elle avait sur elle le moyen de crocheter ce genre de serrure, mais c'était mieux de ne pas devoir s'en servir. Même l'engin le plus perfectionné laissait dans les serrures des petites rayures visibles si on les cherchait bien. Toute l'opération nécessitait qu'elle entre et qu'elle sorte de l'immeuble du Nikolaiviertel sans laisser aucune preuve qui pourrait relier la CIA aux actions étranges et inexpliquées de la fausse Petra Vogel.

Randi ferma la porte derrière elle et examina la disposition de la pièce. Des équipements électroniques ronronnaient et cliquetaient – serveurs, hub, routeurs – le long des murs, reliés par un entrelacs de câbles. C'était le cœur du réseau local de la division de Sécurité nationale. Chaque poste de travail, chaque imprimante, chaque ordinateur personnel de l'immeuble était relié aux équipements de cette seule pièce. De là partaient aussi les connexions sécurisées qui rattachaient chaque bureau à l'ordinateur central, aux bases de données et aux archives du quartier général du BKA à Wiesbaden.

Elle comprit tout de suite qu'elle était exactement où elle voulait être. Comme Karl Zentner, le spécialiste informatique de la division, était en vacances en Thaïlande, il n'y avait guère de risques que quelqu'un d'autre à Berlin perde son temps à venir mettre son nez dans le réseau d'ordinateurs que lui seul savait entretenir. En attendant, grâce à sa fausse carte d'identité, à sa fausse lettre et à la libido déchaînée de Fromm, elle avait tout loisir de procéder à quelques investigations personnelles.

Elle consulta sa montre. Au mieux, elle n'avait qu'une heure avant que le gardien au crâne dégarni prenne sa pause-café et vienne la voir. Il fallait se mettre au travail. Elle choisit un poste dans un coin de la pièce. Des rangées de manuels techniques et des logiciels bien indexés et garnis d'une multitude de notes sur des Post-it jaunes indiquaient que ce devait être le bureau où Zentner passait l'essentiel de son temps. Elle prit le fauteuil pivotant le plus proche, s'installa devant la machine et ouvrit son attaché-case.

Trois des six cédéroms qui s'y trouvaient contenaient des variantes authentiques des programmes d'organisation, d'accès et de récupération de données utilisés par le Bundeskriminalamt. Deux étaient vierges. Le sixième disque était très différent. C'était un logiciel hyperspécialisé et à la technologie futuriste préparé par le bureau de Recherche et Développement de la CIA.

Elle frappa la barre d'espacement sur le clavier pour réveiller l'écran de Zentner. Une page ornée du logo du BKA – une aigle héraldique allemande stylisée, ailes déployées – apparut, lui souhaitant la bienvenue sur le réseau local de la division de la Sécurité nationale. Elle glissa le cédérom spécial dans le lecteur. L'ordinateur ronronna et transféra rapidement les informations sur le disque dur. L'écran d'accueil disparut.

Pendant presque une minute, Randi retint son souffle. Enfin, une petite fenêtre s'ouvrit sur l'écran vide, lui annonçant : CHARGEMENT TERMINÉ, SYSTÈME PRÊT À FONCTIONNER.

Les muscles de ses épaules se détendirent, mais elle se concentra. C'était le moment de savoir si les programmeurs de l'Agence qui avaient conçu ce logiciel valaient plus que la modeste paye que leur versait le gouvernement. Dans le cas contraire, ce qu'elle s'apprêtait à faire allait déclencher les alarmes au plus haut niveau de sécurité d'ici à Wiesbaden et retour.

Les sourcils froncés, elle se pencha et tapa : ACTIVER JANUS.

Janus, le dieu romain des portes, des ouvertures et des commencements, prêtait son nom à un programme secret conçu par les meilleurs techniciens de la CIA pour subrepticement traverser ou contourner les systèmes de défense et d'alarme du réseau visé. Une fois ces défenses passées, il allait identifier, récupérer et décrypter l'identité et le mot de passe de l'utilisateur habituel. Dès lors, comme elle aurait la possibilité de se faire passer pour un employé du BKA – du simple grouillot au directeur en personne –, Randi pourrait fouiller dans tous les dossiers des archives les plus secrètes du Bundeskriminalamt.

En théorie, du moins.

A sa connaissance, c'était la première fois que ce programme était testé sur le terrain. S'il y avait un bug dans le code JANUS, Randi Russell allait le découvrir à ses dépens.

Pendant ce qui lui sembla une éternité, la machine se contenta de tourner, de cliqueter et de biper doucement. JANUS était en train de s'insinuer dans tout le système informatique du BKA, fouillant d'abord les serveurs et les postes de travail du bâtiment, puis gagnant ceux du reste de Berlin, de Bonn et du quartier général de Wiesbaden.

Randi combattit son envie de se lever et de faire les cent pas pour dépenser l'énergie nerveuse qu'elle sentait monter en elle. Elle avait beau comprendre qu'il lui fallait en la circonstance s'en remettre à la compétence du service technique de la CIA, elle n'aimait pas ce sentiment de dépendance. Jamais elle n'avait apprécié de ne pas contrôler son destin, et jamais non plus elle n'avait su étouffer ce trait de sa personnalité. Il y avait plusieurs notes de service le signalant dans son dossier personnel de l'Agence, accompagnées des inquiétudes normales que cela déclenchait chez les bureaucrates. Ils parlaient de son tempérament de « loup solitaire » et de sa tendance à transgresser les règles chaque fois qu'elle le jugeait nécessaire.

Une nouvelle fenêtre s'ouvrit à l'écran : PÉNÉTRATION DES SYSTÈMES DE SÉCURITÉ ACHEVÉE. TOUS DOSSIERS ACCESSIBLES. AUCUNE ALARME DÉCELÉE.

Elle s'adossa à son siège avec un soupir de soulagement. Elle était entrée sans bruit dans le système du BKA. Elle se concentra de nouveau et se pencha pour passer à la prochaine étape de l'opération. Ses doigts tapèrent ses ordres suivants à JANUS. Elle lui demanda de récupérer tous les rapports, tous les dossiers, tous les éléments de correspondance qui mentionnaient le nom de Wulf Renke.

A nouveau, elle fut contrainte d'attendre que JANUS fasse fonctionner sa magie noire, qu'il trouve les mots de passe nécessaires à chaque niveau de classification et qu'il trie ensuite les centaines de milliers de dossiers archivés, dont certains étaient des copies scannées de papiers remontant à plus de trente ans. Des résumés d'une ligne des documents trouvés commencèrent à apparaître sur l'écran, qui bientôt se mit à les dérouler de plus en plus vite. La plupart provenaient du BKA même, mais d'autres semblaient être des documents classés de l'ex-gouvernement est-allemand obtenus après la réunification de l'Allemagne.

Randi attendit que la liste incroyablement longue se termine et donna l'ordre de tout transférer sur ses disques de sauvegarde. Contrôlé par les impératifs établis par JANUS, le système informatique du Bundeskriminalamt obéit et copia tous les dossiers concernant Renke sur les cédéroms vierges qu'elle inséra l'un après l'autre. Cela fait, un dernier code purgea le système du programme espion de la CIA, effaçant avec efficacité les traces les plus évidentes de son incursion.

Dès que la page d'accueil du BKA reparut sur l'écran de Zentner, elle se leva, glissa ses disques dans son attaché-case et se dirigea vers la porte. Une fois sortie de l'immeuble, elle pourrait se rendre dans une planque de l'Agence et quitter son déguisement. L'informaticienne enjôleuse Petra Vogel disparaîtrait à jamais, au grand dam du malheureux Otto Fromm.

Randi apporterait alors les disques au poste de la CIA à Berlin, où les analystes des renseignements commenceraient à chercher les anomalies et les indices qu'ils contenaient. Ils chercheraient tout ce qui pouvait expliquer par quel mystère Wulf Renke avait réussi à éviter d'être arrêté par les autorités allemandes.

*

Une heure plus tard, un petit logiciel de nettoyage quotidien caché dans le système informatique du Bundeskriminalamt commença son travail, ciblant certains dossiers classés et les examinant pour trouver toute trace de modification ou d'accès importun. Presque immédiatement, il détecta d'importantes anomalies et commença à les répertorier. Les informations qu'il collecta activèrent un code jusque-là inutilisé caché dans ce même logiciel qui déclencha une alarme envoyée à un ordinateur personnel hors du réseau officiel du BKA.

De là, le courriel crypté fila plus à l'est, traversa une succession de serveurs internet et finit par atteindre sa destination finale : les bureaux moscovites du Groupe Brandt.

*

Gerhard Lange lut le rapport automatique dans un silence inquiet. Il serra ses lèvres fines pour mieux réfléchir aux implications qu'entraînait cette intrusion. Arrivant le soir même où la capture de Jonathan Smith et de Fiona Devin avait lamentablement échoué, ce dernier élément était profondément troublant.

L'officier de l'ex-Stasi décrocha son téléphone et composa le numéro du téléphone portable de son patron, Erich Brandt.

« Oui ? répondit Brandt à la première sonnerie. Qu'est-ce qu'il y a encore ?

— Quelqu'un fouille dans les dossiers sur Renke, déclara Lange.

— Qui ?

— Toute la difficulté est là. A en croire le logiciel

de surveillance qu'on a placé dans le système informatique du BKA, plusieurs centaines de dossiers distincts concernant Herr Professor Renke ont été consultés par plus de vingt utilisateurs différents, y compris le directeur en personne, et tous sur une période de dix minutes. De plus, toutes ces demandes d'ouverture des documents ont été faites à partir du même poste de travail, celui de l'administrateur du système pour le réseau local de Berlin. »

Pendant un moment, la ligne resta silencieuse. Puis Brandt grogna : « C'est impossible.

— Apparemment...

— Et ce serait le travail des Américains ?

— C'est le plus probable. Il est certain que tant la CIA que la NSA possèdent les moyens techniques de pénétrer ainsi dans les archives du Bundeskriminalamt.

— Et les Américains ont un mobile, comprit Brandt à contrecœur.

— Oui. A condition d'admettre la possibilité que la sécurité d'HYDRA a été compromise à un degré bien plus considérable qu'on l'a cru jusque-là.

— C'est visiblement le cas, dit Brandt en serrant les dents. Espérons que ce dernier incident échappe aux Russes.

— Si les Américains fouillent réellement dans le passé de Renke, dit Lange en choisissant ses mots avec attention, ils pourraient remonter jusqu'à nos sources clandestines et à nos atouts au sein du gouvernement allemand...

— Je suis tout à fait au courant de ce qu'ils pourraient apprendre ! l'interrompit Brandt. Ecoutez-moi bien, Gerhard ! Je veux que soit constituée une équipe de chasseurs-tueurs et que vous filiez à Berlin. Dès ce soir, si possible.

— Quels sont mes ordres ?

— Votre équipe et vous devez trouver la faille dans la sécurité. À n'importe quel prix. »

Chapitre vingt

Washington

Sur Lafayette Square, en face de la Maison Blanche, l'hôtel Hay-Adams était un fleuron de Washington. Depuis près de quatre-vingts ans, ceux qui faisaient bouger l'Amérique – des hommes politiques puissants aux chefs de cabinet, des assistants de la Maison Blanche aux acteurs en vogue ou aux riches patrons d'entreprises – avaient été attirés par ses salons privés luxueux et ses espaces publics.

Célèbre pour sa cuisine et sa superbe cave, le principal restaurant de l'hôtel, le Lafayette Room, était devenu, depuis près d'un an, le repaire favori d'un groupe d'élus à la Chambre des représentants et au Sénat : des membres des comités d'intelligence et des services armés. Une fois par semaine, ils se retrouvaient dans le Lafayette Room pour un « déjeuner de travail » avec les analystes et les conseillers du Pentagone, de la CIA et du Département d'Etat. Ces réunions régulières et informelles étaient considérées comme une occasion d'échanger des informations, de régler les disputes politiques et d'aplanir des conflits de personnes dans un cadre plus amical, plus convivial, loin des bastions politiques sur Capitol Hill.

Dans la cuisine immaculée du restaurant, un des plus récents commis du chef, un immigrant roumain qui s'appelait Dragos Bratianu, travaillait avec habileté et rapidité à un mélange de petits pois, de pointes d'asperges, de haricots verts, d'oignons nouveaux et d'estragon qu'il disposait dans un large bol. Il mettait la touche finale à cette salade commandée par un des experts les plus renommés et les plus compétents du Département d'Etat, spécialiste de la politique étrangère russe.

Bratianu risqua un coup d'œil prudent par-dessus son épaule. Les autres hommes et femmes en tablier blanc qui encombraient la cuisine étaient tous occupés à préparer leurs propres assiettes pour les convives, nombreux en ce jour de semaine. Personne ne faisait attention à lui. C'était l'occasion.

La bouche sèche, le petit homme aux larges épaules plongea sa main droite dans une poche de son tablier et en sortit une fiole en verre transparent. D'un geste rapide et décidé, il descella le bouchon et versa dans la salade qu'il venait de terminer le liquide transparent, incolore que contenait la petite fiole. Cela fait, il arrosa le bol de sauce à l'huile de noix, mélangea le tout pour associer les saveurs et frappa sur la sonnette.

Une serveuse arriva. « Oui, chef ?

— Ta salade de printemps pour la table cinq », lui dit tranquillement Bratianu.

Sans hésiter, elle posa le bol de salade sur son plateau en argent et passa les portes battantes vers l'élégante salle de restaurant. Le jeune chef poussa un soupir de soulagement en la voyant disparaître. Il venait de gagner vingt mille dollars de plus – de l'argent non imposable qui allait se retrouver sur son compte en banque du Panama dès qu'il annoncerait ce dernier succès à son contrôleur. En attendant, une autre variante mortelle d'HYDRA se dirigeait vers sa victime désignée.

Moscou

Le canal Vodoutvnodny décrit un grand arc d'est en ouest avant de se jeter dans la Moscova à environ un kilomètre au sud du Kremlin. Il marque aussi la frontière nord du quartier de Zamochvoreche, où vivent de plus en plus d'étrangers, surtout des hommes d'affaires européens et américains et leurs familles. Une rangée de maisons jaune pâle de trois ou quatre étages borde la rive sud du canal gelé. Jadis résidences luxueuses, elles ont été divisées en appartements depuis longtemps.

Dans le salon d'un de ces appartements, le lieutenant-colonel Jonathan Smith se détourna de la fenêtre et des rues assombries, presque vides. Il était très tard, près de minuit. Une voiture bleue et blanche de la milice passa lentement et tourna à gauche sur un pont qui conduisait droit au Kremlin. Ses feux arrière rouges disparurent dans l'obscurité épaisse de l'hiver. Il laissa retomber les lourds doubles rideaux et regarda Kirov. « Tu es certain que cet endroit est sûr ?

— Absolument sûr ? non, je ne peux pas te le promettre. Mais c'est l'abri le moins dangereux que je pouvais trouver en si peu de temps. Le propriétaire est un vieil ami à moi, expliqua-t-il avec un sourire, un homme qui me doit beaucoup – y compris sa vie et sa liberté. En plus, la plupart de ses autres locataires sont des cadres d'entreprises privées qui viennent à Moscou par roulement pour de courtes périodes, ce qui fait que votre présence, à Fiona et à toi, ne paraîtra pas suspecte. »

Smith hocha la tête. Kirov avait pensé à tout. Dans une ville aussi surpeuplée que Moscou, quand les gens habitués à un État policier remarquaient quelque chose ou quelqu'un qui sortait de l'ordinaire, ils étaient vite soupçonneux et ils risquaient de signaler les étrangers aux autorités. Mais si les autres résidents de cet immeuble étaient eux-mêmes des nouveaux venus, Fiona et lui couraient moins de risques d'attirer l'attention. « Combien de temps pouvons-nous rester ici sans vous causer trop d'ennuis, à toi et à ton ami propriétaire ?

— Deux ou trois jours au moins. Sans doute plus longtemps. Après, il serait plus sage de changer de planque – d'en trouver une hors de la ville peut-être.

— Et vous ? » demanda Fiona.

Pâle, épuisée après la mêlée sanglante dans l'ambulance, elle était assise sur un canapé et regardait les deux hommes. Ils avaient étalé les notes d'Elena Vedenskaya sur une table basse devant elle et à côté du carnet que Smith et elle avaient utilisé pour traduire grossièrement le jargon médical et les termes scientifiques les plus obscurs du dossier. Ils avaient interrompu leur travail quand le Russe aux cheveux argentés était revenu, après être allé rapidement acheter vivres et nécesssaire de toilette. Ils devraient attendre le lendemain pour de nouveaux vêtements.

« Moi ? demanda Kirov. Je ne suis pas vraiment en danger. Je suis presque certain que les hommes qui vous recherchent, Jon et vous, ne m'ont pas bien vu. Aucun de ceux qui sont encore en vie, en tout cas.

— Mais qu'en est-il du 4 × 4 qu'on a dû abandonner ? Est-ce qu'il peut les faire remonter jusqu'à vous ?

— Non, la rassura Kirov. J'ai acheté la Niva en liquide en passant par de nombreux intermédiaires. Aucun papier ne peut la relier à moi.

— Il reste un problème, intervint Smith.

— Oh ? s'étonna Kirov.

— Toi et moi avons un passé commun. Nous avons travaillé ensemble, tant ici qu'à Washington, pendant l'opération Cassandre pour retrouver les virus de la variole, lui rappela Jon. Et ces gens connaissent mon nom et au moins une partie de mon passé. Ils pourraient commencer à se poser des questions sur Oleg Kirov, ancien général du Service de Sécurité fédéral.

— C'est très peu probable, affirma le Russe avec un sourire malicieux. Il faut que tu saches qu'avant de quitter le FSB, je me suis assuré que certains dossiers ultrasecrets soient... effacés. Je peux t'affirmer que personne ne trouvera dans les archives du quartier général de la Lubyanka une quelconque information me reliant au célèbre colonel Jonathan Smith. Si tu te souviens bien, même à l'époque, les détails de notre association temporaire sont restés cachés à tous hormis un très petit groupe de gens. »

Smith s'en souvenait.

Soudain conscient de son immense fatigue, Jon traversa la pièce et s'effondra dans un vieux fauteuil en face de Fiona. L'adrénaline qui l'avait soutenu jusqu'alors avait disparu, le laissant faible, épuisé. Ce fut soudain un délice de ne plus être debout, ne serait-ce que pour quelques brefs instants. Il regarda Kirov. « D'accord, tu es hors de cause pour le moment. C'est un soulagement, un gros soulagement. Mais j'aimerais pourtant connaître le rôle précis que tu joues dans tout ce bordel. Note bien que je ne me plains pas, dit-il avec un faible sourire, pas après que tu nous as sauvé la vie à tous les deux. Mais je suis un peu curieux de savoir comment tu as fait pour surgir juste au bon moment. Comment tu t'es matérialisé là, armé et au volant d'un véhicule dont on ne peut retrouver la trace.

— Fiona m'a demandé de vous couvrir de loin pendant votre rendez-vous avec le Dr Vedenskaya. J'ai été heureux d'accepter.

— Oleg est à la tête d'une entreprise de conseil en sécurité. Il est le plus souvent engagé par des hommes d'affaires qui viennent travailler à Moscou », expliqua Fiona Devin.

Pour la première fois depuis leur capture et leur évasion de justesse, ses grands yeux brillèrent d'amusement. « Mais il a une gamme de clients assez large, ajouta-t-elle.

— Y compris votre mystérieux M. Klein, intervint Kirov avec un large sourire. Nous sommes donc collègues une fois de plus. »

Smith voyait maintenant comment tous les éléments se mettaient en place. L'officier russe à la retraite était un des hommes de Fiona Devin à Moscou, un membre de l'équipe du Réseau Bouclier qu'elle avait choisi parmi les meilleurs. A la retraite ou non, on pouvait parier que Kirov avait gardé des amis fidèles et des collègues fiables à chaque niveau du gouvernement russe. Pas étonnant que Fiona ait été si sûre de pouvoir vérifier rapidement la liste de contacts potentiels qu'il lui avait confiée. Pas étonnant non plus qu'elle ait su que le dossier d'Elena Vedenskaya au FSB avait été nettoyé de toute information préjudiciable. Combien d'autres dossiers Kirov avait-il « vérifiés » avant de se laisser purger par le régime de Dudarev ?

249

Pendant un moment, Jon regarda son collègue en silence. Comment son travail pour une organisation de renseignements américaine cadrait-il avec sa vie de loyal officier de haut rang dans l'armée et les services secrets russes ? Les exemples de loyautés partagées tournaient souvent au vinaigre. Soumis à des pressions contradictoires, il arrivait aux meilleurs hommes de craquer quand ils devaient choisir entre des idéaux abstraits et des liens du sang ou leur nationalité. Sans réfléchir à l'effet que cela pouvait produire, il exprima sa pensée à haute voix.

« Je reste un patriote russe, docteur ! répliqua Kirov, dont les muscles se tendirent visiblement. Mais je ne suis pas un patriote aveugle ou abruti. Dudarev et ses sbires ramènent ma patrie dans l'obscurité, ils l'entraînent sur une voie ancienne, tyrannique, qui ne peut que conduire au désastre. Tant que cela reste vrai et tant que les véritables intérêts de mon pays ne sont pas compromis par mes actions, je ne vois aucun mal à vous aider. Comme maintenant. » Il regarda l'Américain droit dans les yeux avant de reprendre d'une voix assurée. « Dans le passé, nous avons combattu côte à côte et nous avons versé du sang ensemble, Jon. Maintenant, je te demande de me faire confiance une fois de plus. Est-ce trop, après tous les risques que j'ai déjà pris pour toi – et pour Mme Devin ?

— Non, pas du tout », admit Smith en se rendant brusquement compte qu'il avait poussé l'autre dans ses retranchements.

Il se leva pour pouvoir regarder Kirov droit dans les yeux. « Je suis désolé, Oleg, dit-il en lui tendant la main. J'ai eu tort de douter de ton sens de l'honneur et de ton intégrité.

— A ta place, je me serais posé les mêmes questions, l'assura le Russe. Les soupçons et les doutes sont des périls inhérents au jeu que nous jouons : celui des espions. »

Visiblement aussi confus l'un que l'autre, ils se serrèrent la main.

« Maintenant qu'Oleg et toi avez décidé que vous êtes loyaux, nobles, dignes de confiance et parangons de toutes les autres vertus, crois-tu que tu pourrais m'aider à finir de décrypter les notes du Dr Vedenskaya ? » demanda Fiona à Jon.

Sans pouvoir dissimuler un sourire amusé, elle montra les papiers dispersés sur la table basse. « Mon russe est excellent, mais ma connaissance de la terminologie médicale de haut niveau est presque inexistante. A moins que tu puisses m'expliquer ce que veulent dire ces termes et ces phrases, je ne vais pas aller très loin dans ma tentative de transmettre des documents compréhensibles aux experts américains. »

Smith lui rendit son sourire. Elle avait raison de se plaindre. Un peu rouge d'embarras, il se rassit – sur le canapé, près d'elle, cette fois – et prit la liasse de notes sur le cas suivant. « Faites feu dès que vous serez prête, madame Devin, lui dit-il. Mon cerveau est à votre service. »

Réprimant à peine un bref éclat de rire, Kirov gagna la petite cuisine pour y ranger les courses. Il ne repassa la tête dans le salon que le temps de demander si ses compagnons voulaient qu'il fasse du thé pour les aider à rester éveillés. Les deux autres acceptèrent. Quand il eut préparé la boisson, il les rejoignit et, ensemble, ils progressèrent péniblement dans les denses colonnes de notes en cyrillique pour donner un sens aux diverses annotations et aux termes médicaux abrégés qu'avaient utilisés le Dr Vedenskaya et ses collègues.

Ce travail pénible leur prit un temps fou, jusqu'aux premières heures du jour. Bien que difficiles à lire et parfois cryptiques, les notes d'Elena étaient remarquablement complètes. Elle avait établi la liste de toutes les particularités concevables des quatre premières victimes : leur nom, leur âge, leur sexe, leur statut socio-économique, leurs caractéristiques physiques et mentales, etc. Elle avait inclus des observations détaillées sur l'évolution de cette maladie mystérieuse chez chaque patient, de l'instant où ils avaient été admis à l'hôpital jusqu'à leur dernière seconde de vie. Les moindres résultats d'analyses et tous les rapports d'autopsie étaient là aussi, avec les données importantes analysées, comparées et croisées sous des dizaines d'angles différents.

Quand Smith put enfin se radosser à son siège, il poussa un soupir, découragé. Il avait l'impression de s'être frotté les yeux avec du papier de verre, son cou et ses épaules étaient si douloureux et raides que le moindre mouvement le faisait souffrir.

« Qu'est-ce que tu en penses ? demanda Fiona.

— Je pense que nous ne sommes pas plus près d'assembler le puzzle que lorsque nous avons commencé, dit-il avec franchise. Ces notes confirment pour l'essentiel tout ce que Petrenko m'a dit avant de mourir. Les victimes ne se connaissaient pas. Elles vivaient toutes dans des quartiers différents de Moscou ou de sa banlieue. Elles n'avaient ni amis ni relations en commun. Elles n'avaient ni le même style de vie, ni le même genre de travail. Il n'y a absolument rien qui puisse nous indiquer un vecteur naturel de cette maladie.

« — Un vecteur ?

— Un vecteur, c'est une personne, un animal ou un micro-organisme qui transmet une maladie donnée, expliqua Smith.

— Et c'est important ? demanda Kirov.

— Ça peut être très important, car ça laisse entendre ici que cette maladie n'est pas d'origine naturelle. Ce qui veut dire que ce qui a tué ces gens pourrait avoir été fabriqué en laboratoire – accidentellement ou intentionnellement... »

Il s'interrompit pour réfléchir. Sa bouche n'était plus qu'une fine ligne maussade.

« Qu'est-ce qu'il y a, colonel ? demanda Fiona.

— Une très vilaine pensée m'a traversé l'esprit. Ceux qui ont été affectés par cette maladie semblent être aussi différents les uns des autres que peuvent l'être quatre êtres humains, non ? »

Les deux autres hochèrent la tête sans comprendre où il voulait en venir.

« Eh bien, c'est presque comme s'ils avaient été choisis comme sujets d'expérience, choisis pour tester l'action d'un organisme ou d'un processus mortel sur des gens d'âge, de sexe et de métabolisme différents.

— Ce serait abominable ! s'exclama Fiona avant de lever des sourcils interrogateurs. Tu fais référence à cette rumeur rapportée par Elena sur ce scientifique est-allemand, c'est ça ?

— C'est ça. Si Wulf Renke est encore vivant, ces premières contaminations pourraient bien être le genre d'essai aussi ponctuel qu'horrible d'une arme biologique qu'un malade comme lui pourrait mener. Mais envisager cette possibilité ne nous conduit pas plus loin, soupira-t-il. Je n'ai toujours pas réussi à trouver un schéma utile dans ces notes. Elles ne semblent comporter aucune donnée qui puisse nous fournir une idée plus claire de l'origine de cette maladie, ni nous dire comment elle tue ses victimes, ni même comment cette satanée chose se transmet.

— Ce qui aboutit à un paradoxe troublant, fit remarquer Kirov. Si ces documents sont inutiles, pourquoi tant de gens ont-ils été assassinés pour éviter que tu les étudies ? »

Chapitre vingt et un

19 février, Berlin

A dix-huit kilomètres au sud du centre de Berlin, l'aéroport international Brandenburg était encore englué dans le brouillard du petit matin quand un avion d'entreprise se posa sur la piste 25-R. Ses deux moteurs à réaction hurlaient tandis qu'il décélérait peu à peu et roulait devant les rangées de lumières rouges et vertes qui bordaient deux par deux la longue piste d'atterrissage. A mi-chemin du terminal brillamment éclairé, l'avion bifurqua vers la zone de fret et s'arrêta près de l'immense hangar de maintenance de la Lufthansa.

Une BMW noire attendait tout près sur le tarmac noir, luisant d'humidité.

Quatre hommes jeunes, minces et musclés, en lourds pardessus et toques de fourrure, descendirent de l'avion et partirent d'un pas vif vers la voiture qui les attendait. Ils tenaient chacun un petit sac de voyage, mais pas de véritables bagages. Leurs yeux froids et durs vérifiaient les alentours pour déceler une menace potentielle ou l'amorce d'ennuis.

Un cinquième homme, plus petit, plus gros et un peu plus âgé vint à leur rencontre. Il adressa à leur chef un signe de tête correct. « Bienvenue en Allemagne, mein Herr. Quel temps fait-il à Moscou en ce moment ?

— Froid et sombre, comme ici, répondit Gerhard Lange en baissant les yeux vers l'homme venu les accueillir. Avez-vous réglé le passage en douane et l'immigration ?

— Les autorités ne feront aucune difficulté.

— Excellent ! approuva l'officier de l'ex-Stasi. Et l'équipement spécial dont nous aurons besoin, vous l'avez ?

— Dans le coffre.

— Montrez-le-moi. »

L'homme conduisit Lange et trois membres de son équipe à l'arrière de la BMW. Il déverrouilla le grand coffre avec des gestes amples et prétentieux et s'écarta pour qu'ils puissent examiner le contenu des cinq caisses métalliques qui y étaient entreposées.

Lange eut un mauvais sourire en découvrant l'ensemble des armes mortelles rangées dans quatre des cinq caisses : pistolets-mitrailleurs Heckler & Koch, pistolets H & K et Walther, munitions, blocs de plastic explosif et détonateurs, minuteries. La cinquième caisse contenait plusieurs gilets pare-balles, des engins de communication, des survêtements noirs, des vestes d'assaut et des bérets vert forêt comme ceux que portaient les membres des détachements d'élite antiterroristes allemands du GSG-9. Il était clair que Brandt ne voulait pas échouer. Ses tueurs seraient équipés pour presque toutes les situations concevables.

« Avez-vous déjà une cible ? demanda le petit homme.

— Pas encore, répondit sèchement Lange en refermant le coffre. Mais j'attends nos ordres de Moscou d'ici peu. »

Près de la frontière russo-kazakhe

Une chaîne de collines râpées s'élevait au nord de la Derkul. Il y avait quelques bosquets sur les hauteurs, mais presque toutes les pentes étaient dénudées, parsemées seulement de rares touffes d'herbe sèche. Par-delà la rivière, le terrain s'aplatissait et s'étendait vers le sud et l'est jusqu'à l'horizon lointain. C'était la frontière nord-ouest des vastes steppes qui constituaient l'essentiel du Kazakhstan.

Le lieutenant des Spetsnaz Youri Timofeyev était allongé par terre, caché derrière de hautes herbes sèches juste en dessous de la crête d'une des petites collines. Les motifs beiges et bruns de sa veste et de son casque de camouflage se fondaient dans la nature, le rendant effectivement invisible à quiconque se trouvait à plus de vingt mètres de lui. A travers ses jumelles, il scrutait à nouveau la route et la voie ferrée parallèles à la rivière.

Au bout d'une minute, il baissa ses jumelles et regarda l'homme près de lui. « Il est 7 heures. Je vois deux camions de dix tonnes, tous deux civils, et un bus, presque plein. Il y a aussi une limousine noire de marque Volga, probablement un véhicule officiel. Ils se dirigent tous vers l'est, vers Ouralsk, à environ quatre-vingts kilomètres à l'heure. Rien ne vient de l'ouest pour l'instant. »

Son compagnon, l'adjudant Pausin, nota scrupuleusement ces indications sur un petit carnet, les ajoutant à la longue liste détaillant le trafic routier et ferroviaire qu'ils avaient observé ces dernières quarante-huit heures. « C'est bon ! marmonna-t-il.

— On va rester ici combien de temps, à compter ces putains de voitures et de locomotives ? grogna un troisième soldat des Spetsnaz, caché à quelques mètres d'eux avec dans les bras un fusil d'assaut AKSU-74 à canon court, cette variante réduite du fusil d'assaut russe standard.

— Aussi longtemps que nécessaire, Ivan. Jusqu'à ce que le quartier général m'envoie de nouveaux ordres sur cette petite machine », lui répondit Timofeyev en montrant sa radio à longue portée posée près de lui dans l'herbe rare.

Les trois commandos russes, des vétérans endurcis de l'interminable guerre en Tchétchénie, étaient des membres d'un groupe spécial de reconnaissance. Ils s'étaient glissés par-delà la frontière avec le Kazakhstan deux nuits plus tôt et ils avaient établi leur poste d'observation discret sur cette colline dominant la jonction de deux routes importantes et de la seule voie ferrée le long de la frontière kazakhe. On leur avait donné l'ordre de noter tout trafic progressant sur ces voies de communication et de prêter spécialement attention à toute patrouille militaire ou frontalière. Ils n'en avaient vu que très peu, jusque-là. L'essentiel de la petite armée kazakhe, bien mal équipée, était stationné loin à l'est, le long de sa frontière avec la République populaire de Chine.

Le troisième soldat, le sergent Belukov, ne décolérait pas. « C'est quand même une perte de temps.

— Tu préférerais être en train de pourchasser les Moudjahidin ? demanda Pausin en référence aux combattants tchétchènes.

— Bien sûr que non ! » admit Belukov avec un

frisson. Leur dernière campagne en Tchétchénie avait été un long cauchemar, plein d'embuscades soudaines et meurtrières, de raids violents de part et d'autre. « Mais je ne vois pas l'intérêt de cette mission de reconnaissance. Cette connerie n'aurait de sens que si nous allions les envahir. Mais pourquoi est-ce qu'on devrait s'embêter à conquérir ce désert ? dit-il en montrant la steppe désolée et vide qui s'étendait au loin dans la pénombre grise.

— Parce que, pour commencer, le Kazakhstan était à nous, avant. Presque la moitié de ceux qui vivent ici sont des Russes, des gens de notre peuple, répondit Timofeyev. Et aussi, idiot, parce qu'il y a là-dessous d'énormes réserves de pétrole, de gaz naturel, de bauxite, d'or, de chrome et d'uranium – tout ce dont sont faits les rêves du président Dudarev... »

Il interrompit soudain sa démonstration en entendant un cheval hennir derrière eux. Le lieutenant des Spetsnaz et ses deux hommes se retournèrent et virent un gamin qui les regardait, aussi surpris qu'eux, du haut de la colline.

L'enfant, qui ne devait pas avoir plus de douze ou treize ans, portait un long manteau en laine, une chemise blanche large et un pantalon bouffant brun retenu à la taille par une écharpe à la manière des bergers kazakhs. Il menait par les rênes un poney des steppes qui cherchait de quoi manger dans l'herbe sèche. A l'arrière de la selle, les soldats virent un paquet qui contenait sans doute la tente, la literie et les vêtements de l'enfant.

Avec mille précautions, Timofeyev et ses hommes se levèrent. « Qu'est-ce que tu fais là ? demanda le Russe, tandis que sa main droite progressait presque imperceptiblement vers l'étui de son arme à sa hanche. Alors ?

— Mon père et moi cherchons où nous installer au printemps, répondit l'enfant sans cesser de regarder de ses grands yeux noirs les trois soldats en tenue de camouflage. Quand on sortira nos troupeaux des enclos d'hiver près d'Ouralsk, on devra savoir où trouver le meilleur fourrage et de l'eau.

— Ton père t'accompagne ? demanda gentiment Timofeyev.

— Oh ! non, répondit fièrement le gamin. Il chevauche à l'ouest. Ces collines, c'est moi qui en suis responsable.

— Tu es un bon fils ! » approuva le lieutenant des Spetsnaz d'un air absent.

Il se saisit de son pistolet – un Makarov P6 muni d'un silencieux –, enleva la sécurité, l'arma, visa et pressa la détente.

Touché en haut de la poitrine, l'enfant fut projeté en arrière par l'impact. Ses yeux s'arrondirent, s'emplirent d'horreur. Il regarda sans comprendre le sang qui coulait sur sa chemise blanche déchirée. Puis, lentement, il tomba à genoux.

Timofeyev engagea une autre balle et tira de nouveau, dans la tête, cette fois. L'enfant kazakh se recroquevilla par terre et resta immobile dans une touffe de hautes herbes.

Son poney hennit d'inquiétude. Affolé par l'odeur chaude et cuivrée du sang frais, le petit cheval se cabra et s'échappa, galopant sur la colline, et disparut. Le sergent des Spetsnaz Belukov rugit de fureur et partit en courant vers la crête, suivi une seconde plus tard par ses deux camarades.

Au sommet, il mit son AKSU-74 à l'épaule et visa

le poney qui s'échappait dans la pente. Il passa en tir automatique.

« Non ! s'écria Timofeyev en abaissant le fusil d'assaut avant que le sergent ouvre le feu. Abattre cet animal ferait trop de bruit. Laisse-le partir. Plus loin il s'enfuit, mieux ça vaut pour nous. Comme ça, quand les Kazakhs viendront à la recherche du gosse, ils mettront plus de temps parce qu'ils ne sauront pas où le trouver. »

Belukov approuva et reconnut son erreur.

« Pausin et toi, creusez un trou là-bas, continua le lieutenant en montrant du pouce le bosquet d'arbres le plus proche. Pendant que vous enterrerez le corps, je signalerai au quartier général que nous allons prendre notre position de repli.

— Est-ce qu'on devrait pas repasser la frontière ? demanda Belukov, que la manœuvre étonnait. Avant que les Kazakhs commencent leurs recherches ?

— On a des ordres, lui rappela Timofeyev d'un ton glacial. Une mort regrettable ne change rien à notre mission. De toute façon, quand ça pétera, d'autres innocents mourront. C'est la loi de la guerre. »

Chapitre vingt-deux

Berlin

Randi Russell monta deux à deux les marches menant au troisième étage de l'ambassade. Elle s'arrêta un instant sur le palier pour accrocher sa carte de l'Agence centrale d'intelligence à la poche de poitrine de sa veste bleu marine, puis poussa la porte coupe-feu et tourna à gauche dans un large couloir. Des employés de l'ambassade chargés de brassées de demandes de visa et d'autres correspondances officielles qu'ils faisaient transiter d'un bureau à un autre la virent venir à grands pas et dégagèrent le passage.

Le caporal des *marines*, de haute taille, la mâchoire carrée, qui montait la garde devant la salle de conférences sécurisée, s'avança vers elle, une main sur son arme. Il étudia attentivement sa carte d'identification avant d'approuver. « Vous pouvez entrer, mademoiselle Russell. M. Bennet vous attend. »

Dans la salle de conférences, Curt Bennett, chef de l'équipe technique envoyée du quartier général de la CIA à Langley, la regarda à peine quand elle entra. Les yeux rouges de fatigue, mal rasé, les vêtements fripés, il était assis devant deux ordinateurs en réseau qu'on avait installés au bout d'une longue table. Son équipe et lui avaient passé toute la nuit précédente et ce début de matinée à disséquer et analyser les données que Randi avait copiées dans les archives du Bundeskriminalamt. Un peu partout, on avait abandonné des tasses de café froid et des boîtes de soda – sur la table, par terre, en équilibre précaire sur les chaises. L'air sentait le renfermé.

Randi tira une chaise et s'assit près de lui. « J'ai reçu votre message, Curt, dit-elle au petit homme agité et presque chauve qui portait d'épaisses lunettes cerclées de métal. Que pouvez-vous me dire ?

— Que votre intuition était juste, répondit-il avec un rapide sourire tout en dents. Quelqu'un au sein du BKA a été très, très vilain – du moins en ce qui concerne notre Herr Professor Wulf Renke. »

Randi expira longuement. Un énorme poids venait de quitter ses épaules. Plus elle étudiait le passé de Renke, plus elle était convaincue que quelqu'un de haut placé au sein des forces de l'ordre allemandes le protégeait. De quelle autre façon ce spécialiste des armes biologiques aurait-il pu si facilement éviter d'être arrêté au moment où le Mur était tombé ? Comment aurait-il pu voyager, apparemment à son gré, dans tant d'Etats totalitaires du monde – en Irak, en Corée du Nord, en Syrie, en Libye, entre autres ?

Mais avoir une intime conviction était une chose ; risquer sa carrière et les relations de l'Agence avec ses alliés allemands en s'introduisant dans les archives du BKA en était une tout autre. S'entendre dire que son pari était gagnant fut un immense soulagement pour Randi. Si l'opération tournait mal, les grosses huiles de la CIA à Langley pourraient toujours la jeter aux fauves, mais ils ne pourraient plus le faire sous prétexte que la réalité de la situation avait prouvé qu'elle s'était trompée.

Randi se pencha en avant. « Montrez-moi !

— La plupart des dossiers que JANUS a repêchés étaient sans conséquences », dit Bennet. Ses doigts pianotaient sur le clavier d'un des ordinateurs pendant qu'il parlait pour afficher des documents sur l'écran et les renvoyer dans le cyberespace. « Des trucs standard. Un peu le genre de choses qu'on a, nous aussi, sur Renke dans nos bases de données – des rapports de rumeurs entendues par des agents de terrain, la mention de rencontres possibles qui n'ont pu être ni renouvelées ni prouvées, des demandes d'enquêtes de suivi de la part de responsables... ce genre de trucs.

— Qu'est-ce qu'il y avait d'autre ?

— Ce qu'il y a, Randi, c'est que le système informatique du BKA est plein de fantômes.

— De fantômes ?

— De fichiers et de courriels effacés. Vous voyez, presque tous les logiciels de traitement de texte et de gestion de données ont une faille commune – un défaut du point de vue de celui qui veut effacer des documents ou des chiffres compromettants.

— C'est-à-dire ?

— Vous pouvez jeter un dossier dans la poubelle et la vider, mais ça ne veut pas vraiment dire que ce que vous avez fait disparaître n'est plus nulle part, passé à la déchiqueteuse et illisible. C'est juste mis de côté, prêt à être recouvert quand le système a besoin de place. Mais comme les courriels et la plupart des fichiers ne prennent guère de place – surtout dans des systèmes énormes et interconnectés – ils sont en

264

général toujours là ; ils attendent juste d'être récupérés par le bon logiciel.

— Laissez-moi deviner, Curt ! C'est une des capacités de JANUS.

— Oui ma chère !

— Mais est-ce qu'il n'y a pas des programmes conçus pour effacer totalement les fichiers jetés ? demanda-t-elle après un temps de réflexion.

— Bien sûr. Et beaucoup d'entreprises privées et d'agences gouvernementales les utilisent, de nos jours. Mais presque aucun organisme ne prend jamais la peine de demander qu'on revienne en arrière pour nettoyer les disques durs des fichiers anciens et prétendument effacés qui se sont accumulés dans les coins.

— Comme ces fichiers fantômes que vous avez découverts.

— Exactement. Et c'est ainsi que nous avons compris que quelqu'un au sein du BKA protégeait Wulf Renke. Regardez un peu ces fichiers plus anciens ! »

De quelques pressions des doigts, il fit apparaître une page sur l'écran.

Randi lut en silence les pages que Bennett faisait défiler sous ses yeux. Il s'agissait d'une version numérique du dossier personnel officiel de Renke établi par le gouvernement est-allemand, avec une photo en noir et blanc du savant, ses empreintes, une description physique détaillée et des notes sur sa naissance, ses études, ses recherches. La photo montrait un homme avenant au visage rond, aux cheveux noirs ondulés et aux sourcils en bataille.

« C'est ce que le Bundeskriminalamt a dans ses archives actuelles, expliqua Bennett. Les données qu'il fournit quand une autre agence de renseignements ou de maintien de l'ordre – nous par exemple, ou la DGSE, ou le MI6 – lui pose des questions pour rechercher Renke et demande des informations au gouvernement allemand.

— Mais il y a un autre dossier, devina Randi, une version antérieure que quelqu'un a effacée.

— Regardez ! »

Une fois de plus, les doigts de Bennett dansèrent sur les touches et un ensemble d'images numériques du dossier est-allemand personnel de Renke apparut sur le second écran.

Randi passa de l'un à l'autre pour les comparer. Elle n'en crut pas ses yeux. « Seigneur ! » murmura-t-elle.

La version originale du dossier montrait une photo d'un homme très différent, bien plus mince, aux cheveux blancs coupés court, à la barbe et la moustache taillées avec soin. La description physique qui l'accompagnait correspondait à cette nouvelle image et il était clair, même après une inspection rapide, que les empreintes digitales de ce dossier n'étaient pas les mêmes que celles du dossier plus récent.

« Pas étonnant que personne n'ait jamais réussi à mettre la main sur Renke ! fit remarquer Randi d'un ton amer. Grâce à ce dossier falsifié, nous n'avons cessé de rechercher le mauvais bonhomme, sans doute quelqu'un qui est mort depuis 1989 au moins. Pendant ce temps, le vrai Wulf Renke peut aller et venir à sa guise dans n'importe quels pays, certain que ses empreintes et son visage ne déclencheront aucune sonnette d'alarme.

— C'est ça, confirma Bennett en tapotant le côté de l'un des ordinateurs. Et plus on fouille dans les dossiers que vous avez récupérés, plus on trouve de preuves d'une protection continue dont a bénéficié ce Herr Professor Renke. On peut dire que sur ces quinze dernières années, chaque fois que quelqu'un a repéré Renke, le rapport a été modifié par la même source du BKA. Et toute personne qui a tenté de suivre la piste d'un de ces rapports falsifiés a dû se retrouver dans un labyrinthe où elle s'est perdue. »

Pendant un moment, Randi regarda le petit informaticien dans les yeux. Puis elle sourit. « D'accord, Curt. Je sais que vous êtes ravi de cette occasion de m'éblouir par vos talents, alors, crachez le morceau ! Qui est le traître au sein du Bundeskriminalamt ? Qui couvre Renke depuis toutes ces années ?

— Il s'appelle Ulrich Kessler, répondit Bennett. L'empreinte électronique de ce type – son identité d'utilisateur et ses mots de passe – se retrouve partout sur les dossiers effacés. Il était de plus au poste idéal pour aider Renke à échapper à la police, à la chute du Mur.

— Comment ça ?

— Kessler était l'officier supérieur du BKA chargé de l'enquête sur Renke. L'affaire Renke lui avait été confiée, presque à lui seul, dès ses débuts prometteurs jusqu'à son dénouement infamant et frustrant.

— Formidable ! commenta Randi en regardant à nouveau le dossier "fantôme" d'un air dégoûté. Et où travaille ce fils de pute de Kessler, en ce moment ?

— Ici même à Berlin ! Mais il a été promu au fil des années, répondit Bennett avec un sourire cynique. Sans doute pour le remercier de son premier grand échec – à condition que les Allemands aient les mêmes habitudes de travail que nous.

— Continuez ! insista Randi en riant. Donnez-moi la mauvaise nouvelle.

— Ulrich Kessler est un des administrateurs en chef du BKA... En fait... il est un des hommes les plus haut placés au ministère de l'Intérieur allemand. »

Chapitre vingt-trois

Tête de pont de la force de frappe,
164ᵉ régiment de bombardiers de l'armée de l'air

L'avion de combat SU-34 passa bas sur le paysage campagnard, vrombissant vers le sud à travers la nuit noire à près de huit cents kilomètres à l'heure. L'avion frissonnait et cahotait de temps à autre, troublé dans sa course par les turbulences en passant de l'air chaud à l'air froid.

Les deux hommes d'équipage du Su-34 étaient assis côte à côte dans le cockpit, le pilote/commandant de bord à gauche, le navigateur/mitrailleur à droite. Tous deux transpiraient dans leurs combinaisons pressurisées, tant ils se concentraient sur leur mission. Des écrans multifonction luisaient, permettant à chacun de contrôler les systèmes les plus cruciaux, mais le pilote, un homme épais, commandant d'escadron de l'armée de l'air, se concentrait sur l'écran qui transmettait les informations du viseur tête haute à infrarouge, ou HUD, qui balayait le ciel et le sol devant eux.

« Vingt kilomètres jusqu'à la cible ! annonça le navigateur, un jeune capitaine, en pressant un bouton sur le panneau proche de son genou droit. Lancement prêt !

— Compris ! » marmonna le commandant.

Il plissa les yeux, agacé de sentir une goutte de sueur couler dans son œil droit. Une fenêtre apparut sur son HUD, au-dessus et à quelques degrés à gauche de la route suivie par le Su-34. C'était un navigateur relié à leur ordinateur de bord – un guide visuel vers leur première cible au sol. Il tira sur le manche ce qui les fit monter rapidement de deux mille mètres tout en virant un peu jusqu'à ce que la cible soit bien centrée sur l'écran.

La lueur plus intense des lumières de la ville apparut bientôt, de plus en plus large à l'horizon au fur et à mesure de leur approche. L'entrelacs de routes et de voies ferrées tailladait le paysage sombre comme une lacération au couteau. Le ruban noir d'un fleuve, le Dniepr, entra dans son champ de vision. Des jours, des semaines d'étude intensive des cartes lui permirent de reconnaître la banlieue est de Kiev, la capitale de l'Ukraine.

« Quinze kilomètres, annonça le navigateur en pressant encore une série de boutons. Système de guidage actif. Coordonnées chargées. »

Soudain un signal d'alarme résonna dans le casque du commandant.

« Repérés par un radar de défense ! s'écria le navigateur en s'activant comme un fou sur ses écrans de défense. Alerte de détection ! Arrière droit !

— Bloque-le ! » grogna le commandant.

Un radar ukrainien avait décelé leur présence, probablement celui du vaste complexe de défense aérienne près de Konotop. Il eut un petit rire dégoûté. Selon les ordres de mission, des équipes de Spetsnaz infiltrées clandestinement devaient avoir détruit ces radars un quart d'heure plus tôt ! Il n'avait que mépris pour ces commandos arrogants choyés par l'armée de terre.

Peu importait. Même en ces temps de combats assistés par une technologie de pointe, de satellites et d'armes guidées avec précision, le vieil adage qui voulait qu'aucun projet ne puisse s'achever sans contact réel avec l'ennemi restait vrai. La guerre demeurait le domaine du hasard, de l'incertitude, de l'erreur humaine et matérielle.

Près de lui, son navigateur s'acharnait sur les manettes de contrôle de sa console pour tenter de leurrer le puissant radar ukrainien grâce aux systèmes de contre-mesures électroniques embarquées. Ce serait un miracle s'il réussissait, mais chaque seconde gagnée leur était précieuse. La distance de la cible indiquée sur le HUD était maintenant de douze kilomètres. Leur but se signala soudain par une lumière rouge. Ils étaient presque à portée de la cible principale, le quartier général du conseil de Défense ukrainien.

Un nouveau son plus strident résonna dans les écouteurs du commandant.

« Radar stabilisé, le mit en garde son coéquipier. Lancement de missile sol-air détecté. Deux missiles en route. L'ordinateur indique que ce sont des S-300. Je lance les mesures de défense active et passive !

— Merde ! » grommela le commandant.

Le S-300 était un des missiles sol-air à longue portée les plus modernes de l'arsenal ukrainien, l'équivalent d'un missile Patriote américain.

Le Su-34 frissonna au moment du lancement des leurres disperseurs. Des cartouches jaillirent et éclatèrent derrière le chasseur-bombardier qui filait à grande vitesse. Une seconde plus tard, des nuages de milliers de minuscules ballons de Mylar s'épanouirent dans l'air, chacune des gaines conçue précisément pour correspondre à la longueur d'ondes utilisée par le radar ennemi qui les avait repérés. Avec un peu de chance, les leurres ainsi dispersés allaient tromper les missiles qui les poursuivaient et les dévier de leur route.

« Allez, allez ! » suppliait le commandant entre ses dents.

Il maintenait obstinément son appareil sur sa route, bien qu'il fût tenté de commencer tout de suite les manœuvres dilatoires. La cible vira au vert sur l'écran. Elle était à leur portée.

« Arme lâchée ! » dit-il en pressant le bouton sur son manche. Le Su-34 se redressa d'un coup, plus léger de quelques tonnes tandis que quatre bombes téléguidées tombaient de sous ses ailes. Sans attendre plus longtemps, le commandant inclina le manche à gauche. L'avion se retrouva presque sur le dos et piqua vers le sol à toute vitesse.

Il termina sa plongée si près du sol que les arbres, les granges, les maisons et les pylônes à haute tension jaillirent de l'obscurité et disparurent presque avant que ses yeux enregistrent leur présence. Le signal d'alarme se tut dans son casque.

« Le radar nous a perdus ! confirma le navigateur avec un soupir de soulagement. On est sous leur ligne d'horizon. »

Le commandant tourna la tête pour regarder à travers la verrière derrière lui. Une succession de flashes éblouissants cascadèrent au loin, transformant soudain la nuit noire en une journée ensoleillée.

« Impacts des bombes, dit le navigateur avec calme.

L'ordinateur assure que tous les projectiles ont atteint les cibles prévues. »

Soudain, tout fut noir autour du cockpit du Su-34.

Une nouvelle voix se fit entendre dans leurs écouteurs. « Simulation d'attaque achevée. Ne bougez pas. »

Avec un grincement de vérins hydrauliques, la verrière se releva, révélant un immense hangar plein d'imposants simulateurs de vol sur Su-34. Les autres machines, comme de grosses boîtes, étaient encore en mouvement, oscillant et cahotant tandis que les engins reliés à un ordinateur fournissaient aux équipages une vision réaliste du ciel et du sol à l'extérieur du vaisseau qu'ils manœuvraient.

Le commandant repensa aux événements de la dernière heure. « Recommencez la mission, contrôleur ! dit-il dans le micro. Cette fois, je veux tenter une voie un peu différente pour voir si on peut éviter d'être repérés depuis Konotop quand on monte pour lâcher les bombes. »

Le navigateur le regarda avec un sourire épuisé. « C'est notre cinquième simulation de l'attaque aujourd'hui, Sergueï Nikolaïevitch. Ça fait trois jours qu'on passe douze heures d'affilée dans un simulateur pour réviser toutes les permutations possibles. Est-ce qu'on ne pourrait pas faire une pause, juste pour se détendre les jambes ?

— Pas encore, Vladimir, déclara le commandant avec la plus grande fermeté. Tu as vu les ordres de Moscou. Il ne nous reste que deux jours pour nous entraîner avant que tout le régiment se déploie à Bryansk. Et je ne crois pas un mot de ce qu'on nous dit sur un exercice de préparation à un cas d'urgence. »

Le commandant d'escadron de Su-34 posa sur son

subordonné un regard grave. « N'oublie pas que si, finalement, on exécute ce raid aérien sur Kiev, il n'y aura pas la place pour des erreurs humaines ni pour des erreurs de calcul. Il n'y aura pas de cession de rattrapage si on rate notre coup pendant la véritable mission. On ferait mieux de se préparer, et bien. A moins que tu veuilles y rester. »

Chapitre vingt-quatre

Le Kremlin

Le président russe Viktor Dudarev travaillait dans son bureau privé de la section centrale de l'immeuble jaune et blanc triangulaire du Sénat. Contrairement aux salles de réception au luxe inimaginable dans les autres palais du Kremlin, cette petite pièce était meublée avec simplicité et un grand sens pratique, décoration sommaire ponctuée de-ci de-là par quelques touches d'élégance classique.

Les armes de la Fédération de Russie, assemblage héraldique compliqué, étaient suspendues au mur derrière le bureau au plateau en malachite, flanqué de deux drapeaux : à gauche, celui de la Russie – blanc, bleu et rouge –, à droite l'étendard plus pittoresque de la présidence. Ces drapeaux apportaient les seules couleurs vives à la pièce, sinon lambrissée de chêne sombre avec un haut plafond à moulures peint en jaune et écru et un tapis astrakan vieux de plusieurs siècles à motifs géométriques dans les vert, rouge et ocre passés. Le long des murs, des bibliothèques étaient chargées de volumes rares et d'ouvrages de référence modernes. Entre les deux fenêtres, une longue table en chêne entourée de chaises à haut dossier.

Konstantin Malkovic occupait une de ces chaises. Il jeta un coup d'œil à Dudarev assis en face de lui, puis à l'homme grisonnant et trapu assis près du président russe. Le milliardaire d'origine serbe dissimula son mécontentement devant la présence à cette réunion cruciale d'Alexeï Ivanov, le chef austère du Treizième Directorat du FSB.

Il sentait la même réprobation chez l'homme assis à sa droite, Erich Brandt. Avant leur arrivée au Kremlin, l'officier de l'ex-Stasi lui avait signalé qu'Ivanov avait des chances de leur causer des ennuis à cause des malheureux manquements à la sécurité de l'opération HYDRA. En étudiant le visage sévère et impassible du chef des espions russes, Malkovic décida que Brandt avait sans doute raison. Il y avait quelque chose chez Ivanov qui lui rappelait un grand félin, un tigre ou un léopard, qui surveillerait d'un œil faussement paresseux mais impitoyable ceux qu'il considérait comme des proies potentielles.

Cette image le perturbait.

Quand il avait ouvert les négociations avec les Russes, l'Allemand l'avait prévenu des dangers, lui rappelant que « quand on tente de chevaucher un tigre, il arrive que le tigre vous mange ». A l'époque, Malkovic ne s'en était pas inquiété, jugeant Brandt bien trop pessimiste. Mais depuis qu'il était assis en face de ce sinistre chef du Treizième Directorat, le milliardaire commençait à comprendre les mises en garde de son subordonné.

Malkovic s'efforça de repousser ces pensées négatives. Ce n'étaient peut-être que ses nerfs qui lui jouaient des tours. Le triomphe était imminent, la récompense d'années de recherches aussi risquées que coûteuses, de planification complexe. Ce n'était pas le moment de craquer. Il reporta son attention sur le grand écran en bout de table. Le colonel Piotr Kirichenko, l'aide de camp de Dudarev, pilotait à l'aide d'une télécommande le défilement des cartes et des tableaux préparé pour cette réunion d'information ultrasecrète.

« Les tanks, les armes lourdes, les Spetsnaz et les unités de combat de l'aviation désignées pour l'opération ZHUKOV continuent à se déployer de leurs bases arrière à leurs zones de combat, exposa Kirichenko en utilisant un pointeur pour montrer les frontières de la Russie avec l'Ukraine, la Géorgie, l'Azerbaïdjan et le Kazakhstan. Jusque-là, rien n'indique que les Etats-Unis ou leurs alliés aient détecté l'ampleur de ces transferts de troupes, ni qu'ils en aient compris la véritable importance.

— C'est en grande partie grâce à HYDRA, l'arme spéciale que j'ai fournie, intervint Malkovic, que l'Occident est toujours dans l'ignorance. »

Quel que soit le but que poursuivrait Ivanov à cette réunion, il n'était pas inutile de rappeler aux Russes ce qu'ils devaient à son ingéniosité.

« En tuant leurs meilleurs analystes des renseignements, mes agents ont rendu presque impossible à la CIA, au MI6 ou à toute autre agence de renseignements de percer le voile conventionnel que vous avez étendu sur ces mouvements de troupes pour les dissimuler, ajouta-t-il avec un sourire aimable. Il en va naturellement de même pour les pays qui sont nos victimes désignées. Une fois qu'HYDRA aura terminé son travail, trop peu de leurs dirigeants politiques et de leurs officiers supérieurs clés seront encore en vie pour coordonner une opposition efficace à nos opérations.

« — Oui. Il est tout à fait clair que votre arme d'assassinat biologique a prouvé sa valeur... jusqu'ici », admit Dudarev avec froideur.

Ivanov se contenta de hausser les épaules, son large visage ne montrant aucune véritable émotion.

« Continuez, Piotr ! dit le président russe.

— Une fois que ZHUKOV sera lancé, notre aviation frappera simultanément tout un ensemble de cibles : postes de commandement et de contrôle, sites de défense aérienne, terrains d'aviation et concentrations de troupes ennemies. »

Il pressa un bouton sur la télécommande. Des dizaines d'étoiles rouges apparurent sur la carte, identifiant les cibles dispersées dans les anciennes républiques soviétiques qu'ils voulaient reconquérir.

« Pendant ce temps, nos tanks et nos unités d'infanterie motorisées avanceront rapidement pour sécuriser les objectifs qu'on leur a désignés », continua Kirichenko avec enthousiasme.

Des flèches filèrent sur la carte, s'enfonçant sur des centaines de kilomètres en territoire hostile pour sécuriser les villes, les routes, les voies ferrées et les ponts les plus importants ainsi que les zones industrielles vitales. Des régions entières de la carte virèrent au rouge, indiquant leur occupation programmée et leur retour forcé sous contrôle russe – tout le Kazakhstan, la Géorgie, l'Azerbaïdjan et l'Arménie ainsi que la moitié orientale de l'Ukraine.

Malkovic hocha la tête mais il fit de moins en moins attention quand l'aide de camp de Dudarev commença une description détaillée des unités engagées, de leurs forces, de leur équipement et des ordres précis qu'elles avaient reçus. Pour lui, ce n'étaient que de simples détails tactiques qui n'importaient qu'aux généraux et aux soldats engagés dans l'opération. Seule la vue d'ensemble l'intéressait, imaginer comment son opération allait bouleverser l'équilibre du pouvoir autour du globe.

L'exécution du projet ZHUKOV serait excellente, sur le plan tant stratégique que politique et économique. Pour la Russie, cela signifiait des frontières plus sûres et plus faciles à défendre, récupérer de vastes régions riches en ressources naturelles et des industries lourdes, ramener les dizaines de millions de Russes qui y habitaient sous l'autorité et la protection du Kremlin. A long terme, cela marquerait le début d'un effort grandiose pour que la Russie retrouve sa juste place de superpuissance mondiale, d'empire dont la force, un jour, rivaliserait avec celle des Etats-Unis. A court terme, écraser les nouvelles démocraties les plus dynamiques entourant la Russie était vital pour la propre survie politique de Dudarev. Pour l'instant, la majorité des citoyens russes soutenait son pouvoir autoritaire, mais il y avait des signes de mécontentement croissant, un mécontentement dont il voyait la cause dans les exemples démocratiques instaurés par ses anciens sujets.

ZHUKOV représentait pour Malkovic l'occasion de devenir un des hommes les plus riches et les plus puissants de toute l'histoire de l'humanité, un rêve qu'il nourrissait depuis l'enfance, quand il était un réfugié pauvre et méprisé errant dans toute l'Europe. En grandissant, il comprit peu à peu à quel point il possédait des talents exceptionnels – en particulier son étrange capacité à prévoir les mouvements à venir des marchés financiers et commerciaux – et le rêve se mua en désir brûlant, en une passion qui prit le pas sur toutes les autres.

Devenu incroyablement riche, il exerçait une influence non négligeable sur plusieurs gouvernements en Europe, en Afrique et en Asie, tant grâce à son poids économique global que parce qu'il avait les moyens d'acheter les politiciens et les fonctionnaires. L'immensité des biens dont il disposait lui permettait aussi de manipuler subtilement les opérations des courtiers, des investisseurs, des banques, des laboratoires pharmaceutiques, des compagnies pétrolières, des fabricants d'armes et d'autres industries d'envergure mondiale. A travers le Groupe Brandt, il était à la tête d'une force de tueurs et d'espions qui lui permettait d'agir, dans la clandestinité et la violence si nécessaire, contre ses ennemis personnels et ses rivaux en affaires. Mais ces derniers temps, il avait découvert que son pouvoir avait des limites, qu'il existait des hommes politiques insensibles aux pots-de-vin et aux menaces, des entreprises qu'on ne pouvait acheter, des lois et des règlements qu'on ne pouvait contourner ou ignorer impunément.

Malkovic avait donc cherché un moyen de multiplier au moins par dix sa richesse et son pouvoir personnel. Juste après la guerre froide, il s'était assuré les services de plusieurs savants de l'ancien bloc soviétique spécialisés dans les armes – dont Wulf Renke. A l'époque, il avait pensé développer une entreprise annexe discrète d'une de ses sociétés-écrans. Il voulait fournir des armes hors du commun aux États totalitaires les plus riches du monde en échange d'énormes sommes tout à fait illégales versées en espèces sonnantes et trébuchantes.

Mais quand Renke lui fit un rapport sur ses expériences concernant HYDRA – l'arme ultime, la plus précise qui soit –, le milliardaire d'origine serbe vit immédiatement son immense potentiel. Contrôler cette arme indécelable lui conférerait le pouvoir qu'il désirait depuis si longtemps. Dès lors, il pourrait briser les nations dont les chefs s'opposeraient à lui et récompenser ceux qui l'aideraient à atteindre ses buts.

Avec Viktor Dudarev, la Russie avait choisi la voie de la sagesse.

Afin de s'assurer l'utilisation exclusive d'HYDRA, l'arme destinée à affaiblir leurs ennemis en Occident et dans les anciennes républiques soviétiques, Dudarev et ses alliés au Kremlin avaient conclu avec Malkovic un pacte aussi solennel que secret qui garantissait des avantages aux deux parties. En privant les services d'intelligence occidentaux de leurs meilleurs éléments, HYDRA avait permis à la Russie de planifier, d'organiser et de mener sa campagne militaire sans que les Américains et leurs alliés interfèrent. Une fois les hostilités déclarées, les Européens et les Américains allaient bien sûr protester avec vigueur, mais grâce à l'effet de surprise, il y avait peu de chances qu'ils risquent une guerre plus étendue en intervenant après coup. Confronté à la réalité de troupes russes occupant le terrain et contrôlant la région, les Américains allaient renâcler, mais ils finiraient par accepter la réalité, même si ça leur déplaisait.

En retour, quand la conquête russe serait achevée, le milliardaire recevrait la part du lion du pétrole, du gaz, des minerais, des industries d'armements, etc. Il ne faudrait guère de temps pour que les bénéfices de ces nouvelles possessions fassent de lui l'homme le plus riche du monde, éclipsant de loin tout rival possible.

Cette perspective enchantait Malkovic. Des idiots

prétendent que la richesse est la mère de tous les vices. Les sages connaissent la vérité : l'argent n'est qu'un levier, un outil qu'on peut utiliser pour remodeler le monde comme on le souhaite.

« Quand attaquerez-vous ? » demanda Brandt.

Kirichenko regarda Dudarev, qui lui fit un bref signe de tête, l'autorisant à répondre. « ZHUKOV commencera dans moins de cinq jours. Les premiers raids de Spetsnaz et les premières frappes aériennes sont prévus pour quelques minutes après minuit, le 24 février. Nos tanks et nos troupes traverseront la frontière peu après.

— Sans provocation antérieure ? demanda Brandt avec cynisme. Excusez-moi, colonel, mais ça me semble assez peu... subtil. »

Ivanov se pencha en avant avec un petit sourire sans humour. « Il y aura autant de provocations qu'on veut, Herr Brandt. En Ukraine, par exemple, nos renseignements suggèrent fortement qu'il pourrait bientôt se produire un regrettable acte de terrorisme qui tuera beaucoup de Russes innocents.

— Je vois. C'est très dommage. Et naturellement, cette attaque terroriste exigera une réaction militaire immédiate de votre part.

— Naturellement. Si le gouvernement de Kiev ne peut protéger nos frères russes de ses propres terroristes ukrainiens ultranationalistes, nous devons le faire pour eux. »

Malkovic pouffa de rire et se tourna vers Dudarev. « Et quelle excuse trouverez-vous pour intervenir en Géorgie et dans les autres pays ?

— Oh, en Géorgie et dans les autres anciennes républiques, il y a déjà des signes d'instabilité politique croissante, dit-il avant d'adresser un sourire ironique et sec au milliardaire, ceci grâce, bien sûr, aux morts infligées par notre agent HYDRA dans les rangs des chefs civils et militaires. »

Malkovic approuva de la tête.

Mais Ivanov sauta sur l'occasion. « Malheureusement, monsieur Malkovic, HYDRA pourrait bien représenter dorénavant la plus grande des menaces contre notre réussite. Que Herr Brandt n'ait pas réussi à éliminer le Dr Petrenko avant qu'il parle fut une faute grave. Mais qu'il n'ait toujours ni capturé ni tué ce colonel Smith et ses associés pourrait conduire à un véritable désastre. Plus Smith reste libre ici, à Moscou, plus il a de chances de découvrir le secret d'HYDRA. Je n'irai pas par quatre chemins : c'est un risque que nous ne pouvons pas courir.

— C'est exact, Alexeï, confirma Dudarev en montrant l'écran où l'on voyait les troupes d'assaut s'enfoncer en Ukraine, en Géorgie et dans d'autres pays. La réussite de ZHUKOV dépend entièrement de l'effet de surprise. Si les Américains apprennent que nous sommes à l'origine de toutes ces morts dans leurs rangs, ce que nous espérons accomplir sera compromis.

— Que proposez-vous ? demanda Malkovic.

— D'abord, que mon Directorat prenne le contrôle des recherches pour trouver Smith et cette journaliste américaine, Mme Devin, répondit Ivanov avant de se tourner vers Brandt. Mais j'exige une coopération totale, cette fois. Rien ne doit m'être caché. Rien. Est-ce bien compris ? »

Pendant un moment, l'officier de l'ex-Stasi ne répondit pas. Il serra la mâchoire pour contrôler sa colère puis haussa les épaules pour feindre une indifférence presque totale. « Comme vous voudrez. »

Malkovic n'avait pas cessé de regarder Dudarev. En dépit de son aplomb, Ivanov, comme Brandt, n'était qu'un sous-fifre. Le président russe tirait les ficelles. Le milliardaire haussa un sourcil. « Eh bien, Viktor, est-ce tout ? »

Dudarev secoua la tête et tapota la table du bout des doigts. « Pas vraiment, mon ami. Cet agent américain m'inquiète. En dépit de ses succès évidents jusque-là, il semblerait qu'HYDRA n'ait pas encore assez aveuglé Washington. Je m'inquiète aussi du fait que le président Castilla puisse être plus têtu que sage. Si, en fin de compte, il refuse d'accepter nos conquêtes, le risque d'une confrontation directe avec les Etats-Unis s'accroît démesurément, et c'est ce que nous ne voulons pas. Etant donné nos avantages stratégiques en Ukraine et en Asie centrale, nous devrions rester les plus forts, mais le coût, en hommes, en équipement et en argent, pourrait être excessif. »

Tous ceux présents dans la pièce approuvèrent gravement.

« C'est pour cette raison que j'ai décidé de m'assurer que ce président américain ne constitue plus une menace pour nous. Malkovic, vous allez demander à qui de droit de fournir à Ivanov la variante d'HYDRA appropriée dès que possible. »

Surpris, Malkovic se raidit. « Mais les risques que représenterait l'assassinat de Castilla sont...

— Gérables, répondit le dirigeant russe. N'est-ce pas, Ivanov ? »

Le chef du Treizième Directorat approuva froidement. « Nous avons une taupe sur place, à la Maison Blanche, confirma-t-il. Réussir à utiliser HYDRA ne devrait poser aucun problème particulier. »

Malkovic eut un frisson. « Le prix à payer si les

Etats-Unis en viennent à nous soupçonner sera dévastateur !

— Que les Américains soupçonnent qui ils veulent, tant qu'ils ne peuvent rien prouver ! ironisa Dudarev. Ce qui m'amène à un autre problème. Dans ces circonstances, avec ces agents américains qui nous soufflent dans le cou, avez-vous envisagé que votre centre de production d'HYDRA puisse être en danger ?

— Le laboratoire est sécurisé, affirma Malkovic d'un ton sec. Jamais les Américains ne le découvriront. »

A côté de lui, Brandt confirma.

Dudarev les regarda tous les deux avec cynisme. « C'est une bonne nouvelle ! dit-il après un silence assez long pour qu'ils sentent bien qu'il ne les croyait pas. Pourtant, il serait plus sûr pour nous tous que le Dr Renke et son équipe de scientifiques soient transférés ici, dans un de nos complexes spéciaux de Bioaparat à sécurité maximum, par exemple. Vous ne trouvez pas ? »

Malkovic grimaça. Il comprenait soudain quel jeu jouait le président russe. Le contrôle total qu'il exerçait sur HYDRA et le secret de sa fabrication étaient sa carte maîtresse dans ce jeu à haut risque. L'arme biologique unique créée par Renke faisait du milliardaire un allié irremplaçable, un homme que Dudarev devait traiter sur un pied d'égalité. Mais s'il perdait son monopole sur cette technologie létale, les hommes du Kremlin pourraient agir à leur guise. C'était pour cette raison qu'il avait maintenu le secret le plus absolu sur le lieu où se trouvait Renke, surtout vis-à-vis des Russes.

« Le laboratoire est en parfaite sécurité, répéta-t-il

froidement. Sur ce point, vous avez ma parole la plus solennelle.

— Très bien, répondit Dudarev, je suis prêt à accepter votre engagement. Mais il faut qu'une chose soit bien claire, monsieur Malkovic, continua-t-il en durcissant son expression jusque-là faussement affable et amusée : dans la mesure où vous ne nous autorisez pas à protéger nous-mêmes le secret de cette arme, nous vous tiendrons personnellement responsable de tout échec. Il nous reste cinq jours avant de pouvoir lancer ZHUKOV. Cinq petits jours. Mais jusqu'à ce que nos soldats et nos avions de combat entrent en action, les Américains ne doivent pas apprendre l'existence d'HYDRA. Dans le cas contraire, vous le paieriez de votre vie. Ne l'oubliez pas. »

*

Plus tard, pendant le court trajet en limousine qui le ramenait dans ses bureaux de la Maison Pachkov, Malkovic s'inquiéta de la menace du président russe. Le tigre avait donc sorti les griffes et montré les dents ! Il prit la décision farouche de s'assurer qu'il le tenait à la gorge. Il regarda Brandt, ce grand Allemand blond assis en face de lui, les yeux perdus par la fenêtre. « Est-ce qu'Ivanov va réussir à capturer ou à tuer les Américains ? demanda-t-il d'une voix calme.

— J'en doute ! grogna Brandt.

— Pourquoi ?

— Parce que la milice et les services de sécurité sont peu fiables de par leur nature même, expliqua l'Allemand sans presque desserrer les dents. En dépit de toutes les purges ordonnées par Dudarev, les deux services ont encore trop d'officiers corrompus et prêts à vendre des informations ou une protection à des fugitifs en mesure de payer, ou touchés par ce qu'on appelle les idéaux "réformistes". Il y a trop de risques que Smith et Devin trouvent des fonctionnaires prêts à les aider ou au moins à fermer les yeux pendant qu'ils s'enfuient. Si Ivanov croit le contraire, il est fou. »

Malkovic réfléchit en silence à l'affirmation amère et cynique de son subordonné. Dans la mesure où sa vie était en jeu, la piètre opinion qu'avait Brandt du FSB et de la milice était très inquiétante. Il prit une décision. « Vous allez donc continuer vos propres recherches pour trouver Smith et Devin, ordonna-t-il à Brandt. Je veux qu'on les trouve, et vite ! Et je préférerais que ce soit le fait de nos hommes plutôt que des Russes.

— Et qu'en est-il du Treizième Directorat ? Vous avez entendu Ivanov. Il veut qu'on lui transmette toutes les informations qu'on dénichera. Ce sera difficile de traquer les Américains sans tomber à chaque coin de rue sur des agents du FSB.

— Je comprends. Vous n'avez qu'à donner aux Russes quelques-unes des informations que vous obtenez pour qu'ils soient contents. En attendant, continuez vos recherches et menez-les aussi vite que possible.

— Capturer les deux Américains sous le nez d'Ivanov sera difficile, prévint Brandt. Mais je promets que mes hommes et moi ferons de notre mieux.

— Je ne vous paie pas pour essayer, Herr Brandt, répondit le milliardaire d'un ton glacial. Je vous paie pour réussir. Je vous suggère fortement de vous souvenir de la différence.

— Et si je prends Smith et Devin vivants ? demanda l'Allemand avec calme, ignorant la menace implicite de son patron. Sans qu'Ivanov le sache, je veux dire. Quels seraient vos ordres ?

— Pressurez-les autant que vous le pourrez, répondit brutalement Malkovic. Découvrez pour qui ils travaillent et quelles informations sur HYDRA ils ont déjà transmises aux Etats-Unis...

— Et après ?

— Tuez-les. Lentement si possible. Le colonel Smith et Mme Devin m'ont causé beaucoup d'ennuis et d'angoisses. C'est une chose que j'aimerais qu'ils regrettent. »

Chapitre vingt-cinq

Moscou

Jon Smith réagit immédiatement quand quelqu'un frappa à la porte de l'appartement. Il se leva du canapé où il avait tenté de rattraper les heures de sommeil qui lui manquaient, prit son Makarov 9 mm sur la table basse et retira la sécurité avant de l'armer. Puis il se retourna, le pistolet tendu à deux mains, prêt à tirer. Il expira lentement pour se calmer et stabiliser ses bras. Les viseurs du Makarov s'alignèrent au centre de la porte et y restèrent.

Son arme prête et tendue, Fiona Devin sortit de la chambre sans un bruit, pieds nus sur le plancher. « Qui est-ce ? » demanda-t-elle en russe en prenant la voix tremblante d'une vieille femme.

Un homme lui répondit, sa voix étouffée par l'épaisse porte en bois. « C'est moi, Oleg. »

Smith se détendit un peu en reconnaissant la voix de Kirov. Il y avait plus important : en utilisant son prénom, le Russe leur avait signalé que tout allait bien. S'il avait dit son nom complet, ç'aurait été une manière de les prévenir qu'il agissait sous la pression, en tant que prisonnier de la milice de Moscou ou de quiconque pouvait les pourchasser.

Smith abaissa son Makarov et remit la sécurité. Fiona fit de même avec son arme et alla déverrouiller la porte.

Le grand Russe entra vite avec deux lourdes valises. Ses sourcils argentés se soulevèrent quand il vit les pistolets entre les mains de ses amis. « Vous êtes nerveux ? demanda-t-il. Vous avez raison.

— Qu'est-ce qui se passe ? »

Kirov posa les valises par terre et s'approcha d'une fenêtre dont il écarta imperceptiblement le rideau. « Venez voir ! » suggéra-t-il en montrant la rue du menton.

Jon et Fiona le rejoignirent.

Des voitures et des camions de livraison encombraient le pont qui traversait le canal Vodoutvodny. Des miliciens en pardessus gris et casquettes progressaient par paires d'un véhicule à l'autre, se penchaient aux fenêtres pour consulter les papiers des occupants et poser des questions. Des soldats armés de fusils d'assaut, en uniforme de camouflage d'hiver, montaient la garde au carrefour.

« Les troupes du ministère de l'Intérieur, expliqua Kirov. D'après ce que j'ai vu, il y a des contrôles à presque tous les carrefours et devant les grandes stations de métro.

— Merde ! marmonna Smith. Et quelle raison officielle donne-t-on ?

— Selon la radio, ce n'est qu'un contrôle de sécurité de routine pour trouver des terroristes tchétchènes, mais j'ai réussi à me rapprocher suffisamment d'un de ces points de contrôle pour voir ce qu'ils utilisent pour identifier ceux qu'ils cherchent : les miliciens ont des copies des photos qui figurent sur vos passeports.

290

— Je suppose que c'était juste une question de temps, soupira Fiona.

— Oui, confirma Kirov, et nous devons affronter la réalité. Nous ne pouvons attendre davantage. Il vous faut de nouveaux papiers à tous les deux, avec de nouveaux noms... et de nouveaux visages. »

Smith le regarda, frappé par une chose qu'il venait de dire. Une possibilité effleura son esprit, plus une idée vague que quelque chose de vraiment pensé. Mais quand les autres petits fragments de preuves commencèrent à se mettre en place, cette nouvelle théorie prit une forme évidente, un éclat, comme des braises que le vent transforme en flammes. Il écarquilla les yeux. « Des noms ! dit-il soudain. C'est ça, le lien qui nous manquait ! Nous nous sommes demandé pourquoi tant de personnes avaient été tuées pour nous empêcher de mettre la main sur ces études de cas. La réponse, nous l'avions sous les yeux !

— De quoi parles-tu ? » demanda Fiona, dont le visage reflétait la même incompréhension que Kirov.

Tout excité par sa nouvelle théorie, Jon les entraîna vers la table basse et étala les feuilles que leur avait remises Elena Vedenskaya ainsi que leur traduction. A l'aide d'un stylo rouge, il entoura certains passages. « Des noms ! Voyez vous-mêmes : les noms des victimes de la première vague de malades. Ceux de leur famille. Leur adresse ! »

Les deux autres hochèrent la tête, bien qu'ils ne fussent pas très sûrs de comprendre où il voulait les mener.

« Regardez, expliqua Jon. Il y a forcément un lien entre ceux qui sont morts, entre leurs familles. Un lien qui permettrait de mieux comprendre les mécanismes de cette nouvelle maladie et son origine.

— Je ne vois pas, avoua Fiona. Tu nous as déjà fait remarquer qu'il n'y avait aucun lien évident entre ces pauvres gens – pas de liens de famille ni même d'amitié qui pourraient expliquer pourquoi ils sont tombés malades et pourquoi ils ont connu une mort aussi horrible.

— C'est vrai, confirma Jon. Elena, Valentin Petrenko et les autres scientifiques russes qui ont étudié la maladie ont été tout à fait incapables d'identifier un lien logique entre les quatre victimes, mais si le lien entre elles était plus subtil ? Un trait génétique ou biochimique commun ? Une faiblesse ou un état préexistant qui les rendait particulièrement vulnérables à cette nouvelle maladie ?

— Crois-tu vraiment possible de découvrir ce trait commun ? demanda Kirov. Même maintenant ?

— Oui, je le crois. Mais ça ne sera pas facile. Pour commencer, nous devons trouver le moyen d'interroger les familles des victimes. Si nous pouvons les convaincre de nous laisser leur prélever sang ou tissu permettant de connaître leur ADN, nous pourrions mener des analyses en laboratoire qui nous indiqueraient des zones de similitudes.

— Et tu envisages de faire tout ça pendant que Mme Devin et toi figurez tout en haut de la liste des personnes recherchées par le Kremlin ? ironisa Kirov.

— Oui, c'est à peu près ça, dit Jon en s'efforçant de sourire. Comment est-ce qu'on dit, déjà ? "Si tu ne supportes pas la plaisanterie, tu ne devrais pas être soldat." Eh bien, nous sommes tous engagés dans l'armée de l'ombre, et je crois qu'il est temps de commencer à mériter notre salaire. »

Installé au cœur d'une forêt, autour de superbes petits lacs, le quartier de Grunewald est l'un des plus chic et des plus chers des environs de Berlin. Les maisons anciennes sont entourées de parcs élégants fermés par des murs de pierres, des haies et des petits bois qui les isolent les unes des autres.

Un véhicule utilitaire aux couleurs rouge et blanc des Deutsche Telekom était garé sur la Hagenstrasse, une des rues résidentielles les plus larges. C'était la fin de l'après-midi et le pâle soleil hivernal était déjà bas sur l'horizon, projetant de longues ombres noires en travers de la chaussée. Peu de gens se hasardaient dans la rue tant le froid était mordant. Un joggeur bedonnant, isolé par la musique rythmée diffusée dans son casque, soufflait dans l'air gelé. Il passa près du van et continua sa route, concentré sur les ordres du médecin qui voulait qu'il fasse de l'exercice. Il ne tarda pas à disparaître dans l'ombre des arbres. Un couple âgé promenait un terrier frissonnant à l'air malheureux. Ils tournèrent au coin de la rue.

Dans la camionnette, Randi Russell, derrière le volant, portait des gants en cuir, une casquette de base-ball sans marque pour cacher ses cheveux blonds et une combinaison grise d'ouvrier qui dissimulait sa fine silhouette. Elle consulta sa montre, impatiente. Combien de temps devrait-elle encore attendre ?

Un coin de sa bouche généreuse se releva en un sourire malin. Elle regarda ses gants. Si elle devait rester plus longtemps là sans rien faire, elle serait tentée de mâchonner le cuir pour atteindre ses ongles !

« Les serviteurs commencent à partir, annonça la

voix d'une jeune femme dans son casque. On dirait que leur journée de travail est enfin terminée. »

Randi se redressa sur son siège et vit une vieille Audi sortir d'une allée non loin de là. Les deux immigrants slovaques illégaux qu'Ulrich Kessler payait pour nettoyer sa maison, lui préparer ses repas et entretenir son jardin rentraient chez eux, dans leur appartement plein de cafards de l'autre côté de la ville. L'Audi tourna à gauche sur la Hagenstrasse. Randi suivit les feux arrière dans son rétroviseur jusqu'à ce qu'ils disparaissent. « Qu'en est-il de Kessler ? demanda-t-elle dans le micro accroché à sa combinaison.

— Il est toujours au bureau », répondit une voix d'homme plus âgé, celle de l'officier de la CIA qui devait surveiller l'immeuble du BKA, où Kessler travaillait. « Mais il a confirmé sa présence ce soir à une grande réception que donne le Chancelier à la Staatsbibliothek. D'après nos renseignements, Kessler est un lèche-bottes de première. Il ne ratera pas l'occasion de retrouver le Who's Who du monde politique allemand. Vous devriez donc pouvoir entrer sans problème, il ne sera pas de retour avant longtemps.

— J'y vais ! répondit Randi dont les nerfs s'étaient calmés à la perspective de l'action. J'entre dans la propriété. »

Sans plus attendre, elle passa une vitesse et tourna dans l'allée qui menait à la villa, sous les arbres. La maison, construite au début du XXe siècle, était la réplique d'un manoir anglais de l'époque edwardienne, depuis ses murs blancs couverts de lierre jusqu'à la large véranda qui courait sur toute la longueur du premier étage.

Randi alla se garer sur le côté de la maison, près d'un grand garage qui avait dû jadis servir à la fois d'abri pour les voitures attelées et d'écuries pour les chevaux. Elle glissa hors du van et resta un instant immobile. Rien ne bougeait dans la maison ni dans les arbres alentour.

Rassurée, elle boucla un gilet d'assaut des SAS sur sa combinaison grise. Les diverses poches fermées par du Velcro contenaient tout un ensemble de petits outils et d'équipement électronique au lieu des armes et des munitions habituelles. A pied, elle revint sur le devant de la maison et gagna la porte principale, la seule dont elle savait qu'elle ne serait pas condamnée de l'intérieur par une barre ou une chaîne de sécurité.

Elle s'agenouilla un instant pour examiner la serrure et sortit les crochets adaptés d'une de ses poches. Dès qu'elle les eut glissés dans la serrure, elle se figea. « Je suis à la porte, Carla, murmura-t-elle à la jeune femme qui montait la garde. Dès que je le dirai, je veux que tu décomptes trente secondes, d'accord ?

— Compris, répondit l'autre jeune femme. Le chronomètre est prêt.

— Tu es avec moi, Mike ? demanda Randi à son électronicien.

— Prêt, Randi ! » répondit le technicien.

Elle risqua un coup d'œil par-dessus son épaule. Si quelqu'un passait dans la rue, il pourrait la voir, mais seulement s'il prêtait attention à ce qui se passait dans cette propriété. Pourtant, il valait mieux ne pas rester trop longtemps à l'extérieur. Elle prit une profonde inspiration, sentit l'oxygène frais inonder ses poumons et expira. « Bien, c'est parti ! »

Des deux mains, elle fit manœuvrer les crochets dans le mécanisme de la serrure. Après quelques secondes de tâtonnements délicats, elle réussit à ouvrir. Un soupir de soulagement accompagna le déclic de la serrure. Elle remit les crochets dans son gilet et se redressa. « Ecoutez bien, les gars ! murmura-t-elle. Mon effraction commence... maintenant !

— Trente secondes », dit la voix de Carla, qui commençait le décompte des chiffres sur son chronomètre électronique.

Sans hésiter, elle entra chez Kessler avant de refermer la porte derrière elle. Elle se retrouva dans un vaste hall éclairé par un lustre. Des portes s'ouvraient de chaque côté, donnant l'une sur un petit salon à gauche et l'autre sur un salon d'apparat, à droite. Un large escalier s'incurvait vers le premier étage.

Randi regarda autour d'elle en quête du boîtier de l'alarme. Là ! Un rectangle en plastique gris à hauteur de regard, juste à droite de la porte. Un voyant rouge clignotait au-dessus d'un clavier à dix chiffres, indiquant que l'alarme avait été déclenchée à l'instant où Randi avait passé la porte. Elle plissa les yeux. Elle avait au mieux trente secondes, le temps donné au propriétaire pour qu'il compose son code sur le clavier et désactive l'alarme. Ces trente secondes passées, sans le code de sécurité, l'alarme se déclencherait et alerterait le poste de police le plus proche qu'un cambriolage était en cours.

Randi ouvrit une autre poche et en sortit un petit tournevis électrique dont elle pressa le bouton. Il se mit en mouvement et enleva la première des deux vis retenant la façade en plastique.

« Vingt-cinq secondes. »

La vis tomba dans la main gantée de Randi, qui posa le tournevis sur la suivante. Elle sortit facilement. Il suffisait alors de retirer le panneau et de regarder audelà d'un entrelacs de fils multicolores reliés au circuit électrique pour trouver l'inscription qui identifiait le système.

« Vingt secondes. »

Randi sentit sa bouche s'assécher. Où était cette inscription ? Les secondes s'égrenaient. Elle finit par repérer une petite étiquette collée tout au fond. « Mike ! C'est un TÜRING 3 000.

— Compris, Randi ! Détache le fil vert en cinquième position et mets-le dans la première fiche de ta carte. Puis fais de même avec le fil noir en fiche deux. Compris ?

— Compris ! confirma-t-elle en sortant de son gilet une carte préconfigurée du système.

— Dix secondes. »

Sans perdre de temps, Randi suivit les instructions qu'on venait de lui donner et transféra les fils de l'ancien circuit au nouveau qu'elle avait apporté. Son cœur battait plus vite et le sang frappait à ses oreilles. Une voix apeurée dans sa tête lui dit qu'elle ne travaillait pas assez vite, que l'alarme était sur le point de se déclencher. Elle fit de son mieux pour l'ignorer et se concentra sur sa tâche.

« Cinq secondes. Quatre. Trois... »

Le second fil se ficha dans la carte qu'elle tenait dans sa main gantée. Les nouvelles commandes s'écoulèrent immédiatement de la carte à la boîte de contrôle de l'alarme, singeant les instructions qui auraient été envoyées à distance par la compagnie de sécurité de Kessler pour redémarrer le système après une fausse alarme. La lumière rouge vira au vert.

Soulagée, Randi poussa un soupir. Elle était enfin prête à commencer sa mission, il lui suffisait tout simplement d'inverser le processus et de remettre le panneau en place avant de sortir, sans laisser la moindre preuve concernant la modification de l'alarme.

« Tout va bien, annonça-t-elle. J'entame ma reconnaissance. »

Randi partit avec assurance dans la villa de Kessler, commençant ses recherches par les pièces du rez-de-chaussée, puis continuant à l'étage. Une chose la frappa. Ulrich Kessler était un collectionneur d'œuvres d'art, un vrai collectionneur, qui choisissait des œuvres modernes extrêmement chères. Sauf erreur, elle avait repéré des toiles de Diebenkorn, Kandinsky, Klee, Pollock, Mondrian, Picasso et plusieurs autres peintres célèbres du XXe siècle accrochées en évidence sur les murs des nombreuses pièces.

Devant chacune, elle s'arrêta et prit une photo. « Pas mal pour un simple fonctionnaire, Herr Kessler, murmura-t-elle en photographiant ce qui ressemblait beaucoup à un De Kooning original. S'il lui était difficile de déterminer précisément la valeur de chacune de ces toiles, elle aurait parié que la somme totale dépassait les dix millions d'euros. Pas étonnant que, de notoriété publique, Kessler évitait d'inviter ses collègues de travail chez lui ! »

Randi secoua la tête de dégoût. Selon toute apparence, ce fonctionnaire du Bundeskriminalamt avait été remarquablement bien payé pour protéger le professeur Wulf Renke. Un examen plus attentif des toiles qu'elle photographiait par les experts en art de la CIA devrait fournir un schéma fascinant et détaillé des finances de Kessler. Et c'étaient là des informations qu'il serait très, très mécontent de voir dévoiler, elle le savait.

Elle replaça l'appareil numérique dans son gilet et continua sa visite dans la chambre à coucher du maître de maison, puis dans ce qui semblait être son bureau privé. Située à l'arrière de la villa, cette vaste pièce à l'ameublement raffiné donnait sur la forêt et au-delà sur les lumières du centre de Berlin.

Depuis la porte, Randi analysa la pièce et avisa l'ordinateur et le téléphone sur un bureau ancien aux sculptures délicates, les murs couverts de bibliothèques et une autre toile de prix, dont elle soupçonna qu'elle dissimulait un coffre-fort. Elle résista à l'envie de fouiller les tiroirs du bureau ou de tenter d'ouvrir le coffre.

Le fonctionnaire du BKA était corrompu, mais il n'était pas idiot. Selon toute vraisemblance, elle avait fort peu de chances de découvrir un document secret portant l'étiquette « Mes relations secrètes avec Wulf Renke ». Elle était tout aussi certaine que Kessler devait avoir disposé des mouchards difficiles à déceler et peut-être même d'autres alarmes électroniques pour protéger ses informations les plus précieuses. Si elle tombait dessus par inadvertance, cela mettrait immédiatement leur propriétaire sur ses gardes.

Randi choisit plutôt d'ouvrir d'autres poches de son gilet et d'en sortir tout un assortiment de moyens d'écoute miniaturisés. Elle eut un sourire froid. Soupçonneux ou non, Herr Ulrich Kessler allait découvrir qu'il y avait d'autres moyens de connaître ses secrets les plus inavouables.

Chapitre vingt-six

Moscou

C'était l'heure de pointe, et des centaines de Moscovites épuisés par une longue journée de travail empruntaient les escalators de la station de métro Smolenskaya. Parmi eux, trois personnes, dont un homme très grand et costaud, d'environ cinquante-cinq ans, un lourd sac sur l'épaule, prenait un air de martyr en aidant sa vieille mère et son vieux père à quitter l'escalier roulant.

« On y est presque, petite mère, dit-il gentiment. Encore quelques pas. Allez, papa, tu dois faire un effort et nous suivre. »

Au niveau supérieur, une foule de plus en plus impatiente de voyageurs se pressait contre les guichets ouvrant sur la rue pour y passer leurs tickets et quitter la station. Mais la plupart des lecteurs magnétiques étaient fermés, ce qui contraignait tout le monde à n'utiliser que les trois guichets en service. Des murmures exaspérés parcoururent la queue quand les voyageurs comprirent la cause de cet embouteillage : des miliciens en manteaux gris encadraient toutes les bouches de la station de métro et scrutaient les visages. De temps à autre, ils attiraient une ou deux personnes sur le côté pour les interroger – souvent, mais pas toujours, des hommes grands aux cheveux bruns ou de jolies jeunes femmes minces aux cheveux noirs.

Après avoir regardé les papiers des deux derniers sélectionnés, le lieutenant Grigor Pronin les leur rendit et fit signe de partir au couple inquiet. « C'est bon, grogna-t-il. Tout est en règle. Dégagez ! »

Il en avait assez. Son unité était occupée à cette ridicule chasse à l'homme depuis des heures, coincée ici à accomplir une tâche sans gloire et sans la moindre utilité sur ordre du Kremlin. Aucun terroriste tchétchène n'avait jamais ressemblé à l'homme figurant sur les photos qu'on leur avait montrées. En attendant, songea-t-il amèrement, les véritables criminels avaient le champ libre à Moscou, ils pouvaient agresser les passants, voler dans les magasins, choisir la voiture qu'ils voulaient conduire.

Pronin se retourna, irrité par des cris de protestation qui s'élevaient par-delà la grille. Les gens poussaient derrière un guichet et les insultes volaient. Qu'est-ce qui se passait encore ? Il s'approcha, furieux, la main sur son arme dans l'étui à sa hanche.

La foule le vit arriver et tout le monde se tut. La plupart des gens reculèrent d'un pas, ne laissant que trois personnes près de la machine. Un grand homme aux cheveux blancs semblait tenter de faire passer une vieille femme rondelette par l'ouverture. Penché sur sa canne, un vieillard aux longs favoris et aux cheveux blancs sales s'accrochait à la rampe de l'autre côté, s'irritant un peu lui aussi de ne pas voir la femme progresser. Deux médailles accrochées à son manteau sale prouvaient qu'il était un ancien combattant de la Grande Guerre patriotique contre le fascisme.

« Qu'est-ce qui se passe ? demanda Pronin d'une voix bourrue.

— C'est ma mère ! s'excusa l'homme aux cheveux argentés. Elle n'arrive pas à passer son ticket dans la machine. Tu vois un peu ce que tu as fait, petite mère ? Jusqu'à la milice, qui vient voir ce qui se passe !

— Peu importe ! » grogna Pronin.

Il tendit la main par-delà la barrière, prit le ticket magnétique de la vieille femme tremblante et l'inséra lui-même dans la machine. La barrière s'ouvrit, la laissant passer en boitillant, suivie bientôt par son fils. Presque immédiatement, une odeur horrible assaillit le nez du lieutenant de la milice, une puanteur fétide, âcre, qui le prit à la gorge.

Il recula d'un pas. « Seigneur ! marmonna-t-il, choqué. Qu'est-ce que c'est que cette puanteur ? »

L'autre homme haussa tristement les épaules. « Je crains que ce soit sa vessie, confia-t-il. Elle n'a guère de contrôle sur ses fonctions naturelles ces derniers temps. Il faudrait qu'elle change ses protections plus souvent, mais elle est très têtue, vous comprenez, un peu comme un petit enfant. »

Dégoûté, Pronin fit signe au trio de sortir de la station. La vieillesse était bien triste, se dit-il. Puis il se retourna pour scruter les visages dans la foule, oubliant déjà cet incident déprimant.

*

Une fois en sécurité hors de la station de métro, la vieille femme gagna péniblement un banc et s'assit. Les deux hommes la suivirent.

« Je vous jure, Oleg, marmonna Fiona Devin d'un ton furieux au grand homme qui prétendait être son

fils, que je vais être malade si je ne retire pas ces vêtements puants et ces couches !

— Désolé, mais c'est nécessaire, répondit Kirov en
prenant un air amusé. En revanche, ma chère, je dois
admettre qu'un peu de vomi ajouterait une jolie note
d'authenticité à votre déguisement. »

Penché sur sa canne, Jon Smith tenta de ne pas rire.
Ses favoris et sa perruque le grattaient horriblement,
mais du moins son manteau et son pantalon, bien
qu'usés et tachés de graisse et de terre, ne puaient-ils
pas trop. Fiona, engoncée dans plusieurs couches
de vêtements souillés pour la faire paraître grosse et
incontinente, souffrait beaucoup plus.

Smith remarqua nombre de passants qui s'écar-
taient d'eux, qui s'éloignaient en fronçant le nez,
allant jusqu'à éviter de les regarder. Même en plein air,
l'odeur émanant d'eux restait horrible. Mais il savait
que ces déguisements, si inconfortables et humiliants
fussent-ils, avaient prouvé leur efficacité.

« Venez, Fiona, insista Kirov, nous y sommes
presque. Une centaine de mètres dans cette ruelle, pas
plus. »

Sans cesser de ronchonner, Fiona se remit à grand-
peine sur ses pieds enfoncés dans des bottes trop
petites pour elle et partit dans la direction qu'indiquait
Kirov. Ensemble, ils claudiquèrent dans Ulitsa Arbat
et tournèrent dans une ruelle bordée de petites librai-
ries, de boutiques de vêtements neufs et usagés, de
parfums et d'antiquités.

Patient, le Russe les conduisit jusqu'à une porte
étroite qui jouxtait une vitrine mal éclairée exposant
quelques vieux samovars, des matriochkas typiques,
des châles colorés, des boîtes et des bols en laque,
des cristaux, de la porcelaine de l'ère soviétique,

de vieilles lampes. Une inscription en lettres dorées presque effacées disait : ANTIKVAZ-AVIABARI.

On avait du mal à le croire, mais la petite boutique derrière la porte était plus en désordre encore, pleine d'objets entassés sans aucune logique ni raison apparentes sur des étagères et des comptoirs poussiéreux. Il y avait là des copies de célèbres icônes religieuses, des boucles de ceinture de l'Armée rouge, des casques de tankistes doublés de feutre, des chandeliers plaqué or, des services à thé en porcelaine ébréchée, des bijoux de théâtre, des affiches de propagande soviétique dans leur cadre et dont les couleurs avaient passé au point qu'elles étaient à peine lisibles.

Quand ils entrèrent, le propriétaire, un homme grand et gros à qui il ne restait qu'une couronne de cheveux gris bouclés, les regarda par-dessus le bord de la tasse dont il recollait l'anse. Ses yeux sombres s'illuminèrent en voyant Kirov. Il s'extirpa de derrière le comptoir pour les accueillir.

« Oleg ! J'imagine que ce sont les *amis* dont tu m'as parlé au téléphone ? s'écria-t-il d'une voix de baryton teintée d'accent géorgien.

— En effet. Et ce type trop bien nourri est Lado Iashvili, expliqua Kirov à Fiona et Jon, celui qui se fait appeler "le fléau des véritables antiquaires de Moscou".

— Ce que dit le général est très vrai ! admit Iashvili avec un haussement d'épaules tolérant accompagné d'un large sourire, qui découvrit ses dents tachées de tabac. Mais il faut bien que je gagne ma pauvre vie, comme eux, hein ? Nous prospérons chacun à notre façon.

— C'est ce qu'on m'a dit, confirma Kirov.

— Venons-en aux affaires, n'est-ce pas ? suggéra

Iashvili avec enthousiasme. Ne t'en fais pas, Oleg. Je crois que tes amis et toi serez ravis de la qualité de ma marchandise.

— Vraiment ? s'étonna Fiona en regardant avec un dédain non dissimulé le fatras autour d'eux.

— Ah ! *babouchka* ! gloussa Iashvili en indiquant d'un geste de la main combien tout ce bric-à-brac avait peu d'importance, je vois que vous ne comprenez pas la nature de mon travail. Tout ça, c'est une façade. Ce n'est qu'un hobby, de quoi flouer un policier trop curieux ou un inspecteur des impôts décidé à me saigner. Venez, je vais vous montrer ma véritable passion ! »

L'imposant Géorgien ferma la boutique et les entraîna vers une porte à l'arrière. Elle s'ouvrait sur un entrepôt plein du même mélange d'antiquités authentiques et de babioles inutiles. Dans un coin, un escalier très raide descendait à la cave. Il s'arrêtait devant une porte blindée.

Iashvili la déverrouilla et, pompeux, lança : « Regardez par vous-mêmes ! Voici mon atelier, le petit temple de mon art. »

Jon et Fiona restèrent émerveillés. Ils étaient arrivés dans une pièce lumineuse pleine de ce qui se faisait de plus cher et de plus perfectionné en matière d'appareils photo, d'ordinateurs, d'imprimantes jet d'encre et laser couleur, de photocopieurs, de machines à graver ; sur des étagères s'empilaient un nombre inimaginable de papiers différents, d'encres et de produits chimiques utilisés pour vieillir artificiellement les documents. Tout un côté de la pièce était aménagé en studio photo avec différents fonds ; il y avait aussi un lavabo avec savon, shampooing et serviettes derrière un paravent.

Arborant un autre de ses larges sourires, le Géorgien se frappa la poitrine. « En toute modestie, bien sûr, moi, Lado Iashvili, je suis le meilleur de ma profession – à Moscou, en tout cas, et peut-être dans toute la Russie. Le général ici présent le sait très bien, et c'est pourquoi il vous a conduits à moi.

— Tu es à coup sûr un faussaire de talent, admit Kirov avant d'expliquer à Fiona et Jon : Jadis, le KGB avait le monopole des services uniques de Iashvili. Mais il s'est replié dans le secteur privé, et il y réussit fort bien.

— J'ai en effet des clients très différents, se rengorgea Iasvili, tous ceux qui veulent laisser leur passé derrière eux pour des raisons qui leur appartiennent ont appris à compter sur mon aide.

— Y compris des membres de la *Mafiya* ? » devina Fiona sans que son visage exprime la colère que Smith entendit dans sa voix.

Elle n'avait aucune sympathie pour ceux qui aidaient les membres du milieu moscovite, ces criminels !

Iashvili haussa les épaules. « Qui sait ? Peut-être. Je ne pose jamais de questions indiscrètes à ceux qui me payent. Et je pense, dit-il avec un sourire pincé, que vous deux m'en serez reconnaissants, n'est-ce pas ? »

Fiona regarda Kirov et lui demanda brutalement : « Quelle confiance pouvons-nous faire à cet homme ?

— Une grande confiance, répondit le Russe. Pour commencer, parce que ses moyens d'existence dépendent entièrement de sa réputation de discrétion absolue. Ensuite parce qu'il tient à la vie. Et tu sais ce qui arriverait, Lado, si le travail que tu vas exécuter pour mes amis venait à se connaître ? »

Pour la première fois, le Géorgien jovial sembla ne pas savoir comment s'exprimer. Son visage charnu pâlit. « Tu me tuerais, Oleg.

— En effet, Lado. Ou si je ne le pouvais pas, d'autres s'en chargeraient pour moi. En tout état de cause, ta mort ne serait pas rapide. Est-ce que tu me comprends ? »

Iashvili se lécha nerveusement les lèvres et hocha la tête. « Oui, je comprends. »

Satisfait, Kirov laissa tomber sur une table le sac qu'il portait et en sortit plusieurs choses. En quelques instants, la table se retrouva couverte de chaussures, de vêtements propres et élégants à la taille des deux Américains, de perruques et de postiches de différentes couleurs, de teintures, et de tout ce qui pourrait les aider à changer d'apparence de multiples façons.

Iashvili regarda la pile d'objets sur sa table et finit par demander : « Et vous aurez quand même besoin des documents dont nous avons parlé ?

— Mes amis ont besoin de nouveaux passeports étrangers... suédois, ce serait mieux, je crois. Et des photocopies des visas et des cartes d'immigration qu'on délivre aux hommes d'affaires – faits à Saint-Pétersbourg sans doute, ce serait mieux. Il leur faudra aussi des papiers confirmant qu'ils sont employés par l'Organisation mondiale de la santé. Des papiers d'identité locaux, également, en cas de nécessité, des documents portant des noms bien russes. Est-ce que fabriquer l'un de ces documents te pose un problème ? »

Le Géorgien secoua la tête avec énergie, retrouvant son assurance habituelle. « Pas le moindre, promit-il.

— Combien de temps te faut-il ?

— Trois heures, quatre au pire.

— Et le prix ?

— Un million de roubles. Cash. »

Smith émit un petit sifflement. Au taux de change du jour, ça faisait plus de vingt-cinq mille euros. Mais c'était sans doute un prix honnête pour les faux papiers de qualité parfaite dont Fiona Devin et lui allaient avoir besoin si la milice les arrêtait lors d'un contrôle.

« Très bien, dit Kirov en sortant une liasse de billets russes de son sac. La moitié tout de suite, l'autre plus tard, quand tu auras terminé le travail et qu'il aura reçu l'approbation de mes amis. »

Pendant que le faussaire géorgien, soudain très joyeux, emportait l'argent à l'étage pour le mettre dans son coffre, Kirov s'adressa à Jon et Fiona. « Vous viendrez me retrouver quand Iashvili aura terminé. Le reste de l'argent est dans le sac. Je vous attendrai au bar de l'hôtel Belgrade, de ce côté du pont Borodinsky. Avec un peu de chance, conclut-il avec un sourire, je ne vous reconnaîtrai ni l'un ni l'autre !

— Vous ne restez pas ? s'étonna Fiona.

— J'ai malheureusement un rendez-vous que je ne peux rater, expliqua-t-il à regret. Un vieil ami. Un homme qui pourrait avoir quelques-unes des réponses dont vous avez besoin.

— Un vieil ami en uniforme ? devina Jon.

— De temps à autre, peut-être, admit Kirov avec un petit sourire. Mais les officiers supérieurs du Service fédéral de sécurité préfèrent souvent le costume trois pièces pour leur vie sociale. »

Chapitre vingt-sept

Il était bien plus de dix heures du soir quand Jon Smith et Fiona Devin entrèrent dans le bar de l'hôtel Belgrade, mais l'endroit était encore très animé. Hommes et femmes d'affaires, surtout des Russes, quelques étrangers aussi, occupaient la plupart des box et des tables ou se pressaient devant le bar. Un air de jazz en musique de fond était presque noyé dans le brouhaha des conversations. Le Belgrade avait beau être un grand hôtel massif sans charme architectural, son emplacement central, près du métro et de l'Arbat, et ses prix raisonnables, attiraient les clients, même en hiver.

Oleg Kirov était assis seul à une table dans un coin de la salle bruyante et fumait une cigarette en silence, le regard pensif posé sur le verre et la bouteille de vodka à moitié vide devant lui.

Jon et Fiona fendirent la foule ensemble. « Pouvons-nous nous joindre à vous ? » demanda Jon dans un russe hésitant.

Kirov les regarda et les salua gravement. « Bien sûr, avec plaisir ! dit-il en se levant pour tirer la chaise de Fiona et faire signe à une serveuse d'apporter des verres. Puis-je connaître votre nom, ou bien serait-ce grossier de ma part de le demander pour une rencontre aussi brève ?

— Pas du tout », répondit Smith.

Il s'assit et sortit son passeport suédois tout neuf, qu'il fit glisser sur la table jusqu'à Kirov. Fidèle à sa réputation, Iashvili avait fait un travail superbe. Le faux passeport semblait avoir servi pendant des années et il comportait des tampons d'entrée et de sortie de plusieurs pays. « Je suis le Dr Kalle Strand, épidémiologiste travaillant pour l'Organisation mondiale de la santé.

— Quant à moi, je suis Berit Lindkvist, dit Fiona, l'assistante personnelle du Dr Strand.

— Avec une insistance particulière sur le mot "personnelle" ? demanda Kirov.

— Tous les Suédois ne sont pas des obsédés sexuels, monsieur Kirov, répondit Fiona d'un air sévère. Ma relation avec le Dr Strand est strictement professionnelle.

— Je vous prie de m'excuser, mademoiselle Lindkvist », répondit le Russe avec un sourire.

Il resta silencieux un moment pour étudier la nouvelle apparence de ses amis puis hocha la tête. « Bon boulot. Ça devrait suffire.

— Espérons-le ! » dit Smith.

Il résista à l'envie de se frotter les yeux. Une perruque blonde couvrait ses cheveux bruns, mais il avait dû se décolorer les sourcils, et ils le grattaient. Des prothèses élargissaient son visage et du rembourrage autour de la taille ajoutaient sept à dix kilos à son aspect habituel. Il avait chaussé des lunettes à monture noire qui devaient détourner l'attention de ses yeux bleus. Rien de tout cela n'était bien confortable

310

mais, dans l'ensemble, ces changements suffisaient pour lui permettre de passer les contrôles de la milice sans qu'on le repère.

Fiona Devin avait elle aussi subi une transformation impressionnante. Ses cheveux étaient coupés court et colorés en roux sombre. Des talons la grandissaient de trois centimètres et ses sous-vêtements modifiaient sa silhouette de façon subtile mais suffisante pour qu'elle ait l'air d'une femme très différente.

Jon resta silencieux le temps que la serveuse reprenne le verre bu par Oleg et le remplace par des verres propres. Puis il demanda : « Est-ce que ton ami du FSB t'a donné des informations intéressantes ?

— Tout à fait, dit Kirov d'un ton las et inquiet. Pour commencer, il a confirmé que la chasse à l'homme a été déclenchée sur ordre de personnalités situées aux plus hauts échelons du Kremlin. La milice et le ministère de l'Intérieur ont engagé des unités qui doivent en référer directement à Alexeï Ivanov.

— Ivanov en personne ? s'étonna Fiona. C'est mauvais signe.

— Et qui est précisément cet Ivanov ? demanda Jon.

— Le chef du Treizième Directorat du FSB, répondit Kirov. Il ne prend ses ordres que du président Dudarev. Sa section opère indépendamment de la structure de commandement normale du FSB. On dit que ses hommes violent la loi et notre constitution en toute impunité. Et je crois ces rumeurs.

— L'homme est impitoyable et tout à fait immoral, confirma Fiona. Mais il est aussi très compétent. Ce qui m'incite à me demander comment on a réussi à échapper à cette première embuscade. Pourquoi assassiner Elena Vedenskaya dans la rue et ensuite tenter de nous enlever dans une fausse ambulance ? Pourquoi ne pas simplement appeler la milice et nous faire arrêter ?

— Parce qu'Ivanov n'est pas seul dans l'affaire, répondit Kirov en baissant la voix. Pas tout à fait seul, en tout cas. Mon ancien collègue a réussi à jeter un œil sur les premiers rapports de la milice à propos de cet incident – avant que le Kremlin ordonne d'arrêter toute enquête.

— Et ? demanda Jon.

— La milice a réussi à identifier deux des morts. Tous les deux des anciens du KGB, des hommes utilisés principalement pour du "sale boulot" contre les dissidents et les traîtres présumés. »

Le « sale boulot », c'était un euphémisme, songea Smith, pour ne pas dire « meurtre avec la bénédiction de l'Etat ». « Tu as dit un "ancien du KGB" ? demanda-t-il.

— Oui. Ces dernières années, ils sont employés par le Groupe Brandt. Celui-là même qui a tenté de t'éliminer à Prague.

— Mais Brandt et ses brutes travaillent pour plus gros qu'eux, pas pour satisfaire leurs propres envies, fit remarquer Fiona. Qui a payé pour qu'on soit enlevés ? Le Kremlin à travers Ivanov ? Quelqu'un d'autre ?

— Ce n'est pas clair, admit Kirov, mais mon collègue a appris que l'ambulance appartenait au Centre médical Saint-Cyril. »

Fiona remarqua le regard interrogateur de Jon. « Ce centre est une sorte d'hôpital universitaire russo-occidental destiné à améliorer le niveau des soins dans ce pays, lui expliqua-t-elle. L'ambulance a-t-elle été volée ? demanda-t-elle à Kirov.

— Si c'est le cas, le vol n'a pas été signalé aux autorités.

— Très curieux, fit remarquer Jon. Et qui finance cet hôpital ?

— C'est un établissement semi-public, expliqua Fiona. Un tiers de son budget vient du ministère de la Santé, le reste d'un réseau d'organisations charitables et de fondations étrangères... »

Elle s'interrompit, l'air songeur. Ses mâchoires se raidirent. Inquiète, elle leva les yeux vers ses compagnons. « Y compris un très fort pourcentage de la fondation que contrôle Konstantin Malkovic !

— De plus en plus curieux... » dit Smith en repassant dans sa tête l'enchaînement des événements de ces deux derniers jours.

Il les voyait sous une tout autre lumière. Une affreuse possibilité s'imposa, une possibilité qu'il ne pouvait se permettre d'ignorer. Il se tourna vers Fiona. « Imagine un peu : tu parles à Malkovic de cette maladie mystérieuse et du secret qu'impose le gouvernement à ce propos. Il dit qu'il est horrifié et promet de faire tout ce qu'il peut pour t'aider à apprendre la vérité. Et puis là, tout à coup, deux heures plus tard, tu es mise sous surveillance rapprochée par une équipe de professionnels. Tu me suis ? »

Elle hocha la tête.

« D'accord, continua Smith. Tu réussis à te débarrasser de tes poursuivants, mais pas avant qu'ils nous voient ensemble à l'étang du Patriarche. A cet instant, toutes sortes de signaux d'alarme ont dû résonner en divers lieux. Plus tard le soir même, le Groupe Brandt essaie de s'emparer de nous. Et maintenant, il se trouve que l'ambulance qu'ils ont utilisée appartient à un hôpital qui reçoit des tonnes d'argent de notre bon vieux Konstantin Malkovic.

— Tu crois qu'il pourrait être impliqué dans cette conspiration avec Dudarev ? demanda Kirov.

— Sans l'ombre d'un doute ? Non, avoua Smith. Tout cela pourrait n'être que pure coïncidence. Mais il y a beaucoup de fumée autour de notre M. Malkovic, vous ne trouvez pas ?

— Si, admit Fiona avec une moue amère. Assez pour imaginer qu'il pourrait bien y avoir quelques flammes dansant sous la fumée. »

Elle avait rougi de colère au souvenir des détails de son interview avec Malkovic, car l'analyse des réponses qu'il lui avait données était soudain toute différente. Elle serra les dents de frustration. « On n'a guère de chances de trouver quoi que ce soit contre lui pour le moment...

— En effet, confirma Kirov avec une mine tout aussi sombre que la sienne. Si le milliardaire est de connivence avec le Kremlin, il prendra toutes les précautions imaginables tant que le colonel Smith et vous êtes toujours en vie. Aucune personne inconnue ne pourra l'approcher – ni approcher d'une pièce à conviction. Nous attaquer directement à Malkovic reviendrait à nous passer la corde au cou.

— Tu as raison, approuva Smith. Ça rend d'autant plus urgent de prendre contact avec les familles des victimes, tant que nous le pouvons. Obtenir des données précises sur cette nouvelle maladie est notre priorité absolue. Mais nous devrions informer Fred Klein de ce que nous soupçonnons avant de passer à l'étape suivante.

— Encore une chose que M. Klein devrait savoir, articula péniblement Kirov. Selon mon collègue du service de sécurité, il y a des signes d'un danger plus grand encore dans ce pays, un danger qui pourrait être lié d'une manière ou d'une autre à cette maladie mystérieuse, mais qui l'éclipse par son ampleur. »

Tandis qu'il parlait, Jon et Fiona restèrent silencieux, écoutant avec une inquiétude croissante le récit des rumeurs sur une préparation militaire intensive qui commençaient à circuler au plus haut niveau du quartier général du FSB, place Lubyanka. On parlait de mouvements secrets de troupes et de manœuvres militaires, de livraison d'énormes quantités de munitions, de rations alimentaires, de carburant et de moyens de camouflage aux frontières de la Russie, et de mesures de sécurité renforcées autour du Kremlin et du ministère de la Défense. Et tout cela semblait indiquer la même direction impensable : une campagne de conquête visant les ex-républiques soviétiques.

Chapitre vingt-huit

La Maison Blanche

« M. Klein, monsieur le Président, annonça froidement Estelle Pike en faisant entrer l'homme pâle au long nez dans le Bureau ovale. Il insiste pour vous voir. »

Avec un sourire amusé, le président Sam Castilla détacha son regard de la pile de dossiers encombrant la table en pin qui lui servait de bureau. Il avait les yeux cernés, signe révélateur de plusieurs journées et d'autant de nuits sans sommeil. Il montra du menton un des fauteuils face à son bureau. « Prends un siège, Fred. Je suis à toi dans une seconde. »

Klein s'assit et regarda son vieil ami achever de parcourir un mémorandum. De grosses lettres majuscules tamponnées en rouge en haut des pages indiquaient qu'il s'agissait d'un rapport top secret contenant des informations transmises par les satellites espions américains. Castilla arriva au bout de la dernière page et grogna de dégoût avant de remettre le document dans une chemise.

« D'autres ennuis ? demanda timidement le chef du Réseau Bouclier.

— En cascade ! » répondit le président.

Il passa d'un air absent ses larges mains dans ses cheveux sans quitter des yeux la pile de dossiers devant lui. « Nos satellites et nos radars interceptent des signes de mouvements militaires russes et de préparatifs croissants le long de plusieurs zones frontalières – celles bordant l'Ukraine, la Géorgie, l'Azerbaïdjan et le Kazakhstan. Mais les renseignements sont très parcellaires et personne au Pentagone ni à la CIA ne semble prêt à parier sur ce qui se passe.

— Parce que les données ne sont pas claires ou parce qu'ils ont du mal à analyser les faits dont ils disposent ?

— Les deux, grogna Castilla en cherchant dans la pile un document qu'il passa à son ami. Voilà un exemple de ce qu'on m'envoie. Regarde par toi-même. »

Il s'agissait d'un rapport de l'Agence de renseignements de la Défense sur l'augmentation possible du nombre de divisions stationnées en Tchétchénie et dans les monts du Caucase. A partir de photos satellites montrant une grande quantité d'équipement militaire transportée par rail dans la zone de Groznyï, des analystes avaient conclu que les Russes accumulaient des forces pour une offensive de plus grande envergure que les autres contre les rebelles islamistes de la région. D'autres n'étaient pas d'accord avec cette conclusion et arguaient du fait que les envois par rail constituaient une rotation normale des troupes. Une petite minorité d'analystes prétendait que les formations de tanks et de véhicules armés qu'on transférait si ostensiblement en Tchétchénie partaient ensuite dans d'autres régions, mais personne ne pouvait dire où.

Klein parcourut les pages du dossier, de plus en

pius réprobateur. De par sa nature, l'analyse de renseignements est toujours imparfaite, imprécise. Mais ce rapport atteignait des sommets d'incertitudes. Les théories qui s'affrontaient étaient avancées en termes remarquablement vagues, alourdis par tant de qualificatifs qu'elles manquaient de toute trace de conviction et se présentaient en vrac, sans la moindre tentative de classer les probabilités par ordre de vraisemblance. Du point de vue d'un homme rompu à la politique, surtout un homme qui traitait directement avec le président, ces analyses étaient presque inutilisables.

Il leva des yeux effarés. « C'est du travail d'amateur, Sam !

— Tout à fait. Nos meilleurs analystes spécialistes de la Russie sont soit morts, soit affolés à l'idée d'être les prochains sur la liste. Les autres n'ont pas le même niveau d'expérience, et ça se voit. »

Klein approuva. Séparer le bon grain de l'ivraie au sein des renseignements modernes – fragments presque incompréhensibles de conversations interceptées, photos satellites difficiles à interpréter, rumeurs transmises par des agents et le personnel des ambassades, etc. – était une compétence qui s'acquérait au fil d'années de pratique pour atteindre son développement maximal.

Le président retira ses lunettes de lecture et les jeta sur son bureau. Il regarda Fred Klein. « Ce qui nous amène à la tâche actuelle du Réseau Bouclier : trouver la cause de cette maladie. Qu'as-tu appris jusque-là ?

— Moins que je l'espérais. Mais je viens de recevoir un signal urgent du colonel Smith et de Mme Devin.

— Et ?

— Ils sont à coup sûr tombés dans quelque chose de très sale à Moscou, répondit Klein avec une grimace qui exprimait soudain sa frustration de ne pouvoir sortir sa vieille pipe de bruyère de sa poche. Plusieurs de leurs informations recoupent certaines de celles qui figurent dans le rapport que tu viens de me montrer. Malheureusement, je ne peux pas affirmer ce que ça pourrait signifier. »

Castilla écouta attentivement Klein résumer ce que son équipe lui avait exposé, y compris leurs soupçons d'un engagement possible de Konstantin Malkovic et les rumeurs d'une action militaire imminente transmises par le contact d'Oleg Kirov au sein du service russe de sécurité.

Les rides d'expression du président se creusèrent. « Je n'aime pas ça, Fred. Pas du tout, dit-il en s'adossant à son fauteuil. Peut-on dire que la maladie qui a tué ces gens à Moscou il y a deux mois est la même que celle qui nous frappe maintenant ?

— Pas le moindre doute. Smith confirme que les symptômes et les analyses de laboratoire dont il a vu les rapports corroborent parfaitement ceux dont notre Centre de contrôle et de prévention des maladies et d'autres laboratoires de recherche nous ont fait part. Mais...

— Mais quoi ?

— Sans preuve irréfutable d'une implication officielle des Russes dans la diffusion volontaire de cette mystérieuse maladie considérée comme une arme, on ne peut espérer de quiconque – que ce soit des membres de l'OTAN ou d'autres pays autour de la Russie – un accord pour déclencher des contre-mesures énergiques. Ils considéreront que les efforts déployés par le Kremlin pour dissimuler cette épidémie sont stupides, voire criminels, mais nos alliés européens ne vont pas trouver cela suffisant pour imposer des sanctions économiques contre la Russie ou pour mettre l'OTAN en état d'alerte.

— Tu parles ! J'imagine les hurlements d'angoisse de Paris, Berlin ou Kiev si on leur demande de prendre de graves mesures contre Dudarev et son régime sur la seule base des notes d'un médecin maintenant mort. Et quelques photos satellites douteuses et des rumeurs de seconde main sur une éventuelle mobilisation militaire russe ne les convaincront sûrement pas davantage. Bon sang, Fred ! Il nous faut des faits irréfutables. Jusqu'ici, nous nous battons contre des fantômes. »

Klein approuva en silence.

« Je vais réunir le Conseil national de sécurité en urgence, décida le président. Il faut resserrer notre surveillance des forces armées russes. Nous pouvons au moins changer les cibles de nos satellites et ordonner plus de missions de reconnaissance le long des frontières. »

Incapable de rester plus longtemps assis, Castilla repoussa son fauteuil et gagna la haute fenêtre donnant sur la pelouse sud. C'était l'heure de pointe à Washington et, dans la lumière du crépuscule, les voitures circulant au loin sur Constitution Avenue n'étaient que des petites lumières à la progression lente. Il regarda par-dessus son épaule. « As-tu jamais rencontré Konstantin Malkovic ?

— Non. Mon salaire ne me permet pas de fréquenter les milliardaires, Sam.

— Eh bien moi, si. C'est un homme puissant. Un homme fort. Un homme ambitieux.

— Ambitieux à quel point ?

— Au point de s'asseoir à ce bureau à ma place – s'il était né aux Etats-Unis et non en Serbie.

320

— Nous allons enquêter sur Malkovic et son empire. S'il travaille en secret avec les Russes, nous pourrons peut-être trouver des liens entre eux qui nous conduiront à ce qu'ils mijotent.

— Fais-le, Fred. Mais je ne sais pas bien jusqu'où ça nous mènera. Les services des impôts ont tenté de l'épingler, il y a quelques années – à propos d'une possible évasion fiscale, si je me souviens bien – et ils se sont heurtés à un mur. Apparemment, il a organisé ses finances en un labyrinthe incroyable de compagnies établies dans des paradis fiscaux et autant de fondations. Les ministères du Trésor et du Commerce soupçonnent qu'il contrôle aussi un grand nombre d'autres entreprises par la bande, à travers des prête-noms, afin d'éviter de montrer ses liens avec des affaires embarrassantes ou franchement illégales. Le problème, c'est que personne n'est en mesure de prouver quoi que ce soit.

— On dirait bien qu'il a conçu l'organisation parfaite pour mener des opérations clandestines tout en le niant.

— Tout à fait, répondit Castilla d'un ton aigre en se retournant vers son vieil ami. Parlons un peu de ton équipe à Moscou.

— Si tu veux.

— Maintenant que leur couverture est percée à jour, je suppose que tu as donné l'ordre au colonel Smith et à Mme Devin de quitter la Russie ?

— J'ai suggéré fermement qu'ils quittent le pays dès que possible », répondit Fred Klein en choisissant ses mots avec soin.

De surprise, Castilla leva un sourcil. « Suggéré seulement ? Mais enfin, Fred, d'après ce que tu m'as dit, tous les flics de Moscou sont à leur poursuite ! Que peuvent-ils espérer accomplir dans ces conditions ?

— Tu as déjà rencontré Jon Smith, Sam, répondit le chef du Réseau Bouclier avec un sourire en coin. Tu n'as pas encore rencontré Fiona Devin. Mais je peux t'assurer qu'ils sont tous les deux très têtus. En fait, presque aussi têtus que toi, parfois. Pour l'heure, ni l'un ni l'autre ne veulent admettre qu'ils sont fichus.

— J'admire le courage et la persévérance, mais est-ce que le colonel Smith et Mme Devin comprennent que, s'ils sont arrêtés, on les jettera aux lions ? Est-ce qu'ils savent qu'on niera toute connaissance de leur personne et qu'on se lavera les mains de toute responsabilité concernant leurs actions ?

— Ils le savent, Sam. C'est un des aspects du travail pour le Réseau Bouclier, et tous deux connaissaient les risques quand ils se sont engagés. Si cela s'avère nécessaire, je suis certain qu'ils paieront le prix qu'on leur demandera. »

Chapitre vingt-neuf

Berlin, le 20 février

Arraché contre son gré aux profondeurs comateuses d'une mauvaise nuit de sommeil, Ulrich Kessler tenta d'abord d'ignorer le téléphone qui sonnait près de son lit. Puis il entrouvrit un œil. Les chiffres lumineux de son réveil indiquaient à peine plus de six heures du matin. Furieux, il grogna, se retourna et tenta d'étouffer le son grelottant du téléphone en repliant son oreiller sur sa tête. Que ce fichu répondeur fasse son travail ! se dit-il. Il était trop fatigué. Il pourrait régler la crise qu'on allait lui soumettre à une heure plus raisonnable.

La crise. Il ouvrit les yeux. La simple évocation de ce mot suffit à lui faire retrouver ses esprits. Sa place au sein du cercle le plus puissant du ministère de l'Intérieur dépendait du fait que ses supérieurs le considéraient comme un homme dur au travail, toujours disponible, indispensable – le fonctionnaire supérieur du Bundeskriminalamt à qui ils pouvaient se fier dans toutes les circonstances.

Il grogna de nouveau sous l'effort fourni pour se redresser et grimaça quand une douleur fulgurante lui traversa la tête d'une tempe à l'autre en même temps qu'il sentit le goût horrible qui emplissait sa bouche. Il avait trop bu à la réception du Chancelier, la veille au soir, et il avait aggravé les choses en avalant plusieurs tasses de café turc dans le vain espoir de dessoûler avant de reprendre sa voiture. Quand son estomac avait bien voulu se calmer, il devait être plus de trois heures du matin.

Il trouva le combiné à tâtons. « Ja ? Kessler.

— Bonjour, Herr Kessler ! dit, dans un allemand clair et net, une voix de femme presque scandaleusement enjouée pour cette heure matinale. Je m'appelle Isabelle Stahn. Je suis procureur au ministère de la Justice dans la section enquêtant sur la corruption au sein des services publics et je vous appelle pour fixer un rendez-vous immédiat afin que nous discutions d'une affaire particulière. »

Le mal de tête de Kessler explosa littéralement. Une vague employée du ministère de la Justice l'avait réveillé avant l'aube dans le seul but de faire du zèle ! Furieux, il serra plus fort le combiné. « Mais enfin, qu'est-ce qui vous prend de m'appeler chez moi comme ça ? Vous connaissez la procédure. Si votre ministère a besoin de l'assistance du Bundeskriminalamt pour une enquête, vous devez passer par les canaux adéquats ! Faxez les demandes à notre bureau de liaison et le fonctionnaire dont c'est le travail vous rappellera en temps voulu.

— Vous m'avez mal comprise, Herr Kessler, répondit la femme avec une trace d'amusement dans la voix. Car, vous voyez, c'est *vous* le sujet de notre enquête pour corruption.

— Quoi ? rétorqua Kessel, qui n'avait soudain plus du tout sommeil.

— Des allégations très troublantes concernent

votre conduite, Herr Kessler, des allégations concernant l'évasion du professeur Wulf Renke, il y a seize ans...

— C'est absurde ! bafouilla Kessler.

— Vraiment ? demanda la femme d'une voix froide et méprisante. Quoi qu'il en soit, j'attends d'entendre vos explications sur l'achat d'œuvres d'art extrêmement onéreuses – des achats que vous avez effectués en liquide exclusivement, semble-t-il – dont nous avons remonté la filière jusqu'à vous, non sans difficultés, je dois le dire. Pour commencer, en 1990, une toile de Kandinsky achetée dans une galerie d'Anvers pour 250 000 euros, au taux de change actuel. Puis, en 1991, un collage de Matisse... »

Horrifié, Kessler, peu à peu baigné de sueur froide, écouta la femme énumérer la liste, hélas exacte, des œuvres qui lui étaient si chères et qu'il avait acquises grâce à l'argent versé contre la protection de Renke pendant tant d'années. Il eut du mal à avaler sa salive ; il lutta contre l'envie de vomir. Comment cette enquêtrice du ministère de la Justice en savait-elle autant ? Il avait pourtant pris un soin infini à toujours acheter les œuvres par l'intermédiaire d'agents différents et toujours sous divers faux noms et adresses fantaisistes. Il aurait dû être impossible pour quiconque de suivre la trace des divers négociants et galeries et de remonter jusqu'à lui.

Il réfléchit aussi vite qu'il le put. Comment faire pression pour bloquer l'enquête ? Son patron, le ministre de l'Intérieur, lui devait bien des faveurs. Mais il écarta cette solution. Jamais le ministre ne se compromettrait dans la dissimulation d'un scandale de cette ampleur.

Non, comprit-il, désespéré, il fallait qu'il fuie, qu'il

abandonne ces biens pour lesquels il avait hypothéqué son intégrité et son honneur. Mais pour le faire en toute sécurité, il aurait besoin d'aide.

*

Dans un van vert foncé, sans fenêtre à l'arrière, garé à quelques rues de la villa de Kessler, Randi Russell raccrocha le téléphone. « Ça devrait lui donner des frissons bien mérités, à ce salaud, dit-elle avec un sourire satisfait. Dix contre un qu'il appelle au secours à cet instant même ! »

L'un des deux techniciens radio de la CIA, assis près d'elle dans l'espace rendu exigu par tout l'équipement nécessaire, secoua la tête. « Je ne parierai pas contre toi, dit-il en montrant l'écran qui avait enregistré le stress dans la voix de Kessler pendant la conversation. Ce type était déjà au bord de la panique totale dès l'instant où tu as commencé à parler des tableaux.

— Attention ! » dit soudain l'autre technicien, une jeune femme, en levant la main pour imposer le silence tout en écoutant ce que lui transmettait son casque.

Elle pressa une série de boutons sur sa console, ne s'arrêtant que pour écouter les signaux transmis par les différents micros que Randi avait placés dans la maison de Kessler pendant sa visite par effraction la veille au soir. Puis elle leva les yeux. « Le sujet est en mouvement. Il a quitté la chambre. Je crois qu'il va vers son bureau.

— Je parie qu'il va utiliser son téléphone, affirma Randi. Celui de sa chambre est sans fil, et il ne voudra pas prendre le risque de diffuser par inadvertance ce qu'il va dire. »

Ses compagnons hochèrent la tête. Les téléphones sans fil se comportaient comme de petits émetteurs radio, ce qui permettait d'intercepter facilement les conversations. Aucune personne informée n'utilisait jamais un téléphone sans fil pour une conversation confidentielle.

Le technicien de la CIA entra une série de codes sur son clavier. « Je suis dans le réseau des Deutsche Telekom, dit-il. Prêt à retracer l'appel. »

*

Toujours en sueur, Kessler s'assit lourdement à son superbe bureau ancien. En silence, il contempla un moment le téléphone. Oserait-il prendre contact ? Le numéro qu'on lui avait donné ne devait être utilisé que pour les urgences. Puis il eut un petit rire dur. Une urgence ? Bien sûr que c'en était une !

D'une main tremblante, il décrocha et, avec soin, composa le long numéro vers l'international. En dépit de l'heure matinale, le téléphone à l'autre bout ne sonna que trois fois avant qu'on réponde.

« Oui ? » dit la voix glaciale de celui dont il prenait ses ordres depuis près de vingt ans.

Le fonctionnaire du BKA avala sa salive avant de parler. « Ici Kessler.

— Je sais très bien qui m'appelle, Ulrich, répondit le professeur Wulf Renke. Ne perdez pas de temps en vain bavardage. Que voulez-vous ?

— Il me faut une extraction immédiate et une nouvelle identité.

— Expliquez ! »

Kessler fit de son mieux pour paraître calme et rapporta l'essentiel de l'appel qu'il venait de recevoir.

« Vous voyez, il faut que je sorte d'Allemagne dès que possible. J'ai gagné quelques heures en acceptant de rencontrer cette femme procureur au ministère de la Justice aujourd'hui, mais elle en sait déjà beaucoup trop sur mes affaires financières pour que je puisse la détromper. Je ne peux pas prendre le risque de me présenter devant elle.

— Croyez-vous à l'authenticité de cette Isabelle Stahn ?

— Qui pourrait-elle bien être, sinon ? s'étonna Kessler.

— Vous êtes idiot, Ulrich ! Avez-vous seulement pris la peine de confirmer son histoire avant d'accourir vers moi, tremblant de peur ?

— Quelle différence cela fait-il ? Qui qu'elle soit, elle en sait bien trop et je ne suis pas en sécurité ici, dit-il en proie à un ressentiment soudain. Vous me devez bien ça, Herr Professor.

— Je ne vous *dois* rien. Vous avez déjà été amplement récompensé pour vos services passés. Il est très regrettable que d'autres aient appris vos transgressions, mais cela ne vous donne pas le droit d'exiger de moi une quelconque reconnaissance.

— Vous ne ferez donc rien pour moi ? s'affola Kessler.

— Ce n'est pas ce que j'ai dit. En fait, je vais honorer votre demande pour des raisons qui me sont propres. Ecoutez attentivement et suivez mes instructions à la lettre. Restez où vous êtes. Ne passez plus aucun coup de fil. Quand j'aurai organisé votre évasion, je vous appellerai pour vous donner mes instructions. Est-ce clair ?

— Oui, oui, c'est clair.

— Bien. Etes-vous seul ?

— Pour l'instant, répondit Kessler en consultant l'horloge sur son bureau. Mais mon homme de ménage et ma cuisinière arriveront dans une heure environ.

— Renvoyez-les. Dites-leur que vous êtes malade. Il ne doit y avoir aucun témoin de votre disparition.

— Je m'en assurerai.

— Je suis heureux de l'entendre, Ulrich. Cela rendra les choses beaucoup plus faciles au bout du compte. »

*

Dans le van de surveillance de la CIA, le technicien se tourna vers Randi avec un air contrit. Il retira son casque et le lui tendit. « Voilà ce qu'on a obtenu de notre écoute du téléphone de Kessler pendant son appel. »

Randi mit le casque et écouta la bande que lui repassait le technicien : un crépitement inaudible d'où s'élevait parfois un gémissement suraigu. Elle leva un sourcil. « Crypté ?

— Au plus haut point. A première vue, le logiciel de cryptage que ces gens utilisent est plus avancé que tous ceux que j'ai jamais connus – à l'exception possible des nôtres.

— Intéressant...

— Oui, n'est-ce pas ? Je suppose que la NSA pourrait transformer ce bruit en conversation claire et distincte. Mais ça prendrait des semaines.

— As-tu au moins réussi à trouver quel numéro Kessler a appelé ?

— Non. Celui qui a conçu le réseau de communication qu'il a utilisé connaît bien le jeu. Chaque fois qu'on s'approchait, le signal passait à un nouveau numéro qui brouillait automatiquement la piste.

— Saurais-tu installer un tel système ?

— Moi ? Bien sûr. Mais... il me faudrait des semaines, une tonne de fric et un accès presque illimité aux logiciels des centraux téléphoniques de diverses entreprises de télécommunication.

— Ce qui signifie que notre Professor Renke a des amis très influents qui surveillent ses arrières », commenta Randi.

La technicienne adressa à Randi un petit sourire malin. « Je suppose que tu le savais quand tu as installé tous ces micros dans le bureau de Kessler.

— Disons que je soupçonnais qu'il serait utile de disposer d'un plan B pour tenir ces gens, quels qu'ils soient.

— Eh bien, ça a superbement fonctionné. On a un enregistrement de tout ce qu'a dit Kessler. Dès que j'aurai nettoyé les bruits ambiants et augmenté la puissance, on pourra aussi entendre tout ce que l'autre homme a dit.

— Peux-tu isoler et nous passer le bruit que tu as enregistré quand il a composé le numéro de téléphone ? demanda son collègue.

— Facile.

— Formidable, dit-il en se retournant vers Randi. On a de nouveau le pied à l'étrier. Tu vois, chaque fois que Kessler a pressé une des touches de son téléphone, ça a produit une tonalité unique. Quand nous les aurons remises dans l'ordre, nous saurons quel numéro il a composé. »

Randi approuva du chef.

« Et ça nous donnera une petite piste à suivre à travers le labyrinthe des télécommunications qu'ont créé ces types, continua le technicien. Ça prendra du temps, mais en utilisant ce premier numéro, on pourra commencer à circuler dans le labyrinthe et on finira par aboutir au véritable numéro caché.

— Qui doit être celui d'un téléphone relié directement à Wulf Renke, commenta Randi en durcissant son regard. Et alors le professeur et moi aurons une petite conversation privée à propos de ses puissants soutiens, juste avant que nous le fassions jeter en cellule pour le reste de sa misérable vie.

— Et Kessler ? demanda la technicienne.

— Herr Kessler peut mijoter un peu plus longtemps. Il a déjà tiré le signal d'alarme. Nous allons attendre et voir qui arrive sur son seuil pour s'occuper de lui. »

Moscou

Impatient, Erich Brandt arpentait son bureau. Il était relié à Berlin par une ligne sécurisée. « Vous avez vos ordres, Lange. Exécutez-les !

— Avec tout le respect que je vous dois, répondit calmement l'autre, mes hommes ne sont pas venus ici pour se suicider.

— Continuez !

— Il est certain que les Américains surveillent de près la maison de Kessler, expliqua Lange. Dès qu'on s'en approchera, ils nous coinceront.

— Vous êtes sûr que c'est une opération de la CIA ? demanda Brandt en s'efforçant de contrôler sa colère.

— Je le suis. Dès que j'ai reçu votre alerte, j'ai vérifié auprès de nos autres sources au sein du gouvernement allemand.

— Et ?

— Il y a bien une Isabelle Stahn, et elle est bien procureur pour le ministère de la Justice. Mais Frau Stahn est actuellement en congé de maternité et ne doit pas reprendre son poste avant le mois prochain. Et ils n'ont trouvé aucune trace d'une enquête interne concernant Kessler.

— Vous pensez donc que les Américains l'ont piégé afin qu'il recoure à notre aide ?

— Oui. Et ils doivent déjà être en train de tenter de remonter jusqu'à Renke grâce à son appel. »

Brandt cessa de marcher. Si les Américains trouvaient Renke, ils découvriraient aussi le laboratoire HYDRA. Dans ce cas, sa propre vie se compterait en heures, au mieux. « Y parviendront-ils ?

— Je n'en sais rien, dit Lange d'une telle façon que Brandt l'entendit presque hausser les épaules. Mais c'est précisément le genre de tâche d'intelligence technique dans laquelle la CIA et la NSA excellent. »

Brandt savait l'affirmation de son subordonné correcte. En règle générale, les Américains n'avaient que de piètres agents de terrain, mais personne ne les dépassait dans le maniement de la mécanique et de l'électronique. Ses yeux gris ressemblèrent bientôt à des glaçons. « Vous devez détruire cette unité de surveillance de la CIA avant qu'il soit trop tard.

— On ne peut pas détruire ce qu'on ne peut pas trouver ! Les Américains peuvent travailler depuis un véhicule ou un bâtiment n'importe où dans un rayon d'un kilomètre et demi autour de la villa de Kessler. Mon équipe et moi n'avons pas le temps de parcourir tout Grunewald dans le vain espoir de tomber sur eux. Pour viser la cible, il nous faut plus d'informations sur les opérations de la CIA à Berlin, et il nous les faut vite.

— Très bien, admit Brandt. J'alerte Malkovic. Notre patron a des contacts à Cologne. Un homme qui pourrait s'avérer fort utile dans ces circonstances. »

Chapitre trente

D'immenses complexes d'habitation longeaient le périphérique extérieur de Moscou, entourant la ville de rangées d'immeubles gris et tristes – ruches sans âme construites par les bureaucrates communistes pour loger les masses anonymes en quête de travail attirées vers la capitale soviétique. Près de deux décennies après la mort du système qui les avait créés, ces immeubles hébergeaient encore des centaines de milliers des citoyens les plus pauvres de Moscou.

Jon Smith et Fiona Devin montèrent avec précaution l'escalier d'un de ces immeubles éclairé par de rares ampoules pendant au bout de leur fil, et qui ne fournissaient, à espaces irréguliers, que des flaques de lumière tremblante dans l'obscurité. Les marches en béton étaient craquelées, ébréchées, horriblement tachées. A plusieurs endroits, des sections entières de la rampe en acier rouillé s'étaient désolidarisées de leurs attaches.

Des odeurs déplaisantes flottaient dans l'air – désinfectant bon marché qui piquait les yeux, soupe au chou dans les cuisines collectives, urine et couches sales dans les coins sombres où s'empilaient les sacs d'ordures que personne n'était venu ramasser – surtout celle, aigre et nauséabonde, de trop de gens contraints de vivre entassés sans assez d'eau chaude pour rester vraiment propres.

Le petit appartement de deux pièces qu'ils cherchaient était au quatrième étage, tout au bout de l'immeuble, par-delà une rangée de portes sales et abîmées. Jon et Fiona venaient rendre visite aux parents de Mikhaïl Voronov, l'enfant de sept ans qui avait été le premier à contracter la terrible maladie.

A première vue, Jon eut du mal à croire que la femme silencieuse, renfermée, qui leur ouvrit la porte dès qu'ils frappèrent pût être la mère du petit garçon. Ses cheveux étaient gris, son visage terriblement émacié et ridé. Mais il vit ses yeux, pleins d'une douleur sans cesse renouvelée, rouges, à vif, à force de pleurer. C'étaient les yeux d'une femme qui avait toujours été pauvre et à qui on avait volé son seul véritable trésor : son fils unique. Deux mois plus tard, elle était toujours vêtue de noir, toujours en deuil.

« Oui ? demanda-t-elle, surprise de trouver deux étrangers bien vêtus sur son seuil. Que puis-je pour vous ?

— Je vous prie d'accepter nos plus sincères condoléances pour la perte tragique qui vous a frappée, madame Voronova. Et je vous prie d'accepter aussi nos excuses pour cette intrusion à un moment si difficile de votre vie, dit doucement Smith. Si cela n'avait pas été absolument nécessaire, jamais nous n'aurions osé vous déranger de la sorte. »

Il lui présenta sa fausse carte d'identité des Nations unies. « Je m'appelle Strand, Dr Kalle Strand. J'appartiens à l'Organisation mondiale de la santé. Et voici

Mme Lindkvist, dit-il en montrant Fiona, mon assistante.

— Je ne comprends pas, s'étonna la femme. Pourquoi venez-vous ici ?

— Nous enquêtons sur la maladie qui a tué votre fils, expliqua gentiment Fiona. Nous tentons de découvrir précisément ce qui est arrivé à Mikhaïl, afin que d'autres puissent être sauvés, un jour. »

Le visage ravagé de douleur de la femme mit un temps à montrer qu'elle comprenait. « Oh, bien sûr, Entrez ! Entrez ! Bienvenue chez moi ! » dit-elle en reculant d'un pas afin qu'ils puissent passer la porte.

C'était un lumineux matin d'hiver, dehors, mais la pièce dans laquelle elle les fit entrer n'était que peu éclairée par la seule ampoule au plafond. D'épais rideaux recouvraient l'unique fenêtre. Un réchaud électrique à une plaque et un évier occupaient un coin de la petite pièce, et le vieux canapé avec deux chaises et une table basse prenaient presque tout l'espace restant.

La femme leur indiqua le canapé. « Je vous en prie, prenez place. Je vais aller chercher mon mari. Youri tente de dormir, dit-elle en rougissant. Vous devez l'excuser. Il n'est plus lui-même. Plus depuis que notre fils... »

Visiblement incapable d'en dire plus sans pleurer, elle se détourna et partit en direction de la porte donnant sur l'autre pièce de l'appartement.

Fiona donna un coup de coude à Smith pour lui montrer le portrait encadré d'un petit garçon souriant sur la table basse. Il était barré d'un ruban noir et flanqué de deux bougies allumées.

Jon regretta de devoir tromper ces pauvres gens si tristes, même pour une bonne cause. Mais c'était nécessaire. D'après ce que Fred Klein avait dit la veille au soir, il était plus urgent que jamais d'obtenir des preuves sur l'origine de cette maladie cruelle. L'un après l'autre, les meilleurs professionnels étaient éliminés dans les grands services d'intelligence occidentaux, au moment même où leurs compétences étaient indispensables. Et l'une après l'autre, les nouvelles républiques entourant la Russie étaient affaiblies par la perte de leurs chefs politiques et militaires les plus talentueux.

La mère de l'enfant mort revint dans la pièce accompagnée de son mari. Comme son épouse, Youri Voronov ressemblait plus à une ombre fragile et écrasée de douleur qu'à un être vivant. Ses yeux injectés de sang étaient profondément enfoncés dans leurs orbites et ses mains tremblaient. Ses vêtements puant la sueur et l'alcool pendaient de ses épaules voûtées qui semblaient disparaître.

En voyant Jon et Fiona qui l'attendaient, Voronov se redressa. Avec un sourire gêné, il lissa ses rares cheveux ébouriffés et fit un effort pénible pour se montrer poli et accueillir comme il fallait chez lui ces deux étrangers en leur offrant du thé plutôt que quelque chose de plus fort. Pendant que sa femme mettait de l'eau à chauffer dans la bouilloire, il s'assit en face d'eux.

« Tatiana m'a appris que vous êtes des scientifiques, dit-il, que vous travaillez pour les Nations unies ? Et que vous étudiez la maladie qui a emporté notre petit garçon ?

— C'est exact, monsieur, répondit Smith. Si c'est possible, nous aimerions beaucoup vous poser, ainsi qu'à votre épouse, des questions sur la vie de votre fils, sur sa santé avant la maladie. Vos réponses pourraient nous aider à apprendre comment combattre cette maladie avant qu'elle tue d'autres enfants dans le monde.

— *Da*, dit simplement l'homme en refoulant ses larmes. Nous ferons ce que nous pourrons. Personne d'autre ne doit souffrir comme Mischka.

— Merci », dit Smith.

Puis, tandis que Fiona prenait des notes détaillées, Jon posa aux deux Russes une série de questions sur le passé médical de l'enfant et sur le leur, dans l'espoir de trouver un indice qui aurait pu échapper à Petrenko, Vedenskaya et les autres. Les parents de l'enfant répondirent avec patience, alors même que la plupart des questions de Smith reprenaient celles auxquelles ils avaient déjà répondu une douzaine de fois.

Oui, Mikhaïl avait eu les maladies infantiles courantes en Russie : rougeole, oreillons, rhino-pharyngites. Mais dans l'ensemble, pourtant, c'était un enfant en bonne santé, heureux. Ni l'un ni l'autre de ses parents n'avaient jamais consommé de drogues illégales, même si son père dut admettre, honteux, qu'il lui arrivait de boire trop « de temps à autre ». Non, personne dans la famille proche ou étendue des Voronov n'avait eu de maladie chronique grave – pas de cancers étranges, de tares de naissance ou de symptômes handicapants. Un grand-père était mort jeune, mais d'un accident de tracteur dans une ferme collective, et les autres grands-parents avaient vécu plus de soixante-dix ans avant de succomber à un ensemble de maux courants chez les personnes âgées : crise cardiaque, attaque ou pneumonie.

Horriblement frustré, Jon Smith finit par s'adosser au canapé. Il ne voyait toujours rien qui pût expliquer comment ni pourquoi Mikhaïl Voronov avait contracté une maladie jusque-là inconnue et qui l'avait tué. Qu'est-ce qui reliait cet enfant aux autres qui, eux aussi, étaient tombés malades à Moscou ?

Jon fronça les sourcils. Il soupçonnait que la réponse, s'il y en avait une, gisait enfouie dans la génétique ou la biochimie des victimes. Vérifier cette théorie supposait d'obtenir l'ADN des parents survivants des victimes. Elle supposait un accès libre à un laboratoire scientifique de pointe capable d'effectuer les analyses nécessaires. Bien qu'Oleg Kirov leur ait assuré qu'il pouvait faire partir en toute sécurité vers les Etats-Unis tout matériel biologique qu'ils pourraient collecter, ça prendrait du temps, et faire ces analyses demanderait plus de temps encore. Un temps qu'ils n'avaient sans doute pas.

Smith soupira. S'il ne te reste qu'une balle, se dit-il, tu ferais mieux de la tirer et d'espérer qu'elle fasse mouche.

A son grand soulagement, les parents de Mikhaïl Voronov furent d'accord pour qu'il prélève des échantillons de leur sang. Il avait craint plus de résistance à l'idée d'être piqués par une aiguille.

« Qu'est-ce que ces pauvres gens pourraient faire d'autre maintenant qui puisse donner une signification à leur vie ? murmura Fiona tout en aidant Jon à sortir les kits de prélèvements avec seringues, écouvillons en Dacron et autres ustensiles médicaux fournis par un des contacts de Kirov qui s'était approvisionné au marché noir. Vous leur offrez une chance de riposter à cette maladie qui a assassiné leur enfant. La plupart des parents que je connais auraient volontiers marché dans les flammes pour avoir une telle chance. Pas vous ? » demanda-t-elle d'un air grave.

Smith approuva. Très humble, il se retourna vers

les Voronov. « Commençons par des échantillons de votre ADN, dit-il en leur tendant à chacun un long écouvillon. Voilà comment vous devez procéder... »

A sa grande surprise, avant qu'il leur donne ses instructions, les deux Russes passèrent les écouvillons sur l'intérieur de leurs joues pour qu'ils collectent les cellules des muqueuses, les plus utiles pour l'analyse d'ADN. Jon les regarda, stupéfait. « Avez-vous déjà fait ça ? » leur demanda-t-il.

Tous deux le confirmèrent. « Oh ! oui, dit le père de l'enfant. Pour la Grande Etude.

— Et le petit Mischka l'a fait aussi, se souvint sa femme d'une voix brouillée par les larmes. Il était si fier, ce jour-là ! Tu t'en souviens, Youri, comme il était fier ?

— Oui, répondit Voronov en s'essuyant les yeux. Notre garçon a été un brave petit homme, ce jour-là.

— Excusez-moi, demanda timidement Fiona, mais de quelle étude s'agissait-il ?

— Je vais vous montrer », dit Youri Voronov en se levant pour retourner dans la chambre à coucher.

Ils l'entendirent fourrager dans des papiers. Il revint, un grand certificat à la main, et le tendit à Smith.

Tandis que Fiona regardait par-dessus son épaule, Jon lut la feuille luxueuse avec ses dorures et ses impressions en relief. On y remerciait la famille Voronov pour sa « participation vitale à l'étude génétique slave conduite par le Centre de recherches européen sur la démographie ». C'était daté de l'année précédente.

Il échangea un regard stupéfait avec Fiona. Elle hocha lentement la tête. Elle commençait à comprendre. Quelqu'un avait donc collecté l'ADN de ces gens, quelques mois seulement avant que le petit garçon de sept ans attrape une maladie jusque-là inconnue – une maladie fatale qui avait détruit les fonctions et les organes de tout son corps.

Pendant un moment encore, Smith resta immobile, les yeux sur le certificat. Maintenant, il savait enfin dans quelle direction il devrait chercher.

Aéroport de Zurich

Nikolaï Nimerovsky s'arrêta à la porte du bar Alpenblick et chercha des yeux son contact. Son regard passa sur des hommes d'affaires, voyageurs solitaires pour la plupart, assis à différentes tables, et il s'arrêta sur un homme pâle aux cheveux gris, l'*International Herald Tribune* ostensiblement ouvert devant lui. Il s'approcha, remarqua la serviette en cuir noir de l'homme – presque identique à celle qu'il tenait à la main – et la décoration à double hélice au revers de sa veste bleue toute simple.

Le Russe s'approcha, conscient que son pouls s'accélérait. Des années de service comme agent clandestin du Treizième Directorat d'Ivanov lui avaient appris la prudence. Il s'arrêta devant l'homme aux cheveux gris et montra la chaise vide en face de lui. « Vous permettez ? » demanda-t-il en anglais avec un accent américain.

L'autre leva les yeux de son journal et le toisa. « Je vous en prie. Mon vol est sur le point de partir. Je ne suis qu'en *transit.* »

C'était le mot de passe. Nimerovsky entendit que l'homme mettait un accent spécial sur ce dernier mot. Il s'assit et posa sa serviette par terre près de l'autre. « Moi aussi, dit-il. Je ne reste que peu de temps ici, à

341

Zurich. Le monde est de mieux en mieux *connecté*, n'est-ce pas ? »

Son mot de passe.

L'homme aux cheveux gris sourit discrètement. « En effet, mon ami. »

Il plia son journal, se leva, prit une des deux serviettes et partit avec un signe de tête poli et faussement désintéressé.

Nimerovsky attendit quelques instants avant de prendre la serviette que l'autre avait laissée sous la table. Il l'ouvrit. Elle contenait une liasse de papiers, des magazines professionnels et une boîte en plastique gris marquée « SC-1 ». Dans cette boîte bien isolée, le Russe le savait, reposait une petite fiole en verre. Il referma la serviette.

« Mesdames et messieurs », dit la voix anonyme et polie d'une femme dans les haut-parleurs, d'abord en allemand, puis en français, en italien et en anglais, « SwissAir annonce que le vol 3 000 à destination de New York, John F. Kennedy International Airport, est prêt pour l'embarquement. »

Le Russe se leva et quitta le bar, emportant une variante d'HYDRA unique : celle destinée au président Samuel Adams Castilla.

Chapitre trente et un

Cologne, Allemagne

C'était le milieu de la matinée. Des pans de pluie glacée éclaboussaient les flèches jumelles de la cathédrale gothique, les cachant aux passants qui se dépêchaient sur les pavés. Dans l'énorme nef, quelques touristes courageux déambulaient et admiraient les nombreux trésors, dont les superbes vitraux, les bas-reliefs et les statues en marbre, sans oublier le crucifix en bois sculpté, la Croix de Gero, datant de plus de mille ans. Çà et là, des fidèles étaient agenouillés en prière ou venaient allumer des cierges avant de retourner au fardeau ordinaire d'une journée dans le monde du travail. Sinon, l'espace vaste, plein d'ombres, était presque désert, comme figé dans un silence éthéré, éternel.

Le visage gris de peur assorti à sa gabardine, Bernhard Heichler fit une génuflexion devant l'autel. Il se signa, se glissa sur un des bancs et s'agenouilla. Tête basse, il paraissait perdu dans sa méditation.

Des pas résonnèrent sur le dallage. Ils se rapprochaient. Heichler ferma les yeux et sentit son cœur qui battait follement. « Je vous en supplie, Seigneur, pria-t-il, que cette coupe s'éloigne de moi ! » Puis il se mordit la lèvre, horrifié par ce grotesque blasphème. De tous les hommes en ce lieu sacré, c'était lui qui avait le moins le droit de se faire l'écho de la supplique du Christ au Jardin des Oliviers. Il était Judas, le traître.

Et Bernhard Heichler savait qu'il avait beaucoup à trahir. Il était fonctionnaire supérieur au Bundesamtes für Verfassungsschutz, le Bureau fédéral de protection de la Constitution, ou BfV, principale agence de contre-espionnage d'Allemagne, l'équivalent du MI5 britannique. A son niveau, il avait accès aux secrets les plus étroitement gardés de son gouvernement.

Quelqu'un se glissa sur le banc derrière lui.

Heichler leva la tête.

« Ne vous retournez pas, Herr Heichler, dit une voix d'homme. Vous êtes ponctuel. Je vous félicite.

— Je n'avais pas le choix.

— C'est juste. Vous êtes devenu notre homme dès l'instant où vous avez accepté notre argent. Et vous resterez notre homme jusqu'au jour de votre mort. »

Heichler grimaça. Il attendait depuis six longues années que ce bienfaiteur vienne lui demander le remboursement de sa dette. Six longues années pendant lesquelles il avait espéré que ce jour horrible n'arriverait jamais.

Mais c'était aujourd'hui.

« Que voulez-vous de moi ? marmonna Heichler.

— Un cadeau, répondit l'autre d'un ton amusé. La Châsse des Rois mages se trouve juste derrière l'autel, n'est-ce pas ? »

Le fonctionnaire du BfV hocha la tête. La Châsse, en or serti de pierres précieuses, contenait, disait-on, des reliques des Rois mages venus d'Orient avec des cadeaux pour l'Enfant Jésus. Apporté de Milan au XIIᵉ siècle, le reliquaire était le plus grand trésor de la cathédrale, la raison même de sa construction.

« Rassurez-vous, dit l'homme. Je ne vous demanderai pas de nous donner de l'or, de l'encens ou de la myrrhe – seulement ce que vous possédez : des informations, Herr Heichler. Nous voulons des informations. »

Un missel s'abattit sur le banc près d'Heichler. Il sursauta.

« Ouvrez-le ! »

Tremblant, il obéit. Le livre de prières contenait un bout de papier avec un numéro de téléphone à douze chiffres.

« Vous faxerez les informations dont nous avons besoin à ce numéro. Et vous le ferez dans les deux heures qui viennent, est-ce clair ? »

Heichler hocha la tête. Il prit avec réticence le bout de papier et le glissa dans une poche intérieure de sa gabardine. « Mais de quelles informations avez-vous besoin ?

— Les numéros d'enregistrement et de plaque de tous les véhicules conduits par les agents de la CIA stationnés à Berlin. »

Heichler sentit le sang quitter son visage. « Mais c'est impossible ! bredouilla-t-il.

— Au contraire. C'est parfaitement possible... pour un haut fonctionnaire de la Section V. Pour quelqu'un comme vous, en fait, Herr Heichler. La Section V, continua implacablement l'homme, contrôle toutes les organisations d'intelligence étrangères opérant sur le sol allemand, y compris celles des pays alliés comme les Etats-Unis. Les officiers de liaison de ces organisations fournissent à vos services une mise à jour régulière de l'équipement qu'ils utilisent, le nom de leurs agents de terrain et d'autres aspects de leur travail clandestin à l'intérieur de vos frontières, n'est-ce pas ? »

Le fonctionnaire du BfV hocha la tête.

« Vous pouvez donc obtenir les renseignements dont nous avons besoin et vous suivrez nos instructions.

— Le risque est trop grand ! gémit Heichler, honteux d'entendre dans sa voix un affolement qu'il tenta de contrôler pour la suite. Rassembler si vite les informations que vous exigez signifiera inévitablement laisser des traces qui pourraient m'incriminer. Si les Américains découvrent un jour ce que j'ai fait...

— Vous devez choisir qui vous craignez le plus. Les Américains ou nous. Si vous êtes raisonnable, vous soupèserez les enjeux avec grand soin. »

Heichler devait se rendre à l'horrible évidence : il n'avait pas le choix. Il devait obéir à ces ordres ou payer le prix immense de ses anciens crimes, de ses anciennes trahisons. Ses épaules se voûtèrent, indiquant qu'il se rendait. « Très bien. Je ferai ce que je pourrai.

— Vous avez fait le bon choix, commenta l'autre d'un ton sarcastique. N'oubliez pas que vous n'avez que deux heures. L'échec ne sera pas toléré. »

Près d'Orvieto, en Italie

Le professeur Wulf Renke faisait glisser une loupe sur les résultats de sa plus récente séquence d'ADN. Il étudiait avec soin le schéma complexe qu'avait sorti l'imprimante à la recherche de l'endroit unique de la séquence – polymorphisme d'un seul nucléotide –

dont il avait besoin pour continuer de fabriquer sa prochaine variante d'HYDRA. C'est alors que sa montre se mit à sonner avec insistance, lui rappelant qu'il serait bientôt temps d'inspecter sa nouvelle culture d'*E. coli*. Il ne lui restait que quelques minutes pour achever une analyse qui aurait dû prendre au moins une heure.

Le spécialiste allemand des armes biologiques fronça les sourcils, irrité par cette nouvelle exigence de rendement excessif. Moscou ne cessait de demander une production plus rapide, et cela le forçait à faire fonctionner son labo, ses assistants et les équipements à un rythme affolant. Chaque variante d'HYDRA était une œuvre d'art miniature, qui dans l'idéal exigeait tout le temps de la concevoir et de la fabriquer avec une précision amoureuse. Et voilà que Malkovic et Dudarev s'attendaient à ce qu'il produise de nouvelles fioles létales à la chaîne, comme si ce laboratoire n'était qu'une vieille usine d'armement fabriquant en masse des munitions pour l'artillerie !

Renke se dit qu'il eût été sage d'attendre plus longtemps avant de lâcher sa création sur le monde. Avec quelques mois de préparation supplémentaires, on n'aurait pas eu besoin de se précipiter. Il aurait eu en réserve toutes les variantes nécessaires d'HYDRA stockées et prêtes à l'usage à la demande. Malheureusement, ses employeurs étaient des gens impétueux et en colère. De son point de vue, il y avait pire : les hommes de Moscou restaient englués dans la croyance dépassée du pouvoir des armes traditionnelles, de l'infanterie et des bombardiers. En conséquence, leur calendrier pour ZHUKOV tournait entièrement autour de considérations météo, de la capacité de la

Russie à déployer ses forces militaires grâce au rail et à la route, du temps qu'il faudrait aux troupes russes pour s'emparer de leurs objectifs une fois les combats commencés.

Il renifla de mépris. Ni Malkovic ni le président russe n'appréciaient vraiment le pouvoir plus subtil et plus durable que leur apportait leur contrôle d'une arme comme HYDRA. Ses créations auraient pu être utilisées pour terrifier tout opposant éventuel, pour l'effrayer au point qu'il aurait suivi la ligne russe sans aucun besoin de perdre son temps en violences à grande échelle. Mais ses employeurs ne voyaient en HYDRA qu'un moyen de tuer parmi d'autres. Typique des Slaves, ironisa Renke. Ils ne comprenaient l'application du pouvoir que sous sa forme la plus brutale, la plus évidente.

Renke haussa les épaules. Une erreur s'ajoutait à une autre. La folie se nourrissait de la folie. C'était une vieille histoire dans sa carrière – que ce soit en Allemagne de l'Est, en Union soviétique ou en Irak. On ne pouvait jamais faire confiance à des profanes pour penser et agir avec clarté. Leur appât du gain et leur foncière ignorance interféraient toujours avec la prise de décisions rationnelles. Heureusement, il était immunisé contre de telles faiblesses.

« Professore ? appela l'un de ses assistants en lui tendant un combiné. Le Signor Brandt sur la ligne sécurisée. »

Impatienté, Renke retira sa visière, son masque chirurgical et ses gants, et les jeta dans un réceptacle avant de prendre l'appareil. « Oui ? Qu'est-ce qu'il y a, Erich ?

— Une mise à jour sur nos deux principaux problèmes de sécurité. Ceux que nous devons affronter à Berlin et à Moscou. »

Le savant aux cheveux blancs savait de quoi il s'agissait. Brandt avait eu raison de l'interrompre. « Allez-y ! »

Il écouta l'autre lui rapporter les événements les plus récents. Les nouvelles de Berlin le rassurèrent. Dès que Lange et son équipe auraient les informations nécessaires, leur succès était certain. Les nouvelles de Moscou étaient plus déplaisantes. « Il n'y a toujours aucun signe de ces Américains ? s'étonna-t-il.

— Aucun. Les points de contrôle de la célèbre milice d'Alexeï Ivanov n'ont pu découvrir le moindre indice pour les localiser. Il pense que Smith et Devin ont dû disparaître pour un temps dans une planque hors de la ville – ou qu'ils ont déjà quitté la Russie.

— Et vous, quel est votre avis ?

— Je trouve Ivanov trop optimiste. Mme Devin n'est sans doute qu'un espion amateur, mais le colonel Smith est un professionnel pur et dur. Il n'abandonnera pas sa mission aussi facilement. »

Renke réfléchit. L'évaluation de son adversaire par l'officier de l'ex-Stasi était exacte. « Alors ? Que devons-nous faire ?

— Je n'en suis pas sûr...

— Voyons, Erich ! s'étonna le savant. Smith et Devin ne sont pas idiots. Vous savez sûrement ce qu'ils trouveront dans les notes de Vedenskaya.

— Herr Professor, vous oubliez que je ne suis pas un scientifique. J'excelle dans d'autres domaines.

— Les noms ! lança Renke d'un ton exaspéré. Les Américains vont apprendre les noms de ceux qu'on a utilisés pour les premiers tests d'HYDRA. Le colonel

Smith est aussi un homme de sciences, un chercheur en médecine. Confronté à une maladie étrange, il va tenter d'en déterminer le vecteur. Il ne vous reste qu'à poser les pièges appropriés et à attendre qu'ils y tombent ! »

Chapitre trente-deux

Berlin

Tout au fond d'un parking à plusieurs étages, à quelques kilomètres du quartier de Grunewald, Gerhard Lange entendit dans sa radio une voix noyée par les grésillements. Entre les interférences et l'excitation de son interlocuteur, il était impossible de comprendre ce qu'il tentait de lui dire. Lange se redressa et enfonça plus profondément son oreillette. « Qu'est-ce que t'as dit, Mueller ? Répète ! »

Cette fois, Mueller, l'homme à forte carrure qui avait accueilli son équipe à l'aéroport la veille, s'exprima plus clairement. « On a nos cibles. Je répète : nos cibles sont confirmées. »

Lange poussa un soupir. L'attente était terminée. Il se pencha par la fenêtre du conducteur de sa BMW noire et récupéra une copie de la liste faxée deux heures plus tôt. « Donne-les-moi ! »

Pendant que Mueller égrenait les numéros des plaques et les marques des véhicules qu'il avait repérés au cours de sa reconnaissance, l'officier de l'ex-Stasi les confrontait à la liste des voitures et des camions de la CIA enregistrés à Berlin. Ils concordaient parfaitement. Il replia le fax et le glissa dans sa veste.

Puis il ouvrit une carte détaillée du quartier. « Excellent travail. Maintenant, où ces Américains sont-ils déployés ? »

Lange encercla les lieux qui lui étaient donnés. Il étudia brièvement le résultat et nota les distances entre les véhicules, les approches et les voies de fuite possibles. Un plan commença à prendre forme dans son esprit. Rapide et sale, se dit-il sans remords. Aussi rapide que possible. Il se tourna vers ses compagnons et grogna en serbe : « Préparez-vous. On a une cible ! »

A son ordre, les trois hommes au visage dur, tous des anciens de la Sécurité d'Etat serbe, des vétérans des brutales campagnes de nettoyage ethnique en Bosnie et au Kosovo, écrasèrent leurs cigarettes et se levèrent. Lange ouvrit le coffre de la BMW et distribua équipement et munitions. Quand il eut terminé, l'officier de l'ex-Stasi et ses tueurs entreprirent de vérifier l'état et le fonctionnement de leurs armes.

*

Bien que ce ne fût que le milieu de l'après-midi, l'obscurité tombait vite. Des masses de nuages plombés couvraient le ciel. Poussés par un fort vent d'est, des flocons de neige fraîche volaient parfois au-dessus des rues presque désertes de Grunewald. Le vent sifflait dans les bois tout proches et couvrait de neige glissante les toits pentus des maisons nichées entre les arbres.

Pour ne pas avoir froid, Randi Russell était partie marcher d'un pas vif, vers le sud, le long de la Clayallee. Cette large avenue, qui longeait la forêt urbaine conservée aux marges du quartier, portait le nom d'un général américain, Lucius Clay, celui qui avait ordonné la mise en place du pont aérien de Berlin pour sauver la ville de la famine aux premières heures de la guerre froide. En veste de ski à la mode, col roulé noir et jean, Randi retournait au van de surveillance de la CIA après avoir inspecté avec précaution le voisinage de la villa d'Ulrich Kessler.

Jusque-là, il ne se passait pas grand-chose. Ses sentinelles n'avaient signalé que des allées et venues normales dans le secteur. Le fonctionnaire du BKA était toujours chez lui. Il n'y avait pas eu d'autre contact avec Wulf Renke, et Kessler était de plus en plus nerveux. Les micros qu'elle avait disposés la nuit précédente transmettaient le son de ses pas, des jurons, des cliquetis de bouteilles et de verres près de son bar bien fourni.

Randi réfléchissait à l'étrange silence de Renke. Le savant renégat avait-il décidé de passer Kessler par pertes et profits et de le livrer à son destin ? Plus le temps s'écoulait sans que rien se passe dans la maison ou aux alentours, plus c'était vraisemblable. Avant tout, Renke était un survivant. Jamais il n'avait prouvé sa loyauté envers une autre personne, un pays ou une idéologie. Le savant ne sauverait Kessler que s'il y trouvait un avantage personnel. Renke avait dû soupçonner que son vieux protecteur au sein du BKA était étroitement surveillé. Randi finissait par se demander si, dans ces circonstances, cela valait la peine qu'elle s'empare de Kessler. Pourrait-elle tirer de lui la moindre information utile avant que Langley s'inquiète et lui ordonne de le remettre à ses concitoyens ?

Elle sourit en imaginant la réaction probable des bureaucrates de la CIA, qui n'aimaient guère prendre de risques, si l'un de leurs officiers de terrain enlevait un fonctionnaire de la police criminelle d'Allemagne fédérale. Non, s'emparer de Kessler n'était peut-être pas la meilleure solution. Elle ferait mieux de renoncer pour l'instant. Plus tard, elle trouverait un moyen discret d'informer les supérieurs de ce traître sur sa conduite criminelle. Bien sûr, elle devrait aussi s'assurer qu'ils soient mis au courant sans révéler qu'elle s'était introduite dans un de leurs réseaux informatiques les plus sécurisés.

En attendant, ses opérateurs radio tentaient de savoir quel était ce numéro que Kessler avait composé en urgence. Jusque-là, ils avaient abouti à un téléphone portable enregistré en Suisse et ne savaient pas où ça les mènerait.

Un gros bus jaune du BVG, le service municipal des transports, passa à grand bruit. Il n'y avait que peu de gens à bord. Randi leva les yeux afin de se repérer. Sur sa droite, à l'ouest, s'étendait la forêt silencieuse sous son manteau de neige. Sur sa gauche, de l'autre côté de la chaussée, des maisons et quelques boutiques. D'autres véhicules roulaient sur cette portion de l'avenue – quelques voitures, des camions de livraison en tournée en dépit du temps qui empirait. A un pâté de maisons de là, elle vit le van Ford de son équipe de surveillance garé entre une vieille Audi et un tout nouveau break Opel.

Elle pressa un bouton sur ce qui ressemblait à un iPod argenté à sa ceinture et qui, conçu pour les opérations secrètes, contenait en fait une radio tactique de pointe la reliant à son équipe par plusieurs canaux sécurisés. « Base, c'est Chef. J'arrive.

— Compris, Chef ! répondit un des techniciens du van. Attends, Randi ! s'exclama-t-il soudain. On a un appel arrivant chez Kessler. Quelqu'un lui dit de se préparer à partir, qu'une unité d'extraction est en route ! »

Ouais ! se dit la jeune femme en lançant un coup de poing en l'air. Il était temps. « D'accord, Base. Préparez-vous à démarrer. Quand ces types arriveront et emmèneront Kessler, on les suivra pour voir où ils vont.

— D'accord. »

Grâce à son oreillette, Randi entendit que le technicien passait de l'arrière du van sans fenêtre au siège du conducteur. Sans ralentir le pas, elle bascula sur une autre fréquence pour parler à l'officier de terrain de la station de Berlin postée à une rue de la villa de Kessler. « Sentinelle, c'est Chef, tu m'entends ? »

Silence.

« Carla, c'est Randi. Réponds ! »

Pas de réponse. Juste le sifflement lointain d'une liaison coupée. Randi se retourna, inquiète ; un frisson lui parcourut le dos. Quelque chose n'allait pas. C'était grave. Elle baissa la fermeture à glissière de sa veste juste assez pour pouvoir tirer facilement son Beretta 9 mm de sous son bras en cas de besoin urgent.

C'est alors qu'elle vit la BMW noire qui filait à toute vitesse sur la Clayallee, son puissant moteur rugissant tandis qu'elle serpentait entre les véhicules plus lents. Elle plongea instinctivement la main dans sa veste et saisit la poignée de son arme. Mais la voiture rapide dépassa son van de surveillance. Elle soupira de soulagement.

Soudain la BMW freina sec et décrivit un demi-tour, faisant hurler ses pneus qui fumèrent en dégageant une odeur de caoutchouc brûlé avant de s'arrêter à quelques mètres du Ford.

Trois des quatre portes de la BMW s'ouvrirent et trois hommes sportifs, le regard froid, bondirent sur la chaussée. Ils se déployèrent autour du van de la CIA, chacun armé d'un pistolet-mitrailleur Heckler & Koch – des MP5SD équipés de silencieux – qu'ils tenaient contre l'épaule, prêts à tirer. Randi n'en crut pas ses yeux quand elle reconnut la tenue noire et le béret vert foncé orné d'un aigle ; c'était l'uniforme porté par l'unité antiterroriste d'élite, le Grenzschutzgruppe-9, dit GSG-9.

« Oh, merde ! » marmonna-t-elle.

Un habitant ou un commerçant du quartier avait dû repérer son équipe et nourrir des soupçons qui l'avaient conduit à appeler les autorités. Depuis les attentats du 11 septembre et l'horrible massacre dans le train de Madrid, l'Allemagne, la France, l'Espagne et d'autres pays d'Europe gardaient leurs forces de réaction rapide en alerte permanente. Randi retira sa main de la crosse du Beretta. Inutile de se faire remarquer de ces hommes armés. S'ils croyaient avoir affaire à des terroristes, leurs nerfs et leurs réflexes devaient les inciter à appuyer sur la détente.

Elle choisit plutôt d'aller chercher sa carte d'identité de la CIA dans sa poche et accéléra le pas pour rejoindre l'unité du GSG-9. Peut-être pourrait-elle intervenir avant que les soldats allemands trop zélés sabotent toute son opération clandestine. Dès qu'ils auraient fait sortir ses techniciens sur le trottoir au vu et au su de tous les passants curieux, elle n'aurait plus aucun moyen d'éviter que la presse s'empare de l'affaire – et les radios et les télévisions passeraient une journée formidable à informer minute par minute les paisibles citoyens allemands des agissements de ces téméraires espions américains sur leur sol.

« Chef, c'est Base, dit le technicien du van dans son oreillette. Qu'est-ce qu'on fait ? »

Randi revint au premier canal. « Ne bougez pas, j'arrive ! Laissez-moi régler ça ! »

Elle n'était plus qu'à cinquante mètres quand les hommes en noir ouvrirent le feu, tirant sans sommation ni provocation.

Leurs pistolets-mitrailleurs réglés sur automatique balayèrent le van à bout portant de l'avant à l'arrière. Une pluie d'étincelles jaillit tandis que des dizaines de balles de 9 mm frappaient le véhicule, perçaient le métal, fracassaient le fragile équipement électronique, déchiquetaient la chair humaine. La plupart des balles traversèrent le van de part en part et ressortirent à une vitesse encore proche de celle du son. Les autres firent mouche et transformèrent l'intérieur du Ford en scène de massacre. Dans son oreillette, Randi entendit des cris d'agonie auxquels d'autres balles vinrent miséricordieusement mettre fin. Les tirs continuèrent un temps infini.

C'étaient les hommes de Renke ! Randi, horrifiée, ne pouvait pas en douter. Ils n'étaient pas venus sauver Kessler : ils étaient venus tuer ceux qui attendaient qu'il sorte.

Grimaçant de rage, Randi sortit son Beretta, visa l'agresseur le plus proche et tira deux coups. Une balle le rata, l'autre le frappa en haut de la poitrine. Mais au lieu de le faire tomber, l'impact ne le fit reculer que de deux pas. L'homme grogna, plié en deux un bref instant, puis il se redressa. Elle vit le trou dans son vêtement. Pas une trace de sang.

Seigneur, comprit soudain Randi, ces salauds portent des gilets pare-balles ! Son instinct de survie la poussa à se jeter de côté. Elle eut juste le temps de se dissimuler derrière une Volvo garée là.

L'homme se retourna dans sa direction, leva son pistolet-mitrailleur et tira une longue rafale qui arrosa la Volvo.

Aplatie derrière la voiture qui tremblait et sursautait sous les impacts, Randi se cacha la tête dans les mains. Des bouts de métal, de verre et de plastique jaillirent dans la rue et, en ricochant, des balles passèrent tout près de sa tête avant de frapper d'autres voitures ou de filer plus loin sur la chaussée, détachant des morceaux de macadam. Les alarmes des voitures se déclenchèrent et un bruit assourdissant noya bientôt toute la rue.

Les tirs s'arrêtèrent brutalement.

Le souffle court, Randi roula vers le trottoir, son Beretta tendu à deux mains devant elle. Elle vit deux des hommes en noir retourner vers la BMW. Le troisième avait passé son arme en bandoulière et semblait fouiller dans une sorte de sac en toile verte.

Cette fois, elle prit le temps d'aligner les viseurs de son Beretta. Elle pressa la détente. Le pistolet aboya une fois, se redressa. Rien. Raté. Randi plissa les yeux et se concentra sur sa cible. Elle immobilisa son arme et tira une fois de plus.

La balle de 9 mm frappa le tireur à la cuisse droite, fracassa son fémur et ressortit dans un jaillissement de sang et de fragments d'os. L'homme se retrouva assis, le regard éberlué fixé sur ce qui restait de sa jambe. Le sac en toile tomba de ses mains.

Le désespoir se lut un instant sur le visage du blessé qui, d'un coup de son pied valide, écarta de lui le sac en toile. La forme verte roula jusque sous le van de la CIA percé de balles.

Randi entendit le tireur blessé crier une mise en garde affolée, dans une langue slave, d'après elle. Une seconde plus tard, un de ses camarades se pencha hors de la BMW, le prit sous les bras et l'attira à l'intérieur. Il laissa une flaque de sang rouge vif sur la chaussée.

Sans plus attendre, le chauffeur de la limousine noire enfonça l'accélérateur et rebroussa chemin sur la Clayallee. Pistolet brandi, l'agent de la CIA se redressa et tira à plusieurs reprises sur la BMW qui passait devant elle à une vitesse déjà supérieure à quatre-vingts kilomètres à l'heure.

Une de ses balles fracassa la vitre arrière. Une autre perfora le coffre. Mais les autres ne firent guère de dégâts. Furieuse, Randi poussa un juron et cessa de tirer, de crainte de toucher par erreur un passant innocent.

La BMW continua sa route, filant au nord sur l'avenue jusqu'à ce qu'elle disparaisse dans le crépuscule.

Incrédule, Randi resta un moment à scruter la rue. Elle était assommée par l'ampleur de cet assaut brutal et meurtrier contre son équipe de surveillance. Mais comment cela avait-il pu se produire ? se demandat-elle amèrement. Comment Wulf Renke avait-il pu envoyer ses hommes droit sur eux avec une telle précision ?

Lentement, elle baissa son Beretta et remit le cran de sûreté. Ce ne fut pas facile. Ses mains tremblaient maintenant que la perspective d'un combat au corps à corps s'éloignait, ne laissant en elle que la peine et une colère aussi profonde que tenace.

Quand elle parvint à regarder par-dessus son épaule le van Ford criblé de balles, elle distingua à peine le petit sac de toile près d'une des roues arrière. Un sac...

En une fraction de seconde, son esprit s'éclaircit. Non, affirma-t-elle, ce n'est pas un simple sac, c'est une bombe !

Il fallait courir, fuir, tout de suite ! Elle se détourna et partit à toute vitesse loin du van. Son arme toujours à la main, elle dépassa des voitures arrêtées dont les chauffeurs regardaient toujours sans y croire le van saccagé.

« Partez ! Partez ! cria-t-elle en allemand en faisant de grands gestes. Il y a une bombe ! »

La charge explosa.

Un flash éblouissant de blancheur déchira l'obscurité derrière elle. Elle se jeta à terre et se recroquevilla pour se protéger de l'onde de choc qui rugissait en s'agrandissant à partir du centre de l'explosion. La vague de chaleur la projeta très haut avant de la faire rouler par terre. La pression de l'explosion sembla retirer chaque molécule d'oxygène de ses poumons.

Lentement, la lumière blanche faiblit. Tout devint noir d'encre. Le monde autour d'elle disparut tandis qu'elle perdait connaissance.

Elle revint à elle quelques secondes plus tard, pelotonnée contre le flanc d'une voiture propulsée en travers de la route par l'explosion. Presque sourde, ses oreilles sifflant, Randi s'efforça de s'asseoir puis de se remettre sur ses pieds. Elle ne put s'empêcher de grimacer sous la douleur que lui causaient ses muscles torturés et sa peau tuméfiée et écorchée.

Tout autour d'elle dans la rue, d'autres gens abasourdis et blessés sortaient des véhicules que l'onde de choc ou des débris volants avaient frappés. D'autres, ensanglantés ou tenant un de leurs membres brisé, titubaient à l'aveugle hors de leur maison ou de leur boutique endommagée par la bombe. L'énorme explosion avait éventré des toits, renversé des cheminées, fracassé toutes les fenêtres de l'avenue, soufflant des éclats de verre à travers les salons, les cuisines, les chambres, les boutiques.

Randi se tourna et regarda de nouveau l'endroit où était son van de surveillance.

Il avait disparu, remplacé par un vilain entrelacs de tôles tordues et fumantes dans un cratère noirci. Toutes les autres voitures garées à moins de cinquante mètres du van pulvérisé avaient été déplacées ou renversées sur la Clayallee et se retrouvaient froissées, écrasées et auréolées de flammes orange et de fumée épaisse.

Randi ravala ses larmes. Ce n'était pas le moment d'exprimer sa peine, décida-t-elle froidement. Elle le pourrait plus tard, si elle vivait assez longtemps.

Elle se concentra sur son équipement, dont elle vérifia l'état. Sa radio était morte, sans doute écrasée quand l'explosion l'avait envoyée rouler sur le pavé. Cela n'avait plus guère d'importance, songea-t-elle tristement. Elle n'avait plus personne à contacter. Randi vit son Beretta à quelques mètres d'elle et alla le ramasser en titubant.

Concentrée, elle examina le pistolet. Si la crosse et le canon étaient éraflés, le chien, la culasse, le percuteur et la détente semblaient en bon état. Elle releva un coin de sa bouche en un sourire amer d'autodérision : à première vue, le 9 mm était en meilleure forme qu'elle !

Elle libéra le chargeur et le vida des quelques balles inutilisées, qu'elle glissa dans sa poche. Puis elle introduisit un chargeur de quinze balles plein, tira la culasse en arrière pour engager la balle dans la chambre et abaissa le percuteur. Elle était prête.

Elle remit son pistolet dans son étui et posa un dernier regard désespéré sur les épaves en train de brûler sur la Clayallee. Elle entendit les sirènes de la police, des pompiers et des ambulances qui se rapprochaient. Les autorités allemandes, ayant pris connaissance du carnage, commençaient à intervenir.

Il était temps de partir.

Elle se détourna et claudiqua vers l'ouest, entre les arbres de la forêt de Grunewald, jusqu'à ce qu'elle soit hors de vue de la route. Là, elle prit au nord et s'efforça de courir malgré la douleur, de plus en plus vite, dans l'ombre et le silence, au milieu des bois enneigés.

Chapitre trente-trois

Principal centre de commandement spatial,
près de Moscou

Le Général Leonid Avekovich Nesterenko, grand
et élégant commandant en chef des forces militaires
spatiales de la Fédération de Russie, marchait d'un
pas vif dans le couloir reliant ses quartiers au Centre
de contrôle opérationnel. Les néons au plafond et l'air
frais constamment insufflé par les bouches d'aération
faisaient oublier que cette grosse installation était
enfouie à des centaines de mètres sous terre, protégée
d'une éventuelle attaque par des dalles de béton armé.
L'entrée et les tunnels de sortie lourdement gardés
étaient de plus dissimulés dans la dense forêt de bouleaux au nord de Moscou.

Les deux sentinelles de garde devant le Centre se
mirent au garde-à-vous en le voyant approcher. Nesterenko les ignora. Lui qui d'ordinaire se conformait
aux courtoisies militaires les plus formelles était bien
trop pressé pour s'y plier aujourd'hui.

Il passa la porte en trombe. Ses yeux durent
s'adapter à la pénombre régnant dans l'immense salle
dont l'unique éclairage provenait des rangées d'écrans
d'ordinateurs et des tableaux lumineux. A chaque

poste de travail, un officier contrôlait le satellite et les systèmes radars d'alerte qui lui étaient confiés quand il ne conférait pas à voix basse, grâce à ses équipements de communication sécurisés, avec des collègues sur les sites de lancement, les stations au sol et les postes de commandement à travers la Russie.

Tout au fond du Centre, un énorme écran couvrant tout un mur montrait le monde avec les vaisseaux spatiaux et les satellites en orbite autour du globe. Des lignes en pointillé jaune traçaient l'orbite prévue de chacun tandis que des petites flèches vertes indiquaient leur position actuelle.

L'officier supérieur en charge des opérations, Baranov, un homme beaucoup plus petit, à la mâchoire carrée, accourut vers Nesterenko. « Les Américains ont détourné un de leurs satellites de reconnaissance à radar Lacrosse, mon général !

— Montrez-moi ça ! »

Le petit homme se tourna vers un de ses subordonnés au poste le plus proche. « Faites apparaître les données sur Lacrosse-5 ! »

Une des flèches clignotant sur l'immense écran passa du vert au rouge. Au même moment, une nouvelle ligne en pointillé s'écarta de l'orbite initiale du satellite.

« Nous avons décelé ce changement il y a environ cinq minutes », déclara Baranov.

Nesterenko étudia le nouveau trajet du Lacrosse-5 d'un œil noir. « Qu'est-ce qu'ils mijotent ? marmonnat-il. Montrez-moi où la nouvelle trajectoire fera traverser nos frontières à ce satellite, et superposez les lieux où nous pouvons nous attendre à ce que les Américains obtiennent une reconnaissance bien supérieure grâce à cette nouvelle trajectoire ! »

L'image trembla sur le mur puis zooma et fit le point sur une zone plus petite – la Russie occidentale, l'Ukraine et le Belarus. Des pointillés comme de grosses boîtes lumineuses marquaient d'énormes étendues de territoire sur une diagonale partant au nord-est de Kiev pour rejoindre Moscou et au-delà. Les zones de rassemblement des tanks et des divisions mobiles désignées pour envahir l'Ukraine étaient juste au milieu d'une de ces boîtes.

« Putain ! » grogna Nesterenko.

Le satellite Lacrosse emportait un puissant radar à reconstruction synthétique de la réalité qui pouvait « voir » à travers les nuages, la poussière, l'obscurité. Les zones de rassemblement de ZHUKOV étaient dissimulées sous des filets de camouflage imperméables aux radars, mais personne ne pouvait être certain que leur matière expérimentale réussirait à détourner un regard aussi scrutateur.

Discrètement, Baranov lui montra une autre flèche clignotant sur l'écran. « Nous avons un Spider en position. Nos ordinateurs cibleurs prédisent qu'il sera efficace sur la zone pendant trente minutes encore. »

Nesterenko hocha la tête. Le Spider était une des armes spatiales russes les plus secrètes. Déguisé en satellite de communications civiles ordinaires, de météo et de navigation, chaque Spider contenait des armes antisatellitaires qu'on pouvait utiliser contre les plates-formes spatiales ennemies en orbite basse. En théorie, ce genre d'attaque pouvait être menée en secret. Mais en pratique ? Si on la détectait, le fait que les Russes aient détruit un satellite espion américain pourrait être considéré comme un acte de guerre.

Puis il haussa les épaules. Cette décision ne relevait pas de son autorité. Il gagna la console la plus proche et décrocha un téléphone rouge sécurisé. « Ici le général Nesterenko. Passez-moi le Kremlin ! ordonna-t-il à l'opératrice. Je dois parler au président. Informez-le qu'il s'agit d'une communication de sécurité militaire prioritaire. »

En orbite

A quatre cents kilomètres des océans scintillants et des grandes masses des continents bruns, verts et blancs de la Terre, un satellite météo russe, enregistré officiellement sous l'appellation COSMOS-8B, s'écarta de son orbite elliptique normale à vingt-sept mille kilomètres à l'heure. En réalité, ce satellite masqué était armé et portait le nom de Spider 12. Alors qu'il passait au-dessus de la côte d'Afrique, ses antennes-relais à haute fréquence commencèrent à recevoir des transmissions codées programmant d'une toute autre manière ses ordinateurs de bord.

Soixante secondes après avoir reçu la dernière transmission, Spider 12 était activé.

Des petites fusées directionnelles s'allumèrent, envoyant des bouffées de vapeur dans l'espace. Le satellite en forme de long cylindre décrivit un arc jusqu'à ce que son nez aplati vise un point dans l'espace au-dessus du lointain horizon bombé. Quand Spider 12 parvint à l'inclinaison désirée, d'autres fusées s'allumèrent pour arrêter sa rotation. Des trappes s'ouvrirent à la base du nez.

Six petits engins spatiaux – des ogives antisatellites – sortirent des trappes et ralentirent un peu, freinées par un ensemble de minuscules fusées directionnelles qui s'allumèrent en une succession programmée. Les ogives décélérèrent, ce qui les fit tomber vers la Terre en décrivant une grande courbe qui allait les amener sur leur cible avec une remarquable précision.

Quand les six ogives furent à plusieurs kilomètres de lui, Spider 12 accomplit son dernier acte programmé : des charges d'autodestruction placées à des points clés dans le satellite de dix tonnes explosèrent en flashes courts, violents, aveuglants, assez lumineux pour que les détecteurs d'alerte tant américains que russes, en orbite autour du globe, les repèrent. Les détonations déchiquetèrent Spider 12, détachant les antennes, brisant les capteurs solaires, perforant les cuves de carburant. Des vapeurs d'eau et de carburant fusèrent de l'épave tordue, qui commença son errance dans l'espace, des petits fragments s'en détachant tandis qu'elle approchait des couches supérieures de l'atmosphère terrestre.

Dissimulées par l'explosion plus lumineuse en arrière-plan, les six ogives antisatellites explosèrent aussi, envoyant chacune dans l'espace une grêle de milliers de morceaux de titane affûtés comme des rasoirs. Ils formèrent un nuage géant et fatal de shrapnels qui volait à plus de sept kilomètres par seconde.

Quarante-cinq secondes plus tard, plus de trois cents kilomètres plus bas, le nuage de shrapnels coupa l'orbite du Lacrosse-5, un des deux seuls satellites de reconnaissance américains munis d'un radar de reconstruction d'images tournant autour du globe.

Principal centre de commandement

« Notre radar de surveillance confirme de multiples impacts d'éclats de shrapnels sur le Lacrosse-5 », jubila Baranov en écoutant le rapport transmis par un de ses officiers de surveillance.

Il se tourna vers Vestrenko. « L'évaluation préliminaire des dommages montre que le satellite espion américain a été détruit. »

Le général prit la nouvelle avec calme. Il décrocha de nouveau le téléphone rouge. « Ici Nesterenko, passez-moi le commandement spatial des Etats-Unis. »

En attendant la liaison, il regarda Baranov avec un petit sourire. « Je vais devoir présenter mes regrets sincères et mes plus plates excuses pour ce terrible accident causé par cette explosion catastrophique à bord d'un de nos satellites météorologiques COSMOS.

— Croyez-vous que les Américains vous croiront ?

— Peut-être. Peut-être pas. Le plus important, c'est qu'ils ne puissent pas lancer à temps de satellite espion pour remplacer celui qu'on a mis hors d'usage. Bientôt, très bientôt, nous n'aurons plus autant à nous inquiéter de ce que croient les Américains. Ni de ce qu'ils pourraient faire. »

La Maison Blanche

La matinée commençait à peine quand un agent en uniforme du Secret Service, le service de protection rapprochée du président, fit entrer Fred Klein dans le bureau privé de Sam Castilla, à l'étage, dans l'aile est. La pièce, pleine de livres anciens, d'œuvres de Frederic Remington et de Georgia O'Keeffe et de photographies du paysage rude du Nouveau-Mexique, était le refuge de Castilla quand il voulait échapper à la frénésie habituelle des espaces plus publics de la Maison Blanche.

Le président était assis dans un des deux grands fauteuils pour feuilleter d'un air sombre les dépêches matinales de ses services d'intelligence. Sur un plateau, son petit déjeuner, qu'il n'avait pas touché. Il fit un geste en direction de l'autre fauteuil. « Assieds-toi, Fred. »

Klein obéit.

Castilla repoussa la pile de papiers d'un air las et se tourna vers son vieil ami. « A-t-on reçu des nouvelles fraîches de Smith et des autres, à Moscou ?

— Pas encore. Mais j'attends un rapport dans quelques heures au plus.

— Bien. Parce qu'il va me falloir autant d'informations que possible – et très vite. En tout cas dans les quarante-huit heures. »

Klein leva un sourcil.

« Je suis de plus en plus convaincu, expliqua le président, que ce que les Russes ont en tête, et je ne sais toujours pas de quoi il s'agit, sera mis en œuvre d'ici peu. Ce qui signifie que nos possibilités de couper court à leurs agissements diminuent tout aussi vite.

— C'est juste », confirma le chef du Réseau Bouclier.

Si les rumeurs que Jon Smith et Fiona Devin avaient entendues à propos de préparatifs militaires russes accélérés étaient exactes, les Etats-Unis et leurs alliés auraient déjà du mal à réagir à temps.

« Je réunis un conseil secret avec les représentants au plus haut niveau de certains de nos proches alliés, dit Castilla. Ceux qui disposent encore d'une force militaire respectable : le Royaume-Uni, la France, l'Allemagne et le Japon, pour commencer. Je tiens à ce que nous définissions une réponse conjointe au Kremlin, que nous prenions une série de mesures concrètes qui contraindront Dudarev à reculer *avant* qu'il ne presse la détente de l'opération qu'il a en tête.

— Quand ?

— Le 22 février au matin. Je ne vois pas comment nous pouvons nous permettre d'attendre plus longtemps.

— C'est une date très proche, dit Klein d'un air inquiet. Je ne sais pas si je peux te promettre des résultats concrets d'ici là.

— Je comprends. Mais c'est tout le temps qui nous reste, Fred. Crois-moi, j'adresse les mêmes exigences impossibles à tout le monde. Lors de la réunion du Conseil national de sécurité, hier soir, j'ai ordonné la redirection de toutes les composantes de nos capacités nationales d'intelligence – satellites espions, stations d'interception de signaux et tous les réseaux d'agents qui nous restent – pour leur confier la même mission. Quand nos alliés arriveront dans le Bureau ovale, j'aurai besoin de leur présenter des preuves solides et convaincantes des intentions belliqueuses de la Russie.

— Et si nous ne te les fournissons pas à temps ?

— Je ferai tout de même cette réunion, mais sans illusions, soupira le président. Avec mes propres peurs et quelques vagues signes d'ennuis, on a très peu de chances de voir un autre pays se joindre à nous pour affronter Moscou.

— Je vais transmettre ces exigences au colonel Smith dès que je le pourrai.

— Fais-le. Je déteste te demander d'exposer ton équipe à des dangers plus grands encore, mais je ne vois pas comment... »

Il s'interrompit en entendant son téléphone sonner. Il décrocha. « Oui ? »

Sous le regard de Klein, le large visage profondément ridé du président prit soudain plusieurs années.

« Quand ? » demanda Castilla en serrant le combiné jusqu'à ce que ses articulations blanchissent.

Il écouta la réponse puis hocha fermement la tête. « Je comprends, amiral. »

Il coupa la ligne avant de composer un numéro interne de la Maison Blanche. « Sam Castilla à l'appareil, Charlie, dit-il à son chef d'état-major. Réunissez le Conseil national de sécurité. Nous avons une situation d'urgence. »

Quand il eut raccroché, il se tourna vers Klein. « C'était l'amiral Brose, dit-il en regardant son ami de ses yeux fatigués, découragés. Il vient de recevoir une communication du quartier général du commandement spatial, au Colorado. Il y a eu une explosion dans l'espace et nous avons perdu un de nos satellites espions les plus performants : le Lacrosse-5. »

Chapitre trente-quatre

Au nord de Moscou

Il faisait un noir d'encre dehors, quand Jon Smith et Fiona Devin atteignirent leur destination suivante, la vaste datcha où vivait jadis Alexandre Zakarov, le vieil homme qui avait été la seconde victime de la curieuse maladie sur laquelle ils enquêtaient. Avant de prendre sa retraite, Zakarov était à la fois un membre influent du Parti communiste au pouvoir et le directeur nommé par l'Etat d'un grand complexe industriel. Au cours des premières années de capitalisme débridé après l'implosion de l'Union soviétique, il avait gagné une belle fortune en vendant des « parts » des usines sous son contrôle.

Une partie de ce butin illégal lui avait permis d'acheter cette luxueuse datcha située à une heure de route défoncée au nord du périphérique extérieur. En progressant le long de sentiers de campagne rendus plus étroits encore par la neige, par-delà des bois sombres et des petits villages aux églises abandonnées, Smith s'était demandé pourquoi la riche veuve de Zakarov avait choisi de vivre si loin de Moscou, surtout pendant les longs mois d'hiver si froids et sombres. Pour la majorité de l'élite fortunée de la ville, les datchas étaient de rustiques maisons estivales, des lieux où se réfugier et se détendre pendant les jours et les nuits étouffantes si courantes en juillet et en août. Peu d'entre eux prenaient la peine de quitter le confort de la capitale après les premières neiges, sauf peut-être pour de rares week-ends et des vacances consacrées au ski de fond et autres sports d'hiver.

Cinq minutes après avoir été introduits dans l'élégant salon, ni Jon ni Fiona ne se demandaient plus vraiment pourquoi la veuve de l'ancien cadre du Parti vivait dans un tel isolement à la campagne. Celle qui les avait accueillis avec réticence était le genre de femme à ne pas souhaiter de compagnie, car elle n'en tirait aucune satisfaction. Elle préférait mener une vie solitaire, ne tolérant que les quelques serviteurs nécessaires pour la cuisine, le ménage et la satisfaction du moindre de ses désirs excentriques.

Mme Irina Zakarova était une petite femme au nez étroit comme un bec et aux petits yeux noirs de prédateur toujours en mouvement. Elle observait, jugeait, puis écartait l'objet de sa contemplation avec mépris. Son visage émacié et profondément ridé arborait l'expression aigre, caustique, de ceux qui n'espèrent jamais grand-chose de quiconque, de ceux qui trouvent presque toujours que leurs attentes, pourtant plus que modestes, ne sont jamais comblées par leurs frères humains.

D'un œil au blanc jaunâtre, elle termina d'examiner la fausse carte de l'Organisation mondiale de la santé de Smith et la lui rendit avec un haussement d'épaules indifférent. « Très bien. Vous pouvez poser vos questions, docteur Strand. Je ne vous promets pas beaucoup de réponses utiles. Franchement, j'ai trouvé incroyablement ennuyeuse la maladie fatale de mon mari, dit-elle avec une moue amère. Tous ces médecins, toutes ces infirmières, tous ces fonctionnaires du ministère de la Santé qui posaient les mêmes questions assommantes ! Qu'a-t-il mangé en dernier ? A-t-il été exposé à des radiations ? Quels médicaments prenait-il ? Et ils ont continué, interminablement. Tout cela était absurde !

— Absurde ? Pourquoi ? demanda Smith avec prudence.

— Absurde pour la bonne et simple raison qu'Alexandre était un véritable catalogue vivant de mauvaise santé et de mauvaises habitudes, répondit froidement Mme Zakarova. Il a bien trop fumé, trop bu et trop mangé toute sa vie. N'importe quoi aurait pu le tuer – une crise cardiaque, une attaque, un cancer... n'importe quoi ! Le fait que son corps ait en fin de compte lâché n'était guère une surprise, et à mon avis, ça ne présentait aucun intérêt. Je ne comprends vraiment pas pourquoi ces médecins ont fait un tel foin à propos de sa mort.

— D'autres ont été tués par la même maladie étrange, fit remarquer Fiona Devin. Parmi eux, un petit garçon innocent qui ne partageait aucune des mauvaises habitudes de votre mari.

— Vraiment ? Un enfant en bonne santé ? » s'étonna la vieille femme sans pourtant s'émouvoir.

Smith hocha la tête, mais n'ajouta rien pour ne pas trahir son antipathie pour cette femme froide et incroyablement égoïste.

« Que c'est curieux, dit Mme Zakarova avec le même détachement émotionnel avant de soupirer : Eh bien, je suppose que je suis censée faire de mon mieux pour vous aider, même si cela m'ennuie. »

Plus posément qu'il l'aurait cru possible, Smith

la soumit au même questionnaire médical qu'il avait proposé aux Voronov. Comme la première fois, Fiona prit note des réponses, bien qu'elles fussent notoirement incomplètes.

Puis, quand la vieille femme commença à montrer les signes évidents que sa patience limitée touchait à sa fin, Jon décida qu'il était temps de passer à leur principal sujet d'intérêt : le Centre de recherches européen sur la démographie et sa collecte d'ADN autour de Moscou.

« Je vous remercie du temps que vous nous avez consacré, madame Zakarova, mentit Smith en commençant à rassembler ses papiers. Vous nous avez beaucoup aidés. Oh, ajouta-t-il en interrompant son rangement, il me reste une petite question.

— Oui ?

— Nous avons vu dans vos dossiers que votre époux et vous avez participé à une grande étude sur l'ADN, l'an dernier, dit Smith sans avoir l'air d'y toucher mais en croisant mentalement les doigts. Est-ce exact ?

— La Grande Etude génétique ? Oh, oui ! Au nom de la science, on nous a raclé les joues pour de parfaits étrangers. Un rituel répugnant, si vous voulez mon avis. Mais Alexandre était très excité par ce processus grotesque. Mon mari était un imbécile ! dit-elle avec mépris. Il pensait vraiment que le projet de Génétique slave, comme on l'appelait, allait prouver sa propre théorie stupide : que nous, les Russes, sommes au sommet de l'évolution ethnique et raciale des peuples européens. »

Jon s'efforça de sourire faisant mine de l'approuver alors qu'il avait envie de sauter de joie. Il était certain maintenant d'avoir découvert une partie importante de l'origine de cette maladie mortelle.

Quand Fiona et lui avaient quitté les Voronov ce matin-là, ils étaient retournés à leur planque dans le quartier de Zamoskvoreche. Pendant qu'il revoyait ses notes et passait les coups de fil prudents nécessaires en vue d'organiser les prochains entretiens, Fiona avait surfé des heures sur l'Internet pour y trouver tout ce qu'elle pouvait à propos du Centre et de son projet sur la Génétique slave. Comme il était trop risqué de prendre contact avec ses sources habituelles, les informations dont ils avaient besoin n'étaient pas faciles à dénicher. Pourtant, deux éléments intéressants étaient devenus clairs.

Pour commencer, bien que l'étude de génétique en question fût une entreprise scientifique importante, onéreuse et ambitieuse, on avait collecté l'ADN d'un millier de personnes seulement sur les neuf millions environ qui vivaient dans la région de Moscou. Si on voulait évaluer les déplacements historiques des populations slaves, cet échantillon était suffisant, surtout si on l'associait aux milliers d'autres échantillons pris dans d'autres pays d'Europe de l'Est et à travers toutes les anciennes républiques soviétiques. Mais cela signifiait aussi que le lien, pour cette étude et pour la maladie qui les avait emportés, entre le petit Mikhaïl Voronov de sept ans et Alexandre Zakarov âgé de soixante-quinze ans, allait au-delà d'une concordance aveugle décidée par le hasard : il n'y aurait eu qu'une chance sur quatre-vingt-un millions qu'elle se produise.

En second lieu, le nom de Konstantin Malkovic était apparu une fois de plus. Des entreprises et des fondations qu'il contrôlait avaient fourni une part substantielle des fonds du Centre. Il n'y avait pas grand-chose dans le domaine public sur le budget du Centre, mais Fiona était presque certaine que l'argent du milliardaire finançait directement le projet de Génétique slave.

Smith grimaça. Un lien possible avec Konstantin Malkovic – l'ambulance du Centre médical Saint-Cyril – pouvait être considéré comme une coïncidence. Pas deux. Malkovic était impliqué dans cette conspiration, ainsi que son pote du Kremlin : Viktor Dudarev.

*

Dans les bois entourant la datcha, Oleg Kirov était allongé derrière une souche à demi enfouie sous la neige et surveillait la piste ravinée qui y conduisait depuis la route de campagne. Ses jumelles à vision nocturne de l'armée transformaient l'obscurité environnante en un jour monochrome vert. A une vingtaine de mètres derrière lui, couvert par des branches et des rameaux pour dissimuler sa silhouette massive et anguleuse, attendait son imposant GAZ Hunter, un véhicule russe équivalent à la Jeep Wrangler américaine.

Kirov avait précédé Smith et Fiona Devin sur la route vers la datcha de Zakarov. Sa première tâche avait été d'explorer la zone pour y repérer tout signe de danger possible. Sa seconde avait été d'établir son poste d'observation en toute discrétion. Il s'était caché à un endroit d'où il pouvait surveiller l'approche de la datcha pendant que Jon et Fiona posaient leurs questions.

Sa bouche s'incurva en chapeau de gendarme. Il

espérait qu'ils allaient se dépêcher, car il frissonnait, gelé jusqu'aux os en dépit de la protection que lui offrait son lourd manteau, sa chapka en fourrure et ses gants. La température, en cette saison, déjà inférieure à zéro le jour, tombait très vite au fil de la nuit.

Il comprenait que ses amis aient besoin de confirmer l'information que leur avaient donnée les Voronov, mais il n'appréciait pas qu'ils aient dû s'éloigner autant de Moscou. Ici, dans ce paysage désolé, ils étaient tous terriblement exposés. Il n'y avait ni foule dans laquelle se fondre ni station de métro ni grand magasin où entrer pour échapper à un poursuivant. Il n'y avait que les arbres, la neige et quelques sentiers qui serpentaient dans ce désert et que plus personne n'empruntait dès le coucher du soleil.

Avec un soupir, le Russe concentra son attention sur la voiture garée près de la porte. Mme Zakarova faisait ranger sa Mercedes dans un garage chauffé attenant à la maison. Ses rares invités devaient se contenter de l'allée de graviers couverte de glace. Rien ne semblait bouger près de la Volga bleu nuit qu'il avait obtenue pour les deux Américains.

Soudain, Kirov se figea. Un bruit de moteur puissant résonnait dans la forêt. C'était encore assez lointain, mais ça se rapprochait. Le bruit de deux moteurs. Il se redressa un peu pour mieux voir, puis se rabaissa, déchirant le rabat de sa poche dans sa hâte.

Chapitre trente-cinq

Soudain, le téléphone portable de Smith sonna.

« Je vous prie de m'excuser, dit-il à la veuve en ouvrant son téléphone. Oui ?

— Il faut que vous partiez, Jon, immédiatement ! ordonna Kirov. Deux voitures viennent de quitter la route. Elles filent droit sur la datcha. Filez tout de suite ! Par l'arrière !

— On y va ! » répondit Smith.

Il referma son téléphone d'un air sombre et se leva, son manteau déjà à la main. Il sentait le poids du Makarov 9 mm dans une des poches. Pendant un instant, il fut tenté de résister ici même, dans la maison, de se cacher au lieu de fuir à découvert. Mais il repoussa cette idée. La veuve et ses serviteurs présents, il ne pouvait risquer de provoquer une bataille. Quand les balles volent, trop d'innocents peuvent être touchés.

« Des ennuis ? » demanda doucement Fiona en anglais.

Elle s'était levée en même temps que Jon et prenait son manteau et ses gants.

« On a de la compagnie, répondit Jon dans un mur-

379

mure. On abandonne la voiture et on file. Oleg nous retrouvera dehors. »

Pâle, tendue, elle montra qu'elle avait compris d'un signe de tête.

La vieille Russe leur jeta un regard étonné. « Vous avez terminé ? Vous partez ?

— Oui, madame Zakarova, nous partons. Tout de suite ! » répondit Jon.

Il ignora les protestations de la veuve et entraîna Fiona hors du salon jusque dans le couloir central de la datcha, où il trouva une solide servante entre deux âges, chargée d'un plateau avec le thé et les petits gâteaux que sa maîtresse avait proposés à contrecœur quand ils étaient arrivés. « Où est la porte de service ? » lui demanda Jon.

Stupéfaite, la servante montra du menton le couloir à leur gauche, d'où elle venait. « Là, répondit-elle sans comprendre, au fond de la cuisine. »

Les deux Américains la contournèrent et filèrent dans le couloir. Derrière eux, quelqu'un se mit à donner des coups de poing contre la porte solide de la datcha. « *Militsia !* cria une voix. Ouvrez ! »

Jon et Fiona accélérèrent le pas.

La cuisine était assez vaste et équipée de tout le confort moderne : cuisinière à gaz, réfrigérateur, congélateur, four à micro-ondes, etc. Des odeurs alléchantes flottaient dans l'air chaud.

Dans un coin, un autre serviteur de Mme Zakarova, un jeune homme costaud, terminait son repas – une assiette de *pelmeni*, cette sorte de raviolis farcis de viande et servis avec de la crème aigre. Il leva les yeux, stupéfait, en les voyant passer précipitamment près de lui. « Eh, mais où est-ce que vous... ? »

Smith lui fit signe de rester assis. « Cette jeune

dame ne se sent pas bien, expliqua-t-il. Il lui faut de l'air frais. »

Sans hésiter, il ouvrit la lourde porte en bois. La lumière et la chaleur de la cuisine se déversèrent dans l'obscurité glacée, éclairant une bande étroite de neige blanche et profonde. La datcha occupait une petite clairière et les arbres n'étaient qu'à quelques mètres. Un chemin déjà tracé dans la neige conduisait à un ensemble de boîtes à ordures à l'arrière de la maison.

« Allez ! murmura Jon à Fiona. Dès qu'on sera sous les arbres, il faudra aller aussi vite qu'on pourra. Décrivez un arc de cercle vers la gauche et courez rejoindre Kirov, d'accord ? »

Inquiète, Fiona approuva.

Les deux Américains partirent ensemble dans la forêt, de la neige fraîche jusqu'à mi-mollet. Smith prit une courte inspiration et sentit l'air arctique mordre ses poumons. Juste quelques secondes de plus, c'est tout ce qu'il nous faut pour nous échapper, se dit-il.

Soudain, trois hommes armés sortirent du sous-bois, tous trois en parkas de camouflage blancs et armés de pistolets-mitrailleurs russes AKSU. Deux étaient plus petits que Smith mais très musclés et se déplaçaient avec la confiance tranquille de soldats bien entraînés. Le troisième, plus grand que Jon de quelques centimètres, le regardait avec des yeux gris ardoise assortis à certaines mèches dans ses cheveux blonds.

Smith et Fiona se figèrent sur place.

« Les mains en l'air, je vous prie ! ordonna tranquillement le plus grand. Sinon, mes hommes et moi serions forcés de vous abattre sur-le-champ. Et cela ferait un désordre regrettable, vous ne trouvez pas ? »

Smith leva les bras, paumes ouvertes vers l'avant pour montrer qu'il n'était pas armé. Du coin de l'œil,

381

il vit que Fiona faisait de même. Toute couleur avait quitté son visage.

« Une décision raisonnable, approuva le blond avec un sourire froid. Je m'appelle Erich Brandt. Et vous êtes le célèbre colonel Jonathan Smith et la charmante bien que tout aussi célèbre Mme Devin.

— Smith ? Devin ? Je ne vois pas de qui vous parlez, dit Jon avec assurance. Je m'appelle Strand, le Dr Kalle Strand. Et voici Mme Lindkvist. Nous sommes des scientifiques travaillant pour les Nations unies. » Il savait combien ces dénégations étaient futiles, mais il n'était pas prêt à concéder quoi que ce soit facilement à leurs adversaires. Pas encore en tout cas. « Et vous, qui êtes-vous, au juste ? Des criminels ? Des voleurs ? Des kidnappeurs ? »

Sans quitter son sourire, Brandt secoua la tête. « Voyons, colonel, ne jouons pas à des jeux idiots ! Vous n'êtes pas plus suédois que moi, dit-il en s'approchant d'un pas. Mais je vous félicite. Peu d'hommes m'ont échappé aussi longtemps que vous. »

Smith ne dit rien. Il avait du mal à taire sa colère de s'être si facilement laissé entraîner dans un piège. Les voitures venant par la route directe de la datcha n'étaient presque que des leurres, comprit-il avec amertume, un moyen de les faire sortir à découvert.

« Le stoïcisme est aussi un trait de caractère que j'admire, déclara Brandt. Mais seulement jusqu'à un certain point. Retournez à l'intérieur ! »

Il montra la datcha du canon de son arme. Smith et Fiona rebroussèrent chemin.

Trois autres hommes armés les attendaient déjà dans la maison. Ils retenaient prisonniers au salon Mme Zakarova et ses trois serviteurs – la servante, le jeune garçon qu'ils avaient vu dans la cuisine et un vieil homme dont la tête s'ornait de quelques mèches de cheveux collés en travers de son crâne chauve.

Assise comme une reine dans son fauteuil à haut dossier, la vieille femme regarda Brandt d'un air scandalisé. « Pour qui est-ce que vous vous prenez ? Comment osez-vous envahir ainsi ma maison ? »

L'ancien officier de la police secrète allemande ne se laissa pas impressionner. « Une regrettable nécessité, madame. Malheureusement, dit-il en montrant Jon et Fiona, ces gens ne sont pas qui ils prétendent. Ce sont des espions, des ennemis de l'Etat.

— Ridicule !

— Vous croyez ? demanda-t-il avec un sourire. Liez-leur les mains et fouillez-les ! ordonna-t-il à ses sbires. Soyez très minutieux. »

Conscient des nombreuses armes pointées sur lui, Smith ne bougea pas et laissa à contrecœur deux hommes lui lier les mains sans ménagement derrière le dos avec un ruban en plastique – le même genre de menottes flexibles utilisées par les soldats américains en Irak quand ils capturaient des insurgés ou des terroristes. Il entendit Fiona siffler de douleur entre ses dents serrées tandis qu'elle subissait le même traitement.

Dès qu'ils furent attachés et sans défense, on les fouilla, tâtant tout endroit où une arme pourrait être cachée. Smith trembla de rage, autant contre ces brutes que contre lui-même, pendant toute la fouille, de plus en plus indiscrète. On lui retira sa perruque blonde, faisant apparaître ses cheveux noirs, et il dut cracher le rembourrage dans ses joues qui modifiait la forme de son visage. Il savait que cette fouille devait être plus humiliante encore pour Fiona que pour lui.

Brandt observa l'opération sans réaction visible,

même quand ses hommes trouvèrent le pistolet 9 mm de Jon et le Makarov PSM 5.45 de Fiona, les éléments de leur déguisement, leurs faux passeports et autres papiers et, finalement, leurs téléphones portables de haute technologie les reliant au Réseau Bouclier. Les hommes de main posaient au fur et à mesure leurs trouvailles sur la table basse devant le canapé. Ce n'est que lorsqu'on retira de la botte droite de Fiona son couteau à cran d'arrêt que le blond parut s'intéresser à elle.

Il prit le couteau. Quand il pressa le bouton sur sa poignée fine et noire, la longue lame mortelle jaillit. Un sourcil pâle se leva de surprise. Il se tourna vers Fiona avec un sourire sans humour. « J'ai vu quelle blessure horrible vous avez infligée à l'un de mes hommes avec ce petit jouet, madame Devin. Pourtant, Dimitri était un assassin très bien entraîné. Il est clair que vous êtes bien plus qu'une simple journaliste.

— Pensez ce que vous voulez, monsieur Brandt. Je ne suis en rien responsable des délires de votre imagination.

— Paroles courageuses, madame Devin, mais vides de sens. Vous voyez ? dit-il en se retournant vers Mme Zakarova qui regardait la scène en fronçant les yeux. Des armes, des déguisements, des faux papiers, des engins de communication dernier cri... Dites-moi, madame, est-ce cela l'équipement normal de médecins *suédois* – ou bien conviendrait-il mieux à des espions étrangers ?

— A des espions étrangers, admit la vieille femme en pâlissant.

— En effet », dit Brandt avec calme.

Il plongea la main dans sa veste de camouflage et en sortit des gants en fin latex, qu'il enfila avec méthode. « Votre défunt mari était un cadre du Parti dans l'ancien temps, madame. Vous-même n'appartenez pas aux masses incultes. Dites-moi, quelle était alors la punition pour espionnage et trahison ?

— La mort, murmura-t-elle. C'était la mort.

— Exactement. »

Ses gants enfilés, l'Allemand se tourna vers les serviteurs effrayés assis en rang d'oignon sur un des canapés – une merveille du XIXe siècle aux pieds délicats et au tissu richement brodé en bleu et or. « Lequel d'entre vous est Petr Klimuk ?

— C'est moi, monsieur, murmura le vieil homme chauve en levant une main hésitante.

— C'est vous qui nous avez contactés quand vous avez appris que votre maîtresse allait rencontrer ces étrangers ? demanda-t-il avec un petit sourire.

— C'est ça, confirma Klimuk avec plus d'assurance. Comme vous me l'aviez demandé ce matin. Vous m'aviez promis que si je vous tenais au courant de toute personne venant poser des questions sur le mari de Madame, vous me récompenseriez.

— En effet, admit Brandt, et ce sera le cas. »

Sans hésiter, l'homme aux yeux gris prit le Makarov de Smith sur la table basse, retira le cran de sûreté, visa et abattit Klimuk d'une balle en plein front. Du sang mêlé de matière cérébrale éclaboussa le dossier du canapé, maculant de rouge le tissu précieux.

Pendant que les autres serviteurs regardaient, horrifiés, leur collègue mort, Brandt détourna légèrement son pistolet et tira deux coups de plus. La servante et le jeune homme s'effondrèrent à leur tour contre le canapé.

L'officier de l'ex-Stasi se détourna sans que son visage exprime la moindre émotion.

Mme Zakarova, toujours immobile dans son fauteuil, le visage terreux, regardait ses serviteurs assassinés. « Pourquoi ? demanda-t-elle, furieuse. Pourquoi les tuer ? Ils n'étaient pas des espions. Je sais que Klimuk et les autres étaient ignorants et idiots, mais ils n'avaient rien fait qui méritât la mort !

— Peu de gens la méritent jamais », dit Brandt en levant le Makarov une fois de plus.

Il tira. La balle perça le cœur de la vieille femme, qui s'affaissa, les yeux au plafond, à jamais figée dans une expression de colère mêlée de mépris. On voyait aussi qu'elle avait tout juste eu le temps de comprendre avec horreur qu'elle venait d'être condamnée à mort.

Brandt déposa le pistolet par terre et d'un coup de pied l'envoya glisser sous le canapé. Il regarda Smith. « Quand la milice arrivera, elle trouvera des empreintes très intéressantes sur cette arme, vous ne croyez pas ? Les vôtres, naturellement. Vous les Américains, vous êtes si violents ! ironisa-t-il. Des vrais fous de la gâchette ! Pas étonnant qu'on vous déteste dans le monde entier !

— Vous n'êtes qu'un salaud, un meurtrier psychopathe, sans le moindre sentiment humain ! l'accusa Fiona d'un air farouche.

— Je suppose que oui, dit-il en posant sur elle ses yeux gris si froids. Et maintenant, vous êtes ma prisonnière, madame Devin. Si vous y réfléchissiez ? Qu'en pensez-vous ? »

Avec des hommes en armes qui les visaient dans le dos et d'autres qui les surveillaient à l'avant, Smith et Fiona furent entraînés hors de la maison et poussés sur le siège arrière d'un des trois véhicules garés devant la datcha – un 4 × 4 Ford Explorer. Brandt et un « milicien » montèrent à l'avant. Un des hommes de main prit le volant de la Volga des Américains tandis que les autres montaient dans la troisième voiture, un autre 4 × 4 Ford.

L'Explorer transportant Brandt et les deux Américains menant le convoi, les trois véhicules tournèrent sur le gravier de la cour et s'éloignèrent de la datcha en cahotant sur la piste ravinée qui les ramena à la route. Là ils prirent à droite, pas à gauche, et accélérèrent.

Ignorant la douleur de ses poignets sanglés, Smith se redressa sur son siège. Ils filaient à l'ouest dans l'obscurité. Arbres, hauts talus blancs, anciens chemins forestiers bloqués par l'amoncellement de neige apparaissaient brièvement à la lumière des phares avant de disparaître derrière eux dans la nuit.

Il regarda Fiona pour voir si elle avait remarqué. Elle hocha imperceptiblement la tête. Brandt et ses hommes ne les ramenaient pas à Moscou.

Pourquoi pas ? se demanda Smith. Si l'officier de l'ex-Stasi travaillait pour Malkovic, si le milliardaire travaillait bien pour le Kremlin, pourquoi ne pas les livrer aux Russes pour qu'on les interroge ? Brandt et son riche employeur jouaient-ils un double jeu ?

*

Vladik Fadayev était allongé, immobile, dans un bosquet de bouleaux au bord de la route. Grâce à son parka blanc comme neige et à sa coiffe de branchages, personne, sauf à s'approcher de lui à moins de deux mètres, n'aurait pu distinguer le sniper aux joues creuses d'un tas de neige dans le sous-bois.

En dépit du froid mordant, Fadayev était satisfait. Jeune homme, il avait passé deux ans à se battre dans les montagnes et les collines sauvages d'Afghanistan, tuant des moudjahidin de loin avec son bien-aimé fusil de précision SVD Dragonov. L'expérience lui avait appris à apprécier le jeu difficile et dangereux de la chasse à l'homme. Quand l'Armée rouge avait abandonné sa guerre interminable contre les Afghans, la paix l'avait laissé déprimé. En fin de compte, il considérait qu'il avait eu de la chance de trouver un emploi auprès d'un homme comme Erich Brandt – un homme qui appréciait ses talents spéciaux et trouvait tant de manières différentes de les employer.

L'un après l'autre, les feux arrière des trois véhicules de Brandt disparurent au tournant. Le bruit des moteurs mourut dans la nuit.

Fadayev resta immobile. Il attendait.

Sa patience fut récompensée.

Un gros GAZ Hunter sortit péniblement des bois juste devant lui. Passant les vitesses à grand bruit, le conducteur de la Jeep russe la fit tourner à l'ouest sur la petite route et accéléra. De la neige et des branches brisées glissèrent de son toit et tombèrent sur la route.

Le sniper sourit. « Ici Fadayev, murmura-t-il dans son micro. Vous aviez raison. Les Américains n'étaient pas seuls. Et maintenant, on vous suit. »

*

Smith s'efforça de contrôler sa réaction quand il entendit le rapport au milieu des crépitements de la radio de bord de l'Explorer. Près de lui, il entendit Fiona qui retenait une seconde son souffle. Ils avaient compris qu'Oleg Kirov avait été repéré, et ils n'avaient aucun moyen de prévenir le Russe du danger qu'il courait.

Brandt se pencha et prit le micro. « Compris, Fadayev. On s'en occupe. Terminé ! dit-il avant de regarder les Américains par-dessus son épaule. Ce doit être un collègue à vous, j'imagine ? »

Ni l'un ni l'autre ne bougèrent un muscle.

Brandt sourit à la vue de leur visage volontairement impassible. « Je ne suis pas idiot, dit-il avec calme. Vous êtes des professionnels. Je savais que jamais vous ne viendriez dans une zone dangereuse sans complice. »

Pour dissimuler la bouffée de désespoir qui l'envahissait, Smith regarda par la fenêtre. Dans le noir, il était difficile de voir grand-chose, mais il eut l'impression qu'ils montaient une petite côte et que la route serpentait au flanc d'une colline boisée. A leur gauche, le sol s'inclinait, la pente douce couverte d'arbres interrompue çà et là par des ravins abrupts où avaient roulé des rochers, des buissons, du bois coupé.

Devant lui, Brandt reprit le micro. « A toutes les voitures, arrêtez-vous ! Préparez-vous à une action sur un véhicule venant par l'arrière. »

La grosse limousine ralentit et s'arrêta sur le côté de la chaussée après un tournant qui la dissimulait. La Volga et la seconde Ford Explorer firent de même derrière elle. Les portes s'ouvrirent et les hommes de Brandt sortirent et se déployèrent entre les arbres, leurs armes automatiques prêtes à tirer.

Dans le silence revenu, Jon et Fiona entendirent le moteur d'une voiture qui montait la colline derrière eux. Bêtement, ils se retournèrent pour regarder par la vitre arrière.

Smith sentit sa mâchoire se crisper. Que pouvait-il

faire ? Il tenta de passer en revue les actions possibles, mais avec les mains liées dans le dos, rien ne lui vint. Bien sûr, il pourrait se jeter en avant contre Brandt et le chauffeur, mais cela suffirait-il à détourner leur attention le temps pour Kirov de se défendre ? Sûrement pas. Bien que futile, cette action était pourtant sa seule possibilité. Furtivement, il plia ses bras et ses jambes pour détendre ses muscles raides avant de bouger.

« Restez tranquille, colonel, dit froidement Brandt, si vous ne voulez pas que je vous mette une balle en pleine tête ! »

Smith lui jeta un coup d'œil prudent. L'homme aux yeux gris pointait son arme sur lui.

Soudain, bien plus tôt qu'aucun d'eux ne s'y attendait, la Jeep GAZ prit le tournant à pleine vitesse et arriva, tous phares allumés.

Les hommes de Brandt ouvrirent le feu, leurs pistolets-mitrailleurs réglés sur automatique. Le rugissement hoquetant des rafales bouleversa le silence gelé de la nuit d'hiver. Des balles crépitèrent sur la Jeep, forant d'énormes trous dans son châssis et envoyant voler des morceaux de métal tordu. Son pare-brise explosa, projetant vers l'intérieur des milliers de bouts de verre accompagnés de balles de 9 mm.

Sans ralentir, la Jeep criblée de balles vira hors de la route et plongea dans la pente boisée. Sa glissade s'arrêta contre un bouleau qui s'effondra dans un bruit assourdissant et elle versa par-delà le bord d'un ravin. Le rayon pâle d'un phare éclaira quelques secondes encore les arbres et les buissons avant de s'éteindre, replongeant la colline dans l'obscurité absolue.

Quand la lumière disparut, Jon et Fiona échangèrent des regards horrifiés. Ni l'un ni l'autre n'espéraient vraiment que Kirov ait survécu à cette embuscade meurtrière et à l'accident dont ils venaient d'être témoins.

Brandt attendit que les deux Américains se détournent, accablés. Son pistolet toujours pointé sur Smith, il décrocha son micro. « Fadayev ? On a terminé, ici. Ecoute, retourne à ta voiture et prends la même route que nous. Je veux que tu fouilles l'épave de la Jeep et que tu récupères tout document transporté par le chauffeur. Vois si tu peux apprendre le nom de l'homme qu'on vient de tuer, compris ?

— J'ai compris, répondit une voix dénuée de toute émotion.

— Bien, dit Brandt. Quand tu auras terminé, reviens au quartier général du Groupe à Moscou. Nous continuons vers le monastère. »

Il écouta la réponse positive du sniper, coupa la liaison et posa ses yeux gris sur Smith et Fiona. « Le sort de votre ami est réglé, dit-il avec un mauvais sourire. Bientôt nous pourrons commencer le douloureux processus qui nous apprendra qui vous emploie et ce que vous leur avez déjà dit... »

QUATRIÈME PARTIE

Chapitre trente-six

Bakou, Azerbaïdjan

Les larges boulevards et les rues étroites de Bakou, la ville la plus importante et la plus moderne du Caucase, bordaient la mer Caspienne sur des kilomètres. Tandis qu'on déversait des milliards d'euros et de dollars destinés à financer de nouvelles installations pour le pétrole et le gaz naturel, Bakou était plus que jamais une ville de contrastes frappants – à la fois cité financière prospère du XXIe siècle avec ses gratte-ciel d'acier et de verre, et ancienne métropole avec ses mosquées, ses palais royaux et ses bazars dans un labyrinthe de ruelles pavées et sombres.

Sur une colline qui s'élevait juste derrière les murs de la Vieille Ville, la présidence de l'Azerbaïdjan occupait un vilain immeuble en béton. Des soldats azéris, l'air sévère, patrouillaient dans les rues environnantes pour s'assurer que les représentants des compagnies pétrolières en visite et les touristes curieux à la recherche du Philharmonique de Bakou ou des musées continuent leur chemin.

Au fin fond de l'immeuble abritant l'administration présidentielle, un des employés sortit de l'ascenseur central. Il poussait un lourd chariot où s'empilaient des plats sous cloche. Intrigués par l'augmentation menaçante des troupes russes massées dans le Daguestan voisin, les membres du Conseil de Défense de la République s'étaient réunis en urgence. La nuit passant, les généraux et les ministres du gouvernement avaient demandé aux cuisines qu'on leur apporte de quoi se restaurer.

Deux hommes aux yeux durs, en costumes noirs, s'avancèrent. « Sécurité ! dit l'un en sortant une carte. Nous prenons la relève. Seul le personnel autorisé peut aller plus loin. »

L'employé haussa les épaules. « Veillez seulement à servir les bons plats aux bonnes personnes », dit-il en leur tendant une feuille indiquant les mets commandés par chaque membre du Conseil de Défense.

Il retourna à l'ascenseur en bâillant.

Dès les portes refermées, l'un des officiers de sécurité souleva les couvercles et compara les plats à la liste qu'il tenait à la main. Il s'arrêta dès qu'il trouva le bol de *piti*, un ragoût de mouton aux pois chiches parfumé au safran. « C'est celui-là, dit-il à son camarade.

— Ça a l'air délicieux, dit l'autre avec un sourire cynique.

— En effet ! » dit le premier.

Il regarda de droite et de gauche pour s'assurer que personne ne les observait dans le couloir. Satisfait, il sortit une fiole de sa poche et versa le liquide qu'elle contenait dans le ragoût. La fiole retourna dans sa poche et son collègue emporta le chariot vers la salle de réunion. Encore une variante d'HYDRA qui partait vers sa cible désignée.

Autour de la table de conférence dans la Situation Room, la salle de crise de la Maison Blanche, les mines étaient sombres. La plupart des membres du Conseil national de Sécurité s'inquiétaient que les Etats-Unis dussent bientôt faire face à une crise majeure avec la Russie, mais personne n'avait assez de certitudes, étant donné les informations disponibles, pour faire des suggestions constructives au président sur la manière de gérer cette crise diplomatique et militaire terrifiante qu'ils redoutaient de voir fondre sur eux très bientôt.

En résumé, Sam Castilla le voyait en les observant, ils étaient tous fatigués et ils titubaient dans le noir. Jusque-là, ils ne disposaient que d'informations parcellaires – la vague croissante de morts mystérieuses tant aux Etats-Unis qu'à l'étranger, les rumeurs de préparations militaires des Russes à leurs frontières, la propagande russe qui martelait de plus en plus fort ses craintes devant la « dangereuse instabilité » des pays de la région. Malheureusement, manquaient les preuves indubitables et les analyses permettant de relier ces éléments éclatés pour former une image claire, une image qui révélerait de manière convaincante ce que Dudarev et ses généraux préparaient. Sans cela, personne en Europe ou ailleurs ne serait prêt à défier Moscou.

Sam Castilla se tourna vers William Wexler, le nouveau directeur des services d'intelligence nationaux. « Pouvons-nous dévier le cours de notre dernier satellite Lacrosse pour obtenir une bonne couverture de ces zones frontières russes qui nous inquiètent ?

— Je crains bien que non, monsieur le Président,

admit à regret le sénateur. Le Lacrosse-5 était le plus récent de nos deux satellites. Le Lacrosse-4 est en orbite depuis trop longtemps. Il n'a plus assez de carburant pour la manœuvre qui modifierait sa trajectoire.

— Combien de temps faudrait-il pour lancer un satellite capable de remplacer le Lacrosse-5 ?

— Trop longtemps, monsieur, répondit Emily Powell-Hill, la conseillère à la Sécurité nationale. La CIA dit six semaines, au minimum. Mais si je devais parier, je dirais plutôt trois à cinq mois. Ce serait plus réaliste.

— Seigneur ! » marmonna le président.

D'ici là, les Russes pourraient faire circuler leurs hommes et leurs tanks jusqu'en Sibérie et retour ! Il regarda l'amiral Stevens Brose, à la tête du commandement interarmées. « Quelle est votre évaluation de la destruction de notre satellite, amiral ? Etait-ce un accident ou une attaque délibérée pour nous rendre aveugles ?

— Je n'en sais rien, monsieur, répondit prudemment l'officier de marine à la large carrure. Le commandement des missions spatiales n'a pas encore pu achever une analyse concluante des images qu'ont enregistrées nos satellites de détection préventive. Le général Collins et son équipe ont pourtant pu affirmer qu'ils ont observé des explosions très puissantes à bord du vaisseau russe COSMOS-8B.

— Assez puissantes pour endommager un satellite situé à des centaines de kilomètres de là ?

— Franchement, j'en doute, monsieur le Président. Comme ils étaient sur des orbites différentes, les risques qu'autant de fragments du COSMOS-8B aient pu frapper le Lacrosse-5 sont, disons, astronomiquement bas. Mais je ne peux que me livrer à des conjectures, car pour le moment, nous n'avons aucune donnée prouvant quoi que ce soit, dans un sens ou dans l'autre. »

Castilla le savait. Sans preuve d'une attaque intentionnelle des Russes, les Etats-Unis n'avaient d'autre recours que d'enregistrer simplement la perte suspecte d'un satellite espion de plusieurs millions de dollars. Sa bouche s'amincit en une ligne furieuse. « Et qu'en est-il de nos satellites KH de reconnaissance avec imagerie à haute résolution ?

— Nous assurons déjà grâce à eux un nombre important de passages en orbite au-dessus des zones cibles, répondit Emily Powell-Hill, mais la couverture nuageuse nous pose un gros problème. Il fait très mauvais temps au-dessus de l'Ukraine et du Caucase, en ce moment. Même avec les senseurs thermiques, les repérages restent imprécis à travers l'épaisse couche de nuages qui recouvre ces régions. »

Ce que personne ne disait, Castilla le comprit à regret, c'était que les photos satellites, si précises soient-elles, nécessitaient une interprétation et une analyse très pointues pour révéler des données utilisables, et qu'aux Etats-Unis, trop des meilleurs spécialistes de l'interprétation des photos étaient morts ou mourants.

Charles Ouray, le chef d'état-major de la Maison Blanche, prit la parole depuis l'autre bout de la table. « Pourquoi ne pas lancer une reconnaissance aérienne ? Nos avions équipés de radars pourraient voler près des frontières russes.

— Physiquement, oui, répondit le secrétaire d'Etat Padgett. Diplomatiquement, non. Avec la perte de tant de leurs chefs politiques et militaires, les gouvernements de l'Ukraine, de la Géorgie, de l'Azerbaïdjan et d'autres ex-républiques soviétiques sont de plus en plus fragiles. Dans les circonstances actuelles, aucun d'eux ne prendra le risque de provoquer le Kremlin en nous autorisant à utiliser leur espace aérien pour des vols de reconnaissance. Jusque-là, les demandes que nous leur avons adressées, par tous les canaux possibles, ont été repoussées. »

Sam Castilla le savait. Le scénario cauchemardesque que Fred Klein et lui craignaient depuis plusieurs jours semblait prendre forme. Si les Russes avaient quelque chose à voir avec le déclenchement de cette nouvelle maladie, comme c'était de plus en plus probable, ils l'utilisaient très efficacement pour semer la confusion et le chaos. La principale question, c'était : Jusqu'où Dudarev était-il prêt à utiliser son avantage actuel ? Se contenterait-il d'affaiblir les démocraties balbutiantes entourant la Russie ? Avait-il quelque chose de plus ambitieux en tête ?

La porte de la salle de crise s'ouvrit et une jeune femme à l'aspect sévère, portant des lunettes en écaille, entra en trombe et s'approcha de William Wexler, qui prenait des notes. Elle se pencha vers son patron et lui murmura quelque chose à l'oreille. Le visage du chef des renseignements pâlit.

« Y a-t-il quelque chose que je devrais savoir, Bill ? demanda Castilla.

— C'est bien possible, monsieur le Président, admit Wexler en se raclant la gorge d'un air gêné. Je crains que la CIA vienne de perdre une de ses équipes de terrain clandestines, un groupe d'officiers qui opéraient à Berlin. Les premiers rapports sont très fragmentaires, mais des hommes munis d'armes automatiques et d'explosifs auraient tendu une embuscade à notre équipe dans une rue de la ville. Le chef du poste de la CIA à Berlin s'y rend à l'instant même, mais les nouvelles semblent très sombres. Très sombres, vraiment. Il n'y aurait aucun survivant.

— Seigneur ! murmura Charles Ouray.

— Amen, Charlie », dit Castilla.

Il se voûta un peu sous le poids de ses morts. Encore des étoiles d'or à graver dans le marbre du mémorial couvrant le mur nord dans le hall du quartier général de la CIA ! Puis il fronça les sourcils. D'abord la perte du satellite Lacrosse et maintenant ce massacre d'officiers de renseignements américains... Y avait-il un lien ? Il se tourna vers Wexler. « Quelle était la mission de cette équipe clandestine ? »

Le directeur du service national d'intelligence fut surpris. « Leur mission, monsieur le Président ? » répéta-t-il d'une voix hésitante.

Il fouilla dans ses papiers pour gagner du temps.

Un silence gêné tomba sur la pièce. Autour de la table de conférence de la salle de crise, on n'avait guère de respect pour l'ancien sénateur. Au mieux, on le considérait comme un être transparent. Au pire comme un poids, un obstacle bureaucratique de plus à surmonter au sein de la communauté d'intelligence américaine déjà bien handicapée.

« Je ne crois pas avoir ici la description exacte de leur mission », finit-il par admettre en rougissant d'embarras.

Il se tourna vers l'assistante qui lui avait transmis la mauvaise nouvelle. « Nous a-t-on transmis cette information de Langley, Caroline ?

— Ils étaient sur la piste d'un savant spécialiste des armes biologiques en ex-Allemagne de l'Est, monsieur. Un certain Wulf Renke. »

Castilla retomba contre son dossier, aussi stupéfait que si on l'avait frappé. Renke ! Seigneur ! C'était ce fils de pute renégat que l'équipe du Réseau Bouclier de Fred Klein à Moscou soupçonnait d'avoir créé cette étrange maladie.

Le président s'excusa, plaça son chef d'état-major en charge de la réunion et quitta la salle de crise. Avant que la porte se referme sur lui, il entendit des querelles se déclencher. Cela le contraria mais il continua son chemin. Dans l'ensemble, l'équipe de Sécurité nationale était remarquablement compétente, mais les tempéraments et la patience de chacun commençaient à être mis à rude épreuve par la perspective de devoir agir en aveugle, sans renseignements adéquats. Pour l'instant, il ne pouvait pas se permettre de passer plus de temps à les cornaquer.

Dès qu'il fut remonté dans le Bureau ovale, il décrocha un des téléphones sur son bureau et composa un numéro spécial qu'il était seul à connaître.

« Ici Klein, répondit dès la première sonnerie la voix grave du chef du Réseau Bouclier.

— As-tu appris les nouvelles de Berlin ?

— Oui. Je suis en train d'étudier les premiers rapports de la CIA et de la police locale.

— Et ?

— Le lien avec Wulf Renke est lourd de sens. Comme la réaction extrêmement violente à l'enquête de la CIA.

— Ce qui veut dire que les Russes ont peur de ce que nous pourrions apprendre à propos du savant allemand ?

— Ou ce que nous pourrions apprendre *de lui*. Si Renke travaillait en toute sécurité enfermé dans un de leurs laboratoires Bioaparat, ils auraient beaucoup moins de raisons de craindre que nous apprenions qu'il est toujours en vie et libre.

— Tu penses qu'il travaille en indépendant dans un laboratoire hors de Russie ?

— Disons que je considère qu'il s'agit d'une très forte probabilité. J'ai étudié le dossier de Renke. J'ai la nette impression qu'il n'est pas le genre d'homme à se soumettre volontairement au pouvoir d'un autre. S'il crée une arme pour les Russes, je crois qu'il travaille à distance, pour sa propre sécurité.

— As-tu transmis cette théorie au colonel Smith ?

— Non, Sam. Je suis au regret de t'apprendre de mauvaises nouvelles de mon côté aussi. Depuis près d'une heure, j'ai perdu tout contact avec notre équipe de Moscou. On dirait que Jon Smith, Fiona Devin et Oleg Kirov ont disparu de la surface de la Terre. »

Chapitre trente-sept

Berlin

Devant la villa d'Ulrich Kessler, la rue était déserte. A intervalles réguliers, des réverbères projetaient des taches de lumière sur les trottoirs couverts de neige et les quelques voitures garées, silencieuses, dans la rue vide. Dans l'obscurité, de chaque côté de l'Hagenstrasse, d'autres lumières luisaient entre les pins, les chênes et les bouleaux, marquant l'emplacement de maisons elles aussi situées en retrait de la chaussée.

A une centaine de mètres de l'allée menant chez Kessler, l'officier de la CIA Randi Russell se tenait immobile dans l'ombre, entre deux gros chênes. Elle s'imposa de respirer lentement pour que son cœur se calme après sa longue course épuisante à travers la forêt de Grunewald. Ses pupilles s'adaptaient à la pénombre, s'élargissant pour lui permettre de scruter les alentours afin d'y détecter tout signe de gardes armés postés dans la zone. Rien ne bougeait. Pas un bruit. Aucune silhouette suspecte, aucune forme dissimulée entre les voitures garées ni sous les arbres ou dans les buissons bordant la rue calme.

Tant mieux, se dit-elle froidement. Parfois, même les salauds font des erreurs.

Randi rangea son Beretta dans son étui sous son bras mais laissa cette fois son anorak entrouvert. Puis elle sortit de l'ombre et partit sur le trottoir, d'un pas vif, sans tenter de se mettre à couvert. Avec un peu de chance, si quelqu'un la voyait, on pourrait penser qu'elle n'était qu'une habitante du quartier rentrant chez elle après le travail, une journée de lèche-vitrines ou une promenade du soir.

Elle ne tarda pas à passer près d'une Audi couleur argent garée de façon à bien voir l'entrée de la propriété de Kessler. De loin, la voiture lui parut intacte, mais quand elle s'approcha, elle distingua le petit trou bien net dans la vitre arrière. Du coin de l'œil, quand elle fut à hauteur de la voiture, elle regarda l'intérieur. Une jeune femme brune était assise, affalée sur le volant, immobile. Des traces sombres de sang séché maculaient le tableau de bord et l'intérieur du pare-brise.

Randi évita de regarder, afin de repousser sa tristesse, ses regrets. La femme morte était sa guetteuse, une nouvelle recrue de la CIA, intelligente et dynamique, qui s'appelait Carla Voss. D'après ce qu'elle avait constaté, la jeune femme avait dû mourir avant même de repérer son assassin.

Randi eut un frisson en imaginant l'impact d'une balle sur sa nuque. Autour de ses yeux, ses muscles se crispèrent. Reste calme ! s'ordonna-t-elle en continuant d'un pas égal, comme si elle n'avait rien vu d'étrange. Si un des hommes qui avaient tué le reste de son équipe la surveillait en ce moment, montrer des émotions pourrait la trahir – et la condamner. Surtout la condamner.

A quarante mètres de l'allée menant à la maison de Kessler, elle fit mine de chercher ses clés dans la poche de son jean. Puis elle poussa un petit portail dans un haut mur de pierre et entra dans le vaste jardin de la villa voisine. Un sentier couvert de gravillons serpentait entre des parterres de fleurs couverts de neige. Une ampoule brillait au-dessus de la porte d'entrée, mais le reste de la maison – qui voulait rappeler un palais Renaissance italien – était plongé dans l'obscurité. Elle avait de la chance. Les propriétaires n'étaient pas encore rentrés.

Maintenant qu'elle se savait hors de vue, il était temps de se hâter. Elle courut à travers les jardins, à côté du sentier de gravier pour éviter de faire trop de bruit, et fila droit vers le mur de séparation avec la propriété de Kessler. Presque sans ralentir, elle sauta, s'appuya de ses mains gantées sur le sommet du mur et bascula de l'autre côté. Pendant un instant, elle resta immobile, collée à la surface rugueuse des pierres grossièrement assemblées. Elle sentait son pouls qui battait dans ses oreilles, mais elle l'ignora pour se concentrer sur le moindre bruit qui pourrait retentir dans la propriété.

Au début, elle n'entendit rien d'autre que le vent qui sifflait entre les branches dénudées. Mais bientôt elle reconnut le doux crissement des pas de quelqu'un qui arpentait un sol couvert de gravier, puis de ciment, et très vite le grésillement étouffé d'une transmission radio. Elle évalua à vingt ou trente mètres la distance entre elle et la radio.

Lentement, Randi se tourna dans cette direction et s'accroupit en tirant son pistolet avec une grâce fluide, létale.

Elle plissa les yeux. Elle était bien cachée par les arbres et les buissons plantés autour de la maison de style edwardien de Kessler. Si des lampes brillaient derrière plusieurs des fenêtres de l'étage, projetant des rectangles de lumière tamisée sur la pelouse, le petit bois où elle se cachait était presque plongé dans l'ombre. Toujours baissée, elle se glissa avec précaution vers la droite, autour de gros troncs et de buissons incrustés de neige glacée, attentive à ne pas poser les pieds sur des branches mortes qui auraient pu craquer sous son poids.

Soudain, elle se figea et se baissa plus encore, comptant sur l'obscurité complice. Non loin devant elle, à quelques mètres à peine, elle avait vu quelque chose bouger, une silhouette fugitivement détourée par la lumière provenant de la villa de Kessler.

Elle regarda à travers l'enchevêtrement de broussailles et de branches basses. C'était un homme, petit, costaud, en gros manteau de laine. Il arpentait l'allée d'accès. Dans une de ses grosses mains rouges, il tenait une petite radio, dans l'autre un pistolet muni d'un silencieux. Il avait l'air nerveux. En dépit du froid, son front luisait de sueur.

Au-delà de la sentinelle, Randi aperçut deux voitures garées entre la villa et le garage, une Mercedes rouge sombre et la BMW noire sur laquelle elle avait tiré pendant l'échange bref mais brutal sur la Clayallee. Un autre homme en noir et gilet pare-balles était assis, effondré contre la BMW, sa jambe droite entourée de bandages sanglants. S'il n'était pas mort, il était inconscient.

Elle avait donc bien compris ce qui s'était produit : les assassins à la solde de Renke avaient dû venir tout droit ici après avoir éliminé son équipe de surveillance. Les autres tireurs en noir devaient être à l'intérieur avec Ulrich Kessler.

Le petit homme qu'ils avaient laissé dehors en sentinelle tourna une fois de plus sur ses talons et revint vers les deux voitures. Il consulta sa montre, poussa un juron inquiet et leva la radio vers sa bouche. « Lange, c'est Mueller. Combien de temps encore ? »

Une voix dure grésilla : « Cinq minutes. Attends et arrête d'appeler. Lange terminé. »

Tandis qu'elle écoutait, Randi prit une décision. Il fallait qu'elle entre rejoindre ces salauds. Elle n'avait pas le temps d'appeler une équipe en renfort. Rester là pour tendre une embuscade quand les hommes sortiraient ne produirait rien de bon. Avec un peu de chance, elle pourrait en abattre un ou deux avant qu'ils la repèrent, mais leurs pistolets-mitrailleurs leur donnaient une puissance de feu trop importante pour qu'elle ait le dessus dans une bataille rangée à l'extérieur. A l'intérieur, de plus près, elle aurait de meilleures chances de survie.

Un sourire satisfait passa sur son visage tendu. « Meilleures » dans ce cas, c'était sans doute la seule différence entre « aucune chance » et « une chance sur un millier ». Son sourire s'évanouit. Une chance, c'était toujours mieux que ce qu'avaient eu les membres de son équipe.

Randi observa le petit homme appelé Mueller en train de marcher de long en large. Devrait-elle tenter de le faire prisonnier ? Non. Ce serait bien trop risqué. S'il réussissait à crier ou à lancer une mise en garde sur sa radio pour alerter ses camarades armés dans la maison de Kessler, elle signait son arrêt de mort.

Sans quitter des yeux Mueller qui continuait à parader, de plus en plus agité, elle glissa une main dans une de ses poches et en sortit un silencieux, qu'elle vissa au canon de son Beretta.

Une fois prête, elle visa avec soin, le regard calme

408

le long du canon. Son pistolet toussa deux fois. Le son métallique de la culasse après chaque coup sembla flotter un temps infini dans l'air silencieux du soir. En fait, elle le savait, les deux bruits demeureraient inaudibles à quiconque serait éloigné d'une dizaine de mètres.

Une balle frappa Mueller à la poitrine, la seconde lui déchira la gorge. L'homme massif s'effondra et se tordit en gargouillant, son sang s'échappant sur le ciment glacé. Il mourut en quelques secondes.

Randi se retourna pour viser l'homme qu'elle avait blessé plus tôt. Son doigt se crispa sur la détente, prêt à faire feu, mais s'amollit bientôt. L'homme n'avait pas bougé. Pliée en deux, elle se dépêcha de sortir en courant de sous les arbres pour traverser l'allée, attentive à ce que les voitures garées la cachent de la maison. Arrivée à la BMW, elle posa un genou au sol près de l'homme. Il était toujours assis contre la voiture noire, sa jambe brisée étendue devant lui.

Sans cesser de le viser à la tête, elle tâta son pouls. Rien. Sa peau refroidissait déjà. Sur le ciment près de lui, Randi vit une seringue vide. Sa bouche s'incurva de dégoût. La piqûre contenait sans aucun doute une dose fatale de morphine ou un autre médicament en dose mortelle. Les hommes de Renke avaient dû recevoir l'ordre de ne laisser aucun blessé derrière eux, pas même un des leurs.

Puis elle vit autre chose : une forme noire et anguleuse sur le sol, près du mort. C'était un pistolet-mitrailleur. Ses camarades devaient lui avoir hypocritement confié l'arme le temps que la piqûre létale fasse son œuvre.

Incrédule devant une telle chance, Randi dévissa le silencieux de son Beretta et remit le pistolet dans son étui, puis elle tendit le bras par-dessus le corps et s'empara de l'arme abandonnée. Rapide, confiante, elle examina le MP5SD Heckler & Koch, dans lequel elle trouva un chargeur de trente balles. Elle engagea une balle de 9 mm dans la chambre et programma le sélecteur pour des rafales de trois balles.

Cela la réjouit d'être au moins à égalité de puissance de feu avec ses ennemis. Bien sûr, si elle avait bien calculé, ils étaient trois fois plus nombreux, et c'étaient des tueurs, bien entraînés, protégés par des gilets pare-balles...

Mais elle ne voulait pas s'en inquiéter. Attendre plus longtemps n'allait pas rendre les choses plus faciles. Elle prit une profonde inspiration, compta à rebours dans sa tête. Trois, deux, un... Maintenant !

Elle bondit sur ses pieds et fila vers le pignon de la villa. Elle s'attendait à une rafale soudaine tirée depuis une des fenêtres éclairées à l'étage, mais tout n'était que silence. Elle atteignit la maison et s'adossa au mur, l'oreille tendue vers d'éventuels cris qui indiqueraient qu'on l'avait repérée.

Toujours rien.

Le MP5SD calé contre son épaule, Randi glissa un peu plus loin et tourna au coin jusqu'à ce qu'elle voie la porte d'entrée. Elle continua sa route, entraînée par un flot d'adrénaline qui lui fit prendre conscience de chacune de ses terminaisons nerveuses et du moindre mouvement autour d'elle. Tous ses sens lui paraissaient aiguisés, toute douleur des entailles et tuméfactions dont elle souffrait plus tôt disparue. Elle percevait même les bruits les plus ténus – le crissement de ses bottines dans la neige, le cliquetis d'un des moteurs qui refroidissait, se contractant dans l'air gelé, le hululement lointain des véhicules des pompiers, des ambulances et des voitures de police qui filaient vers le carnage sur la Clayallee.

Elle atteignit la porte de la maison.

Justement, le battant commençait à s'ouvrir ! La lumière s'écoula par l'entrebâillement de plus en plus large. Pendant une fraction de seconde, le temps sembla s'arrêter. Que devait-elle faire ? Puis tout aussi soudainement, le monde se remit en mouvement. Elle n'avait que le temps d'agir, pas de réfléchir.

Randi se jeta en avant et enfonça la porte d'un coup d'épaule. Le battant s'ouvrit complètement avec force et rebondit vers elle : il avait écrasé quelqu'un de l'autre côté. Il y eut un puissant grognement de surprise quand l'impact renversa l'homme sur le sol du hall. Pendant un bref instant, avant qu'elle lui envoie un éclair de douleur horrible, Randi ne sentit pas son épaule endolorie. Lancée trop vite pour s'arrêter, elle glissa sur le carrelage, rebondit contre un mur et se retourna pour couvrir le couloir.

Un des hommes de main de Renke – mince, les yeux noirs, des cheveux blond foncé – était étendu à quelques mètres d'elle. Encore sonné par le coup inattendu qu'il avait reçu, il se redressait sur les genoux. Son pistolet-mitrailleur avait glissé par terre près de lui. Il leva les yeux en cillant et vit Randi qui le regardait. Sa mâchoire inférieure s'ouvrit de surprise et il tendit la main vers son arme.

Randi tira la première – trois balles à bout portant.

Deux frappèrent l'homme au torse, mais ne purent pénétrer le gilet pare-balles, contre lequel elles s'écrasèrent, compressant des organes vitaux. Les impacts puissants ne réussirent qu'à projeter l'homme contre un mur. Mais la troisième balle l'atteignit en plein visage et lui fit éclater la tête.

« Karic ? » interrogea une voix à l'étage.

Surprise à son tour, Randi se retourna et leva les yeux vers l'élégant escalier qui montait en une courbe harmonieuse. Un deuxième tireur vêtu de noir, penché sur la rampe, l'avait déjà vue. Il leva son arme le premier et visa.

Elle se jeta en arrière à l'instant où le pistolet-mitrailleur hoquetait. Des balles fendirent l'air tout autour d'elle, forant d'énormes cratères dans le sol. Des bouts de carrelage brisé volèrent dans toutes les directions et ricochèrent dans le couloir.

Randi n'eut d'autre solution que de rouler à l'autre bout du hall dans l'espoir d'être hors de portée du tireur. Un éclat de carrelage lui érafla la joue, où des gouttes de sang perlèrent aussitôt. Une autre rafale tirée depuis l'escalier fracassa deux chaises anciennes, les transformant en tas de bois mêlés de tissu déchiré. Le miroir au cadre doré à la feuille qui les flanquait explosa, projetant des éclats argentés. D'autres coups de feu décrochèrent une des œuvres d'art d'Ulrich Kessler, un Diebenkorn, qui tomba et glissa sur le carrelage, réduit à des lambeaux de toile sale encore solidaires d'un cadre brisé.

« Merde ! » marmonna Randi.

Pendant que l'homme à l'étage continuait de tirer, l'entrée grande ouverte de la maison de Kessler devenait un piège mortel. Il fallait qu'elle fasse quelque chose pour modifier la situation, et vite !

Brusquement, elle cessa de rouler. Ignorant les balles qui cinglaient le hall, elle leva son arme et visa le grand lustre suspendu au plafond. Concentrée, elle pressa la détente. Le MP5SD martela son épaule.

Le lustre explosa en milliers d'éclats scintillants qui

vinrent recouvrir le carrelage, verre et cristal mêlés, plongeant le hall dans l'obscurité.

L'homme cessa de tirer pour ne pas révéler sa position.

Randi grimaça. Ce type était trop bon ! Elle avait espéré pouvoir viser les flashes de son canon dans l'obscurité. Mais l'homme se contentait d'occuper l'espace en silence. Il attendait qu'elle fasse l'erreur fatale de monter l'escalier.

La situation était bloquée. Randi ne pouvait monter sans se faire abattre, et les tueurs de Renke ne pouvaient descendre sans risquer le même sort. Peut-être pourrait-elle les retenir le temps que la police allemande arrive ?

Randi s'en voulut d'avoir même songé à mettre sa confiance entre d'autres mains. Il restait au moins deux tireurs vivants. Pendant que l'un la retenait sur place, l'autre pourrait facilement la contourner et la prendre en tenaille. Ce superbe escalier n'était pas le seul qui permît de descendre au rez-de-chaussée.

Elle y réfléchissait en se redressant avec précaution.

Quand elle était entrée chez Kessler la veille, elle avait passé plus d'une heure à fouiller la maison de la cave au grenier, explorant chaque pièce, chaque couloir en quête d'indices pouvant condamner le fonctionnaire corrompu du BKA et afin de dissimuler des micros. Cela lui avait permis de trouver un autre escalier à l'arrière, beaucoup plus modeste et presque en ruine.

Cet escalier, dissimulé derrière une porte identique à celles des placards au fond de la cuisine, servait, jusqu'au début du XXe siècle, aux serviteurs des familles aisées. A l'époque, on attendait du personnel de maison qu'il s'acquitte de son travail avec discrétion, sans empiéter plus que nécessaire sur les espaces luxueux réservés aux maîtres et à leurs invités.

Dans l'obscurité, elle sourit soudain. Il y avait des chances pour que les hommes de Renke n'aient pas découvert cet escalier de service. Toute leur attention avait dû se concentrer sur le devant de la villa.

Randi remit la sécurité de son pistolet-mitrailleur et passa l'arme sur son dos avant de ramper en silence dans le couloir noir qui conduisait vers l'arrière de la maison. Tandis qu'elle glissait sur le sol, elle écartait soigneusement les douilles, les balles et les débris de carreau, de verre et de bois pour ne pas faire de bruit. Si son plan avait une chance de fonctionner, il était essentiel qu'elle évite de se faire remarquer et de trahir la direction qu'elle prenait. A la moindre erreur, le tireur invisible, en haut de l'escalier d'apparat, saurait saisir sa chance.

Chapitre trente-huit

A l'étage, dans le bureau d'Ulrich Kessler, Gerhard Lange s'énervait. « Mueller ! appelait-il dans sa radio. Réponds ! »

Mais seuls des crépitements lui parvenaient dans son oreillette. « Mueller ! » répéta l'officier de l'ex-Stasi d'un ton impérieux pour contraindre l'homme qu'il avait laissé en sentinelle dehors à répondre.

Toujours rien.

Furieux, Lange renonça. Mueller était mort ou prisonnier – s'il ne fuyait pas déjà les lieux aussi vite que ses petites jambes trop grasses pouvaient le propulser. Quoi qu'il en soit, Stepanovic et lui étaient livrés à eux-mêmes.

Il regarda le corps de Kessler qui gisait, contorsionné, sur le tapis, près d'un bureau finement sculpté. Ses lèvres s'incurvèrent en une expression de mépris. Ce pauvre imbécile, ce faible, ce lâche s'était vraiment imaginé qu'ils venaient le sauver !

Et maintenant ? Lange réfléchit aux choix qui s'offraient à lui. Les ordres de Brandt étaient très clairs. Réduire à néant l'équipe de la CIA qui espionnait Kessler, tuer Kessler et ensuite détruire la maison.

Ne laisser que des cendres à la police allemande, avait ordonné Brandt, faire disparaître toute pièce à conviction qui pourrait lier le mort à Wulf Renke. Tout se déroulait comme prévu jusqu'à ce que ce maniaque entre en trombe dans le hall, tue Karic et réussisse à survivre aux tirs de Stepanovic.

L'officier de l'ex-Stasi émit un juron. Mueller avait dû rater un des agents américains surveillant la propriété de Kessler – n'avaient-ils pas essuyé des coups de feu en quittant le van de surveillance avant l'explosion de la bombe ? – et cet Américain inconnu les piégeait ici, les retenait avec un cadavre dans un bureau bourré de pièces à conviction ! Mais attendre comme un mouton à l'abattoir que la police municipale arrive et les arrête n'était pas une solution acceptable. Erich Brandt avait le bras très long et tout homme qui échouait aussi lamentablement lors d'une mission qu'il avait ordonnée ne vivait pas assez longtemps pour le regretter – même dans la prétendue sécurité d'une cellule de prison berlinoise.

Non, Stepanovic et lui devaient décamper, en dépit de cet Américain solitaire, confiants dans leurs armes et dans leurs gilets pare-balles pour survivre à une sortie précipitée par l'escalier. Mais il devait d'abord exécuter autant que possible les ordres de Brandt. De toute façon, mettre le feu à la villa procurerait une diversion utile quand le moment serait venu de fuir. Il souleva le lourd jerrican d'essence qu'il avait apporté et entreprit de déverser le liquide inflammable sur le tapis, les rideaux, le bureau avant de reculer par la porte ouverte jusqu'au couloir. Il avait déjà trempé le corps de Kessler. Une simple allumette et toute la pièce ne serait qu'un énorme brasier.

Dans le noir, sur la pointe des pieds, Randi Russell atteignit le haut de l'escalier de service. Sur le petit palier, elle leva son pistolet-mitrailleur, prête à tirer. La porte donnant sur le couloir principal de l'étage était juste là. Elle était fermée mais une lueur filtrait du pas-de-porte.

Randi s'étonna que des lumières soient encore allumées. De plus, c'était mauvais signe. Cela signifiait qu'une fois la porte passée, elle serait à découvert.

Une odeur s'insinuait aussi sous la porte, de plus en plus forte, une odeur désagréable qu'elle reconnut. De l'essence ? Dans la maison ? Elle comprit soudain avec horreur : les hommes de Renke avaient prévu de brûler la villa de Kessler pour effacer leurs traces !

Randi se redressa. Quoi qu'elle fasse, il fallait que ce soit maintenant. Sa seule chance était de bouger vite et de ne pas s'arrêter. Son MP5SD toujours prêt à tirer, elle tendit la main gauche vers le bouton de la porte. Il tourna facilement. Le pêne lâcha et le battant s'ouvrit en grinçant sur des charnières qu'on n'avait pas huilées depuis trop longtemps.

Elle prit une courte inspiration. C'est parti ! Elle donna un coup de pied dans la porte qui s'ouvrit toute grande, se précipita dans le couloir, roula sur l'épaule, se redressa sur un genou et visa le haut de l'escalier principal, à l'autre bout du couloir.

Grâce à la lueur venant de plusieurs pièces qui donnaient dans le couloir, elle repéra un mouvement : la silhouette noire d'un homme accroupi se détachait contre l'obscurité plus sombre du hall éteint. C'était un homme aux cheveux noirs, gros de son gilet pare-balles et qui déjà pivotait pour lui faire face, son arme à la main.

Trop tard, fils de pute ! pensa Randi. Elle pressa la détente de son pistolet-mitrailleur. Le MP5SD hoqueta et recula brutalement en crachant ses balles de 9 mm.

Les balles perdues ricochèrent sur la rampe en cuivre et le sol en marbre dans des gerbes d'étincelles éblouissantes. D'autres balles atteignirent les restes du lustre et projetèrent les dernières pendeloques de cristal sur le sol carrelé en contrebas.

Frappé à plusieurs reprises par des balles qui s'écrasèrent sur son gilet en Kevlar avec une force capable de briser les os, l'homme aux cheveux noirs tituba en arrière. Plié en deux de douleur, il s'affala contre une section fragilisée de la rampe et poussa un cri de terreur quand il la sentit lâcher sous son poids.

Randi continua à faire feu de son arme qui se relevait un peu plus à chaque balle.

L'homme agita en vain les bras pour rétablir son équilibre mais il bascula dans le vide, poussé par les impacts de balles. Avec un cri horrible, il disparut dans l'obscurité, son hurlement interrompu par un choc mat.

Randi laissa échapper son souffle et relâcha la détente de son arme soudain silencieuse.

« *Scheisse !* » grogna une voix derrière elle.

Oh, merde !

Elle se contorsionna pour tenter de viser un homme élancé aux lèvres minces qu'encadrait la porte du bureau de Kessler. Comme les autres, il était vêtu de noir et protégé par un gilet pare-balles. En revanche, son pistolet-mitrailleur était suspendu dans son dos afin de libérer ses mains qui tenaient un gros jerrican métallique. Il était à moins de dix mètres d'elle.

L'air mauvais, l'homme laissa tomber le jerrican. De l'essence éclaboussa ses jambes et goutta sur le tapis du couloir. Il tira son Walther semi-automatique de son étui de ceinture.

De si près, le pistolet semblait énorme quand une flamme blanche jaillit du canon.

Randi sentit la balle lui frôler la tête, si près que les gaz surchauffés qui la suivaient lui donnèrent comme une gifle. Ses oreilles sonnèrent. Le goût aigre-doux du sang frais emplit sa bouche. Désespérée, elle répliqua sans viser dans l'espoir de tirer assez de balles dans la bonne direction pour contraindre son nouvel ennemi à se replier.

Une des balles frappa le jerrican d'essence, qui oscilla sous l'impact et se renversa, déversant son contenu. Une étincelle sauta du métal tordu.

Avec un *houchh*, l'essence s'enflamma et des rigoles de feu filèrent dans toutes les directions, se nourrissant de chaque goutte déjà versée, mettant le feu à tout sur leur passage.

L'homme, horrifié, baissa les yeux vers son pantalon imprégné d'essence qui prenait feu. Son visage se tordit de panique et il laissa tomber son Walther pour lutter contre l'embrasement de ses vêtements avec des gestes désordonnés. C'est alors qu'un cri de fou, inhumain sortit de sa gorge quand les flammes gagnèrent ses mains humides d'essence et remontèrent sur ses bras, atteignant son visage. En moins d'une seconde, c'était une torche humaine. Hurlant de douleur et de peur, le condamné tituba à l'aveugle vers Randi. Les flammes le consumaient vivant, de la tête aux pieds.

Ecœurée, Randi visa avec soin et lui tira une balle dans la tête. L'homme en feu s'effondra et s'immobilisa au sol. Les flammes jaillirent plus hautes, léchant les murs, dévorant le tapis. Une fumée épaisse et suffocante tourbillonnait dans la maison.

Par la porte ouverte, Randi constata que tout le bureau de Kessler était en feu. A travers la fumée et les flammes, elle vit un autre corps qui flambait – un corps qui gisait, tordu, près du bureau sculpté. C'était celui de Kessler, sans aucun doute. Randi lutta contre une nausée. Avec ces hommes, disparaissaient les preuves dont elle espérait qu'elles la mèneraient au nouveau refuge du professeur Wulf Renke.

Randi se débarrassa de son arme et se redressa. Il fallait qu'elle regarde de plus près l'homme qu'elle venait de tuer. Elle repartit dans le couloir en courant, alla prendre une couverture sur un lit dans une chambre et revint vers l'homme en flammes.

Le feu et la fumée étaient de plus en plus suffocants.

Randi s'enveloppa dans la couverture, ferma les yeux et sauta à travers le rideau de feu. Pendant une fraction de seconde, elle sentit une vague de chaleur intense, brûlante, mais se retrouva de l'autre côté, accroupie près du mort, tout contre le sol pour échapper à la fumée dense qui roulait dans le couloir. De sa couverture, elle étouffa les flammes qui mangeaient les vêtements et la chair du tireur.

Grimaçant de douleur, elle passa ses mains sur le corps encore fumant et fouilla les poches aussi vite qu'elle le put. Elle trouva ce qui devait être un téléphone portable, tordu et noirci par le feu, et le glissa dans une des poches de son anorak avant de faire de même avec des papiers, un passeport et un portefeuille.

Les flammes rugirent de plus belle. De grosses

écailles de peinture en feu tombèrent du plafond tout autour d'elle, volant dans les courants' d'air sur-chauffé. Le tapis, les murs et le plafond n'étaient plus que des plaques de feu.

Il était temps de partir.

A toute vitesse, Randi serra la couverture noircie sur sa tête et, toussant à cause de la fumée âcre qui déchirait ses poumons, elle se releva péniblement et plongea à nouveau dans les flammes, aussi vite qu'elle le put, pour gagner l'escalier.

A nouveau, elle sentit la vague de chaleur intense. Cette fois, la couverture aussi prenait feu. Dès qu'elle fut sortie du mur de flammes, elle s'en débarrassa et se jeta au sol, roulant sur les marches pour étouffer les flammèches qui s'attaquaient à son jean et à son anorak.

Quand elles furent toutes éteintes, elle se releva et sauta les dernières marches deux à deux, trois à trois. Derrière elle, le feu s'étendait, d'autant plus rapide et plus féroce qu'il se nourrissait des meubles de prix d'Ulrich Kessler, de ses livres anciens, de toutes ses précieuses œuvres d'art.

Randi arriva au rez-de-chaussée et trouva la porte. Elle tituba dehors dans le froid infiniment bienvenu, dans l'air pur, qui lui permit de s'arrêter de tousser, mais elle ne put s'empêcher de se retourner. Tout l'étage de la villa flambait. Des langues de feu orange, rouges et blanches bondissaient et dansaient, explo-saient à travers les fenêtres qu'elles faisaient éclater, s'élevaient vers le ciel par les trous qu'elles creusaient dans le toit.

Curieusement engourdie, Randi regarda l'enfer quelques secondes de plus. Elle tremblait en réaction au choc de ce à quoi elle avait échappé de justesse.

Elle avait bien failli mourir dans cette maison ! Sa main droite se referma sur le téléphone et les papiers qu'elle avait récupérés. Il lui sembla peu probable que ces débris à moitié calcinés puissent contenir la moindre information à hauteur des risques qu'elle venait de prendre – ni qu'ils puissent compenser la vie d'un homme et de deux femmes de qualité : les membres de son équipe assassinés.

Elle soupira. Elle leur devait au moins d'essayer de continuer l'enquête.

Souffrant le martyre, Randi se détourna de la maison en flammes et claudiqua jusqu'à l'obscurité.

Chapitre trente-neuf

Non loin de Moscou

Vladik Fadayev suivit la route jusqu'au sommet de la colline et s'arrêta sur le côté. Il éteignit les phares et coupa le moteur de sa petite Lada de fabrication russe, qu'il écouta tousser et cracher jusqu'à l'arrêt complet. Grâce au Groupe Brandt, il avait gagné assez d'argent cette année pour s'offrir une meilleure voiture, mais le sniper maigre aux joues creuses préférait sa Lada rouillée et cabossée, en dépit de ses nombreux défauts. Les véhicules plus neufs étaient trop voyants, surtout les marques occidentales de luxe, et Fadayev aimait pouvoir se fondre, anonyme, dans son environnement.

Il prit une longue lampe-torche dans la boîte à gants, ouvrit sa portière et sortit sur la route de terre gelée. Il resta immobile une minute, promenant le faisceau autour de lui et dans les bois. Pour ses yeux entraînés, il était assez facile de voir ce qui s'était passé ici. Des traces de pneus montraient que les gros véhicules de Brandt s'étaient arrêtés brusquement. Des douilles luisaient par terre, à demi enfouies dans la neige piétinée sous les arbres, où les hommes de main avaient ouvert le feu en embuscade.

Fadayev grogna de dégoût. Quelle négligence de lais-

ser ainsi les douilles par terre ! Les vrais professionnels savaient frapper et disparaître sans laisser aucune
trace de leur passage. Mais il supposait que Brandt et
les autres étaient trop pressés pour nettoyer la zone.

Le sniper hocha la tête. Il n'appréciait guère ce
nouveau contrat que Brandt avait accepté. Poussé par
ses mystérieux employeurs, le grand Allemand aux
yeux gris pressait maintenant ses hommes, il risquait
leur vie pour obtenir des résultats rapides. Cette hâte
constante les mettait en danger. Fadayev préférait les
vieilles méthodes de l'époque où le Groupe Brandt
faisait presque tout son travail, bien rémunéré, dans
la discrétion et sans histoires, éliminant un dissident
politique ici, kidnappant et assassinant là un rival en
affaires.

Il se tourna vers des traces profondes dans la neige
salie qui filaient vers le bas de la pente. C'était là que
la Jeep GAZ avait plongé vers son destin. Des branches brisées, des bouts de métal tordu et des éclats de
verre jonchaient la pente, traçant une piste de mort qui
se terminait au bord d'une crevasse abrupte.

Fadayev prit dans sa voiture son vieux Tokarev
7.62 bien lourd. S'il préférait tuer à distance avec son
fusil SVD, ce pistolet était un meilleur choix puisqu'il
s'agissait de descendre sur la pente derrière la voiture
accidentée. Il serait plus maniable aussi pour tirer à
bout portant, mieux adapté pour achever un blessé
– ce à quoi il s'attendait, au pire, dans ces circonstances. Il glissa le Tokarev dans la poche de sa tenue
de camouflage blanche.

D'abord lentement, puis avec de plus en plus de
confiance, Fadayev s'engagea dans la pente, se frayant
un chemin entre les arbres jusqu'à ce qu'il arrive au
bord du ravin. Il s'arrêta, sortit son pistolet de sa poche

et avança, la torche dans une main, le Tokarev prêt à tirer dans l'autre.

Il regarda dans le ravin.

L'épave de la Jeep gisait sur le flanc à une dizaine de mètres en contrebas, au milieu d'une pile de rochers. De jeunes arbres et des buissons fracassés montraient qu'elle avait roulé dans le ravin avant de s'écraser sur les rochers aux arêtes coupantes. Le rayon de la torche de Fadayev dévoila plus d'une douzaine d'impacts de balles sur la carrosserie déchiquetée du véhicule. A l'exception des endroits où quelques éclats de verre pointaient hors des portes, les fenêtres s'ouvraient, vides, sur l'intérieur ravagé.

Le sniper soupira.

Descendre dans un ravin en pleine nuit n'était pas son activité préférée. Il serait plus raisonnable d'attendre le lever du jour. Le mort à l'intérieur de la Jeep n'allait pas s'enfuir, pas plus que les documents d'identité ou les autres papiers qu'il transportait peut-être. Mais les ordres étaient les ordres, et Brandt ne se montrait ni patient ni indulgent, ces derniers temps. Non, il valait mieux en finir avec cette corvée. Après, il pourrait enfin retrouver le confort de son appartement moscovite.

Il lui fallut plusieurs minutes pour arriver au fond du ravin.

Scrutant le sol devant lui à l'aide de sa torche, le sniper progressa avec confiance vers l'épave. Il grimpa sur deux rochers et sauta facilement sur une petite plate-forme et se pencha contre le côté du véhicule pour regarder à l'intérieur.

Il écarquilla les yeux.

Il n'y avait personne ! La ceinture du conducteur pendait, vide. Ce qui signifiait...

Fadayev se figea soudain en sentant le canon glacé d'un pistolet contre sa nuque.

« Lâche ton arme ! » ordonna une voix grave.

Comme paralysé, le sniper obéit. Le Tokarev tomba à grand bruit sur les rochers.

« Très bien, dit froidement la voix. Maintenant, débarrasse-nous de cette torche ! »

A nouveau, Fadayev fit ce qu'on lui disait. Il était encore stupéfait d'avoir échoué. Aucun ennemi n'avait jamais réussi à le surprendre auparavant. C'était toujours lui le chasseur, jamais la proie. La torche tomba à ses pieds et roula plus loin. Elle s'arrêta, son rayon éclairant les rochers et les buissons devant lui. Il avala sa salive. Sa bouche s'était asséchée.

« Excellent ! dit la voix, non sans humour. Peut-être survivras-tu à cette nuit, finalement.

— Que voulez-vous de moi ? coassa Fadayev.

— Beaucoup de choses. Nous allons commencer par quelques questions de base, faciles. Mais n'oublie pas qu'il s'agit d'un jeu qui obéit à deux règles simples. Règle numéro un : si tu me dis la vérité, je ne te tuerai pas. Règle numéro deux : si tu me mens, je te ferai ressortir la colonne vertébrale par la gorge. C'est clair ?

— Très clair..., bredouilla Fadayev.

— Bien, dit l'autre homme en pressant plus fort encore le pistolet contre sa nuque. Commençons donc... »

Quartier général de la Défense aérienne, Kiev

Tout au fond d'un bunker de commandement enfoui sous l'immeuble du ministère de la Défense, les officiers supérieurs responsables de la défense de l'Ukraine contre une éventuelle attaque aérienne étaient rassemblés autour d'une table en fer à cheval pour écouter un général les informer des développements les plus récents. A eux tous, ils commandaient des régiments d'avions de chasse MiG-29 et Su-27, des batteries de missiles sol-air et des sites de radars de défense.

« Nous avons des preuves d'une activité croissante sur les bases russes de chasseurs et de bombardiers à distance de frappe de notre pays, dit gravement le général. Nous avons intercepté des transmissions air-sol et des réponses des contrôleurs au sol qui pourraient montrer que de nouveaux régiments aériens se déploient sur des terrains d'aviation autour de Bryansk, Koursk, Rostov et d'autres villes.

— Mais les transmissions ne permettent pas de tirer de conclusions absolues ? intervint l'un des officiers.

— Non, en effet, admit le général. Mais dans plusieurs cas, nous avons entendu les pilotes s'identifier, et ils appartenaient à de nouvelles unités aériennes. Ils demandaient des instructions pour se poser sur ces bases. Dans chaque cas, le contrôleur leur a rappelé sèchement qu'ils devaient respecter un silence radio strict et suivre les indices visuels qu'on leur avait transmis plus tôt, avant qu'ils quittent leur base d'origine.

— C'est en effet troublant, marmonna un autre officier supérieur de la force de Défense aérienne qui commandait un des régiments de MiG-29 stationnés près de Kiev. Aucun chef ne peut raisonnablement demander à ses pilotes de venir se poser sur une nouvelle base en respectant le silence radio lors d'un simple entraînement. Pas en hiver. Pas à moins de vouloir perdre avions et pilotes et causer d'autres accidents. Pourquoi les Russes feraient-ils ça s'ils ne tentaient pas de nous cacher leurs mouvements ? »

Le général qui donnait l'information approuva. « C'est juste. En fait, les transmissions militaires russes sont tombées à un plus bas historique, qu'il s'agisse de celles des forces aériennes, des troupes au sol ou des missiles – toutes les transmissions. »

Les visages se renfrognèrent. Passer en silence radio était une mesure de sécurité qu'on employait parfois pour dissimuler la préparation de troupes au combat. En temps de paix, il était plus rapide, plus facile et plus sûr pour l'aviation, les tanks, l'artillerie et les unités d'infanterie de communiquer entre elles et avec leur quartier général en utilisant les signaux radio.

« Y a-t-il d'autres indices d'une action imminente possible ? demanda l'un des commandants de rampes de lancement de missiles.

— Les Russes font beaucoup plus de sorties aériennes le long de notre frontière commune et dans la région, lui répondit le général. A plusieurs reprises, ils ont "accidentellement" pénétré dans notre espace aérien – et parfois sur vingt à trente kilomètres.

— Ils nous testent ! lança un autre général au cou de taureau qui commandait un site clé de radars près de la ville ukrainienne de Konotop. Ils testent nos défenses pour évaluer nos capacités de détection et pour savoir à quelle vitesse nous pouvons réagir à un appareil aérien hostile traversant nos frontières. Ils ont probablement des avions d'espionnage électronique qui volent tout près pendant ces "accidents", afin de trouver nos fréquences radar, d'écouter nos émissions radio et de connaître nos procédures d'interception. »

Il se tourna vers le bout de la table où le commandant en chef de la Force de Défense aérienne, le général Rustern Lissenko, paraissait écouter leur discussion tout en étudiant les notes que son personnel lui avait préparées. « Quelle est votre impression, général ? »

Lissenko ne répondit pas.

« Général ? »

Un des officiers assis près de lui tendit la main et la posa sur l'épaule du général. La tête de l'homme tomba sur ses notes. Des touffes de ses cheveux gris s'envolèrent, découvrant la peau irritée de son cuir chevelu. Il frissonna violemment, brûlant de fièvre.

Il y eut des exclamations stupéfaites autour de la table.

Le colonel qui avait touché Lissenko regarda sa main, horrifié, puis saisit un téléphone. « Passez-moi le centre médical ! C'est une urgence ! »

*

Une heure plus tard, un capitaine de l'armée de l'air gagna la fenêtre de son petit bureau et contempla avec une satisfaction non dissimulée ses collègues qui s'agitaient, affolés, dans la cour intérieure du ministère. Médecins et infirmiers en combinaisons de protection conduisaient une longue file de généraux à l'air inquiet vers des ambulances. Tant de soldats de haut rang et de dirigeants politiques étaient tombés malades depuis une semaine que personne ayant autorité à Kiev ne prenait plus aucun risque. Tous ceux qui assistaient à la conférence de commandement venaient d'être placés en quarantaine stricte.

Le capitaine sourit. Trois heures plus tôt, il avait ajouté le contenu d'une fiole au petit déjeuner habituel du général Lissenko – un bol de *kasha*, cette bouillie de sarrasin concassé. Et le résultat de cet acte si simple dépassait de loin ses attentes : la défense aérienne de l'Ukraine était décapitée, privée de ses officiers les plus gradés et les plus expérimentés, au pire moment possible.

Ce capitaine, citoyen ukrainien mais d'origine et de loyauté russes, s'écarta de sa fenêtre et décrocha son téléphone. Il composa un numéro secret qu'on lui avait donné des semaines plus tôt.

« Oui ? répondit une voix calme.

— Ici Rybakov. J'ai de bonnes nouvelles. »

Au Kremlin

Le président russe Viktor Dudarev regarda, par-delà son bureau, l'homme râblé aux cheveux gris qui se tenait devant lui. « Castilla organise une réunion avec ses alliés pour discuter des moyens de nous affronter ? Une réunion secrète ? Vous en êtes certain ?

— Le rapport de notre agent spécial à la Maison Blanche est très détaillé, répondit Alexeï Ivanov. Des sources fiables au sein des gouvernements des pays invités confirment ce rapport.

— Quand ?

— Dans moins de deux jours », répondit le chef du Treizième Directorat.

Dudarev se leva et gagna une des fenêtres de son bureau privé. Pendant un moment son regard se perdit dans la cour inondée de lumière, puis il reporta les yeux sur Ivanov. « Que savent les Américains ?

— Pas assez, affirma Ivanov. Au plus, ils ont entendu des rumeurs et se livrent à des spéculations.

430

Mais nous savons qu'ils cherchent désespérément des preuves pour apporter des réponses à leurs questions.

— Votre homme transportant la variante d'HYDRA est bien arrivé aux Etats-Unis ?

— Oui. Il est à New York, en route pour Washington.

— Bien, dit Dudarev en se retournant vers la fenêtre où son image déformée se reflétait sur la vitre. Alertez votre taupe, ordonna-t-il. Je veux être débarrassé de Castilla le plus tôt possible. Je le veux mort ou mourant avant qu'il puisse présider cette conférence secrète avec ses alliés. Est-ce bien compris ? demanda-t-il en pivotant pour regarder Ivanov dans les yeux.

— Tout à fait », assura l'autre.

Chapitre quarante

21 février
Ambassade américaine à Berlin

Randi Russell se figea quand une vague de douleur parcourut son corps. Pendant quelques terribles secondes, la souffrance fut si intense que la salle de conférences au troisième étage de l'ambassade vira au rouge. Elle sentait son front à la fois bouillant et gelé. Elle expira entre ses dents serrées pour s'efforcer de se détendre. La douleur diminua à peine.

« Ça pique un peu, hein ? dit le médecin de l'ambassade d'un air enjoué en regardant de plus près l'entaille qu'il venait de refermer de quelques points.

— Si par "un peu" vous voulez dire "horriblement", alors, oui, ça pique », confirma Randi.

Le médecin remballait déjà son matériel. « Si j'avais mon mot à dire, nous aurions cette conversation dans la salle des urgences d'un hôpital, mademoiselle Russell. Vous avez assez de plaies et d'ecchymoses pour trois personnes !

— Est-ce qu'une de mes blessures peut m'handicaper ?

— En elle-même ? Non, admit le médecin. Mais si vous ralentissez, le temps pour votre corps de comprendre combien il a été maltraité, vous souhaiterez un bon lit d'hôpital et un bon goutte-à-goutte du meilleur antalgique sur le marché.

— Le truc, c'est donc de ne pas m'arrêter ? Je crois, docteur, que je peux y arriver. Je n'ai jamais beaucoup aimé rester assise à ne rien faire. »

Le docteur pouffa de rire en voyant le sourire complice que Randi lui adressait. Il admit sa défaite d'un mouvement du menton et posa un petit flacon sur la table. « Ecoutez, si vous souffrez au-delà de votre seuil de tolérance, promettez-moi au moins de prendre deux de ces comprimés. Ça vous aidera.

— Quels sont les effets secondaires ?

— Minimes. Rien de plus grave qu'une légère somnolence, mais je suppose que vous serez prudente aux commandes de machines – y compris les armes automatiques et l'incendie des villas de luxe.

— Je m'en souviendrai. »

Le médecin parti, elle jeta le flacon de comprimés dans la corbeille à papiers, se leva et s'approcha en claudiquant de Curt Bennett, le chef de l'équipe technique spéciale envoyé de Langley, qui tentait de pénétrer plus profondément dans le réseau de communications sécurisées de Wulf Renke. Le petit homme agité essayait de relier le premier numéro de téléphone que l'équipe de surveillance de Randi avait découvert – le numéro suisse – à d'autres numéros retrouvés dans la mémoire du téléphone cellulaire brûlé et noirci qu'elle avait pris chez Kessler, quelques heures plus tôt, sur l'homme qui s'était enflammé.

Randi se pencha par-dessus son épaule. L'écran de l'ordinateur affichait, pour elle qui n'y connaissait pas grand-chose, une série de numéros et de symboles apparemment sans signification. Des traits pleins en reliaient certains. D'autres étaient associés par des lignes en pointillé. Mais il restait beaucoup de numéros isolés. « Comment ça se présente ? » demanda-t-elle d'une voix douce.

L'analyste de la CIA leva vers elle des yeux rougis de fatigue mais encore brillants derrière les verres épais de ses lunettes à monture métallique. « Je progresse, assura-t-il. Celui qui a créé ce réseau était un véritable expert. Il a conçu un entrelacs remarquablement compliqué de différents numéros de téléphone en intégrant sans arrêt des boucles qui me ramènent en arrière et me bloquent dans des impasses. Mais je commence à discerner des schémas.

— Et ?

— Jusque-là, j'ai identifié des numéros qui correspondent à des comptes dans différents pays : Suisse, Russie, Allemagne et Italie.

— Peux-tu en lier certains à Renke ?

— Pas encore. La plupart de ces comptes ont l'air de faux. Je soupçonne qu'ils sont l'équivalent électronique d'une boîte postale louée par quelqu'un qui utilise un faux nom et une fausse carte d'identité.

— Putain !

— Tout n'est pas perdu, la rassura Bennett. Imagine que tu trouves cette boîte postale dans la réalité, que ferais-tu ensuite ?

— Je suivrais toute personne qui viendrait y chercher du courrier et je suivrais aussi tout courrier qui en partirait.

— C'est ça. Eh bien, nous pouvons faire la même chose électroniquement. Quand un appel passe à travers ces différents numéros, nous pouvons le pister, le suivre jusqu'au prochain compte, etc.

« — Combien de temps pour arriver aux numéros centraux ? Ceux qui sont reliés à de vrais téléphones ?

— C'est difficile à dire. Quelques heures. Mais peut-être deux jours. Ça dépend en grande partie du trafic sur ce réseau sécurisé. Maintenant que nous sommes en périphérie, plus nos adversaires passeront d'appels par ce système, plus nous acquerrons d'informations.

— Lâche pas le morceau, Curt ! J'ai besoin de savoir où Renke se cache. Dès que possible. »

Elle se détourna en voyant un autre membre de la CIA arriver en trombe. « Oui ?

— Langley pense avoir le nom du dernier homme que tu as abattu dans la maison de Kessler, lui dit la jeune femme. Le passeport que tu as sauvé des flammes était bien un faux, mais on a pu comparer ce qui restait de la photo avec celle de nos archives.

— Montre-moi ! »

Randi prit le message TOP SECRET envoyé du quartier général de la CIA. Y figurait la photo scannée en noir et blanc d'un homme au visage émacié et aux cheveux noirs. Il portait un uniforme militaire, une veste d'officier de l'armée est-allemande avec les trois barrettes de capitaine sur l'épaule. Elle compara la photo avec son souvenir de l'homme vêtu de noir qui avait tenté de la tuer quelques heures plus tôt. C'était bien lui.

Elle parcourut le texte qui l'accompagnait. « Gerhard Lange, lut-elle à haute voix. Ancien capitaine du ministère de la Sécurité d'Etat d'Allemagne de l'Est. Après la chute de la RDA, il fut brièvement emprisonné par le gouvernement de Bonn en liaison avec des meurtres politiques à Leipzig, Dresde et Berlin-Est. Relâché faute de preuves. On croit qu'il a émigré en Serbie un mois plus tard. Il aurait travaillé en tant que

435

consultant à la sécurité pour le régime de Milosevic de 1990 à 1994, avant d'émigrer à nouveau, en Russie cette fois. Rien d'autre dans son dossier. Eh bien... Il semblerait que le bon docteur Renke préfère travailler avec ses compatriotes. Je me demande combien d'autres transfuges de l'ex-Stasi il a à sa botte. »

Cologne

Bernhard Heichler était assis à son bureau du quartier général du Bundesamtes für Verfassungsschutz, le BfV. Il avait le regard perdu sur des rapports urgents de Berlin, des rapports qui pouvaient conduire à un désastre absolu, en ce qui le concernait. Il grogna mais s'arrêta brusquement, affolé par le bruit qu'il émettait dans cet immeuble étrangement silencieux.

A trois heures du matin, les bureaux du BfV étaient presque déserts, occupés seulement par l'équipe squelettique des officiers du contre-espionnage et quelques employés de bureau. Sa présence presque continuelle allait sans aucun doute déclencher des mimiques étonnées et des commentaires ironiques, surtout de la part de ses subordonnés de la Section V. Tout le monde connaissait le goût de Heichler pour la routine, son mépris habituel pour ceux qui se mettaient en avant. Dans ce contexte, sa décision de rester tard au bureau pour contrôler l'évolution de l'enquête sur le massacre de trois officiers d'intelligence américains la veille à Berlin allait faire croire à nombre de ses collègues qu'il visait une promotion.

Personne ne devinerait la véritable raison pour laquelle Heichler voulait être le premier à lire les rapports secrets de la police de Berlin, avant tout autre membre du contre-espionnage allemand.

Il les relut, toujours incrédule. Les équipes scientifiques de la police avaient réussi à relier les armes utilisées pour tuer les agents de la CIA à celles trouvées – ainsi que six corps supplémentaires – dans la maison incendiée et le jardin d'un fonctionnaire de haut rang du Bundeskriminalamt. Heichler dut ravaler un renvoi acide. A quelle conspiration se trouvait-il mêlé ?

Son téléphone sonna soudain – bruit effrayant dans le silence de son bureau. Surpris, Heichler décrocha. « Oui, qu'est-ce que c'est ?

— Un appel venu d'Amérique, Herr Heichler, dit la téléphoniste. De la part d'Andrew Coates, assistant du directeur de la CIA. Il veut parler à l'officier en charge de la Section V.

— Passez-le-moi ! Allô ? demanda-t-il alors que ses mains tremblaient.

— Bernhard ? » dit une voix familière à son oreille.

Coates était l'agent de liaison entre la CIA et l'ensemble éclectique d'organisations d'intelligence étrangères et domestiques de l'Etat allemand. Heichler et lui se retrouvaient assez souvent pour échanger des informations. « Bon sang, je suis content que tu sois encore là ! dit Coates. Ecoute, je veux te mettre au courant des suites de notre enquête et t'annoncer quelques bonnes nouvelles. Un de nos agents a survécu à cette putain d'embuscade. Ce n'est pas tout : nous sommes presque certains qu'elle a réussi à mettre la main sur des preuves cruciales qui vont nous conduire aux salauds qui ont donné l'ordre d'attaquer son équipe... »

Heichler sentit la terreur monter tandis qu'il écoutait son alter ego de la CIA briser en lui tout espoir d'échapper au nœud de trahisons et de forfaitures qui enserrait son cou. Il réussit à terminer la conversation sans hurler. Quand l'Américain finit par raccrocher, il resta assis pendant plusieurs minutes, le regard perdu dans le vide.

Puis, à regret, ses mains tremblant plus fort que jamais, il décrocha son téléphone une fois de plus. Si les Américains capturaient les responsables du massacre de leurs agents de terrain à Berlin, ils découvriraient à coup sûr des indices qui les conduiraient directement au BfV – directement à lui. Une fois de plus, songea-t-il, désespéré, il n'avait pas vraiment le choix. Il n'avait même pas de choix du tout.

Chapitre quarante et un

Moscou

Konstantin Malkovic était assis, très calme, devant son petit déjeuner, dans son luxueux appartement au dernier étage de l'immeuble dominant le quartier financier de Kitay Gorod. Il prit une dernière gorgée de thé en lisant le résumé de l'évolution des marchés que lui avaient transmis ses courtiers aux Etats-Unis et en Asie. Pour la première fois depuis plusieurs jours, le milliardaire parvenait à se concentrer sur les opérations de routine de son empire commercial. Brandt détenait les deux Américains – Smith et Devin – et les rapports reçus la veille au soir de Berlin étaient aussi très satisfaisants.

HYDRA était à nouveau tout à fait en sécurité.

Un serviteur apparut, un téléphone à la main. « M. Titov veut vous parler, monsieur. »

Malkovic leva les yeux, agacé. Titov dirigeait le bureau de Moscou en son absence. Qu'y avait-il de si important qui ne pouvait attendre son arrivée à la Maison Pashkov dans quelques heures ? Il prit le téléphone. « Kirill, quel est le problème ?

— Nous avons reçu un courriel qui vous est adressé

en personne. Il est signalé comme urgent. J'ai pensé que vous devriez le savoir. »

Malkovic dut faire un effort pour ne pas montrer son irritation. Comme beaucoup de Russes formés sous le système soviétique, Titov avait du mal à prendre des initiatives sans ordres explicites de son supérieur. « Très bien, soupira-t-il. Lisez-le-moi !

— Malheureusement, je ne le peux pas. On dirait qu'il est codé grâce au programme SOVEREIGN. »

Malkovic fronça les sourcils. Le système de chiffrage SOVEREIGN n'était utilisé que pour les communications ultrasensibles, celles qui concernaient ses entreprises les plus secrètes et les plus illégales. Seul Malkovic et quelques rares subordonnés jouissant de toute sa confiance avaient le moyen de décoder ces messages. « Je vois, dit-il après un silence. Vous avez eu raison de me prévenir. Je vais m'en occuper en personne. »

Il raccrocha et se leva pour gagner son bureau. Quelques frappes sur son clavier d'ordinateur et le courriel apparut. Il le fit passer par le programme de décryptage. C'était un rapport affolé rédigé par un de ses principaux contacts en Allemagne, un homme qui contrôlait les diverses marionnettes et autres espions que Malkovic avait placés dans les ministères les plus importants du pays.

Quand il put lire le message, Malkovic s'inquiéta. L'équipe de tueurs envoyée par Brandt à Berlin avait été anéantie. Mais le pire, c'était que Lange et ses hommes avaient échoué dans leur première mission : les Américains étaient toujours à la recherche de Renke. HYDRA n'avait jamais été plus en danger.

Le milliardaire imagina la réaction probable du président russe à cette nouvelle. Il fit une grimace. Les menaces de Dudarev avaient été explicites. Pouvait-il lui cacher ces « détails » ? Le dirigeant russe disposait de ses propres sources d'informations, et d'une manière ou d'une autre, il ne tarderait pas à avoir vent de ce désastre. Dès cet instant, il serait bien peu sage de la part de Malkovic de compter sur son indulgence. Avec ses armées déjà massées aux frontières d'ennemis ignorant tout de ses projets, Dudarev risquait trop pour pardonner un échec.

Toujours furieux, Malkovic effaça le message alarmant et éteignit l'ordinateur. Il resta quelques minutes de plus le regard perdu sur l'écran vide à réfléchir aux actions possibles. HYDRA pouvait encore être sauvé, il le savait. Mais il valait mieux qu'il fasse le travail en personne – hors de portée de Dudarev.

Il prit une rapide décision et s'écarta de son bureau pour gagner le coffre-fort dissimulé derrière une icône ancienne de l'archange saint Michel. Dès qu'elle eut reconnu ses empreintes, la lourde porte métallique s'ouvrit sur un assortiment de cédéroms, de photos et une petite boîte contenant des cassettes audio de conversations enregistrées. L'ensemble de ce matériel révélait ses transactions secrètes avec le Kremlin. On y trouvait aussi le résumé détaillé de tout ce que Malkovic avait appris des projets militaires russes.

Le milliardaire entreprit de transférer le contenu du coffre dans un attaché-case. Dès qu'il serait en sécurité hors de Russie, il pourrait utiliser ces informations pour renégocier ses accords avec Dudarev, s'acheter une sécurité personnelle sans faille en échange de la conduite à bonne fin de l'opération HYDRA. Malkovic eut un petit sourire en imaginant la rage du président russe quand son associé lui ferait du chantage. Heureusement, se dit-il, comme lui-même, Dudarev était avant tout un réaliste froid. Jamais leur association n'avait reposé sur une confiance mutuelle.

En banlieue de Moscou

Jon Smith somnolait, s'enfonçant de plus en plus profondément dans les eaux d'une mare noire sans fond. Il avait les poumons en feu et devait lutter contre la pression au fur et à mesure de sa progression dans l'abîme. Il s'agitait dans l'espoir vain de remonter à la surface. Horrifié, il se rendit compte que ses mains et ses pieds étaient gelés, tout à fait gourds. Il était immobilisé, impuissant, et tombait de plus en plus vite, tête la première, dans le néant. Il ne pouvait s'échapper.

« Réveillez-vous, colonel ! » ordonna une voix dure.

Smith frissonna et inspira comme il put un peu d'air avant qu'un autre seau d'eau glacée le frappe au visage. Une toux violente le fit se plier en deux de douleur. Chacune de ses terminaisons nerveuses lui parut à vif et il eut un mal fou à entrouvrir les yeux.

Il gisait sur le côté dans une flaque d'eau gelée. Ses mains liées dans son dos étaient engourdies, de même que ses pieds. Un sol en vieilles pierres s'enfonçait dans l'obscurité. Pendant un long moment, il ne comprit rien de ce qu'il voyait. Où était-il ? Que lui était-il arrivé ? Il entendit une femme qui gémissait près de lui. Lentement, le visage involontairement tordu par la douleur que lui infligeait le moindre mouvement, Jon tourna la tête et leva les yeux.

Un grand homme blond dressé au-dessus de lui le regardait avec délectation de ses yeux gris comme l'hiver. Il le scruta un moment en silence puis il exprima sa satisfaction cruelle d'un hochement de tête et ajouta : « Puisque vous êtes conscient, colonel, nous pouvons... reprendre. »

Des souvenirs pénibles se précipitèrent, inondant son esprit embué par la douleur comme un fleuve qui a rompu un barrage fragilisé. L'homme aux yeux gris était Erich Brandt. Fiona Devin et lui étaient ses prisonniers. On les avait traînés dans cette cave humide peu après l'embuscade qui avait tué Oleg Kirov.

La cave était creusée sous les ruines d'une église qui avait fait partie d'un monastère orthodoxe fermé par les bolcheviks après la révolution de 1917. Jon se souvenait avoir remarqué des centaines d'impacts de balles sur les murs et entendu l'Allemand expliquer avec cynisme que ce lieu avait été utilisé par la police secrète de l'Union soviétique, le NKVD, comme lieu d'exécution de prisonniers politiques pendant la période la plus brutale des purges staliniennes. Depuis, ce qui restait du monastère avait été laissé à l'abandon et la forêt reprenait peu à peu ses droits sur la propriété.

Ils avaient passé ici des heures terribles, une interminable suite de tortures aux mains de Brandt et de deux de ses brutes, qui les interrogeaient tour à tour. Chaque question posée était ponctuée par une douleur – coup dans les côtes ou à la tête, gifle en plein visage, choc électrique. Pendant les brèves interruptions entre les séances, Jon et Fiona étaient arrosés d'eau glacée et bombardés de sons suraigus assourdissants et d'éclairs de lumière dans le but de les désorienter et d'affaiblir leur résistance.

Brandt ne l'avait pas quitté des yeux. Il eut un sourire froid et fit signe à d'autres, que Jon n'avait pas vus

443

derrière lui. « Notre ami américain est prêt. Aidez-le à se rasseoir. »

Deux paires de mains calleuses soulevèrent Smith et le sortirent de la flaque d'eau glacée pour le jeter sur une chaise avant de lui passer à nouveau une ceinture en cuir autour de la poitrine pour l'attacher au dossier. Ils la serrèrent sans pitié et les angles des montants en bois lui meurtrirent les chairs.

Jon serra les dents et jeta un coup d'œil à sa gauche.

Fiona Devin était attachée à une chaise près de la sienne, les mains et les pieds liés. Sa tête oscillait sur sa poitrine. Du sang gouttait au coin de sa bouche.

« Comme vous, Mme Devin s'est montrée... peu coopérative, dit Brandt avec un sourire dénué d'humour qui disparut sans laisser de trace sur ses lèvres ou dans ses yeux. Mais je suis quelqu'un d'indulgent. Je vais donc vous accorder à tous deux une autre chance de vous épargner des souffrances inutiles. Elle a l'air d'avoir soif, Youri, dit-il en tournant la tête vers l'un de ses hommes. Donne-lui encore à boire ! »

Son subordonné, un homme musclé au crâne rasé, obéit et lança un seau d'eau froide au visage de Fiona. Elle s'étouffa, toussa, renversa la tête en arrière dans le vain espoir d'éviter le déluge d'eau glacée. Au bout de quelques secondes, elle ouvrit lentement les yeux. En voyant Smith qui la regardait avec inquiétude, elle eut un petit sourire douloureux. « Le service est vraiment lamentable, ici. La prochaine fois, on devrait descendre dans un établissement plus chic.

— Très amusant, madame Devin ! » grogna Brandt.

Il se tourna vers Smith. « Bien, colonel, je vais essayer une dernière fois d'être raisonnable. Pour qui

444

travaillez-vous ? demanda-t-il d'une voix dure. La CIA ? L'Agence de renseignements du ministère de la Défense ? Une autre organisation ? »

Jon se prépara au coup qu'il allait recevoir. Il leva la tête et regarda l'officier de l'ex-Stasi droit dans les yeux. « Je vous l'ai déjà dit, énonça-t-il d'une voix qu'il fut surpris de trouver aussi pâteuse. Je suis le lieutenant-colonel Jonathan Smith, docteur en médecine. Je travaille pour l'Institut de recherches médicales sur les maladies infectieuses de... »

Au lieu de le frapper, Brandt se tourna et frappa Fiona au visage, de toutes ses forces.

La tête de la jeune femme fut projetée en arrière et du sang d'une nouvelle coupure dans sa bouche éclaboussa l'obscurité. Le son de la gifle rebondit en écho comme un coup de feu dans le silence humide de la cave.

« Vous êtes un homme mort ! » grogna Smith entre ses dents serrées, choqué par ce qu'il venait de voir.

Il banda vainement ses muscles pour se débarrasser de la large ceinture en cuir qui le retenait à son siège.

Brandt se retourna avec un sourire aussi mauvais que satisfait. « Oh, je ne vous ai pas dit, colonel ? Les règles ont changé. Dès cet instant, c'est Mme Devin qui souffrira pour chacun de vos mensonges, pas vous. Les douleurs qu'on lui infligera pèseront sur votre conscience, pas sur la mienne. »

Seigneur ! se dit Smith dans un vertige. Ce grand salaud aux yeux gris avait tout compris de sa personnalité. On l'avait déjà torturé, et il connaissait les limites de son endurance. Mais comment pouvait-il rester là à regarder une autre personne se faire brutaliser à sa place ?

« Ne t'en fais pas pour moi, Jon, dit Fiona en crachant du sang. Ce salaud nous tuera tous les deux quoi qu'on lui dise – ou qu'on ne lui dise pas... »

Une autre gifle lancée par Brandt lui projeta la tête de côté.

« Taisez-vous, Devin ! ordonna-t-il. J'ai une conversation avec le colonel ici présent, pas avec vous. Vous avez eu l'occasion de me dire ce que je souhaitais savoir. Maintenant, c'est son tour. »

Smith enrageait, furieux de son incapacité à arrêter ce jeu diabolique. S'il pouvait se détacher, ne serait-ce qu'une seconde ! Mais il était réaliste, et il savait ne pas avoir la moindre chance d'y parvenir. Il savait aussi que Fiona avait raison. Ils allaient mourir tous les deux ici, dans le noir, dans cette cave humide, dans ce lieu déjà hanté par les fantômes de centaines d'autres victimes assassinées par des hommes comme Brandt et ses brutes. La seule véritable question en suspens était de savoir s'il pouvait remporter au moins une dernière petite victoire en refusant à l'officier de l'ex-Stasi les informations qu'il demandait.

Il ferma les yeux et se prépara à subir les longues heures à venir, et les souffrances et le sang qui les marqueraient. Puis il les rouvrit et regarda Brandt. « Je suis le lieutenant-colonel Jonathan Smith, docteur en médecine, répéta-t-il d'une voix plus affirmée qu'il l'aurait cru possible. Je travaille pour l'Institut de recherches médicales sur les maladies infectieuses de l'armée américaine... »

*

Brandt, frustré, baissa les yeux vers l'Américain aux cheveux noirs. Il avait cru que Smith craquerait. Il l'avait senti à un moment. Mais ce qu'il sentait maintenant, c'était sa résolution qui se renforçait. Et le temps passait. Tôt ou tard, une patrouille de la milice découvrirait le carnage dans la datcha de Zakarov. Tôt ou tard, on allait retrouver l'épave de la Jeep GAZ criblée de balles au fond du ravin en bordure de la route. Dès que cela se produirait, Alexeï Ivanov commencerait à poser des questions très gênantes.

Il se frotta la mâchoire. Du moins Fadayev avait-il fini par appeler le quartier général du Groupe : le chauffeur était bien mort avait-il annoncé et il avait récupéré ses papiers d'identité. Faute de mieux, songea Brandt, cela empêcherait Ivanov de relier les deux incidents – mais pas pour longtemps.

Son téléphone sonna soudain.

Brandt sortit l'appareil de sa poche. « Oui ? lança-t-il comme un coup de feu en s'approchant de l'escalier menant au-dehors pour éviter que les deux prisonniers l'entendent. Qu'est-ce qu'il y a ?

— Votre type, Lange, a tout foiré, lui dit Malkovic. Et maintenant la CIA a dû entrer très profondément dans notre réseau de communications. »

Quand Brandt entendit ce que son employeur lui rapportait du désastre de Berlin, il n'en crut pas ses oreilles. Lange était mort ? Et toute son équipe, sélectionnée parmi les meilleurs ? Ça lui semblait impossible.

« Nous n'avons plus le choix, déclara Malkovic. Nous devons transférer ailleurs les éléments clés du laboratoire HYDRA – et sans attendre. J'ai l'intention de superviser le travail en personne, et je veux que vous me rejoigniez, à la fois pour des raisons de sécurité et pour m'assurer que le professeur Renke comprend bien la nécessité d'une action immédiate. »

Brandt sut ce que l'autre voulait vraiment : il voulait une protection personnelle contre tout danger. Le milliardaire était mort de peur à l'idée de ce que les Russes pourraient faire quand ils apprendraient que toutes ses belles promesses à propos de la sécurité opérationnelle d'HYDRA ne valaient rien.

Il savait aussi que Malkovic était effrayé à juste titre. « Quand partons-nous ?

— Mon avion personnel doit décoller dans moins de trois heures. Mais je veux d'abord que vous bouclez toutes les opérations à Moscou. Organisez-vous pour que vos éléments clés nous retrouvent quelque part hors de Russie. Laissez tomber le système de communications. Détruisez tous les dossiers, tous, compris ?

— Oui, dit Brandt en réfléchissant déjà à la manière dont il pouvait exécuter ces ordres. Oui, c'est faisable.

— Il le faut. Je ne tolérerai aucune autre erreur. »

Il coupa la communication.

Brandt tourna sur ses talons. « Youri ! Approche ! » grogna-t-il.

Visiblement curieux, le costaud au crâne rasé obéit. « Oui ?

— On a de nouveaux ordres. Je rentre tout de suite à Moscou. Boucle tout ici, nettoie la zone et suis-moi dès que tu peux.

— Et les Américains ?

— Ils ne nous sont plus utiles. Elimine-les ! »

Chapitre quarante-deux

Les mains toujours liées dans le dos, Jon Smith et Fiona Devin furent entraînés en haut de l'escalier, hors de la cave, sous la menace des armes. Ils se retrouvèrent dans une église en ruine, bâtiment carré en pierres surmonté des restes d'un dôme en bulbe d'oignon. La lumière grise venue du ciel couvert passait par les ouvertures des anciennes fenêtres et par les trous dans le toit. Il ne restait plus, des fresques représentant des saints et des scènes de l'Ancien et du Nouveau Testament qui décoraient jadis l'intérieur de l'église, que des plaques de peinture décolorée et souvent recouvertes de mousse. Tout ce qui avait de la valeur et pouvait être emporté – l'autel en marbre, le tabernacle, les lustres et les candélabres en or – avait disparu depuis longtemps.

Brandt se retourna à la porte principale de l'église et esquissa un salut ironique. « Et c'est ici que je vous dis adieu, colonel. Et à vous aussi, madame Devin, annonça-t-il en faisant briller ses dents blanches dans la pénombre. Je ne vous reverrai jamais ni l'un ni l'autre. »

Jon se contenta de le regarder, le visage impassible.

Ne montre pas ta peur ! s'ordonna-t-il. Ne donne pas cette satisfaction à ce salaud. Il remarqua que Fiona arborait le même air las sur son visage tuméfié. Elle regardait Brandt sans lui montrer plus d'intérêt qu'à une mouche qui serait entrée par la fenêtre.

Visiblement irrité par leur manque de réaction, l'homme aux yeux gris se détourna et partit. Peu après, ils entendirent le moteur de sa Ford Explorer et les gros pneus qui écrasaient la neige et la glace en quittant les lieux.

« Allez ! grogna l'un des deux tueurs qui les gardaient. On sort de là ! »

Il montra du canon de son Makarov 9 mm une petite porte en plein cintre sur le côté de l'église.

Smith le regarda avec mépris. « Et si on refuse ? »

Le tueur à la tête rasée que Brandt avait appelé Youri haussa les épaules. « Alors, on vous abattra ici. Moi, ça m'est indifférent.

— Faisons ce qu'il dit, murmura Fiona. On gagnera un peu de temps et on aura au moins l'occasion de respirer un peu d'air frais. »

Jon approuva du chef. En fin de compte, résister ici ne changerait guère leur destin, et peut-être valait-il mieux mourir dehors, sous le ciel, que dans cette pile de pierres humides.

Bien sûr, ne pas mourir du tout serait encore mieux ! se dit-il avec ironie. Avec précaution, il tenta une fois de plus de se libérer de ses liens, tirant sur ses poignets pour détendre le ruban en plastique solide puis relâchant son effort avant de recommencer. Au bout d'un moment, l'expansion et la contraction répétées allaient créer un point de faiblesse qui lui permettrait de casser le ruban. Il soupira. Cette technique pourrait être couronnée de succès... s'il avait dix ou douze heures devant lui. Malheureusement, le temps qui lui restait se mesurait, au mieux, en minutes.

« Venez ! » ordonna de nouveau le tueur. Son camarade, plus petit, les cheveux bruns et touffus, les poussa dans le dos du canon de son pistolet-mitrailleur.

Smith et Fiona passèrent la porte d'un pas hésitant et descendirent quelques marches en pierre glissante avant de traverser un espace où la neige cachait mal les hautes herbes, les buissons et les arbustes. Des sentiers s'enfonçaient sous quelques grands arbres en direction d'un tas plus sombre de pierres brisées – tout ce qui restait d'un petit hôpital, d'une école, d'un réfectoire et des cellules des moines. On distinguait clairement, au-delà des ruines, un solide mur en pierre.

Les tueurs les poussèrent sur un sentier qui partait vers la gauche et qui, passé une porte dans le mur du monastère, donnait sur un cimetière tout aussi négligé et envahi par la végétation que l'espace qu'ils venaient de quitter. Bien des stèles et des pierres tombales étaient brisées ou grêlées d'impacts de balles tirées sans doute quelques dizaines d'années plus tôt pour amuser les membres des pelotons d'exécution du NKVD quand ils n'étaient pas en service. Partout, de hautes herbes et des ronces.

A l'autre bout du cimetière, Jon vit une fosse peu profonde dans laquelle on avait probablement brûlé les ordures. Des jerricans d'essence et des chiffons tachés d'huile attendaient au bord du trou. Jon s'arrêta net, les talons enfoncés dans la neige. Leur sort était clair. Fiona et lui allaient être conduits jusqu'à cette fosse, où on les abattrait, avant de brûler leurs corps.

Il entendit les deux brutes qui se concertaient à voix basse. Au son de leurs voix, ils se tenaient plusieurs mètres derrière leurs captifs. Fiona et lui n'avaient plus guère de temps ni de choix. S'ils devaient mourir, autant mourir en combattant. Quand il entendit Fiona qui cessait de respirer un instant, il sut qu'elle aussi avait vu la fosse et l'essence qui les attendaient.

Il la regarda. « Tu es prête ? » chuchota-t-il en montrant des yeux les tueurs à la solde de Brandt qui s'approchaient d'eux.

Des larmes brouillaient son regard, mais elle leva le menton et hocha courageusement la tête. « Advienne que pourra, colonel ! » réussit-elle à dire avec un petit sourire.

Smith lui sourit aussi pour montrer qu'il appréciait. « C'est l'idée. Voyons si nous pouvons les inciter à s'approcher. Je prends le type de gauche, toi celui de droite. Essaye de le faire tomber. Sinon, donne-lui des coups de pied sans arrêt, d'accord ? »

Elle hocha de nouveau la tête.

« Interdiction de parler ! cria Youri. Continuez d'avancer ! »

Smith refusa. Il resta immobile, dos aux tueurs et il attendit, parcouru de frissons, la balle qui risquait de le frapper. Il tenta la transmission de pensée : Approchez-vous encore, juste un peu plus ! suggéra-t-il aux hommes.

Il entendit leurs pas sur la neige. Ils approchaient. Il banda ses muscles, prêt à sauter. Une ombre tomba sur son épaule.

Maintenant !

Jon se retourna d'un coup et lança son pied droit à la vitesse de l'éclair. Du coin de l'œil, il vit Fiona faire de même.

Peine perdue.

Les hommes de Brandt avaient dû s'attendre à une

dernière tentative désespérée de leur part. Ils évitèrent les coups qu'on leur destinait avec une facilité méprisante et reculèrent hors de portée en affichant un sourire cruel.

Déséquilibré par son mouvement soudain, Smith trébucha et ses mains liées dans le dos l'empêchèrent de se redresser. Il tomba en avant, à genoux. Essoufflée, Fiona tomba dans la neige près de lui.

Youri pointa vers eux un doigt moqueur. « C'était très stupide de votre part, mais ça n'a guère d'importance, je suppose. Plus rien n'a d'importance – en fin de compte. Tue-les ici, Kostya ! » ordonna-t-il à son collègue.

L'homme aux cheveux bruns s'avança et leva son pistolet-mitrailleur.

Surpris par le calme qu'il éprouvait malgré tout, Smith regarda Kostya droit dans ses yeux plissés pour viser. Il avait combattu pour la juste cause. Que pouvait-il faire d'autre que de prendre ce qui allait lui arriver aussi courageusement que possible ? Il entendit Fiona qui murmurait quelques mots, une prière, sans doute.

Le doigt du tueur s'arrondit sur la détente. Un souffle de vent agita ses cheveux en bataille.

Clac.

La poitrine du tueur explosa, dispersant chair et os à travers son dos. Ses mains privées de force lâchèrent son arme. Son corps oscilla et se recroquevilla de côté, masse sanglante sur un buisson entre deux tombes.

Pendant une fraction de seconde, personne ne bougea. L'autre homme fixait, stupéfait, le corps déchiqueté de son camarade. Quand il se ressaisit, il se jeta au sol.

Clac.

Une autre balle s'écrasa sur la croix couverte de neige qui se dressait derrière Youri avant qu'il s'affale. De la neige et des bouts de marbre s'envolèrent du point d'impact.

Smith roula vers la gauche jusqu'à l'abri que lui offrait une stèle apparemment sur le point de tomber mais encore dressée. Un sculpteur y avait gravé en haut-relief l'image d'une mère endormie avec son enfant. Fiona le suivit. Ensemble, ils restèrent accroupis, attentifs à ce que leur tête ne dépasse pas du monument.

« Qu'est-ce qui peut bien se passer ? » chuchota Fiona.

Ses yeux écarquillés, au milieu de son visage très pâle griffé de marques rouges laissées par les mains qui l'avaient giflée et les entailles dues à la cruauté de Brandt, semblaient démesurés.

« Je n'en sais rien du tout ! » répondit Smith dans son oreille.

Un silence surnaturel régnait sur le cimetière étouffé par les ronces. Smith tourna la tête et étudia les alentours. Le cimetière, au fond d'une petite dépression de terrain, était entouré de pentes douces. Les ruines du monastère couronnaient une des collines. Des bosquets de bouleaux et de pins couvraient les autres monticules.

Il entendit soudain du bois sec qui craquait non loin, comme si quelqu'un rampait sur les branches mortes. Il comprit que le tueur survivant les cherchait, qu'il s'approchait d'eux prudemment, sans se montrer pour éviter de donner sa position au tireur caché dans la forêt. D'après le bruit qu'il produisait, l'homme de Brandt les contournait par la gauche, rampant sur les croix et les stèles renversées qui le séparaient d'eux.

Smith se pencha vers Fiona. « Partez de ce côté-là ! murmura-t-il en montrant la droite du menton, loin des craquements sinistres qui se rapprochaient. Parcourez quelques mètres. Dès que vous serez derrière une autre stèle, faites du bruit. Autant de bruit que vous pourrez, d'accord ? »

Sans un mot, Fiona roula dans la direction indiquée sur la terre damée couverte de neige.

Jon bougea aussi, mais vers la gauche et aussi silencieusement qu'il le put. Par-delà un espace vide, il atteignit deux stèles dont l'une reposait contre l'autre comme si elle était ivre. Il s'arrêta derrière la plus grande et la plus solide, en pierre noire, et tendit l'oreille. D'autres frottements dans l'herbe. Le tueur au crâne rasé se rapprochait, lentement mais sûrement sur la neige recouvrant les hautes herbes.

Smith se tortilla pour se mettre sur le dos et plia ses jambes contre sa poitrine, prêt à frapper. Dans le meilleur des cas, il aurait une chance, mais juste une, et s'il la gâchait, il était mort.

Sur sa droite, il entendit un bruit sourd, puis un autre, et un autre. On aurait dit quelqu'un qui pleurait de terreur et de frustration. Fiona jouait son rôle, singeant à la perfection les sons que pourrait émettre une femme effrayée en rampant, affolée et désespérée, à travers le cimetière.

Jon retint son souffle.

A plat ventre, l'homme de Brandt apparut derrière la haute stèle, plus rapide maintenant qu'il croyait avoir repéré la position des deux Américains, son Makarov 9 mm prêt à tirer dans sa main droite. Il tourna soudain la tête vers l'endroit où Smith l'attendait.

Jon eut juste le temps de voir les yeux de l'homme qui s'arrondissaient de surprise avant de lancer ses deux pieds, qui vinrent frapper le tueur en plein visage. Il sentit des os qui craquaient et vit la tête de l'homme partir en arrière sous l'impact du choc. Des gouttes de sang éclaboussèrent ses bottes.

Il lança de nouveau ses pieds.

L'homme au crâne rasé rampa en arrière et évita la seconde attaque de l'Américain. Sous ses yeux furieux, son visage n'était plus qu'une masse sinistre d'os fracturés et de dents déchaussées. Fou de douleur, il se redressa sur ses pieds et visa Smith à la tête.

Un coup de fusil résonna et son écho fit le tour du cimetière.

Frappé dans le dos, l'homme ne cria qu'une fois et serra désespérément ses mains autour de l'énorme trou qui traversait son ventre, puis il se plia en deux sur la stèle, où il resta, flasque, la tête et les mains dans les ronces. Son sang coula sur la pierre et forma une flaque rouge écœurante sur la neige gelée.

Jon s'assit péniblement et s'écarta du mort avant de reposer sa tête contre la stèle glacée d'une autre tombe, pour souffler, le temps que ses nerfs cessent de le torturer.

« Colonel ? appela la petite voix de Fiona Devin. Etes-vous toujours en un seul morceau ?

— On dirait », répondit-il sans dissimuler le soulagement qu'il éprouvait. Il perçut un mouvement entre les arbres sur la pente qui s'élevait au-dessus d'eux et se redressa. Le mouvement se matérialisa en une grande silhouette, celle d'un homme aux cheveux argentés qui, nonchalant, descendait la colline vers eux, son Dragunov SVD dans les bras, un large sourire sur son visage ouvert et amical.

Jon n'en crut pas ses yeux. Il regardait un homme qui aurait dû être mort. Il regardait Oleg Kirov !

456

« Mais comment diable... ? » demanda-t-il quand l'autre fut assez près pour l'entendre.

Pour toute réponse, le Russe ouvrit son manteau déchiré. En dessous, il portait un gilet taché où s'étaient écrasées bien des balles. Il le tapota avec affection. « Un gilet pare-balles de fabrication britannique, Jon, dit Kirov avec satisfaction. Un des meilleurs au monde.

— Que tu avais justement décidé de porter hier soir ?

— Avant de devenir espion, j'étais soldat. Et quel soldat sain d'esprit jouerait les sentinelles sans équipement adéquat ? Les vieilles habitudes ont la vie dure, mon ami, dit-il en souriant à nouveau, et les vieux soldats ont la vie plus dure encore. »

Chapitre quarante-trois

En pleine campagne, dans le Maryland

Dix minutes après avoir quitté le périphérique de Washington, Nikolaï Nimerovsky jeta un œil au tableau de bord de sa voiture de location, une Ford Taurus sans distinction particulière, pour voir quelle distance il avait parcourue. Huit kilomètres. Il se rapprochait de sa destination. Il regarda la route cantonale sur laquelle il s'était retrouvé. De chaque côté, d'épais bouquets d'arbres étouffés par des buissons étaient éclairés par les phares des voitures, dans l'obscurité de l'heure précédant l'aube. Un petit panneau apparut à sa droite, indiquant l'embranchement avec une route qui partait en ondulant dans le parc national jusqu'à une nouvelle zone résidentielle, à plusieurs kilomètres de là.

Il s'arrêta contre le talus et descendit de voiture, l'attaché-case qu'on lui avait échangé à Zurich à la main, suivit les instructions transmises par Moscou et trouva facilement la boîte aux lettres morte : un tronc d'arbre creux, à quelques mètres du panneau. Rapide, il glissa l'attaché-case dans le tronc, s'assura qu'il était invisible de la route et revint sans hâte à sa voiture. En marchant, il composa un numéro de téléphone local sur son portable.

Au bout de trois sonneries, la voix cassante d'une personne apparemment furieuse d'avoir été réveillée si tôt répondit. « Oui ?

— C'est bien la résidence Miller, 555-8705 ? demanda Nimerovsky.

— Non ! répondit l'autre. C'est une erreur de numéro.

— Je suis tout à fait désolé. Je m'excuse ! »

Il entendit un « clic » quand l'autre raccrocha.

Souriant, l'agent du Treizième Directorat remonta dans sa voiture de location et s'éloigna. Mission accomplie. Il avait livré la variante d'HYDRA qu'on lui avait confiée.

Berlin

Curt Bennett poussa un juron soudain et violent. Il se pencha pour regarder de plus près l'écran de son ordinateur tandis que ses doigts couraient sur le clavier.

Randi leva les yeux depuis l'extrémité de la longue table de conférence, l'air surpris. L'analyste technique de la CIA n'était pas d'ordinaire homme à proférer des blasphèmes. « Des ennuis ? demanda-t-elle.

— De gros ennuis, confirma Bennett. Le réseau qu'on explorait est mort.

— Comment ça, mort ? demanda Randi en se précipitant près de lui.

— Mort de chez mort ! »

Il lui montra l'écran. La plupart des numéros de téléphones portables dont il avait retrouvé les propriétaires apparaissaient maintenant en rouge, indiquant que les comptes n'étaient plus actifs. Sous les yeux de Randi, d'autres numéros passèrent au rouge eux aussi.

« Le professeur Renke et ses amis ont débranché la machine, comprit Randi.

— C'est pas tout ! » avoua Bennett.

Il ouvrit une nouvelle fenêtre, qui affichait de longues colonnes d'informations – dates, heures, lieux – concernant chacun des numéros de téléphone. L'un après l'autre, ils disparaissaient, se dissolvaient dans le cyberespace. « Ils purgent aussi les données stockées à propos de tous les numéros que j'avais repérés.

— Je croyais que c'était théoriquement impossible, murmura Randi.

— Oui, c'est vrai, confirma l'analyste de la CIA en remontant ses lunettes sur son nez. A moins, bien sûr, d'avoir accès au logiciel du propriétaire du réseau et à des codes de sécurité de haut niveau utilisés par les compagnies de télécommunication impliquées dans ces appels.

— Et qui pourrait avoir ce genre d'accès de haut niveau ?

— Jusqu'à cet instant... j'aurais dit : personne ! murmura Bennett en regardant le reste de l'écran redevenir noir. La plupart de ces compagnies sont en compétition féroce, dit-il d'un air dégoûté. Elles ne partagent pas ce genre de données.

— Un élément extérieur, donc, suggéra Randi. Quelqu'un qui peut traverser leurs barrières.

— Peut-être, admit l'analyste d'un air préoccupé. Mais toute personne capable d'entrer si vite et si facilement dans les systèmes informatiques de ces

460

compagnies de téléphone pourrait leur faire tout ce qu'il voudrait.

— Comme ?

— Piller leurs comptes en banque. Voler les informations sur les comptes privés de dizaines de millions de clients. Saboter les connexions à tel point qu'il faudrait des semaines pour que quiconque dans les zones concernées puisse passer le moindre coup de fil... Tout ce que tu peux imaginer d'autre.

— Et pourtant, fit remarquer Randi après à peine quelques secondes de réflexion, même avec tout ce pouvoir incroyable à leur portée, la seule chose que ces types semblent avoir faite sur ces systèmes a été de protéger leur propre réseau de communications sécurisées.

— Incroyable ! approuva Bennett d'un air frustré. Rien de tout ça n'a de sens. Pourquoi se donner tant de mal pour protéger un seul homme, même s'il est le plus grand savant spécialiste des armes biologiques ?

— Je commence à croire que nous cherchons quelque chose de bien plus gros..., réfléchit Randi à haute voix. Bien plus gros. Jusqu'où es-tu allé avant que les amis de Renke fassent leur numéro de disparition ?

— Pas assez loin, admit Bennett. J'ai cru identifier quelques schémas compréhensibles dans les données, mais je ne sais pas à quelle distance j'étais du cœur.

— Montre-moi ! »

L'informaticien fit apparaître les résultats de son travail et les présenta sous forme de graphique en plusieurs cercles regroupant des numéros de téléphone apparemment liés, avec des lignes plus ou moins épaisses montrant la fréquence des échanges. Chaque cercle portait aussi une étiquette identifiant la localisation géographique approximative de chaque ensemble de numéros.

Randi étudia l'écran avec attention. Elle comprit les schémas que Bennett avait découverts. La plupart des appels qui avaient utilisé ce réseau secret semblaient provenir d'une ou deux localités. Moscou en premier. Elle n'en fut pas surprise, étant donné les liens passés de Wulf Renke. Mais la seconde semblait bien moins logique. De nombreux coups de téléphone avaient été passés d'Italie, ou en direction de l'Italie, et concernaient surtout un groupe de numéros enregistrés en Ombrie, au nord de Rome.

L'Ombrie... Elle ne comprenait pas. C'était une région de collines avec des petits villages, des oliveraies, des vignes. Qu'est-ce qu'il pouvait y avoir de si important pour Renke ou ses commissionnaires en Ombrie ?

« Madame Russell ? »

Randi leva les yeux. Un des sous-officiers de la CIA attaché à la Station de Berlin s'était approché. Comme sa sentinelle assassinée, c'était un des nombreux bleus très intelligents mais dramatiquement inexpérimentés qu'on avait formés à la va-vite au Camp Peary après le 11 septembre, quand l'Agence avait reconstruit dans la précipitation ses capacités de renseignements. Elle fouilla son cerveau fatigué pour retrouver son nom. Flores. Jeff Flores. « Qu'y a-t-il, Jeff ?

— Vous m'aviez demandé de travailler sur ce bout de papier que vous avez trouvé sur Lange », dit le jeune homme.

Elle s'en souvenait. En plus du passeport, du portefeuille et du téléphone de Lange, ce bout de papier déchiré et noirci avait été le seul indice solide qu'elle avait sauvé du chaos à l'intérieur de la villa de Kessler.

Malheureusement, ce papier ne pouvait à première vue être une source d'information utile, tant il était brûlé. « Tu as pu en tirer quelque chose ?

— Il serait plus simple de vous montrer ce que j'ai trouvé, dit le jeune homme d'un air inquiet en jetant un coup d'œil méfiant à Bennett. Dans mon bureau, je veux dire. »

Bridant son impatience, Randi le suivit à l'autre bout du couloir du troisième étage de l'ambassade jusqu'à une petite pièce sans fenêtres. Le bureau de Flores et son armoire verrouillée pour ranger les disquettes et les documents classés prenaient presque toute la place au sol. Elle regarda autour d'elle et sourit. « Joli terrier, Jeff. C'est toujours un plaisir de voir comment on récompense le patriotisme et les sacrifices du personnel ! »

Il sourit mais ses yeux reflétaient toujours son inquiétude. « Mes instructeurs à la Ferme m'ont toujours dit qu'on devait faire un choix au bout de vingt ans de service dans le monde de l'espionnage : soit la médaille de la Liberté, soit un bureau avec une fenêtre.

— Je suis désolée de te décevoir, mais on t'a menti. Il faut au moins trente ans de service pour obtenir une fenêtre, ironisa-t-elle avant de reprendre son sérieux. Dis-moi ce qui te fait si peur sur ce document !

— J'ai passé le papier, ou ce qui en restait, dans notre système de scanner. Une fois ressorti sous forme digitalisée, j'ai assez bien réussi à effacer électroniquement les marques de brûlure et à faire apparaître ce qui était écrit. J'ai récupéré environ quarante pour cent du texte original.

— Et ? »

Flores composa le code permettant d'ouvrir son

classeur et en sortit une simple feuille. « C'est ce que j'ai pu lire. »

Randi étudia le document en silence. C'était une partie d'une longue liste de numéros d'immatriculation de voitures et de camions de différentes marques et modèles. Elle plissa les yeux. Quelques-uns de ces numéros, certains de ces véhicules lui étaient familiers. Puis son regard tomba sur une BERLINE AUDI A4 ARGENTÉE, PLAQUE BERLINOISE B AM 2506. Elle était passée près de cette voiture la veille au soir, la voiture avec le pare-brise arrière percé d'une balle, avec le corps de la pauvre Carla Voss affalé sur le volant. Elle se redressa, en état de choc.

« Ce sont des numéros à nous, confirma Flores. Ces véhicules appartiennent tous à l'Agence ou sont loués par elle pour le bureau de Berlin.

— Seigneur ! Pas étonnant que l'équipe de tueurs de Renke nous ait repérés si facilement ! dit-elle entre ses dents pour contrôler sa colère croissante. Qui est en mesure d'établir une telle liste ? »

Flores avala sa salive, l'air de quelqu'un qui goûte quelque chose de très mauvais. « C'est forcément quelqu'un d'ici, quelqu'un du bureau local, je veux dire. Ou de Langley. Ou du BfV.

— Le BfV ?

— L'Allemagne est un pays hôte allié, fit remarquer le jeune homme. Nous informons les services du contre-espionnage de presque toutes nos activités.

— Formidable ! Et qui d'autre est au courant ?

— Personne.

— Bien. Restons-en là. Je vais prendre cette copie, Jeff. Et je veux aussi l'original. Assure-toi de bien effacer tout ce qui traîne à ce sujet sur ton disque dur. Si quelqu'un te pose des questions, tu joues les idiots.

Réponds que tu n'es pas arrivé à grand-chose et que je t'ai retiré l'affaire. C'est clair ?

— Oui », répondit Flores d'un air sombre.

Randi revint à la foutue liste entre ses mains. Elle voyait se dessiner un autre schéma, affreux, de trahison et de traîtrise. Quelqu'un ayant accès aux résultats de leurs recherches à propos de Wulf Renke travaillait pour l'ennemi.

La Maison Blanche

Le président Sam Castilla écoutait avec une inquiétude croissante le rapport de l'amiral Stevens Brose, à la tête du commandement interarmes. Pour préparer la conférence secrète du lendemain avec les alliés de l'Amérique, il avait demandé à l'amiral de l'informer des derniers signaux alarmants que les militaires américains commençaient à détecter en fédération de Russie et à ses frontières. Le président devait être capable d'apporter des arguments solides et rien de ce qu'il entendait ne pourrait l'y aider. Pourtant, ce n'était pas non plus rassurant. Si personne au Pentagone n'était satisfait de la qualité des renseignements disponibles, il était clair qu'un nombre croissant des unités de l'armée de terre et de l'air les mieux équipées et les mieux entraînées de Russie avaient disparu des cartes de positionnement du ministère de la Défense.

« Et ça veut dire ? demanda Castilla.

— Franchement, monsieur le Président, nous n'avons pas la moindre idée de l'endroit où se trouvent actuellement ces divisions et ces autres unités de combat, où elles vont ni ce qu'elles pourraient préparer.

— Combien de soldats sont concernés ?

— Cent cinquante mille, au moins, des milliers de véhicules blindés et de lance-missiles, des centaines d'avions de combat et de bombardiers.

— Suffisamment pour déclencher une véritable guerre...

— Suffisamment pour plusieurs guerres, admit Brose. Surtout quand on connaît la puissance de combat médiocre des pays qui entourent la Russie. De toutes les anciennes républiques soviétiques, seule l'Ukraine pourrait disposer d'une armée de terre et des forces aériennes raisonnablement fortes et bien équipées.

— Ce serait le cas si leurs plus grands chefs n'avaient pas été frappés par cette fichue maladie..., comprit Castilla.

— Oui, monsieur, c'est vrai. Pour l'instant, d'après ce que nous savons de la confusion qui règne là-bas, les Ukrainiens auront un mal fou à engager des forces dans un combat. Quant aux autres... Même en temps normal, les Kazakhs, les Géorgiens, les Azéris et les autres ne peuvent mobiliser plus que des milices équipées d'armes légères. Si les Russes prévoient de les frapper, ces milices n'ont pas une chance contre l'armement moderne de troupes d'assaut d'élite.

— Les Russes pensaient la même chose de Groznyï », fit remarquer Castilla.

Il faisait référence à la première grande bataille de Tchétchénie, quand les soldats russes trop confiants avaient envahi la ville et avaient été massacrés dans des embuscades coordonnées par la guérilla tchétchène. La ville n'avait été prise qu'après une campagne massive laissant des dizaines de milliers de civils morts dans les ruines de Groznyï.

« Groznyï, c'était il y a plus de dix ans, fit remarquer le chef du commandement interarmes. L'armée de terre et l'aviation ont beaucoup appris depuis, tant de leurs propres expériences que de l'observation des campagnes américaines en Irak. Si les Russes déclarent vraiment la guerre à leurs anciens territoires pour les récupérer, ils ne feront plus les mêmes erreurs.

— Merde ! D'accord amiral : dans la mesure où vos pires craintes seraient justifiées, pour quand attendez-vous cette attaque ?

— Nous ne pouvons nous livrer qu'à des conjectures, monsieur le Président.

— En l'absence de faits, je me contenterai de n'importe quoi.

— Oui, monsieur, je comprends, dit Brose en fronçant les sourcils pour se concentrer un moment. A mon avis, les Russes pourraient être prêts à frapper d'ici vingt-quatre ou quatre-vingt-seize heures. »

Castilla eut un frisson. Il était évident que le temps dont ils disposaient était plus court encore qu'il ne l'avait craint.

Un de ses téléphones sécurisés sonna sur son bureau. Il décrocha. « Oui ?

— Le colonel Smith et Mme Devin sont vivants, annonça triomphalement Fred Klein, et ils ont repris contact. De plus, je crois qu'ils ont découvert une pièce maîtresse du puzzle.

— Mais ont-ils les preuves absolues dont nous avons besoin ? demanda prudemment le président, conscient que l'amiral Brose l'entendait.

— Pas encore, Sam, admit le chef du Réseau Bouclier. Mais Jon et Fiona sont certains de savoir comment trouver ces preuves. Il reste que nous devons avant tout les faire sortir sains et saufs de Russie. »

Castilla s'inquiéta. La dernière fois qu'il avait entendu parler d'eux, les agents de Klein figuraient tout en haut de la liste des personnes recherchées par le Kremlin. Les agents de sécurité de tous les aéroports, de toutes les gares, de tous les ports, de tous les postes-frontières de Russie étaient déjà en alerte maximum. « Bon sang ! Ça ne va pas être facile, n'est-ce pas ?

— Non, Sam, confirma Klein, ça ne sera pas facile. »

Près de la frontière russo-ukrainienne

La neige tombait sur les champs et les collines boisées, tourbillonnant dans le vent qui soufflait de l'est. Impossible d'apercevoir le soleil de midi à travers l'épaisse masse de nuages qui couvrait le ciel. A l'abri de toute observation possible par les satellites de reconnaissance américains, de longues files de tanks T-90 et 72, de véhicules de combat BMP-3 et d'armes lourdes autonomes encombraient les routes étroites et les sentiers forestiers en direction de la frontière.

Des centaines de véhicules immobilisés se couvraient de neige. A côté, des milliers d'hommes se tenaient au garde-à-vous en formation, attendant l'ordre d'avancer.

Soudain, une fusée blanche s'éleva du sud et traversa le ciel couvert. Des coups de sifflet retentirent tout le long des colonnes d'hommes immobiles. Immédiatement, les formations figées se dispersèrent, serveurs de tanks et de canons et escadrons d'infanterie se précipitant vers leurs véhicules.

Le capitaine Andreï Yudenich se hissa sur la tourelle ronde de son T-90 avant de se laisser glisser dans la coupole de commandement. Avec l'aisance due à un entraînement constant, il mit son casque et le brancha sur l'équipement radio du tank. Il vérifia le tableau et s'assura que son micro était bien réglé sur les communications internes. Comme les autres unités assemblées ici, la 4e Division blindée des Gardes devait respecter un strict silence radio.

Pour Yudenich et ses hommes, les vingt-quatre dernières heures étaient passées à toute vitesse, tant ils avaient travaillé – fait le plein de carburant, engrangé les munitions et la nourriture, assuré l'entretien de dernière minute sur tous les systèmes importants – pour préparer leurs tanks et leurs autres véhicules au combat. Personne ne savait encore pourquoi ils étaient là, mais les rumeurs sur une guerre imminente allaient bon train dans tous les immenses cantonnements camouflés, et on y croyait de plus en plus. Les officiers supérieurs avaient beau prétendre que ce n'était qu'un exercice, de simples manœuvres, on ne parvenait plus à prendre leur parole pour argent comptant.

Le capitaine leva les yeux et vit une autre fusée éclairante tracer un arc dans le ciel. Une fusée rouge, cette fois. Il ouvrit son micro. « Prêts ! Chauffeurs, lancez les moteurs ! »

Immédiatement, le puissant moteur diesel du T-90 rugit, repris en écho par tous les autres de la colonne. Des nuages d'épaisse fumée noire flottèrent vers les champs blancs et les forêts sombres.

Une troisième fusée, verte, éclaira le ciel.

Yudenich attentit que les tanks devant le sien se mettent en mouvement avant d'ordonner à son chauffeur d'avancer.

L'un après l'autre, suivant le tank de tête, les lourds

blindés se mirent en mouvement et la colonne progressa dans un bruit de tonnerre vers la nouvelle zone de rassemblement, à une distance étonnamment proche de la frontière ukrainienne.

L'horloge égrenait les minutes qui les séparaient de la guerre.

Chapitre quarante-quatre

Rome

L'aéroport de Ciampino se trouvait en banlieue de Rome, à une quinzaine de kilomètres seulement du centre de la ville. Champs labourés, aires de stationnement, maisons de banlieue, immeubles d'appartements, zones d'industries légères entouraient le petit aéroport à une seule piste. Eclipsé par Fiumicino, son grand rival, Ciampino n'était plus utilisé que par les vols à bas coût et les avions privés d'entreprises ou de personnalités politiques.

Peu après trois heures de l'après-midi, un petit avion privé à deux réacteurs traversa la fine couche de nuages, vola parallèlement à la Via Appia Nuova et descendit vers l'aéroport. Il se posa quelques mètres à peine après le début de la rangée de balises lumineuses bordant la piste et freina avant de gagner la petite aérogare utilisée par les vols charters.

En bout de piste, l'avion tourna à gauche et s'arrêta sur une plate-forme en béton réservée d'ordinaire aux avions-cargos. Deux Mercedes l'y attendaient.

Huit hommes, tous chaudement vêtus, sortirent de l'avion. Six d'entre eux entouraient un homme plus âgé aux cheveux blancs qui s'avançait déjà avec assu-

471

rance vers les voitures garées. Le huitième homme, plus grand, les cheveux blonds, intercepta l'unique inspecteur des douanes italiennes qui venait à leur rencontre.

« Vos papiers, *Signor* ? » demanda poliment le fonctionnaire.

Le grand blond sortit de sa poche intérieure son passeport et d'autres documents.

Arborant un sourire aimable, l'Italien les consulta brièvement. « Ah, vous travaillez pour le CRED ! Nous voyons beaucoup de vos collègues, ici, à Ciampino. Quelle est votre fonction au Centre ?

— L'audit et le contrôle de la qualité, répondit Erich Brandt avec un sourire sans joie.

— Et ces messieurs ? demanda l'officier des douanes en montrant Konstantin Malkovic et ses gardes du corps qui montaient dans les limousines. Travaillent-ils aussi pour le Centre ?

— En effet, affirma Brandt en extrayant de son manteau une enveloppe blanche. Voilà les papiers nécessaires. Je pense que vous trouverez tout en ordre. »

L'Italien ouvrit l'enveloppe, juste le temps de voir une liasse de billets de banque. Il eut un sourire rapace. « En très bon ordre, comme toujours ! dit-il en glissant l'enveloppe dans son propre manteau. Une fois de plus, ce fut un plaisir de travailler avec vous, *Signor* Brandt. Je serai heureux de vous accueillir à nouveau lorsque vous nous ferez le plaisir d'une prochaine visite. »

En quelques minutes, Brandt, Malkovic et les six gardes du corps lourdement armés s'éloignaient sur la Via Appia Nuova pour la dernière partie de leur voyage vers Orvieto.

La nuit était déjà tombée sur les forêts de bouleaux et de pins entourant Cheremetevo-2. Violemment éclairées, les routes menant à l'aéroport fendaient l'obscurité avec une précision rigide. De longues files de voitures, de camions et de bus étaient retenues sur ces routes pour franchir les points de contrôle spéciaux établis ce jour-là par la milice devant l'unique aérogare, un vilain bloc d'acier et de béton. Un peu à l'écart, plusieurs voitures blindées de reconnaissance conduites par les commandos d'élite du ministère de l'Intérieur patrouillaient le long de la clôture, au périmètre de Cheremetevo.

Les ordres du Kremlin étaient très clairs. Sous aucun prétexte, les deux fugitifs américains ne devaient être autorisés à quitter la Russie. Pour contribuer à la chasse à l'homme, la sécurité autour de l'aéroport avait été renforcée à un niveau encore jamais atteint depuis la guerre froide.

L'avion-cargo TransAtlantic Express 747-400 attendait sur le tarmac à l'autre bout de l'aéroport. Cartons, caisses, sacs postaux et autres objets à transporter attachés sur des palettes sortaient de plusieurs camions avant d'être embarqués dans le ventre du 747.

Des groupes de miliciens en manteau gris arpentaient la zone de chargement, aux aguets. Les officiers avaient l'ordre impératif d'arrêter quiconque tenterait de s'enfuir à bord d'un des avions-cargos quittant Cheremetevo-2.

Le lieutenant Anatoly Sergunin, les mains dans le dos, observait le chargement des palettes que l'élévateur soulevait du tarmac pour les glisser dans l'énorme avion TranEx. Les employés du fret guidaient les palettes à travers les ouvertures du Boeing, les faisaient rouler à leur place et les attachaient à l'appareil. Pendant les premières heures de son service, Sergunin avait trouvé ce processus fascinant mais, depuis, il s'ennuyait ferme dans le froid et il était fatigué.

« La sécurité à l'entrée annonce l'arrivée d'un autre véhicule », lui signala son sergent, qui surveillait la radio du détachement.

Surpris, Sergunin consulta sa montre. Cet avion devait partir dans moins d'une heure. Tout le fret du 747 aurait déjà dû être arrivé ! Trier et assurer les colis de tailles diverses sur les palettes était un processus long et compliqué en raison de la nécessité absolue d'équilibrer les charges. Il se retourna vers la route d'accès, et il vit bien des phares qui approchaient à grande vitesse. « Quel genre de chargement apporte ce véhicule ? demanda-t-il au sergent.

— Deux cercueils, mon lieutenant.

— Des cercueils ?

— Oui, mon lieutenant. C'est un fourgon mortuaire. »

Quelques minutes plus tard, Sergunin, planté près du corbillard qui venait d'une morgue de Moscou, observait la manœuvre. Le chauffeur en blouse blanche fit passer chacun des lourds cercueils métalliques du véhicule sur des brancards roulants. Ils étaient scellés, preuve que les douanes les avaient passés aux rayons X et déclarés bons pour le voyage.

Sergunin avait pourtant des soupçons. On pouvait parfois acheter les fonctionnaires des douanes, et quel meilleur moyen de faire sortir des espions américains de Russie que deux cercueils ? Surtout qu'on allait les charger dans un avion partant d'abord pour Frankfort avant de gagner le Canada puis les Etats-Unis ! Il posa la main sur la poignée de son pistolet à sa ceinture. On promettait une énorme récompense à quiconque capturerait les deux Américains recherchés, et un châtiment tout aussi énorme frapperait quiconque les laisserait s'échapper. Dans ces circonstances, aucune précaution n'était excessive.

L'officier de la milice attendit que le croque-mort ait terminé sa tâche et s'approcha de cet homme grand, aux cheveux argentés. « Vous êtes seul responsable de ce chargement ? »

L'homme, qui s'était arrêté pour éponger la sueur sur son front avec un mouchoir rouge, lui adressa un sourire. « C'est juste, lieutenant. Vingt ans dans le métier et jamais aucune plainte de la part de mes passagers.

— Epargnez-moi vos plaisanteries et montrez-moi les autorisations d'expédition pour ces... corps.

— Toujours heureux d'accéder aux demandes des autorités, dit l'homme d'un air indifférent en lui tendant les papiers. Comme vous voyez, tout est en ordre. »

Sergunin lut les documents d'un œil sceptique. On disait que les cercueils contenaient les corps d'un mari et de son épouse – deux vieilles personnes tuées dans un accident de voiture. Bien que les deux morts aient été citoyens russes, leurs enfants, émigrés et vivant à Toronto, avaient payé pour qu'on leur envoie les corps qu'ils voulaient enterrer au Canada.

Le milicien trouva ça un peu curieux. Il leva les yeux vers le croque-mort aux cheveux argentés et lui rendit les papiers. « Je veux qu'on ouvre ces cercueils pour en inspecter le contenu ! ordonna-t-il.

— Qu'on les ouvre ? s'étonna l'homme qui les avait conduits jusque-là.

— Vous m'avez bien entendu ! répliqua Sergunin, qui dégaina, retira le cran de sûreté de son arme et fit signe à ses hommes de se rassembler autour du corbillard. Ouvrez-les ! Tout de suite !

— Hé, doucement, lieutenant, si vous voulez regarder à l'intérieur, moi, ça me dérange pas, mais je dois vous prévenir que ni l'un ni l'autre des macchabées n'est très joli à voir. Ils sont en piteux état. Un bus a heurté de plein fouet leur voiture et, à la morgue, les préparatrices n'ont pas pu faire grand-chose, malgré tous leurs produits, pour leur rendre figure humaine. »

Sergunin l'ignora, s'avança et frappa l'un des cercueils du canon de son pistolet. « Celui-là d'abord, et dépêchez-vous ! »

Le chauffeur du corbillard s'exécuta avec un soupir. Il coupa d'abord le sceau des douanes avec son couteau de poche puis, l'un après l'autre, décrocha les attaches qui retenaient le couvercle. Avant d'ouvrir, il regarda l'officier de la milice par-dessus son épaule. « Vous êtes certain que vous voulez voir ça ?

— Ouvrez ! » hurla Sergunin en pointant son arme sur lui.

Avec un dernier haussement d'épaules expressif, l'homme souleva le couvercle du cercueil.

Sergunin regarda un moment à l'intérieur et son visage prit soudain une pâleur mortelle. Il avait sous les yeux un cadavre si horriblement mutilé et brûlé qu'il était impossible de dire si c'était celui de l'homme ou de la femme. Les orbites vides et les dents découvertes semblaient le narguer dans un crâne partiellement recouvert de lambeaux de chair noircie. Les mains comme des serres, racornies sous l'effet de la chaleur intense, se tendaient, grotesques, au-dessus du corps comme pour un dernier appel à l'aide.

Pris de nausée, l'officier de la milice se détourna et vomit sur le tarmac – et sur ses bottes. Son sergent et les autres reculèrent de dégoût.

Le croque-mort referma le couvercle. « Leur réservoir d'essence a pris feu après le choc, murmura-t-il en matière d'excuse. J'aurais peut-être dû vous le dire avant... admit-il en s'approchant du second cercueil, son couteau prêt à couper le sceau.

— Stop ! éructa Sergunin en s'essuyant la bouche du dos de la main. Dépêchez-vous d'embarquer ces horreurs dans l'avion, dit-il en faisant signe au chauffeur de s'éloigner du cercueil encore scellé. Et dégagez ! »

Le lieutenant eut du mal à se redresser et il s'éloigna d'un pas hésitant en quête d'un lieu discret où nettoyer la saleté humiliante sur ses bottes. Tout aussi dégoûtés, son sergent et les autres miliciens en manteau gris partirent inspecter d'autres colis prêts à être embarqués. Quand le corbillard s'éloigna dix minutes plus tard, ni Sergunin ni ses subordonnés ne remarquèrent que l'homme au volant était bien plus petit que celui auquel ils avaient parlé et qu'il avait des cheveux brun clair.

*

Une heure plus tard, tandis que le Boeing 747-400 volait vers l'ouest à plus de dix mille mètres d'altitude au-dessus de la campagne russe plongée dans le noir d'encre de la nuit, Oleg Kirov retira le filet qui entourait les deux cercueils. Il portait maintenant l'uniforme des employés de TransEx. Il s'agenouilla près d'un cercueil et s'attaqua aux vis qui fermaient les panneaux. La dernière vis dans la main, il ouvrit le panneau latéral du cercueil, qui tomba à grand bruit sur la palette, découvrant un compartiment d'environ un mètre quatre-vingts de long sur soixante de large et à peine trente de haut.

A force de contorsions, Fiona Devin se glissa par l'ouverture étroite et se retrouva sur le sol de l'avion. Elle portait un masque à oxygène rattaché à un petit cylindre métallique.

Avec des gestes doux, Kirov l'aida à s'asseoir et à retirer son masque à oxygène. « Vous allez bien ?

— Je survivrai, Oleg, dit-elle avec un petit sourire. Mais si je n'étais pas claustrophobe avant, je le serai certainement à l'avenir !

— Vous êtes très courageuse, Fiona, dit Kirov. Je vous admire. »

Il lui déposa un petit baiser sur le front et partit ouvrir le compartiment secret du second cercueil.

Jon Smith se tortilla et tomba sur le sol. Ses muscles, déjà maltraités par les brutes de Brandt, étaient en feu. Il grimaça, retira son masque à oxygène et prit une profonde inspiration tremblante. Kirov et Fiona le regardaient avec inquiétude. Il s'efforça de leur sourire. « Plus jamais ! dit-il avec passion. Plus jamais, jamais ! L'économie n'en vaut pas la chandelle.

— Pardon, colonel ? » demanda Fiona qui, pas plus que Kirov, ne comprenait à quoi il faisait allusion.

Smith se redressa. Une fois assis, il montra le compartiment exigu dissimulé dans le cercueil. « Plus de classe super-économique pour moi. La prochaine fois, je paierai le tarif normal, expliqua-t-il.

— Je me charge de transmettre tes réclamations à la direction, Jon, promit Kirov en riant avant de reprendre son sérieux. Mais tu pourras le faire toi-même dès que tu seras prêt.

— Tu as une liaison sécurisée avec le Réseau Bouclier ?

— J'en ai une, répondit Kirov en regardant vers le cockpit par-delà l'antre sombre où s'accumulait le fret. Je suis passé par le système TransEx en utilisant un de nos brouilleurs. M. Klein est en attente. »

Oubliant ses douleurs et la raideur de son corps, Smith se hissa sur ses pieds. Fiona fit de même. Kirov dut les soutenir, mais les deux Américains avancèrent, leurs muscles noués se réchauffant peu à peu. Quand ils arrivèrent au cockpit, Jon marchait seul.

Le pilote et le copilote du 747 étaient occupés aux commandes de leur appareil et ni l'un ni l'autre ne parurent remarquer leurs « invités » inattendus.

« Pour eux, nous n'existons pas, expliqua Kirov. C'est une façon d'assurer leur sécurité. »

Smith fit signe qu'il comprenait. Une fois de plus, Fred Klein avait démontré sa remarquable capacité à tirer les bonnes ficelles depuis sa position dans l'ombre. Il prit le casque que lui tendait Kirov. « Ici Smith.

— Ça fait plaisir de t'entendre, Jon ! dit la voix familière de Klein, qui trahissait son soulagement par-delà les milliers de kilomètres qui les séparaient. Je commençais à m'inquiéter.

— Moi aussi, admit Jon. L'idée que tu devrais te farcir toute cette paperasse morbide m'a fait monter les larmes aux yeux.

— J'en suis ému. Bien, que peux-tu m'apprendre sur cette maladie ?

— Premièrement, que ce n'est pas une maladie – pas au sens classique du terme, en tout cas. A mon avis, nous avons affaire à une arme biologique très sophistiquée, conçue pour attaquer la séquence génétique d'un individu. En étudiant les symptômes, j'en suis venu à parier que Renke fabrique chaque variante afin d'interférer, je ne sais comment, avec la reproduction cellulaire. Je ne sais pas non plus comment les victimes sont infectées. Ça peut être par une simple introduction de l'agent dans leur nourriture ou dans une boisson. Dès cette arme ingérée par la personne visée, je doute qu'il y ait un moyen d'interrompre, ou mieux, d'inverser le processus. Bien sûr, l'agent est tout à fait inoffensif pour quiconque à l'exception de la victime ciblée.

— Ce qui expliquerait que ceux qui tombent malades ne contaminent personne de leur entourage, comprit Klein.

— Bingo. On peut dire que Renke a inventé l'arme de précision parfaite.

— A condition d'avoir accès à l'ADN de la cible.

— Oui. Et c'est là que l'Etude génétique des peuples slaves entre en jeu. Les chercheurs du CRED ont collecté pendant des années des échantillons d'ADN en Ukraine, en Géorgie, en Arménie et dans d'autres anciennes républiques soviétiques. Si nous creusons la question, je suis presque certain que nous apprendrons que la plupart de ceux qui ont été tués ont participé à un des projets du CRED.

— Qu'en est-il de ceux qui n'ont pas participé à ces études ? Comment cette maladie est-elle taillée sur mesure contre tant de nos analystes des services d'intelligence et tant de nos militaires ? Sans parler de leurs collègues britanniques, français, allemands et autres ?

— Si je le voulais, Fred, je pourrais isoler ton ADN de tes empreintes sur un verre – ou de quelques cheveux subtilisés à ton coiffeur. Ce n'est pas aussi facile ni aussi efficace, mais ça peut se faire.

— Suggères-tu sérieusement que Renke, les Russes ou Malkovic ont acheté tous les coiffeurs et les barmen de Washington, Londres, Paris et Berlin pour collecter des échantillons ?

— Non, Fred, pas tous.

— Comment ont-ils fait ? »

Jon se raidit soudain en envisageant une possibilité horrible. « Intéresse-toi à toute personne ayant accès aux données médicales secrètes OMEGA », conseilla-t-il d'une voix sourde.

Il y eut un long silence à l'autre bout de la ligne, le temps que Klein mesure l'impact de cette suggestion. OMEGA était un programme top secret conçu pour assurer la capacité du gouvernement américain à continuer de fonctionner dans l'éventualité d'une attaque terroriste catastrophique sur Washington et ses alentours. Les données médicales OMEGA n'étaient qu'une petite partie d'un programme bien plus vaste. Afin d'aider à l'identification des morts après une attaque de grande envergure, elle contenait des échantillons d'ADN prélevés sur des milliers de membres du gouvernement et de l'armée des Etats-Unis.

« Seigneur ! soupira le chef du Réseau Bouclier. Si tu as raison, ce pays pourrait courir un danger plus grand encore que je l'avais soupçonné. Et il semblerait aussi que le temps va nous manquer plus tôt que prévu.

— Ce qui veut dire ?

— Ce qui veut dire qu'il ne s'agit pas seulement de la menace de cette arme biologique, Jon. Ces rumeurs que nous a transmises Kirov sur ses contacts avec le FSB étaient du solide. Il est presque certain dorénavant que Dudarev et ses alliés au Kremlin sont prêts à lancer une campagne militaire majeure en profitant de la confusion qu'ils ont causée grâce à l'utilisation de cette nouvelle arme. »

Smith écouta les informations que Klein lui transmit sur les développements militaires et politiques les plus récents aux frontières de la Russie. Il dut avouer que les délais estimés par le Pentagone lui semblaient bien optimistes. Les tanks et les avions russes pourraient attaquer à tout moment. Il eut un frisson à l'idée du carnage que causerait une guerre de l'envergure crainte par Klein. « Quelles contre-mesures prenons-nous ?

— Le président doit rencontrer les représentants de nos principaux alliés dans moins de vingt-quatre heures. Il voudrait les convaincre que nous devons agir pour arrêter la Russie avant qu'il soit trop tard, avant qu'explose la première bombe.

— Est-ce qu'on l'écoutera ?

— J'en doute, soupira le chef du Réseau Bouclier.

— Pourquoi pas ?

— Nous avons besoin de preuves, Jon. Le problème est toujours le même que lorsque je t'ai envoyé à Moscou. Quels que soient nos talents de persuasion, nous avons besoin de plus que de simples théories. Sans meilleure preuve que les Russes sont derrière la diffusion de cette maladie, nous ne pourrons convaincre nos alliés d'agir – ni contraindre le Kremlin de mettre fin à ses agissements.

— Ecoute, Fred, envoie-nous en Italie avec l'équipement adéquat, et nous ferons l'impossible pour trouver cette preuve, promit Smith.

— Je sais que tu le feras, Jon, dit Klein d'un air sombre. Le président et moi comptons sur vous trois. »

Chapitre quarante-cinq

Washington

Nathaniel Frederick Klein leva les yeux vers le grand écran au mur de son bureau. L'ordinateur y affichait une carte de l'Europe. Un point clignotait à l'emplacement de l'avion transportant ses trois agents. Il suivit un moment sa progression à travers l'espace aérien hongrois, en route pour la base américaine d'Aviano, dans le Nord de l'Italie. Une icône indiquait là le statut d'alerte maximum des avions de combat qui y étaient basés.

Il frappa une touche sur son clavier et d'autres icônes d'avions apparurent, certaines en Allemagne, d'autres au Royaume-Uni. Comme celle d'Aviano, elles montraient que les avions de combat, les bombardiers et les ravitailleurs avaient bien été mis en état d'alerte selon les ordres de Sam Castilla à la perspective d'un déploiement d'urgence en direction de l'Ukraine, de la Géorgie – de toutes les républiques menacées autour de la Russie.

Klein retira ses lunettes et, fatigué, pinça le haut de son long nez. Pour l'instant, aucun avion de combat américain n'allait nulle part. Les F-16, les F-15 et les ravitailleurs attendaient sur les pistes ou dans leurs hangars. Contactés par des réseaux discrets, les alliés au sein de l'OTAN exprimaient de graves réticences à l'idée d'autoriser l'utilisation de leur espace aérien pour un déploiement militaire américain en direction de l'est. Ironiquement, la conférence que le président avait programmée pour le lendemain matin lui faisait du tort, parce que ça donnait aux Français, aux Allemands et aux autres une excuse pour repousser leur décision jusqu'à ce que leurs représentants rentrent faire leur rapport. Plus grave encore, aucun des pays menacés par la Russie n'était prêt à inviter les forces américaines sur son territoire.

L'arme conçue par Renke à partir de l'ADN de ses cibles avait bien fait son travail, songea Klein avec amertume. Trop des meilleurs dirigeants politiques, trop des chefs militaires les plus courageux en Ukraine et dans d'autres Etats plus petits étaient morts. Ceux qui restaient avaient peur de mettre Moscou en colère. Ils étaient paralysés. Ils avaient beau redouter les coups qui pourraient les frapper, ils s'avéraient incapables de décider ou de déclencher les actions en mesure d'empêcher l'attaque russe. Si les Américains pouvaient prouver ce qu'ils prétendaient à propos des projets de Dudarev, ces jeunes républiques auraient peut-être le courage de prendre une décision. Sinon, cela voudrait dire qu'elles préféraient l'incertitude de l'inaction aux périls de l'action.

Klein remit ses lunettes. Presque sans le vouloir, il se surprit les yeux à nouveau fixés sur le petit point représentant l'avion transportant Jon Smith, Fiona Devin et Oleg Kirov, comme s'il pouvait accélérer la progression du Boeing par le simple pouvoir de sa volonté.

« Nathaniel ? »

Klein leva les yeux. Son assistante de longue date, Maggie Templeton, se tenait à la porte de séparation entre leurs bureaux. « Oui, Maggie ?

— J'ai terminé la recherche que vous m'avez demandée, dit-elle en entrant. J'ai croisé tous les dossiers que nous avions sur OMEGA avec les bases de données du FBI, de la CIA et d'autres organismes.

— Et ?

— J'ai découvert un lien important. Regardez votre messagerie. »

Klein tapota sur son clavier pour faire apparaître les documents qu'elle lui avait envoyés sur l'écran de son ordinateur. Le premier était un article du *Washington Post* sur un événement local daté de six mois plus tôt. Le deuxième était un rapport actualisé d'une enquête de police à propos du même incident. Le dernier était un dossier médical personnel du Bethesda Naval Medical Center. Il les compara rapidement et haussa un sourcil. « Très bon travail, Maggie, comme toujours. »

Avant qu'elle quitte le bureau, il avait déjà pressé le bouton qui allait le connecter au téléphone privé du président Castilla.

« Oui ? répondit le président à la seconde sonnerie.

— Malheureusement, le colonel Smith avait raison, lui annonça Klein. Je suis convaincu qu'OMEGA a été infiltré.

— Comment ?

— Il y a six mois, la police de la ville a trouvé un corps qui flottait dans un canal près de Georgetown, expliqua Klein en reprenant les faits à partir de l'article du *Post*. On a identifié le corps comme étant celui du Dr Conrad Horne. Selon la police, le Dr Horne aurait

486

été victime d'une agression banale qui aurait très mal tourné. Mais personne n'a été arrêté pour ce meurtre et la police n'a jamais eu aucune piste.

— Continue !

— Il se trouve que Horne était directeur de recherche au Bethesda Naval Medical Center.

— Avec accès aux données médicales d'OMEGA, devina Castilla.

— Exactement, confirma Klein en relisant le rapport de police. Horne était divorcé, écrasé par une énorme pension alimentaire à verser à son ex-femme et à ses enfants. Il était presque toujours dans le rouge à la banque. Ses collègues l'entendaient souvent se plaindre de la paye misérable accordée aux hommes de science employés par le gouvernement. Mais les policiers qui ont fouillé son appartement après le meurtre ont trouvé plusieurs milliers de dollars en liquide et des milliers de plus investis dans des meubles et des équipements électroniques neufs. Il avait aussi commandé une nouvelle voiture, une Jaguar à ce qu'on dit.

— Et tu penses qu'il avait vendu des échantillons et des données, conclut logiquement Castilla.

— Oui, c'est ce que je pense. Et je crois qu'il est devenu trop gourmand – ou qu'il était trop peu discret – et qu'on l'a tué pour qu'il se taise.

— Tu me dis donc, soupira Castilla, que ce professeur Renke et ses commanditaires pourraient déjà détenir l'ADN de tous les acteurs clés de notre gouvernement ?

— Oui, Sam... y compris la tienne. »

La base militaire américaine d'Aviano était située dans la région du Frioul-Vénétie Julienne, à environ cinquante kilomètres au nord de Venise, au pied des Alpes italiennes. De la zone de vol F, le mont Cavallo bouchait l'horizon au nord, dominant de huit cents mètres les hautes terres qui l'entouraient. Les rayons pâles de la lune se reflétaient sur les champs de neige et de glace qui couvraient les pentes escarpées de la montagne.

Les moteurs du 747 se mirent à hurler quand le pilote de TransEx inversa les gaz, une fois posé sur la piste d'Aviano. Il freina et dépassa des rangées de hangars dont les portes étaient ouvertes sur l'intérieur violemment éclairé, où des équipages s'affairaient à préparer les F-16 de la 31e d'avions de combat tactiques pour un long vol vers l'est et un combat possible.

Au bout de la piste, le cargo s'arrêta sur une vaste aire bétonnée. Un camion équipé d'un escalier mobile apparut et se plaça contre la porte avant de l'appareil. Immédiatement, Jon Smith descendit à toute vitesse, Fiona Devin et Oleg Kirov sur ses talons.

Un jeune capitaine de l'armée de l'air en veste de combat verte les attendait au pied de la passerelle. Il tenait un casque muni de lunettes à vision nocturne. « Lieutenant-colonel Smith ? demanda-t-il en regardant d'un air dubitatif ces trois personnages, apparemment des civils, qui avaient une bien sale tête.

— C'est ça, confirma Jon d'un sourire devant l'expression inquiète du jeune officier. Ne vous en faites pas, capitaine. Nous n'allons pas tacher de notre sang votre appareil rutilant.

— Désolé, colonel..., dit le jeune homme d'un air penaud.

— Pas de problème. Vous êtes prêt à nous convoyer ?

— Oui, colonel. Nous sommes là », dit le capitaine en montrant un grand hélicoptère noir qui attendait tout seul sur une plate-forme bétonnée.

Smith reconnut un MH-53J Pave Low, un des engins volants le plus performant au monde. Protégés par un blindage solide, équipés d'un armement lourd, de systèmes de navigation de pointe et d'importants moyens électroniques de réplique, les Pave Lows avaient été conçus pour emporter des commandos au-delà des lignes ennemies. Ils pouvaient voler à trente ou quarante mètres du sol seulement pour éviter les radars ennemis et les missiles sol-air.

« Et notre équipement ? demanda Smith.

— Vos vêtements, vos armes et tout le reste sont déjà à bord de l'oiseau, colonel, assura le jeune homme. Nous avons ordre de vous emmener dès que possible. »

Cinq minutes plus tard, Jon, Fiona et Oleg bouclaient leur ceinture dans la cabine arrière peinte en gris du Pave Low de vingt et une tonnes.

Un des six hommes d'équipage de l'hélicoptère leur passa des casques et des bouchons d'oreilles. « Vous en aurez besoin quand nous ferons décoller ce bébé, dit-il d'un air enjoué en les branchant au système de communication interne. Sinon, le bruit transformera votre cerveau en bouillie. »

Les énormes pales se mirent en rotation de plus en plus rapide. Quand les deux moteurs turbo tournèrent à plein régime, le hululement et le rugissement furent

en effet assourdissants. L'oiseau tremblait et hoquetait, vibrait et oscillait.

Dans les écouteurs, Smith entendit l'ingénieur
de vol, un sergent au fort accent du Texas, égrener
la check-list avec le pilote et le copilote du MH-53J.
« Prêt à rouler », dit enfin le sergent.

L'hélicoptère partit sur la piste.

Les trois hommes d'équipage avec Smith et les
autres se penchèrent par les portes ouvertes et la
rampe arrière pour regarder dans l'obscurité à travers
leurs lunettes à vision nocturne. En vol, leur travail
consistait à prévenir les pilotes de tout obstacle qui
pourrait mettre l'hélicoptère en danger – surtout les
arbres et les lignes à haute tension. Le Pave Low se
souleva de la piste. L'air fouetté par les pales siffla à
travers le compartiment. Smith serra un peu plus sa
ceinture. Il vit qu'Oleg aidait Fiona avec la sienne et
dissimula un sourire.

Pendant quelques minutes, l'énorme hélicoptère
noir fit du surplace, le temps pour l'équipage de terminer les derniers ajustements mécaniques et les véri-
fications des systèmes de navigation. Puis, dans le
hurlement de ses moteurs, le MH-53J vira à droite et
prit au sud à près de cent vingt nœuds, filant très bas
au-dessus de la campagne italienne, tous feux éteints.

Près d'Orvieto

Erich Brandt s'efforçait de contrôler son impatience croissante. Le principal laboratoire d'HYDRA
était une ruche bourdonnante d'activité, Renke coor-
donnant ses assistants qui préparaient les données biologiques et l'équipement spécialisé pour le déména-

gement. Ce travail complexe prenait du temps, mais quand il serait terminé, le scientifique et son équipe pourraient disparaître et recommencer leur production létale dans un nouveau lieu encore plus sûr. Plus important : tout agent américain enquêtant sur le Centre européen de recherche démographique ne trouverait là qu'un laboratoire ordinaire exécutant des analyses génétiques de routine.

Il se tourna vers Renke. « Combien de temps encore ?

— Plusieurs heures. Nous pourrions aller beaucoup plus vite, mais ce serait courir le risque d'oublier quelques précieuses pièces d'équipement. »

Près de Brandt, Konstantin Malkovic insista : « De combien de temps cela retarderait-il la réouverture du laboratoire ?

— De plusieurs semaines, peut-être, répondit Renke.

— Nous avons promis à Moscou qu'HYDRA serait à nouveau opérationnel quand les armées entreraient en action. Même avec Castilla déjà condamné à mort, nos alliés russes veulent pouvoir agir directement contre d'autres personnalités de Washington si le nouveau président, aussi buté que l'ancien, refuse d'accepter le fait accompli.

— Dudarev continuera-t-il à traiter avec vous ? demanda Renke.

— A-t-il le choix ? Les secrets de l'arme HYDRA m'appartiennent. Il n'en a pas connaissance. De plus, je lui ai promis que nos problèmes de sécurité sont en train de se résoudre. Votre équipement et vos collaborateurs une fois hors d'Italie, quelle preuve pourrait trouver Washington – et à temps –, surtout après la mort de ses agents à Moscou ? Quoi qu'il en soit, dès qu'explosera la première bombe, il sera bien trop tard pour que les Américains interviennent. »

Le téléphone portable sécurisé du financier sonna soudain. Il l'ouvrit. « Malkovic à l'appareil. Allez-y ! C'est Titov, de Moscou », dit-il à Brandt.

Brandt hocha la tête. Malkovic avait laissé son gestionnaire sur place pour qu'il s'occupe des développements de l'affaire depuis la capitale russe.

Malkovic écouta avec attention le rapport de son subordonné. Peu à peu, son visage se crispa en un masque sans expression. « Très bien, dit-il enfin. Tenez-moi au courant. »

Il referma son téléphone et se tourna vers Brandt. « Il semblerait que la milice de Moscou ait trouvé deux corps devant ce vieux monastère en ruine que vous utilisez pour votre sale boulot.

— Hélas ! Pauvre colonel Smith ! Pauvre Mme Devin ! plaisanta l'officier de l'ex-Stasi avec un sourire amusé.

— Ils peuvent se passer de votre sympathie, rétorqua Malkovic d'une voix glaciale. Smith et Devin sont toujours en vie. Les morts sont vos hommes. »

Brandt arrondit les yeux sous le choc. Smith et Devin s'étaient échappés ? Comment cela était-il possible ? Pendant un instant, il sentit un frisson de peur superstitieuse parcourir son dos. Qui étaient ces deux Américains ?

Chapitre quarante-six

Près d'Orvieto

L'hélicoptère Pave Low survola très bas les collines boisées et plongea dans la vallée qui s'élargissait. Le faîte des arbres passait si vite qu'ils étaient flous, quelques mètres plus bas à peine. Sous la lune, les eaux scintillantes de la Paglia serpentaient vers le sud, presque parallèles à la large *autostrada* et à la voie ferrée. Des vignes, des vergers, des oliveraies et des rangées de cyprès bien droits animaient le paysage de collines parsemé d'ombres cubiques et noires marquant l'emplacement de vieilles fermes. Au loin, des projecteurs tournés vers le ciel soulignaient la silhouette des tours et des clochers d'Orvieto, perché sur le plateau volcanique. D'autres lumières luisaient sur une petite corniche, à l'ouest de la ville.

« CRED en vue, annonça l'un des pilotes. A deux minutes du point d'infiltration. »

Sans heurts, le MH-53J ralentit en vue de son approche de la zone d'atterrissage prévue. De temps à autre, le nez de l'hélicoptère se relevait quand les pilotes reprenaient de l'altitude pour éviter de heurter un arbre plus haut que les autres ou un pylône de téléphone ou d'électricité dont les lignes quadrillaient la vallée de la Paglia.

Jon Smith se tenait à une sangle qui pendait du plafond, l'estomac serré.

Un des hommes d'équipage, abandonnant un instant sa surveillance par la porte ouverte, se tourna vers lui, tout sourire. « Un sacré voyage, hein, colonel ? C'est mieux que toutes les montagnes russes du monde !

— J'ai toujours préféré les autotamponneuses, répondit Smith en s'efforçant de sourire.

— C'est la preuve que vous n'étiez pas fait pour l'armée de l'air, dit l'homme en riant. Si vous voulez bien excuser mon insolence...

— Je suis démasqué, sergent ! » dit Smith avec un sourire plus sincère.

Il baissa la tête pour montrer qu'il se savait vaincu.

Fiona, assise en face de Jon, lui adressa un signe de sympathie. Près d'elle, Oleg Kirov avait l'air endormi contre son dossier.

Le Pave Low ralentit encore et prit plus à l'ouest en traversant la crête bien au nord du CRED. Il perdit de l'altitude, frôla la forêt couvrant la pente. Les branches oscillaient sous le souffle des puissants rotors de l'énorme hélicoptère.

« Zone d'atterrissage droit devant. Trente-cinq mètres, cinquante nœuds », annonça l'ingénieur de vol.

Smith lâcha la sangle et se redressa. De son pied droit, il tâta le sac sous son siège pour s'assurer qu'il était facile à saisir. Il contenait un ensemble de vêtements, d'armes et d'autres équipements prélevés dans les réserves du Commandement des Opérations spéciales d'Aviano. Il leva les yeux vers Kirov et Fiona. Tous deux se préparaient aussi à l'atterrissage. Le

Russe aux cheveux argentés leva des pouces optimistes.

Guidé par les échanges entre les membres d'équipage, le pilote fit lentement progresser le Pave Low jusqu'à arriver en toute sécurité sur sa zone d'atterrissage, une clairière dans la forêt. La crête qui longeait le CRED se dressait sur leur gauche, masse sombre contre le ciel éclairé par la lune. Dès que les pneus de l'appareil heurtèrent le sol, le bruit des moteurs faiblit, passant d'un rugissement ininterrompu et assourdissant à un gémissement plus grave puis à un silence absolu. Les rotors ralentirent et s'arrêtèrent de tourner.

L'équipage de l'hélicoptère avait l'ordre d'attendre là que Smith ou l'un des autres demande à être héliporté. Mais les six officiers et soldats de l'armée de l'air à bord du gros MH-53J avaient aussi reçu l'ordre strict de rester sur place et de ne rien faire d'autre. Dès que leurs pieds toucheraient le sol, les membres de l'équipe du Réseau Bouclier seraient livrés à eux-mêmes. Si leur incursion dans les labos du CRED tournait au désastre, le gouvernement des Etats-Unis devait pouvoir nier avoir commandité leur mission.

Smith détacha sa ceinture avec un intense soulagement. Ce n'était pas tant qu'il redoutât ces vols dangereux à basse altitude, se dit-il, mais il préférait être seul responsable de son destin. Il se pencha et sortit le lourd sac de toile de sous son siège. Fiona Devin et Oleg Kirov firent de même. Avec un bel ensemble, ils hissèrent leurs sacs sur leurs épaules et descendirent de l'appareil avant de partir vers l'est. Ils durent traverser la clairière pour gagner l'ombre des arbres.

Jon menait la petite troupe. Ils montèrent la pente douce d'un pas rapide jusqu'à ce qu'ils soient loin de l'hélicoptère. Près du sommet de la crête, ils se retrouvèrent dans une autre clairière, beaucoup plus petite. Un tas de pierres presque couvertes de mousse et de fougères se dressait au centre. Ces pierres entassées étaient-elles tout ce qui restait d'un ancien sanctuaire ? se demanda-t-il. Ils se trouvaient sur une terre ancienne pour laquelle les Ombriens, les Etrusques, les Romains, les Goths, les Lombards et bien d'autres s'étaient farouchement battus pendant des millénaires. Ruines et tombes parsemaient la campagne quand elles n'étaient pas ensevelies par des villages et des villes, avalées par les forêts ou noyées sous le lierre. La lune nimbait le petit espace à découvert d'une lueur féerique.

« Ça ira, murmura Smith à ses compagnons. On va se changer ici avant de se rapprocher davantage du Centre. »

Il laissa tomber son sac par terre et s'agenouilla pour l'ouvrir. En une série de gestes précis, il en sortit les vêtements et l'équipement. Ses compagnons prirent eux aussi ce qui leur était nécessaire.

Frissonnant dans l'air nocturne, tous trois retirèrent leurs vêtements de ville et leurs chaussures, enfilèrent des pulls et des jeans de couleur sombre. Des chaussures de marche et d'épais gants en cuir les protégeraient mieux et leur donneraient une meilleure prise. Avec les lunettes à vision nocturne, ils pourraient voir dans le noir quand la lune disparaîtrait. Ils trouvèrent aussi une collection d'appareils numériques de prise de vue, des radios tactiques ultralégères, des engins de surveillance au laser ainsi que plusieurs outils.

« Pas de gilets pare-balles ? demanda Kirov en sortant de son sac un gilet de combat muni d'une multitude de poches qu'il enfila et dont il fut étonné de pouvoir remonter la fermeture à glissière sur sa large poitrine.

— Non, répondit Jon. Ce serait trop lourd et trop volumineux pour ce que nous sommes censés faire. Dans la mesure du possible, nous voulons pénétrer dans le Centre, trouver ce qui s'y passe et en ressortir sans être repérés. Mais si on doit courir, il faudra aller vite.

— Et si on nous tire dessus ? Qu'est-ce qu'on fait ?

— On esquive les balles autant qu'on peut », conseilla Jon avec un rapide sourire.

Il tendit au Russe un pistolet Makarov 9 mm et trois chargeurs de rechange, puis glissa un SIG-Sauer dans son propre gilet, avec des munitions. Les deux hommes passèrent aussi des pistolets-mitrailleurs Heckler & Koch MP5 en bandoulière et des chargeurs de trente balles se retrouvèrent dans les poches de leur gilet.

Fiona Devin plaça un pistolet Glock 19, plus léger, dans l'étui de ceinture et regarda les deux hommes vérifier leurs armes. « Tu as demandé un véritable arsenal à Fred Klein, colonel ! dit-elle avec un petit sourire coquin. Est-ce que tu ne viens pas pourtant de dire à Oleg que nous devions voyager léger ?

— En effet, mais franchement, j'en ai assez de ne pas avoir autant de puissance de feu que les autres. Cette fois, si quelqu'un se met à nous tirer dessus, je veux être sûr de pouvoir répliquer vite et fort. »

*

Des hectares d'oliviers tordus par l'âge et de vignes centenaires entouraient le Centre de recherche européen sur la démographie, s'arrêtant aux limites de la bande de cinquante mètres tout autour du périmètre clôturé par des barrières métalliques. A cette heure, presque tous les bâtiments modernes d'acier et de verre étaient plongés dans le noir, à l'exception d'un grand laboratoire distinct des autres. Là, des lumières luisaient derrière les volets de chaque fenêtre. Des lampes à arc d'un blanc aveuglant et des caméras de surveillance étaient montées sur le toit plat et couvraient chaque centimètre de l'approche du laboratoire. Entre les caméras et l'éclairage, personne ne pouvait espérer passer la clôture et s'approcher du bâtiment sans être repéré.

A une centaine de mètres du labo, une femme mince, en noir de la tête aux pieds, était à plat ventre dans l'ombre d'un fossé de drainage le long d'une des vignes. Un filet de camouflage parsemé de feuilles et de brindilles dissimulait sa silhouette et les grosses jumelles qu'elle pointait sur le bâtiment. Même sous la lumière argentée de la lune, elle était invisible, à moins de s'approcher à quelques mètres d'elle. Quand la lune plongerait sous l'horizon, le seul moyen de la repérer serait de lui marcher dessus !

Soudain, la femme en noir se raidit, alertée par des bruits discrets de végétation sèche piétinée quelque part derrière elle. Avec des précautions extrêmes pour éviter de faire du bruit elle aussi, elle se retourna et leva ses jumelles au-dessus du bord du fossé, fouillant la vigne pour y détecter tout signe de mouvement. Elle retint son souffle.

Là ! Une des ombres changea de forme, adoptant peu à peu celle d'un homme accroupi près d'une rangée de pieds de vigne gris, au repos pour l'hiver. Quelques secondes plus tard, un autre homme rejoignit le premier. Puis ce fut le tour d'une troisième silhouette. Une femme, cette fois.

Elle fit le point avec ses jumelles sur le visage du premier homme, puis sur celui de l'autre. Elle n'en crut pas ses yeux. « Eh bien ! Regarde un peu quels chats se sont égarés dans le coin ! » murmura-t-elle.

Avec un soupir, elle posa ses jumelles avant de se lever, avec précaution, hors de sa cachette. Elle laissa ses mains écartées, paumes visibles.

Surprise par son apparition soudaine, les trois personnes accroupies dans les vignes se tournèrent vers elle. Les deux hommes tirèrent leurs armes à la vitesse de la lumière.

« S'il te plaît, évite de me tuer, Jon, dit-elle doucement. Tu n'as pas pléthore de copains, dans le coin. »

*

Stupéfait, Smith relâcha son doigt sur la détente de son arme. « Randi ? Mais qu'est-ce que tu fais ici ? »

L'élégant officier de la CIA émergea de l'obscurité et s'approcha. Elle s'accroupit près des autres avec une expression à la fois sombre et amusée sur son joli visage lisse. « Comme j'étais là la première, il me semble que c'est à moi de poser des questions, pas à toi. »

Presque contre sa volonté, Jon lui rendit son sourire. Elle avait raison. « C'est juste... »

Il réfléchit vite pour trouver une histoire plausible que Randi pourrait choisir de croire. Elle était la sœur de sa fiancée morte, une vieille amie qui lui avait plusieurs fois sauvé la vie, mais elle travaillait pour la CIA – ce qui signifiait qu'elle n'était pas au courant de l'existence très secrète du Réseau Bouclier. Jusqu'à ce que les choses changent, il était contraint de trouver des moyens toujours plus inventifs pour éluder ses questions gênantes.

« Certaines personnes très haut placées au Pentagone m'ont demandé de remonter aux origines de cette mystérieuse maladie, dit-il enfin. Celle qui tue nos analystes des renseignements et les principaux dirigeants des anciennes républiques soviétiques. Nous sommes arrivés à la certitude que cette maladie est provoquée volontairement, que c'est une sorte d'arme mortelle forgée par l'homme et ciblée génétiquement.

— Mais pourquoi toi ?

— Parce que j'ai été le premier qu'un scientifique russe a contacté, un collègue à moi, à l'occasion d'une conférence médicale à Prague, répondit Smith avant de l'informer brièvement des affirmations de Valentin Petrenko et de l'attaque qui l'avait réduit au silence. Quand j'ai rapporté l'incident à Washington, on m'a envoyé à Moscou vérifier l'histoire de Petrenko, comptant sur mes contacts et ma formation de médecin pour mettre les faits en évidence.

— C'est presque crédible, Jon ! » admit Randi avec réticence.

Elle regarda Kirov d'un air sceptique. Elle l'avait connu des années plus tôt, quand elle travaillait comme officier de terrain à Moscou. « Et je suppose que c'est là qu'est entré en jeu le général de division Kirov, du Service de sécurité de la République fédérale de Russie ? »

L'homme hocha sa tête couronnée de cheveux argentés et sourit. « Seulement Oleg Kirov, à présent, Randi Russell. J'ai pris ma retraite.

— Ouais, c'est évident ! ironisa-t-elle en montrant le pistolet-mitrailleur qu'il portait dans son dos. La plupart des retraités qui se promènent dans la campagne italienne, la nuit, sont armés jusqu'aux dents.

— Oleg travaille avec moi comme... consultant privé, pourrait-on dire.

— Et... qui est cette dame ? demanda Randi en regardant Fiona Devin. Ta secrétaire ? »

Jon grimaça en sentant Fiona maîtriser un accès de colère. « Mme Devin est une journaliste qui travaille à Moscou. Elle enquêtait déjà sur la maladie quand je suis arrivé.

— Une journaliste ! ricana Randi. Que je comprenne bien, Jon : tu as entraîné un reporter sur une mission ? Ne trouves-tu pas que c'est pousser un peu loin le programme d'insertion des journalistes que le Pentagone mène pour plaire aux médias ?

— Je ne suis pas vraiment là en tant que journaliste, dit froidement Fiona sans dissimuler son accent irlandais. Plus maintenant.

— Ce qui signifie ? »

Smith l'informa des diverses tentatives d'Erich Brandt, agissant au nom de Konstantin Malkovic, pour les tuer. Il termina son récit par l'ordre du Kremlin de les arrêter coûte que coûte. « Dans ces circonstances, Oleg et moi avons pensé qu'elle devait rester avec nous », termina-t-il d'un air penaud en se rendant compte combien toutes ses explications étaient peu plausibles.

Il y eut un silence.

Randi finit par lever les mains et planter ses yeux dans ceux de Jon. « Est-ce que je suis censée gober cette histoire de dingue ?

— Aussi dingue qu'elle paraisse, elle est vraie », affirma Jon en bénissant l'obscurité qui dissimulait ses joues rouges de honte.

Du moins en partie vraie, dit-il en silence à sa conscience qui le taraudait.

« Je dois donc comprendre que tous les trois vous êtes juste sortis de Moscou au nez et à la barbe de la milice et du FSB ? ironisa Randi.

— J'ai des amis dans l'export, dit calmement Kirov.

— Bien ! dit l'officier de la CIA en les toisant tour à tour, établissant visiblement la liste de leurs armes et autres équipements. Et ces amis... dans l'export... ont justement été en mesure de vous fournir toute cette jolie quincaillerie ?

— Pas vraiment, répondit Smith. Ça, c'était mon rôle. N'oublie pas que j'ai des amis dans l'armée de l'air.

— Naturellement ! D'accord, Jon, soupira Randi consciente de sa défaite temporaire. Je baisse les bras. Tous les trois, vous n'êtes que les héros purement accidentels que vous prétendez être.

— Peut-être pourriez-vous maintenant, à votre tour, nous dire ce que vous faites ici, dans le noir, madame Russell », suggéra Fiona Devin.

Pendant une seconde, Randi frémit de colère, puis, à la surprise de tous, elle sourit. « Oh, que vous avez de la repartie, madame Devin ! C'est assez simple, en fait. Vous recherchez la source de cette arme biologique utilisant des données génétiques, et moi, je cherche l'homme qui l'a créée.

— Wulf Renke, dit Smith.

— C'est bien lui. »

Elle résuma le long cheminement sanglant qui l'avait conduite de Bagdad à Berlin, puis finalement ici, à Orvieto. « Sur la fin, j'ai dû deviner, avoua-t-elle. Le réseau téléphonique que nous démêlions a été coupé avant que les experts de la CIA aient réussi à mettre le doigt sur un lieu précis. Mais j'ai fait des recherches de mon côté, et cet endroit est ressorti comme étant le mieux adapté aux activités de Renke en Ombrie. Il y a d'autres centres de recherche dans le coin, mais le CRED m'est apparu comme le meilleur choix : plein d'argent, nombreux scientifiques de toute l'Europe travaillant ensemble, et tout l'équipement de pointe que le petit cœur noir de Renke pouvait désirer.

— Tu as donc fait de l'avion-stop jusqu'ici ?

— Jusqu'à Rome. Ensuite, j'ai pris une voiture. Je suis sur place depuis le début de l'après-midi. »

Smith entendait depuis un moment une note de tension dans sa voix. « Tu dis toujours "je", Randi, fit-il remarquer. Où sont les autres membres de ton équipe ?

— Je n'ai plus d'équipe. Il n'y a plus que moi. Et personne à Langley ou ailleurs ne sait où je suis en ce moment. Je l'espère, du moins.

— Tu travailles sans filet ? s'étonna Smith. Sans le soutien de l'Agence ? Pourquoi ?

— Parce que Renke, ou peut-être ce salaud de Malkovic dont tu as parlé, a une taupe très haut placée, quelqu'un qui lui a révélé tout ce que j'ai appris, dit-elle entre ses dents serrées. Respecter les règles a déjà coûté la vie à trois personnes de valeur. Je ne prends plus de risques. »

Smith, Fiona et Kirov montrèrent qu'ils comprenaient à la fois son raisonnement et sa rage. Etre trahi par quelqu'un dans ses propres rangs est le cauchemar suprême de tout agent secret.

« Nous devrions unir nos forces, Randi, suggéra Kirov. C'est peu orthodoxe, je l'admets, mais quand on doit affronter des ennemis dangereux à ce point, le bon sens exige qu'on travaille ensemble. Et nous manquons de temps. Nous ne pouvons en perdre davantage à discuter entre nous. »

Jon et Fiona approuvèrent du chef.

Randi les fixa un moment d'un regard long et douloureux. Quand elle hocha la tête, sa bouche esquissa un sourire. « D'accord, marché conclu ! Après tout, ce n'est pas la première fois que Jon et moi tombons l'un sur l'autre à l'occasion d'une mission.

— Non, en effet, confirma Smith.

— Peut-être étiez-vous destinés à vous retrouver, suggéra Fiona Devin avec juste ce qu'il fallait de malice dans la voix.

— Oh, bien sûr ! grogna Randi. Jon et moi sommes un duo dynamique, les Laurel et Hardy de l'espionnage ! »

Fort à propos, Smith décida de ne pas répliquer. C'était un de ces merveilleux moments où tout ce qu'il pourrait dire lui reviendrait en pleine figure. Ça pourrait même le mettre KO, se dit-il en regardant l'expression furieuse de Randi.

Mais elle se ressaisit vite. « Vous feriez mieux de venir voir ce à quoi nous nous attaquons, dit-elle. Parce que, croyez-moi, quoi que vous ayez en tête, les héros, ça ne sera pas facile. »

Chapitre quarante-sept

*Bunker du commandement général,
non loin de Moscou*

Une grande carte de la Russie et des pays voisins occupait tout un mur du centre de commandement en béton enfoui profondément sous terre. Eparpillés sur la carte, des symboles montraient la position actuelle et l'état de préparation des principales unités militaires engagées pour l'opération ZHUKOV. La salle était pleine de rangées de consoles reliées aux équipements de communication les plus sécurisés afin de permettre aux officiers d'état-major de rester en contact permanent avec le commandement des troupes sur le terrain.

Le président russe, Viktor Dudarev, regardait depuis le fond de la salle la brochette de généraux, de colonels et de commandants vaquer sans précipitation à leur tâche complexe, qui consistait à traduire dans la réalité le projet qu'il nourrissait depuis si longtemps. Un des derniers symboles jaunes – représentant les deux divisions assemblées en secret dans les monts du Caucase couverts de neige – passa au vert.

« Le général Sevalkin annonce que les troupes sous ses ordres sont en position, murmura à Dudarev le

505

capitaine Piotr Kirichenko. Toutes les forces terrestres de ZHUKOV sont maintenant déployées. Elles installent leur dernier bivouac avant l'attaque. Les officiers supérieurs commenceront à informer leurs chefs de régiment et de bataillon dans douze heures. »

Dudarev montra sa satisfaction. C'était lui qui avait décidé de repousser la divulgation des informations opérationnelles presque jusqu'au dernier moment : il voulait éviter toute fuite qui pourrait mettre ZHUKOV en péril. Il regarda son aide de camp. « Y a-t-il des signes de réaction chez nos cibles, Kirichenko ?

— Non, monsieur. Les services d'intelligence confirment que ni l'armée ukrainienne ni les autres n'ont quitté leurs quartiers. Rien ne suggère une mise en alerte maximum.

— Qu'en est-il des Américains et de l'OTAN ?

— Nous interceptons des signaux fragmentaires suggérant que des escadrilles d'avions américains, sur des bases en Allemagne, en Italie et au Royaume-Uni, seraient prêtes à intervenir, mais rien n'indique que ces avions puissent faire route vers nos frontières. »

Dudarev se tourna vers l'homme aux cheveux gris planté derrière lui. « Alors, Alexeï ?

— Jusque-là, les Européens ont refusé aux Américains l'autorisation d'envoyer leurs avions vers l'est, confirma Ivanov. C'est la politique de l'autruche. Ils attendent de voir ce que Castilla pourra prouver de nos intentions.

— Et il aura bien du mal à prouver quoi que ce soit depuis son lit aux soins intensifs ! ironisa le président russe. En attendant, espérons que les Européens continueront d'agir avec sagesse et retenue pendant les prochaines vingt-quatre heures. Quand ils se réveilleront, l'équilibre du pouvoir sur ce continent aura changé, et il sera bien trop tard pour qu'ils réagissent. »

Près d'Orvieto

« Tu vois le problème, Jon ? » murmura Randi.

Ils étaient allongés côte à côte dans leur cachette dominant l'immeuble brillamment éclairé du CRED, celui qu'elle avait désigné comme étant le laboratoire de Wulf Renke.

Smith baissa les puissantes jumelles qu'elle lui avait prêtées et les lui tendit, l'air inquiet. « Oui, je vois. C'est une vraie forteresse !

— En effet, confirma Randi en comptant sur ses doigts les éléments de défense qu'elle avait repérés. Il y a le puissant éclairage, les caméras de sécurité contrôlées à distance, les détecteurs de mouvement, les fenêtres à l'épreuve des balles, une porte principale blindée, des serrures aussi complexes que celles des coffres-forts des banques – sans oublier la douzaine de gardes armés sur le qui-vive à l'intérieur comme à l'extérieur.

— Je crois qu'il est temps de réunir un conseil de guerre », soupira Jon.

Ils se faufilèrent avec précaution hors du fossé de drainage et s'enfoncèrent dans les vignes. Kirov et Fiona avaient installé une partie de leur équipement dans un repli de terrain qui les cachait aux caméras et aux lumières disposées sur le toit du laboratoire. Tout près l'un de l'autre, ils étudiaient sur l'écran d'un ordinateur une douzaine de photos de surveillance que Randi avait prises avec un appareil numérique de la

CIA pendant son long après-midi et sa soirée d'observation.

Kirov leva les yeux en sentant Smith et Randi revenir vers eux. « Nous sommes au bon endroit, ça ne fait aucun doute, grogna-t-il. Regardez vous-mêmes ! »

Sous les yeux de Jon, le Russe fit défiler à l'écran plusieurs images en couleur prises au téléobjectif. La première montrait deux limousines noires arrivant au laboratoire, la suivante un groupe d'hommes descendant des voitures et gagnant l'immeuble. Kirov cadra sur deux de ces hommes, dont il agrandit l'image.

Smith émit un petit sifflement en découvrant les visages familiers d'Erich Brandt et de Konstantin Malkovic. Voir soudain les yeux gris et froids de l'officier de l'ex-Stasi donna la chair de poule à Jon, qui serra les dents. Pendant que Fiona et lui étaient torturés, il s'était promis de tuer ce salaud arrogant, et c'était une promesse qu'il avait bien l'intention de tenir. Il détourna les yeux dans l'espoir de contrôler un tant soit peu sa colère. L'heure était à la réflexion froide et rationnelle, pas aux pulsions de vengeance sanguinaire. « Brandt et Malkovic sont-ils toujours à l'intérieur ? demanda-t-il.

— Oui, affirma Fiona d'une voix au calme étonnant. L'ensemble admirablement complet de photos prises par Randi montre que personne d'autre n'est entré ni sorti depuis leur arrivée.

— Voilà au moins une bonne nouvelle ! dit Smith en s'accroupissant au milieu des autres. La mauvaise, c'est que notre première intention – c'est-à-dire d'aller jeter un coup d'œil rapide dans le complexe en quête de preuves – est tout à fait irréalisable. La sécurité est trop étanche. On nous repérerait à la seconde où nous approcherions simplement de la clôture d'enceinte.

— Comme on sait où se trouve le labo de Renke, dit Kirov, je suggère qu'on y aille bille en tête, sans s'inquiéter de la discrétion. Nos ennemis nous ont fait la grâce de se rassembler en un seul lieu. Nous devrions tirer avantage de leur erreur.

— J'aimerais bien, moi aussi, enfoncer la porte d'un grand coup d'épaule, admit Smith avec un petit sourire crispé. Mais pas sans le soutien d'une compagnie d'infanterie associée à deux tanks Abrams M1A1 pour faire bon poids. Et même dans ce cas, ça reviendrait à se jeter dans la gueule du loup.

— L'immeuble est sécurisé à ce point ? s'étonna le Russe.

— Plus que ça encore, affirma Jon.

— Il y a des F-16 à nous sur la base d'Aviano, annonça Randi. Ils pourraient être là dans une heure, peut-être moins.

— Tu veux demander une frappe aérienne ? s'étonna Jon.

— Pourquoi pas ? rétorqua l'officier de la CIA avec un regard dur. Nos bombes à guidage laser résoudraient bon nombre de problèmes. »

Jon comprenait ce qu'elle éprouvait. L'arme maléfique mise en œuvre à cet instant dans le laboratoire par Renke, Brandt et Malkovic était déjà responsable de dizaines de morts cruelles et douloureuses. La tentation était grande d'imaginer ce qu'une seule explosion massive engloutirait dans les flammes. Mais trop d'arguments politiques et pratiques s'opposaient à une frappe aérienne.

« Jamais le président n'approuvera une frappe par les F-16, Randi, affirma Jon avec un soupir de regret, et c'est à ce niveau que la décision devrait être prise. Dans la plus grande partie du Centre, des scientifiques font des recherches légales et sérieuses, et le risque de dommages collatéraux est trop élevé. Est-ce que tu imagines la réaction de l'Union européenne si nous lâchions des bombes sur un territoire ami, sans l'autorisation du pays concerné, sans même l'avoir consulté avant d'agir ? Nos alliances sont déjà bien assez fragiles !

— Et détruire ce labo anéantirait les preuves dont nous avons besoin, fit remarquer Fiona, surtout la preuve que les Russes sont impliqués dans la création et l'utilisation de cette nouvelle arme. On se retrouverait dans la même impasse si on tuait ces hommes, si on les tuait tous, en tout cas. Nous pourrions avoir besoin de leur témoignage pour étayer nos accusations contre le Kremlin.

— Mme Devin a raison, approuva Kirov. Quoi qu'on fasse, on doit essayer d'en prendre au moins un vivant, en particulier Renke ou Malkovic.

— Formidable ! s'exclama Randi. C'est de mieux en mieux. D'accord, Jon, tu prétends que tu as des liens avec le Pentagone. Pourquoi est-ce que tu ne siffles pas un commando ? Quelque chose dans le genre Delta Force ou les SEALs ? Est-ce qu'ils ne sont pas justement entraînés à enfoncer des portes ?

— Crois-moi, j'aimerais ça plus que tout au monde ! répondit Jon. Mais il n'y a aucune équipe Delta Force ou SEAL dans le coin. Elles sont soit aux Etats-Unis en train de se requinquer et de s'entraîner, soit retenues au combat en Irak ou en Afghanistan. Je crains bien qu'il n'y ait qu'une seule équipe spéciale d'intervention disponible, dit-il avec un sourire ironique, et c'est nous quatre !

510

— Et les Italiens ? intervint Fiona en regardant autour d'elle la campagne plongée dans la nuit. C'est leur pays. Est-ce qu'ils n'ont pas des unités spéciales de la police ou de l'armée capables de faire un raid dans ce labo ? »

Smith réfléchit. Les Italiens disposaient de deux unités antiterroristes très réputées, le GIS (Gruppo Intervento Spéciale) et le NOCS (Nucleo Operativo Centrale de Sicurezza). Et c'était leur juridiction. Pourquoi ne pas demander à Fred Klein et au président de refiler la responsabilité de l'opération à Rome ? Mais jusqu'où le gouvernement italien serait-il prêt à aller sans rien de plus que de vagues soupçons ?

Puis une autre pensée, plus désagréable encore, lui vint à l'esprit. Il regarda les autres. « Nous avons appris par Randi que Malkovic est renseigné par quelqu'un en Allemagne, qu'il est même possible qu'il s'agisse de quelqu'un de Langley. Et si Malkovic avait une autre taupe ? Dans les services de sécurité italiens, cette fois ?

— C'est vraisemblable, grogna Kirov. Ce financier a prouvé qu'il avait des capacités presque infinies de corruption en Russie, en Allemagne et dans bien d'autres pays. Je doute qu'il soit sourd et aveugle en Italie.

— Ce n'est que pure spéculation, Oleg, dit Fiona.

— En effet, admit Smith, mais même si Malkovic n'a aucune source d'information à Rome, entraîner les Italiens dans cette opération nécessiterait des manœuvres diplomatiques assez particulières...

— Pour lesquelles nous n'avons plus de temps », affirma Kirov avec force.

Les autres le regardèrent, surpris de sa véhémence soudaine.

« Nos cibles savent que leur couverture ici est percée, qu'elle pourrait même être sur le point de se déliter complètement, expliqua Kirov. Réfléchissez, les amis ! Sinon, pourquoi croyez-vous qu'un homme comme Malkovic viendrait jusqu'ici, surtout en ce moment, avec cette succession si rapide d'événements qui conduisent mon pays à la guerre ?

— Renke et ses copains se préparent à un nouveau tour de prestidigitation, comprit Jon. Ils vont disparaître !

— Est-ce qu'ils le peuvent vraiment ? demanda Randi avec curiosité.

— Bien sûr, répondit Smith en se frottant le menton. Pour reprendre ses activités scientifiques, Renke n'a besoin que de ses échantillons d'ADN, de l'équipement particulier qu'il utilise et de quelques techniciens formés par lui – toutes choses qui tiennent probablement dans un petit camion ou dans un ou deux vans...

— Alors, tout est simple ! se réjouit Randi. On attend qu'ils sortent et on leur saute dessus.

— Regarde tes photos de plus près, Randi, conseilla Kirov. Est-ce que tu vois un camion ou un van devant ce labo ?

— Non, dut-elle admettre.

— Mais il y a une belle surface en béton bien dégagée, n'est-ce pas ? »

Jon comprit où le Russe voulait en venir. « Merde ! Malkovic et Renke vont quitter les lieux en hélico avec tout leur matériel !

— Oui, ils vont prendre un hélicoptère qui les conduira à un avion qui les attend à Rome ou Florence ou sur un des nombreux terrains d'aviation du pays. La Serbie natale de Malkovic n'est pas bien loin de l'Italie, pas plus d'une heure de vol par-delà l'Adriatique. La Libye et la Syrie sont aussi à quelques battements d'ailes. Il ne manque pas de régimes nauséabonds qui seraient ravis d'offrir l'asile à un homme aussi riche.

— Résumons la situation, dit Jon. Si nous attendons trop longtemps, Renke disparaîtra de nouveau – et avec tout ce qu'il lui faut pour continuer à produire l'arme génétique de Malkovic.

— Bon, intervint Randi sans pouvoir dissimuler son irritation. On ne peut pas entrer. On ne peut pas les bombarder. On ne peut pas attendre qu'ils sortent. Ça t'ennuierait de me dire ce qu'il nous reste comme choix, Jon ? »

Il serra les dents, tout aussi frustré qu'elle. « Je n'en sais rien. Mais il faut qu'on trouve un moyen d'écarter ces types du jeu dont ils ont établi les règles, de les faire réagir à *nos* initiatives, pour changer. »

Incapable de supporter l'inaction plus longtemps, il se leva et se mit à faire les cent pas sur leur petite parcelle de vigne. Il devait bien y avoir quelque chose à faire, un pion qu'ils pourraient jouer pour atteindre Malkovic et ses comparses, pour les contraindre à sortir de leur labo fortifié avant qu'il ne soit trop tard !

Jon s'arrêta brusquement et resta immobile le temps que la petite ébauche d'idée folle prenne forme et substance. Peut-être Randi leur avait-elle fourni sans y penser l'accroche qu'il leur fallait. Une lueur farouche illumina ses yeux. Il se tourna vers Kirov. « J'ai besoin de ton téléphone, Oleg ! Tout de suite ! »

Le Russe lui lança leur dernier téléphone portable sécurisé du Réseau Bouclier. « Fais-en bon usage ! suggéra-t-il sans poser de question.

— Le bon usage est la dernière subtilité à laquelle je pense en ce moment », lui rétorqua Jon avec un sourire maléfique.

Il partit assez loin d'eux pour qu'ils ne l'entendent pas parler et composa le code du quartier général du Réseau Bouclier.

Fred Klein l'écouta résumer la situation à laquelle ils étaient confrontés. « C'est un bien vilain dilemme, Jon, dit-il quand Smith eut terminé. Tu as un plan ?

— Oui, j'en ai un, mais il faut que Washington agisse pour que ça marche. Et il faut que ça se produise aussi tôt qu'il est humainement possible.

— Que veux-tu que je fasse ? »

Smith le lui dit.

Il y eut un long silence à l'autre bout du fil. Quand Klein reprit la parole, il avait l'air ennuyé. « Tu me demandes de marcher sur le fil du rasoir, sur ce coup-là, Jon.

— Je sais.

— Le président et moi pouvons probablement cacher l'existence du Réseau Bouclier à tous ceux qui interviendront d'ici, à Washington, mais je m'inquiète pour Mlle Russell. Elle en sait déjà bien plus sur nos activités et nos possibilités que le voudrait la prudence. Ce que tu suggères pourrait bien lui fournir assez d'informations pour révéler cette organisation au grand jour.

— Elle a déjà tous les soupçons qu'il lui faut, Fred.

— Il y a un gouffre entre des soupçons et une certitude, Jon. Et je préférerais que Randi Russell reste en dehors de ça.

— Est-ce que nous avons vraiment le choix ?

— Non, finit par admettre le chef du Réseau Bouclier. D'accord, Jon. Ne bouge pas. Je te ferai savoir quand nous serons prêts à lancer les choses de notre côté.

— Je ne bouge pas. »

La ligne fut coupée.

22 février
Vidéoconférence sécurisée entre les services
d'intelligence allemands et américains

De grands écrans de télévision à Washington, Langley, Berlin, Bonn et Cologne s'allumèrent simultanément, reliant des groupes d'hommes et de femmes assis autour de tables de conférences séparées par des milliers de kilomètres et des centaines de minutes de décalage horaire. Les Allemands avaient l'air fatigués et nerveux. Il était déjà plus de minuit quand on les avait convoqués en urgence, tirés de leurs divers bureaux pour ce qui était présenté comme une réunion extraordinaire avec le nouveau directeur américain des renseignements, William Wexler, qui avait des informations à leur transmettre.

Wexler paraissait calme, posé. Son corps exprimait la confiance et la conviction absolue dans ce qu'il allait dire. Quand il prit la parole, il fixa l'objectif pour donner l'illusion qu'il regardait droit dans les yeux chacun de ceux qui l'écoutaient sur le circuit sécurisé.

Ce qu'aucun des participants à la vidéoconférence ne savait, c'était qu'une ligne retransmettait image et paroles à la Maison Blanche. Fred Klein, qui regardait la conférence en compagnie du président Castilla depuis le Bureau ovale, soupçonnait avec un certain cynisme qu'une des raisons pour lesquelles Wexler se montrait si à l'aise était que l'ancien sénateur avait l'habitude de prononcer à la télévision des discours dont il ne comprenait pas la teneur ou dans lesquels il ne croyait pas.

Après quelques politesses préliminaires, Wexler passa au cœur du sujet. Il parla clairement, avec concision. « Les agences de renseignements des Etats-Unis ont enfin définitivement identifié le site de production des armes biologiques utilisées contre nous, contre nos alliés de l'OTAN et contre les pays situés aux frontières de la Fédération de Russie. »

Ceux qui le regardaient et l'écoutaient se redressèrent sur leur siège.

L'écran se sépara en deux, une moitié montrant une photo satellite prise des mois plus tôt. On y voyait un vaste complexe entouré d'une clôture au bord d'une crête montagneuse. On avait entouré un des bâtiments d'un cercle. « Ces armes sont fabriquées en secret dans un laboratoire près d'Orvieto, en Italie, dit Wexler d'une voix ferme. Ce laboratoire fait partie du Centre de recherche européen sur la démographie, le CRED. »

Des murmures choqués parcoururent l'auditoire.

Wexler les ignora. « Les renseignements confirment que cette cible est claire et irréfutable. En conséquence, le président des Etats-Unis a autorisé un assaut militaire immédiat sur ce complexe clandestin de fabrication d'armes biologiques. »

Les responsables des renseignements allemands et américains restèrent silencieux, visiblement stupéfaits de ce qu'ils venaient d'entendre.

La photo satellite disparut, remplacée par une carte montrant la botte italienne entourée par la mer. Un autre cercle se dessina sur la carte autour de bateaux voguant en Méditerranée, au large de la côte ouest de l'Italie. « Un détachement de la marine américaine spécialisé dans les interventions rapides se prépare à l'action à bord des bateaux de la Sixième Flotte, continua Wexler. Cette force d'intervention sera en mesure de mener le raid dans deux heures. Plusieurs équipes sous le commandement des Opérations spéciales sont déjà sur place à quelques kilomètres autour d'Orvieto, prêtes à établir des barrages sur toutes les routes menant au laboratoire. »

Un des Allemands prit la parole. En bas de l'écran, son nom s'inscrivit : Bernhard Heichler. C'était un officier de haut rang du Bundesamtes für Verfassungs-schutz. « Et que pensent les Italiens d'un projet aussi risqué ? demanda-t-il avec raideur.

— Pour assurer la surprise complète, l'assaut doit intervenir sans l'information ni le consentement du gouvernement italien », répondit froidement Wexler.

La mâchoire inférieure de Heichler tomba, réaction partagée par nombre de ses collègues, tant allemands qu'américains. « Alors, pourquoi nous donnez-vous cette information ? »

Avec un petit sourire, Wexler lâcha la bombe suivante : « Parce que l'homme responsable de la création de cette arme biologique est le professeur Wulf Renke. Un de vos compatriotes. Un dangereux criminel que vous avez longtemps pourchassé. »

D'une voix ferme et forte, il expliqua que les renseignements américains savaient maintenant tout de Renke, y compris la manière dont il avait échappé à la justice allemande grâce à l'aide d'Ulrich Kessler.

« Nous souhaitons que vous rassembliez une équipe d'experts capables de nous assister dans l'exploitation de chaque renseignement secret que nos soldats pourront trouver, continua prudemment Wexler. Leur mission sera de collecter toute information contenue dans les archives téléphoniques du laboratoire, dans les disques durs des ordinateurs, dans les registres, et d'interroger les prisonniers que nous avons l'intention de capturer. Eh bien ? demanda-t-il avec un sourire triomphant. Y a-t-il d'autres questions ? »

Immédiatement, un mélange de voix résonna, tous les participants étant bien décidés à parler en premier.

Castilla coupa le son sur sa télécommande. L'agitation tomba dans le silence. Il se tourna vers Klein avec un petit sourire sur son visage large et charnu. « On dirait que notre canular commence à semer une belle pagaille.

— En effet, approuva Klein.

— Tu penses que ça marchera comme le croit le colonel Smith ?

— Je l'espère. Dans le cas contraire, il est peu probable que Jon et les autres survivent aux prochaines heures, dit Klein en consultant sa montre d'un air inquiet. D'une manière ou d'une autre, nous le saurons très prochainement. »

Chapitre quarante-huit

Estelle Pike, très digne, était assise à son bureau dans l'antichambre du Bureau ovale. Elle tapait un des mémorandums que le président avait écrit à la main pour informer le Conseil national de Sécurité de l'action en cours. Ses yeux passaient rapidement de l'écran devant elle aux notes sur son bureau, puis au reste de la pièce. Les autres postes de travail étaient vides. Elle eut un petit sourire. Elle avait trouvé pour ses assistants des tâches qui les avaient envoyés courir les uns après les autres dans le labyrinthe de bureaux de la Maison Blanche.

Un steward entra dans la pièce, un plateau couvert dans ses gants blancs.

Estelle arrêta de taper et leva vers lui des yeux sévères. « Oui ? Qu'est-ce que c'est ?

— Le repas du président, madame », répondit poliment le steward.

Estelle Pike montra du menton un coin libre de son bureau. « Vous pouvez le laisser là. Je le lui apporterai dans un moment. »

L'homme fut surpris. Le personnel de la Maison Blanche connaissait bien la secrétaire du président et ne l'aimait guère, car on trouvait qu'elle insistait beaucoup trop sur le protocole et la hiérarchie. Il était rare, voire inédit, qu'elle s'abaisse, comme elle venait de le proposer, à exécuter des tâches dont elle considérait qu'elles revenaient à ses inférieurs.

« Le président est très occupé, Anson, expliqua-t-elle froidement. Il ne souhaite pas être dérangé pour le moment. »

Le steward regarda la porte fermée derrière elle, puis haussa les épaules. « Bien, madame. Mais n'attendez pas trop, sinon, la salade va se flétrir. »

Dès que la porte se referma derrière le steward, Estelle Pike se pencha pour ouvrir son sac. Dedans, enveloppée dans un mouchoir en papier, elle trouva la petite fiole en verre scellée qu'elle avait récupérée à l'aube dans la campagne du Maryland. Puis, avec des mouvements calmes et précis, elle ouvrit la fiole, souleva le couvercle en argent dissimulant la salade de Castilla et versa le liquide sur les feuilles, sur la sauce piquante et la crème fraîche, sur le fromage et les morceaux de poulet grillé. Elle remit la fiole dans son sac et se leva.

Elle allait prendre le plateau quand une voix calme retentit derrière elle. « Ce ne sera pas nécessaire, madame Pike. »

Surprise, elle se figea et se retourna lentement vers le Bureau ovale. Nathaniel Frederick Klein, son visage étroit impassible comme jamais, se tenait dans l'embrasure de la porte, flanqué de deux agents du Secret Service, arme au poing.

« Que signifie tout cela, monsieur Klein ? demanda Estelle Pike d'une voix glaciale, l'air crâne.

— Cela signifie, madame Pike, que vous êtes en état d'arrestation.

— Pour quel motif ?

— Pour tentative d'assassinat sur la personne du président Samuel Adams Castilla. Ce sera un bon début, mais il ne fait aucun doute que d'autres accusations s'y ajouteront, quand nous creuserons votre passé et que nous examinerons votre conduite. »

*

Plus tard, assis face à Castilla en état de choc, Klein posa la fiole sur la grande table en pin du président. « On va faire analyser ce qui reste du contenu, mais si les soupçons de Jon Smith sont exacts, je doute que nous trouvions grand-chose d'utile. »

Castilla fit une moue pessimiste. Il n'arrivait pas à y croire. « Estelle Pike ! Elle travaille avec moi depuis des années, depuis mon arrivée à la Maison Blanche. Dis-moi, Fred, qu'est-ce qui t'a conduit à la soupçonner ?

— Je ne la soupçonnais pas vraiment, Sam. Quand nous avons compris avec quelle facilité cette arme biologique ciblée pouvait être administrée à ses victimes, j'ai eu une petite conversation discrète avec le chef de ton Secret Service. Depuis, ses hommes et lui surveillent toutes les étapes de la préparation des repas à la Maison Blanche. Le passage par Mme Pike était le seul hiatus potentiel dans ta sécurité. C'est donc celui que j'ai fait observer de plus près. Comme elle a trouvé des raisons d'envoyer son personnel hors du bureau dès que tu as appelé la cuisine pour qu'on t'apporte cette salade, je me suis dit que ce serait une bonne idée de voir ce qu'elle avait en tête. »

Castilla posa un doigt sur la fiole, le regard encore

bouleversé. « Mais pourquoi ? Pourquoi aurait-elle fait une chose pareille ?

— Je crois que nous allons découvrir que ta Mme Pike a bien des vies cachées. Je me suis parfois interrogé à son sujet. Sa position ici, à la Maison Blanche, lui donnait accès à un éventail énorme d'informations secrètes. Et son passé – veuve jeune, sans famille, sans véritables amis – m'a paru trop commode, trop parfait. Si j'avais voulu créer une légende, une couverture, pour une taupe à introduire au cœur du pouvoir ennemi, c'est exactement le genre de profil que j'aurais cherché à fabriquer.

— Tu crois qu'elle espionnait pour les Russes ?

— Presque certainement, dit Klein en se levant. Mais nous allons nous en assurer, tu peux compter sur nous.

— Je sais, Fred, dit Castilla avec un sourire reconnaissant. Je l'ai toujours su... tout comme je compte sur le colonel Smith et les autres », dit-il d'un air plus sombre.

Près d'Orvieto

Konstantin Malkovic fixait le message décrypté sur son ordinateur portable. « Incroyable ! marmonna-t-il avant de se tourner vers Brandt, penché sur son épaule. Comment est-ce possible ?

— Les Américains sont plus près de nous que nous l'avons cru, voilà tout, répondit Brandt en lisant le message d'alerte envoyé en urgence absolue par l'agent du financier en Allemagne.

— Mais qu'est-ce qu'on peut faire ? » demanda

l'homme dont la voix de baryton était soudain devenue suraiguë.

Brandt posa sur son employeur un regard dégoûté. Malkovic était en train de s'effondrer sous ses yeux. Tout le panache du milliardaire, toute sa célèbre confiance en lui n'étaient qu'une légende, comprit l'homme aux yeux gris. Oh, le financier d'origine serbe était courageux quand il gagnait, quand il spéculait dans l'abstraction – sur des devises, sur le pétrole et le gaz naturel, sur la vie d'autres gens –, mais physiquement, c'était un lâche, un homme qui flanchait quand sa propre vie était menacée. Comme beaucoup d'êtres rapaces, il avait toujours faim de plus de pouvoir ou de plus d'argent car il était fondamentalement faible.

« Nous devons évacuer les lieux, annonça Brandt. Les données génétiques et les dossiers du professeur Renke permettant la fabrication d'autres variantes sont prêts. Nous allons les prendre et partir avec lui sur l'instant.

— Mais... bredouilla Malkovic en pleine confusion, son équipement ?

— On pourra le remplacer.

— Et ses assistants ? Son équipe de scientifiques ? Les hélicoptères arriveront trop tard et nous n'aurons pas de place pour eux dans les voitures.

— Non », admit froidement Brandt.

Il regarda dans le laboratoire principal où les scientifiques et les techniciens appliquaient les consignes rigoureuses de préparation des machines de pointe pour le déménagement qui n'aurait plus lieu. Il haussa ses larges épaules. « Il faudra les abandonner, ainsi que les gardes du corps italiens.

— Quoi ? s'exclama Malkovic en pâlissant. Vous

êtes fou ? Quand les *marines* entreront dans ce bâtiment, ils les captureront et ils parleront !

— Non, ils ne parleront pas. »

Brandt sortit son Walther de son étui et l'inspecta. Il vérifia aussi que le chargeur contenait bien quinze balles avant de le réinsérer dans la poignée.

Le financier avait l'air malade à la lumière crue des lampes fluorescentes. Il s'effondra sur une chaise et regarda sans le voir le carrelage entre ses pieds.

Brandt se détourna de ce spectacle affligeant et appela un des gardes du corps.

« Oui, monsieur Brandt, qu'est-ce qu'il y a ? demanda l'homme, qui s'ennuyait ferme.

— Ordonne au personnel de se rassembler dans le hall, Sepp. Tout le monde, sans exception, dit l'officier de l'ex-Stasi en baissant la voix. Ensuite, dis à Karl et aux autres que nous allons devoir tuer... quelques personnes. Et demande à Fyodor d'apporter ses boîtes qui sont dans le coffre de la voiture. Nous aurons finalement besoin de ses explosifs. »

Pour la première fois, les yeux mornes du garde du corps s'éveillèrent à la vie. « Ce sera avec plaisir !

— Je sais, dit froidement Brandt, et c'est pourquoi je vous trouve si utiles, tes camarades et toi. »

Pendant quelques secondes il regarda l'homme s'éloigner et commencer à faire sortir du laboratoire principal et à rassembler dans le hall les savants et les techniciens épuisés.

Renke s'approcha de lui. Une légère crispation autour de sa bouche trahissait son immense irritation à voir ses assistants écartés de leur travail alors qu'ils ne l'avaient pas terminé. « A quoi jouez-vous, Erich ? demanda-t-il d'un ton impérieux.

— Lisez ça ! » lui répondit Brandt en lui désignant

le message qu'affichait encore l'ordinateur portable de Malkovic.

Il suffit au savant de lire en diagonale le message d'alerte sur un assaut américain imminent pour qu'il exprime une surprise modérée en haussant juste un de ses sourcils blancs. « C'est malheureux, murmura-t-il. Est-ce que nous partons ? demanda-t-il à Brandt en le regardant par-dessus son épaule.

— C'est exact.

— Quand ?

— Dans quelques minutes. Récupérez aussi vite que possible ce dont vous avez besoin dans votre bureau. Emmenez-le avec vous, dit-il en montrant du menton Malkovic toujours effondré sur sa chaise, et gardez un œil sur lui, professeur. Sa fortune et ses relations pourront encore nous être utiles. »

Sur ce, Brandt tourna les talons et gagna le hall, son pistolet à la main, prêt à tirer.

Renke le regarda un instant puis baissa les yeux vers le milliardaire abattu. « Venez, monsieur Malkovic, par là ! »

Engourdi, l'homme déploya sa haute silhouette, prit sa serviette et son ordinateur et suivit le spécialiste des armes biologiques dans le couloir central.

Dans son bureau sans fenêtres, Renke gagna la bibliothèque qui dissimulait son coffre-fort équipé d'un congélateur. Il entra un code et pressa son pouce sur le scanner. De la vapeur glacée s'échappa quand la porte s'ouvrit.

Ailleurs dans le bâtiment on entendit des coups de feu étouffés par les épais murs insonorisés. Il y eut des hurlements et des exclamations. La fusillade se termina rapidement et, dans le silence sinistre qui suivit, on n'entendit plus que quelques cris d'agonie et un homme qui sanglotait de terreur. Un pistolet aboya trois fois. Le silence fut total.

« Mon Dieu ! Est-ce que les *marines* sont déjà là ? bredouilla Malkovic en reculant contre un mur, sa serviette contenant les informations sur les projets militaires de Dudarev et l'implication du dirigeant russe dans HYDRA serrée contre sa poitrine comme si ça pouvait le protéger des balles américaines.

— Du calme ! ironisa Renke. Ce n'était que Brandt qui éliminait mes malheureux assistants. »

Il enfila un gant pour sortir du congélateur le panier de fioles qu'il glissa avec précaution dans un sac isolant.

Il sourit de satisfaction en contemplant les rangées de variantes d'HYDRA spécialement préparées par lui. Sur chaque tube en verre, l'étiquette portait un nom différent, souvent un nom russe. Dans moins de quarante-huit heures, ce que contenait la serviette de Malkovic serait tout à fait inutile pour faire pression sur Viktor Dudarev. Dès que les troupes et les tanks russes auraient passé les frontières, le chef du Kremlin ne craindrait plus qu'on dévoile ses projets. Il serait alors libre d'agir comme il le voudrait contre le financier tremblant.

Sans cesser de sourire, le scientifique ferma et scella le sac qu'il venait de remplir. Malkovic était condamné, même s'il ne l'avait pas encore compris. Mais les armes indétectables et incurables que contenaient ces fioles lui permettraient à lui, Wulf Renke, de tenir à sa merci Dudarev et ses copains le reste de leur vie.

*

Le lieutenant-colonel Jon Smith était accroupi derrière le capot de la voiture louée par Randi Russell, une Volvo vert foncé à quatre portes. Elle était arrêtée en travers de la route à deux voies, bloquant la branche principale qui menait au plateau volcanique d'Orvieto. C'était là que la Strada N° 71 se divisait : une branche de la fourche partait vers la gare, la ville basse et continuait au pied des Apennins. L'autre montait au flanc d'un rocher de tuf et pénétrait dans la ville d'Orvieto au sommet de la pente abrupte.

Smith regarda sur sa gauche. Le plateau le dominait, immense ombre noire contre le ciel étoilé. Au-delà de l'intersection, parsemée d'arbustes et de buissons, s'élevait une pente herbeuse qui se terminait par un véritable mur de calcaire et de basalte.

Il regarda sur sa droite. Kirov, à deux mètres de lui, était accroupi à l'arrière de la Volvo, son fusil-mitrailleur Heckler & Koch MP5 serré entre ses mains. Le Russe lui adressa un signe de tête pour lui signifier qu'il était prêt. Par-delà la route, le terrain descendait en pente douce, couvert d'arbres fruitiers et de vignes dénudées. Dans la vallée, les rares lumières provenaient des lointains corps de fermes.

« Les voilà ! » murmura Randi Russell dans sa radio. L'officier de la CIA était à couvert un peu plus loin sur un promontoire qui lui offrait une bonne vue du complexe violemment éclairé du CRED, à environ un kilomètre de là. Elle était leur sentinelle avancée. « Je compte deux voitures. Des Mercedes noires. Elles roulent vite... On dirait... que tu avais raison, Jon. Il est possible que tu deviennes un jour un bon soldat !

— Compris ! » répondit Smith.

Il avait beau savoir ce qui l'attendait, l'action imminente, il réussit à se détendre un peu. Randi avait bataillé avec véhémence pour qu'ils installent leur embuscade plus près du Centre. Elle voulait s'assurer que Malkovic, Renke et leurs compagnons ne puissent s'échapper en prenant une des petites routes de campagne qui sillonnaient la vallée. Mais Jon s'était opposé à elle, lui faisant remarquer que frapper l'ennemi trop près du laboratoire fortifié donnerait à ces criminels une chance de battre en retraite et de retourner sous sa protection impénétrable. Puis, quand Malkovic et les autres se rendraient compte que l'assaut américain qu'on leur avait annoncé n'était qu'un énorme bluff, ils seraient libres de revenir à leur projet initial et de s'envoler vers la liberté.

Smith avait fait le pari que Brandt voudrait prendre cette route, car elle leur offrait, à ses employeurs et à lui, le moyen le plus rapide de mettre de la distance entre eux et le Centre. Dès qu'ils auraient traversé l'*autostrada* nord-sud près de la gare d'Orvieto, les fugitifs seraient en mesure de passer les Apennins par des routes secondaires peu fréquentées et de gagner la côte adriatique de l'Italie.

Il sentit son corps se tendre au bruit des puissants moteurs de voitures qui approchaient. Il arma son MP5, engageant une balle de 9 mm dans la chambre. D'une main, il s'assura que l'arme était réglée sur le tir en rafales de trois balles, puis il se baissa un peu plus pour mieux se cacher derrière la Volvo.

Le ronflement des moteurs qui approchaient était de plus en plus fort.

Des phares éclairèrent soudain la Volvo, projetant son ombre déformée sur la pente. Des pneus crissèrent quand la Mercedes de tête freina pour éviter la voiture qui bloquait la route. Une seconde plus tard, d'autres freins hurlèrent quand la seconde limousine noire vira brutalement et s'arrêta au milieu de la route pour éviter de heurter la première.

Smith et Kirov se redressèrent derrière la Volvo, et visèrent la voiture de tête, à quinze mètres d'eux. Il y eut d'autres mouvements plus haut sur la pente quand Fiona Devin bondit de sa cachette derrière un rocher à demi enterré qui avait dû tomber de la falaise des siècles plus tôt. Elle pointa son Glock et visa la seconde voiture.

« Sortez du véhicule ! cria Smith en plissant les yeux pour les protéger des phares. Tout de suite ! Les mains en l'air ! »

Il savait le moment critique. La nécessité de prendre des prisonniers dominait toute autre considération, y compris leur propre sécurité.

Les deux Mercedes restèrent immobiles, arrêtées dans des positions inhabituelles sur la route. On ne voyait rien bouger à travers les vitres teintées.

« C'est notre dernière mise en garde ! cria Jon en arrondissant le doigt sur la détente. Sortez de ces bagnoles tout de suite ! »

Une porte arrière de la première voiture s'ouvrit. Lentement, un homme, un des gardes du corps de Malkovic, sortit et s'arrêta debout face à eux. Il leva les mains, doigts écartés, à hauteur des épaules. « Je ne suis pas armé, annonça-t-il avec un fort accent. Qu'est-ce que vous voulez ? Vous êtes de la police ?

— Pas de questions ! rugit Kirov. Dites à Malkovic et aux autres de descendre ! Ils ont dix secondes avant que j'ouvre le feu !

— Je comprends, dit précipitamment l'homme. Je vais le leur dire. »

Le garde du corps se détourna comme s'il allait se pencher à nouveau vers l'habitacle et parler à ceux qui étaient restés à l'intérieur de la voiture, mais soudain, à une vitesse incroyable, il se retourna. Une main avait plongé dans son lourd manteau de laine et en était ressortie avec un petit pistolet-mitrailleur Uzi.

Smith et Kirov tirèrent au même moment.

Frappé de plusieurs balles, l'homme tomba en arrière. Il était mort avant de heurter le sol.

Au même instant, le chauffeur de la Mercedes de tête enfonça l'accélérateur. La limousine noire rugit et bondit en avant, droit sur la Volvo. La seconde Mercedes suivit.

Trop tard, Smith comprit son erreur. Ces salauds avaient sacrifié un homme pour le faire sortir de sa position. Il fit pivoter le canon de son MP5 et tira de nouveau, visant cette fois le moteur de la première voiture. Ses balles trouèrent le capot. Des étincelles et des bouts de métal déchiqueté s'envolèrent sous la série d'impacts.

Près de lui, Kirov visa les pneus. Plus haut sur la colline, Jon vit les flammes qui sortaient du canon du Glock de Fiona Devin, qui tirait sur la seconde limousine, aussi vite qu'elle le pouvait. Comme le Russe, elle visait les pneus dans l'espoir d'immobiliser leurs ennemis avant qu'ils puissent franchir le barrage et filer dans la nuit.

Jon resta ferme derrière la Volvo le temps de voir la Mercedes lancée à pleine vitesse sortir de l'ombre devant lui comme un éléphant rendu fou. Il tira une autre salve de trois coups. Du métal se détacha une fois de plus du capot couvrant le moteur de la voiture.

Mais il était temps de se mettre à couvert.

Smith plongea si durement sur la route que le choc lui fit claquer des dents, puis il roula à toute vitesse sur le macadam, jusqu'à l'herbe. Derrière lui, la Mercedes heurta la Volvo dans un vacarme assourdissant. Un instant solidarisées par l'impact, les deux voitures glissèrent sur la route dans une pluie de verre brisé et de carrosserie froissée. La Volvo pivota loin de la Mercedes, dégageant la branche droite de la fourche.

Dans un hurlement de métal, la première Mercedes passa, ses jantes frottant la chaussée, et prit la direction d'Orvieto. Des morceaux des trois pneus éclatés se détachèrent et rebondirent à sa suite, comme au ralenti. Des gerbes d'étincelles lumineuses tourbillonnaient sur la route quand la seconde limousine noire, elle aussi roulant sur ses jantes, rugit au-delà de la pauvre Volvo et partit dans un bruit de meule à la suite de la première.

Smith se dressa sur un genou et ouvrit le feu en direction des véhicules en fuite. Kirov, près de lui, tirait calmement, visant bas.

Fiona glissa de la pente vers eux en insérant un nouveau chargeur dans son pistolet. La frustration se lisait sur son visage. « Ils s'enfuient ! » cria-t-elle.

Kirov tira une autre rafale, maintenant son pistolet-mitrailleur sur la cible tandis qu'il arrosait de cartouches recouvertes de cuivre les voitures en amont sur la route. « Non, lui dit-il. Regarde ! »

Après un dernier toussotement rauque de son moteur mourant, la première Mercedes frémit et s'immobilisa à environ deux cents mètres. Quatre hommes en descendirent et partirent en courant vers Orvieto. Un d'entre eux, coiffé d'une masse de cheveux blancs, la démarche fatiguée, avait du mal à remonter la pente. Il serrait une serviette à deux mains contre lui. Les cheveux blond pâle d'un autre, plus grand, luisaient sous la lune.

Smith bondit. « Malkovic et Brandt ! annonça-t-il. Allons-y ! »

Devant eux, la seconde limousine s'écarta de la route pour tenter de dépasser la première en panne. Mais elle s'enfonça dans la terre meuble et dut s'arrêter au bout de quelques mètres. Quatre hommes en surgirent. Deux se déployèrent sur la route, armes à la main, visiblement décidés à servir de garde arrière pour leurs compagnons en fuite. Les deux autres, dont un homme mince à barbe blanche chargé d'une mallette, hésitèrent un instant devant la longue route à découvert menant à Orvieto, puis décidèrent de ne pas l'emprunter et entreprirent de monter la pente entre les arbres et les buissons qui poussaient au pied de la falaise.

Jon entendit des pas qui frappaient rythmiquement le sol derrière lui et se retourna, son MP5 prêt à tirer.

C'était Randi Russell qui sortait de l'ombre, prête à tirer. « C'est Renke ! rugit-elle en montrant les deux hommes qui venaient de disparaître dans l'ombre des arbres. Kirov, Devin et toi occupez-vous des autres. Je me charge de Renke !

— Bonne chance ! » lui souhaita Smith.

Randi lui donna une tape sur l'épaule en le dépassant au pas de course. « A vous aussi ! » Et elle partit sur la pente raide.

Jon retira le chargeur vide de son pistolet-mitrailleur et en introduisit un neuf, puis il se tourna vers Kirov et Fiona. « Prêts ? »

Ils hochèrent la tête, les yeux brillants, saisis, comme lui, par l'étrange exaltation, la quasi-folie, que procure le combat.

« C'est bon, finissons-en ! » dit Jon en partant déjà sur la route.

Chapitre quarante-neuf

Smith monta du côté gauche de la route tandis que Kirov et Fiona partaient sur le côté droit. Assez loin d'eux déjà, toujours illuminés par la lune, il vit Malkovic, Brandt et leurs deux gardes du corps qui couraient dans l'espoir d'atteindre le sommet du plateau avant que leurs poursuivants les rattrapent. Renke et l'un des autres hommes de main avaient disparu sur la pente à leur droite dans ce qui avait l'air d'un petit verger avec pêchers et pommiers, entouré de rangées de vignes plantées au pied de la falaise. Des pancartes jaunes sur le bord de la route pointaient dans cette direction, identifiant le lieu comme le CROCIFISSO DEL TUFO, site d'une ancienne nécropole étrusque, une ville des morts.

Pour l'instant, c'étaient les hommes devant lui qui inquiétaient le plus Jon. Deux des gardes du corps de Brandt étaient restés à l'arrière pour couvrir la fuite de leur patron et de Malkovic, avec ordre à coup sûr de tuer ou du moins de retarder les Américains à leur poursuite. L'un s'était arrêté, bien caché dans le sous-bois du bas de la pente. L'autre se dissimulait quelque part à droite, plus haut, dans les rochers.

Smith s'interrogea. Foncer droit devant sur la route à découvert en direction de ces types était une excellente manière de se faire tuer. Le courage au feu était une chose. La folie suicidaire en était une autre.

Il ralentit et mit un genou à terre, scrutant avec soin la végétation dense de chaque côté de la route au-dessus du canon de son pistolet-mitrailleur. Kirov et Fiona étaient allongés sur sa droite, attentifs, leurs armes elles aussi prêtes à tirer.

« Vous voyez quelque chose ? murmura Jon.

— Non, répondit Kirov en se tournant vers lui. Mais il faut continuer de bouger, mon vieux, en dépit des risques. Le vacarme des tirs a dû alerter la police.

— Et tu ne penses pas que les *carabinieri* vont croire à notre histoire de touristes partis se promener en pleine nuit ? » demanda Smith avec un sourire.

Kirov pouffa de rire. Il montra son MP5. « Je ne sais pas pourquoi, mais j'en doute, Jon !

— On ferait donc mieux d'arrêter de bavasser et de reprendre la poursuite, dit Fiona d'une voix à la fois amusée et irritée en se redressant pour repartir le long de la route. Je vais les attirer sur moi. Vous pourrez les abattre. »

Surpris, Kirov se retourna et tendit le bras pour l'arrêter. « Non, Fiona ! Laissez-nous faire, Jon et moi. Nous avons un entraînement de soldats, pas vous. Vous prendriez un trop grand risque.

— Oleg a raison ! confirma Smith.

— Non, il n'a pas raison, colonel. Et vous non plus ! Je ne peux pas espérer toucher quiconque avec ça à plus de vingt ou trente mètres, dit-elle avec impatience en montrant le pistolet dans sa main. Les pistolets-mitrailleurs que vous tenez tous les deux vous donnent la possibilité de tirer de plus loin. Utilisons ces avantages !

— Elle a raison », dit Jon avec une grimace à l'intention de Kirov.

Le Russe grogna. « Oui. Comme bien souvent, approuva-t-il en retirant sa main. Mais je vous en supplie, ne vous faites pas tuer, Fiona. Sinon, je... »

Sa voix s'épaissit et il se tut.

Avec un sourire, Fiona lui donna une gentille petite tape sur la tête. « Oui, je sais. Je serai aussi prudente que possible. »

Elle partit, à peine penchée en avant.

Les deux hommes attendirent quelques secondes avant de la suivre. Baissés, ils progressèrent avec précaution à travers les hautes herbes bordant la route, sans quitter l'ombre.

*

Un des tireurs de Brandt, Sepp Nedel, était allongé derrière un amoncellement de rochers couverts de végétation. Il regarda vers la route à travers le viseur de son Micro-Uzi, en quête de mouvements. La poignée rétractable calée contre son épaule, il attendit avec calme. Abattre les scientifiques désarmés de Renke avait été une diversion assez plaisante, mais ce duel contre des adversaires armés était plus à son goût.

Les buissons bougèrent légèrement de l'autre côté de la route. Nedel eut un sourire mauvais. C'était typique de Fyodor Bazhenov, toujours nerveux, impatient, quand il tenait un flingue à la main. Ancien du KGB, il était assez compétent en matière d'explosifs, mais une véritable menace pour lui et les autres sur le terrain.

Son regard fut attiré par une ombre. Quelqu'un montait sur la route. L'Allemand rajusta sa prise sur l'Uzi et visa dans cette direction. Il vit une silhouette vêtue de noir qui se rapprochait et s'accroupissait de temps à autre pour observer et tendre l'oreille. Un éclaireur, se dit Nedel. Il connaissait la manœuvre. Il allait le laisser passer et tuer ceux qui suivraient.

L'éclaireur se rapprochait.

Il ne tira pas, la silhouette qui venait vers lui l'intriguait. Soudain, il comprit. L'éclaireur américain était une femme ! Nedel sourit à pleines dents à la perspective du plaisir qui l'attendait en sa compagnie quand il aurait éliminé ses compagnons.

Soudain, un Uzi crépita, crachant ses balles vers la route. Des morceaux d'asphalte et des touffes d'herbe mêlées de terre explosèrent autour de la femme en noir. Elle tomba en avant et ne bougea plus.

Nedel poussa un juron silencieux. Bazhenov avait paniqué !

Il vit le Russe qui sortait la tête des buissons pour mieux voir sa cible. L'expert en démolition leva son pistolet-mitrailleur et visa la silhouette immobile recroquevillée en bordure de la route.

Mais c'est une autre arme qui fit feu, de plus bas sur la colline.

Frappé en plein visage, Bazhenov poussa un seul cri perçant et tomba de côté sur les buissons. Une seconde rafale le déchiqueta.

Le tireur en noir qui venait de le tuer bondit sur ses pieds et courut vers la femme gisant au sol. Il s'agenouilla près d'elle et sembla fouiller les nombreuses poches de son gilet d'assaut en quête d'une trousse de premier secours.

Nedel hocha la tête. Ça, c'était une cible valable ! Lentement, concentrant son attention, il se leva de derrière les rochers, visa le long du canon court de son Uzi, prit une profonde inspiration, attendit que ses deux viseurs s'alignent et se stabilisent sur l'homme agenouillé et arrondit l'index autour de la détente.

*

A plat ventre une centaine de mètres plus loin, Smith tira. Le MP5 fit un bruit de tonnerre et recula contre son épaule. Les trois cartouches s'envolèrent par-delà l'herbe folle et frappèrent deux fois leur victime, au cou et à l'épaule. Le tireur de Brandt s'effondra. Noir dans la lumière rare, le sang jaillit sur les rochers en quelques pulsations puis cessa de couler.

L'air farouche, Jon bondit et partit en courant rejoindre Kirov agenouillé près de Fiona Devin.

Elle était déjà assise quand il arriva. « Je vais bien ! insista-t-elle avec un sourire de soulagement, alors qu'elle était pâle et visiblement secouée. Ils m'ont ratée.

— Ils vous ont ratée ? s'insurgea Kirov en tendant la main vers une longue déchirure du tissu noir couvrant le bras gauche de Fiona et d'où sourdaient des gouttes de sang libérées d'une blessure par balle. Alors, qu'est-ce que c'est que ça ?

— Ça ? répéta Fiona avec un sourire. Ce n'est qu'une égratignure.

— Tu as eu de la chance ! » lui dit Smith dont le cœur battait encore trop fort.

Comme Kirov, il l'avait crue morte ou au moins gravement blessée.

Fiona baissa ses yeux calmes vers la radio accrochée à son gilet de combat. Elle avait été fracassée par une balle ou par un rocher quand la jeune femme avait plongé pour se mettre à couvert. « En effet, colonel, dit-elle en retirant de ses oreilles le casque maintenant inutile. Mais on dirait que je vais devoir compter sur vous, dorénavant, pour passer mes coups de fil ! »

Soudain une lumière blanche éblouissante s'alluma derrière eux, projetant leurs ombres sur la pente. Ils se retournèrent juste à temps pour voir une énorme boule de feu s'élever à l'ouest. Des bouts de métal, du béton pulvérisé, des éclats de verre fusèrent du centre de l'explosion à des centaines de mètres dans le ciel nocturne avant de retomber sur terre. Le bruit de la déflagration leur parvint au même moment, roulant, tonitruant comme un train de marchandises qui passait et s'éloignait, ne laissant à sa suite qu'un silence stupéfait.

« C'en est fini du labo de Renke, dit amèrement Smith en regardant la colonne de flammes s'élever du complexe du CRED. Et c'est la disparition de presque toutes les preuves dont nous avons besoin.

— Il est d'autant plus urgent de capturer Malkovic et Brandt, déclara Kirov. Mais au moins, on n'a plus à s'inquiéter d'être gênés par la police.

— Là, tu as bien raison ! approuva Jon en regardant le feu consumer les ruines fracassées du laboratoire d'armes biologiques. Toutes les forces de la police municipale et des *carabinieri* d'Orvieto vont se précipiter là-bas en compagnie des pompiers en moins de dix minutes. On ferait mieux de ne pas gâcher notre chance », conclut-il en se penchant pour aider Fiona à se relever.

Les trois agents du Réseau Bouclier partirent ensemble au pas de course sur la route, droit vers le sommet du plateau, à l'est.

*

Cachée parmi les pieds de vigne entremêlés, Randi Russell vit elle aussi la violente lueur éclairer la pente autour d'elle et projeter soudain sa lumière crue sur les hautes herbes, les arbres fruitiers sans feuilles, les clôtures, les terrasses érodées couvertes de buissons. Elle s'aplatit au sol et attendit que la clarté faiblisse et que la colline soit à nouveau plongée dans l'obscurité.

Dans le silence qui suivit l'explosion, elle entendit un murmure précipité de voix, devant elle, sur sa gauche. Prudente elle se redressa juste assez pour avancer et partit dans cette direction.

Les voix se turent.

Arrivée à une clôture, Randi se baissa à nouveau. Eclairé par la lune, le terrain devant elle lui parut très à découvert. Il était pourtant difficile d'en distinguer les détails. Entre une succession de monticules herbeux couronnant des pierres, ce n'était qu'ombre impénétrable. Il était temps de voir ça de plus près, décida Randi. Elle leva ses jumelles dont la fonction était d'amplifier la plus petite lueur ambiante, qu'elle provienne de la lune ou même des étoiles, transformant la nuit en jour.

Immédiatement, le paysage se dessina clairement.

Elle contemplait une grille rectangulaire d'allées taillées au flanc de la colline et bordées de maisonnettes construites avec de gros blocs de tuf volcanique, ce calcaire gris. Certaines avaient des toits coniques, d'autres plats, mais presque toutes étaient couvertes d'herbe sur de la terre damée. Des ouvertures basses, rectangulaires, perçaient leur façade. Sur les architraves, on avait gravé des lettres archaïques. Par-delà les édifices, un sentier flanqué d'une rampe montait en marches étroites jusqu'à une aire de stationnement, vide à cette heure.

C'était l'antique nécropole étrusque, comprit Randi au souvenir des rapides recherches qu'elle avait effectuées la veille pendant son vol depuis l'Allemagne. Certaines de ces tombes avaient près de trois mille ans. On pouvait admirer dans un musée proche de la cathédrale d'Orvieto les vases, coupelles, armes et armures trouvés là, quand les fouilles avaient commencé, au milieu du XIXe siècle.

Renke et son garde du corps devaient se cacher quelque part dans cette cité des morts, nourrissant probablement l'intention de redescendre de la colline quand il n'y aurait plus de coups de feu. Randi trouvait que ce n'était pas un mauvais plan, car il faudrait s'exposer si on voulait les pourchasser par ces allées étroites. Si elle devait s'y risquer, elle ferait une cible parfaite pour quiconque caché dans un des tombeaux.

Elle remit les jumelles dans une de ses poches et glissa sous la clôture, attentive à n'endommager aucun de ses équipements. Puis elle se dirigea vers les tombeaux en zigzaguant dans les hautes herbes, se faufilant d'une flaque d'ombre à une autre.

De temps en temps, elle s'arrêtait et tendait l'oreille pour ne rater aucun bruit qui pourrait lui révéler où se cachaient ses ennemis. Mais elle n'entendait rien, hormis le hurlement des sirènes de la police, des pompiers et des ambulances qui filaient vers le Centre ravagé par l'explosion.

Elle finit par atteindre la position qu'elle visait : un petit bosquet sur la pente dominant la nécropole. De là, elle pouvait voir presque toutes les allées en contrebas, en particulier celles qui reliaient le site à la route d'Orvieto.

A nouveau, Randi utilisa ses jumelles pour scruter méthodiquement le cimetière antique, s'arrêtant à chaque entrée de tombeau dont elle pensait qu'il offrait un bon poste de guet. Si elle devinait juste, Renke et son garde du corps devaient avoir choisi une cachette qui leur permettrait de repérer quiconque pénétrerait dans le réseau de tombes depuis la route ou le parking.

Quand ses jumelles arrivèrent à une ouverture dans un tombeau à mi-chemin de l'allée centrale, elle la dépassa comme les autres, mais revint dessus. Cette tache plus claire à l'intérieur était-elle une pierre effondrée ou un effet de la lune ?

Randi retint son souffle et attendit de voir si la tache allait se modifier. Soudain, elle bougea un peu et prit une forme et une définition plus précises. Il s'agissait de la tête et des épaules d'un homme rasé de près, accroupi juste à l'entrée et qui regardait par l'ouverture dans la rue, vers l'entrée de la nécropole. Quand il changea de position, elle vit qu'il tenait une arme.

Elle ne bougea pas. Renke était-il dans ce tombeau avec lui ? Le spécialiste des armes biologiques avait-il choisi un autre repaire ?

Le garde du corps regarda derrière lui un instant, écoutant apparemment quelque chose qu'on lui murmurait. Il hocha la tête et reprit son poste.

Randi eut un petit sourire. Wulf Renke était bien

là, recroquevillé dans l'obscurité, attendant l'occasion de sortir et de disparaître, comme tant de fois auparavant. C'était la réponse qu'elle espérait. Elle rangea ses jumelles et descendit la pente avec mille précautions, toujours baissée, s'éloignant de la rue où Renke et l'autre homme étaient dissimulés.

Elle s'arrêta à l'allée qui marquait la limite nord de la nécropole et la traversa d'un bond pour se glisser contre un des petits tombeaux carrés qui pouvait la protéger. Puis elle remit son Beretta dans son étui, qu'elle ferma, et elle se hissa des deux mains sur le toit couvert d'herbe de la chambre funéraire.

De là, elle passa de monument en monument, légère, sautant les étroits passages entre les tombeaux, jusqu'à atteindre un toit plat juste au nord de la cachette de Renke. Elle ressortit son pistolet 9 mm, rampa jusqu'au bord et regarda par-delà le coin.

A quelques mètres d'elle à peine, s'ouvrait la porte où elle avait vu le garde du corps du scientifique. Elle pointa son Beretta et attendit que ses yeux évaluent la bonne distance. Peu à peu, l'obscurité prit des formes et des nuances différentes, révélant à nouveau la tête et les épaules de la sentinelle accroupie, son pistolet-mitrailleur sur les genoux. Le doigt de Randi tâta la détente de son arme mais ne la pressa pas. Elle avait décidé de donner à ce type une chance de ne pas mourir idiot.

« Lâche ton arme ! » ordonna-t-elle d'une voix douce.

Pris au dépourvu, le garde du corps réagit d'instinct : il se leva et se retourna pour pointer son Uzi.

Elle lui tira une balle dans la tête.

Avant que l'écho du coup de feu rebondisse sur les murs de pierre autour d'elle, elle était déjà en mouvement. Elle roula au bas du toit, atterrit accroupie dans l'allée et brandit à nouveau son Beretta, visant l'ouverture de la crypte.

Il n'y eut pas un bruit. Elle ne vit rien bouger à l'intérieur.

« Wulf Renke ! Tout est fini pour vous, dit-elle dans un allemand parfait en élevant la voix juste assez pour qu'on l'entende de l'intérieur du tombeau. Vous ne pouvez pas fuir. Sortez, les mains en l'air, et vous survivrez ! Sinon, je vous tuerai. »

Pendant un instant, elle crut qu'il resterait silencieux, qu'il refuserait de lui parler.

Mais le savant répondit : « C'est le choix que vous m'offrez ? Soit je me rends comme un mouton et je me retrouve en prison, soit je meurs sous vos balles ?

— C'est cela.

— Vous vous trompez, dit Renke d'un ton sinistre. Vous oubliez qu'il y a toujours une troisième voie. Et c'est la voie que je choisis. »

Randi remarqua un léger bruit d'écrasement, suivi d'un hoquet et d'un soupir avant que ne s'abatte un silence absolu. « Oh, merde ! » murmura-t-elle en s'avançant vers l'ouverture.

Trop tard.

Wulf Renke était assis sur un des bancs de pierre étrusque, affaissé, les yeux fixes. De la salive mousseuse s'écoulait de ses lèvres molles sur sa petite barbe blanche bien coupée. Les fragments d'une ampoule brisée jonchaient le sol à ses pieds, près d'un sac isolant. Dans le tombeau, l'air sentait l'amande amère.

Le savant spécialiste des armes biologiques s'était suicidé au cyanure ! comprit la jeune femme. Furieuse, elle se pencha et entra dans le tombeau. Comme une fouille rapide des poches de Renke se révéla vaine, elle prit le sac qu'il avait laissé par terre et ressortit dans la petite allée éclairée par la lune.

Dans le sac isolant, elle trouva un ensemble de fioles en verre dans de la neige carbonique. Quand elle lut les noms qu'elles portaient, ses yeux s'arrondirent de stupéfaction et d'horreur. Randi ne doutait pas de contempler les variantes létales de l'arme génétique destinées à Viktor Dudarev, à ses principaux ministres et à bon nombre de chefs militaires russes. Elle referma le sac et l'emporta en courant dans les allées de la cité des morts.

Chapitre cinquante

Smith progressa en silence dans l'ombre portée d'une rangée de hauts pins. Il déboucha en bordure d'un petit jardin public dominé par les fondations d'un temple étrusque – guère plus de quelques marches en pierre, une plate-forme surélevée couverte d'herbe, les bases circulaires de ce qui avait dû être de hautes colonnes. La route principale avait décrit un tournant avant de pénétrer dans Orvieto, et il se retrouvait face au sud.

Il posa un genou à terre et fit signe à Kirov et Fiona de le rejoindre. Ils sortirent du sous-bois comme des fantômes.

La masse de la cité médiévale se dressait à leur droite, labyrinthe de ruelles et de maisons basses aux formes irrégulières dont les pierres avaient été posées il y avait souvent huit ou neuf siècles. En bien des endroits, des arches traversaient la rue, reliant des maisons, transformant les ruelles en une alternance de flaques de lumière argentée reflétant la lune dans une obscurité stygienne.

L'extrémité est du plateau tombait à pic, à leur gauche, vers les lumières d'Orvieto Scalo, la ville basse. Une large terrasse longeait le bord de la falaise, et montait vers les hauts bastions ronds et sans toit, vers les murs d'enceinte massifs de la Fortezza dell'Albornoz, forteresse papale construite aux XIVe et XVe siècles.

« Dans quelle direction Brandt et Malkovic ont-ils pu aller ? murmura Jon. Vers l'ouest dans la vieille ville ?

— Pas dans la vieille ville, affirma Fiona. Ce serait une impasse. Le seul moyen de sortir les ramènerait vers le Centre, et cette route fourmille de forces de police et d'équipes de secours.

— Droit devant ! déclara Kirov en montrant une pancarte qui indiquait le chemin, le long d'une avenue bordée d'arbres, vers la Piazzale Cahen et la Stazione Funiculare – la gare du funiculaire reliant Orvieto à la ville basse. Leur seul espoir réaliste de s'échapper est d'obtenir, d'acheter ou de voler une voiture, et le seul endroit où le faire en toute sécurité, c'est en bas, près de la gare principale. Ce funiculaire est sans doute fermé la nuit, mais il doit y avoir des routes ou des sentiers qui en suivent le tracé, sur ce flanc du promontoire.

— Ça me paraît raisonnable, dit Smith en se levant. D'accord, je prends à gauche. Oleg, tu pars à droite.

— Et moi je vous suis bien tranquillement au milieu, comme une gentille petite fille ! » dit Fiona avec un sourire qui ne démentait pas toute l'acrimonie de sa remarque.

Prêts à en découdre, ils se déployèrent, traversèrent le petit parc et contournèrent la plate-forme du temple en ruine pour continuer vers le sud, sur le côté gauche de la route qui menait à la vaste place Cahen.

« Mais où est donc le professeur Renke ? » haleta Konstantin Malkovic.

Il avait du mal à respirer avec sa serviette serrée contre sa poitrine. Assis le dos contre les portes fermées de la gare du funiculaire, il sentait les gouttes de sueur couler de sa chevelure blanche sur son visage terrifié.

« Soit il est mort, soit il est prisonnier, répondit Brandt. Il aurait dû rester avec nous. »

Furieux contre lui-même et contre son employeur frappé de panique, Brandt réfléchissait aux choix qui s'offraient à lui. Ils étaient de plus en plus limités. Sans Renke, et maintenant que le laboratoire HYDRA était détruit, son utilité pour les Russes ne durerait que le temps que les Américains resteraient ignorants des projets d'invasion de l'Ukraine et des autres anciennes républiques soviétiques. Il posa ses yeux gris sur la serviette de Malkovic. Elle contenait des informations qui ne devaient pas tomber entre les mains des Américains. Quant au financier, il devenait un véritable boulet.

Etant donné les circonstances, Brandt soupçonnait que son seul moyen de rester en faveur auprès des hommes du Kremlin serait d'éliminer Malkovic à leur place et de leur remettre la serviette avec tout ce qu'elle contenait. Il leva son Walther, mais arrêta son geste. Pas ici, décida-t-il. La place était trop ouverte, le bruit d'un coup de feu résonnerait dans toute la ville. Non, il tuerait le vieux plus tard, quand ils seraient en sécurité loin de ce foutu réseau de ruelles médiévales. Quand ils seraient dans les Apennins, il lui suffirait de chercher un lieu où personne ne retrouverait jamais un corps criblé de balles.

Il se pencha et saisit Malkovic par le bras pour qu'il se relève. « Venez ! Il y a une route qui descend juste après cette forteresse. »

Tremblant de peur et d'épuisement, le vieil homme obéit.

A cet instant, un des deux derniers gardes du corps s'accroupit. « Herr Brandt ! murmura-t-il, les Américains, ils sont là ! »

Du canon court et noir de son Uzi, il montra l'entrée de la Piazza.

Surpris, Brandt se retourna, arme au poing. Dans la pénombre, il distinguait à peine les trois silhouettes vêtues de noir qui pénétraient sur la place. Ils étaient à moins de cent mètres d'eux. « Tuez-les ! » ordonna-t-il.

*

Smith vit les mouvements soudains qui animaient la station du funiculaire, un petit bâtiment moderne à l'est de la place. Il distingua quatre hommes. Deux étaient à couvert derrière une rangée de bacs en terre cuite, arme au poing. Brandt, plus grand, les cheveux blonds, était accroupi derrière eux. Le quatrième homme, Konstantin Malkovic, s'apprêtait à fuir et s'écartait de la station. Il disparut dans l'obscurité en direction d'une grande porte en plein cintre conduisant dans la forteresse papale.

« Baissez-vous ! » rugit Jon à l'intention de Kirov et Fiona avant de plonger vers les pavés.

C'est alors que les hommes de Brandt commencèrent à tirer, leurs armes automatiques crachant sans interruption des balles qui sifflèrent tout autour de Smith, passant très près de sa tête. D'autres ricochèrent sur les pavés et partirent en tourbillonnant dans toutes les directions. Des morceaux de béton et d'asphalte giclèrent.

Smith roula de côté pour tenter d'échapper aux tirs.

Soudain, à quelques mètres de lui, Fiona Devin cria et s'effondra. Elle resta recroquevillée par terre, les dents serrées, les mains entourant sa cuisse droite. Du sang coulait entre ses doigts. Kirov, le visage déformé par l'inquiétude, se précipita vers elle sans tenir compte des balles de 9 mm qui sifflaient autour de lui.

Les deux Uzis furent soudain silencieux. Les tireurs avaient épuisé leur chargeur de vingt balles en quelques secondes. Ils se baissèrent autant que possible pour changer de chargeur.

Smith s'immobilisa. Soit ils répliquaient maintenant soit ils étaient morts. Il plissa les yeux et visa la rangée de bacs à fleurs. Il pressa la détente, tirant aussi vite qu'il le pouvait en balayant sur toute sa largeur la petite station du funiculaire. Le MP5 hoquetait pour cracher ses balles vers Brandt et ses hommes. Frappé, un des bacs en terre cuite explosa et un nuage de tessons, de terre, de bois et de feuilles partit tourbillonner dans l'air.

Le tireur que le bac en poterie dissimulait fut projeté en arrière. Il ne bougeait déjà plus quand son Uzi frappa bruyamment les pavés.

Un de moins, compta Smith sans émotion. Il visa de nouveau, le second tireur de Brandt, cette fois. Brandt se tenait près de son subordonné, un genou à terre, son pistolet semi-automatique brandi.

Les trois hommes ouvrirent le feu en même temps.

De nouveau, des balles crépitèrent sur le pavé et tout autour de Jon. L'une d'elles traça une ligne de feu sur le haut de son épaule droite. Une autre faillit l'atteindre mais se contenta de déchirer son gilet d'assaut et d'y détacher une poche dont le contenu partit en glissant sur la Piazza. Des morceaux de plastique et de verre jonchèrent le sol sur son chemin : c'était tout ce qui restait de son engin laser de surveillance. Une balle ricocha sur un pavé et revint contre son flanc assez fort pour lui briser une côte.

Smith combattit la peur qui lui intimait de plonger loin des tirs. Il choisit de serrer le doigt encore et encore sur la détente. Le canon de son MP5 se redressa et recula en saccades. Jon serra les mâchoires pour évacuer la douleur croissante provoquée par sa côte cassée et continua à tirer, contraignant son pistolet-mitrailleur à se repositionner sur ses cibles.

De nombreuses balles de 9 mm s'écrasèrent sur la station du funiculaire, brisant des vitres, trouant les portes, forant d'énormes cratères dans les murs en basalte brun. D'autres bacs à fleurs explosèrent. Brandt et son tireur se recroquevillèrent et tombèrent l'un sur l'autre.

Smith avait à peine tiré la dernière de ses trente balles qu'il ôta le chargeur vide et sortit d'une de ses poches un chargeur neuf, qu'il inséra dans la poignée.

Il regarda la façade de la station, doigt sur la détente, attentif à tout mouvement de la part des trois corps qui gisaient sur le pavé. Rien ne bougeait. Seul régnait un silence étrange – l'absence totale de bruit après le rugissement saccadé de tant de coups de feu.

« Jon ! appela Kirov. J'ai besoin de ton aide. »

Il était accroupi au-dessus de Fiona Devin et tentait désespérément d'arrêter l'hémorragie à sa cuisse.

Smith se remit sur ses pieds et, titubant un peu sous une nouvelle vague de douleur, il se précipita vers la femme blessée. Fiona était consciente, mais pâle et tremblante, en état de choc.

Il se tourna vers Kirov. Le Russe était tout aussi pâle. « Poursuis Malkovic, Oleg. Il est entré dans la forteresse. Je vais prendre soin d'elle.

— Non, protesta Kirov d'un air furieux, je...

— Je suis médecin, tu t'en souviens ? répliqua Smith. Laisse-moi faire mon travail. Va faire le tien. Si Malkovic s'échappe, tout aura été vain. File ! »

Kirov posa une seconde de plus ses yeux inquiets sur Jon avant d'approuver. Sans rien dire, il appliqua sa main sur le front de Fiona puis prit son pistolet-mitrailleur et partit d'un pas lourd vers la forteresse.

Smith s'agenouilla près de Fiona et entreprit d'examiner la blessure après avoir déchiré plus encore son jean pour bien voir l'entrée et la sortie de la balle. Il tâta sa jambe du bout des doigts, pressant fort à certains endroits pour voir si un os était cassé. Elle gémit entre ses dents serrées.

« Désolé ! » lui dit Jon.

Il ouvrit une trousse où il trouva un bandage de compression. Quand il en enveloppa sa jambe blessée, elle gémit à nouveau. Puis il retira son gilet d'assaut et le roula en boule pour surélever la jambe.

« C'est grave ? demanda Fiona.

— Tu as eu de la chance.

— C'est la deuxième fois que tu me le fais remarquer cette nuit, colonel, dit-elle en s'efforçant de sourire. Mais je ne me sens pas aussi chanceuse, cette fois.

— La chance est une notion relative, dit-il avant de prendre un air grave. Il se trouve que cette balle a raté tous les principaux vaisseaux sanguins et l'os. Ton muscle est affreusement déchiré, mais ça devrait guérir sans séquelles – dès qu'on t'aura conduite dans un bon hôpital. »

Quand il eut stabilisé Fiona, il s'occupa de lui. Il releva son pull, ouvrit un autre pansement, et le fixa avec des bandes adhésives par-dessus sa côte brisée pour la maintenir en place. Il utilisa ensuite un autre bandage pour fabriquer une écharpe qui emprisonnerait son bras gauche. Il la passa autour de son cou.

Soudain, dans son casque, retentit la voix excitée de Randi Russell. « Jon, Renke est mort, mais j'ai récupéré ce qu'il emportait. Je monte vers vous. Quelle est votre situation ?

— Brandt est mort aussi, répondit Smith dans le micro qu'il venait d'ouvrir, mais Malkovic s'est échappé et Fiona est blessée, dit-il avant de l'informer du reste de la situation et de leur position sur la place Cahen. Dans combien de temps pourras-tu être là ?

— Donne-moi cinq minutes.

— Compris. Viens aussi vite que tu peux, et siffle l'hélicoptère Pave Low en utilisant les codes que je t'ai donnés ! Dis-leur de se préparer à l'extraction.

— Où serez-vous ?

— Je vais soutenir Oleg qui court après Malkovic. Je te tiens au courant. Terminé, lança-t-il en prenant son arme et en se levant. Randi sera bientôt là, dit-il à Fiona. Tu tiendras le coup en attendant ?

— Je tiendrai le coup, assura-t-elle en dépit de la pâleur de son visage. Va aider Oleg à coincer ce salaud.

— Ne bouge pas, Fiona. N'essaye pas de marcher sur ta jambe blessée. C'est un ordre. »

Et il partit en courant à travers la Piazza.

*

Erich Brandt émergea de l'obscurité où l'avait plongé la douleur fulgurante qui avait annihilé tous ses sens. Il cligna les yeux et reprit conscience. Il était allongé par terre ; un poids lui écrasait les jambes ; l'odeur chaude et cuivrée du sang frais lui emplissait les narines. Il tourna la tête et grimaça sous la douleur qui le transperçait. Du sang gicla de nouveau sur la Piazza.

Un de ses hommes gisait sur lui, mort, frappé de plusieurs balles.

Il leva la main avec précaution et la porta à son front, zébré d'une entaille qui le brûlait comme du feu. Il sentit des os cassés crisser sous sa peau amollie. Sa vision s'obscurcit et il écarta ses doigts tachés de sang. Il ne servirait à rien de trop penser à la gravité de sa blessure.

Il entendit des pas rapides qui approchaient et plissa les paupières, ses yeux se réduisant à deux étroites fentes. La respiration sifflante, il vit un homme grand et mince, les cheveux noirs, le dépasser en courant, un bras en écharpe, son autre main tenant un pistolet-mitrailleur.

C'était Smith ! Brandt n'en revenait pas. Comment l'Américain avait-il réussi à sortir de Russie ? Comment se trouvait-il à Orvieto, courant sur les talons de Malkovic ? Cela le secoua assez pour le relancer dans l'action. Il réussit à s'extraire de sous le cadavre, trouva son pistolet et s'éloigna à quatre pattes, raclant le pavé jusqu'à ce qu'il atteigne des arbres et des buissons qui pouvaient le dissimuler près d'une porte cintrée qui donnait dans la forteresse Rocca d'Albornoz. Une fois en sécurité, il se leva et partit en titubant à la poursuite de Smith.

*

Pressant le sol de ses deux mains, Fiona réussit à s'asseoir, attentive à garder sa jambe bandée bien tendue devant elle. L'effort lui donna un vertige. Elle attendit quelques instants que sa tête cesse de tourner et leva les yeux pour contempler la place éclairée par la lune. Des voix effrayées s'interpellaient dans la ville derrière elle ; les citoyens d'Orvieto devaient tenter de comprendre à quoi rimaient les explosions et les coups de feu qui résonnaient dans leurs murs.

Fiona consulta sa montre et se demanda où était l'agent Russell. Si la police locale arrivait avant l'officier de la CIA, elle aurait des ennuis. Ni Klein ni le président Castilla ne pourraient briser le secret du Réseau Bouclier pour expliquer ses actes, et elle soupçonnait que les autorités italiennes poseraient un regard sévère sur une soi-disant journaliste parcourant leur pays armée jusqu'aux dents.

Elle scruta la station du funiculaire criblée de balles et vit deux corps étendus là, devant les fenêtres brisées. Soudain, elle s'interrogea : deux corps ? Il devrait y en avoir trois !

Pendant un instant, Fiona resta figée, glacée. Un des hommes de Brandt, voire Brandt en personne, était libre... et, sans sa radio, elle n'avait aucun moyen de prévenir les autres. En dépit de la douleur, elle se leva et claudiqua en direction de la forteresse.

Smith trouva Kirov et Konstantin Malkovic côte à côte sur les remparts de la forteresse. La falaise tombait droit sous la muraille, presque verticale, dans un enchevêtrement de buissons et de broussaille jusqu'aux lumières d'Orvieto Scalo et de l'*autostrada*. Le financier avait les mains levées. Une serviette ouverte était posée à ses pieds.

Le Russe tenait son pistolet-mitrailleur pointé sur l'homme aux cheveux blancs. Il jeta un coup d'œil à Jon. « M. Malkovic a accepté de coopérer avec nous, dit-il. Il semblerait qu'il regrette amèrement sa décision bien peu sage d'aider le président Dudarev à mettre en œuvre ses diverses conspirations.

— Je n'en doute pas, renchérit Smith. Qu'y a-t-il dans cette serviette ?

— Des informations cruciales pour votre gouvernement, répondit Malkovic. Tout ce que j'ai pu apprendre sur les projets militaristes de la Russie. »

Pour la première fois depuis des jours, Jon sentit s'alléger une partie du poids qui pesait sur ses épaules. Avec Malkovic en vie et prêt à parler, avec la preuve des projets de Dudarev d'envahir ses voisins, il était bien possible que les Etats-Unis réussissent à éviter d'ouvrir les hostilités avec la Russie.

« Lâchez vos armes, ordonna soudain une voix dure derrière eux. Tout de suite, ou je tire ! »

Smith se raidit. Il connaissait cette voix, pourtant déformée par la souffrance. Mais Brandt était mort. Il avait abattu ce salaud en personne !

« Vous avez trois secondes, dit froidement Brandt. Une, deux... »

Vidé par ce soudain revers de fortune, Smith lâcha

son pistolet-mitrailleur qui tomba à grand bruit sur le parapet. Près de lui, Kirov posa son MP5.

« Parfait, leur dit l'Allemand. Maintenant, retournez-vous... lentement ! Et gardez les mains levées, que je puisse les voir. »

Ils obéirent.

Brandt était là, à quelques mètres, le long des remparts. Son visage n'était qu'un masque horrible de sang séché. L'os de son front luisait, blanc derrière une large entaille. Il tenait son pistolet et les visait.

« Erich ! s'exclama Malkovic en faisant un pas vers lui, sourire aux lèvres. Dieu merci ! Je savais que vous viendriez me sauver de ces hommes.

— Reculez ! grogna Brandt en pointant son pistolet sur le financier.

— Mais, Erich, je..., commença Malkovic alors que son sourire s'évanouissait sur son visage.

— Vous avez cru que vous alliez survivre à cette nuit ? ironisa l'officier de l'ex-Stasi. Eh bien, je crains que vos spéculations aient été erronées, cette fois. On pourrait même dire que vous avez fait une erreur de calcul qui vous sera fatale. Il est possible, continua-t-il d'un air indifférent, que Dudarev ne me récompense pas pour vous avoir tué. Mais votre mort pourra au moins m'éviter un de ses pires éclats de colère.

— Vous avez l'intention de tous nous tuer ? demanda Kirov.

— Naturellement ! confirma Brandt en reculant de quelques pas pour élargir l'espace entre eux, afin qu'il soit impossible que, d'un bond, quelqu'un l'atteigne avant qu'il les abatte tous les trois. La seule question est de savoir qui mourra le premier. »

Le canon du Walther passa d'un homme à l'autre

avant de s'arrêter sur Jon. « Vous, colonel, dit Brandt. C'est vous qui serez le premier. »

A cet instant, Smith vit une petite silhouette noire au visage pâle émerger de l'obscurité derrière Brandt. « Je ne crois pas, dit-il avec calme. Vous vous souvenez qu'un jour j'ai juré votre mort ?

— En effet, colonel, confirma Brandt avec un sourire glacial en visant Jon à la tête. Mais vous aviez tort sur ce point, comme sur beaucoup d'autres. »

Un coup de feu retentit, assourdissant de si près.

Le sourire de Brandt se figea. Très lentement, il se tordit et tomba de côté avant de basculer par-dessus le parapet. Il y eut un court silence, puis un choc mat, fracassant.

Smith ramassa son pistolet-mitrailleur et s'approcha du parapet. A une vingtaine de mètres en contrebas, il vit le corps brisé de Brandt étendu sur le sentier de gravier qui longeait le pied du mur d'enceinte. « Je n'ai jamais dit que je vous tuerais en personne ! » murmura-t-il au mort.

Il se retourna.

Fiona Devin était là. Elle abaissa son Glock. Le bandage enveloppant sa cuisse droite était sombre, taché de sang frais.

« Je croyais t'avoir donné l'ordre de ne pas bouger », dit gentiment Smith.

Elle lui sourit et une lueur heureuse dansa dans ses yeux. « En effet, colonel. Mais je suis une civile, et je n'ai jamais très bien su obéir aux ordres.

— C'est heureux pour nous, dit Kirov d'un ton bourru en s'avançant pour la prendre dans ses bras. Merci, ma chère, chère Fiona ! » dit-il avant de se pencher pour l'embrasser.

Souriant, Smith reporta les yeux sur le financier tremblant. Au loin, il entendit le vrombissement étouffé d'un rotor. L'hélicoptère approchait. Ils allaient pouvoir rentrer chez eux.

Épilogue

23 février, à bord d'Air Force One

Ses feux de navigation clignotant, le 747-200B,
l'avion officiel du président des Etats-Unis, volait vers
l'est au-dessus de l'Europe. Sous l'appareil, la couche
de nuages était dense, mais à cette altitude, le ciel nocturne scintillait d'étoiles. Des avions de combat F-15
et F-16 de l'armée de l'air américaine accompagnaient
Air Force One pour le protéger. D'autres lumières cli-
gnotaient un peu en arrière, ceux de deux énormes
KC-10 de ravitaillement qui s'assuraient que l'escorte
du président ne manque pas de carburant.

Un steward apparut à l'entrée de la cabine à l'équi-
pement très complet qui servait de bureau en vol.
« Nous pensons arriver dans une heure, monsieur le
Président.

— Merci, James ! » répondit Castilla en levant les
yeux de son travail.

Quand la porte se referma, il se tourna vers Fred
Klein, assis patiemment sur un petit canapé. « Prêt
pour le grand spectacle ?

— Oh oui ! répondit le chef du Réseau Bouclier
avec un sourire. Espérons qu'on appréciera ta perfor-
mance.

559

— Je crois que ce sera le cas – même si ce n'est pas de manière très amicale. »

Castilla sourit et décrocha le téléphone. « Général Wallace ? Ici le président. Vous pouvez ouvrir la ligne prioritaire avec Moscou dont nous avons parlé. »

Pendant plusieurs minutes, il attendit avec Klein que le radio du bord établisse le contact avec le Kremlin. Finalement, une voix américaine retentit dans un des haut-parleurs. « Le président Dudarev est en ligne, monsieur.

— Bonjour, monsieur le Président ! dit Castilla d'une voix enjouée. Je vous prie de m'excuser de vous déranger si tôt, mais l'affaire dont j'aimerais discuter est assez urgente. »

La voix mesurée et calme de Dudarev se fit entendre sur le circuit sécurisé. « L'heure ne me pose pas de problème, monsieur le Président, dit poliment le dirigeant russe. Je travaille souvent très tard, ces derniers temps... un sort que, malheureusement, nous partageons tous deux, aux postes que nous occupons. »

Castilla rit sous cape. Habile, très habile, songea-t-il. Mais il était temps de frapper un grand coup. « Oui, je suis certain que vous êtes extrêmement occupé en cet instant, Viktor ! dit-il froidement après avoir décidé d'utiliser le prénom de Dudarev, convaincu que la voie directe pouvait être une arme aussi habile que les subtilités diplomatiques et les paroles détournées. Prévoir d'attaquer sans provocation vos voisins plus petits et plus faibles doit vous prendre un temps fou. »

Il y eut un instant de silence avant que le Russe réponde. « Je ne vois pas de quoi vous parlez, monsieur le Président.

— Trêve de conneries, vous voulez bien ? lança Castilla avec force en adressant un clin d'œil à Klein.

J'ai vu l'agenda de vos mobilisations, vos plans d'attaque, votre liste de cibles. J'ai même entendu une bande magnétique où j'ai reconnu votre voix dans une discussion sur ces mêmes projets. Des unités de police et des démineurs ukrainiens ont déjà trouvé les explosifs que vos agents ont disposés à Poltava, pour votre petit jeu de prétendu "terrorisme antirusse".

— Je ne vois pas qui a bien pu vous fournir ces faux monstrueux ! rétorqua Dudarev.

— Votre très bon ami M. Konstantin Malkovic, Viktor, répondit Castilla en se penchant en avant sur son fauteuil. Voilà qui nous a informés !

— Malkovic est un capitaliste et un spéculateur qui fait des affaires dans mon pays, ricana Dudarev. A part cela, je ne sais rien de lui.

— Vous ne vous en sortirez pas avec ce genre de mensonges, Viktor. Je vous conseille de trouver mieux, comme histoire, et vite, dit Castilla en regardant par le hublot le clignotement rouge et vert des feux de navigation des avions de combat composant son escorte. Parlons plutôt du fait que vous allez faire faire demi-tour à ces trois cent mille et quelques hommes que vous avez massés aux frontières de l'Ukraine, de la Géorgie, du Kazakhstan, de l'Arménie et de l'Azerbaïdjan, afin de les renvoyer couler des jours paisibles dans leurs baraquements... et vite !

— Puis-je vous parler franchement, monsieur le Président ? demanda Dudarev d'une voix sombre.

— Je vous en prie, répondit Castilla en adressant un sourire à Klein. J'adore la franchise, surtout qu'elle est rare, en particulier dans votre bouche.

— Si j'avais effectivement autant de tanks, de soldats et d'avions prêts à livrer bataille, pourquoi abandonnerais-je mes projets aussi facilement ? Croyez-vous votre ton effrayant à ce point ?

— Pas du tout, Viktor, dit le président d'une voix légère. Je pense seulement que vous n'êtes pas prêt pour un conflit armé contre les Etats-Unis alliés à l'OTAN. Vous avez prévu une campagne éclair contre des forces locales aussi faibles que désorganisées, pas une guerre à armes égales contre l'alliance la plus puissante de l'Histoire.

— Mais vous n'avez aucun accord de défense avec l'Ukraine, la Géorgie ni les autres républiques, fit remarquer Dudarev. Vous n'avez pas de forces armées stationnées sur leur territoire. Et j'ai dans l'idée que ni votre pays ni vos alliés ne s'opposeront à nous de manière si violente. Personne à Londres, Berlin, Paris ou... Washington, d'ailleurs, ne prendra le parti d'une déclaration de guerre contre la Russie pour voler au secours de quelques misérables Azéris et autres culs-terreux !

— Peut-être pas, admit Castilla en se redressant. Mais ils le feront si vos attaques mettent des Américains en danger, en particulier des dirigeants politiques qui sont connus et respectés... comme moi, par exemple, dit-il après un silence modeste.

— Quoi ? demanda le dirigeant russe. De quoi parlez-vous ? »

Castilla consulta sa montre. Dehors, le bruit des quatre gros moteurs du 747 changeait. L'avion commençait sa descente. « Je crois que vous devriez savoir que je vais me poser à Kiev dans moins de quarante-cinq minutes. De plus, je ne pense pas quitter l'Ukraine avant quelques jours. Les nouveaux dirigeants du pays et moi avons beaucoup d'affaires à régler, en particulier la négociation de notre traité d'assistance mutuelle.

— Impossible.

— Pas le moins du monde, murmura Castilla avant que sa voix se durcisse. L'Ukraine est devenu un pays indépendant. Je crois que vous avez oublié ce détail, Viktor. »

Dudarev ne dit rien.

« Et c'est aussi le cas des autres ex-républiques soviétiques, continua Castilla. C'est pour cette raison qu'une foule de personnalités officielles venues des Etats-Unis, des pays de l'OTAN et du Japon, y compris mon secrétaire d'Etat, chargé des Affaires étrangères, et mon ministre de la Défense, vont se rendre dans ces pays dans les jours qui viennent. Si un seul bombardier, un seul tank, un seul soldat russe traverse leurs frontières, je peux vous garantir que vous vous retrouverez contraint d'entraîner votre pays dans une guerre que vous ne pouvez pas vous permettre de mener – une guerre que vous perdrez, à coup sûr.

— C'est insultant !

— Bien au contraire. Je me montre remarquablement patient. Surtout que je peux vous assurer d'une chose : ni mon pays ni moi n'oublierons jamais la manière dont vous avez dirigé votre arme biologique, HYDRA, contre nous. Nous ne vous le pardonnerons jamais.

— HYDRA ? demanda Dudarev d'une voix où perçait pour la première fois une note d'incertitude, voire de peur. Je ne vois pas de quoi vous parlez.

— Un vieux dicton veut que lorsqu'on se couche avec un chien, on se réveille avec des puces, Viktor, déclara Castilla en ignorant les protestations de l'autre. Eh bien, le professeur Wulf Renke était un chien foutrement sale, et maintenant, vous êtes envahi de puces. Quand nous avons rattrapé Renke, nous avons trouvé quelque chose de très intéressant dans le sac isotherme qu'il transportait : tout un ensemble de fioles en verre pleines d'un liquide intéressant. »

Dudarev resta silencieux.

« Le plus intéressant, à propos de ces fioles, continua Castilla impitoyable, c'est que nombre d'entre elles portaient un nom russe sur leur étiquette – dont le vôtre, Viktor. »

Même à des milliers de kilomètres de son interlocuteur, Castilla entendit qu'il avalait soudain péniblement sa salive.

« Mais, contrairement à vous, continua le président sans s'inquiéter de dissimuler son mépris consommé pour le dirigeant russe, je suis un homme civilisé. J'ai donc décidé de ne pas vous demander si vous aimez le goût de votre propre arme quand on vous la fait ingérer. J'ai au contraire choisi de garder sous clé ces variantes d'HYDRA, comme vous les appelez. Ce sera une sorte d'assurance contre tout comportement répréhensible de votre part ou de la part de vos copains du Kremlin.

— C'est du chantage !

— Quel vilain mot vous employez là, Viktor ! Je vous ferai savoir quand j'en aurai trouvé un meilleur. *Da svidaniya !* »

Castilla pressa le bouton sur son téléphone, coupant la liaison sécurisée. Puis il regarda son vieil ami. « Alors ?

— Je crois que tu t'es bien amusé, Sam, dit Klein avec un sourire en coin. Mais il faut avouer que, pour un homme politique, tu n'as jamais été le genre de type à exercer ses talents de diplomate.

564

— Non, en effet, admit Castilla avec satisfaction. Mais ce que je vais le plus apprécier, ce sera de voir le piédestal du tsar Viktor commencer à trembler. Il est même possible qu'il décide de lui donner en personne quelques coups de pied opportunément programmés. Avec un peu de chance, les Russes auront l'occasion de prendre un nouveau départ un de ces jours – dans un avenir pas trop lointain.

— Tu crois que le régime de Dudarev va avoir de graves ennuis ? demanda Klein.

— Je le crois, affirma le président avec sérieux. Dès qu'on apprendra ce que Viktor et ses copains étaient sur le point de faire, il paiera le prix fort en Russie même. Des personnes très influentes seront furieuses contre lui pour avoir failli les entraîner dans cette guerre, et d'autres considéreront qu'il est une mauviette pour avoir reculé à la dernière minute. Ce fiasco sera le premier signe de faiblesse dans son armure. Dès que l'impression d'invulnérabilité quitte un dictateur en puissance, c'est le début de la fin. Ça prendra un moment, et je crains qu'il ne nous cause d'autres ennuis avant sa chute, mais je dirais que Dudarev vient de fournir à ses ennemis politiques un grand bout de la corde qu'ils sauront utiliser pour le pendre. »

15 mars
Base navale américaine,
baie de Guantanamo, Cuba

Le Camp 5, une des installations de sécurité maximum de la baie de Guantanamo, était réservé aux détenus terroristes les plus dangereux. La plupart étaient des cadres d'al-Qaida ou d'autres groupes terroristes actifs. On l'utilisait aussi, en de rares occasions, pour recevoir des « détenus fantômes » – des hommes et des femmes dont le nom était absent des registres officiels pour des raisons de sécurité ou d'espionnage.

Le sergent-chef de l'armée américaine Henry Farmer frappa à la porte grillagée de la cellule occupée par le Prisonnier Numéro 6. « C'est l'heure de votre déjeuner, monsieur », dit-il en glissant un plateau par la fente sous la porte.

Le Numéro 6, grand, les cheveux blancs, des pommettes hautes et des yeux bleu pâle, s'assit sur son lit avant de se lever et de gagner la porte pour prendre son plateau. « Merci, sergent, dit-il en s'efforçant de sourire. J'espère que le chef a pris un cours de perfectionnement depuis le désastre d'hier !

— Peut-être, répondit Farmer avec l'indifférence que lui inspirait la qualité des repas. Je voulais juste vous dire que votre prochaine séance avec les types de Langley est prévue pour cet après-midi. »

Le prisonnier hocha la tête, l'air sombre. Ses discussions avec les interrogateurs de la CIA n'étaient jamais agréables. Il emporta le plateau jusqu'à son lit et se mit à manger.

Farmer le regarda un moment en silence puis se détourna et continua son travail.

*

Plus tard dans l'après-midi, le sergent trouva le temps d'aller se promener le long de la plage. Un homme aux cheveux gris l'attendait, un homme costaud en costume sobre d'homme d'affaires et dont le passeport disait qu'il s'appelait Klaus Wittmer, représentant de la Croix-Rouge internationale en visite d'inspection.

« Il y a eu un problème ? demanda-t-il.

— Pas le moindre, répondit Farmer en lançant quelque chose que Wittmer rattrapa d'une main et retint dans sa paume. Et le reste de mon paiement ?

— Il sera fait en temps et en heure », assura l'homme aux cheveux gris avec calme.

Dès que l'Américain s'éloigna sur la plage, Alexeï Ivanov, le chef du Treizième Directorat de Russie, ouvrit la main. Une fiole vide y luisait, le verre réfléchissant le lumineux soleil des Caraïbes. Ivanov la regarda quelques secondes et s'en voulut. Un geste vain, se dit-il, mais avaient-ils encore le choix ?

L'espion russe se retourna et jeta la fiole dans la baie, bien au-delà des vagues qui léchaient doucement la rive. Puis lui aussi s'éloigna sur la plage.

Une variante d'HYDRA venait d'être livrée pour la dernière fois.

22 mars
Alexandria, Virginie

Le petit restaurant vietnamien de King Street, de l'autre côté du Potomac quand on venait de Washington, était un des préférés de ceux qui appréciaient la bonne cuisine, les prix raisonnables et le service silencieux et sans prétentions. En d'autres termes, se dit Jon Smith en étudiant le menu avec un petit sourire, ce n'était pas un restaurant à la mode, juste un restaurant populaire.

« Ce siège est-il occupé ? » demanda une voix qui lui était familière.

Smith se leva avec un sourire pour souhaiter la bienvenue à une jeune femme fine et jolie, coiffée de courtes boucles blondes. Elle lui sourit elle aussi, mais il remarqua son regard aux aguets. « Salut, Randi. J'ai craint que tes copains de Langley n'aient décidé de t'enfermer, toi aussi.

— Les bureaucrates du septième étage n'ont pas l'air de pouvoir prendre de décision, répondit-elle avec calme. La moitié d'entre eux, y compris le DCI, pensent que je suis un loup solitaire, une menace pour l'Agence à qui on devrait botter le cul avant qu'elle cause un énorme scandale. L'autre moitié, y compris mon patron des Opérations spéciales, pense que démasquer Renke valait bien de transgresser quelques règles. »

Jon attendit qu'elle s'assoie avec la grâce qui lui était propre avant de regagner sa propre chaise. « Et quelle moitié va gagner la partie, d'après toi ?

— Oh, l'Agence va me garder dans ses rangs, dit-elle avec une confiance souriante. Les grosses huiles vont faire des compromis, comme toujours. Je vais probablement me retrouver avec quelques remarques assassines de plus dans mon dossier personnel – et aussi quelques semaines de vacances supplémentaires que jamais je n'aurai le temps de prendre.

— Tu deviens cynique ! remarqua Jon en éclatant de rire.

— Je suis née cynique, Jon. C'est pourquoi je suis si bien à la CIA. »

Elle prit le menu puis le reposa. « Tu as appris que les Allemands ont fini par confirmer l'identité de leur espion ?

— Heichler, c'est ça ? devina Jon. Le type qui s'est

suicidé le lendemain du jour où on a coincé Malkovic ?

— Ça leur a demandé bien des recherches et des recoupements, mais ils ont réussi à remonter la filière de toute une série de paiements en liquide que lui avaient faits des entreprises-écrans de Malkovic.

— J'ai appris... pour Malkovic. Je crains que la baie de Guantanamo ne soit plus un lieu aussi sûr qu'on le croie.

— Les nouvelles circulent vite dans les cercles restreints où tu évolues – quels que soient ces cercles ! Avec le ridicule qui frappe tous ceux qui ont permis aux Russes de l'atteindre avant qu'on ait terminé de tirer de lui tout ce qu'il pouvait nous apprendre, je pensais que les détails de sa mort étaient top secrets.

— Il est bien possible que j'aie quelques amis qui me disent des choses que je ne devrais pas savoir, admit Smith.

— Epargne-moi, tu veux bien ! demanda Randi en reprenant son menu. Si j'ai bien compris, Mme Devin est sortie de l'hôpital et elle va bien, dit-elle sans avoir l'air d'y toucher.

— D'après ce que je sais, répondit prudemment Jon.

— J'imagine qu'elle n'est pas vraiment la bienvenue à Moscou.

— Pas vraiment, non. Mais il semblerait que Fiona soit le genre de femme qui se débrouille toujours pour retomber sur ses pieds. Apparemment, elle a déjà trouvé un boulot dans je ne sais quel prestigieux groupe de réflexion et de conseil à New York. »

En fait, il savait que Fred Klein lui avait trouvé ce poste, convaincu que ce serait pour elle une couverture utile pour d'autres missions du Réseau Bouclier.

« New York n'est pas très loin d'ici, commenta froidement Randi.

— Non, en effet, admit Smith avant d'avoir pitié d'elle. Mais c'est affreusement loin de Moscou et les billets d'avion ne sont pas donnés. J'ai donc l'étrange sentiment que les clients d'Oleg Kirov vont trouver leurs factures très salées, tout à coup.

— Kirov ? »

Jon hocha la tête. Dès que Klein s'était assuré que le Kremlin n'avait pas connaissance du rôle joué par Kirov dans les événements récents, il avait autorisé le Russe à retourner dans son pays. L'ex-officier du FSB avait toujours un rôle à jouer en tant qu'agent infiltré du Réseau Bouclier.

« Oleg Kirov ? répéta Randi, très sceptique. Et Fiona Devin ?

— Je te le jure ! affirma Jon en faisant mine de cracher.

— Ouah, c'est sympa ! » commenta Randi en toute innocence.

Puis, souriante, elle s'adossa à sa chaise et se plongea avec un intérêt réel dans la lecture du menu. « Qu'est-ce que tu me conseilles ? »

 **www.livredepoche.com**

- le **catalogue** en ligne et les dernières
  parutions
- des **suggestions de lecture** par des libraires
- une **actualité éditoriale permanente** :
  interviews d'auteurs, extraits audio et vidéo,
  dépêches…
- **votre carnet de lecture** personnalisable
- des **espaces professionnels** dédiés
  aux journalistes, aux enseignants
  et aux documentalistes

Composition réalisée par MCP - Groupe JOUVE

Achevé d'imprimer en octobre 2009, en France sur Presse Offset par
Maury-Imprimeur - 45330 Malesherbes
N° d'imprimeur : 150867
Dépôt légal 1ʳᵉ publication : novembre 2009
LIBRAIRIE GÉNÉRALE FRANÇAISE - 31, rue de Fleurus - 75278 Paris Cedex 06

But two nights ago when they'd chatted on-line, Julian had told her that phone sex was nothing, and that he could make her feel ten times better than that if she wanted him to.

He told her that all she had to do was come to his house for a visit.

Chapter 11

Right after Mariah pulled the taupe skirt from the sale rack, she checked to see if it was a size 10 and smiled. She and her best friend, Vivian, were standing in the misses department at Saks, down on Michigan Avenue.

"Girl, the one thing I was hoping to find was another one of these skirts, and now it's even on sale," Mariah said.

"You can't beat that. But then, you could afford it even if it was still regular price."

"Girl, please. I'm always looking for bargains just like everyone else."

"Yeah, right, but not because you have to, Miss Thing," Vivian teased.

Mariah loved Vivian like a sister. She was down-to-earth, very caring, and told everything exactly the way she saw it. In a word, she told the truth whether a person wanted to hear it or not. And she was beautiful, too. She wore a size 8, and at five eleven she looked more like a supermodel than the web site developer that she was. Her skin was smooth, she had crystal white teeth and a smile that would warm the attitude of an enemy. Even her hairstyle, which was barely one inch in length, was becoming of her.

"You know, V, I'm really glad we decided to go shopping today, because now I know that I really needed to see you," Mariah said, still searching through the sale items.

"I'm glad we did, too, because it's been a long time since we've gotten together. Especially since you married that fine-as-wine minister of yours. But as they say, I ain't mad atcha, because if it were me, I'd be spending all of my time with him, too."

Mariah hadn't told her how scarce Curtis had been the last few weeks or about his not wanting them to have a baby. She wanted to pour her heart out right then and there, but there were too many customers surrounding them. Actually, there were more people than usual shopping in all the stores, since it was the day before Easter. So it was better to wait until they went to lunch.

"Look at this." Mariah held up a to-die-for sleeveless turquoise blouse.

"That's absolutely beautiful. You should definitely try that on."

"I would, but it's a size eight and it's got your name written all over it."

Vivian admired it and pulled out the price tag. "I'm loving it, but this is way too rich for my blood."

"But the question is, do you want it?"

"Girl, I'm not paying sixty dollars for this. And on top of that, it has the nerve to be on sale."

"Give me that," Mariah said, laying it across her arm on top of the skirt she was purchasing for herself.

"You know you don't have to do that," Vivian said.

"I know, but I want to. And if it's okay with you, I don't want to discuss it any further, thank you very much."

"Oh, so now you're running things, I guess?"

"You do catch on very quickly," Mariah said, and they both laughed.

"You know I really appreciate it," Vivian said, hugging Mariah.

"I know, and if you see anything else you want, all you have to do is say the word."

They made their purchases, left Saks, and walked over to Water Tower Place. Once inside Lord & Taylor, Mariah found a pair of fuchsia shoes and matching purse to go with the fuchsia hat she'd ordered from a specialty catalog two months ago. All of her accessories would accent the off-white suit she was wearing to church tomorrow, so for the most part her shopping was complete. Vivian ended up finding the perfect deep teal skirt to go with the blouse Mariah had bought her, and Mariah offered to buy that, too. Now they were sitting inside FoodLife, a unique food court, if you will, filled with a variety of restaurants. Vivian was a devout vegetarian, so they'd both purchased huge salads and bottled water.

"So what do you and Curtis have planned for this evening?" Vivian asked, patting the corners of her mouth with a napkin.

"Not one single solitary thing."

"Okay. Is there something you're not telling me?"

"It's the same thing I told you about when we spoke on the phone a couple of weeks ago. But now he's gone even more than ever before. Even right now I don't have the slightest idea where he is. He mentioned something about going to look at some new cars with one of his minister friends and then doing lunch with him. But I don't believe it, because he just saw Tyler the other night."

"Well, why do you think he would lie?"

"Because he has way too much lost time. He comes in around nine or ten on most nights, and the only reason he came home right after Bible study on Wednesday is because I was all upset."

"Why? What happened?"

"I told him that I wanted us to start a family, but he was adamant about having us wait. He says it's because he wants Alicia to get used to the idea of me being in the picture, and that he wants us to spend more time with her. But now I think he just doesn't want to have a baby with me period."

"Well, you've only been married for a few months, so maybe he just wants to have some time with just the two of you."

"But that's just it, we don't see much of each other at all. He gets up bright and early every morning, works out for an hour, and then heads to the church. And then he doesn't get home until nighttime. Sometimes he shows up early evening, but not very often. It's always some ministers' meeting, some meeting with the deacons, some revival at another church. It's always something. And the one thing I haven't told you is that I accidentally found out that he had a son with a teenager five years ago."

"He what?"

"He has a son, and the only reason I know about it is because Alicia mentioned it when she was arguing with him. But if that hadn't happened, I know he never would have told me."

"I don't know what to say," Vivian said.

"Of course you do, you always have something to say, but you don't want to hurt my feelings. But right now, V, I really need to hear what you think, because I'm not sure what I should do about this."

"Well, first of all, any man who has fathered a child with a teenager and didn't bother to tell his wife certainly can't be trusted. I mean, you just don't hide serious information like that. And now that you're saying he's never at home and doesn't want to have a baby with you, I would have to question what he's really doing when you're not with him. And as much as I hate to say it, Mariah, I would have to wonder what whore he's laying up with."

That was the Vivian that Mariah knew all too well. But even though she'd asked her to say what she thought, hearing her words still hurt terribly.

Vivian obviously noticed. "I didn't mean to be so blunt, but, girl, something doesn't seem right with Curtis. Not based on what you're telling me."

"I know, and I feel so stupid. I feel like I'm some naïve little girl, and I don't understand why I've always had to be so trusting of everyone."

"There's nothing wrong with having a big heart, and it only becomes a problem when someone takes advantage of you."

"The sad part is that I love him so much. He has become my whole world, and now when I complain about what's going on, he tells me I need to find other interests and that he can't run a church and be with me at the same time. Even my mother said I should find other things to do and that I should stop nagging him."

"No disrespect to your mother, girl, but if you're telling me that the only time you see your husband is around bedtime, then you have every right to nag the shit out of him. I know you told me that he wasn't at home as much as he used to be, but I had no idea that this had become an every-night thing."

"Like I said, he is home early on some evenings, but it's usually when I've gone on and on about how alone I feel. He only does it to pacify me, and I always allow it."

"Have you thought about following him?"

"No."

"Well, you should. All you have to do is wait for brother to leave the church and then follow him to his final destination. Because I'm telling you, the only way to catch any man dead in his tracks is to see it with your own eyes. It's the only way you can confront him and prevent him from denying it at the same time."

"I don't know. I just hate having to go to such extremes," Mariah said, folding her arms and feeling defeated.

"But if he's messing around, it's the only way you're going to be able to prove it. I've never been married, but you know I *have* busted a couple of boyfriend-wannabe-players in my time."

But that was just it, Mariah thought, Curtis wasn't some boyfriend, he was her husband. He was the man who stood with her before God and his congregation and took everlasting vows. He was the man who'd said he loved her more than anything and that he wanted to spend the rest of his life with her.

"You know, all I ever wanted in life was to fall in love with the right man, be the best wife I could be, and live happily ever after," Mariah confessed.

"And you deserve nothing less than that. So that's why I'm saying you have to see if Curtis's nightly excuses are legitimate or if he's laying up in a hotel somewhere. And don't get me wrong, I pray that he's been telling you the truth, but if he's not, then you have to give him an ultimatum. Either he can stop messing around or he can sign some divorce papers and pay you alimony."

Mariah cringed at the thought of losing him and wished he would just go back to being the man he was when she met him. That way, she wouldn't have to play detective, trying to find out if he was sleeping with another woman. Although if he was but was willing to stop doing it, she would gladly forgive him. She didn't dare share her thoughts with Vivian, though, because she knew Vivian would think she was crazy.

"When I get home, I'm going to talk to him again," Mariah said.

"That's exactly what I would do, except I wouldn't just talk to him, I'd tell him flat out that you're not going to keep spending all of your evenings by yourself and that you want to start going with him to some of these so-called church events he can't seem to miss. And you know what else? I would have a talk with his ex-wife. You said she seems pretty pleasant, so maybe she'll be willing to shed some light on Curtis. I know he told you that he only messed around on her twice and that that's the reason she divorced him and the reason he lost his church, but the one thing you can always count on is that there are definitely two sides to every story."

"This is true."

But Mariah wasn't too keen on calling Tanya, because the last thing she wanted was for his ex-wife to learn that she and Curtis were having problems. No woman wanted her man's ex-wife or ex-anything to know that there was serious trouble in paradise. Maybe she would call Tanya as a last resort, but she was hoping that there wouldn't be any need for something so drastic.

"If I were you, I wouldn't even take the chance of him not being at home when I got there. I would call him right now and tell him to get his behind home."

Mariah didn't want to do that either, but she went ahead and pulled out her cell phone just so Vivian wouldn't think she was a wimp.

She dialed the house but he wasn't there. She dialed his cell phone and heard it ring four times before his voice mail connected.

She didn't bother leaving a message.

Vivian looked on curiously.

Mariah didn't bother explaining.

Why? Because she knew Vivian was right. She knew she had to confront her husband in a way like never before.

"I still can't believe that after all these years, here I am lying in your arms again," Adrienne said, smiling.

"And just think, this is only the beginning," Curtis said.

It was almost 9 P.M. and they'd been lounging around Tyler's condo since ten that morning. They'd ordered lunch from a nearby restaurant, Italian for dinner, and they'd already made love three times.

"I really didn't mean to stay here so late," Adrienne said.

"Well, you know how time flies. And it flies even faster when you're with the person you want to be with."

"I guess I can't argue with that, because this is clearly the best day I've had in a long time. I finally feel like I know what it's like to be with you for a long period of time again. Remember when we used to spend all those hours together?"

"How could I forget? Those were some of the best times in my life. Which is why I can never, ever . . ." he said, raising Adrienne's chin so she could look at him. "I can never be without you. My soul is so at peace when I'm around you, and no one has ever made me feel that way."

"I'm glad you're comfortable with me, because you know I've always felt that way about you, too. I know it sounds crazy, but at one point I used to think I couldn't live without you. I loved you that much, and that's why I was so depressed when our relationship ended like it did."

"Shhhhh. Baby, please. I know you can't help thinking about that, but from this day forward, let's just try to think about today and all the good times ahead of us."

"Okay, you're right. I promise not to talk about the past if you promise not to ever leave me again."

"You have my word on that."

"I do have to tell you something, though."

"What's that?"

"Today was the first time Thomas questioned me about where I was going."

"You told him you were going shopping with a friend and then to dinner, right? So why would he question that?"

"He's questioning it because I haven't had sex with him since you and I were first together again. And even though I keep trying to act the same toward him, my whole persona is different. I can feel myself avoiding him, and I know he's starting to think something is wrong."

"Well, what did he say when you left this morning?"

"He said he hoped we weren't about to have the same problems we had five years ago."

"I wouldn't worry about that. He's just a little suspicious."

"I know, but we still have a few months to go before I tell him I want a divorce, and pretty soon he'll be questioning me every time I leave the house or every time I come home later than usual."

"That's why I think you should tell him you want a legal separation until that time. That way, you won't have to deal with him at all," Curtis said, kissing her forehead. "You know what I'm saying, baby," he said, hugging her tightly.

He was hoping that maybe all of the deacon's questions would cause Adrienne to feel so uneasy that she'd finally move out and get her own place. Curtis would even help pay all her monthly expenses. Especially since he'd be staying there with her on a part-time basis. He hadn't spent the entire night away from home with another woman, not even when he was married to Tanya, but it was just a matter of time before he did. He'd even considered doing it tonight, but he had a feeling Adrienne wasn't going to agree to it. She'd be too worried about the deacon and what he'd have to say about it.

"Curtis, did you hear me?" she asked.

"What? Yes," he said. It was obvious that he'd been day-dreaming.

"Then what did I say?"

"You said . . . well, I don't know exactly, but I heard you," he said, stumbling.

Adrienne pulled away from him. "And that's why you're not getting any more of this either." She drew the covers across her body, smiling.

"Is that a fact?" He pulled her back closer to him and slipped under the sheet with her.

"Yes. It is."

"So you're not going to give Daddy one last piece of dessert before the evening is over?"

"No, because you were ignoring me."

"Okay, I'm sorry. Tell Daddy again what you said."

"I said that if you want me to leave Thomas right now, then you're going to have to file for your divorce a lot earlier than you planned."

She was breaking the mood, and Curtis hated when she got serious on him in the middle of foreplay. It was the one thing he honestly didn't like about her. It was almost as if she did it on purpose, because she knew he couldn't stand it.

"You know I can't file for a divorce this soon after marrying Mariah, because of the church. So I guess you'll have to stay with the deacon until I do."

"I guess I will, but don't keep asking me to leave him if you're not planning to leave Mariah," she said, and moved away from him again. This time she sat up on the side of the bed.

"Look, baby, I'm sorry. But let's not fight, okay? If it bothers you that much, then I won't bring it up again. We'll stick to the plan, and in October we'll both file for our divorces."

"Fine," she said, turning to look at him.

"You are so beautiful, you know that?"

He pulled her on top of him.

They kissed and caressed each other and made love one last time before leaving Tyler's condo.

When they were outside, Curtis pressed Adrienne against her car and kissed her again.

"I love you so much," she said.

"But not more than I love you."

Curtis watched her back out of the driveway and wished there was some way he could end his marriage to Mariah and marry Adrienne. Because at this very moment, that was what he really wanted.

But he knew it was only because his heart and loins were doing his thinking for him.

In reality, he knew he had to keep Mariah, because the church would want him to and because he could control her much better than he could Adrienne. Once upon a time, Adrienne had been just as easy as Mariah, but the more he spent time with Adrienne, the more he could tell she now had a mind of her own. Yes, Adrienne loved him, but she wasn't the same pushover she used to be.

Curtis pulled out of the driveway and thought about something less straining. He thought about the fifteen-hundred-dollar suit he'd seen in *GQ*. He thought about his nine-month-old Cadillac SUV and how it was time for something new. He hadn't decided what he was going to buy, but this time it was going to be something that cost near or in the six figures. It was going to be something people noticed whenever they saw him driving it. They would know he was someone to be respected.

Curtis smiled and began reciting portions of the Easter sermon he was going to preach tomorrow morning.

"Where in the world have you been all day, Curtis?" Mariah asked. They were in the family room now, but she'd been standing right in front of the garage door as soon as she heard him pull inside of it.

"I told you before I left. Tyler and I went car shopping and then we had lunch. And after that I went by his house with him and had dinner with his family."

"Do you think I'm stupid, Curtis?"

"No, baby, I'm telling you the God's honest truth. I wouldn't lie to you about something like this."

"So are you saying that if I pick up the phone and call Tyler's wife, she'll tell me that you were over there?"

"What? Call his wife? Have you lost your mind?"

"No, because I want to know if that's really where you were all evening."

"You are not about to embarrass me, Mariah. Do you want them to think we're having problems and that you don't trust your own husband?"

"No, but I'm sick of you coming up with all these reasons why you have to be gone."

"I'm not just coming up with reasons. I spent the day with Tyler because you said that you and Vivian were going shopping most of the day."

"But I've been back home since around five o'clock. But now it's eleven and you're just now waltzing in here," she said. She was surprised by her own tone and she could tell he was, too.

"And how was I supposed to know when you were going to be back here? What did you want me to do, sit around waiting on you all afternoon?"

"Yes, because I spend every single boring day of my life waiting for you."

"Why are you so upset?"

"Because I'm sick of all your excuses and all your lies, Curtis."

"Lies? I know you're not standing there calling your own husband a liar."

Mariah sighed and turned away from him.

"Wait a minute," he said, grabbing her shoulder. "Don't you ever walk away from me. You started all this madness, now stay here and finish it. So answer me."

"Answer what?" she said, shocked that he'd grabbed her the way he had.

"Are you going to stand there and call me a liar to my face?"

Mariah didn't know how to respond because she didn't want him to become any angrier than he already was. It was probably better to back down, but she just couldn't dismiss everything that Vivian had suggested. She had to stand up for herself or Curtis was never going to stop treating her the way he was.

"I'm not calling you a liar, I just want to know why you're never home and why you always find all these other things to do so you won't have to be with me."

"The bottom line is this, Mariah: When I tell you something, you had better start believing it. And while we're on the subject, let me make myself clear about something else. You're my wife, but you don't have the right to question me about anything. I told you that at the beginning, but you seem to have forgotten. A wife has her place and the Bible clearly states that a wife must submit to her husband. And that's all you need to concern yourself with. Not with where I've been or with what I'm doing."

Yes, she'd heard him speak about that, but until now he'd treated her like she was an equal. Like she was his wife. And she couldn't understand at all why now he was speaking to her like she was beneath him. Almost like he couldn't stand the sight of her.

But she wasn't about to back down to him.

"Are you seeing someone else?" she asked.

"What?" he said, laughing. "Woman, now I know you've lost it. And where is all this really coming from, anyway? All this ranting and raving you're doing? Although, come to think of it, I know exactly where it's coming from. That big, tall, man-looking Amazon you call your best friend."

"This has nothing to do with Vivian," was all she could say.

"Of course it does. It has everything to do with her, and the only reason she's pumped you up like this is because she doesn't have a man herself. She's miserable and lonely, and she wants you to be the same way. And you're crazy enough to fall for it."

"But that's just it, Curtis, I am miserable and lonely, and that's the whole point I'm trying to make."

"Well, if you are, it's your own fault, because I told you to find something to do."

"But what about us? I know you're busy with the church, but, Curtis, it's gotten to the point where you only spend maybe one or two evenings with me a week. And now all of a sudden you're claiming you have to do work on Mondays when you promised me that we'd always do something together on your day off."

"That was before I found out how much work I had to do."

"Well, as much as I hate to say it, I can't go on like this."

"Can't go on? I know you're not trying to threaten me, are you?"

"No, I'm just saying that I can't keep being unhappy like this."

"Have you forgotten that you had nobody before you met me? That is, unless you count that low-life family of yours who've never even seen the inside of a church, let alone gone to one."

Mariah burst into tears.

Curtis walked past her, then glanced back. "I wish you would try to walk out on me and my church. If you do, you'll regret it for the rest of your life. Now this conversation is over."

Chapter 19

Every pew inside Truth Missionary Baptist Church was filled. It was Easter Sunday and there were at least a thousand more people than usual in attendance. Mariah tried not to focus on negative remarks, especially when she was at church, but she couldn't help thinking about her favorite aunt and what she used to say. "I go to church every week of the year, but not on Easter. I don't go because it's the one Sunday that every lukewarm, juke-joint, holy-rollin' Christian is guaranteed to be at church. And all they come for is to show off their new outfits. Then you don't see not one of them again until next year."

Mariah didn't know about the lukewarm, juke-joint part, because it wasn't her place to judge people, but it was amazing how full the church always was on Easter Sunday. There were more colossal hats and loud colors than one could find at the circus. But the saddest part of all was that she'd quickly fallen into the same category. Before she'd met Curtis, she attended a church with only five hundred members and wore the same business suits she wore to work. She never wore hats, and it was highly unusual for her to sport a flamboyant suit like the one she was wearing today. It was doubly unusual for her to match a purse to every pair of shoes that she owned.

She'd had no desire toward dressing to impress, but Curtis had told her that if she was going to be the first lady of his church, she was going to have to act like it. He'd told her that it was up to her to set an example for the rest of the women in the church and that under no circumstances was she to ever dress beneath any of the members. He'd even told her that it was time-out for those nondesigner purses she carried on the weekdays, too, and had personally taken her to buy three new ones. One from Louis Vuitton, one from Coach, and one from the Fendi store. She still remembered how shocked she'd been when she realized he'd spent fifteen hundred dollars in total. It had seemed ridiculous to her at the time, but it wasn't long before she'd acquired those same exquisite tastes. Before she met him, she had no problem with shopping at JCPenney, Lerner's, and, for special occasions, Marshall Field's. But now it didn't feel right unless she frequented Saks, Nordstrom, and Neiman Marcus.

Mariah returned her attention to the morning worship and watched her husband stand up and walk across the pulpit. He was preparing to deliver his Easter message, and this was the first time since marrying him that she didn't want to hear him preach. She hadn't ever felt as hurt and as angry as she had last night, and she didn't know what she was going to do about her situation. She wished she had the courage to pack her bags and leave the way Vivian had suggested when she called her this morning, but she wasn't strong enough to do it. She wanted to be, but a part of her was hoping that maybe Curtis was just going through a phase. Maybe he'd been single for so long that he needed some time to regroup and get used to his new life with her. Maybe he was acting so terribly because of all the stress that came with being a pastor. She wanted to believe all of the above, but she knew none of those reasons was the problem. She knew deep within her soul that Curtis was seeing someone else.

Mariah watched Curtis as he began to speak.

"Oh, what a time, what a time," he said, holding either side of the podium. "Choir, you all are truly singing from your hearts today. Singing for the Lord. Singing for that great and wonderful man who died on Calvary for all your sins and mine. But oh, didn't he get up early one Sunday morning just like he said he would? He rose just like he promised. He stayed true to his word, church," Curtis said, pounding the podium with his fist. "Oh, I tell you, I'm happy today. I'm happy because someone loved us so much, He sacrificed His own life so that we might live eternally."

Curtis spun around three times right where he was standing.

"Give the Lord a great big handclap," Curtis said, following his own instructions.

The congregation applauded loudly.

When it quieted down, Curtis continued.

"You know, the fact that we are so blessed doesn't mean that we're any better or any more of a Christian than the next person. We just as easily could have been drunks or drug addicts, living on the street. And the only difference is that God, for whatever reason, decided to favor each and every one of us here."

Hundreds of members yelled amen. Mariah just didn't have it in her this morning, and she saw Curtis looking over at her, probably trying to figure out why she wasn't into what he was saying.

He turned his Bible to where he wanted to read and gazed back across the congregation.

"I'm not going to preach about Easter Sunday this morning, because just about everyone in here knows that Jesus died on the cross and why he did it. No, what I want to talk about today is something else that also might help you in your daily lives. But before I do, I want my beautiful wife to stand up for a minute."

Mariah hated when he did this. She hated how he always put her on the spot like she was the Queen of England. But since all eyes were planted on her, she didn't have much choice but to do what he'd asked.

"Isn't she looking good today?" he said. "I mean, don't get me wrong, she always looks good, but today she looks especially nice in that off-white and fuchsia."

Amens echoed across the entire church.

"There ain't nothing like having a beautiful wife to look at every day."

"*Amen*, Pastor," one gentleman said loud enough for everyone to hear.

Laughter resonated throughout the congregation.

Mariah smiled graciously and took her seat.

"I hope y'all don't think I'm standing up here bragging, because I'm not. It's just that I love my wife, and I want the whole world to know it," he said, looking at Mariah. "Honey, I just want you to know that I thank God for bringing you into my life. He brought us together for a reason, and I'm just glad about it."

He hugged himself, rocked from side to side, and visually fought back tears.

Mariah felt like going home.

Curtis finally settled himself and said, "Today I want to speak on the subjects of adultery, fornication, and lust."

Mariah heard members yelling everything from "All right now" to "Preach today" to "Fix it up." They couldn't wait to hear what he had to say.

"So if you have your Bibles, please turn with me to First

Corinthians, chapter six. After that, we'll be reading in Jeremiah, Proverbs, and Matthew."

Bible pages rustled until everyone arrived at the designated spot.

"Before we begin, though, I just want to clarify the difference between fornication and adultery. *Fornication*, you see, is the illicit sexual relation between unmarried individuals."

"Uh-huh," a woman sang.

"*Adultery* is when someone has sexual relations with someone other than his or her own spouse."

"True, true," an older gentleman said.

"And when we turn to Matthew, we'll find that even looking at someone with a lustful heart is also an act of adultery."

Mariah wondered when he'd decided to preach this particular sermon and wondered why he was doing it. She wondered if he was trying to convince her that he wasn't an adulterer himself. If he was, he'd soon learn that it was going to take a lot more than some sermon to make her believe what he was saying. It would take even longer for her to ever trust him the way she had when she first met him.

She listened for a few minutes longer, but when she couldn't listen anymore, she tuned Curtis out and waited for his sermon to be over.

It was unfortunate, but for the first time since she'd joined Truth Missionary Baptist Church, she didn't want to be there.

Mariah hung her suit in the walk-in closet and slipped on a two-piece lounging outfit. Curtis eased up behind her and grabbed her around the waist.

"Baby, you haven't said more than two words to me since we got home," he said. "So what's wrong?"

"Nothing. I'm tired and I don't feel well."

"But you didn't say much at the restaurant either."

Mariah ignored him and walked into the master bathroom. She turned on the faucet and squeezed a few drops of facial cleanser inside her palm. She massaged the makeup from her face, went over it with toner, and then saturated her face with moisturizer. When she came back out to the bedroom, Curtis was waiting for her.

"Baby, come sit down for a minute," he said. "Please."

She wondered where this pleasant nature of his was coming from, but she took a seat and didn't say anything.

"I'm sorry for the way I spoke to you last night and for being gone all day with Tyler. I was totally out of line, and I won't ever treat you that way again."

"But it's not just about yesterday, Curtis. It's about every day for the past three weeks or so."

"I know. That schedule at the church is killing me, and after we argued last night, I prayed and asked God to deliver me from it. So what I'm going to do is start delegating more of my duties to my associate ministers and start saying no to some of these outside services. I can't give up everything, but you were right when you said I promised to take every Monday off and spend it with you."

Mariah wanted to stay angry at him, but he was making it harder by the minute. Maybe she'd been wrong about Curtis. Maybe she'd jumped the gun when she'd accused him of sleeping around. Maybe Vivian had pushed her to confront him much too quickly.

"The thing is," he continued, "I took on leadership of a huge church and got married three months later. And before I knew it, I started feeling totally stressed out. Then one thing led to another and before long both you and Alicia were on the back burner."

"It's not that I don't understand all the pressure you're under, because to a certain extent, I do. But you really hurt me last night when you said all those terrible things to me."

"I know, baby, and I'm sorry. I don't know what got into me. I guess I felt like you were trying to interrogate me for no reason."

"But I did have a reason, and I also wanted you to tell me why our marriage was all of a sudden falling apart."

"I know, and like I said, I'm sorry."

He hugged her, and she couldn't help yielding to his embrace. As she closed her eyes, warm tears rolled down her face.

"You know it really bothered me last night when you said you couldn't go on with the way things were," he said. "Because, Mariah, baby, I just couldn't stand it if you actually wanted to leave me."

"I only said that because I'm so unhappy. You know that I love you, Curtis, but it's starting to feel like you don't love me anymore."

"But I do. With all my heart. And that's why I felt compelled to tell the whole church during service this morning."

"But you do know that you embarrassed me, right?" she said, smiling.

"Well, I didn't mean to."

"Well, you did."

"Then I'll try not to do that again. But you are as beautiful as I told them."

Curtis gently leaned her back onto the bed and removed all of his clothing. He helped her remove her lounging set and pulled her toward him.

"You know, baby, I was thinking about what you said," he continued.

"What?"

"You know. That you thought it was time we started a family."

"And?"

"Well, I think it's time, too. At first I didn't, because of Alicia, but I had a long talk with her the other night when she called me about the dance, and I think this will be fine with her."

"So what are you saying?"

"I'm saying that I want you to stop taking your pills as soon as your doctor okays it."

"Curtis, I don't want to do this if you're not really ready."

"But I am ready. I've been thinking about it ever since you came to my office to talk about it. But after last night, I agree that we do need something that will be a part of both of us."

"You just don't know how happy that makes me," she said.

"It makes me happy, too."

They held each other and made passionate love and Mariah couldn't remember Curtis ever being so patient with her. She didn't know if he was serious about everything he'd said or if he was simply trying to appease her for the moment. But she was going to assume he was being genuine. She just didn't see how she couldn't. Especially since she'd married him for better or worse. Vivian wouldn't be too happy, and now Mariah wished she hadn't told her all those awful things about Curtis. She wished Vivian could see them now and that she could've heard how well Curtis explained everything.

She lay there in her husband's arms, exhaling deeply. She was glad to have him back and felt completely relieved.

She couldn't wait to have his baby.

Chapter 13

"Mom, let a few more curls drop down in the back," Alicia said, sitting in front of her mother's master bedroom dressing mirror. Tanya was helping her get dressed for the big dance Alicia and her father were going to.

"Don't worry. I will. But first I want to make sure we've got the curls loose enough. Otherwise none of them are going to hang the way they should."

Alicia was tickled pink. She was so excited about the new gown her mother had bought her, and she couldn't wait to see her father in his tux. He always looked handsome in any suit, but still she couldn't wait to see him in evening attire. He would definitely be the best-looking man in the whole gymnasium.

"This is going to be the best night that Daddy and I have ever had together."

"I think it will be, too, so aren't you glad James talked you into calling him?"

"Yeah, but I still wish James could have gone, too. I know I couldn't take both of them, but I sort of feel sorry for him, because he doesn't have his own daughter to take to dances."

"There will be other stuff he can take you to, and I don't think he feels bad at all, because he knows how much you love your father."

Alicia heard what her mother was saying, but she still wondered what it felt like to want children and not be able to have them. Her mother and James didn't talk about it to her, but Alicia had overheard her mother on the phone with her own mother down in Georgia. She'd told her that since they'd been trying for two years straight, they were just going to be thankful for everything else that God had given them and accept the possibility that they would never have a child together. Alicia remembered how sad her mother had sounded, but she never really showed it.

"Mom?"

"Yes," Tanya said, pinning strands of Alicia's hair.

"Am I ever going to have a baby brother or sister? I mean besides the one Daddy had with that girl."

"I don't know. Why? Do you want one?"

"I don't know. I guess it really doesn't matter to me one way or the other. Sometimes I think it would be fun, but some of my friends have little brothers and sisters who get on their nerves."

Tanya laughed. "I'll bet."

"So I guess I'm happy with things just the way they are, as long as I can be with Daddy."

"Well, that's good to hear, because you seemed so upset these past few weeks."

"I know, but I won't ever act like that again. I didn't mean to talk to you the way I did either, Mom."

"Apology accepted. And I also think it was a good idea for us to go back to counseling. Even if it's only once a month."

"I really like Dr. Pulliam. She always makes me feel so comfortable, and she always knows what to say."

"Yeah, I like her, too," Tanya said. Then she positioned a few more ringlets and spritzed Alicia's hair with holding spray.

"Now all we have to do is put on your makeup and then you can slip on your dress."

Alicia sat quietly as her mother smoothed on a light layer of Lancôme foundation. After that, she applied barely a touch of eye shadow, drew eyeliner on the lower lids, brushed mascara on her lashes, and gently swept blush on her cheeks. She finished by dusting pressed powder across her entire face.

"What do you think?" Tanya asked.

Alicia turned toward the mirror and grinned from ear to ear. She stood up and hugged her mother.

"Thanks, Mom."

"You're welcome, sweetheart. You look absolutely beautiful."

"Now I have to get my dress." She was so excited she didn't know what to do.

"Wait a minute. We need to put on your jewelry."

"Oh yeah," Alicia said, picking up the rhinestone earrings and placing them in her ears. Her mother clasped together the matching choker.

In her room, Alicia removed her robe, pulled on her panty hose, and slid on her dress, which was satin, periwinkle, and off-the-shoulder. It was striking, if Alicia had to say so herself. She looked so grown-up.

"It's almost five-fifteen, so Daddy should be here any minute," she said, slipping on two-inch off-white heels.

"We'd better get downstairs so we can take some pictures," Tanya said.

Alicia grabbed her purse and they went down to the family room.

"Nobody told me that Miss America was showing up here tonight," James said, and Alicia blushed like she didn't know him.

"She does look stunning, doesn't she?" Tanya said.

James snapped shots of Alicia and Tanya and Tanya did the same for Alicia and James. Then he set the camera and they took a photo with the three of them together.

"It's five-thirty," Alicia said, peeking through the blinds. "Maybe I should call him."

"I'm sure he'll be here," Tanya said. "He's probably just running a little late."

Alicia didn't say anything, but she was starting to get nervous.

"I'm glad we got a dress with a matching shawl, because it seems like it's going to be a little chilly tonight," Tanya continued.

"Sweetheart, why don't you have a seat until your dad gets here," James said, and Alicia knew it was because he sensed her anxiety.

She sat a while longer, but just when she looked at the clock and saw that it was five forty-five, the phone rang. She watched her mother walk into the kitchen to pick it up and felt distressed.

"Hello," Tanya said.

"Tanya. Hi. Where's Alicia?"

"She's right here waiting for you."

"Well, let me speak to her."

"Where are you?"

"I'm running a little late, but I'll be there."

Tanya walked the phone over to Alicia and said, "It's your father."

"Hello," Alicia said, practically holding her breath.

"Baby girl, Daddy is so sorry. He got caught up with some church business, and it threw him a little late. But I'm on my way home now to get dressed."

"To get dressed? The dance starts in less than fifteen minutes, Daddy."

"I know, but we'll just have to be a little late. Okay?"

"Well, what time are you going to pick me up?"

"I'm only maybe twenty minutes from the house, and all I have to do is shower real quick and put on my tux. So I should be there to get you around seven."

"But the school is almost thirty minutes away, and the dance is over at nine o'clock," Alicia said, tears already welling in her eyes.

"I know, baby girl, but at least we'll still have an hour and a half to be there."

"I don't wanna go. So let's just forget it," she said, dropping her purse.

"Why?"

"Because I don't want to."

"Baby girl, please don't cancel the whole evening just because I messed up on my timing."

"No, let's just forget it."

"Okay, maybe I can get there by six forty-five."

"No, Daddy, I *said* I don't wanna go."

"But, baby girl, you and I have been looking forward to this for two weeks."

"I knew you were gonna do this, Daddy. You always say one thing and then you do another. And I'm sick of it," she screamed, crying. "I'm sick of you treating me like this, and you don't ever have to worry about me bothering you again."

She threw the phone down on the circular sofa and ran upstairs. Tanya looked at James and hurried behind her.

"Look, Mariah, don't start this again," Curtis said, stepping out of the shower. "I've really messed up with Alicia, and I'm not in the mood for all this nagging."

She was really starting to irritate him, and he couldn't wait to get away from her for the rest of the evening.

"But I don't understand why you have to go back out this late when you were already gone all afternoon. You did the same thing last Saturday, and since it's already after nine, why can't you just go to the hospital after church tomorrow?"

"Because I'm going tonight, that's why. I already told Brother Fairgate that I would come by and pray for his wife as soon as Alicia's dance was over. So he and his family weren't expecting me until around ten, anyway."

"And who are the Fairgates? Are they new?"

"No, they're not new."

"Well, I've never heard that name before."

"Woman, there're over three thousand members at that church, so I'm not surprised that you haven't. I mean, what do you expect? To know every single person who's a member there?"

"No."

"Well, you sure act like it."

"Is she in critical condition or something?"

"Sweet Jesus." Curtis sighed. "I don't know all of that. All I know is that she's low sick, and they want me to come pray for her."

"Okay, then, I'll just go with you."

"For what?" he said, turning to look at her, frowning.

"Because it won't hurt for me to be there with you. I should go visit the sick with you more often anyway."

Why was she trying to make his life so difficult? Didn't she know that if he'd wanted her to go, he would already have asked her? Why couldn't she just accept what he was telling her and climb off his back?

"Maybe some other time," he finally said. "Because with everything that has happened between me and my baby girl, I need to be alone. I know you mean well, but I need some time to figure out how I'm going to make things up to her."

"Well, where were you earlier?"

"I've already told you that I ran some errands and took care of some church business."

"Then what was so important that you couldn't even get home in time for Alicia's dance?"

He was about to end this useless interrogation.

"For the hundredth time, I told you I got caught up at the church and then I got caught up in traffic. You know how the Dan Ryan can be on a Saturday."

She looked at him and he could tell she hadn't believed a word of what he'd said. But it didn't make any difference, because as soon as he stepped into his other shoe, he would be walking right down those stairs and right out the back door.

"I don't like this, Curtis."

He raised his voice. "You don't like what, Mariah?"

"The way you've been acting today. You seemed like you were really trying all last week, and now it's like you're a different person again. It's almost like you hate being here with me."

"Think what you want to, because I'm through trying to convince you. Jeez. You tell a person the truth, and they still don't believe you," he said, heading down the stairway.

"Curtis, just let me ride over there with you," she pleaded.

"I'll see you when I get back," he said, and walked out of the house.

And he couldn't have been more relieved to be free of Mariah and her relentless cross-examination. More importantly, he was never going to forgive himself for disappointing Alicia. And he was a little upset with Adrienne, since he'd told her that he couldn't see her today because he had to escort Alicia to her dance. But against his better judgment, he'd gone ahead and met with her over at Tyler's. He'd told her he could only stay for two hours, but when they'd both fallen asleep, two hours had turned into four, and they hadn't

woken up until five. He still didn't know how he'd allowed
himself to get so relaxed and fall off to sleep the way he did.
But he knew it partly had to do with how tired he'd been for
the last couple of days. He'd been working as hard as always
and then spent all day Monday and every single evening with
Mariah just the way she wanted. But that meant he hadn't
seen Adrienne. And of course, by Thursday she'd started
sounding suspicious.

So now, since he'd been trying to satisfy both of them, his
life was spinning out of control. They were placing far too
much pressure on him, and it was time he put a stop to it. Adrienne was much easier to deal with because he didn't have to see
her every day, but Mariah was getting under his skin. She was
getting beside herself, and he knew it was because he'd told her
they could start a family, and because he'd made love to her six
days straight. But by Wednesday he'd become very bored with
her again, and had made the decision to call someone else. He'd
tried for years not to do it, but now, with all this talk about having a baby, he longed for his only son. As much as he hated to
admit it, he longed to spend just one night with his son's
mother again. He needed Charlotte to add up the rest of the
equation.

Her father had told him he'd have him arrested if he ever
tried to see her, but it was a chance Curtis was willing to take.
He hadn't known how he was going to contact her, because
even though he trusted Whitney, he would never ask her to do
his dirty work. So, finally, he asked Denise, one of his clerk-
typists, for a mere two-hundred-fifty-dollar bonus, to call her
parents' house. He hadn't told Denise any details, and when
Charlotte's mother had answered, Denise had asked for Charlotte. Denise had told her to hold and then transferred the call
to Curtis's office. He could tell that someone was in the room
with Charlotte, so he'd given her his cell number and asked

her to call him as soon as possible. Which she did about thirty minutes later, and it was then that they agreed to meet tonight at ten.

Charlotte was just the medicine he needed to calm his nerves.

Chapter 14

Curtis strutted into the room at Embassy Suites over in Lombard, a northwest suburb, hugged Charlotte, and said, "It's really good to see you." She'd trimmed off most of her hair, but she still looked good. That tiny waist of hers was still a lot smaller than her hips, too.

"It's good to see you as well," she said. "And I have to tell you, I was really shocked to hear your voice today."

She took a seat on the sofa, and Curtis sat next to her.

"Well, after five years, I felt it was time. I mean, I've thought about you a lot, but I had no choice but to respect your father's wishes."

"Actually, I'm glad you didn't try to contact me, because for the first two years all Dad talked about was how he should have had you arrested. He was so hurt and so angry about me getting pregnant."

"It never should've happened. You weren't even out of high school when we first started seeing each other. And we should have been more careful when it came to birth control."

"Maybe, but all I knew was that I was in love with you, and I would have done anything to be with you."

She was definitely telling the truth about that. Curtis could still remember how infatuated she'd been with him and how she didn't even mind him taking her to cheap motels. Whenever he'd told her to jump, all she wanted to know was how high and for how long. It was almost like she craved everything about him.

"So how have you been?" he asked.

"I've been doing well, considering I'm a single parent."

"Well, I'm glad to hear it."

Curtis couldn't help feeling sorry for her and even a touch of remorse because he knew he hadn't done right by her. He knew he'd taken advantage of a young teenager who didn't know whether she was going or coming.

"And what about my son?"

"Oh, so you know that I had a boy, then?"

"Yeah, I heard it from a member who still attends Faith."

"Well, he's doing fine and growing taller every day. I think he's going to be as tall as you, and as much as my father hates it, he looks just like you, too."

Curtis smiled, but now he regretted losing the first five years of his son's life. He regretted not being there for him and not being able to provide for him, because his son deserved so much better. He tried to imagine what he looked like, but what he wanted was to see him with his own eyes.

"Do you have a photo of him?" he asked.

"Of course," she said, pulling out her wallet and snapping it open. "This is the most recent. We just had it taken a few weeks ago."

Curtis took the picture and stared at it. He couldn't take his eyes off the handsome little boy who was staring right back at him. He couldn't remember ever feeling this proud, not since the day Alicia was born.

"Can I have it?" Curtis asked.

"Sure."

"So what's his name?" Curtis asked, swallowing hard. He hadn't planned on being this emotional, and the last thing he wanted was to break down in front of a woman.

"Matthew."

"Hmmm, he looks like a Matthew, too. He really is a handsome little dude."

"That he is, and his grandparents think he's the greatest thing on this earth. They have him so spoiled, but he really is a good little kid. He's everything to me."

Curtis sighed, still looking at the photo.

"So I heard through the grapevine that you got married again and that you've got another church," she commented.

"Yeah, I do. I didn't think I'd ever get back into the ministry, but the next thing I knew, I was accepting a position at Truth."

"So do you like being a pastor again?"

"Yeah. But it's still just as stressful as always."

"And what about your wife? Are you guys happy?"

Curtis chuckled. "I guess it depends on how you define being happy."

"Meaning?"

"Meaning, I needed a wife in order to keep the position at Truth, and I'm living a pretty decent life in general."

"But are you happy?"

"Sometimes, but sometimes I pretty much just go through the motions."

"Then that's too bad."

"Why do you say that?"

"Because what's the point in being married if you're miserable all the time?"

"Sometimes you do what you have to do."

"I guess. But I'm just saying I don't want that for me."

"So are you seeing anyone?" Curtis said, slipping in the question he'd been wanting to ask for a while now.

"Sort of, but it's nothing real serious."

"Does he spend time with Matthew?"

Curtis knew he didn't have the right to call any shots, but he just didn't want to hear about some other man playing daddy to his son.

"The three of us have gone a few places together, but that's really it."

"Oh."

"So how's Alicia?" she asked.

"She's fine, but she's not too happy with me right now."

"Why is that?"

"It's a long story."

"I'll bet she's as beautiful as ever."

"She is. But she definitely has a mind of her own."

"I can imagine."

"So tell me," Curtis said, turning his body toward her. "Is there a chance I can see my son one day?"

"I don't know. Because even though Dad doesn't mention you that much anymore, I think he would go through the roof if he thought you were anywhere near Matthew. And I don't think he was bluffing when he said he'd press charges against you."

"But maybe you could bring Matthew to see me without him knowing it."

"I just don't know. I mean, I do want you to see Matthew, and I want him to know who his father is, but I don't want to jeopardize my relationship with my parents. They've allowed us to live with them all these years, and they've done everything they could for both of us. It wouldn't be so hard if I was living on my own, but I'm not."

Curtis didn't know what else to say, and Charlotte looked at him sympathetically and said, "I'm sorry."

"If that's how it is, then that's how it is. But can I ask you something else?"

"What's that?"

"What about you and me?"

"I wondered how long it was going to take for you to bring that up," she said, smiling.

"Why? Are you offended?"

"Should I be?"

"Maybe."

"Well, I'm not."

"You know I've missed you."

"No, Curtis, what you missed were the things I used to do to you."

"This is true, but I missed you as a person, too, because we had some great times together."

She had definitely matured over the years, even more so than he expected.

"And you think because we used to have some great times, you can simply call me up, meet me at a hotel, and screw my brains out?" she asked. Curtis didn't say it out loud, but yes, that's exactly what he'd been thinking. Of course, his priority was meeting his son, but from the moment he'd heard her voice on the phone, he hadn't been able to take his mind off her. He didn't know what sort of person she was now, but back in the day, she'd been the freak of the week. He hadn't understood how she'd become so experienced at the age of seventeen, but she knew what she was doing. She knew how to satisfy him in ways that Tanya and even Adrienne couldn't learn.

"Look," he said. "I'm not going to lie to you. I'm married, but I'm not happily married. And this time it's even worse than when I was married to Tanya."

"But I heard you just got married a few months ago."

"I did."

"Well, didn't you know she wasn't the one before then?"

"I knew she was a nice, decent woman and that any church

would love to have her as a first lady. And at the time, that's what was important to me."

Charlotte shook her head in disbelief. "But now you want to start seeing me again?"

"Well, maybe if you hadn't come here looking so fine, I wouldn't be heated up like this."

"Yeah, right."

"I'm serious."

"Well, the thing is, I'm only one semester from finishing my bachelor's degree, and I don't need any more heartaches."

"Really? What are you majoring in?"

"Prelaw."

"Well, congratulations. I'm very proud of you."

"You should be, because it wasn't easy being pregnant and devastated all while trying to finish up high school. But my parents insisted that I do it, and then they encouraged me to go to college."

"Well, all I can say is that I will never hurt you again. You're the mother of my son. And that's why I'm being on the up-and-up about my marriage to Mariah."

"In a perfect world, you would have married me instead of someone else, though."

"I know, and I regret that I didn't," he said, stroking her cheek.

"I think it's time for me to go," she said, moving to the edge of the sofa.

"So soon," he said, rubbing her thigh.

"Curtis, please don't do this."

"Baby, I can't help it. You know how wild and crazy you always made me feel, and that hasn't changed."

"Do you know how long it took me to get over you?"

"And I'm sorry for that, but all I want is a chance to make it up to you. I want a chance to make things right with you and my son."

"But you're married. And that means we can never be a family."

"You never know what the future holds for any of us," he said, touching her chin and turning her face toward him.

"But I don't want to be hurt again. I don't ever want to love any man the way I loved you."

"I think you're still in love with me now, but you're just trying to fight it."

"I've gotta go," she said, and stood up.

When she stepped to the door, Curtis hugged her from behind and kissed the sides and back of her neck. He maneuvered his hands under her shirt and grasped her breasts.

She moaned and dropped her handbag to the floor.

"I promise I'll do right by you this time," he said, still kissing her.

"Curtis, why are you doing this?" She dropped her head back against his chest.

"Because you want me to, and because I wanna make love to my son's mother again."

From that moment, Charlotte didn't ask any further questions, and Curtis led her into the bedroom. He hadn't wanted to betray Mariah with Adrienne and Adrienne with Charlotte, but he couldn't help himself. He'd wanted things to be different, but at least he wasn't seeing anyone new. He still wasn't seeing any women from his own church, either, and to him that was a step up.

He needed Charlotte to help relieve all the stress he was under.

Mariah stared across the parking lot and saw Curtis walking toward his car. When he'd left the house, claiming he was on the way to the hospital, she'd finally taken Vivian's advice and followed him. She'd watched him go into the hotel, and now here he was three hours later, just coming out. She'd cried herself into a frenzy the moment she saw him walk in there, but she'd decided it was better not to confront him. It was better to wait and see just who he was sleeping with.

She started her car, drove down the first aisle and over to the second. She saw Curtis and some woman tightly embraced, so she accelerated toward them with her brights on. She screeched the tires only inches from where they were standing. Curtis yanked the woman away from Mariah's car, but she jerked away from him with her mouth stretched open. And when Mariah stepped out of the car, the woman rushed over to her own, started it, and drove away in a hurry.

"Curtis, why?" Mariah said, yelling. "Why are you doing this?"

"Are you crazy? You could have killed us."

"Is that all you have to say?"

"What else do you want me to say? Because right now I'm trying to figure out why the hell you followed me here."

"Because I'm your wife, Curtis."

"I don't care who you are. And I'm tellin' you right now, don't you ever fix your mind to even think about following me again," he said, stabbing his finger toward her face.

"But we're married," she said, dumbfounded. "And you said you loved me. And you promised me that you weren't seeing anyone else."

"Please," he said, pushing past her.

He got in his car, turned on the ignition, and cracked his window. "You know what? You look like an absolute fool standing out here this late at night."

Mariah felt like the world was coming to an end, and her head pounded. She pleaded to him with her eyes, begging for understanding, but he shook his head in disgust and drove off. He left her standing there looking like the fool he'd said she was.

She dragged herself back over to her car and tried to gather her composure. How could a man she loved so much be so cruel and inconsiderate? How could he have looked her in her face, lied day after day, and then told her he was excited about them starting a family? How could he have changed so drastically in such a short period of time? She still remembered the day she met him, the day he asked her to marry him, and the day she'd become his wife. But now Curtis was a very different person. She didn't know who he was, but he certainly wasn't the man she'd first known. He wasn't the man the deacons and the rest of the congregation had come to depend on. When he'd been gone all day last Saturday, deep down she'd known he was with someone else. But when he'd wooed her so attentively and so genuinely after service on Easter Sunday, she'd succumbed. She'd tried to tell herself that all her suspicions were a result of her imagination. She'd tried to let bygones be bygones, and she told herself that it was normal for all married couples to have occasional problems and disagreements. But finding your husband casually strolling out of a hotel in the wee hours of the morning with a woman who looked young enough to be his daughter wasn't acceptable. She'd never seen the woman before, but she wondered if the woman could be the mother of his child. She wondered if Curtis had been seeing her all along and had lied when he said he'd never seen his son.

As she drove out of the parking lot, she broke into tears again and had to pull to the side of the road. What was she supposed to do now? How was she supposed to stay married to a man who had no problem messing around on her? How was she going to explain to her mother that she couldn't stay married to a man like Curtis, no matter how much money he made?

She tried to settle herself again and started down the street.

She wondered how such a wonderful fairy tale had quickly turned into a nightmare.

*   *   *

"Curtis, do you think I'm stupid?" Mariah said, following him into the kitchen.

"No, but I'm telling you it wasn't what you think."

"Then why did she run away and why didn't you tell me that before storming out of the parking lot?"

"Because I was so upset with you for following me around like some kid. But I'm telling you, the only reason I was at the hotel was because the young woman you saw me with was threatening to commit suicide."

"I don't believe you're standing there trying to make me believe a lie like that."

"It's not a lie. I hadn't told you because I prefer to keep my counseling sessions confidential. But she's been coming to my study at the church for over a month now. And the last time I saw her, she was so depressed that I gave her my cell phone number and told her to call me if she needed someone to talk to. So right after I left the Fairgates, she called and I drove to the hotel."

"Just stop it, Curtis. Because what you don't know is that I followed you from the house straight to the hotel and you never even went to any hospital. I waited out in that parking lot for three hours, until you finally decided to come back out."

"You must have followed somebody else, because I definitely went to the hospital before going to that hotel."

What was he trying to do? Make her think she was crazy? She'd seen what she'd seen, and she didn't know how he could actually stand there trying to deny it.

"It *was* you," she said. "I saw you park, I saw you get out of the car, and I saw you walk into the hotel."

"Think what you want, but I know what the truth is, and if you don't want to believe it, then I'm sorry."

"You know, the thing is, Curtis, I can't do this anymore. I

can't go on like this. Do you understand what I'm saying?" She was so exhausted and so baffled that she didn't have any more fight in her. She didn't have any more arguments for the testimony he kept trying to give.

"You don't have a choice *but* to go on," he stated. "I've told you that before."

"No, Curtis, listen to me. I won't stay married to a man who is being unfaithful and who is no longer in love with me."

"No, you listen. You married me until death, and if you make one attempt to walk out that door, you'll wish you never met me. Do you hear me?" he said, grabbing her arm.

"Curtis, stop it."

She tried pulling away, but he tightened his grip and jerked her closer to him.

"I can see now that I haven't made myself clear. You are my wife and nothing is going to change that. You keep talking all this craziness about me not being in love with you, but the truth is I've *never* been in love with you. I only married you because the church required me to have a wife within my first two years. And since I was already seeing you and I did care about you, I decided it was a done deal. But I was never in love with you. I could never *be* in love with you. And just so we understand each other, I will never allow you to jeopardize my position at the church, and I will do whatever it takes to make sure of it. Do you understand me?" he said, holding her face in a firm grip so that she was looking straight at him.

She burst into tears again. "Curtis, why are you hurting me like this?"

"Because you're making me," he said, and released her.

She turned to walk away.

"And don't think you're not going to church this morning," he said.

"What? Curtis, I know you don't expect me to go anywhere

looking like this." Her eyes were bloodshot, she'd been up all night, and the eight o'clock service was only six hours away.

"Not only do I expect it, that's what you're going to do. When you married me you married Truth Missionary Baptist Church. And as far as I'm concerned, this house, that car you drive around in, and all the money I give you are more than an even trade. And if you don't like it, you'd better start pretending like you do."

Mariah stared at him as if she didn't know who he was. He was acting like he'd been smoking crack or something. He was acting like some crazed maniac who was completely out of control. And she could tell that he was dead serious. Right now she didn't have a choice except to do what he told her.

But that wasn't going to last forever. All her life she'd gone along with the program, tried to keep the peace, tried not to make any waves, tried to make sure that everyone liked her. But she was tired of it. She was tired of being afraid like the way she was now of Curtis. She was tired of accepting the existing conditions just because someone else wanted her to.

She didn't know how she was going to get out of this marriage and as far away from Curtis as she could, but she knew she couldn't live the rest of her life in fear. The only problem was, he'd proven that he would put his hands on her, and she believed he would do anything to keep his church. She'd seen the very angry, even deranged look on his face when he said it.

So, for now, she would treat their marriage and their life at church business as usual. She would bide her time until God delivered her from this whole mess.

Chapter 15

Mariah stood in front of the living room window enjoying the bright sunshine that shone straight through it. She'd gone to church against her will, and was glad to be home again. Even better, Curtis hadn't been there with her. He'd dropped her off immediately after service, claiming he had some sort of business to tend to and was then going back for evening service. She'd never expected in a million years that she'd be happy to be alone, but that's exactly the way she was feeling.

Over the last half hour she'd debated whether she should call Tanya. Vivian had suggested it when they were shopping and then again when Mariah had spoken to her earlier in the week, but Mariah still didn't know if it was the right thing to do. She didn't know if Tanya would be receptive toward meeting with her or toward answering questions about her ex-husband. She just couldn't be sure, but at the same time, she didn't know anyone else who could help her.

Mariah made a decision, then walked into the kitchen and picked up her purse before she lost her nerve. She pulled out her personal phone book, found Tanya's number, and dialed it.

"Hello?" a male voice answered.

"James?"

"Yes."

"Oh, hi. This is Mariah."

"Hey, how are you?"

His cheerfulness eased Mariah's apprehension.

"I'm good," she said. "And you?"

"I'm fine."

"Well, I was wondering if Tanya was around."

"As a matter of fact, she is. Hold on for a minute."

Mariah felt her stomach quivering.

"Hello?" Tanya said.

"Hi, Tanya. It's Mariah."

"How are you?"

"Not so good, and while this is really awkward for me, I was hoping we could get together."

Tanya paused.

"It's about Curtis," Mariah explained quickly.

"Sure, when do you want to meet?"

"I truly hate to impose, but are you free this afternoon?"

"Actually, yes, and if you want, you can come over here. Alicia is down the street at one of her girlfriend's, and James is on his way out to the golf course."

"Only if you're sure you don't mind."

"Not at all."

"Okay, then, I'll be there in about thirty minutes."

"Sounds good."

Mariah was relieved. She didn't know how their face-to-face conversation was going to go, but she was glad that Tanya sounded so agreeable.

When she pulled into James and Tanya's driveway, she turned off the ignition, took a deep breath, and stepped out of the car. Then she went nervously up to the front door and rang the bell. Tanya invited her in and offered her a seat in the living room.

"Can I get you anything?" Tanya asked.

"No, I'm fine. But thank you."

"So," Tanya said, sitting down on the sofa, but at the opposite end from Mariah. "What's going on?"

"Well, first let me thank you for agreeing to talk to me and for inviting me into your home. Not every ex-wife would treat me as nicely as you have, and I really appreciate that."

"It's no problem at all. Curtis and I are divorced, but there's no reason for you and me to have issues with each other."

"I agree totally. And that's why I took a chance on calling you."

"I'm glad you did."

"What I wanted to talk to you about is Curtis. I wanted to find out if everything he told me about your marriage to him is true."

Tanya laughed. "Girl, I doubt it. Because as much as I hate saying this, if he'd told you everything, you probably wouldn't have married him."

Mariah didn't know what to say, and she feared what she sensed Tanya was going to disclose.

"Curtis and I fell in love during grad school, he told me he was called to preach, and then we got married. And everything was perfect. That is, until we left the church in Atlanta and moved to Chicago. Because that's when everything changed. He started staying out all the time, and he started grafting for money. Then, eventually, I started questioning him every time he came home, and we started arguing like enemies. It even got to the point where Curtis started grabbing me and pushing me. Hmmph," Tanya said sadly. "One time Alicia witnessed what he was doing to me and she fell down the stairs and broke her arm."

"Oh my God," Mariah said, shaking her head.

"Hard to believe, isn't it? Especially since he's supposed to be a man of God."

"Yes, and the thing is, he was so wonderful to me in the beginning. He seemed like he loved me so much."

"Well, the one thing no one can deny is that Curtis is probably one of the most charming men alive. He not only wins over women, but he does the same thing with all his church members."

"So is it true that you divorced him because he was messing around with this woman named Adrienne?"

"That was part of it, but what exactly did he tell you?"

"He said that he was only with her twice, but that you wouldn't forgive him. And then when Deacon Jackson found out, he told the church and they got rid of him."

"And that's all?" Tanya said, frowning.

"Yes, and the only reason I found out about the girl he had a baby with was because Alicia was yelling at him about it."

"She didn't tell me that," Tanya said, resting her elbow on the back of the sofa.

"Yeah, she was pretty upset with him that day. But Curtis claimed he didn't tell me about the baby because he didn't think I would marry him if I found out."

"Curtis, Curtis, Curtis. Well, that might be his side of the story, but let me tell you what the truth is. Curtis messed around with Adrienne the entire time he was at Faith, he messed around with Charlotte when she was a teenager, and he was caught on videotape with two women he couldn't have known very well. Then, on top of all that, I found proof that he'd paid for Adrienne to have an abortion, and he was secretly renting this little hideaway for them over in another suburb."

"What!"

"And that's not everything, but it would take me an eternity to tell you about all the money schemes he tried to rig up. And he even tried to get me to convince the deacons that we needed more money because he wanted this huge raise."

"I feel so stupid."

"Don't. Because Curtis is good at what he does. He's a manipulator, and he's used to getting what he wants whenever he wants it. I'm just sorry I wasn't in a position to tell you about him before you married him."

"Chances are I wouldn't have listened to you anyway, because I was so taken with him. He was so wonderful to me, and I prayed that he would ask me to marry him."

"Well, what is he doing now? Is he staying out late?"

"All the time. And last night I followed him to a hotel and saw him come out with some girl who was maybe in her early twenties. But he swore it wasn't what I thought."

"Girl, Curtis only does that so you'll think you're losing your mind. But I'm telling you from experience, whatever you saw or thought you saw, that's what it was. And don't ever think otherwise, because Curtis is a huge liar."

"I can see that now. But the other thing is that he's grabbed me a couple of times."

"I'm sorry to hear that, but like I told you earlier, Curtis can be very abusive when you question him about his women."

"And when I told him I wasn't going to keep putting up with the way things were, he told me I would regret ever knowing him if I tried to leave."

"He told me the same thing, and that's why I told Deacon Jackson everything I knew about Curtis and his wife. I didn't mean for Deacon Jackson to broadcast what he knew to the congregation or yank Curtis out of the pulpit, but I knew I had to do something to bring Curtis down."

"Well, I don't know what I'm going to do, because I don't even know who he's messing around with."

"Maybe not, but I would do whatever I had to to find out."

"I hate having to follow him again, but it sounds like I don't have any other choice."

"You don't. And if you're saying that woman you saw was in her early twenties, I'm wondering if it was Charlotte. Because it's hard for me to believe that he would never try to see his son."

"I thought about that, too, but he said her father told him to stay away from them."

"I know, but eventually I think Curtis is going to totally disregard that."

Mariah tried to blink back tears.

"I know it's hard because I've been there," Tanya said. "But the quicker you can get out of your marriage to Curtis, the better off you'll be."

Mariah was speechless but she couldn't thank Tanya enough for being so candid with her. Now she knew for sure that Tanya wasn't the monster Curtis had portrayed her to be.

"You know, Mariah, this is on a different subject, but I want to apologize for the way Alicia has been treating you. I've spoken to her about it on several occasions, but she still doesn't seem to be hearing me."

"Thanks, but it's really not your fault. And now that I know the full story on Curtis, I realize Alicia has been through a lot with her father, and that's why she doesn't trust me. I just wish she knew I would never try to come between them."

"She'll be okay eventually, and I'm hoping the counseling sessions will help her more and more with what she's feeling," Tanya said.

"I hope so, too, because she doesn't deserve being neglected the way she is by Curtis. And last night was the absolute worst, because he knew how important that dance was to her."

"Yeah, but Curtis doesn't care about anybody except himself. I do think he loves Alicia, but he's terribly selfish. He was like that when I was married to him, and he hasn't changed."

"After hearing everything you've told me, I don't think he ever will."

Mariah and Tanya spent another half hour talking about Curtis and everything they could think of, like old friends. Finally, Tanya gave Mariah a tour of their house, and then Mariah thanked her again and left.

Once in the car, she phoned Vivian.

"She's nothing like Curtis made her out to be," Mariah said.

"Really?"

"No, and, girl, she told me that Curtis messed around with Adrienne for years, and that he was caught on videotape with two other women."

"Get out."

"I know. Can you believe it?"

"Well, to be honest, I don't put anything past most of these big-time ministers around here. And it's hard for me to believe I hadn't heard about what went on with Curtis. Chicago is a huge city, but usually the word on these ministers travel pretty quickly."

"I hadn't heard anything either, so I guess it was kept pretty quiet for some reason."

"He is such a joke, but he's no different from the rest of these phonies standing in the pulpit every Sunday. Some of them might be on the up-and-up, but most of 'em are straight-up hypocrites. All they wanna do is rob innocent people of their paychecks and then sleep with as many women as they can."

"Gosh, Vivian, how did I let him fool me like this?"

"Because you saw what you wanted to see. Women do that all the time. Me included. But Curtis takes the cake, and I hate to even think about what else he's probably doing."

"How about putting his hands on me?"

"I *know* he didn't."

"He did, and it wasn't the first time."

"Girl, you should've picked up anything you could find and cracked his skull with it. How dare him."

"I wish I had the guts, but you know I don't."

"Well, I do, and if he ever puts his hands on you again, all you have to do is call me . . . and then you can call 911 so they can come get his body."

Mariah couldn't help laughing at Vivian.

Vivian chuckled, too. "I'm laughing, but I meant what I said, Mariah. And anyway, why did he put his hands on you in the first place?"

"Because I followed him and caught him at a hotel with some young girl."

"You what? And you're just now telling me?"

"I didn't know how," Mariah admitted.

"And how old was this girl?"

"Maybe in her early twenties, but it was hard to tell."

"And what happened when you caught them?"

"She ran and got in her car, and Curtis went off like everything was my fault."

"You know, the more I listen to you, the more I realize this Negro needs to be taught a lesson."

"All I want is to get out, get divorced, and get on with my life."

"But someone like Curtis isn't going to let you out that easy. Not someone who has already physically abused you. When someone does that, they think they own you."

Mariah knew she was right, but she couldn't deny that she was too afraid of Curtis to stand up to him. She couldn't deny either that a part of her was still in love with him. She wished she could be as strong as Vivian, but she just didn't have it in her.

"All I can do is have faith that this is going to work out," Mariah finally said.

"Faith is good, but sometimes you have to take matters into your own hands. Especially when you're dealing with a joker like Curtis."

"I hear what you're saying, Vivian, but it's just not that easy."

"Well, why don't you come stay with me until you figure out what to do?"

"Not right now, but if things get worse, I will."

"Okay, it's your call."

"Well, I guess I'd better let you go, because I'm almost home."

"Call me if you need me, no matter what time."

"I will, and, Vivian? Thanks for listening."

"Girl, please. What are friends for?"

"I know, but I still hate bothering you with all this madness."

"Bother me anytime you feel like, because I won't be satisfied until you're out of this."

"I'll call you tomorrow."

"You be careful, okay?"

Mariah ended the call, and as she drove through the last traffic signal, just before their subdivision, she prayed that Curtis still wasn't home yet.

She thanked God her gynecologist had advised her to finish her current pack of birth control pills before stopping them altogether.

Chapter 16

"If I tell you something, you've got to promise on your life that you won't repeat it," Alicia said, swearing Danielle to secrecy. They'd just come back from visiting another neighborhood friend, and now they were lounging on Alicia's bed.

"I won't," Danielle promised eagerly. "I won't tell anybody."

"I don't know," Alicia said. "Because if you do, I'll be in trouble for the rest of my life."

"I told you I won't. Now what is it?"

"I met this guy on-line, and I've been chatting with him almost every day."

"Really?" Danielle was excited.

"Yes, and, girl, he is so nice."

"Man, Alicia. How old is he?"

Alicia smiled proudly. "Nineteen."

"Oh—my—goodness." Danielle giggled. "He's a grown man."

"I know, and he's really liking me, too."

"What does he talk about?"

"Everything. My schoolwork, the way I feel about my parents. Just everything."

"Does he wanna meet you?"

"Yeah, he brings it up all the time."

"And what do you tell him?"

"That we'll meet soon, but I never say when."

"But aren't you sort of scared?"

"Sort of. But he makes me feel so much like a woman. He doesn't treat me like a child the way my parents do."

"Oh man." Danielle giggled again. "He sounds so cool."

"Girl, he is, and on top of that, he taught me how to have phone sex."

"No way! And I can't believe you've been talking to him on the phone, too."

"Yep. And, girl, one night I thought I was going to go crazy."

"Why?"

"Because it felt so good. I had this tingly feeling that I've never had before, and ever since then I've been thinking about Julian every hour of the day."

"Julian? That's his name?"

"Yep."

"I like it."

"I know, and every time I talk to him, I keep trying to picture what he looks like."

"Do you think he's cute?"

"It sounds like it."

"Did he tell you how he looked?"

"Yep, a little."

"Well?"

"He said he was medium height, muscular, and had a slammin' haircut. Then he said every girl he met wanted to get with him."

"Man, he must be really fine, then."

"I know, that's what I was thinking, too."

"I can't believe you're just now telling me after all this time."

Alicia couldn't believe she'd told her at all. Danielle was her best friend, and she told her just about everything, but this Julian situation was different. It was different because if her mother found out, she would kill her. Especially since Alicia was already on punishment because of those missed math classes. Of course, her mother had allowed her to accompany Danielle over to Tiffany's a couple of hours ago, but that was only because she felt sorry about Alicia missing the dance.

"You'd better not tell anybody, Danielle, because if you do I'll never speak to you again," Alicia threatened.

"I told you I won't. I'll die first. But tell me some more about the phone sex thing."

"I can't explain it. You'd have to be on the phone yourself to understand."

"Does he say nasty stuff?"

"Yeah."

"Like what?"

"Danieeellle." Alicia was embarrassed.

"What does he say?"

"All kinds of stuff, but I'm not gonna repeat it."

"You are *so* wrong for not telling me."

"Why? Because it's not like I can remember all of it, anyway."

"You just don't wanna tell me," Danielle said, pouting.

"Okay, okay. He talks a lot about my kitty-kat, but he always uses the P word when he does. Then he talks about sucking on both my—"

"Ewwwww, girl. He is so nasty."

Alicia placed her hand over Danielle's mouth. "Will you be quiet. You're talking too loud."

"Sorry," Danielle said, and they both laughed.

"But you know what else?" Alicia said. "I'm thinking about telling him to pick me up this week."

"Are you serious?"

"Yep."

"But what if your mom finds out? Or even your dad?"

"Skip him. He doesn't care anything about me, and to prove it, he couldn't even get here on time for that dance last night. He never does anything he says, but Julian is always there for me, and he always knows how to make me feel better."

"But maybe you should at least see a picture of Julian first."

"He doesn't have one he can e-mail me. I already asked when I sent mine."

"You didn't tell me that."

"I forgot, but he said I was one of the finest women he'd ever seen."

"He called you a woman?"

"Yep. I told you he doesn't treat me like a child. Plus, I told him I was seventeen."

"You are such a trip. And he believed you?"

"Why wouldn't he? Because when I get my makeup on, I look way older than fourteen."

"I guess. But if it were me, I'd be afraid."

"That's because you've never talked to him. He is so understanding, and I know I can trust him because he's always saying I should do what my parents tell me. And you know most boys wouldn't care one way or the other. He even told me that I needed to try to get along with Mom and James because they're the ones who are here for me. Then he told me how important it was for me to do well in school."

"Oh. Well, maybe it'll be okay then, because only a decent guy would say all that. But do you think he'll try to have real sex with you?"

"I don't know."

"You're not going to let him, are you?"

"No," Alicia said, but deep down she wasn't totally against it. Not when he'd promised her he could make her feel even better in person than he had on the phone.

"Well, what if he gets mad at you?" Danielle said.

"He won't, because he's not like that."

"Well, how are you gonna sneak out of here?"

"I don't know, but I'll figure out something. And I might have to ask you to cover for me."

"Unh-unh, Alicia."

"What do you mean, unh-unh?"

"I mean I can't do that."

"And why not?"

"Because if you end up being gone for too long and your mom calls me, I won't know what to say."

"I'll tell you what to say."

"I don't know, Alicia."

"Whatever, Danielle."

"Come on, Alicia, please don't be mad at me."

"And you're supposed to be my best friend," Alicia said, mumbling to herself as she got up and went over to her desk.

"I am your best friend."

"No you're not, because best friends will do anything for each other. Anything at all."

"But what if something happens to you? What if we both end up getting in trouble?"

"We won't. Because I'm not about to get caught."

Danielle looked at her timidly.

Alicia noticed. "Okay, if you don't want to do it, then fine."

"And you won't be mad?"

"No."

"Yes you will."

"No I won't, so let's just forget it."

Alicia turned on her computer, wishing she hadn't told

Danielle anything. She was angry with her for not wanting to assist with her alibi, but Alicia wasn't going to lose any sleep over it. She wasn't going to hate her for it either, because Danielle couldn't help being a child. She hadn't been dealing with a grown man the way Alicia had, so Alicia sort of understood why she was frightened.

"Are you getting ready to sign on to AOL?"

"Yep."

"When you finish, I wanna sign on to my account to see if I have any messages."

"Okay," Alicia said, and then heard the phone ringing.

"Hello?"

"Hi, baby girl. It's Daddy."

Alicia refused to speak to him.

"Baby girl, are you there?"

"Yeah." She was as nonchalant as possible.

"Look, I know you're angry with me, but I'm really sorry about last night."

Alicia didn't know what he wanted her to say.

"I messed up, and I'm going to do something real special to make it up to you."

Did he want a blue ribbon or something? She hated his voice, she hated him, and she wished she never had to see him again.

"Baby girl, say something. Because you know it kills Daddy when you're upset with him."

"I have to go, because Danielle is here," she said, looking over at her friend.

"But do you forgive me?"

"What difference does it make? You don't care anyway."

"I do care, and I've been worried about you ever since you hung up on me."

"Uh-huh," she muttered, and couldn't care less about what he was saying.

"Look, why don't you spend next weekend with us, and we'll do whatever you want."

Alicia had had about all she could take from her father, and it wasn't going to be long before she said something she might regret.

"I don't think so, Daddy."

"Come on, baby girl, we could have a real nice time. Mariah could pick you up after school, take you home to pick up your clothes, and then the two of you could meet me at a restaurant. And after that we can do anything you want."

Mariah, Mariah, Mariah. Lies, lies, lies. Yeah, yeah, yeah.

"I said *no*, Daddy. I don't want to spend the weekend with you or your precious little Mariah. And I don't want you calling me anymore either."

"Alicia, why are you speaking to me like this?" Curtis asked.

She could tell he was stunned by her words, but he'd be mortified when he heard what she had to say next.

"The thing is, Daddy, why would I need you calling me when I already have a daddy right here in the house with me?"

"Girl, what are you talking about?"

"I'm talking about James. He's more of a father to me than you've ever been, and that's why I'm going to ask him if I can start using his last name."

"Okay, I've had it, Alicia. I told you I was sorry, and I refuse to stay on this phone listening to you talk crazy."

"Bye," she said.

She heard the phone click and threw her cordless onto its base.

"He makes me so sick," she said.

"Man, Alicia, I can't believe you spoke to your father like that."

"Please. I'll talk to him anyway I feel like, because all he does is tell a bunch of lies every time I hear from him. He couldn't even take me to a funky little dance."

Danielle gazed at her in silence.

"But it doesn't matter, because I'm through with him."

"But he's your father."

"I don't care. I'm still not having anything else to do with him."

"Maybe you need to give him one more chance."

"For what? He's missed just about everything that was important to me, and I'm not doing this shit with him anymore."

Danielle raised her eyebrows as if she hadn't heard her best friend correctly.

"What?" Alicia said. "Julian curses all the time, so it's not like it's a big deal."

"My mom would kill me if I said any of those words."

"Well, it's not like my mom is going to hear me either."

"Danielle," Tanya yelled upstairs.

Danielle opened Alicia's bedroom door. "Yes, Mrs. Howard?"

"Your mother called and said it's time for you to come home, sweetie."

"Okay, I'll be right down."

"I wish you could stay longer so you could see me on-line with Julian."

"I know, but I have to get ready for school tomorrow. And I also have some English homework to do."

"Okay, well, I'll see you in the morning then."

"Hey, I'm sorry about your dad."

"Girl, I'm fine. He's the one who's trippin'."

Danielle walked into the hallway and down the staircase.

Alicia signed on to her computer and saw that Julian was on, too. She felt her stomach stirring, her heart fluttering, and she was starting to wonder if she was in love with him. She wasn't sure how love was supposed to feel, but she knew this was different. She'd liked this boy on the football team last fall, but she hadn't felt anything near the way she felt when she communicated with Julian. Plus, that guy on the team was just a boy and not at all the man Julian was.

JMoney1: What's up, Alicia.
AliciaBlk: Hey, Julian.
JMoney1: So how was the dance your father took you to?
AliciaBlk: We didn't go. He was late getting home, and when he told me we were going to be an hour and a half late, I told him to forget it.
JMoney1: Aw, man. I'm sorry to hear that, sweetheart.

Sweetheart? Alicia felt like she couldn't breathe. He'd never called her that before, and now she wondered if he was in love with her, too.

AliciaBlk: I'm over that, though, because it was just some kiddie dance, anyway.
JMoney1: I thought you said it was for juniors and seniors and their fathers?

Dang. She'd forgotten that she'd told him that. There was no way she could let it slip that she was a freshman.

AliciaBlk: It was, but a lot of juniors and seniors I go to school with are so childish.
JMoney1: I hear you. So what have you been doing today?
AliciaBlk: I went to visit a friend and another friend of mine came over here afterward. She just left, though.

JMONEY1: So have you decided when you're going to let me see your fine little self?

ALICIABLK: Not yet.

JMONEY1: Well, I don't know how much longer I can wait, because, girl, I'm really starting to think about you all the time. Sometimes I can't even handle my business, and my boys are starting to tease me about being whipped.

Alicia felt her stomach turning flips again.

ALICIABLK: I think about you all the time, too.

JMONEY1: Are you afraid your parents will find out?

ALICIABLK: No. Not really.

JMONEY1: Then what are you afraid of?

ALICIABLK: Nothing.

JMONEY1: Well, I don't want you doing anything you don't want to, but I don't know how much longer I can keep doing this on-line thing either.

ALICIABLK: Do you want me to call you?

JMONEY1: No, because that's almost the same thing. I mean, it's not like I can actually see you or spend any real time with you. And to be honest, it's sort of played out.

ALICIABLK: You sound upset.

JMONEY1: No, I'm not upset, but I don't want to keep this thing going between us if we're never going to see each other. I've got some real strong-ass feelings for you, but if this isn't going to happen, then I need to know. That way, I won't expect anything except a friendship from you, and I can start looking for someone else to get serious with.

Alicia didn't want that. Whether she was ready or not, it was time to stand up and be the woman he expected her to be. It

was time to stop putting him off and time to schedule their
first date together.

But first she needed to know one thing.

ALICIABLK: Julian, can I ask you something?
JMONEY1: Shoot.
ALICIABLK: Have you ever been in love before?
JMONEY1: Once.
ALICIABLK: When?
JMONEY1: Back in the eleventh grade.
ALICIABLK: And how did you know?
JMONEY1: I can't explain it, but you just know. The same
    way I know . . .
ALICIABLK: The same way you know what?
JMONEY1: I don't think I should say, because if we're not
    going to take our relationship to the next level, I don't
    want to get hurt.
ALICIABLK: How would you get hurt?
JMONEY1: Because if you don't feel the same way I do, then
    I'll be left looking like a fool.

Alicia paused, not knowing what to say next.

ALICIABLK: Well, how do you feel?
JMONEY1: I told you I don't think I should say.
ALICIABLK: Please . . . ☺
JMONEY1: Okay, I think I'm in love with you. Are you satisfied?
ALICIABLK: Yes, because I think I'm in love with you, too.
JMONEY1: Then what are we waiting for?
ALICIABLK: Nothing. Not anymore.

Alicia had no choice but to meet him. They'd finally confessed their love for each other, and she didn't want to go

another day without seeing him. She *wouldn't* go another day without seeing her own man. Her father had lied and disappointed her on so many occasions, but thanks to Julian, she finally had someone she could depend on. She finally had someone who cared about her and didn't see her as an intrusion.

She finally had someone who would never neglect her.

Chapter 17

Alicia stared straight ahead as Julian drove the black Escalade EXT pickup away from her school and turned the first corner. He was more gorgeous than she'd imagined, his muscles were cut in all the right places, and he owned a very expensive vehicle. But what mattered most was that he was nineteen and clearly in love with her.

"I'm really feeling that outfit," he complimented. Alicia was wearing a Tommy Hilfiger blue jean suit and a pair of mule tennis shoes.

"Thanks," she said, only glancing at him for a second. She thought about complimenting him on the black short-sleeve pullover and black jeans he was wearing, but the words wouldn't spill out of her.

"You seem nervous," he said.

"No. I'm fine," she lied.

"You *were* telling me the truth when you said you were seventeen, right?" he asked, smiling.

"Yeah. Why do you ask?"

"I dunno. I guess because you look a little younger."

She couldn't believe he was saying that. Not with all the eye shadow, mascara, lip gloss, and foundation she was wearing. She'd even asked one of the senior girls from her dance class to help her apply it. But maybe Julian wasn't very good at guessing someone's age.

"So I finally get to see you in person, huh?" he said, slowing at a stoplight and looking over at her.

"Yep." She blushed.

"But you know I'm trippin', right?"

"Why?"

"Because you're way finer than that picture you e-mailed me. All that babylike skin and long beautiful hair. Mmm-mmm-mmm. And got a tight-ass little body, too."

Alicia smiled and wanted to burst wide open. She was still a little tense, but not nearly as tense as when she'd first sat in his truck. She couldn't wait to tell Danielle every detail.

"So where did you tell your mother you were going after school?"

"I told her I was staying after for a track meet and that one of my friend's parents was taking us out for pizza when it was over."

"And you think she'll believe it?"

"Yep. But I need to be home around eight."

Julian glanced at the digital clock and said, "That doesn't give us a whole lot of time together."

Alicia wanted to beg him to understand, but she didn't want to sound like a baby.

"But that's cool," he said. "We can work with that."

Alicia was relieved.

They drove a few more miles into a suburb called Hazel Crest and then pulled into the parking lot of Julian's apartment complex. It was three stories tall, structured of light tan brick, and it seemed pretty quiet. But the fact that they were barely ten miles from where she lived made her a bit uncomfortable.

When they entered the building, they climbed three levels

and walked through his front doorway. His apartment was the bomb. Red leather furniture, black and pewter accessories, and a very colorful painting hanging above the sofa. Now she knew Julian's business was doing well. He really had it going on, and she was proud to be with him.

"You can have a seat if you want," he said, dropping down on the sofa and patting the spot next to him.

"I like your apartment," she said, taking a seat.

"Thanks. It's not bad, but I saw this smokin' condo I wanna get before the end of the summer."

"Oh."

"Is there something you wanna watch on TV?" he asked, picking up the selector.

"Anything is fine," she said, hoping she sounded mature.

"What about BET?"

"Okay."

After flipping through channels, Alicia saw J.Lo and LL Cool J singing to each other on a video. Alicia loved this one and bobbed her head to the music.

"So I see you're a J.Ho fan like the rest of America."

"Why do you call her that?" Alicia was offended by his comment.

"Don't get upset," he said. "I'm only kidding. But that is what Jamie Foxx called her on one of his stand-ups. He said that's who she was when she danced on *In Living Color*."

"Please," she said. "J.Lo is my girl."

Julian laughed and Alicia loved the way he sounded.

"And you probably already spent a ton of money on those boots she's wearing, too."

"Nope. But I'm getting a pair this fall, though."

"Figures."

Julian looked at her for a few seconds, seeming to admire what he saw.

"Why don't you come a little closer," he said.

Alicia froze up.

"Come here," he reiterated.

She hesitated, but finally slid over next to him. Their hips were now touching, and he placed his arm around her. It felt great to be cuddling with him, and her nervousness was now passing, slowly but surely.

Alicia pretended that she was consumed with the video, but Julian lifted her chin and gazed into her eyes. "You . . . are . . . one . . . fine . . . little . . . thing. You know that?"

She smiled again, and he kissed her. With his tongue and everything. She'd only tongue-kissed one other boy, but she hadn't liked it very much because he'd slobbered all over the outside of her mouth. But Julian, on the other hand, definitely knew what he was doing, so she kissed him right back.

When the doorbell rang, he pulled away from her.

"Hey, that's probably somebody coming to buy a CD, so why don't you go into my bedroom and shut the door. That way, I won't look so unprofessional."

"Okay," she said, walking in the direction he was pointing.

When she was inside his bedroom, she sat down on the wooden sleigh bed and turned on the television. Julian was such a businessman, and if she'd been even a couple of years older, her mother probably would have been thrilled about him. Alicia could tell he had a good head on his shoulders, and she wondered what it would feel like to be married to him. She knew she was still too young, but maybe at some point Julian wouldn't care how old she really was.

She heard a door shut but knew it was probably Julian coming out of his office or CD storage area. She would ask him to show it to her before she went home. Although she wondered why his computer was here in his bedroom. But maybe he had two of them.

"Sorry about that," he said, opening the door.

"That's okay," she said.

"Can I see your office?" she asked.

"Yeah, but not today. It's sort of messy, and I need to get it in order before I show it to you."

"Oh. Well, do you wanna go back out to the living room?"

"No, why don't we just stay in here, because if another customer comes by, you'll have to come back in here, anyway."

Alicia didn't see any chairs, so she felt kind of nervous again.

"Now that's what I'm talkin' about," Julian said, motioning his arms to the beat and rap lyrics that 50 Cent was reciting. "That's a bad man," Julian said proudly.

Alicia liked gangsta rap, too, but her mother always had a fit whenever she caught her listening to it. Her mother hated it because of all the profanity and because most of the girls in the videos looked naked. But Alicia kept trying to tell her it was only entertainment.

When the video ended, an auto commercial aired, and Julian walked around the bed and stretched across it. He rested his head on Alicia's lap, but she didn't move.

"So where were we?" he asked.

"I dunno," she said, giggling.

"You do too know."

"No I don't," she said, watching the TV screen.

He sat up and said, "Bring your legs up on the bed. That way we can get more comfortable."

She wasn't sure about this, but she did what he asked. Then he pulled her body toward the foot of the bed so that she was lying on her back and kissed her again. At first he lay on his side, but he finally maneuvered his way on top of her. She kissed him back, but she hoped he didn't want her to go any further. She'd thought it would be cool to have sex for the first time, but now she was afraid to.

When he heard the doorbell again, he pulled away and sighed.

"I hate this, but duty calls," he said, standing up. Alicia saw his thing bulging through his jeans and almost choked. It looked so big, and she prayed that he wasn't going to try and make her do it with him. Maybe she would think about it some other time, but she just couldn't do anything like that today.

He pulled the door closed, and soon after she heard him in the next room again. He was talking to some guy, but she couldn't make out what they were saying.

Over the next two hours ten other patrons came by to pick up CDs. But now Julian was back in bed with her, kissing her again. They kissed for a while, and then Julian removed her jacket and pulled her shirt outside her pants. He unbuttoned them and reached for her zipper, but she stopped him.

"What's wrong?" he asked.

"Nothing."

"Then why did you stop me?"

"I dunno," she said, wishing he would leave her alone.

"Look, sweetheart, I'm only trying to make you feel special. All I want is to make you feel like a real woman the way I promised. Now lie still and let me take care of you."

She tried not to resist, but before she knew it, she pushed his hand away from her zipper again.

"Alicia?" he said, sounding frustrated.

"What?" Her voice was soft and worried.

"All I wanna do is caress you. That's all."

She didn't want to make him angry, and if all he wanted to do was touch her, maybe that wouldn't be so bad.

Julian pulled down the zipper and then worked her pants below her butt.

He moved to the side of her, all the while kissing her and

rubbing his hand between her legs and inside her bikini underwear.

She moved her lips away from his and moaned. He'd been right when he'd said he could make her feel better in person. Julian kissed her neck. Then he took his middle finger and tried to penetrate her.

"Ouchhhh," she yelled.

"I know. But I've gotta get you used to this."

"Please don't, Julian. It hurts."

"Look, it's just my finger. So stop tryin' to fight me."

"But it hurts," she repeated.

"Look, girl, I'm gettin' tired of all this whining. Now stop it and be still."

Alicia burst into tears and wondered why Julian was being so mean. He was being downright cruel.

"Pull your pants all the way off," he said, stripping every stitch of his own clothing. His thing was enormous. It was aiming straight toward her. She was scared to death.

"No, Julian. I wanna go home."

"So what are you saying? That you've been teasing me all these weeks?"

"No," she said, sniffling.

"Well then, take all that shit off like I told you."

When Alicia curled into the fetal position, Julian snatched her legs toward him and forced her jeans down to her ankles. Then he removed them, dropped them on the floor, and ripped off her panties.

"Oh my God, Julian, why are you doing this?" she asked, scooting away from him.

"You said you were in love with me, didn't you?"

"Yes . . . but . . ."

"Well then, stop complaining and take this like a woman."

Julian climbed back in bed on his knees and pulled her shirt and bra over her head at the same time. Then he spread her legs with his right hand and cupped the back of her neck with his left one.

"No, Julian," she screamed, trying desperately to tear away from him.

But he was too strong for her.

"Look, girl, I *said* open your legs."

"But it's gonna hurt," she explained.

"It hurts every woman the first time, so get over it."

"But I don't wanna do this. I wanna go home."

"For right now you *are* at home. And after I get what I want, you can go wherever you want to."

Alicia tried to push him off her, but Julian slapped her hard.

She felt dizzy, deranged even. And she wondered who this animal was, because it certainly wasn't the Julian she'd been communicating with on-line and by telephone. He wasn't the Julian who was in love with her.

"If you try to stop me one more time, I'm gonna fuck your little ass into next week, and you won't ever get to go home. You hear me?"

Alicia wailed loudly and hysterically.

"Do you want me to slap your little young ass again?" he said, forcing her legs open. "Because I really don't wanna do that." He kissed her forehead.

Alicia wished she could crawl into her mother's arms and never leave. She was sorry for all the problems she'd been caus-ing and for sneaking off to be with Julian. Maybe if she told him how old she was, he would stop groping on her and would drive her back in front of her school.

"I'm . . . only . . . fourteen, Julian," she stammered, trying to catch her breath. "I'm just a freshman in high school."

"You think I don't know that? After listening to that little weak-ass conversation of yours? But I'm okay with that, because if you were any older, I wouldn't have wanted you in the first place."

"I'm . . . sorry . . . I . . . lied . . . to . . . you . . ."

She tried to say anything that would cause him to have mercy on her.

"Yeah, I bet you are," he said, stroking her hair. "But that's okay, because I lied, too, when I said I was in love with you."

Alicia felt like dying, but started struggling again.

"If you move one more inch, you're going to make me hurt you. I don't want to, but I hate it when you little bitches tease me on-line and then come over here actin' like you don't wanna fuck."

Alicia saw that she had no choice except to surrender.

Julian forced himself inside her, and she cried out like a small child. The pain was excruciating, but Julian moaned and told her how good it felt. He told her that she was everything he'd hoped she would be and then some.

When he finished, he told her to get her clothes on, that he never wanted to hear from her again, that if she ever told a soul, he would kill her parents.

He showed her a gun to make sure she understood him.

Alicia tried to remember what day it was.

Chapter 18

Hi, Mariah," Tanya said. "I'm sorry to bother you, but is Curtis home?"

"No, he's not," Mariah answered, and wondered why Tanya sounded so upset. "Is everything okay?"

"No ... Alicia didn't come home from school, and now it's well after nine and—"

"Oh my God. Have you spoken to any of her friends?"

"Yes, but she's not with any of them. We even spoke to Danielle, but she doesn't know where Alicia could be either. I even called the school, some of the neighbors, and two hospitals."

"Okay, look, I'm going to try to get Curtis on his cell phone, and then I'll be right there."

"Thanks, Mariah. I really appreciate it."

Mariah pressed the flash button and dialed Curtis immediately. His phone rang again and again and then she heard his voice mail connecting. She threw the phone on the base and muttered to herself, "Curtis, where in the world are you?"

She grabbed her keys, rushed out of the house, and dialed Curtis again while she was driving. But all she got was his recording.

"Curtis, I really need you to call me. I'm on my way over to Tanya's because Alicia hasn't come home from school and nobody seems to know where she is. So you need to get over there as soon as possible."

Mariah cringed at the thought of where he might be and, worse, who he was laying up with. How dare he not be accessible when his daughter might actually be missing. She prayed that Alicia was safe and had merely lost track of time, but what if there was more to it? What if she'd run away or been kidnapped? Mariah erased every one of those thoughts and tried to pull herself together. What she needed to do was have faith that God would bring Alicia home before the night was over.

"Baby, what am I going to do with you?" Curtis said, lying on his back, trying to catch his breath. He and Adrienne had just finished round two of some of the best lovemaking they'd had, and he was completely spent. Although it still couldn't compare to the show Charlotte had put on for him two nights ago. After all these years, she still had it. She still drove him wild, and did things Adrienne and Mariah would never even consider.

"It *was* good, wasn't it?" Adrienne agreed, snuggling closer to him.

"That's an understatement. I'm totally worn out."

"You know, Curtis, I hate not being able to see you whenever I want."

"I hate it, too, but right now it can't be helped."

"I know, but I just wish we could somehow end our marriages tomorrow and not have to wait so long."

"I do, too," Curtis said and wondered why she was doing this again. Why did she always commence to whining about the same old thing every time they made love? She was starting to sound like an annoying parrot, and he was tired of having to explain what she already knew.

"I know you've promised me that you're going to divorce Mariah, but I won't sit right with this until it happens."

Curtis didn't even bother responding. He didn't have any new information, so he didn't know what she wanted him to say.

"You know what I mean, Curtis? Because what if something goes wrong?"

"What could go wrong? I'm going to divorce her, and there won't be a thing she can do about it."

"I don't know. I guess I can't get over what happened when you were married to Tanya. You kept promising that you were going to leave her, too, but it never happened. And on top of that, you were seeing someone else."

Curtis tried to think before he spoke, so he wouldn't say the wrong thing.

"But, baby, we've been over this a thousand times, and I told you it won't be like it was before. I'm not seeing anyone except you, and I don't want to spend my life with anyone but you."

"I hear you loud and clear, but you have to understand why I'm so worried," she said, pausing. "And I guess what I'm trying to say is, you need to speak now or forever hold your peace."

"Meaning what?"

"That if you have any doubts about divorcing Mariah or about marrying me, then you need to tell me. I'll be hurt, but I'll be okay with it," she said, sitting up and gazing at him.

"So are you saying it would be that easy?"

"No, but if you have any doubts, I need you to be honest with me so I can move on."

Curtis slid out of the bed and walked over to the window. Then he looked back at her. "You know, I'm not sure where this is coming from, but I don't need this right now."

"You don't need what?"

"I don't need you questioning my integrity like this. I know

I betrayed you in the past, but I can't keep going over the same thing every time we're together. We just made love like we never have before, and now you've ruined it."

"But it's because of how good you just made me feel that I need to get an understanding from you. I need you to make a final commitment to me once and for all."

"Well, what exactly do you think I've been doing for the last few weeks? I've been lying to Mariah and being with you almost every other day, so whether you realize it or not, I've *already* made a commitment to you. But if you still don't have faith in me, then maybe we need to go our separate ways."

"But that's not what I want, because I'm completely in love with you. But I won't be able to handle any surprises down the road, and that's why I'm giving you an opportunity to end this if you're not sure about us."

"But I am sure. I love you more than I've ever loved any woman, and I would never string you along if I didn't mean what I'm saying."

"Then I'll never bring it up again," she said, walking over to him. She hugged him from behind and rested her head against his back.

Curtis felt like a prisoner sentenced to solitary confinement. She was placing far too much pressure on him and now he knew he had to come up with something to buy time. He had to make her believe that he was in fact going to leave Mariah the way he'd promised. He could tell that Adrienne was deeply in love with him again, but for the first time he knew she wasn't going to accept being lied to.

And then there was Charlotte, whom he couldn't stop seeing even if he wanted to because he needed to meet his son. He needed to start being the boy's father. But Charlotte had placed pressure on him, too, right after they made love. She'd told him that the only way she could allow him to see his son on a regular basis was if he left his wife and promised to marry her. She told him their agreement would be a verbal contract, and that if he didn't keep it, he would never see Matthew again. Curtis hadn't believed the ultimatum she was giving, and hated that she'd taken those law courses so seriously. She'd even gone on to tell him that it was the only way her parents would accept the situation and the only way she could continue sleeping with him. So Curtis hadn't seen any other choice except agreeing to her terms. He'd told her that she was going to be his next wife. That was why she'd been hugging him so tightly in that hotel parking lot—the night Mariah had caught them.

So now he was trapped among three women, the same as he'd been five years ago. The only difference was he had a son who was part of the scenario. Which meant he might have to divorce Mariah after all. It also meant he would have to marry Charlotte like she wanted. Which actually wouldn't be so bad, because he'd have a beautiful young wife who could satisfy all his sexual needs. A beloved little boy who could carry on his name. He wasn't in love with Charlotte, but he was sure he could learn to love her in time. And as far as Mariah was concerned, he'd tell her to leave and that would be the end of it.

So the only issue was Adrienne. There was no way he could marry her, but he didn't want to give her up either. For the longest time he'd been thinking his attraction to her was only sex, but now he realized that maybe he *was* tied to her emotionally. He wouldn't necessarily call it love, but it was definitely something. If he could only get her to see how dull their relationship would be if they were married, maybe she'd back down. Maybe she'd realize that all the sneaking around they were doing was the reason they never tired of each other. Maybe she'd see that the sneaking was what kept all the fire alive in their relationship.

Curtis turned and faced Adrienne and pulled her into his

arms. He held her close and thought about his dilemma. He wished he could be honest with her and let her go. But he just couldn't. She understood him, and they had too much history to simply end what they had together.

He wondered why his life was becoming so complicated. It wasn't quite as bad as when he was married to Tanya, but it was complicated nonetheless. He wondered if he would still have all these problems if he hadn't decided to return to the ministry. But the truth was, he was a pastor again and couldn't imagine being anything different. He had a lot to offer his congregation, and they proved all the time that they loved him. They needed him and respected him, and he knew they would support his decision to end his marriage to Mariah. They would understand him wanting to marry the mother of his son. He would also become a better father to Alicia in the process.

He would call Alicia as soon as he and Adrienne left Tyler's condo. He hoped she would be happy to hear from him.

Curtis headed east on the Dan Ryan and dialed into his voice mail system. He had two messages and the first was from Deacon Taylor.

"Hey, Pastor. Hit me back when you get a chance, because I just found out some information for you. I was told by a very reliable source that Deacon Winslow wasn't always on the up-and-up a few years ago. And I also learned something about Deacon Thurgood that will make your head spin. Anyway, call me when you get a minute."

Curtis smiled and deleted the message. He couldn't wait to hear what Taylor had to tell him about his two favorite deacons. But first he listened to the next message. He listened to every word that Mariah said and then played her message again to make sure he'd heard her correctly. Unfortunately, he had. His daughter was missing.

He dialed Tanya's phone number and floored the accelerator.

"Hello?" Tanya answered on the first ring.

"Hey, it's me."

"Curtis, where are you? Mariah called you over an hour ago."

"I know, but is Alicia home yet?"

"No."

"Have you called the police?"

"Yes, but they can't do anything because she hasn't been gone long enough."

"Hasn't been gone long enough?"

"No. They said children her age run away or come home late all the time."

"That's just ridiculous. And you wait until I call them."

"What you need to do is get over here and help us figure out what to do about this. Especially since this is all your fault."

"My fault? How is it my fault?"

"Because you're nothing but a little whore, Curtis," Tanya yelled.

"What? What are you talking about?" Curtis said, frowning.

"You know exactly what I'm talking about. If you hadn't been out messing around on Mariah, you could have taken your daughter to that dance on time."

"Tanya, please. I don't even want to hear that. Our daughter is missing and that's all I want to discuss with you."

"Then we don't have anything else to talk about," she said, and hung up.

Curtis threw his cell phone on the floor of his car. Tanya still knew how to bring out the worst in him, and he couldn't believe she was trying to blame all of this on some dance. She'd probably been filling Alicia's head with that same insanity, and if he found out, he would never forgive Tanya. Maybe he didn't spend enough time with Alicia, but he wasn't a terrible father. He paid way more child support than the court had ordered him, so he didn't know what Tanya was complaining about. He took care of his daughter, and Tanya wasn't about to make him feel guilty about anything.

He pressed on the accelerator with even more force and said, "Lord, please let my baby girl be okay. Lord, please take care of her, and bring her home safely."

Chapter 19

H ey, man, how's it going," Curtis said to James, and
walked into the house. Curtis couldn't stand him and
was only being cordial because of the current situation.

Tanya rolled her eyes at Curtis when he walked into the family room, so he went over and hugged Mariah. "Hi, baby. I'm sorry I didn't get your message right away."

"I'm just glad you're here now," Mariah said.

"So, still no news yet?" Curtis asked.

"No," Tanya snapped. "But it's not like you care, anyway."

"Look, Tanya. I know you're upset, but let's not do this."

"Let's not do what? Tell the truth? Because the truth is the reason we don't know where Alicia is. The truth is that you are a poor, pathetic excuse for a father."

"Whatever you say, Tanya," Curtis dismissed her.

"You're right, and if you don't like it, you can just get out."

"Now, baby, come on," James said to Tanya. "He's right. Let's just all try to be civil so we can concentrate on getting Alicia back home."

Curtis looked at James and said, "I hope when you say 'we,' you're including me, because that's *my* daughter. I know she lives here with you, but don't you ever start thinking you're her father."

"Man, I know who Alicia's father is. And I would never try to take your place."

"I'm just making sure you realize that her well-being is nothing you need to be concerned with."

"Well, the thing is, Curtis, her well-being has been my concern since the day I married Tanya. I'm the one who's here when she's sick, when she has a bad day, and when she needs a parent to take her places."

"Are you also the one who's been trying to brainwash her into thinking she doesn't need me anymore?"

"That's just ludicrous," James said, folding his arms.

"No, I don't think so, because just last night she was bragging to me about wanting to use your last name."

Tanya looked surprised.

Mariah was equally shocked.

Curtis wanted to hurt James—physically.

"Well, if she told you that, I didn't have anything to do with it," James said.

"Yeah, right," Curtis said.

"I love Alicia as if she was my own child, but like I said, I know who her father is."

"Well, a few years ago you also knew who Tanya's husband was, but that didn't stop you from sleeping with her," Curtis shot back.

"This is going too far," Tanya interrupted. "Alicia is who we need to be worrying about."

"I agree," Mariah said. Curtis looked at her disapprovingly and hoped she realized she was in the same boat as James and didn't have any rights or opinions when it came to Alicia.

They sat tensely for another forty-five minutes, mostly in silence. Everyone was worried sick, but there was nothing they could do. At one point Curtis told them to bow their heads in prayer. After that, he suggested going to look for her, but everyone wanted to know where he was going to begin his search. But he didn't care where because anywhere would be better than all this waiting they were doing.

Tanya walked into the kitchen, poured a cup of coffee, and heard the phone ringing.

"Hello?" she quickly answered.

"Hi, Mrs. Howard," Danielle said. "Did Alicia come home yet?"

Tanya closed her eyes. "No, sweetie, she hasn't."

"Oh. Well, yesterday . . ." Danielle said, and paused.

"Yesterday what?" Tanya said, sitting down at the table.

"Yesterday she told me that she'd been chatting on-line with this guy and that he wanted to meet her in person."

"What was his name?"

"I think it was Julian."

"Did she say she was going to go see him?"

There was a pause again.

"Danielle, sweetie, please. You have to tell me what she was planning to do."

"But she's going to be so mad at me." Danielle started to cry.

"Maybe she won't. Not when I tell her we were so worried about her that you *had* to tell us."

"She said she was going to meet him this week, but she didn't say what day."

"Did she say how old he was?"

"He's nineteen."

Curtis watched tears fall from Tanya's face.

"Is there anything else? Did she say where he lived or what kind of car he drove?"

"No."

"Did she tell you what they talked about?"

"He said some nasty stuff, but she said she wasn't going to do anything like that."

"Is there anything else you can think of? Anything at all?"

"No, that's it. That's all she told me."

"Well, if you think of anything, please call me back, okay?"

"I will, and, Mrs. Howard, I'm sorry I didn't tell you what I knew when you first called."

"That's okay, honey, and we'll let you know when we hear something."

Tanya pressed the off button, held the phone close to her chest, and walked back into the family room. She explained to everyone what Danielle had told her. Curtis, Mariah, and James were in shock. They all wondered how this could possibly have happened.

"You mean to tell me you don't monitor who your own daughter is on-line with?" Curtis accused Tanya.

"No. Not really. Do you monitor her when she's on-line at your house?"

"She would never chat with a grown man at my house," Curtis boasted. "She would know better than to even try it."

"I don't know how you can say that, because she doesn't even respect you. And if she was chatting with him here, you can believe she was doing the same thing when she was with you."

"Well, we need to call the police and tell them what we know," Curtis suggested.

"But they've already said she has to be gone twenty-four hours," Tanya said.

"I don't care what they said, I need them to get out there and look for my baby girl," Curtis said, standing up. He paced back and forth in the hallway and thought about the day Alicia was born. He'd been so proud and so happy. She'd been the cutest baby he'd ever seen in his life, and he would never forgive himself if something happened to her. He would never admit it to

Tanya or anyone else for that matter, but he couldn't help wondering if his lack of time with her was in fact the cause of her disappearance.

"Maybe we should try to go sign on to her computer to see if there are any old messages from this Julian," James said.

"That's a good idea," Tanya said. "I'm sure her password is saved on her computer, so it should be easy enough to sign on and check her messages."

But just as she started up the stairs, the phone rang again.

This time James answered it.

"Hello?"

"Hi, is this the Black residence?"

"No," James said. "I mean, yes, Alicia Black is my stepdaughter."

"Well, this is Linda Baldwin calling from South Suburban Hospital in Hazel Crest."

"Yes," James said, beckoning for Tanya to come to the phone. "Hold for one minute and I'll let you speak to my wife."

"Hello?" Tanya said in an anxious tone.

"Mrs. Black?"

"I'm Mrs. Howard, but Alicia is my daughter. Is she okay?"

"Well, a very nice couple found her walking along the street and noticed her clothes were torn. But when they couldn't get her to come with them, they called the police and they brought her here to the emergency room."

"Oh my God, is she all right?"

"She's going to be fine, but she won't let us come near her. And the only time she spoke to us was when she asked us to call you."

"We'll be right there," Tanya said, and hung up the phone. "Oh no, I forgot to ask which hospital."

"It's South Suburban in Hazel Crest," James said.

"That's only a few miles from here," Curtis said.

"It's also one of the hospitals I called earlier," Tanya said.

They all hurried out to their cars; James and Tanya drove in theirs and Mariah and Curtis traveled in his. Curtis thanked God that his baby girl was alive and safe.

As soon as they arrived at the hospital, they rushed through the emergency room entrance.

"We're here for Alicia Black," Tanya told the receptionist.

"Straight through there," she said, pointing toward the examination area.

A nurse led them to Alicia's room. Tanya broke down when she saw how swollen the side of her daughter's face was. Alicia's hair was tangled all over her head and black makeup streaked down her cheeks.

"Oh, baby," Tanya said, leaning over to hug her.

"Mom, I'm so sorry," Alicia said.

They held each other, mixing their tears together.

Mariah shook her head and looked at Curtis. James held the sides of his face with both hands. There wasn't a dry eye in the room.

"Alicia, sweetheart," Curtis said, walking around to the opposite side of the bed.

Tanya stepped back.

"Daddy," she said. "I'm so sorry."

"That's okay, baby girl, Daddy is just happy we found you."

When Curtis moved back from the bed, James leaned over and kissed Alicia on the cheek.

"I didn't mean to upset everybody," Alicia explained, and then looked over at Mariah.

"I'm glad you're safe, Alicia," Mariah said, smiling.

"Thanks."

"Who did this to you?" Curtis asked.

Alicia didn't say anything.

"Did you hear me?" Curtis raised his voice. "Because we want to get the police on this right away."

"I don't know," she finally said.

"Did someone force you into their car?"

"No."

"Then what happened?" Curtis was losing his patience.

Alicia burst into tears.

"Was it that Julian?" Curtis continued.

Alicia looked as if she'd just seen a ghost.

"Well, was it?" Curtis wasn't letting up.

"Alicia, your father is right," Tanya said. "We need to know who did this to you so the police can start their investigation."

"I don't know who it was. It was just some guy."

"Well, what did he look like?" Tanya asked.

"I don't know," Alicia said evasively.

"So you didn't even see his face?" Curtis asked.

"No."

"Of course you did, and I want you to stop lying to us right now," Curtis said, raising his voice higher than before. "We need to know who this clown is, and I don't want to have to ask you again."

Alicia was becoming hysterical.

"Curtis, please," Tanya said. "Why don't you step out and let me talk to Alicia alone."

"No, I want to know who did this to her," Curtis demanded.

"Curtis, can't you see how terrified Alicia is, and we're not going to get anywhere with all this yelling you're doing."

Curtis hesitated but finally stormed out. James and Mariah followed behind him.

"Now, Alicia," Tanya began. "I know you're afraid, but you have got to tell me what happened today. We need to know as soon as we can so the policemen can do their jobs."

"But he said he would kill you and Daddy if I told," Alicia

said, sitting up. "And I believe him, Mom, because he showed me his gun."

"He had a gun?" Tanya asked, sitting down.

"Yes."

"Well, regardless of what he said, you have to tell me who he is and what he did to you."

"But you're going to be so mad at me, Mom. And Daddy is going to be even madder."

"No I won't, Alicia. All I want is for you to help the police find this boy."

Alicia turned away from her mother and stared at the wall.

"Alicia, please?" Tanya begged. "You have to tell me everything."

"His name is Julian, and I met him on-line."

"And?"

"He lives right here in Hazel Crest, and his AOL name is JMoney1."

"Do you know what street?"

"No, but it was a tan apartment building."

"How did you get over there?"

"He picked me up in front of the school."

"In what?"

"One of those black Cadillac pickups."

"What did he do when you got to his apartment?"

Alicia's eyes filled with tears again.

"Come on, honey, you have to tell me."

"Mom, I told him I didn't want to, but . . ."

"It's okay, Alicia," Tanya said, sitting on the bed holding her daughter.

"Mom, he hurt me so badly when he did it . . . I mean it really, really hurt. And then he told me he never wanted to see me again."

"We have to tell the police."

"No, Mom," Alicia cried, reaching for her mother, trying to stop her from moving away from the bed. "He said he would kill you."

"Honey, we have to. And the police will protect all of us when we do."

Tanya asked one of the nurses to get one of the police officers, but two of them came to Alicia's room. One tall and one much shorter. Tanya told them everything, but when they attempted asking Alicia more questions, she refused to say a word. She wouldn't even give them a physical description.

"We have all of your information, ma'am," the taller one said to Tanya. "And we'll be in touch as soon as we have something."

"Thank you, officers."

Tanya turned to Alicia. "Let me go out and get everybody, and I'll be right back."

"No, Mom, please don't leave me."

"Honey, it will only take a minute."

"No, let the nurse go get them."

And that's what Tanya did. But as soon as Curtis heard the entire story, he lost it.

"I'm going to kill that little bastard," Curtis said. He was so furious, and while he knew that of all people, a minister shouldn't consider murdering anyone, he couldn't help it. That little thug had violated his daughter, and he was going to have to pay for it. It would be better for this Julian if the police found him first.

"Daddy, just leave him alone," Alicia begged. "He said he would kill you and Mom if I told."

"He's not going to do anything. I promise you that. Because if any killing goes on, I'll be the one doing it."

"I know how you feel," Mariah finally said. "But, Curtis, nobody is worth killing or going to jail over."

Curtis looked at her like she didn't have a brain in her head. She knew better than to disagree with him in front of people, so he wondered why she was opening her mouth now. He gave her a dirty look, though, and she focused her eyes back on Alicia.

"Mariah is right, he's not worth it," Tanya added. "The police are going to handle this, and they'll probably have him locked up by morning."

"I agree, because there can't be that many Julians who own a black Cadillac pickup and who also live in Hazel Crest," James said.

Curtis was sick of all of them.

"Mrs. Howard," a thirty-something Asian nurse said. "We really need to examine Alicia now."

Curtis saw the nervous look on Alicia's face.

"That will be fine, but will it be okay for me to stay with her while you do it?" Tanya asked.

"Sure, but everyone else will have to step back out to the waiting area."

"I love you, baby girl," Curtis said, kissing his daughter. "And I'll be right here when they finish."

"I love you, too, Alicia," James said, and Curtis wanted to backhand him.

Mariah looked like she'd swallowed a canary, and Curtis knew it was because she didn't know what to say. She knew Alicia couldn't stand her, so telling Alicia she loved her wouldn't have been the best choice of words. Instead she said, "I'll be back to see you when they say it's okay."

When they left, two nurses and a resident physician did a thorough examination. Tanya swallowed hard when she saw all the dried-up blood and thought she would have to leave the room when she saw Alicia jerking in pain. She couldn't help picturing the way Julian had raped her baby. Alicia was only fourteen, but now she'd lost her virginity in a violent and devastating way. Tanya wondered what she could have done to prevent it, and wished she had monitored Alicia's daily Internet usage. She'd seen a story on one of the nightly news programs about how dangerous Internet chatting could be, but she'd never imagined that her own child would become a victim. The reporter had discussed teenagers and how easy it was for certain predators to gain their trust. He'd even talked about a sixteen-year-old who'd gone to meet a man in his fifties, even though he'd told her he was twenty. But that little girl wasn't as blessed as Alicia, because when the police had found her two months later, she'd been raped, beaten, and strangled to death.

So now Tanya knew she'd taken the story much too lightly and that from now on she was going to pay attention to everything Alicia was doing. She was going to make sure their lines of communication were more open so that Alicia wouldn't be afraid to come to her about anything. She was hoping that Alicia would never have to resort to meeting on-line strangers again.

When the examination was complete, the doctor spoke to Tanya and Curtis alone.

"I don't know if you're interested, but just to be on the safe side, you might want to consider giving Alicia what we call *the morning-after pill,*" the resident said.

"I've heard about it, but I'm not that familiar with what it actually does," Tanya said.

"It's a method of contraception that will not end an existing pregnancy, but it does reduce a woman's chance of getting pregnant by seventy-five to eighty-nine percent. So, basically, she would take a series of pills and would have to begin doing so within seventy-two hours of the incident. I suggest starting right away, though."

"Are there any side effects?" Curtis asked.

"She might experience some nausea, may start vomiting, and she might have some irregular bleeding, but she should be okay in general."

"Well, unless you have a problem with it, I think we should do it," Tanya said to Curtis.

"No, I agree, because the last thing we want is for her to end up pregnant by some rapist. And on top of that, she's just a baby herself," Curtis said, realizing he and Tanya hadn't agreed on much of anything in years and he was glad they hadn't argued about this.

When they arrived back at Tanya and James's house, Curtis and Mariah came in to make sure Alicia was settled. But Curtis couldn't help grilling her.

"Alicia, just tell me one thing. Why did you have that boy pick you up when you know you're supposed to come straight home from school?"

"I dunno," she said.

"You do know, and I also want to know why you let him rape you."

Alicia fell into her mother's arms.

"Curtis, we're all upset, it's been a very trying day, and I think it would be best if we all get some sleep."

Curtis wanted Alicia to answer his questions tonight, but against his will, he decided to let her rest.

"I'll be over here first thing in the morning," he promised. "Let's go, Mariah."

"Tanya and James, please call if you need anything," Mariah offered. "No matter what time it is."

"We definitely will, and thanks for being with us all evening," Tanya said, smiling at her.

Curtis and Mariah walked out of the house, got into their respective vehicles, and drove home. After a few miles, Curtis realized he'd forgotten to call Deacon Taylor. It was too late now, but he would call him first thing in the morning to see what information he'd been able to find.

He continued driving and his thoughts came back to Alicia. He didn't know whether to be sad, mad, or thankful that she wasn't hurt any worse. During the course of the evening he'd felt all three emotions, but now he was leaning toward fury. He hadn't understood how she'd been so naïve as to become mixed up with the likes of this Julian person. Especially since she had everything any child could want. No, she didn't have both parents living under one roof, and no, he hadn't been there for her as much as she wanted. But still, none of the above justified her recent behavior.

He would let her know that tomorrow. He would make sure she never did something this stupid ever again.

Chapter 20

Alicia cuddled the teddy bear her father had given her years before and flipped through the channels on her television. When she arrived at the Nickelodeon channel, she sat the selector down. She couldn't remember the last time she'd watched anything so childish, but already she felt a sense of comfort. She felt like a small child and not at all like the seventeen-year-old she'd pretended to be. It had been such a mistake, her allowing Julian to pick her up from school, but he'd seemed so friendly each time they'd chatted. He'd seemed even nicer when she'd spoken to him on the phone. He'd even told her how beautiful she was and that he was in love with her. So she couldn't understand at all how everything had gone wrong. She couldn't understand why he'd forced her to have sex with him. She could still feel his body weight on top of her. She could feel the awful stinging and the actual tearing between her legs. She'd trusted him like she'd known him all her life.

Alicia was so embarrassed, and she was very sorry that she'd ever gone into that singles chat room. But she'd needed someone to talk to. She needed someone who was paying attention to her. She needed someone to give her the love her father wasn't giving. She told herself over and over again that this was the reason, and it was.

She was gazing at the TV when she heard knocking. She knew it had to be James, because her mother had already come in to check on her. Plus, her mother never waited. She always knocked and walked in simultaneously.

"Yes?"

"Hey, pumpkin, it's me. Can I come in?" James asked.

"Yes."

"So how are you feeling?" He walked toward her with his arms folded, already dressed for work.

"Not that good," she said.

"But you do know we're going to get through this, right?"

Alicia nodded yes.

"And no matter how bad things may seem and no matter what happens in the future, I want you to know that I'll always be here for you. I know I'm not your real father, but you will always be able to count on me."

Alicia believed every word he said and tears rolled down her face.

James hugged her. "I love you, pumpkin, and I'll see you this evening."

He strolled to the doorway, looked back at her, and smiled.

"I love you, too, James, and I'm glad Mom married you," she said, and was relieved he wasn't angry with her. She knew he was disappointed, though, but just hadn't showed it. Now she was even more embarrassed.

When he left, Alicia painfully eased out of bed and walked over to her window. The sun was shining brightly, but it did nothing for her depression. Still, she stood there, replaying the day before and wishing she could talk to Danielle. Alicia hadn't been very nice to her when Danielle said she didn't want to cover for her, and Alicia wanted to apologize. She hadn't found the nerve to call her this morning, but she would try to after school. Maybe Danielle would even come over to visit her.

After Alicia slipped back into bed, Tanya walked in with orange juice and oatmeal.

"They caught him, baby. I just hung up from the detective, and he told me they picked him up this morning."

"How did they find him?" Alicia asked, since they didn't know what he looked like or exactly where he lived.

"One of the officers took a chance on running the license plate JMoney1, and sure enough it was registered to Julian Miller."

Until now Alicia hadn't known what his last name was.

"So we can all thank God that that boy was foolish enough to use his on-line name for his personalized plates," Tanya said.

"Will they wanna ask me more questions? Because I don't wanna have to talk to them again."

"Honey, they need you to come identify him."

Alicia felt a wave of terror.

"But what if he gets out and comes looking for me?"

"He won't. At least not for a very long time, because when I asked the detective what he thought would happen to him, he told me he couldn't say for sure, but that he did know Julian will be charged with a felony. And it's all because he's more than five years older than you."

"But I'll be fifteen next month, and he's only nineteen."

"No he's not," Tanya said, sitting down on the bed. "He's twenty-one."

Twenty-one? That meant he'd lied about his age, too. It also meant she'd been with more of a grown man than she'd thought.

"Will they make me come to court?"

"They can't make you because you're a minor, but, Alicia, I really think you should go. You need to do whatever you can to help the state put Julian in prison."

Alicia didn't know if she could do that. She didn't know if she could face the man that she'd trusted—the man that had raped her. What she wanted was to forget that any of this had happened, but now the police wanted her to come identify him, and her mother wanted her to testify. She'd seen a lot of testifying in movies, but she still didn't want to do it herself.

Tanya rubbed Alicia's back and said, "I know you're afraid, but I'll be with you every step of the way. We'll all be there with you until this is over."

"I'm so sorry, Mom. I'm so sorry I snuck behind your back to go be with him."

"Well, I just hope you realize how serious this is and how much you let all of us down. We're all very hurt by what happened."

"I know, Mom, and I won't ever do anything like that again."

"I'm happy to hear that, because you could have been killed, and we still have to pray that you're not pregnant."

Alicia felt like dying. As soon as they'd given her that first pill at the hospital, she'd pushed the idea of being pregnant completely out of her mind. There was no way she could have a baby. Her friends would drop her, the same as they did that girl Robyn when she had hers in eighth grade.

"But what if I am, Mom? What am I going to do?"

"We won't even think about that right now."

"Well, when do the police want me to come in?"

"As soon as we're dressed. I know you're not feeling up to it, but the sooner we can get this over with, the better. Okay?"

Alicia nodded.

"And I'm also going to call your father to go with us."

Alicia dreaded seeing him. Especially since he'd seemed so angry with her before going home last night. She hoped he wasn't planning to yell at her again, because she couldn't take it.

"So why don't you eat your oatmeal and then go take a shower," Tanya said, standing up.

"Okay," Alicia said, but she still wasn't hungry. She didn't know if she'd ever be able to eat again.

"Oh, and another thing." Tanya turned to look at Alicia. "Even though I'm disappointed about what happened, I want you to know how much I love you. And you will *always* be the most important person in my life. I don't quite understand why you did what you did, but—"

"I did it because I felt all alone," Alicia interrupted.

"But why?" Tanya said, sitting back down on the bed. "James and I always try to do things with you. We always try to make you happy."

"But Daddy doesn't. He always says he's gong to do stuff with me and then he never does. I don't even get a chance to talk to him that much anymore."

"Maybe not, but confiding in a stranger wasn't the answer."

"But Julian didn't seem like a stranger. He listened to me, and he told me he loved me. He made me feel important."

"Well, as much as I wish I could, I can't change the way your father is."

"But why does he treat me like that when I love him so much?"

Tanya was speechless.

"I don't know, honey. Sometimes life isn't fair, and all we can do is pray for things to get better."

Alicia had already tried that, but it hadn't worked. She'd even tried messing up in school, but that hadn't worked either. Although she wondered if being raped by a twenty-one-year-old man would make him finally pay attention to her.

"Things won't ever get better with him," Alicia said.

"Well, even if they don't, you're still going to be okay. And from now on I want you to start coming to me whenever you feel sad or lonely or when you're having any problems at all. I don't ever want you to feel like you can't tell me everything."

Tanya hugged Alicia, and Alicia felt protected. The same as when she was a little girl.

"Alicia, do you realize how senseless this was?" Curtis lectured. But Alicia sat quietly in the leather chair with her legs resting on the ottoman, trying to tune him out. Tanya was across from her on the love seat and Curtis sat on the sofa. They'd just returned from the police station, and now Alicia wished he would leave her alone.

"Do you realize how serious this could have been?" he continued. "Do you realize we could be arranging your funeral right now or that he could have killed all of us? And on top of that, Alicia, we find out this thug is a drug dealer."

"But I didn't know that," she finally said.

"Well, from what I can see, all the signs were right in your face. You said yourself that people kept ringing the doorbell."

"But I already told you, I thought he was selling CDs."

"Well, you thought wrong. And if you couldn't simply look at that Negro and tell he was a drug dealer, you have a lot to learn. I knew what he was as soon as he walked in for that lineup."

"Daddy, I said I was sorry, so what else do you want me to do?"

"I want you to tell me why you made such a reckless decision."

Alicia looked at her mother, silently begging for help.

"Honey, why don't you tell him exactly what you told me," Tanya said.

"I've already told him that a hundred times," Alicia said, looking toward the window.

"Told me what?" Curtis asked.

"That you don't care anything about me. That you act like you don't even have a daughter."

"Now, Alicia, you know I love you more than anything in this world, and I would give my life for you if I had to. But I also have a church to run, too."

"Daddy, why do you do that? Why do you make excuses for *everything*?"

"I don't, Alicia. It may seem like that, but I don't do that on purpose."

"You couldn't even pick me up for my dance on time."

"I know I messed up with that, but I told you I would make it up to you. And that's still beside the point, because that has nothing to do with this Julian situation."

After all that had happened, he still didn't get it. But Alicia wasn't going to keep whining and complaining about something that was never going to be. She was starting to sound like a broken record, a pitiful little child who had nothing, and she didn't like it. But it was just that she loved her father so much and truly wanted a relationship with him. She'd always been a daddy's girl, but it was finally time to accept things the way they were. Which wasn't so bad, because she still had her mother and James. She still had two people who genuinely loved her.

She looked at her mother and regretted every smart comment she'd ever made to her. She was sorry for every time she'd come home later than she was supposed to. Sorry for purposely skipping class and not doing homework. Sorry for not cleaning up her room when she was told. She was sorry for being raped.

Her father ranted for another twenty minutes and then made more fake promises. Today Alicia took all of his words with a grain of salt. She'd been doing that all along, but this time his lies didn't matter so much.

As soon as he left, Alicia went over and lay in her mother's arms.

She closed her eyes.

She mentally asked God to forgive her.

She prayed she would get past what had happened to her.

She thanked God for James and her mother.

She thanked God for making them a family.

Chapter 21

At Curtis's request, Whitney had scheduled an impromptu meeting that afternoon with Deacon Thurgood and Deacon Winslow, and now Curtis couldn't wait for the next hour to pass. He'd finally spoken to Deacon Taylor this morning and learned that both Deacon Thurgood and Deacon Winslow weren't the holiest men alive. They talked a good talk, but Curtis was sure they would never want some of the incidents from their pasts exposed to the congregation. And if they played their cards right, Curtis wouldn't tell a soul what he knew. His lips would be sealed. That is, if they dropped their opposing views. They would have to agree with everything Curtis proposed from here on out.

He walked out of his study and told Whitney he was on his way over to the educational center but would be back in plenty of time to meet with the deacons. Each week he tried to drop in and speak to the members, mostly women, who volunteered in the soup kitchen, the food pantry, and the clothing bank. They loved seeing him, and he wanted them to know how much he appreciated their efforts. All three programs were extremely important to him, because he knew firsthand what it was like, going without food and clothing. He rarely thought about his childhood, though, and hadn't called his mother in years. Sometimes he wanted to, because he truly loved her, but he'd decided a long time ago that it would be better if he didn't. Better if he tried to forget how poor they'd been and how his father had spent all his money on other women. It was better because when he didn't talk to his mother, he didn't have to blame her for not taking him out of that horrible situation.

But Mother's Day was just over two weeks away, and the one thing he did do every year was send her a card and a check for one thousand dollars. Maybe this year he would even call to talk to her.

When he went into the clothing bank he saw ten homeless men over in the men's section and twenty or so women on the other side of the room.

"Hi, Pastor," Sister Waters said. She was seventy-something, the oldest of the volunteers and the best cook at the church.

"How are you, sister?" he said, kissing her on the cheek.

"I'm just happy to be alive and in my right mind," she said, smiling.

"I hear you. So am I."

"And how's Sister Black?"

"She's good. She'll be here later for her YGM gathering."

"I heard from Sister Fletcher that Sister Black has really motivated her foster daughter. She says that girl has a whole new attitude since she started meeting with Sister Black's ministry."

"It really is a blessing, isn't it?" Curtis said, and realized Mariah was going to be missed by many when he divorced her. But they would just have to get used to his son's mother instead.

"How are you, Pastor?" Sister Davis, a fifty-something wealthy widow said.

"I'm fine, sister. And you?"

"I can't complain. And this is Sister Harris," she said, introducing a woman who looked to be in her early thirties and whom Curtis hadn't seen before.

"It's good to meet you," Curtis said, shaking her hand, but had to catch himself when he realized he was staring at her. She was tall, shapely, and had perfect skin. She was beautiful, and he didn't have to ask her or anyone else if they were attracted to each other. The chemistry between them was immediate.

"It's good to meet you, too," she said, smiling.

"Are you a member here?" Curtis asked, and for the first time recognized the disadvantage of having so many members. It prevented him from seeing and meeting gorgeous women like Sister Harris. But maybe it was best because he didn't need any other temptations. He had to stick to his new policy about only dating women outside of the church.

"Yes, but I've been traveling pretty extensively on the weekends for my company and usually only get to church maybe once a month. But since I decided to take off a couple of weeks, I promised myself I was going to volunteer at the church a couple of days."

"Well, I'm glad to hear that," he said, checking to see if there were any wedding rings, but there weren't. "We truly need more people like you in the church."

"I'm just glad to be helping out," she said, folding some shirts.

"Well, I do hope to see you again, sister . . ." Curtis said when Sister Davis stepped away to answer someone's question.

"It's Leah Harris, and I'm sure you will," she said.

Curtis made his way around to all the volunteers and took one last look at Leah before walking out.

Lord have mercy, was all he could think. He wanted her badly, but he knew he had to focus on this situation with Charlotte. He had to stay focused on being with his son. He already had too many irons in the fire, but maybe Leah could take Adrienne's place. Especially since it sounded like she traveled a lot. Which probably meant she would never be interested in a permanent relationship. But then there was the problem of her being a member of the church. He just couldn't violate his new strategy, but maybe she'd be willing to leave Truth and attend somewhere else if he asked her to. He'd have to give all of this serious consideration.

When he walked back up to his study, he saw the two deacons waiting outside his office. Whitney looked up at him, and Curtis knew she was wondering why he'd asked to meet with them. It wasn't that he didn't trust her, but he'd decided it was best that only he and Deacon Taylor knew about this particular scenario.

"Come on in, Deacons," Curtis said, walking near them. "And, Whitney, please hold all my calls."

"Of course, Pastor," she said. "Just let me know if you need anything."

Curtis closed the door and both Deacon Thurgood and Deacon Winslow sat down in front of his desk. Curtis sat behind it and leaned back in his chair.

"Well, I'm sure you're both wondering why I called you here," Curtis began.

"As a matter of fact, we are," Deacon Thurgood answered.

"Yeah, because you usually don't call individual meetin's without the rest of the board," Deacon Winslow said.

"No, but I really don't think you want anyone else to be here for this one," Curtis said.

"Well, I guess you know best," Deacon Thurgood said.

"I do. But ever since I came here, the two of you have been acting like I don't. You've been acting as if I don't know anything."

"That's not true, Pastor," Deacon Winslow said. "Because we wouldna agreed to hire you if we felt that way."

"That's a fact," echoed Deacon Thurgood.

"Maybe, but at the last meeting the two of you shot down all three of my proposals. The ATMs, direct deposit, and the financial planners."

"But no one else agreed with you either," Deacon Thurgood explained.

"Only because the two of you influenced them."

"That's just not true," Deacon Winslow said. "Those men all know how to speak for themselves and we never try to stop 'em."

"Well, I really didn't call you here to argue, and the bottom line is this: I want you both to stop opposing everything I have to say. And at the next meeting I want you to tell the board that you've reconsidered your positions, and that you think it would be smart for us to install ATMs, set up direct deposit accounts, and hire financial planners."

"Man, you can't be serious," Deacon Thurgood said. "You must think we little boys or somethin'."

"No, but this is the way it's going to be," Curtis said.

"No it's not," Deacon Thurgood argued. "We don't believe in all this mess you trying to get us to do, and nothin' is going to change that."

"You got that right, Fred!" Deacon Winslow exclaimed.

"No, *Fred* doesn't have anything right, but I'll tell you what he does have," Curtis said. "Fred Thurgood has a criminal record. Fred Thurgood killed a man down in Clarksdale, Mississippi, back in 1958."

"That was self-defense," Deacon Thurgood admitted.

"Not according to some of the people who lived down there. No, according to them, you went looking for that man when you found out your wife was sleeping with him. And then you made it look like self-defense."

"Now that's a lie," Deacon Thurgood said, sliding to the edge of his chair.

Curtis was loving every minute of this. He knew he had the deacon just where he wanted.

"Whether it's a lie or not, how do you think the rest of the board and the church as a whole are going to feel once they hear about this?"

"This just ain't right, Pastor," Deacon Winslow interrupted. "You know it ain't."

Curtis clasped his hands together. "And Deacon Winslow, it wasn't right when you stole all those envelopes out of the collection plate at that church you used to attend on the West Side. I hear you had a real good time, until somebody busted you."

"The Lord done forgave me for that," Deacon Winslow tried to defend himself. He looked like he wanted to crawl out of his skin.

"I'm sure he has, but you never can tell how church people are going to react to something like this. They don't like thieves handling their hard-earned money," Curtis said. Deacon Winslow was weak, and Curtis enjoyed taunting him.

"I just can't believe you would do this," Deacon Thurgood said. "Not a man of God."

"Well, it's not like I have to. Not if you do what I ask. If you agree with everything I propose from now on, your little secrets will be safe with me. You won't ever have to worry about anything."

"Pastor, I'm really disappointed in you," Deacon Thurgood said. "I just wouldn't have expected you to try and blackmail us like this."

"And I wouldn't have had to if you would've recognized from the beginning that this is my church. You and the rest of the deacons help govern what goes on, but I'm the head Negro in charge around here. There's only room for one chief, and I'm it. I'm the chief until I leave here."

"Lord, Lord, Lord," Deacon Winslow said. "I just don't know what to say."

"Well, you'd better figure out something before our meeting tomorrow," Curtis promised.

The two deacons sat quietly. Curtis could tell they were in a definite state of shock. He could also tell they didn't understand who they were dealing with, but Curtis wasn't about to let two old-timer deacons stand in his way. He'd tried to be polite to the entire board, but with his one-year anniversary less than three months away, it was time he took charge.

"Unless you have something else, that'll be all," Curtis said.

Deacon Thurgood stood and walked toward the door. Deacon Winslow followed behind him. Curtis knew they would never debate him again. Not now, not ever.

Curtis highlighted some scriptures he wanted to use during next Sunday's sermon. He wrote a few additional notes and then smiled when he thought about the deacons. He'd phoned Deacon Taylor right after they'd left, and the two of them had laughed about the whole situation. Curtis had told him how surprised the deacons were and how they'd hightailed it out of his office without looking back. Curtis knew Deacon Thurgood would die if he found out his own sister-in-law was the one who'd told about him killing a man. Deacon Winslow would be mortified if he knew another deacon had blabbed about his former theft practices.

Curtis took a sip of water and heard his cell phone ringing.

"Pastor Black," he said, even though he recognized Charlotte's number.

"How are you?" she asked.

"Great, now that I'm hearing from you."

"Is that right?"

"You know I wouldn't lie to you. Especially not after last night."

Charlotte laughed. "I wore you out, didn't I?"

"That you did. But you always do."

"So how is Alicia?"

"I called her again this morning, but she didn't have much to say. And that argument we had after coming back from the police station yesterday didn't help things."

"Well, she's really been through a lot, but I'm sure she'll eventually come around."

"I hope so. And soon, because I don't like this wedge we have between us."

"I can imagine. But hey, the reason I'm calling is because I thought tonight might be a good night for you to meet Matthew. But only if you meant what you said."

"Of course I meant it. I would never joke about something like that."

"Curtis, I hope you are, because that's the only way I can let you meet him. And if you change your mind about leaving your wife and you don't marry me like you're claiming, you won't ever get to see your son again. I hate giving you an ultimatum like this, but I have to protect both him and me."

"And I understand that," Curtis said.

"Then where do you want to meet?"

"The same place as Saturday?"

"No, because the last thing I want is for your wife to show up there again."

"She won't, but if you don't feel comfortable, we can go somewhere else."

"I think that would be better."

"Then why don't we meet over in Barrington. It'll be a little bit of a drive for you, but a friend of mine has this nice condo he entertains at sometimes. But I need to call him to see if it's okay."

"Well, just let me know as soon as you can."

"I'll call him now. And, Charlotte?"

"Yes?"

"Thanks."

"For what?"

"For giving me a son."

"I'm sure he'll be just as happy as you are when he sees you."

Curtis hung up, wishing there was another way. But he knew Charlotte wouldn't accept anything less. He almost had to laugh at how strangely the tables had turned, though. She was so different now that she was in her twenties. She was a woman who knew what she wanted and knew how to get it. But what she didn't know was that he couldn't have cared less about her new way of thinking. What she didn't know was that he was only going along with her little arrangement because he wanted to be in the same household as his son. In return, she would have to become the perfect first lady of Truth Missionary Baptist Church. She would have to recognize that his son and church were his priorities.

Curtis checked with Tyler to make sure the condo was available and then called Charlotte back. But now he had to call Adrienne, because he'd promised her they could spend the evening together. He wasn't sure how he was going to break the news to her, but he would figure out something as he went along.

"Adrienne Jackson," she said.

"Hi, baby," he said.

"Heyyy. How are you, sweetheart?" she said, and Curtis dreaded canceling on her.

"Well, I sort of have this schedule conflict," he said.

"Uh-huh."

"I thought one of my associate ministers was going to lead Bible study and prayer service tonight, but it looks like he can't. And I've even tried to contact some of the others, but most of them have other obligations I've already assigned them. So it looks like I won't be able to see you until tomorrow."

"Curtis, not again."

"Baby, I can't help it. You know I went to an evening service on Sunday, I saw you on Monday, and then I was with Alicia all yesterday. I even stayed with her last night at the hospital, and Tanya and I brought her home this morning."

He hated lying about his own daughter being admitted to the hospital, but he couldn't think of anything else to tell Adrienne.

"I don't have a problem with that, but why was she there that long?" she asked. "Was she severely beaten? Because they don't usually keep rape victims for two nights. A coworker of mine was raped a few years ago, and she was treated and released the same evening."

"Everybody's different, and he did hurt her pretty badly," Curtis said.

"Maybe. But you mean to tell me you have all those associate ministers and all those deacons and not one of them can stand in for you?"

"No, so please try to understand."

"I'm trying, but it's hard when I have memories of how it used to be before. You would cancel on me and go places with Tanya. Remember the time I followed you and wanted to know why you were sneaking around behind my back? And you told me that you didn't have to sneak to do anything with your own wife?"

"Baby, why are you bringing up the past? I thought you said you weren't going to do that anymore."

"I know. But when you cancel on me, it makes me wonder."

"Well, I'm not doing it because I want to. I just don't have a choice."

"Then what about after prayer service?"

Curtis wondered why she was so adamant about seeing him. Especially since he'd been with her just two nights ago. Plus, she never wanted to meet him too late on weeknights because of the deacon.

"I won't be finished until around nine or nine-thirty," he said.

"That works for me, so are we meeting at Tyler's or somewhere else?"

Ohhh Lord. Definitely not at Tyler's. That's where he was meeting up with Charlotte and Matthew. He knew he wouldn't be having sex with Charlotte tonight, not with his son being there, but he still didn't want to take the chance of Adrienne bumping heads with them. It was too risky.

"Why don't we just wait until tomorrow? I have a meeting with the deacons, but I can meet you after that."

"Fine. If that's what you want."

"It's not, but it can't be helped."

This time she didn't respond.

"I'll call you first thing in the morning, okay?"

"Fine."

That was two too many "fines" in one conversation, but he was sure she'd get over it soon enough.

"I love you," he said.

"Talk to you later," she said, and hung up.

She was still angry, but after he bought her something special and made love to her, everything would be okay again.

Chapter 22

Curtis was on pins and needles waiting for Charlotte and Matthew to arrive. He felt the way most children feel on Christmas Eve. He could still remember how excited Alicia used to be when he and Tanya were still together. The memory of it all sort of saddened him since he and Alicia were so far apart now. He tried to believe that it wasn't his fault, but he knew he had to accept most of the blame. He just hadn't found enough time for her since he'd become a pastor again. It was no excuse, but the church and gaining control of it, little by little, had become his priority. But he did feel guilty about all of the nights he'd been spending with Adrienne, and now the two nights he'd spent with Charlotte. Three if you counted this evening. He also hated admitting another truth he knew he couldn't deny. Their relationship wasn't the same now that Alicia wasn't living with him. He'd tried to spend as much time with her as possible when Tanya first married James, but he could never accept the fact that James was the one in the house with Alicia. James was the one who saw her every day and took her places, just the way he'd told Curtis the night Alicia was raped. Curtis knew it was wrong of him, but to a certain degree he also envied James and Tanya's relationship. He could tell they were in love with each other and that they were genuinely happy together, and he had a problem with it. Tanya was his first wife and not ever had he planned on losing her to someone else. He'd never planned on her sleeping with someone else while they were still married. How dare she do that to him. How dare she break her marital vows like they were nothing. Yes, he'd done the same thing, but the difference was he would never have left her for anyone. He'd planned on being married to her for the rest of his natural life. He knew they'd had problems, but what couple didn't?

Curtis turned the TV to the Disney Channel and left it there. He didn't know what channels his son enjoyed watching, but Disney had to be one of them.

He felt like loosening his tie, but he wanted to impress Matthew. He'd removed his jacket, but he still wanted to look fairly dressed up. Curtis couldn't wait to take Matthew to his tailor, too, and have him fitted for a couple of suits. He was only five, but he deserved the best of everything. Curtis wanted him to learn at an early age the difference between quality and the lack thereof. He never wanted Matthew to go without anything. He didn't want his son living the way he once had.

He heard the doorbell and took a deep breath. He walked over to the door and opened it.

"Hello, my name is Matthew," the boy said, reaching out his hand to shake Curtis's and stepping into the condo. "What's yours?"

"Curtis Black."

"It's nice to meet you, Mr. Black."

"Well, it's good to meet you, too, Matthew."

"How are you?" Charlotte said, hugging Curtis.

"I'm good. Both of you come in and have a seat. I think I've got on the Disney Channel, but you can watch whatever you want, Matthew."

"Okay," he said, dropping down on the floor as close to the television as possible.

Curtis and Charlotte sat down on the sectional. "He's the most handsome little thing I've ever seen," Curtis said.

"I told you he looks just like you."

"I just can't believe he's right here in the same room with me. Right here with both of us."

"Look, Mommy, that's the remote control truck I asked Paw Paw to get for me," Matthew said, pointing at a commercial.

"I know, sweetie," Charlotte acknowledged.

"Who's Paw Paw?" Curtis asked her. "Your dad?"

"Yeah, that's what Matthew calls him, and he calls my mom Nana."

"Oh," Curtis said, not able to take his eyes off the miniature "him" sitting just a few feet away.

"So who did you tell him I was?" Curtis spoke softly.

"I told him you were someone real special and that you wanted us to come visit you. But that's it."

"Man," Curtis said, blinking back tears.

"It's five years later, but you're still a proud father, aren't you?"

"That I am. And I'm so sorry I missed so much of his life. But as God is my witness, I won't miss any more of it. Not as long as I'm alive."

Matthew turned around when the credits rolled for the program he'd been watching.

"Mr. Black, can we turn to the Cartoon Network?"

"Of course," Curtis said. "But you'll have to tell me what channel."

"On our TV it's one seventy-six."

"We have Dish Network," Charlotte added.

"I think that's the same satellite system on this one, too."

Curtis switched it to the channel his son told him.

"Thank you," Matthew said.

"You're welcome."

"So are you sure this is what you want?" Charlotte asked him again.

"Yes. I'm positive."

"Matthew, sweetie," she said. "Come sit up here for a minute."

Matthew stood, walked over to the sofa, and sat between his parents. He looked at his mother, clearly wondering what she wanted.

"Honey, remember when you asked me if you had a dad?"

"Uh-huh."

"And I told you that you did, but that I hadn't seen him in a long time?"

"Yeah."

"Well, sweetie, this is your father," she said, pointing at Curtis.

Matthew looked at Curtis but turned away, blushing. "He is?"

"Yes. He's your dad."

"I always wanted a dad," Matthew said, looking at Curtis. "Just like all my friends."

"Well, now you have one," Curtis said, tears dripping from his eyes.

"Why are you crying?" Matthew wanted to know.

"Because I'm so happy to see you."

"Oh," Matthew said, looking back at his mother, smiling.

"Why don't you give your dad a hug," Charlotte told him.

Matthew reached toward Curtis, and Curtis squeezed him extra tight, trying to recapture all the lost years. He didn't want to let go of his little boy.

But when he did, Matthew asked him a question.

"So does this mean I can call you Dad?"

"That's exactly what it means," Curtis answered.

"And does it mean you're going to take me to baseball games this summer just like my friend Terrance's father does?"

"Yes, if that's what you want." Curtis had never gone to see the White Sox or the Cubs, but he was going to see what tickets he could get tomorrow.

"Do you want to play my Game Boy with me?" Matthew wanted to know.

"Yeah, but you'll have to show me how."

"Mommy, can I see it?"

Charlotte pulled out the purple Game Boy from her purse and gave it to him.

"It's Super Mario, and I'm real good at it," Matthew boasted.

Curtis looked at Charlotte and said, "Thank you."

"No, thank you. My baby really needed his father."

Curtis and Matthew talked about what he liked, what he didn't like, his friends, what he wanted for his birthday, and the fact that he loved school but always got in trouble for talking too much. He told Curtis that preschool was kind of boring, and that he couldn't wait to be in kindergarten this fall.

They talked about a lot of things and Matthew tried to teach Curtis how to play Super Mario. Curtis still didn't quite have it, but Matthew told him he'd get better and better every time he played.

When it was half past nine, Curtis told Charlotte he wanted to talk to her.

"Sweetie, I need to talk to your dad, so we'll be right back, okay?"

"Okay," Matthew said without looking up from his game.

Curtis and Charlotte walked into Tyler's master bedroom. Curtis pulled Charlotte toward him and held her.

"I'm speechless," he said. "For the first time in my life I really don't know what to say."

"Just say you're going to do everything you can to make us a family as soon as possible."

"There's no doubt about that. Mariah and I haven't spoken much over the last few days, but I'm going to apologize to her and tell her that I think it would be best if we end our marriage. And if everything goes okay, maybe she'll go with me before the deacons when I tell them."

"How long do you think this will take?"

"I don't know, but after seeing that beautiful little boy out there, it won't be long. But I don't want to push Mariah, so you've at least got to give me a month to work this out with her and the church."

"That's not a problem."

"You know, you've really done a wonderful job with him. He's such a good kid, and he's so outgoing. And he has a whole lot to say, too."

"Well, I wonder where he got that from?"

They both laughed.

"So when are you going to tell your parents?" Curtis asked.

"Not until you and Mariah have filed for a divorce. My father is going to be angry no matter what, but if he knows that you really are going to marry me, it will definitely soften the blow. My mom will be upset, too, but she'll be fine with it in the long run."

"Do you think Matthew is going to say anything?"

"I'm going to tell him not to, but you still need to be prepared just in case."

"This is going to be a tough road for all of us, but Matthew is the person we have to keep happy."

"I agree."

Curtis tilted her chin upward and kissed her. They kissed intensely, and while Curtis couldn't say he was *in* love with her, his feelings for her were a lot stronger than a few hours ago. He couldn't explain it, but there was a certain love he had for her because she was the mother of his son. He felt connected to her.

"I don't know if you'll ever love me the way I want to be loved," she said as if she was reading his mind. "But even if you don't, my main concern is Matthew. I want him to know what it's like to grow up with both his parents, I want him to be loved, and I want him to have every opportunity in life we can give him."

"Trust me when I tell you that you won't ever have to worry about his well-being. I realize I just met him, but I love him from the bottom of my heart."

"I'm really glad to hear that."

When they walked out of the bedroom, Charlotte told Matthew it was time to go.

"Do we have to, Mom?"

"Yes, because it's way past your bedtime, young man."

"I'm sorry for keeping you here so late, Matthew, but it was good to finally see you," Curtis said.

"It was good to see you, too, Dad."

"Can you give me another big hug?" Curtis leaned down and held him closely. "I love you, son."

"I love you, too," Matthew said, but Curtis knew he was probably only saying it because he thought he should. Which was fine, because Curtis would accept those words any way he could get them.

"Let me walk you guys out," he said, opening the door.

Matthew climbed into the backseat of Charlotte's car and buckled his seat belt. Charlotte pecked Curtis on the lips and told him she would call him tomorrow.

He watched them drive away. They were hardly out of sight when Adrienne blasted into the driveway.

Curtis jumped onto the grass.

She jumped out of her car, leaving the door open.

"Why, Curtis? Why couldn't you just leave me alone?"

"Look, Adrienne, I can explain. It's not what you think."

"It's not what I think? What the hell do you mean, it's not what I think?"

"It's not."

"First you lie to me about being at the church tonight, and then I come over here and find that girl Charlotte walking out with you and your son. Because I know you don't think I've forgotten what she looks like."

"No, but, Adrienne, I had to see him. But I didn't have sex with her if that's what you're thinking. I just wanted to see my son, and I couldn't tell her no when she called to say I could see him."

"You think I'm a fool, don't you? You think I'm the same fool I was the last time we were together?"

"No, I don't. And if you come inside with me, I'll explain everything to you," he said, hoping he could make her believe him.

"I'm not coming anywhere, Curtis," she screamed. "You make me sick. I hate that I ever even met you, and I'm not about to let you get away with this. If it means my life, I'm going to make sure you never hurt another woman ever again."

"Adrienne, please," he said, looking around to see if any neighbors had their doors open.

"No. Just leave me alone," she said, walking back to her car.

Curtis followed her and grabbed her arm.

"Don't." She spoke deep from her throat. "Don't . . . you . . . ever . . . try . . . to . . . touch . . . me . . . again."

"Baby, you're really blowing this way out of proportion."

"No. I'm not. I saw what I saw, and no matter what you say, I know you've been sleeping with that girl. You probably had to in order to see your son."

Curtis didn't say anything.

"And just a couple of days ago I gave you ample opportunity to tell me if you wanted out, but you lied the same as always."

"That's because I—" he tried to get a word in.

"Just save it, Curtis," she interrupted. "Save it for someone who truly gives a damn."

"Adrienne, all I'm asking you to do is come in for a few minutes," he tried again.

"You know, Curtis," she said, ignoring his plea. "People get killed for less than this every day. So if I were you, I would be very careful. I would watch every single thing I did, and I would pay real close attention to my surroundings."

She got back inside her car and drove away at normal speed, acting as though nothing had happened.

Curtis stood there for a few minutes, wishing she hadn't followed him. He'd known she was capable of it, but he'd been so caught up in the excitement of meeting Matthew, his judgment had become cloudy.

He wasn't sure if he should take Adrienne's threats seriously or not, but either way, their relationship was over. He hadn't wanted it to end this way, but at least she was one problem he no longer had to deal with.

So now all he had to do was handle Mariah.

Chapter 23

Right after leaving the church, Mariah had driven home, done a Pilates tape, and taken a hot bath in the Jacuzzi. But now she was leaning against a stack of king-size pillows reading the *Tribune*. She was also wondering where Curtis was and who he was with.

She was so tired of shedding tears, tired of living in fear, tired of being married to him. Which was why she'd decided tonight that she wasn't going to take it anymore. She wasn't going to keep pretending. Not about their happiness or about Curtis being a true man of God.

It was time she told Vivian.

"Hello?"

"Hey, girl, how's it going?" Mariah said.

"I'm good. But the question is, how are you?"

"Actually, I'm feeling a little strange."

"Really? And why is that?"

"I finally decided to take your advice."

"About what?"

"I finally decided to leave him."

"Well, good for you, Mariah."

"I know he'll never allow me to move out while he's here, so as soon as he leaves the house on Monday, I'll be packing my things."

"Will you need any help?"

"Yeah, if you don't mind."

"You know it's not a problem. All I have to do is request a vacation day."

"I really appreciate that."

"Nothing happened tonight, did it?" Vivian asked. "Curtis didn't try to hurt you, did he?"

"No. Actually, I haven't heard from him since he left this morning."

"Then what made you decide all of a sudden?"

"I'm just tired. I can't explain it, but I'm really tired."

"And you should be, because no one should have to put up with the shit Curtis is doing."

"I know, but the sad thing is, I still love him. Even after he said he didn't love me and that he could never be in love with me."

"But that's understandable, because you've loved him since the beginning."

"Maybe, but it's not a good feeling. And I hate being in love with someone who doesn't care one thing about me. Someone who doesn't care about anybody except himself."

"Well, I'm just glad you didn't stop taking those birth control pills."

"Yeah, I am, too," Mariah said, wishing things could have turned out differently between her and Curtis.

"So are you going to be okay until next week?"

"I'm sure I will. For the last two nights he's been watching television down in the family room and sleeping there until morning. So I'm hoping he keeps doing that until I leave."

"Okay, but you call me if you need me."

"You know I will."

"Take care, girl."

"You, too."

Mariah hung up and glanced over at all the cosmetics sitting atop her built-in vanity. She had a lot of packing to do, but for the most part she was only going to take what she needed. Especially since she didn't know if Curtis would eventually try to reconcile with her or if she'd be leaving here for good. But if the latter was the case, she would come back for the rest of her things later.

She leaned farther back onto the pillows and closed her eyes. She thought about the first day she'd met Curtis, the first time he'd asked her out, the day he'd proposed on Navy Pier. She even thought about the beautiful wedding gown and how proud she was to be wearing it. But none of those memories mattered now, because her marriage was practically over.

She thought about her life in general, but the more she did, the more pain she felt. The more tears she shed. The more times she wished she'd never met Curtis. She loved and hated him all at once, and for the first time in her life she wished harm on another human being. She wished it on her own husband and refused to apologize for it.

She was wiping her face when she heard Curtis coming up the stairs. She didn't want him seeing her like this, and she hoped he wasn't going to bother her.

"Mariah, we need to talk," he said, sitting down on the opposite side of her at the foot of the bed.

She looked at him but didn't say anything.

"Hey, what are you crying about?"

"Nothing."

"It's not about us, is it?"

"No," she lied.

"Good, because I know I haven't been the best husband to you lately, and I'm really sorry about that. I'm sorry for everything that I've put you through."

Mariah was baffled and wondered where he was going with this.

"And as much as I hate admitting it, I just don't think we should stay married," he said.

"What?" Mariah said. She knew she'd heard every word he said, but she was still shocked by it. And she didn't know how to feel, either.

"I thought about everything I was going to say when I was driving home, but I think it'll be best if I just tell you the truth."

Mariah sat up a little taller and braced herself. She didn't know what he was about to say, but she sensed it wasn't going to be good.

"You remember when I told you that I never loved you, and that I only married you because of the church? Well, even though I said it in anger, it's true."

He might as well have shoved a dagger through her heart. She'd heard him when he'd said it on Saturday, but the truth was a lot easier to take during an argument. It was a lot more painful when the person wasn't angry, because then you *knew* he was telling the truth. You knew he wasn't speaking illogically.

"I can't believe you did this to me," she said. "I can't believe you would use me like this."

"I know, and I'm very sorry."

"Well, what are you suggesting we do?"

"I think we need to file for a divorce. I know I told you I would never let you leave me because I didn't want to lose the church, but now I realize I don't have a right to control you like this. And I've also figured out a way to make it happen quickly."

"Meaning what?" she asked.

"Meaning, the only way the board will approve of me getting a divorce is if you admit you slept with another man."

"What?" she said, frowning. "But I haven't."

"I know, but it's the only way we can both get what we want. You can move out of here, and I'll be able to keep my position at the church."

"You can't be serious?"

"Of course I am. It's the only way."

"So you're saying you want me to ruin my reputation so that you can keep your church?"

"Not just that. Because you'll be able to go on with your life, too. And it's not like a lot of people will have to know about this."

"Curtis, there are over three thousand people at that church. And all of those people know other people here in Chicago and everywhere else."

"Yeah, but after a while it'll die down, and no one will even remember. I mean, even you didn't know I was ousted from Faith until I told you. So if that died down, this will, too."

"No," she said matter-of-factly.

"What do you mean, no?"

"I'm not doing that," she said, standing up and walking away from the bed.

"But you know it's the only way," he said, turning in her direction.

"Well, I'm sorry, but I won't lie about something I haven't done."

"Then what do you expect us to do?"

"You say you could never love me, so there's no other choice but to end this. But I'm not taking the blame for it."

"And I'm not losing my church either, Mariah. I told you that before."

"Well, maybe you need to tell them the truth."

"No, you're going to do what I told you." Curtis stood up.

Mariah didn't like the expression on his face and backed away from him.

"I told you that I would never let you or anyone else cause

me to lose another church, and I meant that," he said. "So you might as well get ready to meet with those deacons."

He grabbed her arm. "Do you hear me?"

"I told you I won't do that."

"Of course you will," he said, grabbing her tightly by her throat.

Mariah was terrified, and now she wished she'd made the decision to leave before today.

"Curtis, please stop it."

"Not until you do what I say."

She knew she could never lie about something this serious, but she told him what he wanted to hear so he would let her go.

"Okay," she said. "I'll talk to them."

"That's what I thought," he said, releasing her. "Crazy bitch."

Mariah wondered if he'd lost his mind.

"Curtis, you know this isn't right. You know I deserve to be treated better than this."

He laughed. "I see that big Amazon is still pumping you up, isn't she? But it doesn't matter. You know why? Because regardless of what you look like now, there's still a fat-ass woman inside you just screamin' to get out."

Curtis strode out of the room, totally dismissing her, but she heard him mutter, "Got me cursing in here like this."

Mariah had never felt more humiliated or more deflated in her life. She'd never had anyone speak to her so maliciously. She'd loved, honored, and, yes, obeyed him just like he wanted, and she despised him for doing this to her.

Then, to add insult to injury, he wanted her to go to the deacons. He wanted her to lie to them.

It would be over her dead body.

Chapter 24

There were two people Curtis needed to speak to this morning. Alicia, to see how she was doing and to tell her he loved her. Adrienne, to apologize and make sure she wasn't planning to do anything foolish.

He called his daughter first.

"Hello?" Tanya answered.

"Hi. You mean Alicia is actually letting you answer her phone?" Curtis said as amiably as possible. He'd had confrontations with both Mariah and Adrienne last night, and Lord knows he didn't want one with Tanya.

"She's in the bathroom, but she still wouldn't have answered it because she's not feeling too well," she said.

"Is she in pain or something?"

"No, she's just not feeling well emotionally. She had another nightmare about that Julian."

"What do you mean another one?"

"She had the first one two days ago, and I'm sure it's because she had to see him in that lineup. And then it happened again last night."

"Why didn't you call me?" he asked.

"No, the question is, why didn't you call me?"

"Because I spoke to Alicia directly yesterday morning."

"Well, you should be calling me, Curtis, if you want to know how she's doing. Alicia is only a child, and she's not going to tell you anything she doesn't want you to know."

"Have you heard anything else from the detective?" he asked, changing the subject. He just couldn't argue with Tanya today.

"He called a while ago to see if Alicia could tell him anything else that might help their case. Because what they're trying to do is find other girls he met on-line and may have raped."

"Well, I don't know why they keep bothering her, because they already have more than enough proof to convict him for statutory rape and drug possession. They told us that when we were in there."

"Maybe, but since that Julian has hired one of the best defense attorneys in the city, they want to charge him with as many counts as they can."

"So do you think Alicia needs to go to counseling for this?"

"As a matter of fact, the social worker at the hospital gave me a list of psychologists and Dr. Pulliam was on there. So I called and scheduled an appointment for this afternoon."

Curtis was fuming. He was sure that if he hadn't called, Tanya never would have told him about the call from the detective, the nightmares, or the counseling appointment. But he was willing to bet that James knew about everything.

"Well, you will let me know how it goes, won't you?" he asked.

"Of course. And Alicia just came out of the bathroom if you want to speak to her."

"I do."

"Honey, it's your dad," Curtis heard Tanya say.

"Hello?"

"Hi, baby girl."

"Hi."

"I heard you're not feeling too well today."

"No."

"Is there anything I can do for you?"

"No."

These one-word answers were trying his patience.

"You are praying to God, asking for strength, aren't you?" he asked.

"Yes."

"And you do know how much He loves you, right?"

"Yes."

"You're not just saying that, are you?"

"No." She sounded irritated.

"Well, if you need me, call me. And I'll try to get by there after I leave the church, okay?"

"Yes."

"I love you, baby girl."

"Bye," she said, and hung up the phone.

Curtis felt a tug in his heart. He'd tried to play down this whole rape situation so he wouldn't fall to pieces. He'd also tried not to be angry with God. Because no matter how he analyzed it, he couldn't understand why God had allowed this to happen. Why He'd allowed something so demoralizing and unsettling to happen to his daughter. But he knew this had nothing to do with God and everything to do with Satan. Satan was angry because he hadn't been able to keep Curtis out of the ministry and was now trying to attack him from a different angle. He was even attacking Mariah and Adrienne, and that's why they were suddenly being so difficult. But what Satan didn't seem to realize was that Curtis was a child of God and that he would never be able to compete with that.

Curtis signed a few letters for Whitney, made a few business calls, and contemplated how he should approach Adrienne. When he'd figured out what to do, he called her.

"Baby, please don't hang up," he said quickly when she answered.

"Why would I do that, Curtis? I love you, remember?"

He didn't know whether to take this bubbly tone of hers seriously or not.

"All I want is a chance to explain."

"It's really not necessary. You told me that you wanted to see your son and that you didn't sleep with his mother, and I'm fine with that. As a matter of fact, I apologize for blowing up the way I did. I was wrong for not trusting you."

He couldn't tell whether she was being genuine or sarcastic.

"And I was wrong for lying the way I did," he finally said.

"Don't even worry about it. I forgive you, Curtis."

"I'm glad to hear that, because you were pretty upset last night."

"I know. But let's not talk about that anymore, because I want to hear about your son."

This was simply too good to be true.

"I can't even explain it," he said, beaming.

"I'll bet it was an experience you won't ever forget."

"I won't, and he's such a good kid. And so handsome, too."

"Just like his father, huh?"

"If you say so."

See, that's what he loved about Adrienne. She was always so supportive of everything he did. She'd always been that way, and he was sorry that he was going to have to disappoint her again by marrying someone else.

"So tell me," she said, "are we still on for tonight?"

"You're serious?"

"Of course. Why wouldn't I be?"

"I don't know."

"So, are we?" she repeated.

He knew the best thing to tell her was that they couldn't see each other anymore, but without hesitation he said, "What time?"

"You still have your meeting with the deacons, don't you?"

"Yeah, I do. But I should be out around seven."

"Then what about eight?"

"That'll be fine."

"At Tyler's?"

"No, I think he's going to be there himself tonight, so unfortunately we'll have to meet at the hotel."

"Okay, well, I guess I'll see you then. Take care," she said, and hung up.

This was certainly a turn of events, and Curtis was thrilled about it. He didn't know why she'd had such a change of heart, but who was he to question it? Who was he to question any blessing that God had bestowed upon him?

He smiled at his latest thought and picked up a copy of the meeting agenda Whitney had typed earlier. This time things were going to be different, and he could hardly wait. He looked forward to hearing how supportive "Andy" and "Barney" were going to be when he re-presented his ideas. They would agree to everything he said or Curtis would sing like a Grammy winner. He would tell everything he knew about both of them, and they would regret ever knowing him.

Curtis leaned back in his chair and went to work on his next sermon.

"Good evening, everyone," Deacon Gulley the chairman said, and everyone greeted him in unison.

"Deacon Taylor, would you like to lead us in prayer?"

Curtis would have to thank Deacon Taylor properly for getting him that information so quickly.

"Sure. May we bow our heads," Deacon Taylor said, doing the same. "Dear Heavenly Father, we come right now just thanking You for another day. We thank You for waking us up this morning and for keeping us safe. Lord, we thank You for all the blessings You've given this great church and for making Pastor Black such a dynamic leader. So, Lord, today we just thank You for everything. We thank You for all that You've done and all that You're getting ready to do. And, Lord, if you would, please open our hearts and our minds during this meeting. Please let us work toward doing Your will and not the will of our own. Father, these and many other blessings I ask in your son Jesus' name. Amen."

"Amen," everyone said.

"It looks like we have a few items to cover on the agenda," the chairman began. "But before we do, I have a package here that is addressed to me and the deacon board of Truth Missionary Baptist Church. It was in my mail slot, but it must have been dropped off because there's no mailing address or postage on it."

Curtis wondered which member was unhappy now. The last anonymous letter they'd received had complained about how much time announcement reading was taking at the end of service. The one before that had complained about the location of the church picnic. Curtis hoped this one wasn't going to be just as petty.

"So let's see here," Deacon Gulley said, opening the envelope and pulling out a letter.

Curtis thought he would faint when he saw him pull out a cassette tape right along with it. Everyone else either frowned in surprise or leaned forward to get a closer look.

"Well, I don't know what this is, but I'm sure this letter is going to tell us," Deacon Gulley said, preparing to read it out loud. "Dear Chairman and other members of the board, It is with great regret that I write you this letter. Please know that I am not proud of what I have been doing, but I now feel obligated to tell you that I have been sleeping with your pastor for the past few weeks. Yes, I have been sexually involved with the man you appointed senior pastor of Truth Missionary Baptist Church. I have slept with him at hotels as well as other locations, and he has even made a commitment to marry me. He told me that he was going to divorce his wife so that we could be together permanently. But yesterday when I saw him with the mother of his illegitimate son, I realized that your pastor is the same manipulative, lying hypocrite he was when he was pastor over at Faith. And while I do not mean any disrespect to you as a church, I must say I was very shocked that you would hire a minister who has a reputation like Curtis Black. But at the same time, I do understand how easy it must have been for you to believe in him, because Lord knows I did. I believed him when he said he loved me, I believed him when he said he couldn't live without me, and I almost believed that he actually was going to marry me—this time. And I wasn't sure why until I finally had to admit that Curtis has this insane emotional hold on me. It's so insane that I can't even explain it to myself. But by now you must know how smooth and slick he is. Because based on what he's told me, your board gave him a deal of a lifetime. Five thousand per week, a huge housing allowance, and that Cadillac he proudly drives around in. It's almost as if no one has the ability to say no to him. But even though I still love Curtis, the good news is I'm finally finished with him. I know what he's capable of, and that he will stop at nothing to get what he wants. Which is why I took the liberty of recording our little reunion. A tape has been enclosed for your listening pleasure."

"This is totally outrageous," Curtis blurted out.

The board members looked back and forth at one another. Then they all fixed their gazes on Curtis.

"Can't you see that this is from some crazy woman?"

"Well, if that's true, then what do you think is on this tape?" Deacon Gulley asked.

"I don't know. Probably more lies."

Curtis was beside himself. He wanted to murder Adrienne.

"Well, I think we need to hear what's on it," Deacon Gulley said, standing up and walking toward the portable stereo system on the other side of the room.

"I'm telling you none of this is true," Curtis protested.

"But now that we have the tape in our possession, I think it's only right that we listen to it," Deacon Evans said.

"I agree," Deacon Pryor added, but neither of them looked at Curtis.

It was amazing how he'd had to force comments from them at the last meeting, but now they were willingly speaking up.

Deacon Gulley pressed the play button and all twenty-four men gave their undivided attention.

The first thing they heard Curtis say was, "Oh dear God. That's what I'm talking about." Then they heard lots of moaning and groaning and Curtis telling Adrienne that he didn't want her having sex with her own husband anymore.

At least ten of the deacons tried to muzzle their laughter. The others looked gravely disappointed. Deacon Taylor looked as though he'd entered the Twilight Zone.

Curtis tuned out the next few lines of dialogue and tried to decide if he should flee the room. But he realized it was best to stay put and act natural. He gazed toward the ceiling as if he was bored.

"No one has ever come close to giving me the pleasure you do," Curtis's voice rang out from the tape. "And Mariah has got to be the worst I've ever had."

Curtis scanned the room to see how everyone was reacting and then heard Adrienne continue.

"Curtis, I ask you again, what are we doing? What am I doing to myself?"

"You're spending time with the man you love, I'm spending time with the woman I love, and that's all that matters."

"I hate this. I hate that we're about to start all this sneaking around again. I almost lost everything last time, so you have to be very sure about this. You have to be positive that you're going to divorce Mariah in six months, and that I'm going to be your wife."

"Baby, all you have to do is trust me, because I'm really serious this time. I'm really going to marry you."

That was the end of the tape and Deacon Gulley stopped it and returned to his seat.

"Pastor, what were you thinking?" he asked.

"I wasn't thinking anything, because that wasn't me."

"But you know that that was clearly your voice we just heard."

"No. It wasn't. I'm not sure who it was, but it certainly wasn't me."

"You must think we're just plain idiots," Deacon Thurgood said.

"Look, Deacon, don't make me tell this board about your little mishap back in '58," Curtis threatened.

"Boy, you go right ahead and tell 'em whatever you want, 'cause I'm not about to be bullied by some jackleg minister."

"Pastor, you make me ashamed to even know you," Deacon Winslow said.

Curtis felt himself losing leverage, and now he knew he could forget about trying to blackmail the two deacons.

"I just don't wanna believe this," Deacon Pryor said.

"But I keep telling all of you, that wasn't me."

"Then who was it?" Deacon Evans asked. "And why did it sound just like you?"

"I have no idea. And all this means is that somebody is trying to set me up. They're trying to do the same thing they did
to me when I was still over at Faith."

Most of the deacons exchanged blank stares and Curtis knew
they didn't believe him.

"This is all a little too much for us to digest right now, so I
say we adjourn and plan on meeting again tomorrow," Deacon
Gulley said. "I know we don't usually meet on Fridays, but I
think this meeting is very necessary."

"This is so uncalled for," Curtis said. "And I can't believe that
any of you would sit here and take some outsider's word over
mine. Some lunatic female."

"Well, it's not like we can just overlook something like this,
and I think it would be best if you stayed out of the pulpit until
further notice."

"Are you saying you're suspending me?"

"We really don't have any other choice. And the most I
can say is that we'll try to get to the bottom of this as soon
as possible. It would help if we could meet with this
woman."

Curtis searched the room trying to find one of those able
lieutenants Cletus had talked about, but he knew he didn't have
any. He could tell by their faces. Some looked shocked, some
looked angry, some looked as if they didn't care one way or the
other. Curtis was also disappointed with Deacon Taylor. He
hadn't said one word in Curtis's defense. Which wouldn't have
been so terrible except, he was supposed to be Curtis's friend.
He was supposed to be his partner in crime and loyal confidant.
But it just went to show, a person really couldn't trust anyone
except himself.

Curtis stood and walked out of the conference room.

He couldn't believe how caring Adrienne had sounded on
the phone this morning when she knew she was planning to

betray him. He was disappointed in himself for allowing her to do it.

He wasn't sure how he was going to convince the board of his innocence, but he would. He would find a way, because he had no intention of losing another church.

He had no intention of starting from scratch all over again.

Chapter 25

"Man, how am I going to handle this?" Curtis asked Tyler. He'd tried to keep his cool, but the farther he drove away from the church, the more nervous he became. Normally he would never discuss his relationship troubles with anyone, because he was his own man. But he knew he had to be very careful this time and needed all the advice he could get.

"First of all, you have to stay calm," Tyler said. "You can't let them think for one minute that you're afraid of them."

"I'm trying, but you should have seen the looks on their faces when they heard that tape. I mean, they actually heard me having sex with Adrienne. And I have to tell you, man, I *never* would have expected something like this from her."

"Maybe, but it's always been my experience that you can't trust any woman you're having an affair with. It's even worse for men like you and me because we're ministers. And unfortunately, most people thrive on trying to bring us down. They have no respect for God's disciples."

"You're right about that, because look at all the books and magazine articles that do nothing except bash ministers. It's almost like they've been hired by Satan."

"Well, you know the devil is always busy, and he'll do anything to stop the preaching of God's Word."

"That he will."

"But what I think you should do is first go home and tell Mariah about everything that happened, but stick to your story. You have to categorically deny everything, no matter how much she or the deacons try to corner you. You have to deny that tape recording until the end."

"I'm already a step ahead of you on that, because I will never admit that I've been seeing Adrienne again."

"And then the next thing you have to do is beg Mariah to forgive you. You have to stay married to her or this thing with Adrienne will look even more credible."

"But, man, that's my biggest dilemma, because I refuse to be without my son. The church is important to me, but I won't rest until he's in the same house with me. And the only way to make that happen is to divorce Mariah and marry Charlotte."

"But why do you have to marry her? Why can't you just be a father to your son?"

"Because Charlotte won't have it any other way. She's made it very clear that if I even want to see him, these are the conditions."

"Then that's a problem. Because the last thing you want right now is to end your marriage to Mariah and then immediately bring another woman into the picture. Those deacons at Truth just won't go for that. Especially not after hearing that tape."

"Well, there's got to be another way out," Curtis said, but didn't bother telling Tyler about his deal with Mariah and what she was going to tell the deacons.

"There is," Tyler said. "We just have to find it. But even putting all of that aside, the one thing you have to do is ignore this so-called suspension they're talking about. You have to walk right into that church on Sunday morning, business as usual."

"That's what I'd like to do, but I'm not sure how they'll react."

"I wouldn't worry about them, and as soon as I got there, I would walk into the pulpit, ask for everyone's attention, and I would tell the congregation that any rumors they've been hearing are all lies. Because if you can get the majority of your members to support you, the deacon board will keep quiet. At least during service."

"Yeah, I think you might have something."

"Because, see, the thing is, you have to let everyone—not just the deacons—but everyone know who's running that church. Remember we told you before. That's your church. And you have to treat it as such if you want them to back down and respect you."

"Well, we'll see what happens, but I'll definitely be there on Sunday morning with Mariah. I'm not sure what I'm going to do about Charlotte, but maybe for the time being she'll be willing to wait for me."

"Maybe, but I wouldn't tell her the reason why, because it's like I just told you. You can't trust *any* of these women."

But Curtis really did think he could trust Charlotte. He didn't know why exactly. But even though she was giving him an ultimatum and basically forcing him to marry her, he felt he could trust her.

"Well, man, thanks for listening," Curtis said. "And I'm sorry I had to call and bother you with this, but I really needed someone to talk to."

"Don't even think twice about it. This pastor, deacon, congregation thing is a war, and ministers like us have to stick together. If we don't, we'll all be out on the street."

Both of them laughed.

"I'll give you a ring tomorrow or the next day," Curtis said.

"You take care, man," Tyler said. "And be careful."

What a day. First it was another cold shoulder from Alicia, then Adrienne had played him for a knucklehead and dropped off that horrific tape. He cringed at the thought of his entire deacon board listening to the way he made love and the things he'd said. It was the worst thing that had ever happened to him—even worse than when the deacons at Faith had watched that videotape. Because at least then he wasn't there to view it with them.

Curtis drove into his driveway earlier than he had in weeks. He coasted into the garage, shut off the car, stepped out of it, and went into the house. Mariah was pulling out what looked to be some leftover spaghetti. Curtis threw his jacket on the chair, loosened his tie, and walked toward her. Mariah gathered her food and left the kitchen. She was candidly ignoring him. Now, he wondered if he should do what Tyler had suggested. He would still find a way to get rid of her, but for now maybe reconciling with her was the answer.

She sat on the sofa, pulled her legs under her body and turned the TV to Lifetime Movie Network. Curtis deplored that channel, because all he ever saw were women being abused by a man. Either that or they were being cheated on. It even seemed like they used the same actors for every story. What he'd like to see was a channel that condemned women. One that proved how terrible women could be—specifically those like Adrienne.

"So you're not speaking?" he said, sitting opposite Mariah.

"Hello," she said, chewing and staring straight ahead. Then she looked down at her plate and forked up another helping.

"That's all? You don't have anything else to say to me?" he said.

"Curtis, why are you doing this? Last night you physically abused me, you called me a fat-ass, and now you're acting like you're happy with me again?"

"I'm sorry about all that. I don't know what came over me, and my actions were totally unacceptable."

Mariah turned back toward the television.

"Something real terrible happened at the meeting tonight."

"Yeah, I know," she said, glancing at him.

"Who told you?"

"Deacon Thurgood's niece called me right after she spoke to her uncle."

Unreal. If the deacon's niece already knew, how many other people had been told?

"Well, you do know I'm being set up, right?" he said.

"I don't know anything. I wasn't at the meeting, and I certainly wasn't with you and your woman when she made that tape."

"But I was never with her. She called me over a month ago, trying to get me to meet her, but I told her no. I told her I was married, and that I wasn't the same man I used to be."

"Uh-huh. So what's her name, Curtis?"

"Adrienne."

"Not the Adrienne you messed around with on Tanya?" she said, setting her fork on the plate.

"Yes. And the only reason she's doing this is because I married you and not her."

"So you were never with her?"

"No. But now the deacons are saying they don't want me in the pulpit on Sunday."

Mariah raised her eyebrows, and Curtis could tell she didn't have much sympathy for him.

"So, Mariah, you have to stand by me. I know I don't deserve anything from you, but——" Curtis was saying when the doorbell chimed. "Are you expecting someone?"

"No."

Curtis stood, walked down the hall past the living room, and opened the front door.

"You lying no-good son of a bitch," Adrienne said.

"What are you doing here?" Curtis yelled.

"Because I have every right to be. I'm your next wife, re-member? You *love* me, remember?"

"I think you'd better leave before I call the police."

"Huh. And you think I care about that?"

"Who is that, Curtis?" Mariah said, coming toward him.

"Nobody," he said, closing the door.

But Adrienne stuck her foot in the way of it.

"Hi, Mariah. I'm Adrienne."

"If you know what's good for you, Adrienne, you'll get back in your car and leave here," Curtis ordered.

"Not until I talk to Mariah."

"What do you need to talk to my wife about?"

"The fact that you're planning to divorce her and marry me. The fact that you've been sleeping with me every chance you get. The fact that you went on and on about how terrible she is in bed."

"Curtis, is this true?" Mariah asked.

"No!" he exclaimed. "I told you she's trying to set me up."

"Now why would I do that, Curtis?"

"Because you're jealous of my marriage to Mariah, and be-cause you know I don't want anything to do with you."

"Whatever. But, Mariah, I really need to talk to you. You and I need to compare notes."

"Curtis, how does she know where we live?" Mariah asked.

"I don't know. She probably followed me."

"You're damn right I did," Adrienne admitted. "I followed your ass because I'm sick of you playing games with me."

"Look. That's it. I'm closing the door, and if you don't leave, I'm calling the police. Or better yet, I'm calling your husband."

"What husband?" Adrienne said, laughing. "I don't have a husband, remember? He kicked me out years ago because of you."

Curtis didn't know what she was talking about.

"Yeah, that's right, I lied to you, too. We're divorced. And the only reason I told you I was still married was so you wouldn't think you could be with me anytime you wanted. And I definitely didn't want you thinking I've been waiting around for you all these years."

"You're sick," he said. "You need professional help, and I suggest you try to get some."

"No, I'm perfectly sane. You're the sick one."

"I'm calling the police," Curtis said.

"Mariah, please call me. I work at KTM Corporation, and all you have to do is ask for Adrienne Jackson in marketing."

Curtis slammed the door shut.

"I told you she was crazy," he said.

"So is that why you all of a sudden wanted to divorce me?" she asked.

"No. I keep telling you, she's lying. I don't know why she's doing this, but none of what she's saying is true."

"Then where did that tape come from? Because Deacon Thurgood's niece told me that everyone in the meeting agreed that it was your voice they heard."

"I can't explain that, but you know how advanced technology is now. And for all I know, Adrienne called my cell phone, somehow recorded my outgoing message, and then had some professional put that tape together."

"Well, if that's true, how did she get your cell phone number?"

Curtis could kick himself. It was so unlike him to slip up like this.

"I don't know that either," he said. "Maybe she knows somebody at the phone company."

"Curtis, you are so unbelievable," she said. Her tone and smile were sarcastic.

"But, baby, I'm telling you the truth, and you have to stand by me. I'll do anything you want, but you have to help me convince the board that Adrienne is schizo."

Mariah dropped back down on the sofa.

"You know the other thing that Deacon Thurgood's niece said was that the letter Adrienne wrote talked about your five-thousand-dollar weekly salary and your housing allowance. So how would she know about that?"

"Because it's public information. Everybody at the church knows what I earn, so it would be pretty easy for her to find that out."

Mariah was quiet.

"Baby, I'm sorry that this is happening," he said, sitting down next to her.

She still didn't look at him.

"You do believe me, don't you?" he said, and didn't know how much more begging he could do. Especially since he didn't feel the need to beg any woman.

"Curtis, I can't think about this now. So, please, just leave me alone."

He thought about making one more plea, but decided he would go upstairs. He would talk to Mariah in the morning when things had settled down. Because he needed her to back him up on this thing. He needed her to stand by her husband.

He thought about Alicia and the fact that he didn't go see her today as planned.

He thought about Charlotte and Matthew and how he wanted to be with them.

He wondered if Mariah would have the nerve to call Adrienne.

Chapter 26

"Whitney, if you have a moment, I need to see you," Curtis said.

"Sure, I'll be right in."

Curtis had tossed and turned all night and hadn't slept more than two consecutive hours. Outside of that, he'd done a ton of catnapping. He'd watched the clock on and off the entire time: 12:40, 1:10, 1:40. He'd awakened every twenty minutes until he'd finally had enough. He'd gotten up at five, but unbelievably, he wasn't tired. Probably because his mind was still racing. He was trying to figure out what had come over Adrienne and how he was going to explain this to everyone.

Whitney walked in and shut the door.

"You sure came in late today," she said. "And you're wearing a jogging suit, too."

Curtis knew she was only trying to break the ice.

"I went to see Alicia this morning, and I know by now you've heard the news."

"Yeah, I sort of did."

"So what is everyone saying?"

"That they believe it's you on the tape."

Curtis sighed and leaned his head back, staring at the ceiling.

"I know this really isn't my business, Pastor, but is there any truth to what that woman said in the letter?"

Curtis debated whether he should confide the entire story to Whitney or only part of it. Tyler had told him not to tell anyone, but Whitney had proven her loyalty since day one, and he knew whatever they discussed would never leave his office. But the problem was, he felt ashamed and didn't want her thinking badly of him.

"As much as I hate admitting it, yes, I was seeing her, and I did tell her I was going to marry her. But the truth is, I was never going to do it."

"Then why did you tell her you were?"

"Because I knew she wouldn't keep seeing me if I didn't."

Whitney's expression pronounced that she didn't understand.

"Go ahead," he said.

"What?"

"Tell me how stupid it was for me to make that sort of promise."

"You said it, I didn't."

Curtis couldn't help laughing with her.

"So how are you going to deal with this?" she said.

He could tell she was genuinely worried about him and he appreciated that.

"I don't have a clue. The board has already asked me not to preach on Sunday, and they're having another meeting this evening."

"Gosh, Pastor, this is so unfortunate."

"Yeah, but it's my own fault."

"Maybe if you go before the church and apologize, it will make a difference. Maybe you need to take your chances and tell the truth."

"Oh, how I wish it could be that easy. But I just don't think they'll go for that. Not after what happened at Faith, because one-third of our members were also members over there when I was ousted. And now that they've placed all this trust in me again, I don't think they're going to be very forgiving."

"What will you do then?"

"At this point all I can do is pray. And I'll definitely be here on Sunday morning. I can't tell them the whole truth, but I will ask them to try and forgive me."

"I really hate that this is happening."

"Imagine how I'm feeling."

"I'm sure."

"So is there anything else you've heard?" he asked.

"The truth?"

"Yes," Curtis said, and dreaded what she was about to tell him.

"Well, the word is you've been a money-hungry womanizer ever since you came here, and most people are surprised you're just now getting caught."

"Whoa. Maybe the truth is not what I needed to hear."

"Sorry."

"Well, I did ask you. And is there anything else?"

"There have been quite a few members calling because they want to know why you haven't already been fired. They don't feel another meeting is necessary."

"This is worse than I thought. It sounds like they've already convicted me without a trial."

"I know."

"Which means I'm going to have to say and do whatever it takes to convince them that I'm innocent."

"I realize you have to make the final decision on this, but I still think your best bet is to tell the truth. Because people have a lot more respect for the truth than they do a lie."

Curtis heard what she was saying, but if he confessed to everything he'd been doing, they'd string him up and hold a witch hunt right in the sanctuary. So, no, that wasn't the route for him to take. He was good at lying. He was good at making people believe him. It was better to stick with his area of expertise. He didn't want to deceive them, but if he could just get past this one major catastrophe, he'd be home free.

"Well, you know I appreciate your honesty," he said.

"No problem. But is there anything I can do for you?"

"Pray. Pray for me every time you think about it, because I'm really going to need it."

"I've already been doing that. And no matter what happens, just remember that God loves you, and there are a lot of other people here who still love you, too."

"Thanks, Whit. It really means a lot."

"I don't even know how to tell you this," Curtis said. He and Charlotte were sitting on a picnic table, and Matthew was playing on the slide with his little cousin Daniel. Curtis had met them an hour ago at a secluded park near Evanston, right after Charlotte picked the boys up from school. Now Curtis was trying to tell her what was going on.

"What's wrong?" she said, caressing his back.

"I might be losing the church."

"You what? Why?"

"You remember Adrienne Jackson, right?"

"How could I forget?"

"Well, she wrote this off-the-wall letter and gave it to the chairman of the deacon board."

"When?"

"Yesterday. So, of course, he read it in the meeting."

"What did it say?"

"That I've been sleeping with her, and that I promised to marry her. Pretty much just a whole lot of nonsense."

"Well, did you?"

"Did I what?"

"Did you sleep with her and promise to marry her?"

"Over five years ago, but not recently."

Charlotte looked over at the boys, watching them climb to the top of the slide.

"Hey," Curtis said.

"Yeah," she responded, but didn't look at him.

"I haven't been sleeping with her, if that's what you're thinking. And the only woman I've promised to marry is you."

"I hope so, Curtis, because I have no intention of being caught in some love triangle. I said I could deal with you not being in love with me, but I won't tolerate other women. I won't tolerate being unhappy. So if you plan on seeing anyone else once we're married, we need to end this now."

"But I don't want anyone else, and slowly but surely I am falling in love with you."

He knew she didn't believe him, but he truly was. He wasn't head over heels, but it was still love.

"So what's going to happen now?"

"They've asked me not to preach again until I hear from them."

"Then this is pretty serious."

"Yeah, it is, and I have no idea what the outcome will be."

"But if you haven't been with her, it's her word against yours."

If only it were that simple. If only Adrienne hadn't seen a reason to record what they were saying and doing to each other. It was still so inconceivable to Curtis, and he wondered how many other tapings she'd done. He even wondered why she'd lied about still being married to the deacon. She'd been telling him for weeks how miserable she was with *Thomas,* how she didn't want to hurt *Thomas,* and how *Thomas* was starting to question her whereabouts. So either she was one great actress or she wasn't dealing with a full deck. She had to be nuts in order to fabricate something like that.

"There's more," he said.

"Can it get any worse?"

"Yes. She also sent a cassette tape."

"But why?"

"Because she wants them to think she has proof."

"Well, does she?"

"No, but when they played the tape, it sounded like she and I were having sex and talking to each other. Which means she must have used some sort of high-tech equipment to make it."

"What high-tech equipment are you talking about?" Her voice was rising.

Curtis had assumed Charlotte would be upset, but not to this extent.

"I don't know, but she had to use something because the voice on the tape sounds just like me."

"And you expect me to believe that?"

"Yes, because if I wasn't going to tell you the truth, why would I even bring it up?"

"Well, it's not like you couldn't not tell me either, because I'm sure this is going to cause some sort of delay with you getting a divorce. Am I right?"

"Maybe, but it won't be long. It'll just be until I can calm down the deacons and get things back in order. After that, we're good to go."

"I really hope that's true, Curtis, because I have something I need to tell you, too."

"What's that?"

"Matthew told my dad that he met you."

"And how did he respond?"

"You don't even want to know. I mean, he was so furious with me. But I told him the reason I allowed you to meet Matthew was because I want him to know his father, and because you promised to marry me."

"And?"

"We argued back and forth, until finally I was able to make him see that this is what I want. But he did say you would be sorry if you didn't keep your word."

"Which means?"

"That he's prepared to press charges if he has to. I tried my hardest to reason with him, but he's very serious about it. He's even spoken to an attorney."

"About what?"

"To see what the statute of limitations is for Illinois."

"And?"

"You won't like it."

"That's beside the point."

"It's ten years after a minor rape victim turns eighteen. And he made it very clear that he has until my twenty-eighth birthday to have you arrested."

"This is crazy."

"I know, but my dad doesn't think so."

Curtis didn't like the sound of this. He didn't like the idea of anyone having that much control over him. He knew he'd been wrong for sleeping with Charlotte back then, but God had already forgiven him for that. God had forgiven him for every sin he'd committed, so why couldn't everyone else? Why couldn't they all just leave him be and mind their own business? It was almost as if there was some sort of conspiracy against him.

"You know what?" Curtis said. "I don't mean any disrespect, but right now your father is the least of my worries."

"Well, he shouldn't be, because he's not someone to be played with."

"Maybe he isn't. But, baby, if I don't keep my focus on this Adrienne situation, I'll end up losing everything."

"I understand that, but just so you know, I won't wait around for you forever. Because whether it ends up being you or someone else, Matthew will have a good life, and he will have a father."

Curtis didn't know what else to say. She was clearly upset, and he hoped she wasn't planning to keep his son from him. He hoped she would try to hold on for just a short while longer. If she did, they would both get what they wanted. He would keep his church and get his son, and she would have the life she always dreamed of.

Curtis smiled when he saw Matthew and Daniel running toward them.

"Dad, come get on the slide with us," he said, pulling Curtis away from the table.

"C'mon, Auntie Charlotte," Daniel said, grasping her hand.

"I think I might be a little too old for this," Curtis told his son.

"I know, but it'll still be fun."

Curtis grabbed Matthew and tossed him over his shoulder.

Matthew squealed with sheer enjoyment.

Curtis turned to look at Charlotte and smiled at her.

She smiled back, but Curtis knew she wasn't happy. She wasn't nearly as happy as when they'd first arrived at the park. Before he'd told her the news. Before he'd lied to her about Adrienne. But whether she realized it or not, things would work out for them. He didn't know exactly how, but they would.

There just wasn't any other alternative.

Chapter 27

Mariah and Curtis had just arrived at church, and she was happy he'd gone straight to his study. She was happy she didn't have to look at him for at least the next hour. It had been three days since Adrienne dropped that bomb on the deacons and then paid Mariah and Curtis a surprise visit at their home. At first Mariah had despised the fact that Adrienne had been bold enough to ring their doorbell, but once she'd called Adrienne, she realized it was a blessing. She realized God always allowed everything to happen for a reason. She'd known about some of the things Curtis had done and said about her, but Adrienne had told her everything. Everything from the way Curtis had talked about Mariah's ghetto family to how he dreaded lying in the same bed with her. Adrienne had also told her how she'd caught Curtis, Charlotte, and their son walking out of Tyler's condo. She'd told Mariah how this had been the ultimate slap in the face for her. Partly because Curtis had lied to her about why he couldn't see her that night, partly because she'd known for sure he was sleeping with Charlotte again, and partly because she'd seen a little boy she might've had herself if Curtis hadn't talked her into having that abortion. Mariah had learned more about her husband from Adrienne in one day than she'd known the whole time she'd been married to him. She'd been totally in the dark about everything, but she had to admit she hadn't gone out of her way to find out much of anything. She'd been happy just to be with him and happy that he'd chosen her as his wife. But now she knew she'd been living some ridiculous fantasy and it was time to accept reality. Thanks to Adrienne and her friend Vivian, her eyes were now wide open, and she wasn't afraid of Curtis anymore. She'd been worried about leaving him, because of the way he'd threatened her, but now she didn't care what he said or tried to do to her. Not after finding out about Charlotte and her son, not after discovering his affair with Adrienne, and certainly not after he'd had the audacity to demand that she tell the deacons she'd been unfaithful to him. Because it was then that she knew for sure that Curtis didn't care a thing about her, and that he clearly thought she was stupid. He thought she was some child who would do and say anything as long as he told her to. But she knew it was her own fault, because she'd been completely submissive from the very beginning. Unfortunately for him, though, his good thing with her was quickly coming to an end.

Mariah walked into the sanctuary and smiled at Sister Fletcher.

"How are you, Sister?"

"I'm fine, Sister Black," she said, hugging Mariah.

"Wonderful. And where's Miss Carmen at today?"

"She's here somewhere," Sister Fletcher said, looking around for her. "Probably looking for some of her little girl-friends to sit with."

"Well, tell her I asked about her, and that I'll see her on Wednesday at the ministry meeting."

"I will, and by the way," Sister Fletcher whispered, "I'm so sorry about that woman and what she's accusing Pastor of. That poor man must be a nervous wreck trying to explain all these lies that woman is telling."

"Thank you," was all Mariah could say, and was amazed at what she was hearing. She didn't understand how anyone could believe Curtis was innocent of anything. Not when there was audible evidence to prove that he wasn't. Now Mariah wondered how many other people were planning to support him until the end.

Over the next half hour Mariah greeted one parishioner after another and finally saw Vivian walking down the aisle.

"So you made it," Mariah said, embracing her.

"I did. But as you can see, I'm running a little late."

"You're fine. Service doesn't start for another fifteen or twenty minutes."

"I'm loving that turquoise blouse you have on," Mariah said, waiting for Vivian to slide before her into the second pew.

"Well, thank you," Vivian said, smiling. "A real good friend of mine bought it for me. And this skirt I have on, too."

Mariah sat down next to her and smiled. Vivian didn't come to church very often, but Mariah was always glad when she did.

A few more minutes passed and finally Deacons Gulley, Thurgood, Winslow, Taylor, and Evans lined up across the front of the church for devotion. Mariah still hadn't seen Curtis come in, but he'd told her he wasn't planning to make his entrance until devotion was over with. He'd decided that this would be the best time to address the congregation. Mariah knew it would be more like an interruption, since the board had told him he was suspended. They'd held another meeting on Friday as planned, but had decided they didn't want to make any decisions until after they held a churchwide business meeting in a couple of weeks. They wanted to hear from the people and possibly take a vote. They'd hoped to interview Adrienne but hadn't been able to contact her.

After the deacons led the congregation through a scripture, hymn, and prayer, they took their seats, and one of the associate ministers stood at the podium. But when he did, Curtis walked into the sanctuary and into the pulpit. He shook hands with the young minister and the young minister took his seat again. There was noticeable stirring and whispering throughout the building. Most of the deacons looked annoyed and disturbed.

"Good morning, church," Curtis began, and Mariah and Vivian looked at each other. Mariah wondered if he was still planning to tell all those lies she'd heard him practicing yesterday. He'd even asked her to listen to a few lines of this pathetic speech he was about to give because he wanted to know what she thought about it. But she'd told him she didn't have any opinion one way or the other, and he'd become irritated with her.

"First of all, I want to apologize for all the rumors that most of you have been hearing. And I'm sure by now you know the board has suspended me indefinitely. And while I was a little upset about it in the beginning, I now realize the board was only doing its job. Because the truth of the matter is, there have been some very serious allegations made against me. They are all lies, but still, they are very serious and cannot be overlooked."

Curtis looked at Deacon Gulley and a few others on the board and saw that they weren't happy about him being up there.

"Deacons, I know you probably don't approve of my being here today, but I'm hoping you'll just bear with me for a few more minutes. I'm hoping you'll allow me to explain my situation to the people of this great church," he said, looking over at Mariah. But she never directed a smile at him.

"It's true that I did have some problems when I was pastor

at another church, but I'm here today to ask one question. How many of *you* haven't had problems? How many of *you* haven't done something you're not too proud of? How many of *you* don't have skeletons you wouldn't want anyone to know about? And don't get me wrong, because I'm clearly not trying to place blame or trying to justify my past transgressions. I'm simply trying to make everyone in here realize that I'm no different than any of you. I'm just as human as the next person, and I've learned from my mistakes.

"But what I want to talk about more than anything else is this current situation. I want to tell you that I'm innocent of all these slanderous accusations. The woman who has made them is very disgruntled and obviously unstable, and she's gone out of her way to set me up. I'm not sure why she's doing it, but I can only assume it's because Satan is very, very busy in her life. And he's using her to try and stop my ministry. He's trying to turn all of you good people against me. He thought he'd destroyed my spirit and my faith in God when I stopped preaching a few years back, but when all of you great people offered me a position here, it made him angry. It made him realize he had to double his determination if he wanted to get revenge on me.

"And, church, I tell you, he's been working on every person who is special in my life," he said, looking at Mariah again. "He tried his hardest to turn my wife against me through this woman and her lies, but thank God she's not allowing him to do it. Thank God she told me she knew Satan was a liar, and that these allegations are all lies, too," Curtis said, wiping tears from his cheeks. "And he's even been trying to drive this wedge between my daughter and me. He's attacked her in the worst possible way, and he's trying his best to turn her against me, too. He's even got her thinking that the church and the work I'm doing for the Lord is the reason I can't spend as much time with her. Oh, I tell you, church, I need all of you to pray for me. I need you to stand by me and ignore all that you've been hearing. I need you to open up your hearts and see that this is all Satan's doing. I don't know how this woman got a hold of my voice and made that tape, but it's like I told my wife, anything is possible with all this new technology."

"Amen," more than one person called out.

"So I'm begging you," Curtis said, crying openly. "Please don't believe these lies that are being told on me. Please tell your assigned deacon that you support me, and that you want me to stay on as your pastor. And if you would, please pray for my wife and me. Please pray for that woman and her insanity. Pray that she gets help immediately," he said.

"The only person who's going to be needing any help is you, Curtis," Adrienne yelled, strutting down the aisle directly toward him. She was decked out from head to toe. She wore a tight-fitting black dress and a wide-brimmed black hat which was pulled down over mafia-style sunglasses. A black shoulder purse hung past her waist.

"Father in heaven, I stretch my hand to Thee," Curtis said.

"Come down out of that pulpit, Curtis," Adrienne said.

Deacon Gulley and a few other board members stood up.

"Deacons, please," Adrienne begged. "I didn't come here to harm any of you or anyone else at this church. I only came here to deal with Curtis."

"But, miss, this isn't the time or the place," Deacon Gulley said. "This is the Lord's house, and we're going to have to ask you to leave."

"Not until I get what I came for," she said, pulling out a gun and pointing it at Curtis. "Now come down out of that pulpit before I have to make you."

"Lord have mercy, she's got a gun," someone yelled.

"She's gonna kill him," another shouted.

Mariah gasped and moved closer to Vivian. Adrienne hadn't said anything about bringing a gun. They'd spoken again on Friday night, right after Adrienne had come home from work, and then decided that the best way to stop Curtis was to re-create what happened at Faith. They'd decided Adrienne would do the same thing her husband, Thomas, had done five years ago when he'd gone before the church and disclosed all of Curtis's sinful secrets. So Mariah wondered why Adrienne was standing here now, placing everyone's life in danger. She wondered why there'd been such a drastic change in plans.

The deacons moved out of Adrienne's way and hundreds of people screamed and started to rush out of the church. But since Mariah and Vivian were sitting barely three feet away from Adrienne, they could hear everything she was saying.

"Curtis, don't make me ask you again."

"Why are you doing this?" he said, backing away from the podium.

"Because this is the only way to stop you. It's the only way to stop you from hurting so many people. Now, for the last and final time," she said, moving closer to him, "come down out of that pulpit."

The choir members scattered, seeming not to care that Adrienne might accidentally shoot any one of them. Mariah could hear others in the congregation steadily stampeding out. But she didn't dare look behind her. She didn't dare take her eyes off Adrienne.

"I want everyone else in the pulpit to leave, nice and slow," Adrienne instructed. "Because I *will* use this if I have to."

Curtis took a step forward.

"No," Adrienne ordered. "Don't you even think about moving. I gave you a chance to come out of there, but you wouldn't. And if you take another step, you won't even live to regret it."

"What is she doing?" Vivian whispered to Mariah.

But Mariah didn't respond. She didn't move, and she hoped Vivian wasn't planning to say anything else.

The other ministers followed Adrienne's order, and now Curtis was left in the pulpit by himself.

"Miss," Deacon Gulley said. "Please don't do this. I know you're upset, but nobody is worth going to jail over."

"Move out of the way, Deacon. Please," she said.

Deacon Gulley saw that she was serious.

Mariah could tell that the church was almost empty, and that the only people left were those sitting toward the front. Those who were afraid to move.

"Why don't y'all do something?" Curtis finally said.

"Shut up, Curtis," she said, holding the gun with both hands. Then she fired it.

"Ohhhhhh, Jesus," Curtis said, grabbing his shoulder and squeezing his eyes together. Blood forced through a bullet hole in his suit and he staggered to one side.

Mariah covered her mouth with both hands.

Adrienne fired another shot, and this time Curtis keeled over and slid down the stairs of the pulpit. She watched him and then, seemingly in slow motion, raised the gun to her own head.

Blood splattered everywhere.

Even on Mariah.

Chapter 28

D addy," Alicia said, crying and hurrying toward her father's bed. Tanya walked in behind her and hugged Mariah.

Curtis had been rushed to the hospital by ambulance and was immediately taken into emergency surgery. The surgeons had removed the first bullet from his shoulder and then the other one, which, according to his doctors, should have killed him. The bullet had only missed puncturing his heart by a quarter of an inch. He was now resting in the intensive care unit, and the nurses were allowing only immediate family to see him for a few minutes.

"Baby girl," Curtis said, forcing a smile and reaching out his hand. There was an IV needle inserted in the center of it, so Alicia lifted it carefully.

"I'm so sorry," Alicia said.

"I am too." Curtis's voice was weak and groggy.

"Are you going to be okay?" Alicia asked.

"Of course," Curtis said, trying to smile again. "Daddy . . . is . . . going . . . to . . . be . . . just . . . fine."

"What's wrong with him?" Alicia asked Mariah, and Mariah could tell she was worried.

"They have him on a lot of pain medication, so he goes in and out from time to time. But he's okay," Mariah said, rubbing Alicia's back. But to Mariah's surprise, Alicia turned and laid her head on Mariah's shoulder and sobbed.

Mariah wrapped her arms around Alicia.

"Honey, he's going to be fine. I know all these monitors and tubes are scary, but he will pull through this."

"You know your daddy is a fighter," Tanya said, moving closer to where they were standing. She looked over at Curtis.

Mariah glanced over at Curtis, too, and felt sorry for him. She knew he'd brought the entire shooting and that whole scene with Adrienne on himself, but she still had sympathy for him. Although, she was sad to say, she didn't think she had enough sympathy to stay with him. Too much had been said, too much had gone wrong, too much had happened between them. She would stay with him until he recuperated, but that would have to be the end of it.

Alicia saw Curtis move his head to the side and open his eyes again. She went toward the bed and again stood over him.

"Where's your mom?" he asked.

"She's right here." Alicia reached past Mariah and pulled her mother's arm.

"Leave it to you to scare all of us like this," Tanya said, smiling. Curtis smiled back at her.

Mariah knew that shouldn't have bothered her because he and Tanya had been divorced for years. Not to mention Mariah was preparing to divorce him herself. But it was just the way Curtis fixed his eyes on his ex-wife. He gazed at Tanya in a way that Mariah had always wanted him to look at her. But he never had.

"Baby girl, I'm sorry about everything," Curtis said to Alicia.

"It's okay, Daddy. You just get better."

"No, it's not okay. I've . . . been . . . a . . . hor-ri-ble . . . fath . . ." Curtis dropped off to sleep again.

"We probably need to let him rest," Tanya said.

"I think so," Mariah agreed.

Alicia bent over and kissed him on the cheek. "I love you, Daddy, and I'll be back in here to see you in a little while."

One of the nurses came over.

"He really is doing well, considering what he's gone through," she said.

"I know," Mariah said. "He's very blessed."

"When will he get to go home?" Alicia asked.

"I don't know for sure, but over the next few days his doctor should be able to answer that," the nurse answered.

"Oh," Alicia said, sounding disappointed.

Mariah, Alicia, and Tanya walked toward the waiting area.

"Mom, can I use your cell phone to call Danielle?" Alicia asked.

"Sure, and when you finish you can go get me a diet soda," Tanya said, reaching into her handbag for money. She also pulled out her cell phone.

"Okay."

"Mariah, do you want anything?" Tanya asked.

"No, thanks."

Alicia took off down the hallway and Mariah broke into tears.

"I know this is hard for you," Tanya said.

"It is, and it's still hard to believe that Adrienne shot him like that. In the church. And I don't even want to think about her turning the gun on herself. It just didn't make any sense. I mean, why would she want to kill herself over Curtis?"

"Especially after all these years," Tanya said.

"Well, that's the other thing. He'd starting seeing her again almost two months ago."

"No," Tanya said.

"Yes. And he was seeing Charlotte again, too, just like we thought."

"Unbelievable," Tanya said.

"Yeah, but with Curtis, what isn't?"

"I know."

"He is who he is, and there's nothing anyone can do to change that."

"So what are you going to do?"

"I don't know exactly, but I definitely won't stay married to him."

"Well, no one can blame you, that's for sure."

Mariah waved at some of the church members walking toward them. There had been a few others who had followed the ambulance but had already gone home. Vivian had also left, but said she would be back in a few hours. Mariah suspected that over the next few days there would be a good number of people coming to visit Curtis. Because regardless of what had happened, she knew he'd still have loyal supporters.

Mariah wondered if she should call Curtis's mother, because she was sure she'd want to know about her son being in the hospital. But since Curtis was so adamant on not contacting her, Mariah would wait to ask him before doing so.

Mariah thought about a number of things as some of the members reacquainted themselves with Tanya. But mostly she wondered how Adrienne's family was handling the news. She wondered how they were dealing with such a terrible tragedy.

Chapter 29

It had been two months since that dreadful first Sunday in May, and Curtis was elated to be going home in a few days. He would have gone much sooner, but there had been major and unexpected complications. Internal bleeding, elevated blood pressure, and, worst of all, cardiac arrest. He couldn't remember ever suffering so intensely or feeling so much pain. But now his doctors were saying his prognosis seemed promising and that he should eventually start feeling normal again. His recovery period would still take a few more weeks, but he was thankful just to be alive. Although, emotionally, he felt like his life had been turned upside down and tossed around in circles, and he still had no understanding of why Adrienne had decided things were so bad she had to shoot him. Worse, he couldn't fathom why she'd killed herself.

He'd known she was in love with him, but never in his wildest imagination would he have anticipated her showing up at church with a gun in her purse. Except the more he looked back on it, the more he realized he actually should have suspected something. Specifically, that night she'd rung his doorbell and announced she'd been pretending she was still married. Before that, he hadn't noticed anything strange about her and never suspected she had mental problems, but now it was clear that she did. Curtis wished she'd chosen another route to take, though, something other than committing suicide, because now he worried about her soul. He wondered how a person could ask for forgiveness once they'd taken their last breath. Yet, on the other hand, there was the theory, once saved, always saved—by the grace of God. So who was he to judge anyone, especially since it was finally time for him to admit that he'd become the same sinful, conniving, manipulative person he used to be when he was married to Tanya. He hadn't wanted to mess around on Mariah, but his desire for a certain type of satisfaction had gotten the best of him. He just wasn't strong enough to fight the temptation. He'd told his congregation how they needed to do that very thing, but he wasn't capable of it himself. So now he had to ask God again why He'd ever called him to preach. Because no matter how many women he slept with, he couldn't deny that he truly *had* been called. He still remembered what it felt like, and how he'd even tried to ignore it. And the fact that God had given him another well-known church confirmed he was destined to be a minister. He was supposed to preach God's Word to as many people as possible.

But Curtis also had other concerns he was desperately trying to deal with. Mariah was preparing to divorce him, and the members of Truth had kicked him out. So once again he was losing a wife and a prominent church. Now he was glad he'd negotiated a few clauses into his contract that would protect him. Truth would have to continue paying his weekly salary and housing allowance for an additional three months. But after that, he didn't know what he was going to do, because it would take a lot more than that to maintain his current lifestyle.

Still, the money was the least of his problems, because he

still had two children to worry about. Alicia had come to the hospital every single day, and the two of them had spent hours trying to mend their relationship. But more importantly, he was happy to learn that she wasn't pregnant by that hoodlum. He was even happier when the state's attorney told them two other girls had come forward. Because with three charges of rape and another for possession with intent to deliver, Julian wouldn't be leaving prison for a very long time. Although Curtis still couldn't wait for the trial to start and be over with, because he knew it would be draining for Alicia. It would be difficult having to relive that horrifying incident, but Curtis would be there with her until the end. She'd have both her parents by her side the way she wanted.

He and Tanya had always had their differences, but not while he'd been in the hospital. She'd even come to see him the day he was shot and then a couple of times after, and she'd been very cordial to him. He knew she was in love with James, but she would always have a special place in his heart. He'd always hold a special place for his first love, his first wife, the mother of his first child. It was another truth he could no longer deny.

Then there was Charlotte, who was just walking in. She, of course, hadn't been happy about the whole Adrienne situation, but was still planning to marry him. Which meant he would finally be a full-time father to his son. He'd also decided that, from here on out, his children were going to be his priority. He didn't know what the future held for him in general, but what he did know was that nothing would ever come before Matthew and Alicia. No massive churches, no beautiful women, no anything.

"So how are you today?" Charlotte said, kissing him on the lips.

"Feeling stronger every day," he said, trying to reposition himself in bed. "And you?"

"I'm good."

"Matthew?"

"He's fine, too. Begging to come see you, of course."

"You are bringing him by after you pick him up from day camp, right?"

"He'll never let me rest if I don't."

They both laughed.

"Come here," Curtis said in a serious tone.

Charlotte lowered the side rail and stepped closer.

"I just want you to know how much I appreciate you being here. Because I know it's been difficult."

"Well, let's hope the difficult times are behind us. But there is something I need to make clear."

Charlotte sat down on the bed, facing Curtis.

"This sounds serious."

"Actually, it is. I've been wanting to talk to you ever since the shooting, but I figured it was best to wait until you were better."

"You haven't changed your mind about marrying me, have you?"

"No, but in terms of our relationship, I think it's important for us to be on the same page."

"I'm not sure what you mean." Her change in demeanor confused Curtis.

"Well, first I need you to understand that I won't be as tolerant as Tanya and Mariah were. I won't allow extramarital affairs. Not of any kind."

"I don't expect you to."

"Because if I ever find out you're sleeping around, you won't ever see Matthew or me again."

"We've discussed this before, and I promise you won't have to worry about that. This thing with Adrienne has made me totally rethink who I am and who I'm supposed to be. I've spent every day in this hospital begging God to forgive me. I know I was wrong on every count, and that I've hurt too many innocent people. So from this day forward, I'm going to live my life a lot differently. I'm going to live it the way God expects me to."

"I hope you mean that, Curtis, because it's the only way we can be happy. It's also the only way my father is going to forget about those charges."

Now Curtis knew for sure that he was a changed man. In the past, he never would have allowed anyone to threaten him, and he would have told both Charlotte and her father where they could go. He was proud of his newfound decency.

"Baby, I don't know how many more times I can say this, but I won't be unfaithful to you," he said. "I won't disappoint you or Matthew."

"I'm glad."

"Good."

"I'm also concerned about your financial situation."

"I realize that, and once I'm back on my feet, I'll do whatever I have to to take care of you."

"But before that Adrienne incident, you were going to give Matthew and me the best of everything."

"I still will. It might take me a few months, but I'll still make it happen."

All of these demands and high expectations were starting to irritate Curtis. But he was trying to give his future wife the benefit of the doubt. He was trying to understand how she felt.

"So does that mean you've been thinking about staying in the ministry?"

"Definitely. But the other day it occurred to me that I'll have to do things a little different this time."

"How is that?"

"You and I could start our own church. Start it from the ground up. That way, we can appoint the people we want on the board. It wouldn't be a deacon board, though. Possibly some kind of governing committee. But regardless of what it is, you and I would also sit on it. Because if we're the founders of the church and we're also sitting on the board, we'll still have control of everything."

"You've really thought this out, haven't you?"

"Not completely, but I do have a general idea of how this would work."

"Where would the funding come from?"

"The bank. Donations from potential members. Fund-raising."

"And where would you want to do this? In the city? One of the suburbs?"

"No, and this is the part you might not like. To be honest, I'm not thrilled because I don't want to leave Alicia."

"Are you talking about moving?"

"Yes, because I think it would be much better if we made a fresh start in a smaller city."

"Like where?"

"Six years ago I did this revival in a city called Mitchell. It's northwest of here and has no more than a hundred fifty thousand residents."

"You're kidding? My Aunt Emma lives there. But I haven't spoken to her in a while."

"Does she like it?"

"As far as I know."

"Well, maybe you could give her a call."

"If you're serious about moving, I will."

"I'd at least like to consider it. But the question is, will you be okay with leaving Chicago?"

"It'll be hard, because my parents are so close to Matthew. But if you think we can have a better life somewhere else, then I'm fine with your decision."

"I do think a smaller community is best, and I'm sure the

cost of living will be much lower than it is here. I won't be earning as much as I did at Truth, but as our congregation grows, everything will eventually fall into place. My plan is to create programs that the city has never seen before. Day care, drug addiction, Christian competitive sports, libraries. And all of it will be started by us. Then, slowing but surely, I want our services to become nationally televised. You see it all the time with churches in major cities, but I'm planning to make it happen in Mitchell. My vision is so great, and this time I'm going to do everything that God wants me to do."

Charlotte smiled. "Then sweetheart all I have is one question."

"What's that?"

"When do we get started?"

Acknowledgments

Kimberla Lawson Roby expresses much love and sincere thanks to:

God, for being my strength and for making my writing career possible.

My husband, Will, for being the love of my life and for ALWAYS encouraging me to pursue my dreams. What would I do without you?

My brothers, Willie Stapleton, Jr., and Michael Stapleton, and the rest of my family for so much love and support.

My girls, my friends, my sisters: Lori Whitaker Thurman and Kelli Tunson Bullard for the conversations we have every day of every week. You both make a tremendous difference in my life, and I thank God for you. Peggy Hicks for our friendship and for all the great publicity work you've done for me over the years. Words cannot express how much I appreciate that. Janell Green for our many years of friendship, for having so much enthusiasm about my work and for always making me laugh. You are a gem. Victoria Christopher Murray for being such a wonderful friend and for all the moral support you give so genuinely. You are the best.

My author friends, E. Lynn Harris, Eric Jerome Dickey, Patricia Haley, Brenda Thomas, Shandra Hill, Yolanda Joe, Travis Hunter, Jacquelin Thomas, Eric E. Pete, Tracy Price-Thompson, and so many others.

My agent, Elaine Koster, for just being you. I couldn't have chosen a more caring and hardworking person to represent my work, and I am totally indebted.

My amazing editor, Carolyn Marino, for being just that— amazing; her incredible assistant Jennifer Civiletto; my wonderful publisher, Michael Morrison; my very supportive publicity director, Debbie Stier, in-house publicist Diana Harrington Tynan, marketing director Lisa Gallagher, and their entire departments; the entire sales force and the rest of the HarperCollins/William Morrow family.

To my other publicist—the wonderful Tara Brown! Thanks for all your hard work.

To the developer of my web site, Pamela Walker Williams at Pageturner.net, for your spirit, compassion, and expertise.

All the radio and television hosts, every newspaper or magazine writer, every on-line organization or reviewer who continues to promote my work. Locally, I want to thank Mark Bonne at the *Rockford Register Star*, Steve Shannon and Stefani Troye at WZOK-FM, Michelle Chipalla at WREX-TV, Sean Lewis at WTVO, Andy Gannon & Eric Wilson at WIFR-TV, and Charlyne Blatcher Martin at Insight Communications.

Finally, I thank all of the bookstores nationwide who sell my books, the hundreds of book clubs that read and discuss them, and the thousands of individual readers who support each story I write. You truly make the ultimate difference, and for that, I am grateful.